Fischer TaschenBibliothek

Ellis, Dorie und Julia sind grundverschieden und beste Freundinnen, seit sie denken können. Jetzt haben sie endlich einmal den ganzen Sommer Zeit füreinander: vier Wochen lang, in einem Ferienhaus direkt am Meer mit Sonne satt – ein Urlaub zum Träumen.

Da taucht plötzlich die geheimnisvolle Madison auf. Sie ist vor ihrem alten Leben auf der Flucht, und die drei Freundinnen nehmen sie bei sich auf. Nach und nach begreifen Ellis, Dorie und Julia, dass auch sie vor etwas davonlaufen. Wird dieser Sommer alles verändern?

Vier Frauen, vier Schicksale und ein Haus am Meer – Meeresrauschen inklusive!

Mary Kay Andrews wuchs in Florida auf, studierte in Georgia Journalismus und arbeitete dann einige Jahre als Redakteurin. Inzwischen hat sie mehrere Romane veröffentlicht und unterrichtet Kreatives Schreiben. Mary Kay Andrews lebt mit ihrer Familie in Atlanta, aber in ihrer Freizeit zieht es sie zu ihrem liebevoll restaurierten Ferienhaus auf Tybee Island, eine wunderschöne Insel vor der Küste Georgias, USA.

Weitere Titel der Autorin im FISCHER Taschenbuch:
›Sommerprickeln‹
›Sommer im Herzen‹
›Weihnachtsglitzern‹

Weitere Informationen, auch zu E-Book-Ausgaben, finden Sie bei www.fischerverlage.de

Mary Kay Andrews

Die Sommerfrauen

Roman

Aus dem Amerikanischen
von Andrea Fischer

FISCHER TaschenBibliothek

Erscheint bei FISCHER Taschenbuch
Frankfurt am Main, Juli 2014

Die Originalausgabe erschien 2011 unter dem Titel
›Summer Rental‹ im Verlag St. Martin's Press LLC, New York.

Dieses Werk wurde im Auftrag von St. Martin's Press LLC
durch die Literarische Agentur Thomas Schlück GmbH,
30827 Garbsen, vermittelt.
Für die deutschsprachige Ausgabe:

Umschlaggestaltung: bürosüd°, München
Umschlagabbildung: Mikael Dubois / Getty Images
Satz: Dörlemann Satz, Lemförde
Druck und Bindung: CPI books GmbH, Leck
Printed in Germany
ISBN 978-3-596-51319-2

In Liebe für Molly Hogan Abel,
die tatsächlich Mond und Sterne an den Himmel
gehängt hat

1

Es war kein vielversprechender Anfang für einen Urlaub, geschweige denn für ein neues Leben. Der Regen begleitete Ellis die gesamte Ostküste hinunter, peitschte gegen die Windschutzscheibe und erfasste ihren Wagen abwechselnd von allen Seiten. Bei diesen heftigen Sturmböen gelang es ihr so gerade, in der Spur zu bleiben.

Es war ihre eigene Schuld, fand Ellis. Sie hätte sich an ihren ursprünglichen Plan halten sollen: zu einer vernünftigen Zeit aufstehen und mindestens bis Tagesanbruch warten, um die Fahrt von Philadelphia nach North Carolina anzutreten. Stattdessen hatte sie auf eine verrückte Eingebung hin ihr Haus kurz nach Mitternacht abgeschlossen und war aufgebrochen.

Es war eine völlig untypische Entscheidung für Ellis. Aber schließlich war ihr altes Leben in Philly vorbei. Und irgendwann auf der langen Fahrt Richtung Süden hatte sie das Gefühl gehabt, ein neues Leben würde auf sie warten. Am Meer. Im Sommerurlaub.

Ellis holte tief Luft und kreiste mit den Schultern, zuerst vorwärts, dann rückwärts, um die Verspannungen durch die sechsstündige Autofahrt zu lockern. Sie griff nach dem Kaffeebecher im Halter ihres Honda Accord und nahm einen großen Schluck, um die Müdigkeit zu vertreiben.

Eine Stunde später sah sie das Schild: Nag's Head, 132 Meilen. Ellis lächelte. Der Regen war zu einem leichten Nieseln geworden. Gegen sieben Uhr würde sie an dem Haus ankommen, das den Namen »Ebbtide« trug.

Ihr Lächeln verblasste. Was hatte sie sich bloß dabei gedacht, so früh aufzubrechen? Gemäß der von ihr unterschriebenen Vereinbarung war das Haus erst ab zwei Uhr nachmittags bezugsfertig.

Sie verfasste in Gedanken eine E-Mail an sich selbst:

An: EllisSullivan@hotmail.com
Von: EllisSullivan@hotmail.com
Betreff: verunglückte Planung = geplantes Unglück

Aber die Nachricht musste noch in der Warteschleife ausharren. Der Highway stieg an, Ellis befand sich auf einer langen, sanft geschwungenen Brücke. Wieder so eine verflixte Brücke! Es war bestimmt die letzte. Auf der Chesapeake Bay Bridge war ihr schon ziemlich mulmig zumute gewesen. Ellis spürte, wie sich ihre Gesichtsmuskeln verkrampften, ihre Finger das Lenkrad umklammerten, ihr Herz raste. Ein Schweißtropfen rann ihr über den Rücken.

Nag's Head befand sich auf der Inselkette Outer Banks vor der Küste von North Carolina. Wochenlang hatte sich Ellis mit Reiseführern, Landkarten und Routenplanern beschäftigt. Sie hatte sich mit der Geographie, ja sogar mit der Topographie der Insel vertraut gemacht. Nur eines hatte sie sich verboten: an die Sache mit den Brücken zu denken. Denn es war so: Brücken, selbst lächerliche Querungen wie die Sam Varnedoe Bridge zu Hause in Savannah, die Whitemarsh Island mit Wilmington Island verband, jagten Ellis Sullivan eine Heidenangst ein – wie ihre Freundinnen nur zu gut wussten.

Sie richtete den Blick unverwandt geradeaus, wagte nicht, nach rechts oder links auf das unter ihr fließende Wasser zu schauen. Als sie die Brücke schließlich hinter sich ließ, hatte sie feuchte Hände, und ihr T-Shirt war schweißgetränkt.

Jetzt war sie tatsächlich auf den Outer Banks angekommen. Schilder kleiner Ortschaften huschten vorbei: Corolla, Duck, Southern Shores, Kitty Hawk, Avalon Beach. Die Sonne ging auf, und Ellis war ein wenig befremdet, wie dicht bebaut die Uferzone war. Sie hatte damit gerechnet, Strandgrasfelder vor glitzerndem blauen Wasser zu sehen; ankernde Segelboote, mit grauen Schindeln verkleidete herrschaftliche Häuser, die düster über dem Meer thronten, hin und wieder einen Leuchtturm. Tatsächlich hätte das, was sie bisher von den sagenumwobenen Outer Banks gesehen hatte, genauso gut der Strand von Jersey sein können, von Myrtle Beach, Ft. Lauderdale oder jeder anderen Touristenhochburg an der Ostküste. Auf den Outer Banks sah man nämlich meilenweit zu beiden Seiten der Straße ausschließlich Hotels und Motels, Restaurants und Einkaufsstraßen, dazu verstellten Apartmentkomplexe und dicht an dicht gebaute, riesige pastellfarbene Strandhäuser den Blick auf den Ozean.

Ellis folgte der Route 12 nach Süden, und als die Computerstimme des Navigationsgeräts sie anwies, erst nach links und dann nach rechts abzubiegen, wusste sie, dass es nicht mehr weit war. Die Küstenstraße war der Virginia Dare Trail. Zumindest hier gab es ein wenig Platz zwischen den Häusern. Einoder zweimal erhaschte Ellis sogar einen Blick auf Dünen und Strandgras. Schließlich verkündete die wohlklingende Frauenstimme fröhlich: »Sie haben Ihr Ziel erreicht. Ihr Ziel liegt auf der linken Seite.«

Ellis fuhr langsamer und schaute hinüber. Eine lange betonierte Auffahrt voller Schlaglöcher und Risse verlief sich in einer unkrautbewachsenen Sandfläche. Am Straßenrand stand ein Briefkasten mit einem von der Sonne gebleichten Zedernholzschild in Form eines Wals. *Ebbtide* war in verblassten weißen Buchstaben auf das Schild geschrieben. Die Auffahrt endete vor einer zweistöckigen Garage, verkleidet mit gräulich-braun verwitterten Holzschindeln. Durch die geöffneten Garagentore konnte Ellis einen abgenutzten rehbraunen Bronco erkennen, auf dessen Dachgepäckträger ein rotes Surfbrett geschnallt war.

Neben der Garage erhob sich ein ausladendes zweistöckiges Haus auf Holzrahmenwerk, zu dem eine Treppe hinaufführte. Entlang der Fassade zog sich eine lange, offene Veranda. Mehrere Schaukelstühle standen nebeneinander, ein fröhlich gestreiftes Strandlaken hing achtlos über dem Geländer. Neben dem Haus führte ein Holzsteg über eine hohe Düne.

Aus einem Impuls heraus fuhr Ellis mit dem Wagen in die Einfahrt des Nachbargrundstücks, auf dem sich allerdings kein Haus befand. Nur die verkohlten Überreste eines Betonfundaments und einige geschwärzte Holzbalken waren zu sehen. Ein Schild mit der Aufschrift *Betreten verboten* in Schwarz und Orange hing an einer Mauer. Ellis parkte den Accord. Als sie ausstieg, protestierten ihre steif gewordenen Beine und der Rücken. Die Luft war bereits warm und schwül. Ellis machte ein paar Kniebeugen und suchte den Nachbargarten nach Lebenszeichen ab. Waren ihre Vormieter bereits ausgezogen? Oder gehörte der Bronco in der Garage jemandem, der noch die letzten ein, zwei Stunden am Strand genoss, ehe es Zeit war, die Sachen zusammenzupacken und nach Hause zu fahren?

Ellis schlenderte zum Briefkasten und spähte zum Haus hinüber – das gemeinsame Heim von ihren Freundinnen und ihr, zumindest im Monat August. Ellis hatte sich vorgenommen, jede Stunde dieses Monats zu genießen.

»Ebbtide«, las sie laut, zufrieden, dass das Haus zumindest von außen mit dem Foto übereinstimmte, das sie bei der Ferienhausvermietungsbörse im Internet gesehen hatte. Sicher, auf dem Bild hatte man einen einladend grünen Rasen, blaue Hortensienbüsche und ein leuchtend rosa Tandem mit einem bezaubernden Korb bestaunen können, das an einem rosenbewachsenen Gartenzaun lehnte. Nichts dergleichen war jetzt zu sehen. Das Einzige, was auf dem Gelände – das wohl den Garten darstellte – zu entdecken war, waren eine kaputte Styroporkühlbox mit leeren Bierdosen und ein klatschnasser Haufen vergilbter Zeitungen, die noch in ihren Plastikhüllen steckten. Außerdem war hier eine Rekordmenge an Unkraut zu jäten.

Ellis schaute auf die Uhr. Bis zum Einzug hatte sie noch einen halben Tag totzuschlagen. Fürsorglich, wie sie nun mal war, hatte sie geplant, vor den anderen einzutreffen. Die zusätzliche Zeit gab ihr nun die Möglichkeit, einkaufen zu gehen, das Essen für den ersten Abend zu besorgen und das Haus vorzubereiten. Wäsche war nicht in der Miete enthalten, daher hatte Ellis ausreichend Bettwäsche und Handtücher für alle mitgebracht, nur für den Fall. Außerdem hatte sie jetzt den Vorteil, als Erste ihr Zimmer wählen zu können, aber da sie die gesamte Planung übernommen hatte, das Haus ausgesucht und den Urlaub gebucht hatte, sollte das ja wohl niemanden stören.

Nun ja, höchstens Willa. Sie war nur knapp zwei Jahre älter als die anderen Frauen, konnte aber unglaublich herrisch und rechthaberisch sein. Es wäre typisch für Willa gewesen, Ellis vorzuwerfen, sich das beste Schlafzimmer unter den Nagel gerissen zu haben. Was sie gar nicht vorhatte. Ellis wollte nur kein Zimmer, das auf die Straße ging und sehr laut war. Sie hatte einen leichten Schlaf – und sie hatte viel nachzudenken. Außerdem war sie als einziger Single der Gruppe daran gewöhnt, Platz für sich zu haben. Zu sehr daran gewöhnt, dachte sie bitter.

Ellis konnte es kaum erwarten, sich Ebbtide näher anzusehen. Sie schaute die Straße hoch und runter. Keine Fahrzeuge in Sicht. Ein verschlafener Sommermorgen am Meer, so wie jeder andere. Es konnte doch wohl niemanden stören, wenn Ellis die Auffahrt des abgebrannten Hauses hochging und sich mal umsah, oder? Theoretisch war das Betreten verboten, das wusste sie. Aber es war ja nicht so, dass sie das Nachbargrundstück auskundschaften wollte. War schließlich nichts mehr zum Auskundschaften da.

Bevor sie die Nerven verlor, marschierte Ellis die Auffahrt aus Muschelsplitt hinauf. Auch hier führte ein Holzsteg in Stufen über die Dünen, genau wie bei Ebbtide. Anders als das Haus, schien er den Brand überlebt zu haben. Rasch stieg Ellis die Stufen hinauf, damit sie von der Straße aus nicht gesehen werden konnte.

Auf dem höchsten Punkt der Düne befand sich eine überdachte Aussichtsplattform. Früher musste es ein wunderbarer Ort gewesen sein, wo man sich hinsetzen, einen Cocktail nippen und die Seeluft genießen konnte. Jetzt war das anders. Einige Holzplanken waren verrottet, dem Geländer fehlten mehrere Stützen. Zwei kaputte Plastikgartenstühle lagen auf der Seite, doch es war der Ausblick, der Ellis' Aufmerksamkeit erregte. Von hier konnte sie Nag's Head so sehen, wie sie es sich vorgestellt hatte. Die Dünen, bewachsen mit Strandgras, Strandpflaume und anderen Sträuchern, deren Namen sie nicht kannte, zogen sich bis zum breiten weißen Strand hinunter. Es war Ebbe, der Atlantik funkelte graublau in der Ferne. Hier und dort gingen Menschen am Ufer entlang, bückten sich gelegentlich, um eine Muschel aufzuheben.

»Perfekt!«, rief Ellis. Genau in dem Moment hörte sie eine Fliegengittertür zuschlagen. Als sie sich umdrehte, bemerkte sie eine Bewegung in der Wohnung über der Garage von Ebbtide. Zu den Räumen gehörte offenbar eine kleine Dachterrasse, die sich von einer Seite nach hinten zog. Ein Mann trat nach draußen. Ellis konnte ihn deutlich sehen – du lieber Gott! –, er war halbnackt!

Er war barfuß, tief gebräunt und hatte zerzaustes, sonnengebleichtes, braunes Haar. Eine weiße Boxershorts hing ihm tief auf den schmalen Hüften. Er drehte sich um, blickte zum Meer, gähnte und streckte sich. Und während Ellis vor Staunen und Empörung die Kinnlade herunterfiel, pinkelte der Typ von der Dachterrasse herunter.

Dabei ließ er sich gründlich Zeit. Ellis war außerstande, sich zu bewegen, ihr Gesicht war rot vor Scham. Als er schließlich fertig war, reckte er sich erneut und drehte sich um. In dem Moment entdeckte er Ellis, eine einsame Gestalt in pinkfarbener Caprihose und weißem T-Shirt, in deren langem dunklen Haar die Meeresbrise wehte.

Ungezwungen lächelte der Mann ihr zu. Seine Zähne waren weiß und ebenmäßig, sie sah den goldenen Schatten eines Dreitagebarts. Lässig winkte er herüber. »Hi!«, rief er. »Wie geht's?«

Ellis brachte nicht mehr als ein ersticktes »Hi« hervor. Dann floh sie so schnell über die Treppe zurück, wie ihre Füße in den Flipflops sie tragen konnten.

2

Ellis sprang in den Accord und setzte so schnell rückwärts auf die Fahrbahn, dass sie beinahe den Briefkasten von Ebbtide gerammt hätte. Das war die Strafe für das unerlaubte Betreten des Grundstücks, dachte sie. Ein ungehinderter Blick auf einen Sittenstrolch. Sie blickte über die Schulter zur Garagenwohnung, um sich zu vergewissern, dass der Mann nicht noch einmal auf der Dachterrasse auftauchte und nach ihr Ausschau hielt. Aber er war nicht mehr zu sehen.

Hoffentlich, dachte Ellis, gehörte ihm der Bronco in der Garage. Hoffentlich würde er in wenigen Stunden Ebbtide verlassen und wäre längst verschwunden, wenn sie einzog. Hoffentlich!

Doch was sollte sie in der Zwischenzeit mit sich anstellen? Die Straße hinunter war ein Outletcenter, aber das öffnete wahrscheinlich nicht vor zehn Uhr. Ellis musste Lebensmittel einkaufen, wollte aber nicht, dass die gekühlte Ware stundenlang im heißen Auto lag.

Ziellos fuhr sie die Straße entlang, bis sie an einem Restaurant vorbeikam, an dem ein Schild versprach: *Frühstück ganztägig – jeden Tag*. Der Parkplatz war voll. Ellis entdeckte sogar zwei UPS-Wagen, was auf einen halbwegs anständigen Laden schließen ließ, wie ihr Vater ihr vor Jahren erklärt hatte.

Im Lokal führte die Kellnerin sie an einen Fenstertisch, und Ellis bestellte Rührei, Putenwurst und einen Muffin. Ohne Butter. Keinen Kaffee. Sie war ja längst hellwach. Stattdessen bat sie um Eiswasser und Grapefruitsaft.

Als die Speisen serviert wurden, aß sie nur langsam, damit die Zeit schnell verging. Es herrschte Trubel; kleine Kinder rannten lachend zwischen den Tischen umher, in der Luft lag das aufgeregte Geplauder von urlaubenden Familien und Freunden. Als Ellis fertig war, holte sie ihr iPhone hervor und prüfte die E-Mails.

Das iPhone war neu. In all den Jahren, die sie bei der Bank gearbeitet hatte, war der in ihrer Handtasche befestigte Blackberry ihre Verbindung zur Arbeitswelt gewesen. Er war das Erste, was sie morgens berührte, auch am Wochenende, noch bevor sie sich die Zähne putzte und duschte, und das Letzte, was sie abends überprüfte, bevor sie zu Bett ging.

Vor zwei Wochen jedoch hatte eine E-Mail im Blackberry Ellis aufgefordert, zu einem Treffen mit Phyllis K. Stone aus der Personalabteilung zu kommen. In der Firma war Ms Stone bekannt als die »Sensenfrau« oder auch »Stonehenge«. Zu Ellis war sie bei den seltenen Gelegenheiten, da sie miteinander zu tun gehabt hatten, tadellos freundlich gewesen. An jenem besonderen Tag hatte Ellis vermutet, sie würde ein neues Krankenversicherungspaket bekommen. Doch das Paket, das Ms Stone ihr schweigend über den Schreibtisch zuschob, hatte nichts mit Selbstbeteiligung oder Zuzahlungen zu tun. BancAtlantic, Ellis' Arbeitgeber der vergangenen elf Jahre, sei von der CityGroup Inc. geschluckt, nein, »aufgekauft« worden, sei das richtige Wort, wie Ms Stone unverbindlich verkündete.

»Natürlich verfügt die CityGroup über eine eigene Abteilung für Marketing«, fuhr sie fort. »Und da momentan Kosteneinsparungen und maximale Produktivität sowie die finanzielle Stabilität der Anleger absolute Priorität haben, hat die Geschäftsführung die Marketingabteilung von BancAtlantic für überflüssig erklärt.«

Ellis war nicht sicher, richtig verstanden zu haben. »Überflüssig? Heißt das, ich wechsle rüber zur CityGroup?«

Ms Stone schob das Päckchen näher an Ellis heran. »Leider nicht.«

Ellis spürte, wie ihr Mund trocken wurde und ihre Hände zu schwitzen begannen. Sie mochte ihre Arbeit, mochte ihre Kollegen, den Lebensstil, den ihr das Einkommen ermöglichte, das Haus in einem feinen Viertel, die Geschäftsreisen mit dem großzügigen Spesenkonto und alle drei Jahre ein neues Auto. »Dann«, sagte sie mit leicht bebender Stimme, »wird mir eine andere Stellung innerhalb der Bank angeboten? Ich meine, es ist ja nicht so, dass ich immer nur Marketing gemacht hätte. Meinen Abschluss habe ich in Finanzwissenschaft, und bevor ich zu BancAtlantic kam …«

Ms Stone spitzte leicht die Lippen. Ihr fuchsiaroter Lippenstift hatte sich in den tiefen Falten ihrer Oberlippe verkrochen. Sie hatte einen Schnurrbart. Ellis fragte sich, warum Ms Stone den nicht entfernen oder wenigstens bleichen ließ.

Ms Stone klopfte wieder auf den Aktenordner. Darauf prangte ein Hochglanzfoto der Firmenzentrale von BancAtlantic in Chrom und Granit; quer darüber gedruckt waren die Worte *Wandel für morgen*.

Vor dem Bürofenster von Ms Stone im siebten Stock rumpelte es. Ellis schaute auf und sah eine Apparatur zum Fensterputzen langsam vorbeigleiten. Doch die Männer in dem Gefährt waren keine Fensterputzer. Sie trugen dunkle Overalls und plagten sich mit einem gewaltigen Logo aus Chrom herum, das aus zwei zweieinhalb Metern hohen Buchstaben bestand: CG. Ellis kam der Gedanke, dass die neuen Inhaber der Bank mit ihrem Wandel nicht bis morgen warten wollen.

»Dies ist Ihr Abfindungspaket«, sagte Ms Stone sanft. »Sie werden sehen, es ist wirklich großzügig. Außerdem haben Sie natürlich noch Ihre Rente. Ihre Abfindung besteht aus zwei Wochen Gehalt für jedes Jahr, das Sie in dieser Einrichtung gearbeitet haben.«

»Einrichtung?«, wiederholte Ellis dumpf.

»BancAtlantic«, erinnerte Ms Stone sie. »Obwohl«, sagte sie mit einem Blick auf die Uhr an ihrem unnatürlich dünnen Handgelenk, »es die BancAtlantic seit drei Minuten nicht mehr gibt. Wir sind jetzt City-Group. Aufregende Zeiten, nicht wahr?«

Ellis dachte, irgendwie hätte sie nicht das Adjektiv »aufregend« gewählt, um diesen Moment zu beschreiben. Sie beugte sich vor und griff endlich nach dem Aktenordner, den Ms Stone ihr zentimeterweise zugeschoben hatte. Sie blätterte durch den Inhalt. Er bestand aus Formularen und Mitteilungen, und allein der Anblick des Kleingedruckten brachte eine Ader in Ellis' Stirn zum Pochen. Sie musste dringend zurück in ihr Büro, all diese Schriftstücke lesen und versuchen, sie zu verarbeiten.

Ellis erhob sich. »Wie lange noch?«, fragte sie. »Ich sitze gerade an einem großen Projekt, der Bericht müsste nächste Woche fertig sein.«

Ms Stone blinzelte. Ellis hätte schwören können, dass sie bei dieser Frau noch nie zuvor ein Blinzeln gesehen hatte. Niemals.

»Ach«, sagte Ms Stone. »Ich dachte, Sie hätten verstanden. Ihre Kündigung hat sofortige Wirkung.«

»Wie? Jetzt auf der Stelle?«

»Leider ja«, sagte Ms Stone und hielt ihr erwartungsvoll die geöffnete Handfläche entgegen.

Ellis Sullivan war eigentlich keine Frau, die zu Sarkasmus neigte. Doch irgendwie schien die Situation geradezu danach zu schreien.

»Was?«, sagte sie aufgebracht. »Reicht es noch nicht, dass Sie mich gerade *gefeuert* haben? Sie haben mir meine Arbeit genommen, meine Karriere, elf Jahre meines Lebens! Und dafür bekomme ich was? Zweiundzwanzig Wochen Gehalt? Das ist doch wohl ein Witz, oder? Was wollen Sie jetzt noch von mir, hä? Eine Niere? Vielleicht meine Milz?«

Ms Stones bärtige Oberlippe zuckte. »Das ist völlig unnötig«, sagte sie verkniffen. »Es handelt sich hier um eine rein geschäftliche Entscheidung, die die Geschäftsführung getroffen hat. Bitte versuchen Sie nicht, sie persönlich zu nehmen.«

»Ich soll sie nicht persönlich nehmen?«, rief Ellis, gegen ihre Tränen kämpfend.

»Es ist nichts Persönliches«, sagte Ms Stone. Sie erhob sich und stand nun, gute fünfzehn Zentimeter kleiner, vor Ellis. Erneut hielt sie die Hand auf. »Ich muss Sie um Ihren Mitarbeiterausweis bitten.«

Ellis riss die laminierte Karte von dem Seidenband um ihren Hals und schleuderte sie Ms Stone entgegen. Erneut blinzelte die Frau und duckte sich, doch der Ausweis streifte ihr Kinn, ehe er auf den Schreibtisch fiel.

»Das Band gehört mir«, sagte Ellis. »Das ist kein Firmeneigentum.«

»Schön«, sagte Ms Stone. »Verstehe. Und jetzt brauche ich noch Ihren Blackberry. Ich meine natürlich, den Blackberry der Firma.«

Ellis zuckte zusammen. »Den hab ich nicht dabei«, gab sie zu. »Der ist in meinem Büro. Ich bringe ihn vorbei, wenn ich meinen Schreibtisch ausgeräumt habe.«

Ms Stone schmunzelte. »Ihr Schreibtisch wurde bereits ausgeräumt.« Sie ging zur Tür und öffnete sie. Der Mitarbeiter eines Sicherheitsdienstes in einer fremden, anthrazitfarbenen Uniform stand im Gang, in den Armen einen großen Pappkarton. Oben heraus schaute ein alberner roter Stoffbär in einem T-Shirt, das den grünen Schriftzug der BancAtlantic trug. Ellis hatte den Plüschbär vor zwei Jahren auf der Weihnachtsfeier der Abteilung gewonnen. Die Handtasche von Louis Vuitton, die sie sich nach ihrer letzten Gehaltserhöhung gegönnt hatte, baumelte am Arm des Wachmanns.

Ms Stone wies mit dem Kopf auf die Handtasche. Ellis nahm sie dem Wachmann ab, griff hinein und knipste den Blackberry ab.

Vorsichtshalber duckte Ms Stone sich erneut, doch

plötzlich war Ellis nicht mehr zum Kämpfen zumute. Sie legte den Blackberry auf den Tisch, machte auf dem Absatz kehrt und folgte dem wartenden Wachmann in den Flur bis zum Fahrstuhl.

Ellis streckte die Arme nach dem Karton aus. »Ich kann ihn selbst nehmen. Keine Sorge. Ich komme nicht mit einem Gewehr wieder hochgerannt.«

Der Wachmann zuckte mit den Schultern. »Tut mir leid. Ich muss Sie aus dem Gebäude nach draußen begleiten. Vorschrift.«

Ellis drückte auf dem Bedienfeld auf »U«, und schweigend fuhren sie mit dem Lift hinunter in die Garage im Untergeschoss. Der Wachmann folgte ihr bis zu ihrem Accord. Ellis öffnete den Kofferraum, er stellte den Karton hinein und reichte ihr ein Blatt Papier, das oben auf ihren Besitztümern gelegen hatte.

»Das ist eine Inventarliste aller Gegenstände aus Ihrem Büro«, sagte er entschuldigend. »Wenn Sie kurz gegenzeichnen könnten, bitte?«

Ohne auch nur einen Blick auf die Liste zu werfen, kritzelte Ellis ihr Kürzel unten auf das Blatt und reichte es zurück.

Der Wachmann nickte. »Das ist echt ätzend, Mann. Ich hasse das.«

»Nicht Ihre erste Kündigung heute?«

»Sie sind die elfte«, sagte er düster. »Nach der Mittagspause geht's weiter mit Warenkredite. Die gesamte Abteilung.«

Ellis nickte. Es war kein Trost zu wissen, dass auch der Rest ihrer Firma zerpflückt und ausrangiert wurde, eine Abteilung nach der anderen. »Wiedersehen«, sagte sie, wohl wissend, dass es keins geben würde.

An den ersten beiden Tagen danach hatte sie nicht gewusst, was sie mit sich anfangen sollte. Am ersten Morgen war sie wie immer um sechs Uhr aufgestanden und hatte im Dunkeln nach ihrem Blackberry getastet. Nach einem kurzen Moment der Panik war ihr eingefallen, dass die Bank ihn zurückgefordert hatte, zusammen mit ihrer bisherigen Identität. Dann hatte Ellis sich mit einem Stöhnen wieder hingelegt und erkannt, dass es keinen zwingenden Grund für sie gab aufzustehen.

Es folgte eine Woche der Trauer. Zwei Tage lang duschte sie nicht, lief in einer schäbigen Yogahose und Sweatshirt herum, ernährte sich von einer eintönigen Kost aus Cornflakes und sah fern, weil sie es nicht ertrug, aus dem Haus zu gehen. Wohin sollte sie auch wollen? Nach sieben Tagen Selbsttherapie hatte sie sich dank der Wiederholungen der *Dr. Phil Show* gezwungen, vor die Tür zu gehen und das iPhone zu kaufen. Sie erstand sogar eine schicke rosa Gummihülle dafür.

Da Ellis nie eine andere E-Mail-Adresse besessen hatte als die bei BancAtlantic, richtete sie sich ein Konto bei Hotmail ein und verkündete allen, die sie kannte und deren Kontaktdaten sie Gott sei Dank mal irgendwo aufgeschrieben hatte, dass sie eine neue Adresse habe. Es folgten die unvermeidlichen alarmierten Nachfragen von Freunden, die wissen wollten, was passiert sei.

Ellis konnte die Vorstellung nicht ertragen, dass man sie bemitleidete, da sie bereits in Selbstmitleid ertrank, deshalb formulierte sie eine schwungvolle Antwort: »Berufliche Umorientierung zur Lebensmitte. Zeit zum Innehalten und Ausprobieren. Näheres folgt.«

Aber es gab nichts Näheres. Noch nicht. Dieser Urlaub mit ihren Freundinnen, den sie seit April geplant hatte, als sie sich bei der Beerdigung von Julias Mutter in Savannah trafen, war das Einzige, das Ellis seit der Kündigung aufrecht hielt. Eine leise, beharrliche Stimme in ihrem Hinterkopf sagte immer wieder, sie hätte die Reise absagen und das Geld sparen sollen, hätte sich mit Leib und Seele dem Vorhaben widmen sollen, sich wieder dem Arbeitsmarkt zur Verfügung zu stellen.

Doch sie hatte der leisen, beharrlichen Stimme ihre Antwort entgegengeschmettert: Halt die Schnauze!

Es war fast August. Auf gar keinen Fall würde sie diesen Strandurlaub absagen.

Und jetzt war sie hier, saß in einem Restaurant in Nag's Head, North Carolina, und hatte einen Teil ihrer Abfindung bereits verbraucht. Es war ihr egal. In den vergangenen fünf Jahren hatte sie sich jedes Jahr genau eine Woche Urlaub gegönnt, den sie Weihnachten mit ihrer Mutter und ihrer Tante in deren Eigentumswohnung unten in Sarasota verbracht hatte, wo sie sich anhören durfte, wie ihre Mutter sich mit Tante Claudia stritt.

Im April hatte Ellis neben Julia in der ersten Reihe der Kirche zum Heiligen Sakrament in Savannah gesessen. Dorie war auf der anderen Seite von Julia, daneben Willa. Booker, Julias langjähriger Freund, hatte nicht von London herkommen können. Die vier Frauen hielten sich an den Händen, als ein junger Priester namens Father Tranh, den keine von ihnen kannte, die Trauermesse für Catherine Donohue Capelli las. Später, als alle Trauergäste gegangen waren, hatten die Freundinnen im Haus der Capellis ihre Beerdigungskleidung ausgezogen, waren in Pyjamas geschlüpft und hatten sich auf das Doppelbett in Julias altem Kinderzimmer gefläzt, so wie früher immer am Freitagabend. Diesmal hatten sie eine Menge Cosmopolitans getrunken, statt wie damals leichtes Bier zu trinken, das sie aus Mr Capellis Bierkühlschrank in der Garage stibitzten.

Da hatten sie dann den Plan ausgebrütet. Sie wollten sich nicht mehr nur auf Beerdigungen treffen. Ellis' Vater war zwei Jahre zuvor gestorben, und wie lange war Mr Capelli schon tot? Sechs Jahre? So ginge es nicht weiter, hatte Julia erklärt und ihr leeres Glas geschwenkt.

»Wir werden zusammen verreisen«, verkündete sie. »Ans Meer. Wir alle gemeinsam.« Sie hatte zu Dorie hinübergeschaut, die als Letzte geheiratet hatte, und bedeutungsschwer hinzugefügt: »Nur wir Mädels.«

Mit der Vorbereitung des Urlaubs hatten sie Ellis betraut – die Organisatorin, die Planerin, die allzeit tüchtige Ellis. Und genau das hatte sie getan. Jetzt stand sie arbeitslos da, aber vor ihr lag der ganze Monat August, den sie mit ihren besten Freundinnen in einem Ferienhaus verbringen wollte. Und mit Willa, Dories Schwester, die sich einfach dazugeladen hatte.

Die Aussicht rief bei Ellis einen angenehmen Schwindel hervor. Die goldenen Sommer der Jugend waren die schönsten ihres Lebens gewesen. Ellis, Dorie und Julia waren damals unzertrennlich, hatten mehrere Wochen am Stück im großzügigen Landhaus von Julias Großmutter in Tybee verbracht, tagsüber faul am Strand gelegen und sich abends stundenlang zum Ausgehen fertiggemacht.

Dorie hatte immer einen Schwarm potentieller Freunde um sich geschart, daher waren sie stets in einer großen Gruppe unterwegs gewesen, fuhren die Küstenstraße im dicken Fleetwood Caddie von Julias Mutter hoch und runter, und niemand hatte sich daran gestört, dass Ellis keinen Freund hatte. Der

Caddie war weiß, hatte ein Schiebedach und das Ersatzrad auf den Kofferraum montiert – ein totaler Angeberwagen, was alle zum Schreien komisch fanden: dass Julias fromme Mutter einen Zuhälterschlitten fuhr. Sie liebten den Fleetwood, weil er mit seinen großen Ledersitzen sechs bis sieben Personen Platz bot. Die Mädchen ließen die Scheiben herunter, drehten ihr Lieblingslied auf höchste Lautstärke und grölten den Refrain aus vollem Hals – »*Whoomp! There It Is!*« Der Fleetwood schaukelte im Takt des schweren Basses.

Anschließend gingen sie tanzen in einen Club, dessen Namen Ellis längst vergessen hatte, doch sie konnte sich noch an den Jungen erinnern, den sie am letzten Sommerwochenende vor ihrem zweiten Jahr am College kennengelernt und mit dem sie die Abende durchgetanzt hatte. Er hieß Nick und ging zum Boston College, und sie hatte sich nur zu gerne von ihm streicheln lassen, als sie sich zu »I Swear« in den Armen lagen. Ellis erlaubte sich die Vorstellung, es sei Nick, der ihr versprach – beim Mond und den Sternen am Himmel –, sie ewig zu lieben. Dann hatte die Schule begonnen, Nick hatte noch ein paar E-Mails geschrieben, dann kam nichts mehr.

Ellis schaute auf ihr iPhone. Sie öffnete eine neue Mail und gab die Adresse ein.

An: Culpepper@Ebbtide.com
Von: EllisSullivan@hotmail.com
Lieber Mr Culpepper, mir ist durchaus bekannt, dass meine Gruppe heute nicht vor zwei Uhr in Ebbtide einziehen kann, aber zufälligerweise bin ich früher als geplant in der Gegend und wollte fragen, ob es möglich wäre, schon früher ins Haus zu können? So gegen Mittag? Dafür wäre ich Ihnen sehr dankbar. Mit freundlichen Grüßen, Ellis Sullivan.

Sie drückte auf »Senden« und hörte kurz darauf das leise zischende Geräusch, das die Versendung ihrer Nachricht akustisch nachahmte. Nicht zum ersten Mal stellte sie sich Mr Culpepper vor: ein freundliches altes Hutzelmännchen in einem ausgeblichenen, aber gestärkten Hawaiihemd, die staksigen Knie in einer Bermuda mit Madraskaro, dazu schwarze Socken und abgetretene Sandalen. Sein Gesicht war wettergegerbt, der Kopf fast kahl. Er würde Ellis und ihre Freundinnen auf der Stelle ins Herz schließen und sie »Schätzchen« oder »Süße« nennen.

Sie konnte es nicht erwarten, Mr Culpepper persönlich kennenzulernen.

3

Maryn fuhr gen Süden, wechselte zwischen der Interstate und gewundenen Landstraßen, ohne ein besonderes Ziel im Kopf zu haben. Fort. Das war die einzige Richtung, in die sie wollte. Fort von daheim, von den wenigen Angehörigen, die sie noch hatte. Fort von Biggie. Das tat richtig weh. Aber daran konnte sie nichts ändern. Noch immer sah sie Biggies flehende braune Augen vor sich, die ihr nachgeschaut hatten, als sie durchs Haus huschte und ihre Sachen in eine Reisetasche packte. Er war ihr von einem Zimmer ins nächste gefolgt, und als sie fertig war, hatte er an der Hintertür auf sie gewartet, die rote Lederleine in der Schnauze, überzeugt, sie würde jetzt mit ihm Gassi gehen.

Es brach ihr das Herz, Biggie zurückzulassen. Sie hatte sich eingeredet, der alternde Golden Retriever würde schon zurechtkommen. Don würde ihm nichts zuleide tun, nicht mal, um sich an Maryn zu rächen. Er liebte Biggie von ganzem Herzen, hatte ihn als Welpen bekommen. Biggie war für Maryn da gewesen, und nach ihr wäre Don für den Hund da. Oder nicht? Wie auch immer, wichtig war, dass sie fort musste. Fort von ihm. Und das bedeutete, Biggie zurückzulassen.

Bei dem Gedanken an Don drehte Maryn den Diamanten an ihrem Ringfinger. So oft hatte sie ihm das Schmuckstück an den Kopf werfen wollen, hatte sagen wollen, ja, damit hast du mich gekauft. Er hatte das Geschäft seines Lebens gemacht. Fast hätte sie den Ring zurückgelassen, zusammen mit ihren anderen Habseligkeiten, doch im letzten Moment beschloss sie, ihn weiter zu tragen, als Mahnung – als ob das nötig gewesen wäre! –, wie leicht und billig sie sich an den Teufel verkauft hatte.

Maryn blickte kurz auf ihren Arm hinunter. Verborgen unter dem Stoff waren die schmerzenden, hässlichen violetten Flecken, die ihren linken Unterarm wie ein Armband zierten. Noch eine Erinnerung an den wahren Don Shackleford. Sie würden verblassen, das wusste Maryn, doch sie zweifelte, dass sie jemals seinen eiskalten Zorn vergessen würde, die Leichtigkeit, mit der er ihren Arm umklammert und zugedrückt hatte, bis sie vor Schmerz laut aufschrie. Während Don ihr zuflüsterte, was genau er mit ihr anstellen würde, wenn er sie noch einmal dabei erwischte, wie sie in seinen Privatangelegenheiten herumschnüffelte, war sein Gesicht völlig reglos geblieben.

»Ich bring dich unter die Erde«, hatte er gedroht, und seine blassblauen Augen hatten sonderbar gefunkelt. »Irgendwo, wo dich keiner findet. Keiner wird überhaupt merken, dass du nicht mehr da bist. Erst wenn es zu spät ist. Weder Adam noch deine Mutter, keiner wird wissen, was passiert ist, wo Maryn geblieben ist.« Bei der Vorstellung hatte er gegrinst. Dann hatte er ihren Arm losgelassen, aber nicht ohne vorher den Kopf zu senken und die von ihm verursachten, feurigen roten Striemen zärtlich zu küssen.

Als sie hörte, dass der Escalade aufheulend die Auffahrt verließ, hatte sie bereits begonnen, ihre Flucht vorzubereiten.

Sie schloss die Haustür ab und lief in ihr Zimmer. Als sie das Geld aus ihren Ugg-Boots hinten im Wandschrank zog, erkannte sie voller Staunen, dass sie fast sechstausend Dollar angespart hatte. Den Grundstock hatte sie mit zweitausendsiebenhundert Dollar von einer Reise nach Atlantic City im April gelegt, als sie beim Blackjack gewonnen hatte. Don gegenüber hatte sie behauptet, das Geld für Klamotten und Schuhe ausgegeben zu haben. Ihn anzulügen fiel ihr nicht schwer, erschien ihr auch nicht falsch. Das restliche Geld kam häppchenweise dazu, ab und zu ein Zwanziger aus dem Bündel, das Don abends auf die Kommode warf, ein Hunderter gespart von dem Geld, das er ihr für eine neue Jacke gegeben hatte.

Fünfhundert Dollar, als sie die lächerlich teure (und hässliche) Uhr, die er ihr zum Geburtstag geschenkt hatte, in ein schöneres Modell umtauschte.

Maryn konnte nicht genau sagen, warum sie die Zwanziger und Fünfziger gehortet hatte. Waren sie wirklich für die Kelly-Bag von Hermès gedacht gewesen, die sie sich gewünscht hatte, oder hatte sie eher den zynischen Tipp ihrer Mutter im Hinterkopf gehabt, der ihr mit einer Zigarette zwischen den blutleeren Lippen erteilt wurde: »Eine Frau muss immer ihr eigenes Geld haben. Immer. Geld zum Durchbrennen.«

Maryn war dankbar für den einen guten Ratschlag, den ihre Mutter ihr gegeben hatte. Das Packen hatte nicht lange gedauert. Zwanzig Minuten? Maryn war in eine andere Bluse geschlüpft, eine Seidenbluse mit langen Armen, damit man die blauen Flecken an ihrem Arm nicht sah. Und jetzt war sie hier, auf der Straße. Wieder mal.

Wie lange war sie nun schon unterwegs? Ihre Augen brannten vor Erschöpfung, Arme und Schultern schmerzten. Sie musste bald eine Pause einlegen. Und schlafen. Und etwas essen, auch wenn ihr Magen sich bei dem Gedanken an Essen drehte.

Sie überquerte die Grenze von Virginia und stellte fest, dass sie nun in North Carolina war. Die Sonne ging auf. Maryn zog die Dior-Sonnenbrille von ihrem Kopf auf die Nase herunter und las im Vorbeifahren ein Plakat, das für ein Motel namens Buccaneer in Nag's Head warb.

Nag's Head. In dem Sommer, nachdem ihr Vater nach Fort Bragg in Fayetteville, North Carolina, versetzt worden war, waren ihre Eltern mit ihr nach Nag's Head gefahren. Wie alt war sie da gewesen, zwölf? Sie hatten in einem winzigen Motel gewohnt, direkt am Strand, und ihr Vater hatte sie mit zum Angeln an die Mole genommen, nur er und Maryn. Das Motel hatte einen Swimmingpool und ein kleines Café, und sie waren jeden Abend essen gegangen, absoluter Luxus. Einmal hatten sie abends Minigolf gespielt, ein anderes Mal waren sie in einem Vergnügungspark Autoscooter gefahren.

War das der letzte glückliche Sommer gewesen? Die Scheidung folgte ein Jahr später. Gerade als Maryn sich an der neuen Schule eingewöhnt hatte. Nicht dass sie dort viele Freunde gehabt hätte. Sie war ein ungeschicktes Kind gewesen, bestand nur aus Knien und Ellenbogen, ihr Haar hatte die Farbe von schmutzigem Spülwasser, ihr Kopf war zu groß für den Körper. Maryn hatte sich geschämt, als sie als erstes Mädchen in der sechsten Klasse einen BH brauchte. Ihre Mutter hatte diesen Umstand natürlich gefeiert, indem sie Maryn das engste Oberteil kaufte, das sie finden konnte. »Wer hat, der hat«, sagte sie zu ihr. Um einen Streit zu vermeiden, trug Maryn das Top, zog aber ein weites Shirt darüber, sobald sie das Haus auf dem Weg zur Schule verlassen hatte.

Gerade hatte sie begonnen, das soziale Miteinander an ihrer neuen Schule zu begreifen, als ihre Mutter sie im Mai in den ausgebleichten blauen Buick lud und verkündete, sie würden Tante Patsy in New Jersey besuchen. »Wenn du glaubst, dass ich in diesem elenden Loch von Stadt bleibe, während dein Vater mit seiner Hurentusse durch die Gegend marschiert, dann ist dir nicht zu helfen«, sagte Mama, legte den Rückwärtsgang ein und rumste gegen den Briefkasten am Ende der Auffahrt. Sie stieg nicht mal aus, um einen Blick auf ihre zerdrückte hintere Stoßstange zu werfen.

Ein Besuch in New Jersey? Es war wohl eher ein Einzug bei der älteren Schwester ihrer Mutter gewesen, bei Tante Patsy, Teilzeitfrisöse und Vollzeitsäuferin. Im Herbst hatte Maryn die Pubertät hinter sich gebracht und war auf die Junior-Highschool gekommen, fünf Zentimeter größer. Sie trug B-Körbchen, eine enge Jeans mit Acid-Waschung und dank Tante Patsy eine prächtige blonde Mähne. Ebenfalls im Herbst gesellte sich Maryns Mutter zu Tante Patsy im Frisörsalon – und im Spirituosenladen.

Maryns erste Wochen an der Junior-High waren ein Triumph gewesen. Eine zierliche Brünette namens Brooke saß im Klassenzimmer vor ihr, hatte Mitleid mit der Neuen und lud sie ein, beim Mittagessen in der Cafeteria am Tisch der beliebten Mädchen zu sitzen. Sie wurde zu Pyjamaparties und zum Eislaufen eingeladen und hatte jeden Abend viele Stunden mit Brooke telefoniert, hatte durchgesprochen, wer wen mochte. Ihre Mutter und ihre Tante hatten Maryns neue Beliebtheit in jeder Sekunde genossen.

Im Oktober war Maryn zu ihrer ersten Veranstaltung mit Jungs eingeladen worden, einer Halloweenparty. Die Einladung löste bei ihrer Mutter und Tante Patsy eine rauschhafte Einkaufswut und Näherei aus. Am fraglichen Abend stolzierte Maryn mit einer hoch aufragenden schwarzen Perücke in Heather Palumbos Kellerbar, gekleidet in ein fließendes, langärmeliges schwarzes Etuikleid mit tiefem Ausschnitt. Ihr Gesicht war mit Theaterschminke weiß gemacht, ihre Augen mit schwarzem Eyeliner umrandet, die Lippen blutrot bemalt, dazu trug sie passende zentimeterlange, falsche rote Fingernägel.

Noch so viele Jahre später konnte sich Maryn erinnern, welche Wirkung ihr Auftritt bei jener Feier gehabt hatte. Brooke, Heather und Colleen in ihren Pudelröcken aus den Fünfzigern, Söckchen mit Volants und Pullis mit aufgedruckten Buchstaben bildeten einen Kreis um Maryn und starrten sie an, als sei sie gerade von einem anderen Planeten heruntergefallen. »Was soll das denn sein?«, fragte Colleen und stützte die Hände in die Hüften.

»Weißt du nicht?«, fragte Maryn erstaunt. »Elvira, die Königin der Dunkelheit. Aus dem Fernsehen!«

»Du siehst aus«, spottete Heather, »wie eine Nutte.«

Maryns Wangen brannten vor Scham. Sie huschte nach oben, wollte ihre Mutter anrufen und sie bitten, sie früher abzuholen, doch Mama und Patsy hatten Maryn lediglich bei der Party abgesetzt und waren direkt weitergefahren nach Harlow, in ihre Lieblingskneipe.

Als Maryn in den Keller zurückkehrte, stellte sie fest, dass die Mädchen ihr buchstäblich den Rücken zukehrten. Mit den Jungen hingegen lief es anders. Sie scharten sich um sie, lachten und redeten zu laut, brachten ihr Cola und forderten sie zum Tanzen auf. In gefühlten fünf Minuten war sie die Schönheit des Abends und gleichzeitig die Schulschlampe geworden – je nach Geschlecht des Betrachters.

Brooke und Colleen riefen jetzt nicht mehr an, dafür nahmen Alex, Nathan und Jordan, ein Junge aus der Achten, ihre Stelle ein. Anfangs war Maryn erschüttert, Brooke als Freundin verloren zu haben. Doch ihre Mutter und ihre Tante genossen Maryns neuen Status als Femme fatale.

»Diese albernen Weiber hast du doch gar nicht nötig«, sagte Tante Patsy. »Die sind alle nur neidisch auf dich, weil du hübscher bist und weil die Jungs dich mehr mögen als sie.« Als Maryn im Laufe der Wochen und Monate klarwurde, dass sie eine überraschende Macht über das andere Geschlecht besaß, kam sie zu dem Schluss, dass sie Jungs durchaus mochte.

Nicht dass sie es gut fand, keine beste Freundin zu haben. Als Tante Patsy am Anfang von Maryns zweitem Jahr an der Highschool ihre Stelle im Stylesetter Salon verlor, so dass sie gezwungen waren, in ein kleineres Mietshaus in einem anderen Schulbezirk zu ziehen, beschloss Maryn, sich neu zu erfinden.

Bevor die Schule wieder begann, trieb sie sich im Einkaufszentrum herum, um herauszufinden, wie sich die anderen Mädchen kleideten. Sie kaufte sich eine Levis 501 mit Knöpfen statt Reißverschluss und pastellfarbene T-Shirts von Gap, hörte auf, sich das Haar zu färben, und schminkte sich weniger auffällig.

Und wofür? Trotz ihrer Bemühungen blieb Maryn an ihrer neuen Schule aus den Kreisen und Cliquen ausgeschlossen. Als sie daher von dem süßen, etwas hohlen Sportcrack Wesley Bates, der im Chemielabor neben ihr saß, am dritten Samstag in Folge eingeladen wurde, mit ihm auszugehen, willigte Maryn ein, obwohl sie über den Flurfunk der Schule gehört hatte, dass Wesley angeblich mit einem Mädchen namens Janelle Rivenbark ging.

Eine Verabredung. Genau einmal war sie mit Wesley ausgegangen, aber für Janelle Rivenbark und ihren Hexenzirkel war es mehr als genug gewesen, um

Maryns Schicksal zu besiegeln. Am folgenden Montag hatte sie Schmähbriefe in ihrem Spind gefunden. Jeden Abend gab es Dutzende von anonymen Anrufen. Auf der Türschwelle lagen Tüten mit Hundekot. Eier flogen auf den Wagen ihrer Mutter, der Garten ihrer Tante wurde wöchentlich neu mit Toilettenpapier geschmückt.

»Pfeif auf die Weiber!«, riet ihr die Mutter, und irgendwann war Maryn zum selben Schluss gekommen. Von dem Moment an hatte sie ihre eigenen Regeln aufgestellt. Sie hatte immer mindestens einen Liebhaber und war durchaus gewillt, einer anderen den Freund auszuspannen, besonders wenn die Betreffende mit Janelle Rivenbark befreundet war.

Angefeuert wurde sie von ihrer Mutter und Tante Patsy, die durch Maryns romantische Eroberungen auflebten. Egal wie spät sie freitags- oder samstagsabends nach Hause kam, ihre Mutter war noch wach, erpicht darauf, die Geschehnisse des Abends durchzugehen.

Der Gedanke an ihre Mutter ließ Maryn zusammenzucken. Wann hatte sie zuletzt mit ihr gesprochen? Vor drei, vier Monaten? Maryn fielen die Augen zu, ihre Lider flatterten. Sie musste runter von der Straße. Sie ließ das Fenster herunter, um frische Luft hereinzulassen. Nag's Head, beschloss sie. Sie würde in Nag's Head halten. Das war weit genug fort von New Jersey. Weit genug fort von ihm.

4

Ty Bazemore ging ums Haus herum nach hinten und drehte am Türknauf. Er war verschlossen – gut. Sicher, im Haus war nichts von großem Wert, aber es war besser, sich bei solchen Dingen rückzuversichern.

Er schloss auf und ging in die Küche. »Du meine Güte!«, stammelte er entsetzt, als er sich umsah. Es war eine Katastrophe: Schmutzige Töpfe und Pfannen stapelten sich im schmutziggrauen Wasser im Spülbecken. Alle Teller im Haus schienen sich auf der Arbeitsfläche zu sammeln. Der Mülleimer in der Ecke quoll über vor leeren Bierdosen und Weinflaschen. Über allem hing ein fischiger Geruch.

Ty spähte in einen Topf auf dem Herd. Er war voller Krabbenschalen und stand wohl schon einige Tage dort. Ty nahm ihn mit und leerte ihn im Mülleimer, und ihm fiel das schmatzende Geräusch auf, das seine Flipflops auf dem Linoleum machten.

Er schaute hinunter und hob die rechte Ferse an. Der Flipflop blieb am Boden kleben.

»Diese scheiß Collegeschüler!«, fluchte er.

Er hätte es wissen müssen. Die E-Mail-Adresse des Mieters lautete Party@Animal.com. In den Vertragsbedingungen im Internet wurde zwar ausdrücklich darauf hingewiesen, dass das Haus nur an Erwachsene vermietet wurde. Doch die Party-Animals hatten eine Woche im Voraus bezahlt, und ihre American Express-Karte war ohne Probleme akzeptiert worden. Ty hatte von Anfang an ein schlechtes Gefühl gehabt, aber schließlich waren dreitausendvierhundert Dollar nicht zu verachten, momentan schon gar nicht.

Als daher die Karawane von Autos vor dem Haus hielt, zuerst ein demolierter Jeep, dann zwei Pickups und ein grasgrüner VW Käfer Cabrio mit vier angetrunkenen Mädchen darin, hatte er beschlossen, sie einfach zu ignorieren. Doch dann hatte er sinkenden Mutes beobachtet, wie sechzehn Collegeschüler sich ins Haus drängten. Und das war nur der erste Abend.

In der Anzeige hatte ausdrücklich gestanden, dass das Haus für maximal zehn Personen ausgelegt sei – was nicht ganz stimmte, da in dem Fall zwei Zwerge dabei sein mussten, die auf dem schäbigen Ausziehsofa im Wohnzimmer schliefen, das Ty im März am Straßenrand gefunden hatte.

Mit einem Seufzer ging er auf die Veranda und zog die Mülltonne auf Rollen hinter sich her. Er griff zu Eimer und Wischmopp und nahm den ausrangierten

Einkaufswagen mit, den eine andere Gruppe kleiner Collegewichser vor ein paar Wochen vor der Hintertür hatte stehen lassen und der jetzt Tys Arsenal an Putzmitteln enthielt.

Nicht zum ersten Mal wurde Ty die Ironie der Lage bewusst. Vielleicht hatte sein Vater doch recht gehabt. Wenn er einen Abschluss in Jura gemacht hätte, dann säße er jetzt vielleicht in einer edlen Anwaltskanzlei in Manhattan. Vielleicht wäre er dann auch noch mit Kendra zusammen. Nein, wohl eher nicht. Aber er hätte vielleicht einen beruhigenden Investmentfonds, würde einen Jaguar fahren und den Winter in Cabo oder zumindest in Key West verbringen. Vielleicht hätte er doch nicht seinen allerletzten Cent in die Rettung von Ebbtide stecken und sich bis zum Anschlag mit Hypotheken belasten sollen. *Ich hab dir ja gesagt, lass das sein mit dem alten Kasten.*

Wenn er auf seinen Alten gehört hätte, würde er jetzt vielleicht nicht in einem winzigen Apartment über der Garage wohnen und die ganze Nacht auf den PC-Bildschirm starren, bis er viereckige Augen bekam und nicht mehr denken konnte. Vielleicht würde er dann nicht tagsüber Toiletten putzen und keine Angst haben müssen, dass der nächste Anruf oder die nächste E-Mail allem ein Ende machte.

Die Uhr tickte. Ihm blieben keine sechs Wochen mehr, um Ebbtide zu retten. Ansonsten würde das Anwesen am 15. September auf den Stufen des Gerichts von Dare County versteigert. Dann stände er auf der Straße, arbeitslos, obdachlos. Und sein Vater würde ihn ansehen und den Kopf schütteln. Kendra, seine Ex, und ihr neuer Ehemann Ryan (auch »das Arschgesicht« genannt) würden in das gleiche Horn stoßen wie sein Alter und Mitleid heucheln. Auch wenn es vielleicht keiner ausspräche, hätten sie alle nur einen Gedanken: *Wir haben es doch gesagt.*

Ty sah aus dem Küchenfenster. Wenn er sich auf die Zehenspitzen stellte, konnte er sehen, wie die Wellen an den Strand schlugen. An diesem Morgen waren sie ziemlich groß. Sein Bauch grummelte laut. Wenn es ihm gelang, diesen Schweinestall in rund drei Stunden aufzuräumen, würde er gerade noch rechtzeitig bei Abigail sein, ehe das Samstagmittagsangebot ausverkauft war: Tacos mit Thunfisch.

Ty zog den Einkaufswagen ins Wohnesszimmer und riss die Augen auf angesichts der Zerstörung, die seine Mieter hier hinterlassen hatten. Sessel, Tische und Lampen waren umgekippt. Auf dem zerkratzten Holzboden lag eine feine Sandschicht, Sofakissen waren vor dem Kamin aufgereiht, in dem drei verdrehte Kleiderbügel aus Draht einen improvisierten Grillrost bildeten. Was in Ordnung gewesen wäre, wenn die Luftklappe geöffnet worden wäre. Fettiger schwarzer Ruß zog sich über das weiße Kaminsims, das Ty noch im Juni gestrichen hatte. Die große gerahmte Seekarte des Currituck Sound, die noch von seinem Großvater stammte, hing schief über dem Sims, das Glas war zersplittert. Im Sofa prangte ein baseballgroßes Brandloch, die Füllung quoll heraus. Der unverkennbare Geruch abgestandenen Biers und billigen Marihuanas hing in der Luft.

»Du meine Güte!«, wiederholte Ty. Er riss sein Handy aus der Tasche seiner weiten Surferhose und scrollte zur letzten E-Mail, die er vom guten alten Party-Animal bekommen hatte.

Seine Fingerspitzen huschten über die winzige Tastatur und tippten schnell eine Nachricht.

Hey Party-Animal, schrieb er, *Die fünfhundert Dollar Kaution kannst du dir in die Haare schmieren, du Arschloch. Mit freundlichen Grüßen, Mr Culpepper, Geschäftsführer, Ebbtide.com.*

Als er die Benachrichtigung erhielt, die Mitteilung sei verschickt worden, blickte er auf den Posteingang und seufzte. Noch eine Mail von einem nervenden Gast. Die Nervensägen waren der Grund, weshalb er sich mit seinen Mietern nur per E-Mail austauschte und niemals seine Telefonnummer herausgab. Soweit den Gästen bekannt war, war Mr Culpepper ein schrulliger alter Kerl, der irgendwo im Internet zu Hause war. Niemand musste wissen, dass der Vermieter in Wirklichkeit der Surfertyp war, der über der Garage wohnte, lediglich eine Tür weiter, falls die Toilette mal verstopft war oder einer nicht wusste, wie man die Fernbedienung benutzte.

Der Name dieser ganz besonderen Nervensäge war Ellis Sullivan. Der Typ bombardierte Ty nun schon seit Wochen mit pingeligen Fragen. Aus dem allgemeinen Tenor – ob er selbst Bettwäsche und Handtücher mitbringen solle, ob es Liegestühle und Fahrräder und einen Grill gebe – hatte Ty geschlossen, dass Ellis hundertprozentig schwul war. Normale Typen wie die gute alte Filzlaus wollten nur wissen, wo man Alkohol kaufen könnte.

Ellis Sullivan und seine Freunde sollten das Haus am frühen Nachmittag beziehen. Je später, desto besser, fand Ty. Wer konnte schon sagen, wie lange es dauern würde, die Küche und das Wohnzimmer zu putzen? Als ihm klar wurde, dass er gar nicht wusste, wie die oberen Stockwerke aussahen, sank sein Mut.

Als er auf die Treppe zuging, nahm er ein schwach gurgelndes Geräusch wahr. Es kam aus dem WC unter der Treppe. Die Tür war geschlossen und wollte sich nicht öffnen lassen. Ty stemmte ein Bein gegen den Rahmen und riss am Knauf. Die Tür flog auf, und eine Lawine stinkenden Wassers ergoss sich in den Flur.

»Scheiße!«, rief Ty. Und das meinte er wörtlich.

Ellis ließ sich Zeit mit dem Frühstück. Mehrmals checkte sie ihre E-Mails, doch es war nichts im Posteingang, abgesehen von Werbemitteilungen und Nachrichten von ehemaligen Kollegen aus der Bank, die ebenfalls unangenehme Kündigungsgespräche mit Ms Stone absolviert hatten.

In den ersten Tagen nach ihrer Freisetzung (wie sie es für sich am liebsten formulierte) hatte sie an nichts anderes denken können als an die Ungerechtigkeit ihrer Situation. Stunde, ja Tage hatte sie damit verbracht, sich und ihre ehemaligen Kollegen zu bedauern. Sie hatte sich einer Facebook-Gruppe und einer Chatgroup ihrer Leidensgenossen angeschlossen und war sogar zu einem Treffen in einer Kneipe am Stadtrand gegangen, wo sich alle betranken und angesichts der fatalen Lage ganz rührselig wurden.

Dann hatte Ellis entschieden, dass damit Schluss war. Ihr ganzes Leben lang hatte sie gespart. Ihr Vater hatte ihr ein kleines Erbe hinterlassen, ihr Stadthaus war also abbezahlt. Der Wagen ebenfalls, und schon vor Jahren hatte sie klugerweise entschieden, ihre Pension nicht in Aktien der eigenen Bank zu investieren. Ellis war alles andere als wohlhabend, aber sie hatte ein gewisses finanzielles Polster und wollte sich nicht verrückt machen. Redete sie sich wenigstens ein.

Sie scrollte durch die Nachrichten im Posteingang, aber suchte vergeblich nach einer Antwort auf ihre Mail an Mr Culpepper.

Da sie nichts fand, kramte sie den Ausdruck der Internetseite von Ebbtide aus ihrer Tasche. Sonderbarerweise stand dort alles, nur keine Telefonnummer.

Ellis runzelte die Stirn und tippte noch eine Mail, in der sie Mr Culpepper an ihre Bitte um einen früheren Einzug erinnerte und vorschlug, er könne sie auf ihrem Handy erreichen und ihr mitteilen, wenn das Haus fertig sei.

Schließlich war nichts anderes mehr zu tun, als die Zeit im Outletcenter totzuschlagen. Vorher wollte Ellis aber noch mal kurz am Haus vorbeifahren, um zu sehen, ob die bisherigen Gäste mittlerweile abgereist waren.

Sie fuhr über den Virginia Dare Trail und verlangsamte, als sie zum Haus kam. Da mehrere Wagen direkt hinter ihr waren, bog sie in die Auffahrt von Ebbtide ab.

Mist! Der Bronco stand immer noch in der Garage. Aber der kaputte Getränkekühler und die Bierflaschen waren seit ihrem letzten Besuch weggeräumt worden, jetzt stand ein großer Müllcontainer auf Rollen im Unkraut neben dem Briefkasten. Er quoll über vor Müll. Ellis reckte den Hals, um zu erkennen, ob sich irgendwas im Haus tat.

Ein letztes Mal schaute sie in den Posteingang. Widerwillig beschloss sie, zum Outletcenter zu fahren.

Um ein Uhr stopfte Ty die letzte Ladung feuchter Bettwäsche in den Trockner. Er richtete sich auf, schaute aus dem Fenster der Wäschekammer im Erdgeschoss und sah gerade noch, wie der silberne Accord langsam vorbeifuhr, der ihm schon früher aufgefallen war. Es war das zweite Mal in der letzten Stunde. Was war da los? Das war doch wohl kein Arschloch von der Bank, oder? Verdammt nochmal, es war immerhin Samstag! Nicht dass Ty viel Zeit gehabt hätte, sich darüber Gedanken zu machen. Wenn das Erdgeschoss schon übel ausgesehen hatte, so war es im ersten Stock noch schlimmer. Viel schlimmer.

Es war ein Horrorszenario, anders konnte man es nicht nennen. In den Bädern lagen Berge feuchter, schimmeliger Handtücher; irgendjemand hatte in die Duschkabine gekotzt. In einem der vorderen Schlafzimmer hatte Ty etwas im Wandschrank entdeckt, das wie Hundekot aussah. Wie war es denen bloß gelungen, einen Hund an ihm vorbeizuschmuggeln? Und zwar eine Deutsche Dogge, nach der Hinterlassenschaft zu urteilen. Die Matratzen aus dem Doppelbett im hinteren Schlafzimmer waren auf die Veranda geschleppt und dort aufeinandergelegt worden, wo der Regen der letzten Nacht sie gründlich durchweicht hatte. Überall flog Müll herum, und die Holzlamellen der Fensterläden von zwei Schlafzimmern sahen aus, als hätte sie jemand mit einem Baseballschläger traktiert.

Ty hatte noch nie so hart und fieberhaft gearbeitet. Er musste die ruinierten Matratzen des Doppelbetts durch die aus seiner Garagenwohnung ersetzen. Die Fensterläden waren nicht zu reparieren, daher hängte er verblasste Blumengardinen auf, die er in einem Fach hinten im verschlossenen Schrank im Erdgeschoss fand. Ty räumte und wischte, schrubbte und putzte, bis ihm Rücken und Beine weh taten und seine Hände von den Desinfektions- und Bleichmitteln rot waren.

Nur noch wenige Minuten bis zwei Uhr. Das wusste Ty, ohne auf die Uhr zu schauen, weil er noch drei weitere E-Mails von diesem nervigen Ellis Sullivan bekommen hatte, der ständig wissen wollte, ob er nicht schon früher ins Haus könnte. Ty hatte sich nicht die Mühe gemacht zu antworten. Er war zu sehr mit der Beseitigung des Desasters beschäftigt gewesen.

Er hörte eine Autohupe in der Auffahrt, jedoch keine laute Fanfare, sondern eher ein kurzes Grüßen. Ty flitzte zum Fenster und schaute hinaus. Verdammt! Der silberne Accord parkte vor dem Haus und versperrte ihm den Weg nach draußen. Und es kam jemand auf die Tür zu. Nein! Das konnte doch nicht wahr sein! War es aber, und wie! Allerdings … auf das Haus zugestapft kam die umwerfende Brünette, die ihn am Morgen dabei erwischt hatte, als er von der Dachterrasse pinkelte. Ein ganz besonderer Tag für Ty Bazemore, das konnte man wohl sagen.

5

Als Ellis zum dritten Mal an Ebbtide vorbeifuhr, beschloss sie, es sei Zeit, zur Tat zur schreiten. Den halben Tag hatte sie bereits verschwendet. Immerhin war es jetzt fünf nach zwei, das ging jetzt also von ihrer Zeit ab. Sie bog in die Einfahrt und blickte böse hinüber zu dem Bronco, der immer noch in der Garage stand. Zweimal drückte sie höflich auf die Hupe ihres Accords. Doch es kam niemand aus dem Haus gehuscht, wie sie gehofft hatte. Ellis warf einen letzten Blick auf ihr iPhone, aber es gab immer noch keine Antwort von Mr Culpepper.

Sie stieg aus und marschierte forsch auf das Haus zu, die Treppe hinauf. Bevor sie die Veranda betrat, zögerte sie kurz – ihre Mutter hatte sie nicht zu einem Menschen erzogen, der einfach so bei anderen ins Haus platzte. Selbst fünfzehn Jahre im Norden konnten daran nichts ändern.

»Hallo?«, rief sie vorsichtig. Alles war still. Ellis sah sich um. Die Veranda war breit, die Zierleisten waren weiß gestrichen, obwohl die Schindelverkleidung des Hauses braungrau war. Ins Verandageländer waren Bänke eingebaut, die nach außen ragten, und zwischen zwei Pfosten, direkt unterhalb der Dachsparren, war eine Wäscheleine gespannt, auf der ausgebleichte Holzklammern wippten. Vier weiße Schaukelstühle waren auf den Kopf gedreht, zwei auf jeder Seite der Eingangstür. Direkt neben der Treppe stand ein Zinkeimer, noch halbvoll mit Wasser. *Eigentum von Ebbtide* war mit strahlend blauen Buchstaben darauf geschrieben. Ellis achtete darauf, dass ihre Schritte auf den verwitterten grauen Bohlen laut und entschlossen klangen, damit jeder wusste, dass sie da war.

Die Angeln der rostigen Fliegengittertür quietschten, als Ellis sie aufzog. Es gab keine Klingel, deshalb klopfte sie forsch an die lavendelblaue Tür. Als sich nichts tat, klopfte Ellis erneut, pochte und hämmerte dagegen. Sie ging an das nächste Fenster, schirmte die Augen mit den Händen ab und spähte in das dunkle Zimmer. Es sah ganz ordentlich aus, aber es war kein Lebenszeichen zu erkennen.

In dem Moment piepte ihr Handy kurz, sie hatte eine neue E-Mail erhalten. Sie zog es aus der Tasche ihrer Caprihose und schaute in den Posteingang.

An: EllisSullivan@hotmail.com
Von: Culpepper@Ebbtide.com
Betreff: Bezug des Ferienhauses
Es tut uns leid, aber ein früherer Bezug des Ferienhauses ist leider nicht möglich. Ab zwei Uhr finden Sie den Haustürschlüssel in einem Umschlag unter dem Fußabtreter vorne. Hinweis: Ein Ersatzschlüssel kostet 25 Dollar. Viel Vergnügen!

»Arschloch«, murmelte Ellis vor sich hin. Sie fand den Schlüssel, öffnete die Tür und betrat das Haus.

Es dauerte einen Moment, bis sich ihre Augen an das abgedunkelte Zimmer gewöhnt hatten. Neben der Tür fand sie einen Lichtschalter und knipste ihn an. Über ihr erwachte ein Deckenventilator zum Leben.

»Hm.« Ellis schaute sich um. »Nicht schlecht.« Sie befand sich in einem großen Wohnesszimmer. Die Wände bestanden aus klarlackierter Astkiefer, die mit der Zeit nachgedunkelt war. Der Holzboden war noch feucht vom Wischen, der vertraute Geruch von Murphys's Pine Oil hing in der Luft. Ellis lächelte. Ihre Großmutter hatte ihre Holzböden immer mit Murphy's gewienert. Sie hielt das für ein gutes Zeichen.

Das Haus war nicht besonders schick, aber das hatte Ellis schon an den Fotos auf der Website gesehen. Auf dem Boden im Wohnzimmer lag ein verschlissener ovaler Flickenteppich, daneben standen ein großes kastiges Sofa und zwei Sessel aus den Achtzigern, die auf einen rußgeschwärzten Kamin schauten. Die Wände waren geschmückt mit Nippes, der in dieser Gegend wohl üblich war: Malen nach Zahlen mit Leuchttürmen, Fischerbooten, tropischen Vögeln und sich im Wind wiegenden Palmen.

Über dem Kaminsims hing eine hübsch gerahmte Seekarte, doch das Glas war zerbrochen. Ellis beugte sich vor und musterte sie voller Interesse. Sie war fasziniert von den Namen der Flüsse und Buchten: Pasquotank, Coratan, Ocracoke, Currituck, und ihr Lieblingsname war Mattamuskett. Aber schließlich liebte Ellis alles, was mit Namen, Zahlen und Orten zu tun hatte: Landkarten, Diagramme, Grafiken. Als Kind hatte sie ihre Puppe, eine teure Madam Alexander mit der Robe von Prinzessin Diana, ein Geschenk ihrer Patentante aus Atlanta, gegen den beleuchteten Globus ihres älteren Bruders Baylor eingetauscht. Baylor hatte die Puppe direkt an seine kleine Freundin aus der vierten Klasse weitergereicht.

Nur ungern wandte Ellis den Blick von der Seekarte ab. Sie musste den Wagen ausladen und das Haus vorbereiten.

Im Essbereich stand ein langer gelaugter Kiefertisch, umgeben von acht nicht zueinander passenden, weiß gestrichenen Holzstühlen. Ein hässliches Gesteck aus Plastikblumen in einer fischförmigen Keramikschale stand in der Mitte des Tisches auf einem Plastikdeckchen. Das Arrangement machte den Eindruck, als sei eine alte Frau gerade aufgestanden, um sich eine Tasse Tee zu kochen.

Hinter dem Essbereich öffnete sich eine kleine Küche. Sie war sauber, das schon, aber sie hatte auf jeden Fall schon bessere Tage gesehen. Die Holzverkleidung der Wände war weiß gestrichen. Auch die Schränke waren weiß lackiert, sie hatten Knäufe aus grünem Glas, die Arbeitsfläche bestand aus gelbem Lineoleum und war mit Aluminiumleisten abgesetzt. Anstelle von Oberschränken gab es rechts und links neben dem Küchenfenster zwei Regale mit muschelförmigen Zierleisten. Vom Fenster aus konnte man auf die Dünen schauen. In den Regalen standen angeschlagene Teller, zwei Müslischalen aus Plastik und schlichte Becher. Mitten im Zimmer war ein großer Holztisch mit einer gesprungenen türkisfarbenen Emaillebeschichtung. Auf dem Boden lag verblasstes, rissiges, gelb-weiß kariertes Linoleum. Es gab einen E-Herd mit vier Platten und einen weißen Kühlschrank mit Rostflecken an den Ecken.

Ellis zog den Kühlschrank auf. Er war leer. Sie spähte ins Gefrierfach, in dem zwei armselige Eiswürfeltabletts aus Aluminium lagen. Eine Eiswürfelmaschine gab es nicht. Ellis war froh, zweieinhalb Kilo Eis gekauft zu haben, mit dem sie die Einkäufe bis zum Bezug des Hauses kalt gehalten hatte. Zu ihrer Enttäuschung stellte sie fest, dass es keine Spülmaschine gab. Wie konnte ihr das entgangen sein, wo sie doch so viele Stunden damit verbracht hatte, die Bilder und die Beschreibung des Hauses zu studieren?

Egal, sagte sie sich. Es war ja nur ein Monat, und schließlich teilten sich vier Frauen – ganz zu schweigen von Dories Mann Stephen – dieses Haus. Alle würden mit anfassen und helfen. Es wäre wie im Ferienlager, redete Ellis sich ein. Nur mit Klimaanlage und Toiletten.

Endlich war es August. Der Monat, auf den sie alle gewartet hatten, war endlich gekommen. Ellis konnte es kaum erwarten, dass der Spaß anfing. Als sie die Veranda verließ, tat sie einen impulsiven Hüpfer.

Ty setzte die Corona-Flasche an die Lippen und trank den letzten Tropfen des eiskalten Biers. Er ging um die Ecke seiner Dachterrasse, um zu sehen, was der neue Mieter so machte. Wow! Der silberne Honda parkte jetzt direkt vor dem Haus, und die Brünette in pinker Hose und einem engen weißen T-Shirt eilte zum Haus, die Arme voller Einkaufstüten. Ihr dunkles Haar wehte im Wind.

Ellis war wirklich eine Frau. »Mensch, Ellis«, wisperte er. »Du bist ja gar nicht schwul. Du bist ein Mädel.«

Sie war sogar *das* Mädel. Das vom Vormittag. Am frühen Morgen hatte Ty sie nur flüchtig gesehen, aber als er sich nun an die Außenmauer seiner Wohnung lehnte und beobachtete, wie sie zahllose Koffer, Kisten und Taschen ins Haus schleppte, gefiel ihm durchaus, was er sah. Ihre Figur hätte seine Mutter »stramm« genannt; sie hatte einen runden Hintern, der wahrscheinlich nicht modern war, den Ty jedoch faszinierend fand. Ihr Haar wurde von einem Band zurückgehalten, und ihr ovales Gesicht leuchtete in der Nachmittagshitze.

Faszinierend. Aber nein, beschied er sich streng. Diese Ellis mochte einen süßen Hintern haben, aber sie hatte sich bereits als kapitale Nervensäge erwiesen, eine Ablenkung, die er gerade überhaupt nicht gebrauchen konnte. Tys Handy piepste. Er nahm es hoch und las die Meldung. Hodarthe, ein Pharmazieunternehmen aus Topeka, gab bekannt, dass die Bundesgesundheitsbehörde ein vielversprechendes, cholesterinsenkendes neues Mittel genehmigt hatte. Vielleicht war es an der Zeit, einige seiner Aktien abzustoßen. Oder es war schon zu spät. Er musste schnell recherchieren.

Ellis Sullivan beugte sich über den Kofferraum des Honda, und Ty gönnte sich einen letzten sehnsüchtigen Blick, dann machte er sich wieder an die Arbeit.

Ellis war gerade damit fertig, die erste Tüte Lebensmittel zu verstauen, als sie zufällig einen Blick auf die Arbeitsfläche warf, wo sie Haushaltsrollen, Toilettenpapier und Kaffee zwischengelagert hatte. Ameisen! Eine kleine Armee bildete eine schwarze Linie von der Fensterbank bis hinter die Spüle. Urgs! Ellis griff zu einem Küchentuch, machte es nass und wischte panisch über die Arbeitsfläche. Sie zog die Tür unter der Spüle auf, suchte Insektenspray, fand aber nur einen feuchten Schwamm und eine Plastikflasche Rohrfrei.

Sie lief in die Wäschekammer und zum Wäscheschrank, riss Türen auf, doch nirgends war eine Spur von Insektenspray zu finden. Ellis erschauderte. Ihr Leben lang hatte sie diese Krabbeltiere gehasst, und obwohl sie Savannah und den Süden liebte, hatte sie nach dem Umzug nach Philly die Insekten aus dem Süden nicht eine Minute lang vermisst. Sie kämpfte gegen den Impuls, zum Wagen zu laufen und in den nächstbesten Laden zu fahren, um dort ein Arsenal von Insektenvernichtungsmitteln zu kaufen. Es waren doch nur harmlose kleine Zuckerameisen, redete sie sich ein. Bei Kakerlaken wäre sie so was von weg gewesen.

Sie zwang sich, in die Küche zurückzugehen. Sie gab Rohrfrei auf ein Küchentuch und betupfte die Fensterbank damit. Das dürfte diesen miesen kleinen Viechern das Leben etwas schwerer machen, dachte sie grimmig. Zumindest bis sie ordentliches Insektenspray in die Finger bekam. Ellis verstaute die übrigen Einkäufe, stellte die Dosen mit Cola Light, den Weißwein, die halbfette Milch, die Sahne und die Wasserflaschen in den Kühlschrank. Sie fand einen leeren Schrank und beschloss, ihn zur Bar umzufunktionieren. Wodka, Gin, Rum, Scotch für alle und Whiskey für Julia, die im zarten Alter von vierzehn ein knallharter Jack-Daniels-Fan geworden war. Damals hatte sie nämlich angefangen, den Whiskey aus dem Barschrank ihres Vaters zu stibitzen und seine Flasche mit Wasser aufzufüllen. Ellis hatte auch Getränke zum Mixen gekauft: Tonic, 7-Up, Grapefruitsaft und sogar Cranberrysaft für Dorie, die gerne den Cape-Cod-Cocktail trank. Seltsamerweise konnte sie sich nicht erinnern, was Willa gerne trank. Dories Schwester Willa war zwei Jahre älter, weshalb sie früher der Anlaufpunkt der Freundinnen gewesen war, wenn sie Alkohol trinken wollten. Willa hatte nämlich einen Freund, Ricky, der schon Alkohol kaufen durfte. Natürlich nahm Willa ihnen dafür immer fünf Dollar extra ab, was Ellis ziemlich mies von ihr fand. Aber so war Willa halt. Schon damals hatte sie immer einen Plan gehabt und war auf ihren Vorteil bedacht gewesen – es ging immer nur um sie, Willa.

Jetzt fehlte nur noch eine Sache, damit Ellis mit der Küche zufrieden war. Neben dem Herd hing ein grottenhässliches Gemälde mit Meerespanorama an der Wand. Sie nahm es herunter, legte es oben auf den Kühlschrank und ersetzte es durch eine Weißwandtafel, die sie vor dem Urlaub im Bürobedarfsgeschäft gekauft hatte. Eine glückliche Dreiviertelstunde hatte Ellis damit verbracht, ein Diagramm für die Aufgabenverteilung zu erstellen. Sorgfältig hatte sie die jeweiligen Tätigkeiten, Wochentage und Namen in verschiedenen Farben eingetragen. Es war ein echtes Kunstwerk geworden.

Ellis trat einen Schritt zurück und bewunderte ihre Arbeit. Nun, dachte sie, war es Zeit, nach oben zu gehen und die Schlafzimmer vorzubereiten.

Doch als sie ihren großen Koffer in den ersten Stock geschleppt und die Tür zum ersten Raum geöffnet hatte, sank ihr Mut.

Das Zimmer war weiß gestrichen, die Bodendielen waren in Grau gehalten. Es war luftig und geräumig, und zwei große Fenster boten einen grandiosen Blick auf den unglaublich blauen Sommerhimmel. Doch ansonsten war das Zimmer so gut wie leer. Ein einsames kleines Doppelbett stand in der Ecke, darüber war ein verschlissener Quilt aus blauen Blumen auf rosa Grund gebreitet. Zwei hauchdünne Kopfkissen lagen am oberen Ende, am Fußende war eine gefaltete Armeedecke in Olivgrün. Es gab keinen Nachttisch, keine Lampen, keinen Spiegel, keine Stühle, nicht mal einen Kofferständer. Eine klapprige Kommode mit drei Schubladen stand gegenüber dem Bett an der Wand. In einem klitzekleinen Wandschrank fehlten jegliche Kleiderbügel. Eine verrostete Klimaanlage war in ein kleines Fenster neben der Kommode eingebaut.

»Ein Klimagerät im Fenster!«, rief Ellis. Im Zimmer war es heiß und stickig. Sie ging in den Flur und öffnete die anderen beiden Schlafzimmertüren. Die Räume waren ebenso spärlich eingerichtet und tatsächlich: In jedem Fenster steckte die gleiche jämmerliche Klimaanlage.

Sie stellte alle drei Geräte an. Laut ratterten sie in den Fenstern, doch innerhalb weniger Minuten spürte Ellis, dass die Temperatur fiel und ihr brodelndes Blut sich langsam beruhigte.

Wenn sie diesen Mr Culpepper in die Finger bekam! Nichts im ersten Stock war so, wie es auf der Website von Ebbtide beschrieben war. In Ellis' Zimmer hätte ein Bett mit Überbreite stehen müssen – und nicht so ein lächerliches kleines Ding, das da jetzt war. In Julias babyblau gehaltenem Zimmer hätte ein Doppelbett stehen müssen, stattdessen war dort ein schmales Einzelbett. Und Willas narzissengelbes Zimmer verfügte auch nur über ein eher schmales Doppelbett. Ellis zog den Kopf ein, weil sie bereits wusste, wie Willa darauf reagieren würde. Nur widerwillig hatte sie sich überreden lassen, zweihundert Dollar extra zu zahlen, wenn die anderen Frauen ihr das Zimmer mit dem King-Size-Bett überließen, da das die Größe war, an die sie und ihr Mann von zu Hause gewohnt waren. Arthur war natürlich gar nicht dabei, aber Willa hatte behauptet, sie könne unmöglich in etwas Kleinerem schlafen.

Nachdem Ellis alle Klimaanlagen eingeschaltet hatte, stieg sie die schmale Treppe empor in den zweiten Stock. Die Stufen waren steil, die Wände so nah, dass Ellis nicht wusste, wie man einen normalen Koffer hier hinaufwuchten sollte. Sie musste innehalten und Luft holen, als sie den zweiten Stock schließlich erreicht hatte. Hier oben war es sogar noch heißer.

Sie befand sich in einem kleinen Flur. Anders als im ersten Stock bestanden die Wände aus unbehandelten Holzpaneelen. Sie rochen schwach nach Pinie. Es gab drei Türen. Ellis öffnete die erste und entdeckte ein winziges Badezimmer mit einer Wanne mit Löwenfüßen und einem ungewöhnlichen Toilettensitz mit hohem Rücken. Sie konnte nur den Kopf schütteln, als sie sah, dass an der Badewanne kein Duschschlauch angebracht war. Dorie gehörte nicht zu der Sorte, die sich beschwerte, das war die Spezialität ihrer Schwester Willa, doch selbst die liebe Dorie würde nicht glücklich darüber sein, keine Dusche zu haben.

Ellis probierte die Tür gegenüber. Sie war von der Hitze und Feuchtigkeit verzogen, doch schließlich konnte Ellis sie aufreißen, nur um festzustellen, dass sich dahinter ein Speicher verbarg. In dem hohen Raum war es schwül, er war vollgestellt mit verstaubten Pappkartons, Koffern und Möbelstücken. Vielleicht, überlegte Ellis zwischen zwei Niesern, konnte sie hier ein paar Beistelltische und Stühle finden, um die Schlafzimmer etwas wohnlicher einzurichten. Später.

Sie öffnete die dritte Tür, durch die sie ins Schlafzimmer gelangte. Unter dem Dach gelegen, war es nicht so hoch und hatte schräge Wände, doch ein Erkerfenster zog sich gegenüber vom Bett über die gesamte Breites des Raums, und als Ellis hinaussah, bot sich ihr ein unglaublicher Blick auf das Meer. Die Wellen rollten an den Strand, Kinder flitzten ins Wasser und wieder heraus. Ellis riss das Fenster auf, und eine Brise wehte herein, die den Geruch von Salzwasser mit sich trug. Es gab noch ein zweites Fenster hoch über dem Bett, und wenn Ellis sich auf die Zehenspitzen stellte, konnte sie von dort auf die Straße schauen.

Das Zimmer war ebenso spärlich möbliert wie die anderen, es hatte ein Doppelbett mit einer traurig dünnen Matratze. Unter der Decke hing kein Ventilator wie in den Zimmern im ersten Stock, dafür gab es zwei Nachttische, jeweils mit einer niedlichen kleinen weißen Milchglaslampe. In einer Ecke stand ein weißer Schrank mit Spiegeln, und die Klimaanlage steckte in einem Loch, das direkt neben dem Bett in die Wand gebohrt war. So konnte sie demjenigen, der auf der Seite schlief, die ganze Nacht lang ins Ohr dröhnen. Leider war es das schönste Schlafzimmer im ganzen Haus. Ellis war froh, dass es Dorie und Stephen bekamen. Na ja, nicht gerade wegen Stephen. Schließlich hatten sie sich damals im April bei der Beerdigung von Julias Mutter geeinigt, dass es ein reiner Frauenurlaub werden sollte.

Aber Dorie und Stephen waren erst seit einem Jahr verheiratet. Da sie beide an der Schule unterrichteten, war August der letzte Monat, in dem sie Urlaub machen konnten. Niemand, nicht einmal Julia, hatte es übers Herz gebracht, Dorie ihren Wunsch auszureden. Außerdem war Stephen wirklich sehr nett. Er kochte gerne und war ein ruhiger Zeitgenosse, er würde die meiste Zeit am Strand liegen und lesen, hatte Dorie versprochen. So hatten die Frauen nachgegeben und eingewilligt, dass Stephen sie begleiten durfte.

Zumindest würde Stephen ihnen so nicht in die Quere kommen, dachte Ellis. Wenn er hier oben im zweiten Stock schlief, würden sie sich keine Gedanken darüber machen müssen, ihm unten in Unterwäsche über den Weg zu laufen, oder ständig die Toilettenbrille wieder herunterklappen müssen.

Dennoch war Ellis entschlossen, Mr Culpepper gehörig den Marsch zu blasen! Wahrscheinlich war es jetzt zu spät, die Buchung noch zu stornieren, da Ellis die Hälfte der Miete im Voraus bezahlt hatte, doch sie rechnete bereits aus, wie viel Minderung sie in Anbetracht der miesen Betten, der lächerlichen Klimaanlagen und – nicht zu vergessen! – der Ameisen verlangen würde.

Da war es wieder, das quälende, beharrliche Jucken, gegen das sie nicht ankratzen konnte: Geld. Hatte sie genug? Was würde geschehen, wenn dieser Monat vorüber war? Und wie lange würde es dauern, bis ihr das Geld ausging?

6

Ellis hörte draußen den Kies knirschen. Dann hupte mehrmals ein Auto. Sie stellte sich auf die Zehenspitzen und schaute aus dem Fenster über ihrem Bett. Ein dunkelroter Minivan hielt in der Einfahrt, eine Blondine lehnte sich aus dem Beifahrerfenster und rief aus vollem Halse: »Huhu! Wir sind da-ha!«

Ellis flitzte die beiden Treppen hinunter, durch die Haustür, über die Veranda und sprang auf den Wagen zu.

»Gott sei Dank!«, rief sie und fiel in Julias ausgestreckte Arme. »Endlich seid ihr da! Es ist August. Kaum zu glauben, dass wir endlich alle zusammen sind!«

Sie hielt Julia auf Armeslänge Abstand und musterte sie kritisch. »Du bist viel heller als sonst. Sieht gut aus, aber seit wann bist du so hellblond?«

Noch ehe Julia antworten konnte, war Dorie aus dem Minivan gestiegen, und die drei umarmten sich johlend, plapperten und hüpften umeinander.

»Entschuldigt mal kurz«, sagte Dorie und entzog

sich den anderen beiden. »Ich kann's wirklich nicht erwarten, das Haus zu sehen und das Neuste zu hören. Aber ihr müsst mal kurz ohne mich auskommen. Hab vor einer Stunde einen Eistee getrunken, und ich halt's schon nicht mehr aus.«

»Na, los«, sagte Ellis lachend. »Du hattest ja immer eine schwache Blase. Julia und ich packen schon mal aus.«

Sie ging zum Kofferraum des Minivans und tastete nach dem Öffner der Heckklappe. »Wo sind die anderen?«, fragte sie Julia. »Kommen Willa und Stephen mit einem zweiten Auto? Davon hat Dorie gar nichts gesagt, als ich vorgestern mit ihr telefoniert habe.«

Julia hob eine elegant geschwungene Augenbraue. »Es gibt so einiges, was Dorie nicht erzählt hat. Keinem von uns. Sie kommen nicht, Süße.«

»Gar nicht?«, fragte Ellis bestürzt. »Was ist passiert?«

»Die blöde Kuh hat uns sitzenlassen! Dorie hat mir eben erzählt, Willa hätte sie gestern Abend angerufen, kurz bevor sie sie abholen wollte, und ihr einfach so mitgeteilt, sie könnte nicht mitkommen.«

»Einfach so?«

Julia zuckte mit den Achseln, und der Träger ihres orangefarbenen Tanktops rutschte von ihrer sonnengebräunten Schulter. »Willa hat Dorie erzählt, es wäre was mit einem der Kinder. Ist das nicht typisch für sie? Erst lädt sie sich selbst ein, und weil wir Dorie nicht wehtun wollen, erklären wir uns einverstanden, dass sie mitkommen kann. Wir planen extra für sie um, mieten ein größeres Haus mit einem Zimmer mehr, und dann sagt sie einfach ab! Willst du wissen, was ich glaube?«

»Was?«

»Ich glaube, sie hatte von Anfang an nicht vor mitzukommen«, sagte Julia und öffnete die Heckklappe. »Das waren wieder ihre alten Spielchen, sie wollte Dorie bloß testen, sie manipulieren, sie wollte ausprobieren, ob Dorie nachgibt und sie mitnimmt. Willa hat nie eigene Freundinnen gehabt. Woher auch? Die Frau ist eine bösartige Giftspritze.«

»Aber was ist mit Stephen?«, hakte Ellis nach. »Kommt er noch nach? Ich weiß, dass Dorie sagt, er hätte den ganzen Sommer über sehr viel gearbeitet, weil er seine Doktorarbeit abschließen will, bevor die Schule wieder anfängt.«

Julia holte einen ramponierten Lederkoffer aus dem Kofferraum des Vans und stellte ihn in der Auffahrt ab. »Stephen ist ein anderes Rätsel. Als Dorie mich heute Morgen am Flughafen abgeholt hat, hat sie genau das Gleiche erzählt: ›Stephen sitzt ununterbrochen an seiner Arbeit, er hat ein Gespräch mit seinem Tutor, er braucht absolute Ruhe, er ist todunglücklich, dass er nun doch nicht mitkommen kann.‹ Bla, bla, bla.«

»Glaubst du Dorie nicht? Warum sollte sie sich so

was ausdenken? Dorie würde uns doch nicht anlügen. Doch nicht ihre besten Freundinnen!«

Sie hörten die Fliegenschutztür zuschlagen, Julia schaute zum Haus hinüber. »Pst. Sie kommt. Ich behaupte nicht unbedingt, dass sie lügt. Aber sie erzählt uns auch nicht die ganze Wahrheit. Das ist nicht die Dorie, die wir kennen. Ganz und gar nicht.«

»Hat Julia dir schon die schlechte Nachricht überbracht?«, fragte Dorie, als sie sich dem Van näherte. »Ihr müsst echt sauer auf mich sein. Stephen hat ein total schlechtes Gewissen. Er hatte sich so aufs Meer gefreut. Aber er macht sich verrückt vor Sorgen wegen seiner Doktorarbeit. Und Willa …« Dorie verstummte. »Annabeth, ihre Jüngste, sollte an diesem Wochenende eigentlich einen Segelkurs machen. Aber sie bekommt regelmäßig ganz schlimme Kopfschmerzen. Dabei ist sie erst sechs. Der Arzt hat ihr eine Brille verschrieben, aber …«

»Willa ist Willa«, sagte Julia trocken. »Du musst dich nicht für sie entschuldigen, Dorie. So ist sie schon ihr Leben lang.«

Dories Wangen wurden puterrot. »Ich weiß, dass sie einem ganz schön auf den Wecker gehen kann.«

Ellis nahm sie kurz in die Arme. »Wir sind alle nicht ohne. Wir verstehen das. Egal, es tut mir nur total leid für dich, dass du den Monat ohne Stephen auskommen musst. Er wird uns allen fehlen.«

Julia, die direkt hinter Dorie stand, verdrehte die

Augen und zog eine Grimasse. Der letzte Satz war eine handfeste Lüge, das wussten sie beide. Kaum dass Dorie die Möglichkeit ins Spiel gebracht hatte, Stephen mit ans Meer zu nehmen, hatten sich Julia und Ellis einen lebhaften Mailwechsel geliefert.

»Nichts da!«, hatte Julia geschrieben. »Wir wollten diesen Monat nur für uns. Schon vergessen? Ganz ohne Jungs. Wenn Booker das rauskriegt, will er nächstes Mal auch mit. Dann wird es ein Pärchenurlaub. Und das hatten wir anders geplant.«

Booker und Julia lebten schon seit Jahren zusammen, zuerst in New York, in den letzten sechs Jahren in London. Booker war Fotograf, und Julia war Model. Ellis verstand ihre Beziehung nicht so recht. Manchmal musste man sich fragen, was die beiden überhaupt zusammenhielt, wenn man Julia über Booker reden hörte.

Ellis hatte nicht hinter Dories Rücken über sie herziehen wollen, aber dieses eine Mal war sie sich mit Julia absolut einig. Sie mochte Stephen, auch wenn sie sich vor Dories Hochzeit vor einem Jahr nur zweimal gesehen hatten. Stephen sah gut aus, war ein aufmerksamer Mann und offenbar verrückt nach Dorie. Und die hatte einen guten Mann wirklich mehr als verdient. Doch war es nicht möglich, nur dieses eine Mal die Männer außen vor zu lassen? Insbesondere da Ellis keinen Partner hatte – und zwar schon länger, als sie zugeben wollte?

Das war bei Dorie immer anders gewesen. Mit ihrem rotblonden Haar, den Sommersprossen und den grünlichen Katzenaugen (von ihren üppigen Kurven ganz zu schweigen) war sie immer der Männermagnet der Gruppe gewesen, und zwar schon seit der dritten Klasse, als jeder Junge der Schule ihr einen Valentinsgruß schicken wollte. Niemand konnte sich erinnern, dass Dorie mal keinen Freund gehabt hatte. Und es war nicht mal so, dass sie es drauf anlegte. Sie zog die Männer einfach magisch an.

In ihrem ersten Jahr an der Universität von Georgia war sie mit einem richtigen Arzt ausgegangen. Einem Gynäkologen, zu allem Überfluss! Howard war verrückt nach Dorie gewesen. Er hatte ihr zweikarätige Diamantohrringe geschenkt (die sie ihrer Mutter nicht zu zeigen wagte), hatte sie mitgenommen zu einem Kurzurlaub nach Vegas, hatte sie in seinem Mercedes nach Savannah und zurück fahren lassen, nur damit sie ihre Freundinnen anlässlich des St. Patrick's Day hatte treffen können.

Das Techtelmechtel mit Howard hatte fast ein Jahr gedauert. Dann war es Dorie leid geworden, Doktorspiele mit einem Dreißigjährigen zu veranstalten, der außerdem von ihr verlangt hatte, ihre Studentinnenvereinigung zu verlassen und die Wochenenden mit ihm in seinem Country Club zu verbringen. Schließlich war sie damals erst zwanzig gewesen. Es hatte Jahre gedauert, bis Dorie sich endlich traute zu erzählen, wo sie Howard in Wirklichkeit kennengelernt hatte.

Auf Willas Jungesellinnenabschied rückte sie endlich mit der Geschichte raus. Sie hatten Tequila im Spanky auf der River Street getrunken und waren anschließend zum Haus der Dunaways gegangen. Dort spielten sie ihre eigene Version von »Wahrheit oder Pflicht«. Selbstredend hatte niemand eine Geschichte, die auch nur annähernd so cool war wie die von Dorie.

»Ich ging damals zur Gesundheitsversorgung für Studenten, na ja, um mir die Pille zu besorgen, weil es ernster wurde mit Bo und mir. Ich dachte, nur Schlampen würden Kondome benutzen, hatte aber eine Riesenangst, schwanger zu werden«, erzählte Dorie und kicherte dabei nervös. »Egal, was glaubt ihr, wer mich damals untersuchte? Howard! Und er war wirklich total einfühlsam, ganz vorsichtig, versteht ihr? Anschließend rief er mich in sein Büro und hielt mir einen ernsten Vortrag über die Gefahren von Geschlechtskrankheiten und so weiter. Ich wäre fast im Erdboden versunken, so peinlich war das! Dann gab er mir mein Rezept und eine Packung mit der Pille für – keine Ahnung – gute sechs Monate, und hinten auf das Rezept hatte er seine Telefonnummer geschrieben.«

Howard war einer der netteren Typen gewesen – im Gegensatz zu vielen anderen. Als Dorie daher begann, von »diesem neuen Typen in der Schule« zu schwärmen, womit sie »Our Lady of Angels« meinte, die katholische Mädchenschule, die sie alle besucht hatten und wo Dorie inzwischen Englisch unterrichtete, dachte sich niemand groß was dabei. Stephen war Fußballtrainer der Mädchenmannschaft, außerdem unterrichtete er Geschichte. Er war schlank und dunkelhaarig und hatte einen wunderbar trockenen Humor. Er kam nicht aus Savannah, sondern war in Omaha aufgewachsen. Und er war katholisch, so dass er die Zustimmung von Dories Mutter fand. Zwei Jahre waren die beiden ein Paar gewesen, bis er sie überredete, ihn zu heiraten.

Dr. Dunaway – Dories Mutter – hatte einen Doktor in Englisch und bestand darauf, mit ihrem Titel statt mit »Mrs« angesprochen zu werden. Sie war so erleichtert, Dorie endlich unter der Haube zu haben, dass sie sogar einen Teil der Kosten für die Hochzeit übernahm.

»Ich fasse es bis heute nicht, wie billig diese Frau ist«, hatte sich Julia beim Empfang beklagt, wo ein preiswerter Hauswein und ein Fass Bier ausgeschenkt worden waren. »Weißt du noch, dass sie Dorie und Willa zwang, sich Shampoo und Tampons von ihrem eigenen Taschengeld zu kaufen?«

Stephen war also nett, doch trotz allem ein Mann, und die vier Wochen waren eigentlich als reiner Frauenurlaub gedacht gewesen. Ellis war froh, dass er in letzter Minute doch noch einen Rückzieher gemacht hatte. Und sie hatte Schuldgefühle. Eben weil sie froh war.

»Los, kommt, Leute!«, rief sie und wich Julias Blick aus, weil sie Angst hatte, sich das Lachen nicht mehr verkneifen zu können. »Hier draußen ist es höllenheiß. Bringen wir die Sachen rein. Ich will euch das Haus zeigen.«

»Vergiss das Haus«, sagte Julia pathetisch und warf sich einen Wäschesack über die Schulter. »Ich weiß ja nicht, was ihr vorhabt, aber ich bin wegen der Sonne da. In England hatten wir einen grässlichen Winter, und auch der Frühling war nicht der Rede wert. Nichts als Regen und noch mehr Regen. Also nimm's mir nicht übel, Ellis, aber im Moment brauchst du mir nur die Eiswürfel, den Bourbon und den Strand zu zeigen. Genau in dieser Reihenfolge.«

»Da hast du recht«, stimmte Ellis zu und griff zu einer Tragetasche. »Und mach dir keine Sorgen, Dorie, ich habe für dich extra eine Flasche Tequila besorgt. Ich habe sogar meinen Mixer mitgebracht, was keine schlechte Idee war, denn hier gibt es keinen.«

Dorie zog die Nase kraus. »Wisst ihr was? Im Moment wäre mir ein riesengroßer Eistee lieber.«

Julia hielt inne. »Im Ernst? Eistee? Eudora Dunaway lehnt einen Margarita ab? Sagt der Presse Bescheid!«

Dorie trat Julia spielerisch in den Hintern. »He!

Das hört sich ja an, als wäre ich total der Alkoholiker. Aber mal im Ernst – ich hatte eine ernsthafte Tequilavergiftung nach der Party einer Freundin, und seitdem wird mir schon schlecht, wenn ich das Zeug nur sehe.«

»Na, sicher«, sagte Julia. »Dorie macht Schluss mit Jose Cuervo. Hast du das gehört, Ellis?«

Ellis hatte es gehört, und sie erkannte den kaum verhohlenen Argwohn in Julias Blick. Eventuell war Julia da auf etwas gestoßen. Irgendwas stimmte nicht mit Dorie.

7

An: Culpepper@Ebbtide.com
Von: EllisSullivan@hotmail.com
Betreff: Flohalarm!
Mr Culpepper, schicken Sie so schnell wie möglich einen Kammerjäger rüber! Hier wimmelt es nur so von Flöhen. Außerdem gibt's Ameisen und Schimmel. Und der Wasserhahn in der Küche tropft. Ständig. Die Matratzen nerven auch, aber so richtig. Auf Ihrer Website war ausdrücklich angegeben, unser Haus hätte eine »komplett ausgestattete Küche«. Für mich gehören zu einer komplett ausgestatteten Küche solche Dinge wie ein Herd mit mehr als einer funktionierenden Platte und unerlässliche Utensilien wie Töpfe, Besteck und Geschirr. Fünf gesprungene, nicht zueinander passende Teller mit Macken und eine Sammlung von Plastikbechern mit Formel-1-Werbung gelten bei mir nicht als »Geschirr für acht Personen«. Da dies meine dritte E-Mail in den letzten zwei Tagen ist, wäre ich dankbar, wenn Sie sich um diese Dinge kümmern würden, und zwar SOFORT.

Ellis drückte auf »Senden« und kratzte gedankenverloren an ihrem rechten Knie. Beide Knöchel, Schienbeine und Kniekehlen waren mit juckenden roten Flohstichen übersät. Sie hatte sogar Stiche auf dem Bauch und im Nacken.

Julia konnte nur über wenige Flohstiche an den Knöcheln klagen, Dorie hatte gar keine; die Flöhe hatten offenbar Ellis' Zimmer zu ihrem Hauptquartier erkoren, denn als sie am ersten Morgen in Ebbtide erwachte, musste sie sich kratzen wie verrückt. Sie schaute auf ihr weißes Bettlaken und sah entsetzt ein mikroskopisch kleines Insekt darauf herumhüpfen. »Flöhe!«, kreischte sie.

Sie hatte die gesamte Bettwäsche abgezogen, jedes einzelne Kleidungsstück aus dem Koffer geholt, selbst den Läufer auf dem Boden mitgenommen, alles gewaschen und mit Bleiche behandelt, aber die Flöhe juckte das nicht.

Als sie dann nach unten ging, saßen Julia und Dorie bereits am Küchentisch und tranken Kaffee.

»Ellis«, sagte Julia und wies auf die Weißwandtafel in der Küche. »Das meinst du doch wohl nicht ernst, oder?«

Ellis holte sich ein Glas Orangensaft und gesellte sich zu den beiden. »Na ja, da Stephen und Willa nicht mitgekommen sind, muss ich es wohl noch mal überarbeiten, aber ich denke, es wird nicht zu aufwendig, wenn alle mitziehen.«

Julia stand auf und wies mit einer halben Scheibe Toast auf die erste Zeile der Tabelle. Mit durchdringender Lehrerstimme las sie vor: »Montag: Julia macht Frühstück. Dorie wäscht ab. Willa fegt den Boden, Stephen bringt den Müll raus. Ellis macht die Wäsche.«

Dorie hielt sich die Serviette vor den Mund, um ein Kichern zu unterdrücken. Als Ellis sie böse ansah, schaute sie unschuldig in ihre Müslischale.

»Ellis, meine Liebe«, sagte Julia und biss von ihrem Toast ab. »Tut mir leid, aber das ist lächerlich. Wirklich. Diese Tabelle … wie hieß so was noch mal damals bei den Pfadfindern?«

»Ein Dienstplan«, sagte Ellis leise.

»Ach ja, klar.« Julia nickte. »Sehr gut geeignet für Achtjährige, die daran erinnert werden müssen, sich die Zähne zu putzen und Holz fürs Lagerfeuer zu sammeln. Beim allmächtigen Gott! Wir sind erwachsene Frauen. Ich bin fünfunddreißig Jahre alt. Ich brauche keine Tabelle, die mich erinnert, mein nasses Handtuch aufzuhängen!«

Ellis merkte, dass sie rot anlief. »Ich dachte bloß … na ja, ich dachte, wenn alles irgendwie geregelt ist, könnte es helfen, dass der Monat glatt verläuft. Anders als ihr, bin ich daran gewöhnt, allein zu leben und alles selbst zu erledigen. Ich dachte, die Tafel wäre irgendwie lustig, aber da habe ich mich wohl geirrt.« Sie nahm die Weißwandtafel von der Wand und verließ den Raum mit steifen Schritten. Kurz darauf war sie wieder da, doch nur um ihr leeres Saftglas zu nehmen, es auszuspülen und aufs Abtropfbrett zu stellen. Dann stolzierte sie aus der Küche. Julia und Dorie hörten nur, wie die Fliegengittertür zugeschlagen wurde.

»Scheiße.« Julia warf die Toastrinde auf ihren Teller. »Ich hatte vergessen, wie empfindlich unser Mädchen sein kann. Aber stimmt doch, Dorie, das musste wirklich mal gesagt werden, oder?«

Dorie nahm beide Teller und Kaffeetassen und stellte sie in die mit Seifenlauge gefüllte Spüle. »Man hätte es freundlicher sagen können. Ellis ist nicht so wie du, Julia. Sie musste sich nicht gegen eine ganze Horde von Geschwistern durchsetzen. Du hast ihr wirklich wehgetan. Und das, nachdem sie sich so viel Mühe gemacht hat, das hier für uns zu organisieren. Du brichst dir doch keinen Zacken aus der Krone, wenn du ein bisschen mitmachst. Zumindest die erste Woche oder so.«

Julia seufzte. »Du wirst also dafür sorgen, dass ich mich ab jetzt ordentlich benehme?«

Dorie grinste. »Sonst kannst du deine Spielsachen einpacken und nach Hause fahren.«

Dorie ging auf die vordere Veranda, Julia folgte ihr

widerwillig. In der Haustür blieben sie stehen und spähten hinaus. Die Weißwandtafel ragte aus der Mülltonne am Ende der Auffahrt, und ihre Verfechterin Ellis saß auf einem der Verandastühle, schaukelte entschlossen vor und zurück und starrte vor sich hin. Es war ein wunderschöner Sommermorgen: sonnig, nicht zu schwül, luftige weiße Wölkchen hoch am Himmel. Es war der zweite Tag im August, und sie hatten bereits angefangen zu streiten.

»Ach, komm, Ellis«, begann Dorie. »Sei nicht böse. Julia hat es doch nicht so gemeint.« Sie drehte sich mit strengem Blick zur Freundin um, die noch im Wohnzimmer stand. »Stimmt's?«

»Julia ist ein böses Mädchen«, flüsterte Julia deutlich vernehmbar und steckte den Kopf durch die Tür. Auf Zehenspitzen tippelte sie auf die Veranda und stellte sich hinter Ellis' Stuhl. »Und dafür muss Julia den ganzen Monat die Plumpsklos saubermachen, nicht wahr, Dorie?«

Dorie setzte sich in den Schaukelstuhl neben Ellis. »Aber ganz bestimmt. Und sie bekommt keine gerösteten Marshmallows. Keinen einzigen.«

Julia kniete sich auf die andere Seite von Ellis. Sie schlang die Arme um die Taille ihrer Freundin und legte den Kopf in Ellis' Schoß. »Julia will sich entschuldigen«, fiepte sie mit einer Mäuschenstimme. »Sie hat Elly-Belly ganz doll lieb und will ihr nie wieder wehtun.«

Ellis musste ein Grinsen unterdrücken. Sie tätschelte Julias Kopf und stupste sie an. »Steh auf, du Dummerchen, aber glaub bloß nicht, dass du dich so davor drücken kannst, mir heute Abend etwas zu kochen, ja?«

Julia stöhnte. »Gott sei Dank. Meine Knie tun höllisch weh.« Sie warf sich in einen der anderen Schaukelstühle. »Und, was haben wir heute vor? An unserem ersten richtigen Tag am Meer? Fahrrad fahren? Einkaufen? Drachenfliegen über Jockey's Ridge? Ich habe eine Broschüre von einer supertollen Schule gesehen, wo man wirklich Drachenfliegen lernen kann. Könnt ihr euch noch erinnern, wie wir alle zum Bungee-Springen nach Myrtle Beach gefahren sind?«

»Du und Dorie, ihr seid gesprungen«, verbesserte Ellis. »Ich konnte nicht mal zusehen. Ich war versteinert vor Angst, dass ihr sterben könntet und ich euren Müttern alles erklären muss.«

»Quatsch, du hattest doch bloß Schiss davor, dass du allein nach Hause fahren musstest, ganz allein über die Talmadge-Brücke, wenn wir gestorben wären«, neckte Julia sie.

»Stimmt«, gab Ellis zu.

»Warum legen wir uns nicht einfach an den Strand?«, fragte Dorie.

Die anderen sahen sie erstaunt an. Dorie hatte noch nie ein Abenteuer ausgelassen.

»Was ist?«, sagte sie unschuldig, dann verstand sie,

was die anderen beiden dachten. »Warum müssen wir überhaupt was tun? Ich genieße es einfach, hier zu sein und Zeit mit euch zu verbringen. Außerdem ist Drachenfliegen teuer. Vergesst nicht, ich lebe von einem Lehrergehalt. Auch wenn es an einer Privatschule ist, die nicht ganz so schlecht zahlt.«

Ellis sprang auf. »Dorie hat recht«, sagte sie. »Heute ist perfektes Strandwetter. Ich ziehe jetzt meinen Badeanzug an. Wenn sonst nichts hilft, ist das Salzwasser vielleicht gut gegen Flohstiche.«

Julia betrachtete Ellis' ausgestreckte Beine. »Aua! Wie siehst du denn aus? Hast du dem Vermieter Bescheid gesagt?«

»Mr Culpepper? Mehrfach«, sagte Ellis. »Ich habe ihm eben gerade noch eine E-Mail geschickt. Wenn ich bis heute Mittag nichts von ihm höre, suche ich mir einfach einen Kammerjäger aus dem Telefonbuch und verkünde Culpepper, dass ich die Kosten von unserer restlichen Miete abziehen werde. Ich habe ihm auch mitgeteilt, wie unzufrieden wir mit dem Schimmel und den Ameisen sind.«

»Und hoffentlich auch mit den üblen Matratzen«, sagte Julia. »So ein miserables Bett habe ich nicht mehr gehabt, seit ich nach der Highschool in Belgien in einer Jugendherberge geschlafen habe. Wir zahlen genug Miete für diese Absteige, da dürfen wir zumindest vernünftige Betten erwarten.«

»Ach, wegen der Miete«, warf Dorie zögernd ein.

»Ich finde wirklich, Willa sollte anbieten, ihren Anteil zu übernehmen, auch wenn sie abgesagt hat.«

»Hat sie angeboten, was dazuzugeben?«, fragte Julia.

»Noch nicht«, gab Dorie zu.

»Na ja, ich würde nicht darauf warten, dass sie damit ankommt«, sagte Julia. »Auch wenn der gute alte Arthur nur so in Geld schwimmt. Es käme der lieben Willa nicht in den Sinn, dass wir übrigen wegen ihr eventuell knapp bei Kasse sein könnten.«

»Ich könnte sie fragen«, erbot sich Dorie. »Aber ihr kennt sie ja.«

»Stimmt«, sagte Ellis forsch. »Weshalb wir nicht damit rechnen, dass sie sich beteiligt. Wenn ja, wäre das super, wenn nicht, auch kein Problem. Wie gesagt, ich denke ernsthaft darüber nach, den Preis für Ebbtide nachzuverhandeln. Das Haus hält überhaupt nicht, was der Vermieter versprochen hat.«

»Ich find es irgendwie süß«, sagte Dorie. »Wusstet ihr, dass man im Badezimmer unter der Treppe durch die Spalten zwischen den Bodenbrettern gucken kann und dann sieht, wie kleine Winkerkrabben im Sand unter dem Haus herumkrabbeln?«

»Du lieber Gott!«, sagte Julia. »Nie wieder werde ich die Toilette benutzen.«

»Ach, Julia, sei doch nicht so etepetete«, entgegnete Dorie. »Du bist auch in Savannah groß geworden, wie wir alle. Ist ja nicht so, als hättest du in deinem Leben noch keine Winkerkrabbe gesehen. Oder eine Kakerlake oder Ameise.«

Julia streckte Dorie die Zunge aus. »Du kannst mich mal! Auch wenn ich mit Krabbeltierchen groß geworden bin, heißt das noch lange nicht, dass ich als Erwachsene mit ihnen zusammenleben will.«

Seit Sonnenaufgang beobachtete Ty das Meer. Die Wellen waren nicht besonders hoch, aber sie boten Abwechslung – er saß jetzt seit vierundzwanzig Stunden am Computer, recherchierte über Cholesterin und CSE-Hemmer in jeder medizinischen Fachzeitschrift, die er im Internet finden konnte. Er war kein Wissenschaftler, er hatte den Chemiekurs an der Highschool nur so gerade bestanden, aber dieses neue Medikament, das Hodarthe entwickelt hatte, klang ganz so, als könnte es erfolgreich sein.

Am Vortag hatte er sich gut geschlagen mit einem Start-up-Unternehmen in Kalifornien, das recyceltes Glas im Betonbau verwendete, daher hatte er etwas Kapital zur Verfügung und war durchaus geneigt, sich bei Hodarthe zu engagieren, wenn er gerade nicht schon wieder eine E-Mail von dieser Ellis Sullivan bekommen hätte.

Beim Lesen ihres jüngsten Schreibens musste er schmunzeln. »Flohalarm!« Die kleine Ellis entpuppte sich als regelrechter Witzbold. Ty merkte, dass er sich an einem imaginären Flohstich juckte. Aber die Frau hatte ja recht. Er musste etwas gegen die Flöhe tun. Wenn die einmal überhandnahmen, würde er sie nie wieder los; sie könnten Ellis mit ihren Freundinnen endgültig vertreiben. Ty konnte es sich nicht leisten, eine Monatsmiete zu verlieren. Nicht wegen Flöhen.

Sosehr es ihm auch gegen den Strich ging, griff er zum Telefon und rief seinen alten Highschoolkumpel Frank an, der drüben in Elizabeth City die Schädlingsbekämpfungsfirma seines Vaters übernommen hatte. Nach belanglosem Geplauder über die Aussichten des American Football in Carolina (dürftig) und der Wirtschaft (noch dürftiger) versprach Frank, am Nachmittag zu einer kleinen Insektenvernichtungsaktion nach Ebbtide zu kommen. Sie einigten sich auf einen Handel: Frank würde drei Monate lang die Ungezieferbekämpfung übernehmen und dafür eine Woche Urlaub in Ebbtide machen.

Ty musste Frank nicht erst erklären, dass er knapp bei Kasse war; er wusste, dass Frank von der misslichen Lage gehört hatte, in die Ty sich manövriert hatte. Jeder auf den Outer Banks wusste, dass Ty Bazemore in einer Welt der Schmerzen lebte. Die erste offizielle Benachrichtigung über die Zwangsversteigerung von Ebbtide war im Juli in der Zeitung veröffentlicht worden, und seitdem hatte sie jede Woche in den amtlichen Bekanntmachungen gestanden und

Salz in die Wunden von Tys bereits angeschlagenem Ego gerieben. Sechs Wochen. Sechs Wochen blieben ihm noch, um für ein Wunder zu sorgen. Bis dahin musste er seine Mieter bei Stange halten und irgendwie genügend Geld zusammenbekommen, um die fehlenden Raten der Hypothek und die Steuern der vergangenen sechs Monate nachzuzahlen.

Doch er konnte nicht zulassen, dass Ellis Sullivan die Oberhand bekam. Daher tippte er schnell eine E-Mail.

An: EllisSullivan@hotmail.com
Von: Culpepper@Ebbtide.com
Betreff: Angebliche Flöhe
Ms Sullivan, falls es Flöhe im Haus gibt, müssen die von Ihnen eingeschleppt worden sein. Die Ameisen ebenfalls. Ich hatte noch nie irgendwelche Klagen, weder über Insekten noch über Matratzen. Heute kommt um vierzehn Uhr ein Schädlingsbekämpfer vorbei. Sie müssen das Grundstück mindestens zwei Stunden lang verlassen, wenn Sie keine giftigen Dämpfe einatmen möchten. Wenn Ihnen mein Geschirr nicht gefällt, in Kitty Hawk gibt es einen Wal-Mart. Ich schicke jemanden vorbei, der sich um den tropfenden Hahn kümmert. Zufrieden?

Durch die offene Terrassentür hörte er die Wellen an den Strand rollen. Er hielt es nicht mehr aus. Er stand auf und ging nach draußen auf seine Dachterrasse.

Die Frauen von Ebbtide hatten ihr Lager direkt

unter ihm im Sand aufgeschlagen. Sie hatten einen fröhlichen, rosa-gelb gestreiften Sonnenschirm dabei, drei Liegestühle und eine große Kühlbox. Ellis, die Brünette, spielte Beachball mit einer großen eleganten Blondine, sie pfefferten den kleinen Gummiball ungeschickt durch die Gegend, hüpften im Sand herum und lachten.

Die Blondine war der Hammer. Sie hatte lange, schlanke, gebräunte Beine und trug einen grellorangen Bikini, der nur wenig der Vorstellungskraft überließ.

Die dritte Frau war eine kleine Rotblonde. Sie lag auf ihrem Stuhl, eine Sonnenbrille auf der kleinen Stupsnase, und las in einer Zeitschrift. Selbst das weite ärmellose Strandkleid, das sie über ihrem Badeanzug trug, konnte ihren kurvigen Körper nicht recht verbergen – und Ty warf mit solchen Urteilen nicht schnell um sich. Ihre blasse Haut mit den Sommersprossen wurde bereits rot, obwohl es noch keine zwölf Uhr war.

Doch es war Ellis, die Nervensäge Ellis, von der er den Blick einfach nicht abwenden konnte. Sie hatte die langen Haare zu einem mädchenhaften Pferdeschwanz zusammengebunden, was ihren elegant geschwungenen langen Hals betonte. Ihr bescheidener Badeanzug sollte wohl nicht aufreizend sein, war es aber irgendwie trotzdem. Der hohe Beinausschnitt ließ ihren tollen Po erkennen, der runde Ausschnitt verriet einen wohlproportionierten Vorbau. Wenn sie lief, so wie jetzt, wirkte sie ungelenk, aber der Badeanzug zog sich hinten hoch und vorne runter, was Ty einen lohnenden Anblick bescherte.

Ellis Sullivan war aber nicht die heißeste Frau, die er an diesem Strand gesehen hatte. Die Ehre, dachte er, gebührte wohl leider Kendra, die er in dem Sommer kennengelernt hatte, als sie fünfzehn waren. Da war sie langsam an ihm vorbeigeschlendert, während er die Liegestühle seiner Großmutter auf eben dieser Dachterrasse strich. Bei der Erinnerung an jenen Tag machte Ty ein düsteres Gesicht.

Dorie hatte sich vorgenommen, genau um elf Uhr schwimmen zu gehen. Sie lief los und stürzte sich ins Nass, ließ sich von den Wellen hochspülen und herunterreißen, immer wieder aufs Neue. Es war herrlich. Sie ließ sich auf dem Rücken treiben und schaute hinauf zu den Wolken, versuchte, die sich jagenden Gedanken in ihrem Kopf zu vergessen und einfach an … nichts zu denken.

Doch die Sorgen kehrten so zuverlässig zurück wie die Brandung. Diese verfluchte Willa, die sie im Stich gelassen hatte! Dorie hatte diesen Urlaub bis zum letzten Cent durchgerechnet und sich darauf verlassen, dass die Kosten durch vier geteilt würden.

Und jetzt? Ihre Rechnung war für die Katz. Sie hatte gerade noch genug Geld, um ihren Anteil der Miete zu zahlen, von ihrem Anteil an den Lebensmitteln ganz zu schweigen. Und dann noch die Sache mit Stephen. Es war einfach alles zu traurig, zu furchtbar. Es hätte ihm hier gut gefallen, dachte sie, aber der Gedanke war müßig. Er stellte sich ganz von selbst ein, wie die unerwartete Welle, die Dorie ins Gesicht schlug. Sie richtete sich auf, prustend und spuckend, das Salzwasser brannte ihr in den Augen und im Hals.

Als sie zurück zum Liegestuhl ging, entdeckte sie einen Mann auf der Dachterrasse über der Garage, direkt neben ihrem Haus.

Die beiden anderen Frauen öffneten gerade zwei Bierflaschen, Dorie entschied sich für eine eiskalte Flasche Wasser. Beim Abtrocknen schaute sie wieder hinauf und sah den Mann immer noch dort stehen. Er hatte sich nicht vom Fleck gerührt.

»Hey«, sagte sie und zog einen Kamm durch ihr zerzaustes Haar. »Wer ist der Typ da oben?«

»Was für ein Typ?«, fragte Julia, ohne sich umzudrehen. Sie nahm einen langen Schluck vom Bier. »Wahrscheinlich ein ehemaliger Freund von dir.«

»Nein«, sagte Dorie. »Ich hatte noch nie einen aus North Carolina. Ich hatte mal einen Freund, der nach Wake Forest ging, aber das zählt nicht, weil er gebürtig aus Charleston war.«

»Was für einen Typ meinst du denn?«, fragte Ellis und stand auf.

»Der da drüben.« Dorie wies auf die Wohnung über der Garage. »Siehst du ihn? Da oben, er steht auf der Dachterrasse. In einer kurzen roten Hose. Er beobachtete uns schon seit mindestens zehn Minuten.«

Ellis setzte ihre Sonnenbrille auf.

»Das ist der Typ!«, rief sie.

Jetzt sah sich auch Julia um. »Welcher Typ?«

»Siehst du ihn?«, rief Ellis und zeigte mit dem Finger in die Richtung. »Das ist der Kerl. Wisst ihr nicht mehr? Ich hab's euch doch erzählt: Der stand genau da und pinkelte runter, als ich gestern Morgen hier ankam.«

»Abartig«, sagte Dorie abschätzig.

»Find nicht, dass er abartig aussieht«, bemerkte Julia. »Der sieht eher, hm, lecker aus. So braun und knackig. Meine Güte, guckt euch mal den Oberkörper an!«

»Julia!«, riefen Ellis und Dorie im Chor.

»Entschuldigung«, sagte Julia. »Ich kann doch nichts dafür, wenn ich mir immer nur wabbelige weiße Engländer angucken muss. Habt ihr schon mal in Europa Männer am Strand gesehen? Die haben alle so hässliche knappe Höschen an, in denen ihre Eumel herumhüpfen.«

»Eierschleudern«, sagte Dorie kichernd. »Abartig! Booker zieht so was aber nicht an, oder?«

»Booker?« Julia lachte verächtlich. »Ha! Booker hasst das Meer. Er sagt immer, wenn er sich schon einen Hitzschlag oder Hautkrebs holen muss, dann lieber irgendwo, wo es eine Klimaanlage und ordentliches Kabelfernsehen gibt.«

»Stephen liebt das Meer«, sagte Dorie sehnsüchtig. »Der fährt mitten im Winter raus nach Tybee, nur damit er barfuß durch den Sand laufen kann.«

»Es ist einfach nur schade, dass er nicht mitkommen konnte«, sagte Julia voller Mitgefühl. »Hast du schon mit ihm gesprochen?«

Tränen stiegen in Dories Augen. »Nein …«

Ellis warf Julia einen warnenden Blick zu, die nur mit den Schultern zuckte.

»Ah, seht mal«, sagte Julia mit Blick über die Dünen. »Der Typ merkt, dass wir zu ihm rübergucken.« Sie winkte ihm kokett zu. »Scheint ihn nicht mal zu stören. Ach, du liebe Güte! Er winkt zurück. Wer ist das eigentlich?«

»Das werde ich gleich herausfinden«, sagte Ellis.

8

Ellis marschierte schnurstracks auf die Treppe zu, über die Düne, und blieb nur kurz stehen, um in die Flipflops zu schlüpfen, die sie unten an den Stufen abgestellt hatte.

»He!«, rief sie, als sie die überdachte Aussichtsplattform oben auf den Dünen erreicht hatte. Sie stemmte die Hände in die Hüften. »He, Sie da!«

»Wer, ich?«, rief Ty zurück und beugte sich über das Geländer. Von seiner Warte aus konnte er ihr Dekolletee bewundern.

»Ja, Sie!«, erwiderte Ellis. »Was glauben Sie eigentlich, was Sie da machen?«

»Ich genieße die Landschaft«, sagte Ty voller Unschuld. »Und Sie?«

»Meine Freundinnen und ich haben uns bis eben am Strand entspannt«, erklärte Ellis. »Bis wir merkten, dass wir von einem perversen Spanner beobachtet werden.«

»Wie kommen Sie auf die Idee, dass ich pervers bin?«

»Gestern habe ich Sie dabei erwischt, wie Sie von da oben runterpinkelten. Heute stehen Sie wieder da und glotzen uns an. Wie heißen Sie überhaupt?«

Ihre Frage traf ihn unvorbereitet, und ehe er sich versah, nannte er ihr seinen richtigen Namen. »Ich heiße Ty Bazemore. Warum?«

Sie nickte, prägte ihn sich offenbar ein. »Ty Bazemore. Einfach so? Nicht Tyson oder Tyler?«

»Einfach nur Ty«, sagte er. »Und wie heißen Sie?«

»Das geht Sie überhaupt nichts an«, sagte Ellis. »Was machen Sie da oben auf der Terrasse?«

»Ich wohne zufällig hier«, entgegnete er entrüstet.

»Weiß Mr Culpepper, dass Sie sich da oben aufhalten?«

Ty musste ein Schmunzeln unterdrücken. »Culpepper weiß genau Bescheid über mich.«

»Haben Sie nichts Besseres mit Ihrer Zeit anzufangen?«, fragte Ellis.

»Wenn ich's mir recht überlege«, sagte Ty und sah auf die Uhr, »doch.« Er wollte wieder hineingehen, doch dann fiel ihm noch etwas ein.

Ellis war schon wieder auf halber Höhe der Treppe.

»Hey!«, rief er ihr nach. »Warum wollten Sie meinen Namen wissen?«

»Damit ich Sie googeln kann«, rief sie zurück, ohne sich umzudrehen. »Und ich habe auch vor, das

Kennzeichen des Bronco überprüfen zu lassen, Ty Bazemore.«

»Der Perverso heißt Ty«, berichtete Ellis, als sie wieder bei ihren Freundinnen war. »Er behauptet, er hätte die Garagenwohnung von Mr Culpepper gemietet.«

»Wieso meinst du, dass er pervers ist?«, fragte Julia mit der *Vogue* in der Hand.

»Er hat da oben runtergepinkelt!«, rief Ellis. »Einfach so, vor aller Welt!«

»Deshalb ist er noch lange kein Perverser«, sagte Julia und knickte ein Eselsohr in eine Seite. »Das ist doch ganz normal bei Männern. Meine Brüder haben immer von der Veranda im ersten Stock des Hauses auf der Isle of Hope gepinkelt, als sie klein waren. Es war wie ein Wettbewerb, Weitpissen nannten sie das.«

»Mein Bruder hat auch so was gemacht. Und wenn Stephen manchmal im Garten ist und das Gras mäht, pinkelt er hinter die Garage«, erklärte Dorie. »Er meint, ich würde es nicht merken. Ich finde es irgendwie lustig. Hat dein Bruder so was nicht gemacht?«

»Baylor hätte es nicht gewagt. Meine Mutter wäre ausgeflippt«, sagte Ellis. »Egal, was ihr sagt, ich werde diesen Ty Bazemore im Auge behalten.«

»Hm«, schnurrte Julia anzüglich. »Ich helfe dir dabei.«

»Ich auch«, meinte Dorie. »Er ist hinreißend. Er wäre der perfekte Sommerflirt für dich, Ellis.«

»Von wegen«, sagte sie.

Zur Mittagszeit marschierten die Freundinnen wieder die Dünen hinauf zum Haus.

»Ich habe einen Bärenhunger«, verkündete Julia. Sie blätterte durch ein dickes Büchlein mit Werbe-Anzeigen der Geschäfte und Restaurants aus der Gegend. »Wo wollen wir essen gehen? Fisch und Meeresfrüchte, oder? Das Zeug, das man in England bekommt, ist Mist. Das ist das Einzige, was mir von Savannah so richtig fehlt. Könnt ihr euch noch an die gegrillten Barschsandwiches meiner Mutter erinnern?«

»Ich erinnere mich an ihre Krabbensuppe«, sagte Ellis. Anders als ihre eigene Mutter, die sich immer streng an Fleisch und Kartoffeln, Erbsen und Wackelpudding hielt, war Catherine Capelli eine hervorragende Köchin gewesen. »Und ich würde alles geben für einen Teller Spaghetti mit der selbstgemachten italienischen Soße von deiner Mutter, die sie immer im Winter kochte.«

»Und diese kleinen Hefeteigröllchen von ihr, die nur so trieften vor Knoblauchbutter«, warf Dorie ein. »Und die ganzen Plätzchensorten, die sie Weihnachten immer backte! Wir durften immer welche mit nach Hause nehmen. Es ist ein Wunder, dass wir nicht alle kleine dicke Tönnchen geworden sind, so lange, wie uns deine Mutter bekocht hat, Julia.«

»Kochen konnte sie, so viel steht fest«, sagte Julia leichthin. »Aber ihr habt mir immer noch nicht gesagt, wo ihr zu Mittag essen wollt.« Sie blätterte durch die Seiten des Rabattheftchens. »Bei *Awful Arthur? Barefoot Bernie? Dirty Dick?*«

Ellis griff zu einer Mappe, die sie auf die Mikrowelle gelegt hatte. »Mal sehen. Ich habe hier Gutscheine für *Mako Mike* und *Freaky Freddie*. Wenn man eine Vorspeise bestellt, gibt's die zweite gratis.«

»Geht ihr hin«, sagte Dorie. »Ich glaub ich mach mir nur ein Sandwich mit Erdnussbutter und Gelee.«

»Erdnussbutter und Gelee? Wo du am Meer bist? Bist du verrückt?«, sagte Julia.

»Ich rede mir lieber ein, dass ich sparsam bin«, entgegnete Dorie. »Ich meine, Ellis, machst du dir nicht ein kleines bisschen Sorgen über deine Situation? Sicher bekommst du bald wieder einen tollen Job, aber ich wäre wahrscheinlich krank vor Sorge, wenn ich du wäre.«

»Ich habe einige Eisen im Feuer«, sagte Ellis zuversichtlich. »Aber ich komme schon zurecht. Solange ich mein Geld mit Verstand ausgebe, was ich eigentlich immer tue.« Sie zog den Kühlschrank auf, insgeheim erleichtert, dass sie zwanzig Dollar sparen würde, wenn sie zu Mittag zu Hause blieben. »Hört mal, als ich gestern ankam, bin ich bei dem Laden mit den Meeresfrüchten unten an der Straße vorbeigefahren und habe Shrimps gekauft – frisch vom Boot. Und ich habe eine Dose Old-Bay-Gewürzmischung geholt. Wir können Shrimps in Biersoße machen.«

»Was hast du denn noch so da?«, fragte Dorie und beugte sich neugierig vor. Sie holte einen Kopf Romanasalat, eine Gurke und eine Tomate heraus. »Super. Du machst die Shrimps, ich einen Salat.«

»Na, gut«, gab Julia nach. »Bleiben wir also hier. Aber heute Abend gehen wir essen, damit ich endlich meinen gebratenen Zackenbarsch bekomme. Und ich lade euch ein – wehe, ich höre Widerspruch!«

Als das Mittagessen fertig war, setzten sie sich gemeinsam an den emaillebeschichteten Küchentisch und überlegten, was sie am Nachmittag unternehmen wollten. Ellis schaute in ihre E-Mails.

»Hey«, verkündete sie. »Der alte Culpepper hat endlich geantwortet. Um zwei Uhr kommt ein Typ von der Schädlingsbekämpfung und will das Haus einsprühen. Anscheinend können wir erst zwei Stunden später wieder ins Haus rein.«

»Kein Problem«, entgegnete Julia. »Ich habe ein neues Buch, und der Strand ruft schon nach mir.«

»Ich glaube, ich hatte heute schon genug Sonne«, sagte Dorie und streckte ihren verbrannten Arm aus.

»Ich auch«, stimmte Ellis zu. »Hab die Straße runter ein Kino gesehen. Wir könnten doch in eine Nachmittagsvorstellung gehen?«

»Ein Weiberfilm!« Dories grüne Augen leuchteten auf. »Ich nehme meine große Handtasche mit, dann können wir Cola reinschmuggeln, so wie wir es früher in der Schule gemacht haben. Und wir können vorher beim Supermarkt vorbeifahren und einen Vorrat an Süßigkeiten kaufen.«

»Na ja …«, Ellis zögerte. »Da hängen doch immer so große Schilder, dass es verboten ist, Getränke und Lebensmittel mitzubringen …«

Julia stellte ihre Bierflasche ab. »Na, und? Die Schilder hängen da doch nur, damit du im Kino eine Cola für fünf Dollar und eine Popcorntüte für sieben kaufst. Auf die Schilder achtet doch nie einer.«

»Doch, ich«, Ellis blieb stur. »Was ist, wenn sie uns erwischen? Das wäre doch total peinlich!«

»Wer soll dich denn erwischen?«, wollte Julia wissen. »Ist ja nicht so, dass es noch Platzanweiser im Kino gibt, so wie früher. Und selbst wenn, was glaubst du, was passiert, wenn einer sieht, dass du deine eigenen Sachen mitgebracht hast? Hm? Meinst du, die entziehen dir den Führerschein? Oder beschlagnahmen deine Lakritze als Schmuggelware?«

»Hör nicht auf sie, Ellis«, warf Dorie ein. »Ich nehme die Cola und die Karamelldrops in meiner Handtasche mit.« Sie hielt inne, weil ihr einfiel, dass in ihrem neuen Budget kein Platz war für eine Kinokarte in Höhe von sieben Dollar – schon gar nicht für Popcorn im Wert von fünf Dollar.

Ellis bemerkte Dories plötzlich besorgtes Gesicht. Erneut schlug sie die Mappe auf. »Ich war online und hab mir ein paar Kinogutscheine runtergeladen. Wenn wir vor halb zwei da sind, kosten unsere Karten jeweils nur zwei Dollar. Ich hab einen für jeden.«

Julia verdrehte die Augen. »Was habt ihr beiden eigentlich ständig mit Rabatten und Nachlässen? Wir sind im Urlaub. Wir haben alle hart gearbeitet und es verdient, uns zu verwöhnen. Wenn ihr so knapp bei Kasse seid, dann sagt es einfach.« Sie griff nach ihrer Handtasche.

Ellis sah, wie Dorie sich auf die Lippe biss und den Kopf abwandte. »Danke, aber wir zahlen schon selbst«, sagte sie mit bemüht ruhiger Stimme. »Und wenn du nicht mit zwei Rabatthasen gesehen werden willst, können wir das schon verstehen.«

»Ach, Entschuldigung. Ich wollte nicht … na, ihr wisst schon.« Julia reckte den Hals, um aus dem Küchenfenster zu sehen. »Draußen zieht es sich ein bisschen zu. Wenn ihr noch einen Gutschein übrig habt, könnte ich auch mitkommen. Ich gehe mal davon aus, dass ich heute Morgen eine ganz gute Grundbräune bekommen habe.«

»Du bist halb Italienerin«, erinnerte Dorie sie. »Du wurdest mit einer Grundbräune geboren. Nicht so wie ich mit diesen blöden roten Haaren und Sommersprossen. Ich bekomme schon einen Sonnenbrand von meiner Nachttischlampe.«

Ty sah, wie die Frauen sich in den roten Minivan quetschten und den Virginia Dare Trail hinunterfuhren. Es war erst kurz nach eins. Er wartete fünf Minuten, dann noch mal fünf, nur um sicher zu gehen, dass sie nicht noch mal zurückkamen. Dann griff er zu seinem Werkzeugkasten, seinem Schlüsselring und ging pfeifend hinüber nach Ebbtide.

Zögernd blieb er auf der Veranda stehen. Strandlaken waren über die Schaukelstühle gehängt, und die Schwimmsachen – der orange Bikini, der grasgrüne Einteiler mit den Blumen und der schwarze Badeanzug – hingen an der Wäscheleine. Neben der Haustür waren drei Paar Flipflops säuberlich aufgereiht. Ty schob den Schlüssel ins Schloss, drehte ihn aber nicht um. Einfach so ins Haus zu gehen kam ihm irgendwie nicht richtig vor. Ach verdammt, es war sein Haus. Er war der Vermieter. Ellis Sullivan hatte über einen tropfenden Wasserhahn, über Flöhe und Ameisen gemeckert. Er hatte also einen berechtigten Grund, das Haus zu betreten.

Warum hatte er dann so ein unangenehmes Gefühl?

Weil diese neurotische Kuh ihm vorwarf, sie und ihre Freundinnen zu belauern? Seit wann war es bitte verboten, auf der eigenen Terrasse zu stehen und den Anblick schöner Frauen zu genießen? Schließlich war es ein öffentlicher Strand. War ja nicht so, dass er ein Fernglas herausgeholt hatte, um in das Schlafzimmer einer arglosen Frau zu spähen.

Ty drückte die Schultern durch, schloss auf und marschierte ins Haus. Schnurstracks ging er in die Küche. Den Hahn hörte er schon im Flur tropfen.

Die Küche machte einen deutlich besseren Eindruck als bei seinem letzten Besuch. Der Boden war gekehrt, Arbeitsflächen und Herd funkelten, Teller und Gläser standen ordentlich aufgereiht im Abtropfgestell, ein sauberes Geschirrhandtuch war darübergebreitet. Ty roch die Old-Bay-Gewürzmischung, die die Frauen für die Shrimps benutzt hatten, dazu nahm er schwache Untertöne von einem blumigen Parfüm und von Sonnencreme mit Kokosduft wahr.

Er stellte seinen Werkzeugkasten auf den Schrank, öffnete die Tür unter der Spüle und drehte das Wasser ab. Dann holte er mehrere Zangen heraus und machte sich an die Arbeit. Es fehlte lediglich eine neue Unterlegscheibe. Ty räumte das Werkzeug zurück. Da fiel sein Blick auf das Geschirr in den Regalen. Beziehungsweise auf das, was noch davon übrig war. Er hätte schwören können, dass Geschirr für acht Personen vorhanden gewesen war, als er das Haus vor Ostern bezugsfertig gemacht hatte. Jetzt gab es nur noch, wie Ellis Sullivan zutreffend behauptet hatte, fünf große Teller. Fünf angeschlagene Teller mit Rissen. Drei Müslischalen, die nicht zueinander passten. Was war mit dem ganzen Porzellan geschehen, das er im Frühjahr ins Haus gebracht hatte? Ty öffnete eine von zwei Schubladen. Auch Besteck war nur noch spärlich vorhanden. Messer waren Mangelware. Im Schrank fand er lediglich zwei kleine Töpfe, beide ohne Deckel, und die kleinste gusseiserne Bratpfanne der Welt.

Und was war mit dem Herd? Er stellte alle Platten auf höchste Stufe und hielt die Handfläche über jede einzelne. Nur die kleinste hinten rechts funktionierte noch.

Ty ließ die Schultern hängen. Sein Vater hatte ihm die wichtigsten Handgriffe des Klempners und einige elektrische Reparaturarbeiten beigebracht, aber er hatte keine Ahnung, wie er diesen Herd wieder in Gang bekam. Das Gerät war schon da gewesen, als seine Großmutter im Haus gewohnt hatte, mindestens seit den siebziger Jahren. Es war unwahrscheinlich, dass Ty jemanden auftrieb, der ihn reparieren konnte, da es sicherlich überhaupt keine Ersatzteile mehr dafür zu kaufen gab.

Während Ty noch überlegte, was er mit dem Herd machen sollte, klingelte es an der Tür.

»Ty Bazemore!«

Er hätte Frank Patterson nicht erkannt, wenn der nicht ein Uniformhemd mit der Aufschrift *Schädlingsbekämpfung* und dem Namen *Frank* schräg über der linken Brust getragen hätte. Sie waren zusammen zur Highschool gegangen, wo Patterson beim Football Quarterback und Ty Tight End gespielt hatte.

»Junge!«, sagte Ty und drückte seinem alten Mannschaftskollegen die Hand. »Wie geht's dir, Alter?«

Sie standen im Wohnzimmer. »Du siehst gut aus, Frank«, sagte Ty. »Die Arbeit als Kammerjäger scheint dir zu bekommen.«

»Man kann davon leben«, sagte Frank. »Was ist mit dir? Sind die Surfbretter von dir, die ich in der Garage gesehen habe?«

»Ja«, sagte Ty. »Ich surfe noch. Aber nicht mehr so oft, hab wenig Zeit.«

Schließlich kamen sie zur Sache.

»Flöhe, ja?«, sagte Frank und taxierte das Wohnzimmer.

Tys Gesicht wurde dunkler. »Diese miesen Collegestudenten haben letzte Woche einen Hund reingeschmuggelt.«

»Du wohnst hier gar nicht?«

Ty lachte. »Nee, Mann, das kann ich mir nicht leisten. Ich wohne über der Garage, in den Zimmern, die früher dem Dienstmädchen gehörten. Das Haus selbst vermiete ich.«

»Echt schönes altes Ding«, sagte Frank und fuhr mit der Hand über die vertäfelte Wand. »Das ist noch eins von den Originalen, stimmt's?«

Ty zuckte mit den Schultern. »Es gehört nicht zu den ursprünglichen dreizehn, die ›ungestrichener Adel‹ genannt werden, wenn du das meinst. Die Tante meiner Großmutter hat es in den Zwanzigern gekauft. Wir haben immer noch die alte Kaufurkunde. Damals kostete es achttausend Dollar.«

»Mein Vater hat früher für die Leute nebenan gearbeitet«, sagte Frank. »Die Lunsfords. Nette Leute, Clark und Margaret. Kanntest du die? Nachdem der letzte Hurrikan sie so schlimm traf, haben sie es an Leute aus Virginia verkauft.«

»Hab die neuen Besitzer noch nicht kennengelernt«, sagte Ty. »Aber Mrs Lunsford oder Miss Margaret, wie wir sie nannten, war eine alte Freundin meiner Großmutter. Sie gingen zusammen zur Schule.«

»Wie hieß denn deine Großmutter?«, wollte Frank wissen. »Doch nicht Bazemore, oder?«

»Nein«, sagte Ty. »Dieses Haus gehörte der Familie meiner Mutter. Sie war eine Culpepper. Edwina und Garrett Culpepper hießen ihre Eltern. Mein Großvater starb vor gut zehn Jahren. Und Nanny dann vor zwei Jahren. Sie wurde von allen nur Winnie genannt.«

»Ich kann mich erinnern, gehört zu haben, dass

deine Mutter starb. Das ist auch schon ein paar Jahre her, nicht?«

»Stimmt«, sagte Ty. »Sie starb ein Jahr nach Großvater. Schwer zu glauben, dass es schon so lange her ist.«

Frank nickte, eine stumme Bestätigung. Er griff zu einem Kanister mit Chemikalien und reckte eine lange Düse in die Höhe. Während er das Zimmer systematisch einnebelte, redete er weiter.

»Deine Großmutter hat dir das Haus hinterlassen, ja? Ganz schön eindrucksvoll. So ein Kasten, direkt am Meer, ich meine, geht mich ja nichts an, aber der ist ganz schön was wert, oder?«

»Wenn es renoviert wäre«, pflichtete Ty ihm bei. »Aber meine Oma hat das Haus dem einzigen Bruder meiner Mutter hinterlassen, meinem Onkel, der in South Dakota lebt. Seine Frau kann mit dem Meer nichts anfangen, und sie haben keine Kinder. Er wollte es loswerden, und da kam ich auf die schlaue Idee, es ihm abzukaufen. Ich dachte, das Ding wäre eine Goldmine – aber leider falsch gedacht.«

»Mist.«

»Das Haus zieht mir das Geld aus der Tasche«, sagte Ty düster. »Ein riesiges Geldgrab. Das ist der wahre Grund, warum mein Onkel so froh war, es los zu sein. Meine Großmutter wollte nie irgendwas modernisieren. Alles sollte so bleiben wie damals, als sie ein kleines Mädchen war, von Charlotte herüberkam und den ganzen Sommer hier verbrachte. Es gibt keine Zentralheizung, keine zentrale Klimaanlage. Großvater baute irgendwann in den Achtzigern mal Geräte in die Fenster ein. Null Isolierung natürlich. An manchen Stellen kann man durch die alten Bodendielen nach draußen gucken. Im letzten Winter hab ich mir hier fast den Arsch abgefroren. Zu Omas Zeiten machten sie das Haus im Oktober dicht und kamen erst am Karfreitag wieder. Die Leitungen sind hinüber. Nur zwei Badezimmer für das ganze große Haus, davon nur eins mit Dusche. Und die Steuern? Die Gemeinde glaubt, diese Absteige wäre zwei Millionen Dollar wert! Damit fang ich besser gar nicht an.«

»Verrückt«, stimmte Frank ihm zu, ging in den Essbereich und von da in die Küche.

»Hey, guck dir das an«, Frank schmunzelte, als er sich im Raum umsah. »Richtig altmodisch hier.«

»Aber nicht im positiven Sinn«, sagte Ty und lehnte sich gegen den Türrahmen. »Der Herd ist kaputt. Ich habe gerade neue Mieter für den ganzen Monat bekommen. Drei Frauen! Sind gerade mal einen Tag da und meckern schon.«

»Brauchst du einen neuen Herd?«, fragte Frank beiläufig.

»Schon«, sagte Ty und bückte sich, um sich am Knöchel zu kratzen. »Ich brauche alles Mögliche für dieses Haus. Aber ich kann mir nichts leisten.«

»Ich frag nur«, sagte Frank, »weil wir gerade alle

Geräte zu Hause ausgetauscht haben. Den Kühlschrank haben wir in die Garage gestellt, für Bier und so. Aber der Herd, der steht als Staubfänger auf der Veranda rum. Meine Frau kocht gerne. Die hat nicht locker gelassen, bis wir alle Geräte in Edelstahl hatten: Kühlschrank, Herd und Spülmaschine. Der alte Herd ist noch gut, sie wollte nur unbedingt einen aus Edelstahl. Du weißt, wie Frauen sein können.«

»Tja«, sagte Ty. »Glaub schon.«

»Bist du noch mit Kendra zusammen?«, fragte Frank und warf Ty einen neugierigen Blick zu, dann hockte er sich hin und besprühte den Trittschutz unter den Arbeitsflächen mit seinem Pestizid. Frank kannte Kendra noch von der Highschool. Jeder auf den Outer Banks kannte die Familie Wilcox. Kendras Vater Boomer war Leiter der Verwaltung von Dare County gewesen, ihr Großvater Richter am Bezirksgericht. Kendra war die vierte Generation von Anwälten in der Familie Wilcox.

»Nee«, antwortete Ty. »Wir haben uns vor einiger Zeit getrennt.«

»Tut mir leid«, sagte Frank. Er öffnete die Küchentür. »Soll ich auch die Veranda machen?«

»Alles«, sagte Ty und folgte ihm nach draußen. »Es wimmelt hier nur so von Flöhen. Und alles innerhalb einer Woche.«

»Tja«, machte Frank und ging die Veranda rauf und runter, »zu dieser Jahreszeit laufen die kleinen

Mistkerle Amok. Man muss immer am Ball bleiben. Ich will dir nichts aufschwatzen, aber du solltest vielleicht mal drüber nachdenken, einen dauerhaften Vertrag mit mir abzuschließen. Spart dir auf lange Sicht einiges an Geld.«

»Ich denk mal drüber nach«, sagte Ty, aber man hörte ihm an, dass er es nicht tun würde.

Frank blieb stehen und blickte aufs Meer. Eine schwache Brise fuhr durchs Strandgras, und der pflaumenfarbene Himmel versprach Regen. Weiter draußen, wo sich die Wellen brachen, entdeckte er einen Delphin.

»Ich kann schon verstehen, warum du das Haus gern behalten würdest«, sagte Frank und stützte die Arme auf das Verandageländer. »Meine Frau und meine Kinder flippen aus, wenn sie hören, dass wir hier Urlaub machen können. Im Herbst, ja?«

»Im Oktober hab ich noch alles frei«, sagte Ty. »Es sei denn, die Bank holt es sich vorher. Du musst mir nur das Datum sagen.«

»Angeln müsste ungefähr Mitte des Monats losgehen«, überlegte Frank. »Meine Jüngste, die findet Angeln total super. Ganz Papas Mädchen.«

»Mein Großvater hat mir direkt da vorne gezeigt, wie man einen Köder aufspießt«, sagte Ty und wies aufs Wasser. »Da war ich ungefähr fünf Jahre. Im Herbst hat er immer massenweise Rote Trommler rausgeholt.«

Frank schaute Ty an, der noch zu der Stelle hinüberschaute, wo er seinen ersten Roten Trommler gefangen hatte. Dicke Regentropfen fielen auf den sonnengebleichten Holzsteg, der über die Dünen führte. Die Leute am Strand packten Stühle und Handtücher zusammen.

»Hör zu, Ty«, sagte Frank. »Wenn du den Herd haben willst, könnten wir eben zu mir rüberfahren und ihn hinten auf den Laster laden. Den alten können wir genauso gut schnell rausschleppen und auf den Schrottplatz bringen.«

Ty streckte die Hand aus, und Frank schlug ein. »Abgemacht.«

9

An: Culpepper@Ebbtide.com
Von: EllisSullivan@hotmail.com
Betreff: Danke!
Lieber Mr Culpepper! Ich nehme alles zurück, was ich Böses über Sie gesagt habe. Die Flöhe und die Ameisen sind weg. Der neue Herd ist ein großer Fortschritt, und Sie werden bestimmt feststellen, dass Sie weniger Wassergeld zahlen, jetzt da der tropfende Wasserhahn repariert ist. Die neuen (alten) Teller sind auch sehr schön. Meine Freundinnen und ich finden Porzellan mit rosa Rosen wirklich toll. Meine Freundin Dorie meint, ihre Großmutter hätte genau so ein Service gehabt. Also noch einmal: Danke! Ellis. P. S.: Was können Sie uns über den Mann verraten, der in der Garagenwohnung lebt? Er scheint einen sehr sonderbaren Tagesablauf zu haben – uns ist aufgefallen, dass bei ihm die ganze Nacht das Licht brennt. Er ist doch kein Serienmörder, oder? (War nur ein Witz. Na ja, fast.)

An: EllisSullivan@hotmail.com
Von: Culpepper@Ebbtide.com
Betreff: Garagenmann
Liebe Ellis, Ty Bazemore ist harmlos. Er hat mir erzählt, er verdient sein Geld als Daytrader, aber vielleicht ist das bloß seine Tarnung, und in Wirklichkeit ist er ein international gesuchter Sklavenhändler. (War nur ein Witz. Na ja, fast.)

»Hey, Leute«, sagte Ellis und steckte ihr iPhone zurück in die schützende Plastikhülle ihrer Strandtasche. »Mr Culpepper behauptet, der Typ über der Garage wäre Daytrader. Deshalb ist er die ganze Nacht auf.«

»Hm«, machte Dorie nur schläfrig. Sie lag auf dem Bauch, die Wange auf ihrer mit Segeltuch bespannten Liege. Ihre Finger spielten träge im Sand, ihr Körper glänzte vor Sonnencreme und Schweiß. »Wie spät ist es? Ich halte es, glaube ich, nur noch eine Viertelstunde so aus.«

»Drei Uhr«, sagte Julia und stützte sich auf den Ellenbogen, um die fortschreitende Bräunung ihrer Freundin zu begutachten. »Du liegst doch erst seit einer Viertelstunde hier und siehst schon aus wie ein gekochter Hummer. Wirklich, Dorie, du bist das hellhäutigste Mädchen, das ich kenne.«

»Hm«, machte Dorie wieder. Kurz darauf atmete sie gleichmäßig und schnarchte leise vor sich hin.

»Mann, ist die aufregend«, stellte Julia fest. »Komm,

Ellis! Mir ist langweilig. Gehen wir zusammen am Strand entlang?«

Ellis warf einen kurzen Blick auf die schlafende Dorie. »Können wir sie hier einfach so liegen lassen? Sie bekommt einen schlimmen Sonnenbrand.«

Julia zog ein Strandlaken aus ihrer Tasche und legte es vorsichtig über Dories reglosen Körper. »Das geht schon«, sagte sie. Sie warf sich ihre Strandtasche über die Schulter. »Komm, wir gehen zu dem Eisverkäufer an der Mole.«

Ellis zog ein Strandkleid über ihren Badeanzug und steckte etwas Geld ein. Dann überlegte sie kurz und griff nach ihrem Handy.

Julia, der nie etwas entging, verdrehte die Augen. »Das ist auch etwas, das mir außerhalb von Amerika nicht fehlt. Ihr seid so dermaßen besessen von euren Handys! Machst du auch nur einen Schritt ohne das Ding? Kannst du dich nicht mal entspannen? Zumindest, solange wir zusammen sind?«

In den vier Tagen engen Zusammenlebens mit Julia hatte Ellis wieder gelernt, die bissigen Bemerkungen ihrer Freundin nicht so ernst zu nehmen. »Was ist denn mit dir?«, gab sie zurück. »Müsst ihr Supermodels nicht ständig Kontakt zu euren Agenturen halten, um zu erfahren, ob ihr gebucht wurdet, oder wie man das nennt?«

»Ich bin alles andere als ein Supermodel«, sagte Julia. »Außerdem habe ich der Agentur gesagt, dass ich einen Monat Pause einlege.« Sie ging schneller und war mit ihren langen Beinen Ellis bald einige Meter voraus.

»Warte!«, rief Ellis und verfiel in einen Laufschritt, um ihre Freundin wieder einzuholen. »Ich dachte, zu dieser Zeit ist immer besonders viel los.«

»Das ändert sich«, entgegnete Julia. »Und ich bin ja im Urlaub.«

Ellis folgte Julia zum Holzsteg.

»Ich finde eigentlich, ich bin schon relativ entspannt«, meinte Ellis. »Was die Sorgen angeht – na ja, daran kann ich nichts ändern. Ich bin vierunddreißig. Seit ich vierzehn Jahre bin, hatte ich immer irgendwas zu tun. Seit mein Vater mir mit siebzehn die erste Stelle bei der Savannah Bank besorgt hat, habe ich bei der Bank gearbeitet. Aber jetzt, na ja, jetzt weiß ich einfach nicht, wie es weitergeht.«

»Niemand weiß, wie es weitergeht, nie«, entgegnete Julia und warf die Hände in die Luft. »Darauf will ich hinaus, Ellis. Man kann nichts im Leben kontrollieren, also warum lehnst du dich nicht einfach zurück und nimmst das Leben so, wie es kommt?«

Jetzt war es an Ellis, die Augen zu verdrehen. »Du hast gut reden. Ich meine, sicher, du bist keine reiche Erbin oder so, aber zumindest haben dir deine Eltern ganz schön was hinterlassen, von dem du leben kannst. Und du hast einen Beruf, den du immer und überall ausüben kannst. Du reist in der ganzen Welt herum. Und: Du hast Booker. Aber ich? Ich habe in meinem Leben an drei Orten gewohnt: Savannah, Charlotte und Philly. Ich habe nur mich. Und meine Mama. Papa hat ihr gerade so viel hinterlassen, dass sie davon leben kann, wenn sie sich zusammenreißt. Tut sie aber nicht. Es wird so weit kommen, dass ich mich irgendwann um sie kümmern muss, nicht mein Bruder. Deshalb: Ja, ich mache mir Sorgen. Wenn ich so wäre wie du, hätte ich wahrscheinlich keine Sorgen. Tu ich aber nicht. Ich mache mir viele Gedanken. Aber ich bemühe mich, mir davon diesen Urlaub nicht verderben zu lassen.«

Julia ging weiter, drei oder vier Meter vor Ellis, die mit den langen Schritten ihrer Freundin einfach nicht mithalten konnte, wie sehr sie sich auch bemühte.

Sie bedauerte ihren Ausbruch bereits. Es war anmaßend, auf diese Weise über Julias Geld zu reden. Es war ja nicht so, das Julia herumlief und mit ihrem Geld angab oder sich darüber lustig machte, dass Ellis und Dorie weniger besaßen.

Als sie die asphaltierte Straße erreichten, verfiel Ellis in einen Trab, bis sie Julia eingeholt hatte. »Du bist sauer auf mich, stimmt's?«

»Nein. Ich bin bestimmt nicht sauer, nur weil du sagst, was du denkst. Hoffe ich zumindest. Bloß hast du nicht die geringste Ahnung, wie mein Leben wirklich aussieht.«

»Nicht?«

»Nicht so richtig«, sagte Julia. Sie hatten den Eisladen erreicht. Er war auffällig mit zirkusbunten Streifen in Rot und Gelb gestrichen. Davor stand eine Schlange von einem Dutzend Gästen, die auf ihre Bestellung warteten, die Picknicktische im Schatten der Markise waren alle besetzt. Rockmusik plärrte aus Lautsprechern, die an Holzpfählen hingen. Ellis und Julia drückten sich aneinander, suchten Schutz vor der sengenden Hitze.

Es lief »Dancing in the Dark« von Bruce Springsteen. Unbewusst wippten die beiden nach kurzer Zeit im Takt der Musik.

»Woran erinnert dich das Lied?«, fragte Julia, als sie die Angebote auf der Tafel las.

»Mich?« Unter ihrer Bräune errötete Ellis.

»Ich wusste es!«, kicherte Julia. »An meinen fünfzehnten Geburtstag, als du mit Mikey Cavanaugh rumgeknutscht hast.«

»Bist du bitte leise?«, sagte Ellis. »Die Leute können dich hören.«

»Na, und?« Julia drehte sich, bewegte sich nach rechts und links und summte dabei das Lied, das an der Junior-Highschool ihre Hymne gewesen war. »Mensch, warst du damals heiß auf Mikey Cavanaugh! Meine Mutter hat gesehen, wie du hinter der Garage mit ihm rumknutschtest, weißt du das? Sie wollte deine Mutter anrufen und es ihr erzählen, aber Papa meinte, sie sollte sich um ihren eigenen Kram kümmern. Oh, Ellis, du warst damals ein ungezogenes Mädchen.«

»Sei leise!«, sagte Ellis und wurde rot bei der Erinnerung daran, wie sie den niedlichsten Jungen der ganzen Party geküsst hatte.

»Ja, bitte?« Die Bedienung hinter der Theke war eine Latina mit einem gequälten Gesichtsausdruck. Sie trug eine alberne Kappe, die wie eine Eiswaffel geformt war. »Ma'am?«, sprach sie Julia an, die geträumt hatte.

Ellis stieß Julia an. »Hey, du bist dran.«

»Ah, ja. Mal sehen. Ähm, haben Sie *gelato*?«

»Julia, wir sind hier in Nag's Head, nicht in Rom«, sagte Ellis. »Hier gibt's normales Eis, keine italienische Handwerkskunst, ja?« Sie lehnte sich gegen die Theke. »Bitte eine Kugel Rocky Road im Becher und eine Kugel Caffee Chocolate Chip in der Zuckerwaffel. Und zwei große Becher Eiswasser, bitte.«

Ehe Julia einschreiten konnte, hatte Ellis eine Fünf-Dollar-Note hinübergereicht und warf das Wechselgeld in ein Trinkgeldglas, das prominent auf der Theke platziert war.

In beiderseitigem Einverständnis quetschten sie sich ans Ende einer Picknickbank. An dem Tisch schob eine junge Mutter ihrem sandbeschmutzten Kleinkind einen Löffel nach dem anderen in den jammernden Mund.

»Find ich unglaublich, dass du nach so vielen Jahren noch wusstest, dass ich Rocky Road im Becher esse, nicht in der Waffel«, sagte Julia und tauchte den kleinen Plastiklöffel in den Pappbecher.

»Und ich finde es unglaublich, dass du dich immer wieder an Mikey Cavanaugh erinnerst – nach zwanzig Jahren«, sagte Ellis. »Hat deine Mutter uns wirklich zusammen gesehen, oder sagst du das nur, um mich zu ärgern?«

»Doch, hat sie!« Julia nickte nachdrücklich. »Weißt du, sie war bis zu ihrem Tod der Meinung, du hättest einen schlechten Einfluss auf mich.«

»Ich?«, höhnte Ellis. »Ich war immer die Stimme der Vernunft. Die Vernünftige. Wenn ich nicht gewesen wäre, wärst du im Knast oder in der Hölle gelandet.«

»Ich weiß«, sagte Julia. »Ellis Sullivan, der Chauffeur vom Dienst. Mama dachte immer, ich wäre der Engel und du der Teufel, und ich hatte nicht vor, ihr das auszureden. Und als du mit dem College aufgehört und dich verlobt hast, sagte Mama, sie sei froh, dass du nun endlich mit einem netten Jungen zur Ruhe kämst. Sie hatte nicht mal was dagegen, dass er Jude war und ein Yankee aus dem Norden.«

Ellis seufzte. »Die Gute. Aber deine Mutter hatte echt keine Ahnung.«

»Hast du noch mal von ihm gehört?«, fragte Julia und neigte den Kopf zur Seite. Die drei, Julia, Dorie und Ellie, hatten sich vor langer Zeit geschworen, den

Namen von Ellis' Exmann nie wieder auszusprechen. »Für uns ist er gestorben«, hatte Dorie nach dem Scheitern der dreimonatigen Ehe verkündet.

Sein Name war Ben Greene, und zusammen mit der Hochzeit und der Ehe war er, soweit den Freundinnen bekannt, wie ein Wunder aus Ellis' Erinnerung getilgt. Die Sache war so dermaßen untypisch für Ellis, dass sie sich beinahe einreden konnte, sie sei gar nicht passiert. Beinahe.

»Hab seit Jahren nichts mehr von ihm gehört«, sagte sie, was offiziell auch stimmte. »Als Letztes hab ich gehört, dass er wieder geheiratet hat. Ich glaube, sie haben ein Kind.«

Durch die Wunder von Google hatte Ellis *Greene Acres* entdeckt, das Blog seiner zweiten Frau. Ellis wusste ganz genau, wo Ben wohnte (in Winnetka), was er beruflich machte (er führte das Möbelimportgeschäft seiner Familie) und wie seine neue Frau hieß, nämlich Sherry. Ellis wusste, dass die Familie zwei Shelties hatte (Lulu und Lucky) und einen zweijährigen Sohn namens Sam (benannt nach Bens Lieblingsonkel).

Und sie wäre im Erdboden versunken, wenn irgendjemand erfahren hätte, insbesondere Ben, wie oft sie bei *Greene Acres* hereinschaute.

»Na, danken wir Gott auch für die kleinen Dinge«, sagte Julia mit Nachdruck. »Er ist jetzt das Problem einer anderen, nicht mehr deins. Lieber Gott! Kannst du dir ein Baby mit seinen Ohren vorstellen? Da braucht man ja einen Beiwagen am Kinderwagen, nur um die unterzubringen.«

Ganz im Gegenteil. Ellis hatte Bilder des kleinen Sam gesehen und fand, er sei das süßeste Kind, das sie jemals erblickt hatte. Er hatte schmachtende blaue Kulleraugen, einen dichten Schopf heller Haare und einen runden Kussmund, den er von seiner Mutter geerbt haben musste, denn alle in Bens Familie hatten eine fast nicht vorhandene Oberlippe.

»Ellis?« Julia sah sie befremdet an.

»So groß waren seine Ohren auch nicht«, sagte Ellis. »Du hast ihn bloß von Anfang an nicht gemocht.«

»Und? Lag ich damit falsch? Musstest du nicht zum Anwalt gehen, noch bevor du die Danksagungen für die Hochzeitsgeschenke geschrieben hattest?«

»Du hattest ja recht«, sagte Ellis, knüllte ihre Papierserviette zusammen und drückte sie in ihr Waffelhörnchen. Sie warf es unauffällig in einen Metallkorb und trank einen großen Schluck Eiswasser. »Ich hab dich damals dafür gehasst, aber du hattest ja so was von recht.«

Außer Ellis hatten alle gewusst, wie wenig Ben zu ihr passte. Und als Ben es nach gerade mal drei Monaten Ehe auch gemerkt hatte, hatte er zwei Tage vor Ellis' Geburtstag beim Abendessen kühl verkündet, das Ganze sei ein bedauerlicher Fehler gewesen. Genau diese Worte hatte er benutzt: ein bedauerlicher

Fehler. Es hatte keinen Streit gegeben, keine hässliche Szene, nur Ben in seinem blassgelben Golfhemd, der sich vom Tisch zurückschob, die Gabel auf den Rand des Tellers gelegt und mit ernstem Blick und traurigen Augen gesagt hatte: »Es tut mir leid, Ellis, aber wir wissen beide, dass es nicht funktioniert.«

Unter Druck gesetzt von seiner weinenden oder eher hysterischen Braut, hatte Ben schließlich die Worte ausgesprochen, die Ellis' Tränen zum Versiegen brachten und ihr Herz für immer brachen: »Ich liebe dich einfach nicht. Ich habe es geglaubt, es mir gewünscht, aber ich liebe dich einfach nicht.«

Noch bevor der Abend zu Ende war, hatte Ben seine Sachen, seine Bücher und seine CDs gepackt und war aus der Wohnung ausgezogen. Und bevor Ellis so ganz verstanden hatte, was geschehen war, war die Scheidung rechtskräftig und die Ehe beinahe, wenn auch nicht völlig vergessen.

Niemand außer Ellis wusste, wie sehr sie immer noch um das trauerte, was sie verloren hatte. Ihre Ehe war das Erste, bei dem sie so richtig versagt hatte. Anschließend hatte sie ihre ganze Kraft und Energie in ihre Arbeit gesteckt, war befördert worden, hatte hymnische Bewertungen und entsprechendes Lob erhalten. Doch die Einsamkeit verließ sie nie. Sie vermisste es, mit einem Mann zusammenzuleben, mit jemandem essen zu können, für jemanden Hemden kaufen zu können. Ihr fehlte es, dass jemand an der

Gepäckausgabe des Flughafens auf sie wartete, wenn sie von einer Geschäftsreise zurückkehrte, ihr fehlte der gemächliche, genüssliche Sex am Samstagmorgen. Mein Gott, war es wirklich zehn Jahre her, dass sie zum letzten Mal mit einem Mann geschlafen hatte? Mehr. Elfeinhalb Jahre, wenn man nicht das verschärfte Petting mit dem Typen dazuzählte, den Ellis in dem Jahr nach ihrer Scheidung mehrmals getroffen hatte, als sie sich unbedingt hatte beweisen wollen, dass sie längst über Ben hinweg war.

Abrupt erhob sich Julia. »Komm, wir gehen besser zurück zu Dorie. Ich möchte sie nicht noch einmal in Haferflocken baden müssen, so wie damals in dem Sommer in Myrtle Beach.«

Ellis verzog das Gesicht. »Was haben wir uns bloß dabei gedacht, uns mit diesem grässlichen Babyöl und dem Jod einzucremen? Ein Wunder, dass wir nicht alle Hautkrebs bekommen haben.«

»Wir haben gar nichts gedacht. Wir haben getrunken«, erinnerte Julia sie. Sie wanderten zurück über die Straße und die Düne bis hinunter zum Strand.

»Hör mal«, sagte Julia plötzlich. »Was ist mit Dorie wirklich los?«

»Mit Dorie? Nichts. Warum? Was soll denn da los sein?«

»Ist dir nicht aufgefallen, dass wir jetzt seit drei Tagen hier sind und sie noch nicht einmal mit Stephen gesprochen hat?«

»Stimmt«, sagte Ellis. »Hat sie wirklich nicht. Aber vielleicht lässt sie ihn nur in Ruhe, damit er sich auf seine Arbeit konzentrieren kann.«

»Nix da. Er hat sie genauso wenig angerufen. Das weiß ich, schließlich ist ihr Zimmer direkt neben meinem.«

»Vielleicht haben sie sich gestritten. Vielleicht ist sie sauer, weil er auf einmal beschlossen hat, er hätte zu viel zu tun. Keine Ahnung, Julia. Aber ich denke, es geht uns nichts an, egal was es ist.«

»Das ist nicht die alte Dorie«, sagte Julia mit Nachdruck. »Irgendwas ist mit ihr passiert. Im Kino letztens, da hat sie die ganze Zeit geheult.«

Ellis runzelte die Stirn. »Das war eine Komödie! Niemand weint in einem Film mit Ben Stiller.«

»Sie ist zweimal zur Toilette gegangen«, entgegnete Julia. »Weil sie nicht wollte, dass wir mitbekommen, wie sie sich die Augen ausheult. Irgendwas ist da los, Ellis. Das spüre ich.«

»Dann tu mir einen Gefallen, Julia.« Ellis drehte sich zu ihrer Freundin um und umfasste ihr Handgelenk. »Lass sie in Ruhe! Das meine ich ernst. Wenn sie es uns erzählen will, dann tut sie es schon. Wenn sie gerade mit Stephen eine schwere Zeit durchmacht, ist es das Beste, wenn wir einfach nur für sie da sind. Hast du verstanden?«

»Klar. Du tust geradezu so, als würde ich sie fertigmachen oder so. Ich kenne Dorie genauso lange wie du. Ich habe sie genauso gerne wie du. Ich möchte nur, dass sie glücklich ist, mehr nicht.«

Sie waren fast wieder zurück am Strand unterhalb von Ebbtide. Ellis hatte sich auch so ihre Gedanken gemacht. »Hör mal, Julia«, sagte sie und wurde langsamer, damit ihre Freundin ebenfalls das Tempo drosselte. »Da wir gerade beim Thema Glück sind … Was ist eigentlich mit Booker und dir los?«

Julia blieb stehen und beschäftigte sich demonstrativ mit dem riesengroßen Seidentuch, das sie sich lässig um die Taille geknotet hatte. »Nichts«, sagte sie. »Alles beim Alten.«

»Du kannst nicht lügen«, sagte Ellis. »Los, komm, raus mit der Sprache! Ihr trennt euch doch nicht etwa, oder?«

»Eigentlich nicht«, sagte Julia. »Es ist kompliziert geworden. Und du weißt ja, wie sehr ich Komplikationen hasse. Ich weiß ganz ehrlich nicht, warum er nicht einfach zufrieden sein kann, wenn es mal gut läuft. Aber so ist Booker. Er war noch nie in der Lage, sich mit etwas Mittelmäßigem zufriedenzugeben.«

»Was hat er denn nun schon wieder angestellt?«, fragte Ellis.

»O Mann!«, rief Julia. »Frag besser, was er noch nicht getan hat. Also, zuerst mal ist er los und hat eine feste Stelle angenommen.«

»In England?«

»Nein, und da liegt das Problem«, sagte Julia stirnrunzelnd. »Er ist jetzt Leiter der Bildredaktion bei irgendeinem Zeitschriftenverlag in Washington, von dem noch keiner gehört hat. Ich meine, kannst du dir das vorstellen? Booker in Anzug und Krawatte? Der auf die Stechuhr drückt? Da komm ich nicht mehr mit.«

»In Washington?«, rief Ellis, und ihre Stimme überschlug sich fast. »Hey, Julia, das ist doch super! Washington ist nur einen Katzensprung von Philly entfernt! Na ja, falls ich eine neue Stelle finde und in Philly bleiben kann. Aber ist ja egal, oder? Hauptsache, du bist wieder in Amerika, nur das ist wichtig.«

»Darauf würde ich nicht wetten.« Julia ging jetzt schnell, lief beinahe.

»Was?« Ellis war atemlos vor Anstrengung. »He, warte mal, Julia!«

Julia wirbelte herum. »Wer sagt eigentlich, dass ich zurück nach Amerika will?«, fuhr sie Ellis an. »Wer sagt, dass ich meine Karriere wegen Booker aufgeben will? Wer sagt, dass ich heiraten und ein Kind pro Jahr werfen muss, so wie meine arme Mutter? Die hatte quasi sieben Jahre lang nichts anderes an als diese grottenhässliche Schwangerschaftskleidung, da war sie noch keine fünfundzwanzig, und ich kann mich nicht daran erinnern, dass sie mal was für sich gemacht hätte, in ihrem ganzen Leben. Ich bin erst fünfunddreißig, Herrgott noch mal! Mir gefällt mein Leben genau so, wie es ist. In Ordnung?«

Ellis blinzelte. Was war denn falsch an so einem Leben, wie Julias Mutter es geführt hatte – mit Kindern und einem treu ergebenen Ehemann und ja, mit Spucke, Erbrochenem und vielleicht auch Schwangerschaftsstreifen? Julia sagte, sie könne sich nicht erinnern, wann ihre Mutter mal Zeit für sich gehabt hätte. Während ihrer Jugend hatte Ellis praktisch bei den Capellis gelebt, und sie konnte sich ihrerseits nicht erinnern, mal gesehen zu haben, dass Catherine Capelli inmitten ihrer lärmenden, liebevollen Familie nicht sang oder lachte oder einen Scherz machte.

»Es sagt doch niemand, dass du das tun musst«, gab Ellis leise zurück.

»Das glaubst du«, Julia ließ die Schultern hängen. »Könnten wir jetzt bitte über etwas anderes sprechen? Ich gehe schwimmen.«

Ellis ging an dem Streifen, wo der nasse auf den trockenen Sand traf. Dort lagen zerbrochene Muschelschalen und getrocknete Algen. Ellis streifte ihre Sandalen ab und grub die Zehen in den feuchten Sand. Ihre Finger schlossen sich um das Handy in der Tasche ihres Strandkleids. Sie hatte mehrere Bewerbungen verschickt. Eine ehemalige Kollegin hatte ihr einen vielversprechenden Hinweis auf eine Stelle bei einem Start-up-Unternehmen für finanzielle Dienstleistungen in Pittsburgh geschickt.

Pittsburgh. Sie kannte keine Menschenseele in

Pittsburgh. Noch mal in einer neuen Stadt von vorn anfangen? In einer neuen Firma, mit einem neuen Job? Ungewollt stellte sie sich vor, wie sie allein in einer neuen Wohnung saß und einen Stapel Speisekarten von Lieferdiensten studierte, ein leerer Abend, ein leeres Wochenende in entsetzlicher, *bedauerlicher* Einsamkeit vor sich.

Sorgen, dachte Ellis, und wie. Das Wort »Sorgen« deckte nicht mal ansatzweise das ab, was sie momentan empfand.

10

Erst als Maryns Magen knurrte, merkte sie, wie viel Hunger sie hatte. Sie hielt an der nächsten Einkaufsstraße, an der sie vorbeikam. Es gab ein Restaurant, das hieß *The Picky Pelican*. Dämlicher Name für einen Laden. Aber sie hatte wirklich riesengroßen Hunger.

Und sie wollte unbedingt mit Adam sprechen. Ihrem einzigen Freund. Komisch, wenn man drüber nachdachte. Adam Kuykendall war der letzte Kandidat für einen besten Freund, den Maryn sich vorstellen konnte. Klein und untersetzt, schütteres blondes Haar, dazu eine Professorenbrille und ein dürftiges Kinnbärtchen. Dennoch hatten die beiden zusammengefunden, kaum dass Maryn bei Prescott & Partner angefangen hatte, einer mittelständischen Versicherungsfirma in Familienbesitz.

Die anderen Frauen im Büro wollten nichts mit Maryn zu tun haben, sie warfen ihr tadelnde Seitenblicke zu, schlossen sie demonstrativ von ihren Mittagessen und Feierabendrunden aus. Die meisten waren älter, verheiratet und hatten Kinder, sogar Enkelkinder. Adam war der einzige männliche Kollege im gesamten Büro.

Sie waren also beide Außenseiter. Zuerst hatte Maryn angenommen, Adam sei schwul. Aber er bot überraschend angenehme Gesellschaft, gleich in der ersten Woche im neuen Job hatte er Maryn mit seinen spitzen Kommentaren über die gehässigen Kolleginnen für sich gewonnen. Innerhalb kürzester Zeit hatten sie ihre eigenen Rituale entwickelt – das Mittagessen vom Italiener um die Ecke, Happy Hour am Freitagabend, sonntagvormittags Kino: Frauenfilme für Maryn, Horrorfilme für Adam.

Bis vor achtzehn Monaten Don in ihr Leben getreten war. Und sich alles änderte.

Sie musste sofort mit Adam sprechen, musste ihn warnen: Don weiß Bescheid. Ich bin weg. Ich habe Angst. Angst, dass er mich sucht. Angst, dass er dich sucht. Sei vorsichtig. Ich bin abgehauen.

Doch Adam würde warten müssen. Maryn gähnte, stieg aus dem Wagen, schloss ab und sah sich um. Beim Anblick eines schwarzen Geländewagens zuckte sie unwillkürlich zusammen, schalt sich aber genauso schnell dafür. Don fuhr einen Explorer, keinen Escalade. Don Shackleford wusste nicht, wo sie war. Noch nicht.

Im Restaurant waren alle Tische besetzt. Nur ein Platz war frei, an der Theke, zwischen einem Mann, der wie ein Bauarbeiter aussah, und einer jungen Frau in Maryns Alter, die einen Sonnenbrand auf der Nase hatte und aussah, als wäre sie gerade vom Strand gekommen.

Es roch nach Hamburgern und Pommes frites. Wieder knurrte Maryns Magen. Sie brauchte etwas zu essen, ein Bett, einen neuen Namen, eine neue Identität, ein neues Leben. Doch fürs Erste würde sie sich mit einem Sitz an der Theke des *Picky Pelican* begnügen müssen.

11

Dorie saß an der Theke des Imbisses. Obwohl es schon fast zwei Uhr war, war der Laden noch gut besucht mit späten Gästen. »Bitte sehr, meine Liebe«, die Kellnerin goss vorsichtig ein Schokoladenshake aus einem Edelstahlshaker in ein hohes geeistes Glas und stellte es auf einen geriffelten weißen Pappuntersetzer. »Moment«, sagte sie. Sie drehte sich kurz um und hielt dann ein Schälchen mit Schlagsahne in der einen und eine Maraschinokirsche in der anderen Hand. »So«, sagte sie und ließ die Kirsche oben auf den Berg aus Schlagsahne fallen.

»Vielen Dank«, Dorie lächelte die Kellnerin an, »das sieht echt super aus.«

Sie ließ den Strohhalm im Shake versinken und trank einen großen Schluck. Das eiskalte Getränk jagte ihr einen Schauer über den sonnenverbrannten Rücken, doch das hielt Dorie nicht auf. Als sie am Strand erwacht war, waren Ellis und Julia fort, und Dorie hatte einen Riesenhunger gehabt. Nichts Neues. An der Außendusche hatte sie den Sand abgewaschen, sich ihr Strandkleid übergeworfen und sich auf die Suche nach etwas Essbarem gemacht. Der Imbiss hieß *The Picky Pelican.* Er befand sich in der Mitte einer Einkaufsstraße, nur wenige Querstraßen von Ebbtide entfernt, und er erinnerte sie an einen Laden bei sich zu Hause.

Dorie hatte den Platz an der Theke ergattert, doch als die Kellnerin ihr die Speisekarte brachte, hatte ihr nichts so recht zugesagt. Außer dem Schokomilchshake.

Sie versuchte, sich beim Trinken Zeit zu lassen. Dorie hatte ein wenig Schuldgefühle, einfach gegangen zu sein, ohne den Freundinnen Bescheid zu sagen, doch schließlich waren die anderen auch ohne sie verschwunden, während sie schlief.

Dorie zog eine Zeitschrift aus ihrer Strandtasche und blätterte gelangweilt durch die Seiten.

Neben ihr tauchte eine Frau mit einer teuren Designersonnenbrille auf und räusperte sich.

Dorie schaute von ihrer Zeitschrift auf. »Hallo!«

»Dürfte ich mich vielleicht dort hinsetzen?« Die Frau wies auf den leeren Hocker neben Dorie. Es war der einzige an der Theke, der noch frei war.

»Klar.«

»Danke.« Die Frau setzte sich und griff schweigend zur Speisekarte. Sie war jung und attraktiv, vielleicht etwas jünger als Dorie. Mit ihrem sorgfältig gestylten Haar und dem edlen Make-up, ganz zu schweigen von der maßgeschneiderten schwarzen Hose, den schwarzen Riemchen-Stilettos und der engen Seidenbluse mit Leopardenmuster wirkte sie völlig deplatziert zwischen den in T-Shirts und Shorts gekleideten Gästen im Restaurant. Dorie widmete sich wieder ihrer Zeitschrift und zwang sich, nur kleine Schlucke vom Milchshake zu trinken. Am liebsten hätte sie sich noch eins bestellt. Aber das erste kostete schon fast vier Dollar, und Dorie musste einen Dollar Trinkgeld geben, das waren insgesamt fünf Dollar, die sie nicht eingeplant hatte. Fünf Dollar, die sie eigentlich nicht ausgeben sollte.

Sie schaute auf ihr Handy und versuchte zum zehnten Mal an diesem Tag, sich zu überwinden und ihre Schwester anzurufen. Willa hatte Geld wie Heu. Arthur war reich, und Willa hatte seit ihrer Hochzeit keinen Tag mehr gearbeitet. Es war mies von ihr gewesen, in letzter Minute abzusagen, und noch mieser, dass sie nicht angeboten hatten, ihren Anteil trotzdem zu übernehmen. Als Willa sich zu diesem Urlaub eingeladen hatte, hatte sie Dorie gegenüber sogar angedeutet, sie würde gerne den Anteil ihrer kleinen Schwester übernehmen. Natürlich war davon nie wieder die Rede gewesen.

Sie hätte nicht mitkommen sollen, dachte Dorie düster. Als Willa absagte, hätte sie ebenfalls zu Hause bleiben sollen. Sie hatte keinen Anlass, so viel Geld für einen Monat am Meer auszugeben. Besonders jetzt nicht.

Die Kellnerin kam, und die Frau neben Dorie bestellte ein Clubsandwich und einen Eistee. Dories Magen knurrte. Auf einmal spürte sie, dass sie für ein Clubsandwich *töten* könnte. Obwohl sie zu Hause bereits ein gegrilltes Käsesandwich zu Mittag gegessen hatte, ganz zu schweigen von dem Berg Kartoffelchips.

Dorie schaute wieder in ihre Zeitschrift und versuchte, sich auf den Artikel mit der Überschrift *Zehn Tipps zum Geldsparen – sofort* zu konzentrieren. Das Ganze war ein Witz, den Leserinnen wurde geraten, nicht mehr zu Starbucks zu gehen und sich die Nägel selbst zu machen. Dorie ging nicht zu Starbucks. Und sie hatte seit Jahren keine professionelle Maniküre mehr machen lassen.

Kurze Zeit später brachte die Kellnerin die Bestellung von Dories Nachbarin. »Kann ich sonst noch etwas für Sie tun?«, fragte sie.

»Hm, ja«, sagte die blonde Frau mit leiser Stimme. »Ich suche ein Motelzimmer hier in der Nähe. Nichts Besonderes. Muss nicht am Strand sein oder so. Einfach etwas Sauberes, Billiges, vielleicht mit einer kleinen Küchenzeile. Könnten Sie mir da was vorschlagen?«

»Billig?« Die Kellnerin lachte. »Schätzchen, hier in Nag's Head ist Hochsaison. Kommt wohl darauf an, was Sie billig nennen. Meine Cousine hat mit ihren Kindern mal in einem kleinen Ding drüben an der Bucht gewohnt. Da gab's nicht mal einen Pool. Und sie mussten fast zweihundert Dollar pro Nacht abdrücken.«

»Oh.« Die Stimme der Blondine klang müde, ja resigniert.

»Vielleicht fahren Sie noch etwas weiter und suchen sich was in Elizabeth City. Ich glaube, da gibt es ein günstiges Motel.«

»Danke«, sagte die Blondine. Die Kellnerin entfernte sich.

»Entschuldigung?«

Dorie schaute von ihrer Zeitschrift auf.

»Könnten Sie mir bitte den Pfeffer reichen?« Maryn wies auf das Pfeffergläschen vor Dorie.

»Bitte sehr«, sagte Dorie und schob es hinüber.

Maryn nahm ihr Clubsandwich auseinander, hob vorsichtig das Brot herunter und kratzte mit einem Messer die Mayonnaise ab, dann gab sie einen Berg Pfeffer auf die dünnen blutroten Tomatenscheibchen.

Sie merkte, dass Dorie ihr interessiert zusah. »Wenn man doch nur einmal gefragt würde, bevor sie alles mit Majo zuklatschen«, sagte sie.

»Ich weiß«, erwiderte Dorie. »Bei mir ist es dasselbe mit Senf. Mir würde ein kleiner Klecks reichen. Auf jeden Fall sieht die Tomate lecker aus.«

»Hm, ja«, machte die Blondine und baute ihr Sandwich wieder zusammen. »Bei uns oben bekommen wir solche schönen Tomaten erst sehr spät. Aber es gibt nichts Besseres als Tomaten aus Jersey.«

Dorie lachte. »Sie kennen nicht die aus dem Garten von meinem Vater. Er zieht diese Riesensorte. Die könnte ich essen, bis ich platze.«

»Sind Sie hier aus der Gegend?«, fragte die Blondine.

»Nein ich komme aus Savannah, Georgia. Und Sie?«

»Jersey«, sagte Maryn, absichtlich vage. Sie biss vorsichtig in ihr Sandwich und tupfte ihre Lippe mit der Serviette ab.

»Ich bin mit meinen Freundinnen einen ganzen Monat hier«, erklärte Dorie.

»Aha?« Die Blondine legte ihr Sandwich auf den Teller. »In einem Motel? Ist das nicht ziemlich teuer?«

»Wir haben ein Haus gemietet«, sagte Dorie stolz. »Direkt am Meer. Wir sind zu dritt und teilen uns die Kosten, deshalb ist es deutlich billiger als ein Motel.« Kleinlaut fügte sie hinzu: »Leider ist es doch teurer, als wir geplant hatten, weil meine Schwester in letzter Minute abgesagt hat.«

»Ein Haus«, sagte Maryn nachdenklich. »Wie findet man denn so was?«

Dorie lachte. »Ellis, eine meiner Freundinnen, ist ein Organisationsgenie. Sie hat den gesamten Urlaub geplant. Ich glaube, sie hat das Haus im Internet auf einer Vermieterseite gefunden.«

»Was denn für eine Vermieterseite?«

»Eine Ferienhausvermittlung durch Eigentümer. Das ist eine internationale Website für Ferienhäuser auf der ganzen Welt.«

»Hab ich noch nie gehört«, gestand Maryn. »Vielleicht sollte ich da auch mal nachsehen. Ich suche etwas hier in der Gegend, wo ich ein paar Wochen bleiben kann.«

»Viel Glück! Ich glaube, hier ist alles immer ziemlich schnell ausgebucht. Ellis hat unser Haus schon im März reserviert. Da dachten wir natürlich noch, wir wären zu fünft und nicht nur zu dritt.«

»Bei mir war das eher eine spontane Entscheidung«, sagte Maryn und zuckte mit den Schultern. »Ich denke, ich gucke mich mal in Elizabeth City um. Schade, ich hatte gehofft, etwas am Meer zu finden.«

Maryn widmete sich wieder ihrem Sandwich.

Da hatte Dorie eine Idee. Ihr Schlafzimmer – das Zimmer, das sie sich mit Stephen geteilt hätte – lag separat im obersten Stock. Sie fühlte sich isoliert dort oben, da Ellis und Julia in der ersten Etage schliefen. Und Willas Zimmer war frei. Dorie konnte doch hinunterziehen, in Willas Zimmer.

Misstrauisch beäugte sie die Blondine. Sie war teuer gekleidet und sehr gepflegt. War das eine verrückte Idee, die Dorie da hatte? Seit sie in Nag's Head war, hatte sie sich mit Geldsorgen geplagt. Eventuell war die Idee doch nicht so vermessen.

Dorie räusperte sich. »Ähm, verstehen Sie mich bitte nicht falsch, ja?«

Die Blondine wandte sich ihr zu und schob die Sonnenbrille hoch. Ihre Augen waren kornblumenblau. »Ja?«

»Hören Sie«, sagte Dorie und errötete leicht. »Ich hatte gerade eine Idee. Sie suchen etwas am Meer, wo Sie schlafen können, und wir haben zufällig ein Schlafzimmer mit Bad übrig …«

»Ah«, machte die Blondine. »Hm, ich weiß nicht recht …«

»Es ist ein bisschen isoliert gelegen«, fuhr Dorie fort. »Sie hätten den obersten Stock des Hauses für sich. Mein Mann und ich wollten da eigentlich wohnen, aber er musste in letzter Minute absagen, und dann sagte meine Schwester auch noch ab, so dass wir jetzt viel Platz übrig haben.«

Die Blondine starrte Dorie an, musterte sie von oben bis unten, so als prüfe sie einen Kohlkopf im Supermarkt. Dorie spürte, dass sie wieder rot wurde. Was tat sie hier eigentlich? Lud eine völlig Fremde ein, bei ihnen zu wohnen? Die anderen würden sie für verrückt erklären.

»Könnte ich auch die Küche benutzen?«, fragte die Blondine.

»Hm, klar. Ich meine, sicher«, stammelte Dorie. »Sie hätten Zugang zum ganzen Haus. Wir sind ziemlich unkompliziert und nur zu dritt. Ich bin Lehrerin, und meine Freundin Julia ist Model. Ellis arbeitet bei der Bank. Beziehungsweise sie hat bei der Bank gearbeitet.«

»Wie viel?«, fragte Maryn.

Jetzt war es an Dorie, die andere zu mustern. Die Kleidung der Blondine sah teuer aus; ihr Schmuck noch kostspieliger. Sie trug einen riesigen Solitär-Diamanten am rechten Ringfinger und ein Diamantarmband am linken Handgelenk. Die Handtasche auf ihrem Schoß war aus weißem Straußenleder und so groß wie ein kleiner Hund. Am Reißverschluss hing das Namensschild von Prada. Und die goldenen Buchstaben an der schnittigen Schildpattbrille auf ihrem Kopf verrieten, dass sie von Dior war. Dorie war kein Kenner, aber Handtasche und Sonnenbrille wirkten echt auf sie.

Im Kopf rechnete sie alles durch, fügte ein Polster von fünfhundert Dollar hinzu und nannte den Preis.

»Hm«, machte die Blondine. »Ich hatte eigentlich nicht ganz so viel ausgeben wollen.«

»Es ist das schönste Zimmer im ganzen Haus«, versicherte Dorie. »Mit Zugang zum Strand. Und eigenem Parkplatz.«

»Gibt es eine Garage?«, fragte Maryn ungeduldig.

»Ja«, sagte Dorie zögernd, obwohl sie keine Ahnung hatte, ob der Garagenmann bereit war, jemand anderen darin parken zu lassen. Vielleicht wenn sie ihm dafür einen Teil der Miete von dieser Frau anböten.

»Hat das Zimmer einen separaten Eingang?«

Dorie biss sich auf die Lippe. An der Außenwand war eine Treppe, die bis zum zweiten Stock hinaufführte, aber sie war schmal und sah bedenklich aus, keine hatte bisher auch nur daran gedacht, sie zu benutzen. Dennoch war es theoretisch ein separater Eingang. Und diese Frau wollte unbedingt ein Zimmer mit Garage und separatem Eingang. Und hatte offensichtlich das Geld dafür.

»Es hat einen separaten Eingang«, sagte Dorie und nickte nachdrücklich. »Aber wenn Sie in der Garage parken wollen, kostet das noch mal hundert Dollar extra pro Woche.«

Die Blondine trank einen Schluck Eistee. Sie stellte das Glas auf der Theke ab und drehte an ihrem Diamantring. Dorie hielt die Luft an.

»Gut«, sagte sie schließlich. »Ich nehme es.«

Dorie grinste. »Super. Aber wir wollen die Miete in bar. Im Voraus.«

Maryn schüttelte den Kopf. »Ich würde lieber die erste Hälfte jetzt und die zweite Hälfte am Ende des Monats zahlen. Falls sich meine Pläne noch ändern sollten.«

»Abgemacht«, sagte Dorie und hielt ihrem Gegenüber die Hand hin. »Ich heiße übrigens Dorie Dunaway.«

Die Blondine zögerte, dann ergriff sie die Hand. »Ich bin Madison. Madison Venable. Wann kann ich einziehen?«

Dorie schaute auf die Uhr. »Wie wär's mit vier Uhr? Ich möchte meinen Freundinnen gerne vorher Bescheid sagen und dafür sorgen, dass der Platz in der Garage frei ist.«

»In Ordnung«, sagte Madison. »Ich muss heute Nachmittag noch einiges erledigen, danach komme ich vorbei.«

»Das Haus heißt Ebbtide«, sagte Dorie und legte ihr Geld neben das leere Milchshakeglas auf den Tresen. »Es liegt drei Querstraßen nördlich von hier an der Küstenstraße, dem Virginia Dare Trail. Unten an der Auffahrt steht ein Schild, und mein roter Van parkt vor dem Haus.«

12

Julia und Ellis saßen auf der vorderen Veranda und lackierten sich gegenseitig die Zehennägel in einem auffälligen Grün. »Da bist du ja!«, rief Ellis, als Dorie sich neben sie in einen Schaukelstuhl fallen ließ. »Wo bist du gewesen?«

»Ich bin aufgewacht, und ihr wart weg«, sagte Dorie vorwurfsvoll.

»Wir sind Eis essen gegangen«, erklärte Julia. »Wir dachten, es würde dich nicht stören.«

Dorie lachte. »Ich wollte auch was essen gehen, nur ist es dann ein Milchshake geworden.« Sie leckte sich über die Lippen. »Superlecker. Ich weiß nicht, wann ich zum letzten Mal einen selbstgemachten Milchshake aus Eis und echtem Schokoladensirup mit allem Drum und Dran hatte. Ganz zu schweigen von Schlagsahne und einer Kirsche.«

»Klingt göttlich«, sagte Julia. Sie hielt das Fläschchen mit dem Nagellack in die Höhe. »Das hier heißt Lime-a-Lishus. Willst du auch?«

»Nein, danke«, sagte Dorie. »Ich hab mir noch

zu Hause die Nägel lackiert, bevor ich losgefahren bin.«

»Wir haben gerade darüber gesprochen, was wir zum Abendessen machen wollen«, sagte Ellis. »Heute bist du dran. Schon eine Idee?«

»Noch nicht«, sagte Dorie und setzte sich auf die Kante des Schaukelstuhls, damit er stehen blieb. »Hört mal her, Leute, ich habe gerade was ganz Verrücktes gemacht.«

»Was denn? Hast du zusammen mit deinem Milchshake einen Typen aufgegabelt?«, lachte Julia. »Na, das ist die Dorie, wie wir sie kennen!«

»Himmel, nein!«, quietschte Dorie. »Passt auf! Ich habe den obersten Stock des Hauses an eine Frau vermietet, die ich eben kennengelernt habe, sozusagen.«

»Na, klar«, sagte Ellis ungerührt, streckte die Zehen und bewunderte ihren wagemutigen neuen Look.

»Ganz im Ernst«, sagte Dorie und richtete sich auf. »Hab ich wirklich. Sie heißt Madison und sieht aus, als hätte sie eine Menge Kohle. Ich hab gehört, wie sie die Kellnerin nach einem Motelzimmer mit Kochgelegenheit fragte. Sie saß im Imbiss neben mir, und wir kamen irgendwie ins Gespräch. Schließlich hab ich ihr das Zimmer angeboten, in dem ich mit Stephen schlafen wollte. Und sie hat angenommen. Sie zahlt sechshundert Dollar mehr, als Willa bezahlt hätte. Wie findet ihr das?«

Julia stellte das Fläschchen Nagellack ab. »Ich finde, dass du anscheinend von allen guten Geistern verlassen bist. Das kann doch nicht dein Ernst sein, Dorie! Willst du mir wirklich erzählen, dass du gerade eine völlig Fremde eingeladen hast, in den nächsten Wochen bei uns zu wohnen? Meinst du nicht, dass du mal vorher mit Ellis und mir hättest reden müssen?«

Dorie biss sich auf die Lippe. »Ja, schon. Aber das Geld ist mehr als das, was Willa gezahlt hätte. Ich dachte bloß, ich meine, es ist doch irgendwie mein Fehler, dass Willa uns im Stich gelassen hat. Sie ist meine Schwester, und ich bin diejenige, die euch überredet hat, sie überhaupt mitzunehmen. Ich hätte wissen müssen, dass Willa so eine Nummer abzieht. Deswegen hab ich wohl gedacht, es wäre meine Aufgabe, das wiedergutzumachen. Mehr wollte ich gar nicht.«

Ellis nahm Dories Hand. »Du machst dir wirklich Sorgen wegen des Geldes, ich weiß. Aber Süße, du bist nicht verantwortlich für das, was Willa getan hat. Und Julia und ich sind deswegen auch nicht sauer auf dich. So ist Willa eben.«

»Ich mache mir wirklich Sorgen ums Geld«, jammerte Dorie. »Ich meine, Ellis, du bist arbeitslos, und Julia hat auch nicht mehr so viele Jobs wie früher, deswegen dachte ich, wir sind alle etwas knapp bei Kasse …«

»Wer sagt, dass ich keine Jobs mehr habe?«, fuhr Julia auf. »Was soll das heißen, verdammt nochmal?«

»Nichts«, ruderte Dorie zurück. »Ist doch nur, na ja, es ist August, und ich dachte, da hättest du immer besonders viel zu tun gehabt, mit den Herbstkollektionen und so …«

»Julia!«, sagte Ellis streng. »Hör auf mit dem Scheiß! Du hast mir eben selbst erzählt, dass du nicht mehr so viel arbeitest wie früher. Außerdem weißt du ganz genau, dass Dorie es nicht so gemeint hat. Jetzt mal ehrlich: Wir sind alle etwas knapp bei Kasse, aber Dorie, du hättest wirklich vorher mit uns sprechen müssen, bevor du jemandem anbietest, in dein Zimmer zu ziehen.«

»Ich weiß«, schniefte Dorie jetzt. »Ach, ich bin so durcheinander. Aber es ging alles so schnell. Und in dem Moment dachte ich, es wäre eine schlaue Idee.«

»Was weißt du überhaupt über die Frau?«, fragte Julia.

Dorie zögerte. »Sie kommt aus New Jersey, macht hier Urlaub, so eine Art Spontanurlaub am Meer … und, ach ja, sie mag nicht so viel Mayonnaise auf dem Sandwich.«

»Aha, ein Mayo-Hasser also? Das reicht mir! Hat sich erledigt.« Julia verdrehte die Augen.

Dorie biss sich auf die Lippe. »Na ja, ich kann ihr ja sagen, wir hätten es uns anders überlegt …« Sie verstummte. »Sie kommt um vier Uhr. Dann sage ich es ihr.«

»Warte mal …« Ellis räusperte sich. »Andererseits ist es eine Menge Geld.«

»Und das Zimmer ist ja da und steht leer«, erinnerte Dorie die beiden. »Ist ja nicht so, dass sie uns auf der Pelle hocken würde. Sie wäre in einem anderen Stockwerk.«

»Aber sie ist eine Fremde, Dorie«, warf Julia ein. »Eigentlich weißt du gar nichts über sie. Vielleicht ist sie eine krankhafte Lügnerin. Vielleicht kommt sie in Wahrheit aus Arkansas. Und vielleicht liebt sie in Wirklichkeit Mayo und kann Ketchup nicht ausstehen. Wer weiß? Sie könnte einfach nachts die Treppe runterkommen und uns alle in unseren Betten umbringen.«

»Aber warum sollte sie so was tun?«, fragte Dorie, auf ihrem Standpunkt beharrend. Julias besserwisserische Art ging ihr allmählich auf die Nerven. Je mehr Julia gegen Madison ins Feld führte, desto eher war Dorie der Meinung, die Untervermietung sei eine gute Idee. »Und wenn du dir solche Sorgen machst wegen ihr, können wir uns ja alle Schlösser vor die Türen hängen.«

»So weit wird es wohl nicht kommen«, sagte Ellis, und ihre Stimme wurde leiser.

Dorie musterte Ellis eingehend. Beim Thema Madison war Ellis die ausschlaggebende Stimme.

»Lernt sie doch einfach erst mal kennen, ja?«, bat Dorie, den Blick auf Ellis gerichtet. »Ihr werdet sehen, dass sie total nett ist. Und die Regelung ist perfekt. Madison könnte über die Außentreppe hinten kommen und gehen. Darauf hat sie Wert gelegt, auf einen eigenen Eingang. Außerdem wollte sie sicher sein, dass sie die Küche mitbenutzen darf, und ich habe natürlich gesagt, das wäre kein Problem. Also, ich hab das Gefühl, dass wir ihr vertrauen können. Sie war einverstanden, bar zu zahlen – die Hälfte im Voraus, die andere Hälfte zum Schluss. Ich hab gesehen, wie sie weggefahren ist. Sie hat einen Geländewagen von Volvo, der noch neu aussieht. Und sie trägt Diamanten – erste Liga. Und, ich meine, sie hatte eine Sonnebrille von Dior und eine Handtasche von Prada. Ich glaube, die waren echt, auch wenn ich mich mit solchen Sachen nicht so gut auskenne …«

»Ich aber«, warf Julia schnell ein. »Gefälschtes Prada erkenne ich auf eine Meile.«

»Gut, wenn sie kommt, kannst du die ganzen Sachen ja unter die Lupe nehmen«, sagte Dorie. »Was meint ihr?«

»Kann nicht schaden, sie kennenzulernen«, meinte Ellis. »Oder, Julia?«

»Mir egal«, sagte Julia und machte ein strenges Gesicht. »Aber wenn diese wahnsinnige Mörderin euch mit einem Hackebeil zerteilt, dann habe ich euch gewarnt.«

»Also abgemacht«, sagte Dorie zufrieden. »Wenn ihr kein wirklich schlechtes Gefühl bekommt, kann Madison einziehen. Gut, dann flitze ich eben nach oben, wechsel die Bettwäsche, bring meine Sachen nach unten und leg frische Handtücher ins Bad. Das ist das Mindeste, was ich tun kann, wenn sie für Willa einspringt.«

»Ich helfe dir«, erbot sich Ellis.

»Ach, eins wäre da noch«, fügte Dorie hinzu. »Madison möchte ihren Wagen gerne in die Garage stellen. Ich habe gesagt, dafür müssten wir ihr hundert Dollar pro Woche mehr berechnen, aber sie hat nicht mit der Wimper gezuckt.«

»Wir haben doch gar keinen Zugang zur Garage«, sagte Ellis. »Der Garagenmann hat seinen Bronco da drin stehen.«

»Da ist genug Platz für zwei Wagen«, sagte Dorie. »Vielleicht stört es Ty Bazemore ja nicht. Du könntest doch Mr Culpepper um Erlaubnis fragen.«

»Mal sehen«, sagte Ellis unverbindlich. »Ich versuch's mal.«

13

Maryn sah, wie Dorie mit ihrem roten Van den Parkplatz verließ. War das vollkommen verrückt, was sie gerade getan hatte? Sie hatte sich einverstanden erklärt, ein Zimmer in einem Haus voller Frauen – fremder Frauen – zu mieten, ohne es gesehen zu haben. Warum? Irgendwas hatte diese Dorie an sich gehabt, das Maryn Sicherheit vermittelte. Sie schien ein Mensch zu sein, dem man vertrauen konnte. Und Maryn konnte sich nicht erinnern, wann sie das letzte Mal einer Frau vertraut hatte, mit der sie nicht verwandt war.

Sie führte sich vor Augen, wie sinnvoll der neue Plan war. Ihr Name würde in keinem Hotel- oder Motelregister auftauchen. Sie müsste keine Kreditkarte verwenden. Sie wäre in einem Privathaus versteckt, an einem Ort, wo Don sie niemals suchen würde, und ihr Wagen stände in der Garage, geschützt vor neugierigen Blicken.

Maryn holte ihr Handy aus der Handtasche und sah nach, ob sie Nachrichten bekommen hatte. Vier

Anrufe in Abwesenheit von Don. Sie löschte sie und wünschte sich, im wahren Leben ginge das so einfach wie in der digitalen Welt. Sie stellte sich die müßige Frage, ob sie Adam anrufen und ihm sagen sollte, dass er in Bezug auf Don recht gehabt hatte. Sie würde es ihm so gerne sagen, würde so gerne mit ihm sprechen. Adam war der Einzige, dem sie trauen konnte. Aber es war nicht sicher. Nicht für ihn, nicht für sie.

Nervös biss Maryn an ihren Fingernägeln herum. Was sollte sie tun? Die Polizei benachrichtigen? Den Alten sprechen, R. G. Prescott höchstpersönlich? Und was würde sie ihm dann sagen? »Ich war bei Ihnen angestellt, mein Mann Don Shackleford ist Ihr Steuerberater. Zufälligerweise hat er Sie um ein paar Millionen Dollar erleichtert, einen schönen Tag noch!«

Nein. Maryn hatte keine stichhaltigen Beweise. Seit Monaten arbeitete sie nicht mehr für die Versicherung; kurz nach der Hochzeit hatte Don darauf bestanden, dass sie kündigte – er habe genug Geld, sie bräuchten ihr lächerliches Gehalt nicht, außerdem habe Maryn zu Hause auf ihren zweihundertachtzig Quadratmetern mehr als genug zu tun. Dort wohnten sie zur Miete, solange ihr neues Heim noch gebaut wurde. Die Freundschaft mit Adam hatte Maryn auch nach ihrer Kündigung aufrechterhalten, jedoch darauf geachtet, Adam in Gegenwart von Don nicht zu erwähnen, denn der hielt ihren Kollegen für einen Loser, und überhaupt: Warum konnte sie sich nicht mit den Frauen seiner Golfkumpel anfreunden?

Adam hatte Maryn am letzten Freitag auf dem Mobiltelefon angerufen, und sofort war klar gewesen, dass etwas nicht stimmte. »Wir müssen reden«, hatte er mit leiser Stimme gesagt und darauf bestanden, dass sie sich in einem Café weit weg von Cherry Hill trafen.

Als er mit einer Viertelstunde Verspätung eintraf, eine riesengroße Sonnenbrille im Gesicht und eine Baseballkappe tief in die Stirn gezogen, fragte Maryn: »Wie siehst du denn aus? Bist du inkognito hier?«

»Die Sache ist ernst, Maryn«, sagte Adam. »Hör zu. Wir hatten heute externe Rechnungsprüfer im Büro. Sie haben nicht gesagt, was sie suchen, aber Tatsache ist, dass mit einem halben Dutzend unserer Konten etwas nicht stimmt.«

Maryn zuckte mit den Schultern. »Was hat das mit mir zu tun? Ich bin schon seit Monaten nicht mehr da, außerdem hatte ich eh nur mit Schadensregulierung zu tun.«

»Es geht nicht um dich«, sagte Adam, »sondern um deinen Mann.«

»Don?« Sie begriff es immer noch nicht.

Adam lachte böse. »Was glaubst du, warum er so reich ist? Wie viele Steuerberater kennst du, die einen Lebensstil pflegen wie er? Häuser, neue Autos, Reisen nach Vegas, Palm Beach? Was glaubst du, wie viel die Mitgliedschaft in einem Country Club wie eurem kostet?« Dann zeigte er auf Maryns Verlobungsring. »Robby Prescott gehört zum alten Geld, in dritter Generation, aber seine Frau hat nicht so einen dicken Ring am Finger.«

»Das ist doch bescheuert«, sagte Maryn aufgebracht. Sie wollte gehen. »Don hat das gar nicht nötig. Er besitzt Eigentum zur Kapitalanlage, ein Bürogebäude an der Southside, mehrere Lagerhäuser. Nur weil du ihn nicht leiden kannst, ist er noch lange kein Verbrecher.«

Adam packte sie so heftig am Arm, dass Maryns Kaffee umkippte und sich über den Tisch ergoss. Er tropfte auf ihren Lieblingsrock von Armani. »Hör zu!«, zischte er sie an. »Der Typ hat Dreck am Stecken. Es fehlt Geld. Wir reden hier von rund zwei Millionen Dollar.«

»Du redest hier von meinem Mann«, entgegnete Maryn mit eiskalter Stimme. »Ich gehe jetzt. Und ruf mich bloß nicht an. Nie wieder.«

Ihre Wut hielt genau einen Tag. Dann begann sie sich Fragen zu stellen. Woher kam Dons Geld eigentlich? Warum war er so verschlossen, was seine Geschäfte anging? Maryn gegenüber war er großzügig, aber sie hatte kein eigenes Girokonto, nicht mal eine Geldkarte oder Bankkarte, sondern nur Kreditkarten und bekam nie eine Rechnung oder einen Kontoauszug zu sehen. Alles wurde direkt mit seinem Büro abgewickelt. Wenn Maryn Geld brauchte, fragte sie Don, und er gab ihr welches. »Ich bin dein persönlicher Bankautomat«, hatte er mehr als einmal gesagt und dann deutlich gemacht, was er von ihr als Gegenleistung für seine Großzügigkeit erwartete.

Genau vierundzwanzig Stunden nach dem Treffen mit Adam hatte Maryn begonnen, nach Antworten zu suchen. Was sie fand, war deutlich mehr, als sie erwartet hatte. Die Wahrheit hatte sie alles andere als befreit. Die Wahrheit hatte dafür gesorgt, dass sie nun um ihr Leben lief.

Sie verstaute ihr Handy und verwarf jeden Gedanken daran, andere um Hilfe zu bitten. Wer würde ihr schon glauben? Im Moment gab es dringlichere Sachen zu erledigen. Zum Beispiel ihre Designerkleidung. Mit ihrer teuren Großstadtmode war sie in einem Urlaubsort so auffällig wie ein bunter Hund. Und die paar Kleidungsstücke, die sie eilig in ihre Tasche geworfen hatte, waren ebenso ungeeignet für ihre momentane Situation.

Etwas weiter die Straße runter war ein Outletcenter. Da wollte Maryn sich eine neue Garderobe besorgen, passend für die Person, die sie vor wenigen Minuten erfunden hatte. Madison bräuchte ein paar kurze Hosen und T-Shirts, eine Levis und Flipflops. Und ihre eigene Kleidung – die teuren Designerlabels, auf die sie bisher immer so viel Wert gelegt hatte? Auf dem Parkplatz des Einkaufszentrums stand ein Sammelcontainer für Kleiderspenden. Das würde das Ende von Maryn sein. Und der Anfang von Madison.

»Da kommt sie«, sagte Dorie, als der Volvo die Auffahrt hinaufruckelte.

»Hübsches Auto«, sagte Julia. »Wo sie das wohl gestohlen hat?«

»Sei bloß nett!«, warnte Dorie sie und sprang von ihrem Schaukelstuhl auf.

Sie wartete, bis Madison den Wagen vor der Einfahrt geparkt hatte, dann ging sie ihr zur Begrüßung entgegen.

»Hi, Madison«, grüßte sie lächelnd. »Freut mich, dass du da bist. Hattest du Schwierigkeiten, uns zu finden?«

»Überhaupt nicht«, entgegnete die andere und holte Reisetasche und Laptop aus dem Kofferraum.

»Warte«, sagte Dorie und zog am Riemen der Reisetasche. »Ich helfe dir tragen.«

»Nein!« Madison entriss ihr das Gepäck. »Ich meine, nein, danke. Das schaffe ich schon selbst.«

»Okay. Komm doch hoch auf die Veranda. Wir trinken gerade einen Eistee. Die anderen beiden möchten dich unbedingt kennenlernen.«

»Wenn es dich nicht stört«, sagte Madison, »ich hatte einen langen Tag. Am liebsten würde ich schnell mein Zimmer begutachten und dann einziehen. Vielleicht können wir die gegenseitige Vorstellung auf später verschieben?«

Dorie lief knallrot an. »Ich muss zugeben, dass ich ein bisschen voreilig war, als ich dir das Zimmer angeboten habe, ohne die anderen vorher zu fragen.«

Madison lächelte gezwungen. »Die wollen mich wohl erst abchecken? Sich überzeugen, dass ich nicht verrückt bin, oder?«

»Tut mir wirklich leid. Das ist bloß, weil ich alles ganz allein gemacht habe, ohne es mit ihnen abzusprechen«, entschuldigte sich Dorie. »Normalerweise bin ich nicht so spontan. Aber es ist bestimmt kein Problem, sobald sie dich kennengelernt haben.«

Madison stieß einen genervten Seufzer aus. »Gut, bringen wir es hinter uns.«

»Also, Mädels«, sagte Dorie. »Das ist Madison.«

Ellis stand auf und streckte der Fremden die Hand hin. »Hallo, Madison, ich bin Ellis Sullivan.«

Julia blieb im Schaukelstuhl sitzen. Sie musterte Madison von oben bis unten und stellte schließlich ihr Glas mit Eistee ab. »Hallo, ich bin Julia.«

»Hallo«, erwiderte Madison misstrauisch. Sie umklammerte ihre Handtasche und sah sich auf der Veranda um. »Sieht echt nett aus hier. Danke, dass ich mich in euren Urlaub drängeln darf.«

»Wir freuen uns, dass du hier bist.« Ellis wies auf den Schaukelstuhl, den sie gerade geräumt hatte. »Setz dich doch, ja? Ich hab gerade Eistee gemacht.«

»Danke«, sagte Madison. Sie stellte ihre Reisetasche und die Handtasche neben sich auf dem Boden ab und nahm das Glas Eistee entgegen, das Ellis ihr einschenkte.

Ein betretenes Schweigen legte sich über die Veranda, nur unterbrochen vom rhythmischen Knarren von Julias Stuhl, der auf den abgenutzten hölzernen Bodendielen vor- und zurückschaukelte.

»Dorie hat dir wahrscheinlich schon viel von uns erzählt«, sagte Ellis, um das Eis zu brechen.

»Eigentlich nicht«, sagte Madison. »Sie hat nur erzählt, dass ihr schon ewig befreundet seid. Und ihr kommt aus Savannah?«

»Eigentlich bin ich die Einzige, die noch in Savannah lebt«, schaltete Dorie sich ein. »Ich unterrichte Englisch an einer katholischen Mädchenschule. Ellis wohnt in Philadelphia, sie arbeitet bei einer Bank.«

»Nicht mehr«, sagte Ellis. »Bin gerade gekündigt worden.«

»Und Julia lebt in London. Wenn sie nicht gerade unterwegs ist. Sie ist Model. Du hast sie bestimmt schon in Zeitschriften gesehen. Die Werbung für das Shampoo Sumptuesse, das war Julia«, erklärte Dorie. »Sie war das Gesicht von Sumptuesse.«

»Jetzt nicht mehr«, sagte Julia trocken. »Was ist mit dir, Madison? Was führt dich nach Nag's Head?«

Mit dieser Frage hatte Madison gerechnet. Sie hatte sich eine Antwort zurechtgelegt, die im Großen und Ganzen zutraf.

»Ich bin auf der Flucht«, gab sie schlagfertig zurück. »Männerprobleme.«

»Wie furchtbar.« Dorie tätschelte linkisch Madisons Hand.

»Wird schon wieder«, erwiderte Madison mit bemühtem Lächeln.

»Woher kommst du?«, wollte Julia wissen.

»Gute Frage«, entgegnete Madison. »Ich bin oft umgezogen. Zuletzt hab ich in Jersey gelebt. Aber das ist vorbei. Ich überlege gerade, wie es weitergeht.«

»Ich weiß, wie das ist«, sagte Ellis und nickte verständnisvoll. »Zeit für einen Neuanfang, nicht? Ich bin mir nicht mal sicher, ob ich wieder zurück ins Bankgewerbe gehe.«

»Was?«, fragte Dorie verwirrt. »Du hast uns gar nicht erzählt, dass du den Beruf wechseln willst. Was hast du denn vor?«

Ellis zuckte mit den Schultern. »Wer weiß? Vielleicht verlege ich mich auf Bungeejumping. Oder lauf davon und geh zum Zirkus.«

»Na klar«, meinte Julia. »Und ich werde Gehirnchirurg.«

»Ellis hat Höhenangst«, erklärte Dorie, als sie Madisons fragenden Blick sah. »Und Julia kann kein Blut sehen. Sie ist an der Highschool in Biologie durchgefallen, weil sie keinen Frosch sezieren konnte.«

Madison gähnte und stellte ihren Eistee beiseite. »Entschuldigt«, sagte sie. »Ich hoffe, das ist jetzt nicht unhöflich, aber ich bin wirklich müde, nachdem ich den ganzen Tag im Auto gesessen habe.« Sie warf Dorie einen kurzen Blick zu. »Wenn ich darf?«

»Na, sicher«, rief Dorie und sah die Freundinnen kurz an. »Oder?«

Julia zuckte mit den Achseln, Ellis stand wieder auf. »Willkommen in Ebbtide«, sagte sie herzlich.

»Komm, Madison«, sagte Dorie. »Ich zeige dir dein Zimmer. Oder möchtest du lieber erst den Rest des Hauses sehen?«

»Den Rundgang mache ich später, wenn es euch nicht stört.«

»Okay«, erwiderte Dorie und bemühte sich, ihre Enttäuschung zu verbergen. »Kein Problem. Also, dein Eingang ist hinterm Haus. Ich zeige ihn dir.«

»Danke.«

Vorsichtig stieg Dorie die drei Treppen hinauf und umklammerte dabei den rostigen metallenen Handlauf. Die abblätternde Farbe blieb an ihren feuchten

Handflächen kleben. Madison war nur wenige Stufen hinter ihr, ihre Schritte waren leicht und ihr Atem gleichmäßig, während Dorie schon nach dem Erdgeschoss nach Luft schnappte.

Dorie und Ellis hatten ganze Arbeit geleistet und das Zimmer rasch für den Gast bereitgemacht. Es war stickig warm darin, so dass sie die Klimaanlage eingeschaltet hatten. Während Ellis frische Bettwäsche aufzog, hatte Dorie eine kleine Eichenkommode, einen Nachttisch und eine alte grüne Schreibtischlampe vom Speicher geholt. Sie hatten den Boden feucht gewischt und die Spinnweben von den Fensterbänken gefegt. Zu zweit hatten sie die verzogene Tür zur Feuertreppe aufstemmen müssen. Sie war offensichtlich schon länger nicht genutzt worden.

Jetzt öffnete Dorie die Tür und trat beiseite, damit Madison zuerst ins Zimmer gehen konnte. Sie drückte sich selbst die Daumen, dass das Zimmer ihre Zustimmung finden würde.

Madison brauchte nur einen Moment, um sich umzusehen. Sie stellte die Reisetasche aufs Bett und legte die Laptoptasche auf die Kommode. Dann ging sie zum Vorderfenster und schaute hinaus. Man hatte einen freien Blick auf die Straße. Ein zweites Doppelfenster ging aufs Meer.

»Schön«, sagte sie schnell.

»Das freut mich«, erwiderte Dorie. Sie wies durch

die Tür auf den Treppenabsatz. »Das Badezimmer ist direkt um die Ecke. Da liegen saubere Handtücher. Hinter der Küche ist eine Wäschekammer.«

»Was ist mit dem Schlüssel?«, fragte Madison.

»Was für ein Schlüssel?«

»Für die Tür«, sagte Madison ungeduldig. »Genauer gesagt, für die Türen.«

»Oh.« Dorie schaute auf die Außentür, durch die sie gerade das Zimmer betreten hatten. Sie besaß einen altmodischen Schließzylinder. Die Schlafzimmertür selbst hatte lediglich einen Sperrriegel, sonst nichts.

»Wir haben keinen Schlüssel für die Feuerleiter«, gab Dorie zu. »Aber vielleicht können wir Mr Culpepper fragen, ob er uns einen besorgt.«

»Auf jeden Fall«, sagte Madison. »Ich brauche einen Schlüssel.«

»Ich glaube, deine Schlafzimmertür hat kein Schloss«, stellte Dorie fest. »Aber darüber brauchst du dir keine Sorgen zu machen. Da nur du im obersten Stock wohnst, wird hier keiner hochkommen.«

»Ich würde mich mit Schloss besser fühlen«, sagte Madison.

»Wirklich? Ich meine, die Außentüren unten haben ja Schlösser«, sagte Dorie, »ich kann dir einen Schlüssel dafür nachmachen lassen. Aber meistens vergessen wir sogar abzuschließen. Wir sind hier am Meer, deshalb machen wir uns keine Sorgen.«

»Aber ich mache mir Sorgen«, sagte Madison mit Nachdruck, die Hand an der Tür zum Treppenhaus. »Ich wohne normalerweise in der Stadt. Ich kann nur schlafen, wenn ich ein Schloss und einen Schlüssel habe – für beide Türen. Ich zahle auch gerne dafür, dass ein Schlosser kommt.«

Ihr Blick wanderte zum Flur, ein deutliches Zeichen für Dorie, dass sie entlassen war.

»Na gut.« Dorie hatte den Wink verstanden. »Ich lass dich mal ein bisschen zur Ruhe kommen. Und ich sage Ellis, dass sie Mr Culpepper nach den Schlössern fragen soll.«

»Danke«, Madison lächelte Dorie kurz an. »Dafür wäre ich dir wirklich dankbar.« Sie nahm ihre Prada-Tasche, holte einen dicken weißen Umschlag hervor und reichte ihn Dorie. »Meine Miete«, sagte sie. »Ich bin mal davon ausgegangen, dass deine Freundinnen keinen Scheck haben wollen.«

Dorie lief rot an. »Also, ähm, darüber hatten wir noch gar nicht gesprochen …«

Madison wollte die Tür hinter ihr schließen.

»Ach«, machte Dorie und steckte den Kopf noch einmal ins Zimmer. »Hätte ich fast vergessen. Wir kochen immer abwechselnd, heute Abend bin ich dran. Es gibt nichts Besonderes, nur Brathühnchen mit Caesar's Salad. Aber wir würden uns freuen, wenn du dazukommen würdest. Normalerweise essen wir zwischen sieben und acht.«

»Das ist wirklich nett, aber ich glaube, ich verzichte lieber. Das Clubsandwich, das ich heute Nachmittag gegessen habe, wird wohl bis morgen früh vorhalten.«

»Na gut … Wenn du es dir noch anders überlegst oder auch nur ein Glas Wein mit uns trinken willst«, sagte Dorie und trat auf die Treppe, »dann komm einfach runter.«

»Mach ich.« Madison schloss die Tür, und Dorie hörte, wie der Sperrriegel vorgeschoben wurde.

Julia und Ellis saßen auf dem Sofa im Wohnzimmer, als Dorie nach unten kam.

»Und?«, fragte Ellis voller Erwartung. »Gefällt ihr das Zimmer?«

»Noch wichtiger: Hat sie die Miete bar bezahlt?«, wollte Julia wissen.

Dorie setzte sich auf einen der verschlissenen Chintz-Sessel am Kamin. »Das Zimmer gefällt ihr, soweit ich das beurteilen kann. Madison ist einfach, na ja … zurückhaltend, könnte man wohl sagen.« Sie hielt den Umschlag mit den Scheinen hoch. »Und ja, sie hat mir die Miete gegeben. In bar.« Vorwurfsvoll sah sie Julia an. »Sie meinte, ihr würdet wohl keinen Scheck von ihr nehmen.«

»Nur Bares ist Wahres«, sagte Julia leichthin.

»Kommt sie zum Essen runter?« Sie reckte den Hals in Richtung Treppe, so als würde Madison jeden Moment dort erscheinen.

»Ich glaube nicht. Sie meinte, sie wäre ganz schön müde. Und sie ist erst heute angekommen.«

»Sie hat ein Kennzeichen von New Jersey an ihrem Volvo«, berichtete Julia. »Und ich glaube, dass du recht hattest, Dorie: Sie hat Geld. Das ist kein billiger Wagen. Dieser XC70 kostet um die siebenundvierzigtausend Dollar, und zwar in der Grundversion. Ihrer hat zig Extras und ein eingebautes Navi.«

»Woher weißt du auf einmal so viel über Autos?«, fragte Ellis. »Du hast doch schon seit Jahren keins mehr, oder?«

»Ah, Booker ist total der Autofreak geworden«, sagte Julia. »Auf den Wagen da ist er schon seit Monaten scharf.«

Dorie hatte den Umschlag geöffnet und zählte leise das Geld. »Mädels«, sagte sie und schaute von Julia zu Ellis. »Das hier sind dreitausend Dollar. Alles in Fünfzigern.«

Ellis spähte über Dories Schulter auf die Banknoten. »Hast du nicht gesagt, sie wollte die Hälfte im Voraus und die andere Hälfte am Ende des Monats zahlen?«

»Lass mal sehen!«, sagte Julia und streckte die Hand aus. Sie fächerte die Geldscheine auf ihren nackten braunen Beinen aus. »Mein lieber Schwan«, sagte sie. »Dorie hat recht. Das sind alles druckfrische Scheine. Was sagt euch das?«

»Dass sie auf dem Weg hierher eine Bank überfallen hat?«, schlug Ellis vor und kicherte über ihren eigenen Witz.

»Sie hat mich gefragt, ob wir ein neues Schloss an der Tür zur Feuertreppe anbringen lassen könnten. Und ihr den Schlüssel für ihre Zimmertür besorgen«, berichtete Dorie. »Und sie will einen Schlüssel für die Haustür. Sie meinte, sie würde dafür zahlen, wenn wir einen Schlosser kommen lassen. Vielleicht ist das zusätzliche Geld dafür.«

»Was soll der Scheiß?«, Julia war erbost. »Meint sie etwa, wir wären Diebe, oder was?«

»Sie hat gesagt, sie hätte immer in der Stadt gelebt, sie könnte nur schlafen, wenn alle Türen abgeschlossen sind«, erklärte Dorie. Sie schaute Ellis an. »Könntest du vielleicht Mr Culpepper fragen, ob es in Ordnung ist, wenn wir Schlösser anbringen lassen? Solange wir selbst dafür zahlen?«

»Kann ich machen«, sagte Ellis. »Aber ich möchte ihm nicht so gerne verraten, dass wir das Zimmer im zweiten Stock untervermieten. Er berechnet uns schon fünfzig Dollar die Woche mehr, damit wir die Garage benutzen dürfen. Wenn er dahinterkommt, was wir hier machen, will er bestimmt noch mehr Geld von uns.«

»Du hast recht«, stimmte Julia zu. »Du musst ja

gar nichts von Madison erzählen. Schieb es einfach einer von uns in die Schuhe. Schreib ihm, wir hätten Verfolgungswahn oder so.«

»Das ist gar nicht so weit hergeholt«, sagte Ellis. »Ich bin wirklich kein Angsthase, aber wenn wir schon einen Schlosser holen, sollten wir ihn dann nicht bitten, auch an unseren Zimmertüren Schlösser anzubringen?«

»Warum sollten wir?«, fragte Dorie. Sie nahm Julia das Geld wieder ab und schob es zurück in den Umschlag.

»Weil«, erklärte Julia, »wir gerade eine Fremde in unsere Mitte gelassen haben und tatsächlich so gut wie nichts über sie wissen. Ist euch aufgefallen, wie ausweichend sie war, als ich ihr Fragen gestellt habe? Wenn es ihr dermaßen wichtig ist, uns auszuschließen, sollten wir vielleicht darüber nachdenken, dasselbe zu tun.«

»Ach, Julia«, Dorie wurde rot. »Das ist doch ungerecht! Ich meine, ich weiß ja, dass du sauer bist, weil ich das Zimmer vermietet habe, aber jetzt mal ehrlich, ich denke schon, dass ich ein klein wenig Menschenkenntnis habe. Madison kommt mir wirklich nett vor. Völlig normal. Sie ist nur ein bisschen schüchtern. Und sie will ihre Ruhe. Was ist daran so unheimlich?«

»Nichts ist unheimlich«, erwiderte Julia. »Aber wenn sie einen Wagen fahren kann, der fast fünfzigtausend Dollar kostet, wenn sie eine Handtasche für zweitausend Dollar hat, die übrigens nicht gefälscht ist, kommt es euch dann nicht ein bisschen komisch vor, dass sie ein mieses Zimmer in einem ziemlich miesen Haus mietet? Und dass sie bereit ist, so viel Geld dafür zu bezahlen, noch bevor sie es gesehen hat?«

»Tut mir leid, aber da muss ich Julia zustimmen. Es kommt mir wirklich komisch vor«, meinte Ellis.

»Und ich für meinen Teil halte Augen und Ohren offen, was diese Frau betrifft«, fügte Julia hinzu. »Es gibt so einiges, was ich gerne über diese Madison wissen würde.«

»Mir ist wirklich egal, warum sie hier wohnen will«, sagte Dorie. »Mir ist nur wichtig, dass ich jetzt nicht mehr meine Schwester anrufen und sie anflehen muss, ihren Teil der Miete zu zahlen. Meinetwegen könnt ihr euch einschließen und ihr hinterherschnüffeln, so viel ihr wollt. Vertreibt sie bloß nicht. Verstanden?«

14

Es gab keinen Kabelempfang. Als sie nach dem Essen das erste Mal den Fernseher einschalteten, war der Bildschirm so grau und fusselig wie ein ausrangierter Pulli.

Elli griff zu ihrem iPhone. »Ich maile Mr Culpepper. Ehrlich, kaum ist eine Sache repariert, bricht woanders was zusammen.«

»Warum rufst du ihn nicht einfach an?«, fragte Dorie.

»Weil ich seine Nummer nicht habe«, erwiderte Ellis und tippte die Nachricht ein. »Er ist sehr verschlossen und will nicht verraten, wo er wohnt, sonst, das kannst du mir glauben, würde ich vor seiner Tür Mahnwache halten, bis er alles hier wieder auf Vordermann gebracht hat.«

Julia schenkte sich noch ein Glas Wein ein und lehnte sich in ihrem Sessel zurück. »Wegen mir musst du dir keine Sorgen machen. Ich brauche nicht unbedingt einen Fernseher. Schon gar nicht im Sommer.«

Ellis legte Teller und Besteck zusammen und stellte

alles in die Spüle, die sie vor dem Essen mit Spülwasser gefüllt hatte. Dieser Teil des Sommers, stellte sie glücklich fest, verlief genau wie geplant, besonders jetzt, da sie Madison mit ihrem Geld hatten und für ihr aller finanzielles Auskommen gesorgt war. Madison war jetzt seit drei Tagen bei ihnen und hatte alle Einladungen, mit ihnen zu essen, unter dem Vorwand abgelehnt, sie halte nicht viel vom Abendessen.

Sie war, wie Dorie gesagt hatte, zurückhaltend, verbrachte den Großteil ihrer Zeit auf dem Zimmer und ging gelegentlich am Strand spazieren. Einen Tag nach ihrem Einzug hatte sie ein Fahrrad mitgebracht, und wenn sie jetzt das Haus verließ, dann gewöhnlich auf dem Drahtesel. Entgegen Julias düsteren Prophezeiungen war seit Madisons Einzug nichts Außergewöhnliches passiert.

Madison war sonderbar, eine Einzelgängerin, die Ausflüchte suchte, wenn sie etwas Persönliches gefragt wurde. Ellis hatte vermutet, Madison habe ein gebrochenes Herz, und Dorie war derselben Ansicht gewesen. »Dieser Ring, den sie da trägt«, hatte Julia daraufhin angemerkt, »würde mein gebrochenes Herz wieder so gut wie gesund machen.«

»Komm zurück, Ellis!«, rief Dorie jetzt aus dem Esszimmer. »Abwaschen kannst du später noch. Ich bin froh, dass der Fernseher kaputt ist. Lass uns doch was zusammen machen. Hier ist eine ganze Reihe Puzzles. Komm, wir nehmen uns eins vor!«

»Von mir aus«, sagte Ellis.

»Iih, Puzzle«, Julia rümpfte die Nase. »Wir können uns auch direkt Stützstrümpfe anziehen und Trockenpflaumen essen, wenn wir schon dabei sind. Kommt, Leute, uns muss doch noch was Aufregenderes einfallen! Wir sind doch noch nicht tot, oder?«

»Ich habe ein paar DVDs mitgebracht«, begann Ellis. »Wir könnten es auch mit einem Spiel versuchen. Was haben die hier, Dorie?«

»Hm, mal sehen. Uno, Monopoly, Trivial Pursuit. Ah, ich weiß es: Karten! Wir können Rommee spielen, wie damals zu Hause am Strand.«

»Au, ja«, freute sich Ellis und erhob sich vom Tisch. »Rommee! Misch mal die Karten, Julia! Und ich mache uns Popcorn.«

»Mach mal die nächste Flasche Wein auf, wenn du schon dabei bist«, befahl Julia. »Aber nicht den billigen Fusel. Ich habe vorm Essen eine schöne Flasche Pinot Grigio in den Kühlschrank gelegt.«

Ty las die jüngste E-Mail von Ellis Sullivan und musste unwillkürlich grinsen. Vielleicht war sie doch nicht ganz so verklemmt, wie er gedacht hatte.

An: Culpepper@Ebbtide.com
Von: EllisSullivan@hotmail.com
Betreff: Kein Kabel
Lieber Mr Culpepper, ich mach wieder ein langes Gesicht, denn das Kabel-TV geht leider nicht. – Ellis

Natürlich ging das Kabel nicht. Tys funktionierte auch nicht. Auf seinem Schreibtisch lag ein Berg mit Zahlungsaufforderungen, und obenauf lag die Ankündigung, er würde vom Netz genommen. Er spielte mit der Idee, die Kabelbox zu überbrücken. Ein Freund damals am College hatte ihm gezeigt, wie man das machte. Doch bei seinem Glück würde er erwischt werden und im Knast landen.

An: EllisSullivan@hotmail.com
Von: Culpepper@Ebbtide.com
Betreff: Kabel
Liebe Ellis: Bitte nicht ausrasten, bald läuft er wieder, der Kasten.

Zufrieden mit sich und seiner kleinen Glanzleistung drückte Ty auf Senden. Dann verschob er Ellis' letzte Mail in den Ordner, in dem er all ihre Mitteilungen gespeichert hatte. Es war eine ganz ordentliche Sammlung.

Ohne Fernseher und das Baseballspiel, das er sich hatte ansehen wollen, war der vor ihm liegende Abend so leer und deprimierend wie der schweigende Bildschirm, der auf dem Milchkasten in der Ecke seines Wohnzimmers stand.

Ty ging zum Kühlschrank, nahm sich ein Bier und ging nach draußen auf die Dachterrasse. Er ließ sich auf einen Stuhl fallen und starrte aufs Wasser. Es musste ein schöner Sonnenuntergang gewesen sein, dachte er, als er den orangefarben und violett durchzogenen Himmel sah. Er hatte ihn mal wieder verpasst, weil er online nach einer Möglichkeit gesucht hatte, seiner Zwangslage zu entkommen. So verbrachte Ty inzwischen den Großteil seiner Zeit, suchte einen Ausweg aus dem Loch, in das er sich selbst manövriert hatte. Es war eine üble Sache. Er hatte alles auf eine Karte gesetzt, als er dieses Haus kaufte, hatte unbedingt wieder am Meer leben wollen. Jetzt besaß er es – Ebbtide, hoch über dem Ufer der Outer Banks –, und er hätte genauso gut in einer Höhle wohnen können, so prächtig ging es ihm mit dem Kasten. Seit Wochen war er nicht gesurft, war morgens nicht schwimmen gegangen, hatte nicht mal einen anständigen Sonnenuntergang gesehen.

Es musste einen Ausweg geben. Doch wo?

Ty trank einen großen Schluck aus der Bierflasche. Er hörte Gelächter und Musik von Ebbtide herüberwehen. Wenn er sich ans hintere Ende der Dachterrasse stellte, konnte er ins Esszimmer hinabschauen, das ins goldgelbe Licht des Kronleuchters getaucht war.

Die drei Frauen saßen am Tisch und spielten Karten. Neben ihnen standen eine Weinflasche und halbvolle Gläser. Die größte der drei, Julia, redete wie eine Maschinenpistole, unterstrich ihre Aussagen mit den Händen. Die niedliche kleine Rotblonde kicherte viel, fuhr sich mit den Fingern durchs Haar. Ellis war offenbar diejenige, die den Spielstand notierte. Sie sagte etwas, lächelte und schrieb in einen Block. Plötzlich schaute sie auf. Instinktiv duckte sich Ty. Hatte sie ihn etwa entdeckt? Nein. Eine der Frauen redete, und Ellis warf mit Popcorn nach ihr. Es dauerte nicht lange, da lieferten sie sich eine regelrechte Popcornschlacht. Das kreischende Lachen schwebte über die Düne hinaus aufs Meer.

Das Kartenspiel, das goldgelbe Licht und die silbrigen Lachsalven erinnerten Ty an lang vergangene Sommer. Damals machte seine ganze Familie Urlaub in Ebbtide, und seine Mutter und Großmutter trafen sich regelmäßig mit ein paar Frauen, die sie die »Schnapsdrosseln« nannten. Wie alt war er damals gewesen? Sechs? Sein Vater musste ihm erklären, dass die anderen Damen nicht wirklich unablässig Schnaps tranken, sondern dass es alte Freundinnen waren, die seine Mutter schon seit ihrer Kindheit kannte, als sie ungefähr so alt gewesen war wie er.

Den Tag vor dem Treffen der Schnapsdrosseln

hatte seine Großmutter immer damit verbracht, kleine Kekse zu backen und Sandwiches mit Käse und Hühnersalat vorzubereiten. Seine Mutter hatte geputzt und geschrubbt, gewischt und gewienert, bis der alte Holzboden schwach glänzte. Eine Decke mit Blumenmuster war auf dem ramponierten Esszimmertisch ausgebreitet worden, und aus der großen Zedernholztruhe im Flur unter der Treppe wurde ein Service mit Rosenmuster und Goldrand sowie zarte roséfarbene Weingläser gezaubert, die Ty noch nie zuvor gesehen hatte.

Um sechs Uhr verscheuchte seine Großmutter alle männlichen Familienmitglieder. »Keine Jungs erlaubt«, sagte sie und schob sie lachend zur Tür. So ging Ty mit seinem Vater die Straße hinunter zum Pizzaladen, wo sie in Ruhe eine große Pizza vertilgten und dabei das Spiel der Braves im Fernseher über der Theke verfolgten. Sein Vater trank Bier und ließ ihn einen Schluck probieren, verbunden mit der Warnung, es nicht dem »Weibsvolk« zu erzählen.

Als sie nach Hause zurückkehrten, standen immer noch viele Wagen in der sandigen Auffahrt. Ty wartete draußen vor der Küchentür, während sein Vater auf Zehenspitzen ins Haus schlich und kurz drauf mit einer Papierserviette voller Plätzchen und Törtchen sowie einer Dose Kräuterlimonade für Ty zurückkehrte.

»Schmuggelware«, sagte sein Vater mit verschwörerischem Flüstern. Mit ihren gestohlenen Leckereien gingen sie hinüber zur Garagenwohnung. Damals nannten sie die Wohnung noch »Tillies Haus«, weil dort im Sommer stets Tillie, das Hausmädchen seiner Großmutter, mit ihren drei Kindern wohnte, wenn die Familie vom herrschaftlichen Haus seiner Großmutter in Edenton hinunter an den Strand reiste.

Ty hatte nur eine schwache Erinnerung an Tillie, eine zarte schwarze Frau mit krummem Rücken, die immer knallrot gefärbtes Haar hatte, unablässig Kaugummi kaute und in einem Kittel herumlief, der in seinen Augen wie eine weiße Krankenschwesternuniform aussah. Ty wusste noch, dass Tillie morgens immer Eiswürfel in ihren Kaffee getan und mit Vorliebe seine Mutter herumkommandiert hatte. Seit den Achtzigern war Tillie nicht mehr mit ans Meer gekommen, weil sie, wie sein Vater berichtet hatte, das Existenzminimum verdienen wollte und die Großmutter, Gott sei ihr gnädig, geizig wie ein Schotte war.

So war »Tillies Haus« zu einem Ort geworden, wo ausrangierte Möbel und überzählige Gäste untergebracht wurden. Am Abend, als sich die Schnapsdrosseln trafen, zog Tys Vater zwei klapprige Holzstühle auf die Dachterrasse. Sie setzten sich und genossen ihre Leckereien. Von dort oben konnten sie die Großmutter und die Mutter inmitten einer Schar von Frauen sehen, versammelt um den geschmückten

Esszimmertisch. Es lief Musik, einige Frauen spielten Karten, alle lachten und amüsierten sich prächtig.

Der Anblick seiner Mutter und seiner normalerweise so würdevollen Großmutter, die sich wie die Mädchen in seiner Schulklasse verhielten, hatte Ty gebannt. »Worüber reden sie da?«, fragte er seinen Vater, der sich mit dem Rücken gegen das Geländer lehnte. »Was ist denn so lustig?«

»Wer, die da unten?« Tys Vater blickte zum großen Haus hinüber und zuckte mit den Schultern. »Mein Sohn, man kann nie wissen, was eine Frau gerade denkt. Wenn ein paar Hühner zusammenhocken wie die da, dann ist alles möglich. Vielleicht unterhalten sie sich über Schuhe oder Kleidung. Oder über jemanden, der heute Abend nicht dabei ist. Wahrscheinlich reden sie darüber, wie armselig der Mann von irgendeiner ist. Ist aber eigentlich egal. Denn selbst wenn du und ich mittendrin wären, würden wir nicht begreifen, was so lustig ist. Nicht in einer Million Jahren.«

»Rommee!«, jubelte Ellis und legte die Karten offen auf den Tisch.

»O nein, nicht schon wieder.« Dorie fächerte ihr Blatt so auf, dass die anderen es sehen konnten. »Ich hab noch die ganze Hand voller Asse und Könige.

Schon wieder.« Sie zählte die Karten mit den Fingern durch. »Das sind mindestens sechzig Punkte, die mir abgezogen werden.«

»Ich hab vierzig«, verkündete Julia und legte ihre Karten hin. »Womit wir wo wären, Ellis?«

»Hmm. Ich hab 485. Julia, du stehst bei 410, und Dorie bei 220.«

»Bei mir ist es hoffnungslos«, sagte Dorie und knabberte ein Popcorn. »Außerdem bin ich müde. Wie spät ist es, fast zwölf? Ich glaube, ich schleppe mich gleich ins Bett.«

»Ach, nein!«, protestierte Ellis. »Ist doch noch früh. Und du kannst immer noch gewinnen. Los, Dorie, bleib hier! Wo wir gerade so viel Spaß haben. Hey, wer hat Lust auf ein Eis? Ich habe Schokoeis im Gefrierfach.«

»Schokoeis?« Dorie hob eine Augenbraue. »Warum hast du das nicht gleich gesagt? Im Kartenspielen bin ich vielleicht schlecht, aber bei Süßigkeiten erste Klasse!«

»Du warst nicht immer schlecht im Kartenspielen«, stellte Julia fest. »Früher hast du uns immer einhändig besiegt. Ich hab noch nie einen gesehen, der sich Karten so gut merken konnte wie du, Dorie.«

Dorie schob sich das Haar aus dem Gesicht. »Ich bin mit den Gedanken nicht richtig dabei«, sagte sie leichthin. »Ich habe gerade meine blonde Phase. Meine rotblonde Phase.«

»Wo bist du denn mit deinen Gedanken?«, fragte Julia. Ellis sah sie warnend an, doch Julia wandte den Blick nicht von Dorie ab.

»Ach, das Übliche«, sagte Dorie. »Geld. Arbeit. Wie immer. Nicht so wichtig. Mir geht's besser, sobald Ellis dieses Schokoeis rausrückt, mit dem sie mich gerade gelockt hat.«

»Dorie?« Julia rutschte mit ihrem Stuhl herüber, so dass sie direkt neben ihrer Freundin saß. »Komm mal her, Liebelein. Wir wissen, dass dich irgendwas plagt.«

»Julia!«, mahnte Ellis. »Du hast mir was versprochen!«

Julia zuckte mit den Schultern. »Das war gelogen. Los, komm, Dorie. Raus damit!«

Dorie wurde blass. Sie schob die Karten auf dem Tisch zu einem Haufen zusammen und machte sich daran, sie wieder zu einem Stapel zu ordnen. »Bin ich so durchschaubar?«, fragte sie und blickte von Julia zu Ellis.

»Du hast einfach kein Pokerface«, bemerkte Ellis und setzte sich auf die andere Seite von Dorie. »Aber du musst nicht drüber sprechen, wenn du nicht willst.«

»Es ist wegen Stephen, nicht?«, schlug Julia vor, Ellis' bösen Blick ignorierend.

»O Gott«, flüsterte Dorie. »Ja. Stephen …« Eine Träne rollte ihr über die Wange. Sie biss sich auf die

Lippe. »Stephen und ich … Mein Gott. Ich fasse es nicht. Ich kann mich nicht mal überwinden, es auszusprechen.«

Julia schenkte den restlichen Pinot Grigio in ein Glas und schob es vor Dorie. »Hier, trink das!«

»Nein.« Vorsichtig schob Dorie das Glas von sich. »Ich schaffe das. Ich kann das. Ich muss. Ab heute.« Sie holte tief Luft, und plötzlich sprudelten die Worte nur so aus ihr heraus:

»Ich habe euch alle angelogen. Ja. Und das tut mir leid. In Wahrheit ist Stephen schon seit Wochen mit seiner Doktorarbeit fertig. Er ist nicht mit ans Meer gefahren, weil … weil wir uns scheiden lassen. Vor zwei Wochen ist er ausgezogen. Und jetzt muss ich das Haus verkaufen. Das konnte ich euch nicht sagen. Ich habe es noch niemandem erzählt. Schon gar nicht Willa. O Gott, was Willa wohl dazu sagt? Und meine Mutter? Das wird sie völlig fertigmachen. Wie soll ich ihr das nur beichten? Und was mache ich in der Schule? Einer von uns beiden muss gehen. Wir können nicht beide an der ›Our Lady of Angels‹ arbeiten. Nicht mehr. Ich weiß einfach nicht, was ich tun soll. Ich kann nicht klar denken. Nicht mal die einfachsten Sachen. Ich kann mich nicht mal entscheiden, welche Cornflakes ich zum Frühstück essen will oder was ich morgens anziehen soll. Es ist, als wäre mein Gehirn ausgeschaltet. Ich hätte nicht mit in den Urlaub kommen sollen. Ich hätte zu Hause bleiben und mir über mein Leben klarwerden sollen, aber ich wollte so gerne mit euch zusammen sein. Ich wollte einfach nur ins Auto steigen und weg. Einfach immer weiterfahren. Ich konnte nur eins denken, nämlich dass ich ans Meer fahre. Und ich habe nicht vor, an zu Hause zu denken. Wenn ich am Meer bin, ist das alles egal. Deshalb bin ich gekommen.«

Der Schwall von Worten war so plötzlich zu Ende, wie er begonnen hatte. Dorie ließ die Schultern hängen. Erfolglos wischte sie die Tränen fort, die ihr über die Wangen liefen. »Ach, Mensch, so ein Mist.«

»O Dorie«, sagte Ellis und nahm die Freundin in die Arme. »Das tut mir so leid.« Sie weinte ebenfalls. »Ach, meine Süße, ich weiß nicht, was ich sagen soll.« Angesichts Dories Schmerz fühlte sie sich vollkommen hilflos.

»Ich weiß«, sagte Dorie mit bebender Stimme. »Mr und Mrs Perfekt lassen sich scheiden. Total daneben, oder?«

Julia trank einen großen Schluck von dem Wein, den Dorie nicht angerührt hatte. »Ich wusste es. Sobald ich dich am Flughafen gesehen hatte, wusste ich, dass irgendwas im Busch ist. Ich hab die ganze Zeit gehofft, es wäre, na ja, was anderes. Aber tief in mir wusste ich genau, was es ist.«

»Du kannst hellsehen«, sagte Dorie und betupfte die Augen mit einer Papierserviette. »Konntest du immer schon.«

»Eigentlich nicht«, gab Julia zurück. »Du bist nur so unglaublich leicht zu durchschauen. Du hast ihn die ganze Woche nicht angerufen, und er dich auch nicht. Du warst ganz weinerlich und trübselig. Und du kannst nicht mehr Karten spielen.«

»Tut mir leid«, sagte Dorie schniefend. »Ich will keine trübe Tasse sein.«

»Möchtest du darüber reden?«, fragte Ellis.

»Nein, ich meine, schon, ich kann darüber reden. Wenn es euch nicht stört, dass das Popcorn ganz nass wird. Ich weiß nur nicht, wo ich anfangen soll.«

»Lass mich raten«, sagte Julia. »Ich wette, Mr Perfekt hat eine kleine Freundin. Hab ich recht?«

»Julia«, sagte Ellis durch zusammengepresste Zähne. »Ich werde dich erwürgen, noch ehe es Tag wird. Das ist mein Ernst.«

Dorie lachte zittrig. »Lass sie in Ruhe, Ellis. Vielleicht kann sie doch nicht so gut hellsehen. Du hast nur zur Hälfte recht, Julia. Stephen hat tatsächlich jemand anders. Aber kein Mädchen, sondern einen Typen.«

»Was?!«, rief Ellis.

»Nie im Leben!«, schrie Julia. »Soll das heißen, Stephen ist schwul?«

Erneut brach Dorie in Tränen aus. Dann redete sie weiter: »Ich bin so dermaßen dämlich. Wie konnte ich das nur übersehen? Ich meine, ich wusste ja, dass etwas nicht stimmt, bloß wäre ich nie auf so was gekommen. In den Osterferien wollten wir mit einem Kollegenpärchen nach Destin fahren, und einen Tag vor der Abreise verkündete Stephen, er käme nicht mit. Es wäre ihm egal, wenn ich mitführe, er wollte sogar unbedingt, dass ich mitfahre, bloß meinte er, er hätte ein hartes Halbjahr hinter sich, er wollte wandern gehen, allein, hoch in die Berge. Ich redete mir ein, es läge daran, dass er den Mann meiner Freundin nicht besonders gern mag. Ich meine, Brad ist manchmal schwer zu ertragen. Er läuft Marathon, und er redet ständig nur vom Laufen und von seinen Zeiten und so. Also ließ ich Stephen wandern gehen. Und als er zurückkam, dachte ich, er hätte bessere Laune. War aber nicht so. Er wurde immer launischer. Was nicht normal ist für Stephen. So ist er sonst nicht. Normalerweise ist er Mr Happy. Aus dem Grund hatte ich mich damals in ihn verliebt. Jetzt stritten wir uns oft. Nicht ständig, es ging auch um nichts Wichtiges, aber in den zwei Jahren, als wir miteinander gingen, hatten wir uns nicht ein einziges Mal gestritten.«

Julia lachte schallend. »Na, das hätte ja schon mal ein Warnsignal sein müssen. Booker und ich streiten uns jeden Tag.«

»Wir aber nicht«, sagte Dorie. »Meine Eltern, na ja, die stritten sich wie Hund und Katze, bevor sie sich scheiden ließen. Wir Kinder waren so erleichtert, als sie sich endlich trennten. Wahrscheinlich hatte es nie zuvor Kinder gegeben, die so froh über eine Scheidung waren. Ich nahm mir damals vor, wenn ich heiraten würde, würde ich mich niemals so streiten wie sie. Denn wenn zwei Menschen füreinander bestimmt sind und sich lieben, müssen sie sich nicht streiten. Oder?«

»Meine Eltern haben sich auch hin und wieder gestritten«, sagte Julia nachdenklich. »Nicht so wie Booker und ich, aber hin und wieder war es mal so weit. Dann schenkte mein Vater meiner Mutter Blumen oder Schmuck, und sie machte seine Lieblingscannelloni, und sie vertrugen sich, als wäre nichts gewesen. Und meine Eltern waren, keine Ahnung, vierzig Jahre verheiratet.«

Ellis dachte an ihre Eltern. Lawrence Sullivan war ein geduldiger, ruhiger Mann gewesen, der Ellis' Mutter angebetet hatte. Ellis konnte sich nicht erinnern, dass er auch nur einmal anderer Meinung gewesen wäre als sie, zumindest nicht vor ihr und Baylor. Streiten wäre nicht sein Stil gewesen.

»Deine Eltern waren was ganz Besonderes«, sagte Ellis zu Julia. »So wie die Waltons.«

»Oder Doris Day und Rock Hudson«, sagte Dorie traurig. »Nur dass Rock Hudson schwul war. Genau wie Stephen.«

Dorie schaute auf und registrierte Julias Blick. Sie seufzte. »Jetzt fragst du mich bestimmt, wie der Sex mit ihm war, nicht?«

Julia grinste. »Ich hab überlegt, wie ich dich von Ellis weglotsen kann, weil ich weiß, dass sie das niemals zulassen würde.«

»Wer sagt das?«, gab Ellis zurück. »So prüde bin ich auch wieder nicht! Oder? Ich meine, schließlich geht das keinen von uns was an. Trotzdem, wir sind deine besten Freundinnen …«

Julia zupfte an Dories großem Zeh. »Na komm, bitte, bitte!«, versuchte sie es. »Du musst ja nicht bis ins schlüpfrigste Detail gehen. Nur wie es im Großen und Ganzen so war, ja?«

Dorie verdrehte die Augen. »Der Sex war super«, sagte sie verärgert. »Der war nie das geringste Thema. Ich war dreiunddreißig, als ich geheiratet habe, Mensch noch mal! Und ihr wisst genau, dass ich nicht gerade enthaltsam war, bevor ich Stephen kennenlernte. Glaubt ihr, ich hätte ihn geheiratet, wenn es im Bett nicht geklappt hätte?«

Julia dachte darüber nach. »Also … war es nicht irgendwie schräg?«

»Nein«, fuhr Dorie sie an. »Und ich habe ihn auch nicht in meiner Unterwäsche erwischt oder wie er sich im Park vor der Herrentoilette rumtrieb oder spätnachts durch die Altstadt von Savannah schlich. Ich sage euch, und ihr könnt mir glauben oder es lassen, dass ich bis vor zwei Monaten dachte, ich hätte eine Ehe, die durch nichts zu erschüttern wäre.«

Wütend blinzelte sie die Tränen fort, die aus ihren

Augen quollen. »Ich habe Stephen geliebt. Und ich glaubte, er würde mich auch lieben. Und jetzt ist alles im Arsch.«

»Hör auf zu weinen«, flehte Julia sie an. »Es tut mir leid, dass ich das Thema angeschnitten habe. Ellis ist schuld, sie hat es zugelassen, oder? Komm, wir sind alle sauer auf Ellis. Und auf Stephen. Möge er in der Hölle der Schwulen schmoren.«

15

Ellis holte die Packung mit dem Schokoladeneis und eine Küchenrolle, die sie feierlich Dorie und Julia reichte.

Dorie aß das Eis schweigend, während Julia ihres regelrecht attackierte, die Spitze abbiss und es innerhalb von Minuten weggeputzt hatte. Ellis leckte und kaute und wischte eifrig die Tropfen weg, die ihr auf die Hände fielen.

»Besser?«, fragte sie Dorie.

»Ein bisschen«, gab sie zurück und schniefte.

»Um so was wiedergutzumachen, gibt es nicht genug Eis auf der Welt«, sagte Julia. »Dorie, Ellis wird mich für die Frage umbringen, aber ich kann einfach nicht anders. Wie … ich meine, wie hast du das mit Stephen herausgefunden?«

»Mein Gott, Julia!«, rief Ellis. »Lässt du sie jetzt endlich mal in Ruhe?«

»Schon gut, Ellis«, sagte Dorie. »Es ist einfach furchtbar. Wie ein Autounfall. Man weiß, dass es schlimm ist, aber man muss trotzdem hinsehen, oder?

Ich habe ihn nicht mit einem anderen Mann erwischt, wenn du das meinst. Es war einfach eine Ansammlung von Kleinigkeiten. Ich dachte, Stephen wäre gestresst, weil er seinen Doktor machte, deshalb hab ich es nicht so ernst genommen. Dann stieg er aus seiner Fußballmannschaft aus. Ihr habt Stephen kennengelernt, oder? Fußball ist sein Ein und Alles, nicht nur das Training der Mädchenmannschaft an der Schule, sondern selbst zu spielen. Trotzdem hörte er einfach auf. Und das Besondere daran: Er sagte es mir nicht. Er verließ das Haus, und ich dachte, er würde zum Training gehen, aber das tat er nicht.«

»Traf er sich stattdessen mit seinem Freund?«, fragte Julia.

»Nein«, sagte Dorie. »Er schwört, dass es nicht so war. Er behauptet, er wäre einfach nur durch die Gegend gefahren. Zum Beispiel ins Einkaufszentrum, wo er dann in seinem Wagen rumsaß, oder raus nach Tybee und wieder zurück.«

»Warum hat er denn mit Fußball aufgehört?«, fragte Ellis vorsichtig.

Dories Gesicht lief rot an. »Da gibt's einen Typen, der heißt Matt. Er spielt in Stephens Mannschaft. Der war schon immer bekennender Schwuler. Aber nicht so auffällig, so demonstrativ. Stephen meinte …« Dorie schluckte und schaute auf ihre Hände. Sie hatte das Eispapier zu einem Zylinder gedreht und riss es nun in Stücke. »Stephen sagte zu mir, er hätte schon vor Monaten gemerkt, dass er sich zu Matt hingezogen fühlte. Es machte ihm richtig Angst. Und ekelte ihn an.«

»So ein Mist!«, sagte Ellis seufzend.

»Stephen schwört, dass er niemals etwas mit ihm anfangen wollte«, fuhr Dorie fort. »Deshalb stieg er aus der Mannschaft aus. Er dachte, wenn er Matt nicht mehr sehen und nicht mehr mit ihm sprechen würde, würde er ihn irgendwann vergessen.«

»Tat er aber nicht, oder?«, sagte Julia.

»Sobald im Mai die Schule aus war, flog Stephen nach Omaha, zu seinem Vater. Während Stephen dort war, hatte sein Vater einen Schlaganfall. Er überlebte, hängt aber jetzt an einem Beatmungsgerät, und sie haben der Familie gesagt, es sei nur noch eine Frage der Zeit.«

»Gottogott. Das auch noch«, murmelte Julia. »Und, wie ging es weiter?«

»Als Stephen nach Hause kam, wollte er nicht über seinen Vater sprechen«, antwortete Dorie. »Er begann zu trinken, also, nicht richtig viel, aber mehr als sonst. Auch Whiskey. Davor hatte er nie harte Sachen getrunken. Wir beide nicht. Und dann, eines Abends, direkt vor dem vierten Juli, da … da …« Sie konnte nicht weitersprechen und begann wieder zu weinen. Julia riss ein Blatt von der Papierrolle und reichte es Dorie.

»Schneuzen!«, befahl sie. Dorie nickte und tat,

wie ihr geheißen. Ellis nahm ebenfalls ein Blatt und betupfte ihre Augen. »Ich darf nicht vergessen, Taschentücher auf den Einkaufszettel zu schreiben«, sagte sie geistesabwesend. Dorie holte nochmals tief Luft und erzählte weiter. »Er fuhr einfach mit dem Auto los und kam nicht zurück. Die ganze Nacht nicht. Ich bin fast durchgedreht! Er ging nicht ans Handy, und ich rief alle Leute an, die er kannte, und fragte, ob sie ihn gesehen hätten. Ich hab sogar in den Ambulanzen der Krankenhäuser angerufen, um zu erfahren, ob er einen Unfall gehabt hatte.«

»Du musst solche Angst gehabt haben«, sagte Ellis. »Ich weiß gar nicht, was ich an deiner Stelle getan hätte.«

»Ich wäre so was von stinksauer gewesen«, bemerkte Julia.

»Ich hatte Riesenangst, und als er dann schließlich doch nach Hause kam, ohne dass was passiert war, da war ich auch stinksauer. Wir hatten einen Riesenkrach. Ich stand in der Küche, im Nachthemd, und glaubt mir, ich hab mir die Seele aus dem Leib geschrien. Wirklich, ich hab ihn so was von angekreischt. Und Stephen brach einfach weinend zusammen. Er erzählte mir alles. Dass er in eine Kneipe gegangen war, wo er Matt traf und etwas mit ihm trank. Dann wäre er einfach … mit Matt nach Hause gegangen. Er hatte mich nicht angerufen, weil er mich nicht anlügen wollte.«

Dorie holte wieder tief Luft. Ihre Augen waren rot vom Weinen, ihre Nase lief. Ellis und Julia weinten ebenfalls.

»Und das war's dann?«, fragte Ellis. »Er ist schwul, und ihr lasst euch scheiden? Ende der Geschichte?«

»Ende der Geschichte«, bestätigte Dorie. »Das Ende von Mr und Mrs Perfekt. Das Ende der ganzen Scheiße.«

»Und das willst du auch so? Hast du überlegt, ob ihr euch vielleicht mal Hilfe sucht?«, fragte Ellis.

»Hilfe suchen?«, höhnte Julia. »Sie hat gerade erzählt, dass ihr Mann schwul ist. Was hilft denn eine Eheberatung, wenn es um so was geht?«

»Ich weiß nicht«, sagte Ellis hilflos. »Vielleicht ist Stephen ja gar nicht hundertprozentig schwul. War ja nur ein Mal, oder? Vielleicht ist das nur ... nur so eine Phase. Dorie hat doch gesagt, er hätte großen Stress gehabt, er musste seine Doktorarbeit schreiben, und sein Vater war so krank. Wenn sie sich beraten lassen würden, wenn sie über alles mit einem Therapeuten reden könnten, vielleicht ... ich denke nur, dass es doch noch eine andere Möglichkeit geben muss.«

»Ach, das ist doch einfach nur dämlich.« Julia schüttelte den Kopf. »Meinst du, das läuft wie in den Leserbriefen aus den Frauenzeitschriften deiner Mutter: ›Hat diese Ehe noch eine Chance?‹«

»Ich sage es nicht gerne, aber Julia hat recht«,

meinte Dorie. »Verstehst du das nicht? Ich sitze in der Patsche. Stephen behauptet, er würde mich lieben, und das glaube ich ihm auch, wirklich. Aber er ist nicht in mich verliebt. Es gibt jemand anderen. Wie soll ich dagegen ankommen? Wenn es eine andere Frau wäre, würde ich was unternehmen. Eine neue Frisur, neue Haarfarbe, abnehmen, die Brüste operieren lassen …«

»Die Brust operieren?«, rief Julia und schlug auf den Tisch. »Dorie, du hast 70D, verdammt nochmal! Du trägst schon D-Körbchen, keine Ahnung, seit du im Kindergarten bist.« Das war nur leicht übertrieben. »Du hast so eine schlanke Figur, du könntest gar nicht mehr aufrecht stehen, wenn du noch größere Möpse hättest.«

»Ich weiß noch«, fiel Ellis ein, »als wir in der siebten Klasse Sport-BHs bekamen, hattest du schon welche mit Drahtbügel.«

»Doppel-D-Dunaway«, sang Julia. »Nee, soweit ich sehe, gibt's nur eine Möglichkeit, gegen diesen Matt zu bestehen, nämlich wenn du es irgendwie schaffst, dir einen Penis wachsen zu lassen.«

Dorie musste kichern. Ellis ebenfalls. Kurz darauf lachten die drei so heftig, dass ihnen die Tränen übers Gesicht liefen. Sie lachten, bis sie weinten, und dann lachten sie weiter, und auf dem Tisch standen leere Weingläser neben Popcorn und zerknüllten Papiertaschentüchern.

»Psst, Leute«, sagte Dorie und wies nach oben unter die Decke. »Wir wecken noch Madison auf.«

»Und, was macht sie dann?«, sagte Julia. »Ruft sie die Polizei?«

»Es tut mir so leid, Dorie«, meinte Ellis dann. »Eigentlich ist es ja gar nicht lustig.«

»Es ist eine beschissene Tragödie«, stimmte Julia ihr zu, und der Pinot schoss ihr aus der Nase.

Da mussten sie alle aufs Neue loswiehern – Lachsalven mit Grüßen aus der Hölle.

Bis Dorie ihre grünen Augen weit aufriss. »O nein!«, sagte sie und schnappte nach Luft.

»Was ist?«, fragte Julia.

»Ich glaube«, sagte Dorie zögernd, »ich glaube, ich hab mir gerade in die Hose gemacht.«

Was bei Ellis einen erneuten Lachkrampf auslöste. »Leute, erinnert ihr euch noch an Patti Shaffhausen aus der zweiten Klasse? Aus Miss Ratermans Klasse? Die machte sich doch so gut wie jeden zweiten Tag in die Hose. Und weil ich hinter ihr saß, befahl Miss Raterman mir immer, mit Patti auf die Toilette zu gehen und ihr beim Saubermachen zu helfen. Wisst ihr noch, dass wir sie immer Pipi-Patti genannt haben?«

»Du liebe Güte«, sagte Dorie. »Pipi-Patti Shaffhausen! Ihr werdet es nicht glauben, aber Patti Shaffhausen ist meine Zahnärztin! Sie wohnt mit ihrem Mann in derselben Straße in Ardsley Park wie Willa. Und er ist Urologe.«

»Hör auf!«, kreischte Julia. »Hör auf, oder ich mach mir auch in die Hose!«

»Leute«, sagte Dorie. »Das liegt nicht nur am Lachen. Ich pinkel mir so gut wie jeden Tag in die Hose, wenn auch immer nur ein bisschen. Ich bin schwanger.«

16

»Das ist nicht witzig, Dorie«, sagte Julia.

»Aber es stimmt.«

Ellis und Julia nutzten beide den Moment, um einen großen Schluck Wein zu trinken.

»Ob das wohl gerade ein bedeutungsschwangerer Moment ist?«, witzelte Dorie mit schiefem Grinsen.

»Wann?«, fragte Ellis. »Ich meine, wann ist es so weit?«

»Ich bin im dritten Monat. Irgendwann Mitte Februar ist es so weit. Ich hoffe ja auf den Valentinstag.« Dorie schaute Julia an, und ihre grünen Augen blitzten. »Und bevor du fragst, ja, ich habe tatsächlich vor, das Kind zu behalten. Ich weiß nicht, wie es sonst so mit meinem Leben weitergehen soll, aber das Einzige, was ich weiß, ist, dass ich dieses Kind bekommen werde.«

Julia fuhr auf: »Ich habe doch nicht gesagt …«

»Gut«, unterbrach Dorie sie mit ungewöhnlich fester Stimme. »Ich weiß, dass du nicht mehr zur Kirche gehst, Julia, aber ich schon. Ich gehöre nicht zu diesen verrückten bombenwerfenden Abtreibungsgegnern, aber ich persönlich halte nichts von Abtreibung. Ende der Diskussion!«

»Ich fasse es nicht, dass du immer noch diesen ganzen katholischen Voodoo mitmachst«, murmelte Julia.

»Doch, tue ich«, rief Dorie. »Na ja, das meiste jedenfalls. Die Sache mit der Scheidung muss ich wohl irgendwie überstehen.«

Ellis schlang die Arme um sie. »Du lieber Himmel! Ein Baby! Das ist ja der Wahnsinn! Ich kann es gar nicht fassen. Wir bekommen ein Baby, Leute!« Sie schaute über Dories Kopf zu Julia, die sich mit verschränkten Armen auf dem Stuhl zurücklehnte. »Sie ist schwanger! Ich wette, das hast du nicht vorausgesehen, Hellseherin Julia.«

»Nein«, stimmte diese zu. »Das habe ich absolut nicht kommen sehen.«

»Ich kann kaum glauben, dass dir das nicht aufgefallen ist, Julia«, sagte Dorie. »Ich laufe alle fünf Minuten aufs Klo, so kommt es mir jedenfalls vor, und stopfe mir unablässig irgendwas in den Mund. Ich bin ständig so müde, dass ich mich kaum wach halten kann.«

»Aber du hast mit uns Wein getrunken«, Julia klang vorwurfsvoll.

»Nichts da«, lachte Dorie. »Ihr wart nur so beschäftigt damit, euch zu betrinken, dass es euch gar nicht aufgefallen ist, dass ich mein Glas in die Spüle geschüttet habe. Seit dem positiven Test im Juni habe ich keinen Alkohol mehr getrunken.«

»Was hält Stephen denn davon?«, fragte Julia.

Dorie blickte hinunter auf ihren Bauch. Sie antwortete mit leiser Stimme: »Er weiß es noch nicht. Ihr seid die Ersten, die es wissen.«

»Das verstehe ich nicht«, sagte Ellis. »Im Juni hast du erfahren, dass du schwanger bist. Lange bevor du dich von Stephen getrennt hast. Warum hast du ihm nichts erzählt?«

»Ich konnte es einfach nicht«, sagte Dorie. »Wir haben ja nicht versucht, ein Kind zu bekommen. Überhaupt nicht. Das ist alles meine Schuld. Ein Missgeschick. Wir hatten mal über Nachwuchs gesprochen, und er meinte, er wolle Kinder, später mal. Wir haben dann erfahren, dass sein Vater krank war, und danach erst habe ich das mit der Schwangerschaft herausgefunden. Da kam es mir irgendwie so fehl am Platz vor, ihm zu verkünden, dass ich ein Kind bekäme. Ich wusste, dass er sich Sorgen ums Geld machen würde, und ich wollte ihm einfach nicht noch mehr Verantwortung aufbürden.«

»Um Himmels Willen, Dorie«, sagte Julia. »Das ist mal wieder typisch für dich. Wieso soll das alles deine Schuld sein? Oder hast du dich vielleicht selbst geschwängert, als Stephen gerade mal nicht aufgepasst hat? Du bist diejenige, die dieses Baby neun Monate lang austragen muss, zusätzlich zu allem anderen, und da machst du dir Sorgen, dass der gute alte Stephen zu viel Verantwortung tragen muss. Er hat dich nicht verdient, Dorie. Hat er noch nie.«

Dorie presste die Fingerspitzen auf die Schläfen. »Vor einem Monat hätte ich gesagt, ihr irrt euch alle in Stephen. Aber jetzt? Jetzt weiß ich einfach nicht mehr, was ich glauben soll. Mal hasse ich ihn aus ganzem Herzen. Dann will ich am liebsten losschreien, schimpfen und toben, ihm in die Eier treten, ihn packen und schütteln, bis er nicht mehr weiß, wo oben und unten ist, und von ihm wissen, warum er mich überhaupt geheiratet hat, wenn auch nur die geringste Wahrscheinlichkeit bestand, dass er schwul sein könnte. Ich meine, wie konnte er so was tun? Wie kann er es wagen? Und dann denke ich nach und denke, wie schlimm das alles für Stephen selbst sein muss.«

»Tritt ihm lieber in die Eier«, sagte Julia trocken.

»Verdammt«, Dorie stand abrupt auf. »Jetzt muss ich schon wieder pieseln. Seht ihr, wie ich drauf bin? Total im Eimer. Ich lauf am besten hoch und zieh mir was anderes an, wenn ich schon mal dabei bin. Will schließlich nicht, dass ihr mich irgendwann Pipi-Dorie nennt.«

Als Dorie außer Reichweite war, schenkte Julia Ellis und sich noch ein Glas Wein ein.

Ellis trank einen Schluck. Unerklärliche Tränen

stiegen in ihr auf. Weinte sie um das, was ihrer besten Freundin bevorstand, oder weinte sie egoistisch um sich selbst – weil sie mit fünfunddreißig noch unverheiratet und kinderlos war, ein Zustand, den sie sich nie gewünscht hatte?

Ihr Bruder Baylor war fünf Jahre älter, und als Kind hatte sich Ellis immer eine kleine Schwester zum Spielen gewünscht, selbst nachdem die Mutter ihr geduldig erklärt hatte, dass Ellis das Schlusslicht sei, wie sie sich immer ausdrückte. Sie war ein lustiges kleines Mädchen gewesen, das noch mit Puppen spielte, als alle Freundinnen Puppen schon längst beiseitegelegt hatten. Als Jugendliche hatte Ellis oft babygesittet und tat es hin und wieder immer noch für Freunde zu Hause in Philly. Alle Kinder nannten sie Tante Ellie. Würde sie niemals mehr sein als eine Tante Ellie?

»Wow«, flüsterte Ellis und hoffte, Julia würde ihre Tränen als Weinen um Dorie verstehen, nicht um sich selbst. »Ich fasse es nicht. Ein Baby.«

»Ich auch nicht«, sagte Julia. »Was machen wir jetzt?«

»Wir organisieren eine riesige Babyparty für sie«, erklärte Ellis. »Kannst du dich nicht einfach für sie freuen? Du hast Dorie doch gehört. Sie will das Kind. Sie wird eine tolle Mutter sein.«

»Eine alleinerziehende Mutter«, entgegnete Julia düster. »Ich glaube nicht, dass sie sich das jemals so vorgestellt hat. Apropos Mutter – ich möchte nicht dabei sein, wenn sie diese kleine Bombe auf ihre Mutter fallen lässt.«

Ellis zog den Kopf ein. »Allerdings. Ich nehme an, die alte Phyllis wird so einiges zu dem Thema zu sagen haben.«

»Sie wird schon einen Weg finden, Dorie an allem die Schuld zu geben«, prophezeite Julia. »Wart's nur ab. Sie wird Dorie vorwerfen, Stephen schwul gemacht zu haben.«

»Also wirklich!«, lachte Ellis verzagt. Aber sie konnte Julia nicht widersprechen, denn sie hatte einfach recht. Phyllis Dunaway mäkelte gerne an ihrer jüngsten Tochter herum. Sie mochte eine durchaus tolle Englischprofessorin am College sein, doch als Frau und Mutter war Dr. Dunaway in Ellis' Augen eine Fehlbesetzung. Jahrelang hatte sie Dories Vater Gabe drangsaliert, einen lieben, etwas weltfremden Professor, dessen Spezialgebiet Beowulf war. Es war Phyllis' Idee gewesen, die drei Dunaway-Kinder nach amerikanischen Schriftstellern zu benennen – Willa nach Willa Cather, Nash nach Ogden Nash und die kleine Dorie nach Eudora Welty, ein völlig unpraktischer und weltfremder Vorname.

»Was ist mit Gabe?«, fragte Julia. »Hat Dorie noch Kontakt zu ihrem Vater?«

Dorie und die anderen Mädchen hatten gerade die siebte Klasse an der Schule begonnen, als die Dunaways ihre Trennung verkündeten. Kurz darauf zog Gabe Dunaway nach Statesboro, eine Autostunde entfernt, um dort als Englischlehrer am College zu unterrichten.

Ellis zuckte mit den Schultern. »Ich glaube, sie schickt ihm eine Karte zum Geburtstag und ein Geschenk zu Weihnachten. Er hat vor ein paar Jahren wieder geheiratet, und du weißt ja, wie ihre Mutter ist. Dorie traut sich nicht, seinen Namen auszusprechen, selbst nach so vielen Jahren nicht. Sie konnte ihn nicht mal zu ihrer Hochzeit einladen, da Phyllis sie bezahlt hat.«

»Was für eine böse Hexe«, sagte Julia. »Mich wundert nur, dass Dorie so ausgeglichen ist, wenn man bedenkt, wie viele Jahre sie die Bosheiten von Phyllis ertragen musste. Mann, meine Mutter hatte einen richtigen Hass auf sie. Weißt du noch damals, als wir in der zehnten Klasse waren und Phyllis Dorie rausschmiss, weil sie herausgefunden hatte, dass sich Dorie heimlich mit einem Jungen traf, der von der Savannah High geworfen worden war, weil er Gras verkauft hatte? Damals wollte meine Mutter meinen Dad überreden, dass er Phyllis vorschlug, Dorie bei uns wohnen zu lassen.«

»Nein!«, rief Ellis. »Das ist wirklich komisch. Als das passierte, hab ich meine Mutter nämlich auch angefleht, Dorie zu adoptieren. Gott segne meine Mutter, sie riss sich schließlich zusammen und rief Phyllis an, um ihr zu sagen, dass Dorie alles andere als die Matratze vom Dienst war. Phyllis redete nie wieder mit meiner Mutter. Mama und ich haben selbst so unsere Probleme, weiß Gott, aber ich vergesse nie, wie stolz ich auf sie war, als sie damals für Dorie eintrat.«

»Wenn Phyllis meine Mutter gewesen wäre, ich glaube, ich wäre schon vor Jahren mit der Axt auf sie losgegangen«, vermutete Julia. »Als ob Dorie etwas dafür konnte, dass sie so hübsch ist. Ich glaube, Phyllis hatte Probleme damit, dass Dorie mehr nach ihrem Vater kam. Weißt du noch, dass sie Dorie immer ›mein süßes kleines Dummchen‹ nannte?«

»Dabei war Dorie gar nicht dumm«, erwiderte Ellis. »Vielleicht hatte sie nicht so einen super Notendurchschnitt wie Willa, aber sie war auch nicht schlecht.«

»Unwichtig«, meinte Julia. »Willa war immer die Intelligente, wenn es nach Phyllis ging. Willa studierte also Jura und wurde schon mit Mitte dreißig Teilhaberin in einer Anwaltskanzlei? Super! Jetzt praktiziert sie nicht mal mehr als Anwältin. Und was ist mit dem guten alten Nash, dem Stammhalter, dem goldenen Jungen, der nie etwas falsch machte? Was treibt der heutzutage? Ich habe fast Angst, Dorie danach zu fragen.«

»Nash«, sagte Ellis lapidar. »Der ist und bleibt Nash. Schreibt immer noch Gedichte, obwohl er, soweit ich weiß, noch kein einziges Wort veröffentlicht hat. Als Letztes hab ich gehört, dass er mietfrei in dem alten Haus von Dories Oma auf der 48th Street wohnt. Und jetzt kommt's: Er fährt einen großen alten Leichenwagen aus den Siebzigern und veranstaltet Geisterführungen zu Spukhäusern in der Altstadt.«

»Das meinst du nicht ernst?«, sagte Julia.

Ellis legte die rechte Hand aufs Herz. »So wahr mir Gott helfe. Als ich das letzte Mal zu Hause war, hab ich gesehen, wie er auf der Bay Street Flugblätter verteilte. Du hättest ihn mal sehen müssen«, sagte sie kichernd. »Er trug einen Overall und dazu eine Gasmaske aus dem Army-Shop. Auf dem Rücken hatte er was, das wie ein alter Staubsaugerbeutel aussah. Er gab mir seine Visitenkarte. Zuerst dachte ich, er wollte was von mir, dann wurde mir klar, dass er nur fünfundachtzig Dollar für seine popelige Rundfahrt haben wollte. Ist das zu fassen? Julia, er hat sogar eine eigene Website.«

»Ghostdusters.com«, erklärte Dorie, die barfuß ins Esszimmer getappt kam. Sie hatte sich eine Pyjamahose und ein Top von Hello Kitty angezogen. Ihr Haar war zu einem Pferdeschwanz auf dem Kopf zusammengebunden. Sie sah aus wie dreizehn. »Ist das nicht zum Totlachen? Die ganze tolle Ausbildung, und er hockt in Omas Haus und kutschiert Touristen durch die Stadt und erzählt diese albernen Geschichten über sprechende Grabsteine auf dem Friedhof und kopflose Duelle auf dem Monterey Square.«

Ellis errötete schuldbewusst. »Hört sich aber an, als könnte die Geschäftsidee ziemlich erfolgreich sein.«

»Ja, vielleicht, wenn er was dafür tun würde, aber du kennst doch Nash. Was ihn angeht, ist Arbeit nur ein Wort mit sechs Buchstaben. He, hat noch jemand Hunger? Ich überlege, ob ich mir ein gegrilltes Käsesandwich mache.«

»Wir haben doch eben erst gegessen«, erinnerte Julia sie. »Von Popcorn und Eis ganz zu schweigen.«

»Ich esse jetzt für zwei«, erklärte Dorie. »Da ihr Bescheid wisst, brauche ich jetzt wenigstens nicht mehr heimlich Cornflakes und Rührei in mich reinzustopfen.«

»Wenn ich so viel essen würde, würde ich aufgehen wie ein Hefekloß«, sagte Ellis. »Ich kann immer noch nicht glauben, dass du im dritten Monat bist. Du bist gertenschlank.«

Dorie zog ihr Top hoch und streckte ihren Bauch aus. »Gertenschlank? Guckt euch diese Kugel an! Da ist ein Baby drin, in echt!« Sie drehte sich um und wackelte mit dem Hintern. »Und guckt euch diesen Po an! So breit wie von einem Brauereipferd, wie mein Papa sagen würde.«

Julia gab Dorie einen liebevollen Klaps auf den Hintern. »Was erzählst du da? Du hast immer noch das kleinste Popöchen auf der ganzen Welt, Dorie. Zumindest jetzt. Na komm, ich mach dir dein Käsesandwich, kleine Mama.«

Die drei zogen in die Küche um. Dorie und Ellis hockten sich an den Tisch, während Julia Butter in einer Pfanne zerließ und Dories Sandwich vorbereitete.

Als es goldbraun gebraten war und der Cheddar an den Seiten herausschmolz, ließ Julia es auf einen Teller gleiten, den sie zusammen mit einem Glas Milch vor Dorie schob.

»Oh, welch' Wonne!«, jubelte Dorie, aß ein Stück und verdrehte die Augen. »Stephen sagt immer, das beste Sandwich der Welt ist das, das jemand anderes für dich macht.«

»Apropos Stephen«, sagte Ellis vorsichtig. »Dorie, du musst ihm wirklich sagen, dass du schwanger bist. Hast du überhaupt schon mit ihm gesprochen, seit er ausgezogen ist?«

Dorie kaute langsam. Sie biss noch mal vom Sandwich ab. Als das Sandwich halb vertilgt war, schob sie den Teller von sich.

»Ich kann das nicht«, erklärte sie. »Ich kann einfach nicht mit ihm reden. Ich kann seine Stimme nicht ertragen. Ich kann ihn nicht sehen. Noch nicht. Er meldet sich manchmal, aber ich gehe nicht dran. Ich weiß, dass er am Haus vorbeifährt. Mindestens fünfmal habe ich gesehen, wie sein Auto vorbeigefahren ist. Er hat nicht den Mut, anzuhalten und an der Tür zu klingeln. Was andererseits gut ist, weil ich nicht glaube, dass ich an die Tür gehen könnte, wenn er davorsteht.«

»Weißt du überhaupt, wo er wohnt?«, wollte Julia wissen.

»Bei Matt«, vermutete Dorie. »Der hat ein großes altes viktorianisches Haus in Midtown. Wir waren letzten Herbst mal bei ihm eingeladen.«

»Du wirst mit Stephen sprechen müssen, Dorie, und zwar besser früher als später. Du weißt, wie klein Savannah ist«, sagte Julia. »Früher oder später wird man bei dir was sehen. Und du weißt, dass die Leute reden. Du musst dir den nächsten Schritt überlegen.«

»Ich kann nicht«, jammerte Dorie wieder. »Ich weiß nicht, was ich ihm sagen soll. Ich weiß ja nicht mal, wie der nächste Schritt aussehen soll. Ich weiß nicht, wie man sich scheiden lässt.«

»Ich schon«, warf Ellis ein. »So schwer ist das eigentlich nicht. Sieh mich an, ich war schon mit dreiundzwanzig geschieden. Wenn du das wirklich willst, Dorie, gebe ich dir die Adresse von meinem Anwalt. Er war in Baylors Studentenverbindung. Ich weiß, dass er noch in Savannah ist, weil er mir jedes Jahr einen Weihnachtsgruß schickt. Wahrscheinlich denkt er, da ich jetzt Mitte dreißig bin, gibt's bei mir bald wieder was zu tun in Sachen Scheidung.«

Dorie riss ein Stück vom Käsesandwich ab und

knabberte daran herum. »Nie im Leben hätte ich gedacht, dass ich mal an Scheidung denke. Als sich meine Eltern damals trennten, habe ich mir geschworen, wenn ich mich jemals richtig verliebte, dann würde es für immer sein. Ihr beiden wisst genau, mit wie vielen Typen ich im Laufe der Jahre zusammen war. Nicht bei einem habe ich überlegt zu heiraten. Erst als ich Stephen kennenlernte. Deshalb habe ich so lange gewartet. Ich wollte ganz sicher sein.« Sie legte die Füße auf den Küchentisch. »Jetzt weiß ich nur eins ganz sicher, nämlich dass nichts sicher ist. Und seht mich an – ich sitze schwanger in der Küche. Ach ja, und der Vater meines Kindes hat einen Freund.« Sie schniefte laut.

»Woher hättest du das auch wissen sollen?«, fragte Ellis mitfühlend. »Ich meine, ihr habt ein Jahr lang zusammengelebt. Wir dachten alle, es wäre das große Glück.«

»Ja, er hat sogar mich in die Irre geführt«, stimmte Julia zu. »Und du weißt, dass ich keinen von den anderen Typen mochte, mit denen du zusammen warst. Normalerweise funktioniert mein Schwulenradar nämlich ziemlich zuverlässig.« Sie schaute Dorie an. »Es tut mir wirklich leid, Süße. Möchtest du lieber über etwas anderes reden?«

»Schon gut«, Dorie versuchte, durch die Tränen zu lächeln. »Beachtet mich einfach nicht. Das sind nur die Hormone. Ich heule ständig. Heute Morgen habe ich geheult, als ich merkte, dass wir keine Frosted Flakes mehr haben.«

»Ich kaufe eine neue Packung«, sagte Julia. »Versprochen.«

»Willst du noch weiterreden?«, fragte Ellis. »Es wird langsam spät, und du musst völlig erschöpft sein.«

»Nein, ist schon gut«, Dorie wischte Brotkrumen von ihrem Top. »Es ist ein gutes Gefühl, endlich über alles sprechen zu können. Ich habe die ganze Zeit diese Geheimnisse mit mir herumgetragen. Ich hatte das Gefühl, als würde ich irgendwann explodieren, wenn ich niemandem von dem Baby erzählte.«

»Wolltest du es Willa nicht sagen?«, fragte Ellis. »Ich meine, schließlich ist sie deine einzige Schwester.«

Dorie schüttelte den Kopf. »Willa? Ich hab sie gern, aber mal ehrlich, ihr wisst doch, wie sie ist. Sie weiß alles besser. Sie würde sofort sagen, ich hätte den falschen Frauenarzt, das falsche Krankenhaus. Natürlich vor allem den falschen Mann. Sie würde mich zu Treffen von Stillgruppen schleppen und Gott weiß wohin. Und mit Sicherheit würde sie mich bei Mama verpfeifen. Das alles kann ich gerade nicht gebrauchen. Ich brauche Zeit, um alles zu verarbeiten, um zu irgendeinem Entschluss zu kommen.« Sie schniefte. »Ich brauche diesen Urlaub mit euch am Meer, ehrlich. Ich brauche den August.«

»Den bekommst du«, versprach Julia. »Wir sind hier, und wir unterstützen dich.«

Ellis ging zur Spüle und wusch die Weingläser aus. »Hör mal, Dorie«, sagte sie. »Wann fängt die Schule wieder an?«

Dorie verzog das Gesicht. »Erinnere mich nicht daran. Eine Woche nach Labor Day. Die Lehrer melden sich am Donnerstag davor zurück, für die Vorbereitung.«

»Das sind nur noch etwas mehr als drei Wochen«, rechnete Julia. »Bist du dir sicher, dass du wirklich wieder dort arbeiten willst? Insbesondere, wenn Stephen auch da ist?«

»Ich muss«, Dorie klang trübsinnig. »Ich habe einen Vertrag unterschrieben. Ich brauche das Geld, und ich muss krankenversichert sein, zumindest so lange, bis das Baby da ist.«

»Hat Stephen nicht dieselbe Versicherung?«, fragte Ellis. »Wärst du nicht bei ihm mitversichert, mal angenommen, du würdest nicht an die Schule zurückkehren?«

»Das weiß ich nicht«, gestand Dorie. »Aber das ist mir auch egal. Ich kündige nicht. Ich unterrichte die Mädchen gerne, wirklich. Die Bezahlung ist zwar nicht super, aber darum geht's auch nicht.«

»Darum wird's schon gehen, wenn du eine alleinerziehende Mutter bist«, warf Julia ein. »Vergiss nicht, du wirst eine Tagesmutter zahlen müssen und noch hundert andere Dinge. Und wo wollt ihr wohnen? Was hast du mit dem Haus vor? Meinst du, Stephen lässt es dich behalten?«

Dorie hielt sich die Ohren zu und wiegte sich auf ihrem Stuhl vor und zurück. »Weiß ich nicht, weiß ich nicht, weiß ich nicht«, sang sie. »Ich weiß es verdammt nochmal nicht. Ich weiß nur, dass ich Stephen hasse. Hasse, hasse, hasse.«

»Ich hasse ihn auch«, sagte Ellis gähnend.

»Ich hasse ihn mehr als ihr beide zusammen«, erklärte Julia. »Ich habe eine Idee. Wir werfen den Van an, fahren zu ihm rüber und zerkratzen seinen Wagen.«

»Ich weiß was Besseres«, rief Ellis. »Wir werfen Eier auf sein Haus und wickeln es mit Klopapier ein.«

»Oder wir zerkratzen den Wagen, werfen Eier aufs Auto und wickeln Klopapier um das Haus und das Auto.« Dorie kam ebenfalls auf den Geschmack. »Wisst ihr noch, als wir das mit Amber Peek im letzten Schuljahr gemacht haben, nachdem sie direkt vor Weihnachten das Gerücht verbreitet hatte, Julia wäre schwanger?«

»Ich weiß nur noch, dass mein Vater mich gezwungen hat, die gesamte neue Lackierung von ihrem beschissenen Tercel zu zahlen, als wir erwischt wurden«, sagte Ellis.

»Trotzdem: das war es wert«, meinte Dorie. »Amber Peek, diese verlogene Zicke.«

Beide sahen Julia an und warteten darauf, dass sie ihre eigene Tirade gegen ihre Erzfeindin Amber Peek beisteuerte.

»Die gute alte Amber«, sagte Julia. »Sie war eine Zicke und eine Schlange, und ich bin froh, dass ihr ihren Wagen ruiniert habt. Aber sie hat nicht gelogen. In dem Fall nicht. Ich war wirklich schwanger.«

17

Ellis und Dorie lehnten sich auf ihren Stühlen zurück. Sie waren zu geplättet, um etwas zu sagen.

»Guckt mich nicht so an«, flehte Julia mit bebender Stimme. »Ich wollte es euch ja erzählen. Aber meine Mutter hat sich so geschämt … es war ihr so peinlich. Ich musste ihr schwören, dass ich es geheim halte. Fast hätte ich es euch an dem Abend nach ihrer Beerdigung gesagt, bei uns zu Hause, aber dann konnte ich es doch nicht. Nicht in ihrem Haus. Nicht nach dem Versprechen.«

Irgendwann griff Ellis zu dem verstreuten Kartenspiel. Sie begann, eine Patience zu legen.

»Warum erzählst du es uns dann jetzt?«, fragte sie.

»Ich wollte es unbedingt«, sagte Julia. »Ich wollte es euch schon seit langem sagen. Aber ich hatte Angst davor, was ihr von mir denken würdet.«

»Ach, Julia«, sagte Dorie sanft. »Julia.«

Ellis zog die Stirn kraus. »Aber … du hattest nicht mal einen Freund im letzten Schuljahr.«

Julia zeigte ihr typisches Grinsen. »Keinen, von

dem ihr wusstet. Ihr hättet es nicht gut gefunden. Er war Ranger, stationiert am Luftwaffenstützpunkt Hunter. Wir lernten uns auf einem Austernfest am Strand kennen. Er wollte sich mit mir verabreden, ich traf mich mit ihm. Er war süß, obwohl er so eine hässliche Frisur hatte, wie sie damals allen Soldaten verpasst wurde. Ich wusste, dass er total hin und weg von mir war.«

»Hatte er auch einen Namen?«, fragte Ellis, leicht verärgert, weil Julia so viele Jahre ein derartiges Geheimnis gehütet hatte.

»Jack«, sagte Julia. »Er hieß Jack, war zwanzig Jahre alt, und am besten fand ich an ihm, dass er gut einen halben Kopf größer war als ich – das gab den Ausschlag. Ich meine, ich war eins achtzig groß, es gab nicht gerade viele Typen, zu denen ich aufschauen konnte. Wir trafen uns genau viermal, dann schliefen wir miteinander.«

»Er hat dich gezwungen?«, rief Dorie. »Vergewaltigt?«

»Nein«, wiegelte Julia ab. »Er war lieb. Ich wollte es auch. Ich war achtzehn und hatte beschlossen, nicht länger Jungfrau zu sein. Schließlich«, sagte sie mit Blick auf Dorie, »hattest du es bereits in dem Sommer getan, bevor das letzte Schuljahr begann, und was Ellis anging, die würde wohl nie einen dranlassen. Deshalb beschloss ich, es einfach zu versuchen.«

»Und?«, fragte Ellis und war sich nicht sicher, wie

sie es fand, als potentielle Nonne betrachtet zu werden.

»Er war lieb«, sagte Julia, und ihr Gesicht wurde weich bei der Erinnerung. »Auch wenn ich nicht glaube, dass er viel mehr Erfahrung hatte als ich. Die Erde hat nicht gebebt, aber andererseits war's auch kein Albtraum. Egal, könnt ihr euch an den Schwachsinn erinnern, der damals erzählt wurde? Dass man beim ersten Mal nicht schwanger werden könnte? Es stellte sich heraus, dass es wirklich Schwachsinn war.«

»Du hattest ungeschützten Sex mit einem Soldaten?«, fragte Dorie und riss die Augen auf. »Du hättest dir Aids holen können. Oder Syphilis.«

»Es war nicht völlig ungeschützt. Er hatte ein Kondom, aber es muss wohl sehr alt gewesen sein. Und ich hab mir ja keine Krankheit geholt. Wurde nur schwanger.«

»Du liebe Güte!« Ellis schob die Spielkarten zu einem Stapel zusammen. »Julia, wie konntest du das die ganze Zeit geheim halten? Wir hatten ja keinen Schimmer. Nie. Nicht mal als Amber Peek anfing, sich über dich auszulassen.«

»Und das Kind?«, fragte Dorie nun. »War das Weihnachten, als du am Blinddarm operiert wurdest? Der war es in Wirklichkeit gar nicht?«

»Es ist nicht so, wie ihr glaubt«, sagte Julia. »Als meine Tage ausblieben, dachte ich mir zunächst nichts dabei. Ihr wisst vielleicht noch, dass ich sie nicht gerade regelmäßig bekam. Aber als dann im nächsten Monat auch nichts passierte, wusste ich Bescheid. Ich brachte es aber einfach nicht übers Herz, es meinen Eltern zu sagen. Es hätte sie fertiggemacht. Wie sich herausstellte, war das auch nicht nötig. Am letzten Tag vor den Weihnachtsferien ging ich direkt nach der Abschlussprüfung in Chemie zur Toilette. Ich hatte tierische Bauchschmerzen. Ich hatte ja keine Ahnung von nichts, ich dachte, das gehört dazu, wenn man schwanger ist. Ich hab euch nichts erzählt, niemand bekam was mit. Ich blutete. Es war so viel Blut, dass ich Angst bekam. Ich weiß noch, dass ich mir einen Tampon aus dem Apparat auf der Toilette zog und direkt nach Hause ging.«

»Hattest du Blutungen?«, fragte Ellis.

»Nach einer Weile wurde es weniger, aber dafür bekam ich schlimme Krämpfe«, sagte Julia. »Ich lag zusammengekrümmt auf meinem Bett, als Mama zufällig an meinem Zimmer vorbeikam. Sie hörte, wie ich stöhnte und weinte, und kam rein, aber ich hatte solche Schmerzen, dass ich nicht mal reden konnte. Ich hatte Fieber, fast neununddreißig Grad, und plötzlich entdeckte sie das Blut auf dem Bettlaken und flippte aus. Sie packte mich in ihren Wagen und fuhr mich direkt zur Notaufnahme von St. Joseph, wo die Ärztin, die zufällig mit meiner Mama

Karten spielte, ihr verklickern musste, dass ihre Tochter von der katholischen Mädchenschule keinen geplatzten Blinddarm hatte, wie Mama meinte, sondern eine Eileiterschwangerschaft.«

»Du hättest sterben können«, sagte Dorie ernst.

»In dem Moment wäre mir das lieber gewesen«, meinte Julia. »Wenn ihr Mamas Gesicht gesehen hättet, als ich zugeben musste, dass ich tatsächlich schwanger war … Das war, als hätte man ihr in die Magengrube geschlagen.«

»Was … was haben die Ärzte gemacht?«, fragte Dorie. »Tut mir leid, es ist gemein, das zu fragen, aber ich kann nicht anders.«

»Schon gut«, sagte Julia achselzuckend. »Ich hab dich schließlich auch gezwungen, alles zu erzählen, oder? Egal, ich wurde also untersucht, und kurz bevor ich entlassen wurde, kam die Ärztin, Mamas Freundin, noch einmal zu mir. Sie erklärte mir, der Embryo hätte sich in meinem Eileiter festgesetzt, wodurch der gerissen sei. Es wäre niemals eine normale Schwangerschaft geworden. Und sie gab mir ein Rezept für die Pille, die Gute.«

»Und deine Eltern?«, fragte Ellis. »Wie gingen die damit um?«

»Was meinen Vater betrifft, der dachte wirklich, ich wäre am Blinddarm operiert worden«, sagte Julia. »Auf dem Heimweg vom Krankenhaus sagte Mama im Auto, sie wäre enttäuscht von mir. Herrgott! Enttäuscht! Ich hatte wahnsinnige Schuldgefühle. Das war zehnmal schlimmer, als angeschrien oder bestraft zu werden.«

Dorie erschauderte. »Ich möchte mir nicht vorstellen, wie Phyllis damit umgegangen wäre, als ich achtzehn war. Ich möchte nicht mal drüber nachdenken, wie sie heute mit meiner Schwangerschaft umgeht, dabei bin ich fünfunddreißig und wohne seit fünfzehn Jahren nicht mehr zu Hause.«

»Mama glaubte, es wäre die heilige Jungfrau gewesen, die eingegriffen und mir das Leben gerettet hätte. Ich hätte wirklich verbluten könne und wäre es wahrscheinlich auch, wenn Mama nicht in mein Zimmer geplatzt wäre. Sie meinte, dass sie an dem Nachmittag eigentlich gar nicht zu Hause gewesen wäre, sie wollte Weihnachtseinkäufe erledigen, aber aus irgendeinem Grund überlegte sie es sich anders und blieb zu Hause. Danach ging sie jedes Jahr am zwölften Dezember, dem Tag meiner Einlieferung ins Krankenhaus, zur Messe in unsere Schulkapelle, um einen Kranz Blumen vor der Marienstatue abzulegen, bis sie zu krank wurde, um das Haus zu verlassen.«

»Deine Mama war eine Heilige«, sagte Dorie und schüttelte den Kopf. »Ich hoffe, du weißt das.«

»Doch, das weiß ich«, sagte Julia mit bebender Unterlippe. »Ihr habt ja keine Ahnung, wie sehr sie mir fehlt.«

Ellis hob ihr Weinglas zu einem Trinkspruch. »Auf Catherine Capelli! Gott sei ihrer Seele gnädig. Und zur Hölle mit Amber Peek!«

Julia hob ebenfalls ihr Glas, und Dorie, die keins hatte, hielt den Eisstiel in die Höhe.

Als sie später die schläfrige Dorie ins Bett geschickt hatten, gingen Julia und Ellis zurück in die Küche, um sauberzumachen. In stiller Übereinkunft räumte Julia das Geschirr ein, Ellis fegte den Boden. »Ich geh auch nach oben«, sagte Julia schließlich und hängte das Geschirrtuch an den Haken hinter der Küchentür. »Diese emotionalen Turbulenzen machen mich einfach müde.«

»Darf ich dir noch eine Frage stellen? Danach bin ich auch still, versprochen«, sagte Ellis.

»Schieß los. Aber ich glaube, ich weiß eh, was du fragen willst. Wegen Jack, oder?«

»Ja, genau. Hast du es ihm erzählt? Oder ihn noch mal gesehen?«

»Nein. Er wurde Ende Oktober an eine Fallschirmjägerschule versetzt, das war genau die Zeit, als meine Periode zum ersten Mal ausblieb. Er schrieb mir ein paar Briefe, und ich schrieb ein Mal zurück, aber eigentlich waren wir ja noch Kinder. Er wollte, dass ich ihn besuche, aber ich musste ja zur Schule, und in meinem Fall war es auch so, dass die Entfernung die Sehnsucht nicht gerade größer machte. Ich habe ihm also nichts erzählt. Ich konnte es nicht mal vor mir selbst so richtig zugeben, schon gar nicht vor ihm. Ich habe alles verdrängt.«

Ellis strich sanft über Julias Schulter. »Ganz schön heftig, ein Geheimnis so lange für sich zu behalten. Weiß Booker Bescheid?«

»Nein«, sagte Julia scharf. »Ich hab doch gesagt, abgesehen von meiner Mutter wusste es keiner – na ja, diese Zicke Amber Peek, aber die hat es nur erfahren, weil ihre Cousine zufällig am selben Abend mit einem gebrochenen Handgelenk in der Notaufnahme war.«

»Willst du es ihm jetzt erzählen, weil wir auch Bescheid wissen?«

Julia seufzte. »Wahrscheinlich. Die Sache mit der Schwangerschaft wird ihm nicht so viel ausmachen. Booker haut nicht viel vom Hocker. Die Sache ist, dass er Kinder will. Und ich bin mir nicht sicher, ob ich welche bekommen kann.«

»Ach so«, sagte Ellis und riss die Augen auf. »Was sagt denn dein Frauenarzt dazu?«

»Ich habe nie richtig danach gefragt«, gab Julia zu. »Damals sagte man mir, viele Frauen bekämen nach einer Eileiterschwangerschaft noch Kinder, ein gesunder Eileiter ist ja noch da. Die ganzen Jahre war das eigentlich kein Thema. Ich war erfolgreich im

Beruf, und ich hatte ja gesehen, wie meine Mutter vor lauter Kindern und Windeln kaum Luft holen konnte. Ich hab mir immer gesagt, dass mir so was nicht passieren würde.«

»Und jetzt?«

»Wer weiß?«, sagte Julia leichthin. »Auf jeden Fall gehe ich jetzt ins Bett. Nachti, Elly-Belly.«

Als Julia gegangen war, lief Ellis ziellos im Haus herum. Sie legte das Kartenspiel zurück in das Kästchen, schob die Stühle unter den Esszimmertisch, richtete die Sofakissen. Dann schaltete sie noch einmal den Fernseher an, aber es gab immer noch keinen Kabelempfang. Zum ersten Mal seit Stunden holte sie ihr Handy hervor und sah nach, ob sie E-Mails oder Anrufe in Abwesenheit hatte.

Nichts. Ein klein wenig hatte sie auf eine Nachricht von Mr Culpepper gehofft. Sie grinste bei dem Gedanken an sein letztes Schreiben. Und fragte sich wieder, wie alt Mr Culpepper wohl sein mochte.

Es war spät, fast Mitternacht, aber Ellis war sonderbar ruhelos. In den Regalen neben dem Kamin standen viele Bücher, sie fuhr mit den Fingerspitzen über die Rücken: hauptsächlich Liebesromane, Krimis und Thriller. Ellis wählte ein zerfleddertes Taschenbuch von Kathleen Woodiwiss, »Wohin der Sturm uns trägt«, und musste bei der Erinnerung daran lächeln, wie sie zusammen mit Julia dieses Buch Julias Mutter stibitzt hatte. Wie alt waren sie damals gewesen, dreizehn? Sie hatten den Roman mitgenommen ins Bootshaus der Capellis, ihn im Licht einer Taschenlampe gelesen und bei den anzüglichen Stellen gekichert.

Ellis ging nach oben und zog ihren Pyjama an. Im Zimmer war es heiß und stickig. Sie schaltete den Deckenventilator ein und senkte die Temperatur am Thermostat der Klimaanlage im Fenster. Dann stieg sie ins Bett und knipste auf ihrem Nachttisch die altmodische weiße Glaslampe an. Der Lampenschirm war vergilbt und verstaubt, aber die Birne verbreitete ein müdes orangefarbenes Licht. Auch wenn das eigentlich egal war. Ellis war zu aufgedreht, um zu lesen. Sie schaltete das Licht aus und zwang sich zu schlafen.

Sie schloss die Augen und begann zu träumen. Sie befand sich auf der Säuglingsstation eines Krankenhauses, wo unzählige süße, rosige, knuffige Babys lagen. In ihrem Traum beugte sie sich über ein rosa Wägelchen und sah ein Kind mit Dories rotblondem Haar, ihren Sommersprossen und grünen Augen. Im nächsten Bettchen lag ein langes, schlankes Baby mit Julias hohen Wangenknochen und dunklen Mandelaugen. Daneben war der nächste Säugling mit vertrauten marmorblauen Augen, abstehenden Ohren und der typischen schmalen Oberlippe der Familie Greene zu bewundern. Der kleine Junge öffnete das Mündchen und schrie, oder besser kreischte, als Ellis sich über ihn beugte. Sie huschte schnell weiter, und im nächsten Bettchen sah sie das schönste Kind von allen, einen kleinen Jungen mit einem vollen Schopf dunkler Haare wie die ihrer Mutter und mit dem ruhigen Blick ihres Vaters. Das Baby nuckelte am Daumen, und als es die Traum-Ellis bemerkte, schaute es auf und blinzelte ihr zu.

Das schreckte Ellis aus dem Schlaf. Sie setzte sich im Bett auf und fragte sich kurz, ob der Traum etwas zu bedeuten hatte. Irgendwann kam sie zu dem Schluss, er wollte ihr vielleicht nur sagen, dass sie spätabends nicht so viel Wein trinken sollte. Ellis gähnte und wünschte sich, wieder einzuschlafen, doch das laute Brummen der Klimaanlage und das entsprechende Rattern der Fensterscheibe hielten sie hellwach. Und machten sie hungrig.

Sie ging nach unten in die Küche, schaute in Schränke und in den Kühlschrank auf der Suche nach etwas, auf das sie Hunger hatte, und entschied sich für ein Stück Cheddar. Davon aß sie die Hälfte, den Rest legte sie zurück. Nicht richtig hungrig, nicht richtig müde. Was war das nur für eine Laune? Ellis machte das Licht in der Küche aus, wollte wieder ins Bett, doch als sie kurz aus dem Fenster sah, erblickte sie den Vollmond und überlegte es sich anders. Sie war doch am Meer, oder? Dann konnte sie es genauso gut auch genießen.

Draußen war es noch immer warm, doch eine

Brise raschelte durch das Strandgras in den Dünen, und Ellis roch einen Hauch von Strandrosmarin in der salzigen Luft. Die abgetretenen Planken des Holzstegs waren kalt unter ihren nackten Füßen. Als sie das Ende des Stegs erreichte, erschrak sie. Da saß jemand in einem der Strandstühle. Ihr fiel ein, was sie am Leib trug, und sie wollte sich schnell verdrücken, doch es war schon zu spät.

Der Garagenmann drehte sich zu ihr um, eine Zigarre zwischen den Lippen. Das glimmende Ende glühte in der tiefvioletten Dunkelheit. Er musterte Ellis von oben bis unten, dann blickte er wieder hinaus aufs Meer.

Es störte sie, dass er so einfach über sie hinwegging. Meinte er etwa, sie würde wieder abhauen, so wie beim letzten Mal? Sie hatte dasselbe Recht, hier zu sein, wie er. Auch im Pyjama.

»Hi«, sagte sie und ließ sich trotzig auf den Strandstuhl neben ihm sinken.

Er brummte einen Gruß und betrachtete weiter den doppelten Mond: den einen tief am Nachthimmel, den anderen gespiegelt im Wasser.

Ellis lehnte sich im Strandstuhl zurück. Sie ärgerte sich, keinen Bademantel oder Ähnliches über das dünne Oberteil und die weite rosa Boxershorts mit dem albernen Muster aus fliegenden Törtchen gezogen zu haben. Sie verschränkte die Arme vor der Brust und hoffte, Ty Bazemore würde nicht merken, dass sie keinen BH trug. Und die fliegenden Törtchen übersehen. Der Strand unter ihnen war völlig verlassen. Es herrschte Flut, die Wellen rollten träge über die Stelle, wo die Frauen am Nachmittag ihren Sonnenschirm und die Stühle aufgestellt hatten. Ellis schaute hinauf zu den Sternen und versuchte sich zu entspannen. Es war August, verdammt nochmal. Der Monat, den sie lange geplant und auf den sie sich seit der Beerdigung von Julias Mutter gefreut hatte. Sie hatte diesen Urlaub verdient.

Aber es gab viel nachzudenken. Über Dorie und Stephen. Dorie und das Baby. Julias großes Geheimnis. Und was war mit ihr selbst? Ellis hatte Schuldgefühle, weil sie sich Gedanken über sich selbst machte, während es im Leben ihrer besten Freundin drunter und drüber ging, aber die Wahrheit war unausweichlich. Sie fühlte sich gefangen. Ihr durchgeplantes, absehbares Leben hatte ihr ein kleines finanzielles Polster, ein abbezahltes Auto und ein Haus beschert – das Sicherheitsnetz, auf das ihr Vater immer so großen Wert gelegt hatte – und damit ein derart trübes und farbloses Leben. Sie erstickte in diesem verfluchten Sicherheitsnetz. Sie würde eine neue Stelle finden, falls nötig in eine andere Stadt ziehen, aber wäre ihr Leben dann wirklich anders? Der neuen Mitbewohnerin Madison gegenüber hatte sie locker von einem Neuanfang gesprochen, aber das war doch nur Gerede gewesen, oder?

Sie warf Ty Bazemore einen Seitenblick zu. Er schaute sie an.

»Wie läuft es?«, fragte er.

»Nicht so gut«, kam es aus Ellis heraus. Sofort bedauerte sie ihre Offenheit.

Er hob eine Augenbraue.

»Ich kann nicht schlafen«, wich sie aus. »Diese Klimaanlage im Fenster macht einen furchtbaren Krach. Außerdem«, fuhr sie hastig fort, »hab ich meinen Job verloren. Ich weiß nicht, wie es weitergehen soll. Ich weiß nicht, ob ich in Philly bleiben oder einen Schnitt machen und woanders hingehen soll. Ich habe aber keine Ahnung, ob ich mein Haus bei dieser Wirtschaftslage verkaufen kann. Und wo soll ich überhaupt hin? Zurück nach Savannah? Ich habe meine Mutter wirklich gern, aber manchmal macht sie mich wahnsinnig.«

Ellis schlug die Hände vor den Mund. Hatte sie gerade tatsächlich ihr ganzes Leben vor diesem Fremden ausgebreitet, diesem Typen, der in der Garage wohnte und von der Dachterrasse pinkelte?

»'tschuldigung«, sagte sie und spürte, dass sie rot wurde. »TMI.«

»Hm?«

»*Too much information.* Beachte mich einfach nicht. Ich schätze, ich bin heute ein bisschen überdreht.«

»Was machst du so?«, fragte Ty.

»Hm?« Plötzlich waren sie also beim ›Du‹.

»In Philly«, sagte er. »Was hast du gemacht, bevor du gefeuert wurdest?«

»Ich wurde nicht gefeuert«, widersprach Ellis. »Ich bin freigesetzt worden. Meine Bank wurde von einer größeren geschluckt. Ich habe eine Abfindung bekommen.«

»Aber du arbeitest da nicht mehr.«

»Stimmt.«

»Und es war nicht deine Idee aufzuhören.«

»Nein. Ich fand meinen Job klasse. Dachte ich wenigstens.«

»Dachtest du?«

Ellis zuckte mit den Schultern. »Ist eine längere Geschichte. Läuft darauf hinaus, dass Risikomanagement nicht der Stoff ist, aus dem die Träume sind.«

Ty lachte. »Trotzdem wurdest du gefeuert.«

Ellis runzelte die Stirn. Für wen hielt sich dieser Kerl eigentlich? »Es war eine Freisetzung«, wiederholte sie. »Meine Abteilung wurde überflüssig. Das Abfindungspaket ist wirklich großzügig. Aber egal, womit verdienst du denn dein Geld?«

Ty überlegte kurz, bevor er antwortete. Ellis kannte die Antwort auf ihre Frage bereits, weil Mr Culpepper es ihr verraten hatte. Aber das konnte Ty ja nicht wissen, oder?

»Ich mache ein bisschen Daytrading«, antwortete er.

»Wie läuft das so?«

»Mal so, mal so. Wie der Markt. Ich komme zurecht.«

Er war wirklich verdammt selbstgefällig.

»Und, hast du ein paar Aktientipps für mich?«, fragte sie.

»Billig kaufen, teuer verkaufen.«

»Oh, danke«, sagte Ellis sarkastisch. »Das muss ich mir aufschreiben.«

»'tschuldigung. Ich hab selbst nicht die beste Laune. Das war jetzt überflüssig. Nein, ich habe keine Aktientipps. Von mir würdest du eh keine haben wollen.« Er klopfte die Zigarrenasche im Sand ab und wechselte dann das Thema.

»Bist du zum ersten Mal auf den Outer Banks?«

»Ja«, sagte Ellis. »Ich bin gebürtig aus Savannah. Was so halbwegs am Meer liegt. Aber hier ist es total anders. Mit den Dünen und so. Es ist wunderschön, irgendwie wild.«

»Du hättest es mal sehen sollen, als ich klein war«, sagte Ty. »Die meisten Häuser waren noch gar nicht da. Es gab fast nur Dünen und Sand. Weißt du, oben in Corolla leben immer noch Wildponys am Strand. Es war toll, hier groß zu werden. Wenn im Juni die Schule aus war, warf ich meine Schuhe in die Ecke und zog sie erst wieder an, wenn wir im September zurückmussten.«

»Du bist hier groß geworden?«

Er hatte schon zu viel verraten. »In der Gegend«, wich er aus. »Ich war auf der Highschool in Manteo. Habe praktisch am Strand gelebt. Mit zehn Jahren bekam ich mein erstes Surfbrett.«

»Und?«, fragte Ellis und lächelte ihn an. »Was hat es mit dir nun auf sich? Versteckst du Frau und Kinder in deiner kleinen Garagenwohnung?«

»Nichts dergleichen«, sagte Ty. »Keine Kinder, keine Frau. Momentan.«

Ellis registrierte das letzte Wort.

»Und du hast immer schon als Daytrader gearbeitet?«

»Nein, das ist eher was Neues«, erwiderte er. »Ich hab Jura studiert, aber abgebrochen. Ich habe mich immer schon für Immobilien und Investitionen interessiert, deshalb hab ich beschlossen, es mal damit zu versuchen. Natürlich hab ich mir den schlechtesten Zeitpunkt seit der Depression ausgesucht, um mich am Aktienmarkt zu bewähren.«

»Da sagst du was«, entgegnete Ellis. »Bei den Banken läuft's auch nicht gerade super. Aber mit dem Markt muss es doch langsam wieder laufen, oder?«

Er klappte sein Feuerzeug auf und schaute hinaus aufs Wasser. »Ich hatte ein paar gute Sachen dabei, aber in letzter Zeit sieht's so aus, als wären es wieder mehr Nieten. Um ehrlich zu sein, hab ich angefangen, als Kellner in einem Laden unten in Kitty Hawk zu arbeiten, damit ich meine Rechnungen bezahlen kann. Heißt *Cadillac Jack's*. Schon mal davon gehört?«

»Nein. Wir sind noch nicht groß abends unterwegs gewesen.«

»Ihr solltet mal vorbeikommen und es euch ansehen. Morgen Abend muss ich zum Beispiel arbeiten.«

»Tja, wer weiß?«, Ellis klang nicht sonderlich überzeugt.

»Warst du schon in *Jockey's Ridge*?«, fragte Ty.

»Noch nicht«, gab sie zu. »Bisher haben wir nur auf der faulen Haut gelegen, waren fast nur unten am Strand. Aber wir haben ja noch einen ganzen Monat vor uns …«

»Ihr Glücklichen.« Ty warf ihr einen fragenden Blick zu. »Sieht so aus, als wärt ihr drei schon etwas länger befreundet?«

Ellis grinste. »Fast unser ganzes Leben lang. Wir haben uns in Savannah in der Grundschule kennengelernt. Ich kam neu dazu, weil ich bis zur dritten Klasse auf einer anderen Schule war. Dorie und Julia kennen sich seit dem Kindergarten. Und wir halten immer engen Kontakt, auch nach so vielen Jahren noch. Natürlich können wir uns inzwischen nicht mehr so regelmäßig sehen. Dorie lebt noch in Savannah, aber Julia ist nach London gezogen. Sie ist Model. Und ich bin natürlich in Philly. War ich jedenfalls.« Ellis runzelte die Stirn. »Eigentlich hätte Dories ältere Schwester Willa mitkommen sollen, aber sie hat uns in letzter Minute sitzenlassen. Willa kann ganz schön nervig sein, deshalb hat es uns gar nicht so gestört.«

»Was ist mit der Neuen?«, fragte Ty. Er hatte gesehen, wie sie mit dem Fahrrad die Uferstraße entlanggefahren war, jedoch nie in Begleitung der anderen.

»Ach, Madison?« Ellis sah Ty verschlagen an. »Tu mir bitte einen Gefallen, ja? Erwähn sie nicht gegenüber Mr Culpepper. Wir möchten nicht, dass er uns noch mehr Miete abknöpft.«

»Meine Lippen sind versiegelt«, sagte Ty und presste sie aufeinander, damit sie nicht belustigt zucken konnten. »Das heißt, normalerweise gehört sie gar nicht zu euch?«

»Wohl kaum«, sagte Ellis. »Dorie hat sie in einem Restaurant kennengelernt, sie kamen miteinander ins Gespräch, und Madison sagte, sie wäre auf der Suche nach einem Motelzimmer. Dorie hat sich ziemlich große Sorgen ums Geld gemacht, eins führte zum anderen, so dass sie Madison schließlich anbot, ein Zimmer in Ebbtide von uns zu mieten.«

»Einfach so?« Ty zog eine Augenbraue hoch. »Kommt mir ein bisschen riskant vor, so mir nichts, dir nichts eine Fremde einzuladen, bei euch zu wohnen. Was wisst ihr denn über sie?«

»Sie kommt aus New Jersey, aber sie hat sich gerade von ihrem Freund getrennt. Glauben wir zumindest. Madison sagt, sie wäre in einer ›Übergangsphase‹. Sie ist etwas seltsam. Bleibt immer für sich, isst normalerweise nicht mal mit uns. Aber sie zahlt immer ihren Anteil der Rechnungen – und zwar bar, deshalb finde ich, es ist schon in Ordnung.«

»Ja«, sagte Ty vorsichtig. »Es muss ganz schön teuer sein, das große Haus einen ganzen Monat lang zu mieten. Wie viel bekommt der alte Culpepper eigentlich genau dafür?«

»Zu viel«, sagte Ellis. »Weißt du, das Haus könnte echt schön sein. Es hat wirklich seinen Reiz, aber die Möbel sind total schäbig, es wäre so einiges zu reparieren. Ich muss dem alten Culpepper wirklich ständig aufs Dach steigen, damit er sich um solche Sachen kümmert wie den kaputten Herd oder einen tropfenden Wasserhahn. Und mit den Flöhen fang ich besser gar nicht an.« Sie streckte den Fuß aus. »Guck mal, das sieht aus, als hätte ich Masern gehabt.«

Ty betrachtete Ellis' Knöchel. Es war ein hübsches Bein. Sie hatte schöne Fußgelenke und tolle Waden. Die Sachen, die sie trug, standen ihr hervorragend: ein enges Oberteil und eine etwas mädchenhafte Boxershorts mit einem albernen Törtchendruck. Es störte auch nicht, dass sie offensichtlich keinen BH darunter anhatte, was Ty extrem attraktiv fand.

Ellis merkte, dass er mehr als ihre Knöchel begutachtete, schob die Füße schnell unter den Stuhl und errötete heftig.

»Kann ich dich vielleicht etwas fragen?«, sagte Ty schnell in der Hoffnung, sie würde ihm seine Blicke verzeihen.

»Kommt drauf an.«

»Was ist das immer mit den Frauen? Ich meine, ihr drei seid übers ganze Land verteilt – aber ihr macht euch trotzdem die Mühe, ein Haus zu mieten und einen ganzen Monat zusammen zu verbringen. Wozu das Ganze? Ich meine, ich habe auch Kumpel, alte Freunde, aber ich kann mir nicht vorstellen, dass wir zusammen ein Wochenende irgendwo hinfahren, von einem Monat ganz zu schweigen.«

Ellis zuckte mit den Schultern. »Warum sollten wir nicht zusammen Urlaub machen? Das sind meine besten Freunde auf der Welt. Wir haben eine Menge zusammen durchgemacht. Na ja, die ganzen Dramen in der Jugend, dann das College und so weiter. Dories Eltern hatten eine hässliche Scheidung, als wir auf der Mittelschule waren, dann verlor ich vor ein paar Jahren meinen Vater, und bei Julia sind jetzt beide Eltern tot. Und mit den Männern fange ich besser gar nicht an.«

Ellis zögerte, dann sprach sie dennoch weiter. »Ich weiß nicht, ob ich meine Scheidung überstanden hätte, wenn ich Dorie und Julia nicht gehabt hätte. Es war eine schlimme Phase für mich, aber die beiden waren die ganze Zeit für mich da. Julia kam von einem Shooting in New York mit dem Zug herunter und zog zwei Wochen lang zu mir. Ich war ein Häufchen Elend. Ich hab mich sogar krankschreiben lassen, aber Julia ließ nicht zu, dass ich mich gehenließ. Sie machte mir was zu essen, sorgte dafür, dass ich zum Frisör ging, und schickte mich wieder zur Arbeit. Und Dorie, sie ist Lehrerin, deshalb konnte sie nicht alles stehen und liegen lassen, rief mich monatelang jeden Morgen und Abend an, nur um zu hören, wie es mir geht.«

Ty hob eine Augenbraue. »Du bist geschieden?«

Wieder errötete Ellis. Sie war wirklich süß, wenn sie rot anlief, besonders im Mondschein.

»Ist schon lange her. Ich hab direkt nach dem College geheiratet. Ich war jung und dumm. Es hielt ganze drei Monate. Verrückt, was?«

»Wie kam es?«

Ellis dachte etwas länger darüber nach. »Wir arbeiteten bei derselben Bank. Er war anders als die Jungs, mit denen ich bis dahin ausgegangen war. Er war in meinem Alter, aber er wirkte älter, na ja, sehr selbstsicher, und ich war einfach hin und weg von ihm. Ich kannte ihn gar nicht richtig. Er mich genauso wenig. Ich denke, ich war verliebt in die Vorstellung, in ihn verliebt zu sein. Und als wir dann nach der großen Hochzeit richtig zusammenlebten, ohne Verwandte und Freunde und so, erwies sich, dass er doch nicht so ein netter Kerl war. Ganz im Gegenteil stellte sich heraus, dass er der letzte Dreck war.«

Ty runzelte die Stirn. »Hat er dir etwa was angetan?«

»Nein, so schlimm war es nicht«, sagte Ellis. »Er verkündete nur beim Essen, dass ›das mit der Ehe‹ nicht funktionieren würde, er habe festgestellt, dass er mich nicht lieben würde.«

»Das muss schlimm gewesen sein.«

Ellis drehte sich zu Ty um und sah ihn an. »Warum erzähle ich dir das eigentlich alles? Ich rede wirklich nie über meine Scheidung, außer mit den Mädels. Und hier sitze ich nun …«

»Dabei magst du mich nicht einmal«, rief Ty ihr in Erinnerung.

»Du hast nicht gerade einen positiven ersten Eindruck hinterlassen«, gab Ellis zurück.

»He!«, protestierte er. »Ich wusste ja nicht, dass du auf der Lauer lagst. Du hättest dich ja bemerkbar machen können, dann hätte ich gewusst, dass du da stehst.«

»Marschierst du in der Öffentlichkeit immer in Unterhose rum und pinkelst durch die Gegend?«, fragte Ellis. »Was ist, wenn dich jemand anders gesehen hätte? Ein Kind zum Beispiel? Du könntest wegen Erregung öffentlichen Ärgernisses verhaftet werden.«

»Es war doch noch früh. Zu der Tageszeit ist normalerweise kein Mensch unterwegs. Man müsste sich sowieso reichlich anstrengen, wenn man mich vom

Strand aus sehen wollte, mit den Dünen und dem Strandgras und so dazwischen.«

»Wir können dich von dem Strandabschnitt aus sehen«, erklärte Ellis mit Nachdruck.

»Und ich habe in letzter Zeit nicht mehr in Unterhose auf der Terrasse gestanden, oder?«, gab er zurück. »Egal, kann ich vielleicht was dran ändern, wenn du und deine hübschen Freundinnen beschließen, in euren Badeanzügen direkt vor meiner Wohnung rumzulaufen? Ich meine, es wäre doch unamerikanisch, wenn ich die Schönheit der Natur nicht genießen würde.«

»Hm«, machte Ellis. Doch ihre Mundwinkel zuckten. Sie fand, dass Ty Bazemore aus der Nähe gar nicht so abstoßend war. Ganz im Gegenteil, er war gefährlich attraktiv mit seinem zerzausten Haar und der Kerbe im Kinn. Kerben im Kinn hatten sie immer schon schwach gemacht. »Ich kann mir schon vorstellen, dass es dir gefällt, Dorie und Julia anzusehen«, sagte Ellis locker. »Ich meine, Julia ist schließlich Model, und was Dorie angeht, na ja, auch wenn sie sich nicht zur Schau stellt, hatte sie schon immer eine Figur, die Männer anzog wie Motten das Licht.«

Ty hob eine Augenbraue. »Ja, die sehen beide nicht schlecht aus«, sagte er. »Besonders die kleine Rothaarige. Aber da du schon davon sprichst, Ellis Sullivan, du selbst bist im Badeanzug auch nicht zu verachten. Insbesondere in dem schwarzen Einteiler.«

Sprachlos sah sie ihn an und wurde knallrot.

Ty grinste unschuldig. »He, guck mich nicht so an! Das war eine schlichte Feststellung. Ein Kompliment.«

Das Gespräch nahm eine entschieden zu persönliche Wendung, fand Ellis. Sie kämpfte gegen den Drang, einfach aufzustehen und zu gehen. Ty Bazemore hatte ihr gerade gesagt, dass ihm ihr schwarzer Badeanzug gefiel. Sie sollte sitzen bleiben und flirten. Oder wusste sie nicht mehr, wie das ging?

Er betrachtete sie eingehend. Wieder überkam Ellis die Angst. Sie gähnte laut und stand auf.

»Schlafenszeit«, sagte sie. »Also, gute Nacht.«

»Jetzt schon?«, fragte Ty und erhob sich lässig. »Warum so eilig?«

»Ich hab's nicht eilig«, gab Ellis zurück und trat auf den Holzsteg in Richtung Haus. »Es war ein langer Tag, und ich bin müde, das ist alles.«

»Ich hab dir Angst gemacht mit dem Kompliment, was?«, rief er. »Komisch, ich hab dich nicht für einen Feigling gehalten.«

Ellis blieb auf der Stelle stehen. Feigling? Wer nannte sie einen Feigling?

Sie marschierte zurück zur Aussichtsplattform und blieb nur wenige Zentimeter vor ihm stehen. »Das nimmst du zurück«, sagte sie mit geballten Fäusten. »Als ich zehn war, habe ich im Garten eine Klapperschlange mit einer Schaufel erschlagen. Mein

Vater stand direkt daneben, aber er hatte panische Angst vor Schlangen. Als er sah, was ich getan hatte, musste er sich übergeben. Ich war das einzige Mädchen in unserer Gegend, das im Schwimmbad rückwärts vom Sprungbrett sprang. Ich war Quarterback in unserer gemischten Footballmannschaft am College, und als ich mir die Nase gebrochen habe, hab ich gleich am nächsten Tag weitergespielt. Ich *bin* kein Feigling.«

Das alles stimmte – nur das mit dem Turmspringen nicht. Aber das konnte der Typ ja nicht wissen.

»Du hast aber Angst vor mir«, sagte Ty und sah ihr in die Augen.

»Hab ich nicht.«

»Beweis es!«

Sie kniff die Augen zusammen. »Wie?«

»So zum Beispiel«, sagte er, zog Ellis an sich und schlang die Arme um ihre Taille. Seine Lippen waren nur Zentimeter von ihren entfernt, ihre Lider halb geschlossen. »Du hast Angst, mich zu küssen«, neckte er sie, und sein Mund streifte sanft ihren.

»Hab ich nicht«, sagte sie und atmete durch.

»Beweis es!«

Ellis seufzte ungeduldig, legte die Arme um seinen Hals, neigte ihr Gesicht und küsste ihn zärtlich. Ihre vollen Lippen waren verheißungsvoll warm. Vorsichtig zog Ty sie näher an sich, betastete den weichen Stoff ihrer Shorts. Mit der Zunge schob er ihre Lippen auseinander. Sie sank an seine Brust. Nur kurz. Dann wand sie sich ohne Vorwarnung aus seiner Umarmung.

»Wie gesagt – ich bin kein Feigling«, und dann huschte Ellis Sullivan in ihren kurzen Shorts mit den aufgedruckten fliegenden Törtchen im hellen Mondschein über den Holzsteg. Ty folgte ihr langsam, und als er auf seiner Dachterrasse angekommen war, schaute er nach Ebbtide hinüber und sah gerade noch, wie das vorletzte Licht im Haus erlosch.

18

Julia war schon fast eingeschlafen, als sie hörte, wie ihr Handy auf dem klapprigen Holztisch neben ihrem Bett vibrierte. Im Dunkeln tastete sie danach und seufzte, als sie das Display sah. »Hi«, sagte sie.

»Hi, Süße«, sagte Booker leise. »Fehle ich dir?«

»Jaaa«, sagte sie langsam und musste lächeln, als sie ihn in Gedanken vor sich sah. Er saß bestimmt in seiner grauen Lieblingstrainingshose und in dem ausgebleichten T-Shirt auf dem Sofa. Sein drahtiges, graumeliertes Haar stand in alle Richtungen ab, weil er mit den Fingern hindurchfuhr, wenn er Langeweile hatte, und seine Hornbrille war ihm die Nase runtergerutscht. Höchstwahrscheinlich hatte er sein Lieblingsgetränk auf dem Tisch stehen: Dr-Pepper-Limonade. »Ja, ich vermisse dich wirklich.«

Julia Capelli war neunzehn gewesen und hatte gerade das College abgebrochen, um ein Jahr in Europa herumzureisen und wann immer möglich als Model zu arbeiten, als sie Booker Calloway in einem heruntergekommenen Pub in Brighton kennenlernte.

Er war Modefotograf, und sie war für ein billiges Shooting für einen Teenie-Katalog gebucht. Sie hatte mit zwei der anderen Mädchen etwas getrunken, und Booker war an ihren Tisch gekommen, hatte ihnen eine Runde ausgegeben und mit Geenie geflirtet, der vollbusigen Rothaarigen. Er war damals schon dreißig und supersexy mit seinen langen dunklen Haaren, den grünbraunen, golden schimmernden Augen und der Nikon, die er stets vor der Brust trug. Booker war ein überzeugter Amerikaner im Ausland, aufgewachsen in Kalifornien, der schwor, nie wieder nach Amerika zurückzukehren.

An jenem Abend ignorierte Booker Julia völlig, doch am nächsten Tag zog er sie nach den Aufnahmen beiseite, um ihr einen Tipp zu geben – »Geh mal auf die Sonnenbank, Mädchen!« – und um ihr anzubieten, bessere Porträts für ihr Buch zu machen. Sie hatten noch öfter zusammen geshootet, und irgendwann war Booker quasi Julias Agent, und dann stellte sie eines Tages fest, dass sie praktisch ganztägig zusammen arbeiteten – und lebten.

Julia kam es vor, als hätte sich ihre Beziehung zu Booker eher mit der Zeit entwickelt. Warum auch nicht? Er war intelligent, erfolgreich, ein rücksichtsvoller, zärtlicher Liebhaber – ein nüchterner Partner in der verrückten Welt, in der sie beide lebten. Alle liebten Booker, selbst ihre Mutter, die den völlig unangemessenen älteren Mann eigentlich ablehnen wollte, der ihre Tochter überredet hatte, in England zu bleiben, statt zurück in die Staaten zu kommen, zurück zum College, zu ihrer Familie, zum normalen Leben. Nachdem Catherine Capelli Booker fünf Minuten kannte, hatte er sie für sich gewonnen. Das Einzige, was Julias Mutter an Booker nicht gefiel, war die Tatsache, dass ihre sture Tochter sich standhaft weigerte, ihn zu heiraten.

Booker erinnerte Julia stets daran, dass einer der letzten Sätze, die ihre Mutter vor ihrem Tod zu Julia gesagt hatte, folgendermaßen lautete: »Heirate diesen netten Mann, bevor er weg ist.«

»Ich könnte Samstagmorgen runterkommen«, sagte er nun zu Julia. »Freitagabend habe ich das letzte Meeting in Washington. So lang ist die Fahrt nicht, Montagvormittag könnte ich zurückfahren. Was hältst du davon?«

Wieder seufzte Julia. »Book, wir haben doch schon darüber gesprochen. Dies ist ein Frauenurlaub. Männer sind nicht erlaubt. Ist doch erst eine Woche her. Ich brauche ein bisschen Zeit, um einen klaren Kopf zu bekommen. Wir hatten doch was abgemacht, oder?«

»Du hast was abgemacht«, brummte er. »Ich hatte keine große Wahl, oder?«

Sie schmunzelte. »Stimmt. Können wir bitte über was anderes reden? Wie läuft es so bei dir? Sind die Leute nett, mit denen du zusammenarbeitest?«

»Die sind in Ordnung, stecken alle ziemlich eng zusammen. Ich hatte vergessen, wie bürokratisch so eine Zeitschrift sein kann. Für alles gibt es Vorschriften und Arbeitsanweisungen. Und ich muss erst mal mit der ganzen Software klarkommen.«

»Du schaffst das«, versicherte sie ihm. »Außerdem lohnt es sich doch für dich, oder?«

»Das kann man wohl sagen. Hey, rat mal! Ich glaube, ich habe heute ein Haus für uns gefunden.«

Julia ließ sich auf den Rücken fallen. »Oh, Book ... Ich weiß nicht. Ich hab doch gesagt ...«

»Julia, lass mich doch mal ausreden«, sagte er. »Du fändest es super. Es ist in Alexandria. Direkt an der Metrolinie. Wurde 1918 gebaut. Wie heißt noch mal der Stil, von dem du immer redest, wo so viele Vitrinen und Bücherregale und so eingebaut sind?«

»Craftsman Style?«

»Ja, genau. Der Immobilienmakler meinte, das Haus sei das beste Beispiel für Craftsman-Architektur in der gesamten Gegend. Es hat eine große breite Veranda entlang der ganzen Fassade, und supergroße Fenster, durch die ein wunderbares Licht fällt. Und Hartholzböden. Drei Kamine. Im Wohnzimmer, Hobbyzimmer und im größten Schlafzimmer. Insgesamt vier Schlafzimmer. Nur zwei Bäder, aber direkt neben dem Elternschlafzimmer ist ein kleiner Stauraum, aus dem man ein tolles Bad machen könnte. Die Küche müsste völlig neu gemacht werden, aber der Makler meint, wir könnten das Haus deutlich unter dem angesetzten Preis bekommen, weil der Besitzer schon eine Stelle in L. A. angenommen hat und jetzt endlich ausziehen will. Hey, ich hab einen ganzen Haufen Fotos mit dem Handy gemacht. Schick ich dir gleich. Warte einfach, bis du das Haus siehst, Julia.«

Sie kniff die Augen zu. Er war wie ein Kind, das von seinem neuen Fahrrad schwärmt. Und er hatte nichts davon begriffen, was sie ihm in den vergangenen sechs Wochen versucht hatte klarzumachen.

»Ach, Book«, sagte sie schließlich. »Das hört sich toll an. Aber ich brauche kein Haus. Ich muss nicht in Washington wohnen. Ich muss nicht heiraten. Ich liebe dich. Wirklich. Aber ich kann das nicht.«

Schweigen am anderen Ende. »Ich hab einfach … Ich meine, ich begreif's wohl einfach nicht. Du sagst, du liebst mich. Du weißt, dass ich dich liebe. Ich dachte, die neue Arbeit, der Umzug nach Amerika, das wäre was Gutes. Zum ersten Mal habe ich richtige Sicherheit. Schluss mit verrückten Aufträgen, rund um den Globus unterwegs sein auf der Jagd nach Jobs. Wir können ein eigenes Haus haben. Ein richtiges Heim. Keine beschissene Wohnung mehr wie in London.«

»Ich liebe diese beschissene Wohnung«, warf Julia ein und sah sie vor ihrem inneren Auge: den orangefarbenen Sessel von Arne Jacobsen, den sie bei einem

Garagenverkauf in einem Londoner Vorort ergattert hatte, das weiße Ledersofa von Conran, das sie mit dem ersten Geld von einem Zeitschriftenshooting gekauft hatte, das Porzellan und Besteck, das sie auf dem Markt in Bermondsey gefunden hatte, aufgestellt und arrangiert vor Wänden, die sie selbst gestrichen und mit Bildern und Fotos von Flohmärkten und Antiquitätenläden jeder Stadt, in der sie je gewesen war, geschmückt hatte.

Jetzt, da sie mit der Möglichkeit konfrontiert wurde, ihr Heim der letzten zehn Jahre aufzugeben, wurde ihr klar, dass sie sich ein Nest gebaut hatte, ohne es selbst zu merken.

»Na, gut, vielleicht behalten wir die Wohnung, wenn du mal zum Modeln drüben bist.«

Bei der Erwähnung ihrer Arbeit zuckte Julia zusammen. »Booker, Verdrängung ist nicht nur ein Wort. Ich bekomme keine Modelangebote mehr. Nicht solche wie früher. Ich bin fünfunddreißig. Ich komme nicht mehr aufs Cover, höchstens noch auf das von Ü40-Magazinen. Letzten Monat hatten wir ein Katalogshooting für Land's End, Herrgott nochmal. Als Nächstes werde ich das Werbegesicht für Seniorenwindeln.«

»Was redest du da für einen Blödsinn?«, fuhr er sie an. »Julia, das ist doch Schwachsinn! Du vergisst, wie viele Jahre ich im Geschäft war. Du hast mehr Arbeit, als du schaffen kannst. Ja, mir ist schon klar, dass es nicht *Elle* und die *Vogue* sind, aber du bist auch kein Fall für die Puppenklinik. Du bist immer noch ein umwerfend aussehendes Mädchen, und du kannst so lange als Model arbeiten, wie du willst.«

»Vielleicht will ich gar nicht mehr als Model arbeiten«, bemerkte Julia.

»Auch gut«, sagte Booker müde. »Dann mach was anderes. Sagt ja niemand, dass du modeln musst. Ich dachte nur, du wärst in letzter Zeit so trübselig gewesen, weil du mit den Angeboten nicht mehr zufrieden bist, die du bekommst.«

»Das ist es ja gerade. Ich weiß nicht, was ich sonst machen soll. Nach dem ersten Semester hab ich das College geschmissen und ...«

»Und jetzt hast du die Möglichkeit, wieder zur Schule zu gehen, wenn du Lust dazu hast«, unterbrach er sie. »Oder auch nicht. Mir ist es völlig egal. Ich will dich nur bei mir. Ich möchte, dass wir heiraten, ein Kind kriegen – falls meine Spermien noch was taugen – und zusammen alt werden. Ist das so furchtbar?«

»Nein. Das ist nicht furchtbar. Das ist süß. Du bist süß, und ich bin eine unzufriedene Ziege.«

Jetzt, dachte sie. Jetzt ist der Zeitpunkt gekommen, ihm die Wahrheit zu sagen. Dass sie vielleicht keine Kinder bekommen konnte. Es den Freundinnen zu sagen war eine so große Erleichterung gewesen. Wie hatte sie so viele Jahre mit diesem Geheimnis herumlaufen können? Wovor hatte sie nur so große Angst gehabt?

Julia ging hinüber zum Schlafzimmerfenster und schaute auf den Strand hinunter. Es war Vollmond, und sie sah ein Pärchen am Ende des Holzstegs auf der kleinen Aussichtsplattform stehen. Es waren ein Mann und eine Frau, sie standen nah beieinander, jetzt umarmten sie sich. Die Frau drückte sich an die Brust des Mannes, und der Anblick war so sinnlich, dass Julia fast den Blick abgewandt hätte. Aber nur fast. Kurz darauf löste sich die Frau von dem Mann und lief auf das Haus zu.

»Du lieber Himmel!«, stieß Julia aus. »Das ist ja Ellis!«

»Was?«, fragte Booker. »Was ist passiert?«

»Nichts.« Julia schmunzelte. »Ich habe nur gerade gesehen, wie unsere Ellis draußen im Mondlicht mit einem Fremden rumknutscht.«

»Ich dachte, es wären nur Mädels da. Keine Männer erlaubt.«

»Stimmt auch. Sind auch keine hier«, versicherte Julia ihm.

»Julia!« Bookers Stimme war eindringlich. »Hast du ein einziges Wort von dem gehört, was ich gerade gesagt habe?«

Sie schaute auf Ellis hinunter, die im Stechschritt auf das Haus zukam. Sie trug einen Schlafanzug, du liebe Güte. Und selbst von der Stelle aus, wo Julia stand, konnte sie das verträumte Lächeln auf Ellis' Gesicht sehen. Der Mond tauchte alles in ein seltsam helles Licht. Schön für Ellis. Aber wer um alles in der Welt war der Mann? Er blieb noch lange auf der Plattform stehen und blickte zum Haus herüber. Julia hatte das Licht in ihrem Zimmer nicht angeknipst, war daher sicher, dass man sie nicht sehen konnte, doch um sicherzugehen, entfernte sie sich einige Schritte vom Fenster.

»Ich höre dich, Booker«, sagte sie leise. »Aber ich kann jetzt nicht mehr darüber reden. Liebe dich. Nacht.«

Er redete weiter, als sie auflegte. Julia hörte, wie die Fliegenschutztür geöffnet wurde, dann das Geräusch der zuschlagenden Haustür. Leicht flogen Ellis' nackte Füße über die Treppe.

Julia blieb am Fenster stehen und spähte hinaus. Irgendwann ging der Mann langsam den Holzsteg zurück zum Haus. Julia hielt den Atem an. Wahnsinn! Würde er Ellis ins Haus folgen, sich zu einem heimlichen Stelldichein in ihr Zimmer stehlen? Moment mal! Er steuerte auf die Garage zu. Was? Als er kurz unter dem Licht der Garage stehen blieb, konnte Julia sein Gesicht deutlich erkennen. Es war der Garagenmann, Ty Bazemore. Ellis und Ty! Was für eine wunderbare, unerwartete Entwicklung, dachte Julia.

Maryn erwachte mit einem Schreck und setzte sich im Bett auf. Im ersten Moment wusste sie nicht, wo sie war. Die Luft im Zimmer war heiß und stickig. Ihr schweißgetränktes Nachthemd klebte an ihrem Körper. Dann hörte sie Reifen über die Auffahrt aus Muschelsplitt knirschen und wusste wieder genau, wo sie war.

Sie blickte zum billigen Uhrenradio auf dem Nachttisch hinüber. Es war zwei Uhr nachts. Langsam rollte ein Wagen von der Auffahrt. Galle stieg in ihr hoch, und im ersten Moment war sie wie gelähmt. Dann stand sie auf und griff unter die dünne Matratze, bis sich ihre Finger um die dort versteckte Pistole schlossen. Sie lief zum Fenster gegenüber ihrem Bett und spähte zwischen den verblichenen Baumwollvorhängen nach draußen. Langsam atmete sie aus. Es war der rote Bronco dieses Typen, der über der Garage wohnte.

Maryn sah zu, wie er in die Garage fuhr. Kurze Zeit später kam der Mann wieder heraus, beleuchtet von der an einen Bewegungsmelder angeschlossenen Lampe am Ende der Veranda. Er trug eine ausgeblichene Jeans, ein weißes T-Shirt und eine grüne Baseballkappe mit dem Schirm nach hinten. Er hieß Ty, hatte Dorie gesagt, und er war Daytrader. Der Mann machte einen müden Eindruck, als er langsam die Holztreppe außen an der Garage hochstieg.

Maryn blieb am Fenster stehen und spähte hinüber, bis sie sah, wie die Lichter in der Garagenwohnung angingen. Durch das Fenster, vor dem keine Gardine hing, sah sie den Mann herumlaufen. Er ging zu einem Tisch beim Fenster und schaute heraus. Maryn zog sich ein wenig zurück, wollte nicht erkannt werden. Sie blickte auf die Waffe, die sie in der rechten Hand hielt.

Es war Dons Pistole. Er hatte sie ihr nach ihren ersten Treffen gegeben, damals wohnte Maryn noch in einem kleinen Rattenloch in Pinelawn. Man hatte ihren Wagen aufgebrochen und ihr Handy gestohlen. Don behauptete, die Gegend sei nicht sicher. War sie auch nicht.

Als er das nächste Mal abends zu ihr kam, hatte er eine braune Papiertüte dabei und legte sie vorsichtig auf dem Küchentisch ab.

Mit angehaltenem Atem zog Maryn die Pistole aus der Tüte. Sie hatte noch nie eine aus der Nähe gesehen.

»Keine Angst, Baby«, hatte Don sanft gesagt. Er hatte ihr gezeigt, wie man die Pistole lud und entsicherte. Dann waren sie rausgefahren aufs Land. Er hatte mehrere Bierdosen auf einen Baumstumpf gestellt, ihr gezeigt, wie man sie anvisierte und dann abdrückte.

»Brauche ich keinen Waffenschein dafür?«, hatte Maryn gefragt, als er zufrieden feststellte, dass sie nun wusste, wie man mit dem Teil umging.

»Quatsch«, sagte er. »Ich hab ja einen, und wenn du das Ding irgendwann mal benutzt, schießt du zuerst und stellst erst anschließend Fragen.«

Maryn hatte es gerührt, dass er sie beschützen wollte.

Als er darauf bestand, dass sie aus ihrem kleinen Apartment in seine Eigentumswohnung in einem Komplex näher an der Innenstadt zog, tat er das auch nur, damit sie schöner wohnte. Die Miete war doppelt so hoch, als Maryn sich mit ihrem Gehalt von der Versicherungsfirma leisten konnte, doch da die Wohnung Don gehörte und er kein Geld von ihr haben wollte, war das kein Problem. Maryn war nicht auf die Idee gekommen, dass es praktischer für Don war, wenn sie dort wohnte. Fast jeden Abend kam er vorbei, brachte was vom Chinesen oder ein Steak mit, das sie dann auf dem kleinen geschlossenen Patio vor dem Wohnzimmer grillten.

Sie hatten sich im Büro kennengelernt. Don war zusammen mit den Prescotts groß geworden, jetzt war er ihr Steuerberater. Maryn hätte ihn niemals getroffen, wenn nicht an diesem einen Tag vor zwei Jahren Robby Prescotts Verwaltungsassistentin Marie als Geschworene zum Gericht bestellt und Maryn nicht abgeordnet worden wäre, die Vorzimmerdame für ihren Chef zu spielen. Wie es der Zufall wollte, war das der Tag, an dem Don Shackleford auftauchte, um mit Robby Prescott zu Mittag essen zu gehen.

Es war ein eisiger Herbstmorgen, und er trug einen teuren Kaschmirmantel über seinem Anzug. Maryn telefonierte gerade, als er das Büro betrat. Ungeduldig blieb er vor ihrem Schreibtisch stehen, klopfte mit den Fingern auf den Posteingangskorb und schaute auf die Uhr, was Maryn ärgerte. Klopfte er hier herum, damit sie merkte, was für ein wichtiger Typ er war? Zu wichtig, um warten zu können? Sie ließ ihn absichtlich noch länger zappeln, tat so, als würde sie noch telefonieren, als der Anruf schon längst beendet war, nur damit ihm klarwurde, dass sie auch etwas zu tun hatte.

»Ja?«, hatte sie dann kühl gesagt und hochgeschaut, als würde sie ihn gerade erst bemerken.

»Ich will Robby abholen«, sagte er ungeduldig. »Wo ist die Kollegin?«

»Marie? Die ist heute im Gericht.«

»Und Sie arbeiten hier auch? Wie heißen Sie?«

»Maryn«, antwortete sie. »Ich arbeite normalerweise in der Schadensregulierung«, fügte sie mit einem angedeuteten Lächeln hinzu. »Ich werde Mr Prescott sagen, dass Sie hier sind.« Sie erhob sich vom Schreibtisch, schob den Kopf ins Büro ihres Chefs und bedeutete ihm, dass er Besuch hatte. Prescott telefonierte ebenfalls, gab ihr aber zu verstehen, dass er anschließend herauskommen würde.

Als Maryn zurück an ihren Schreibtisch ging, hatte Don in einem Ledersessel gegenüber Platz genommen. »Er telefoniert und kommt, sobald er kann«, erklärte sie dem Gast. Sie setzte sich wieder an ihren Computer und arbeitete an ihrer Datei weiter, spürte jedoch seinen Blick auf sich. Er nahm sie unter die Lupe, was in Ordnung war, da sie dasselbe mit ihm tat.

Und ihr gefiel, was sie sah. Don Shackleford war Anfang vierzig, hatte dichtes weißblondes Haar, eine gebräunte Haut und eisblaue Augen, dazu hohe Wangenknochen, einen breiten Mund und perfekte Zähne. Er war nicht besonders groß, vielleicht eins siebzig, hatte einen breiten Nacken und eine sportliche Figur. Sofort stellte Maryn fest, dass er keinen Ehering trug.

Sie wunderte sich nicht, als er in der folgenden Woche wieder auftauchte. Diesmal machte er sie an ihrem eigenen Arbeitsplatz unter irgendeinem Vorwand ausfindig, von dem beide wussten, dass er absurd war. Don lud Maryn zum Mittagessen ein, doch sie lehnte mit der Begründung ab, sie habe schon etwas vor. Dann aber nächste Woche?, hakte er nach.

»Nächste Woche? Wann denn?«, hatte sie beiläufig gefragt. »Wann Sie wollen«, hatte er gesagt. »Oder die Woche darauf. Bitte! Sie wissen doch schon, dass Sie mit mir essen gehen werden. Warum es so lange hinauszögern?«

»Nächsten Freitag«, sagte Maryn bestimmt. »Aber ich habe nur eine Stunde. Holen Sie mich um ein Uhr ab.«

Am folgenden Freitag hatte sie ihre besten Sachen getragen, einen Hosenanzug von Marc Jacobs, den sie in einem Edel-Second-Hand-Geschäft in Philly gekauft hatte – die Preisschilder waren noch dran. Der rote Blazer passte ihr wie angegossen, dazu hatte sie schwarze Stiefel mit hohem Absatz getragen, mit denen sie lediglich fünf Zentimeter kleiner war als er.

»Sie sehen gut aus«, sagte Don, als er Maryn die Tür seines silbernen Carreras aufhielt. Zum Mittagessen waren sie in den Country Club Valley Brook gefahren und hatten im Herrenzimmer gespeist, wo alle in Golfkleidung herumsitzenden Männer Don gegrüßt hatten, als würden sie sich seit Urzeiten kennen. Er registrierte ihre fragenden Blicke in Richtung Maryn, machte sich aber nicht die Mühe, sie vorzustellen. »Geile alte Böcke«, hatte er lachend gesagt.

Am darauffolgenden Freitag hatte er Maryn erneut zum Essen eingeladen, aber am Freitag danach war er direkt zu seiner Eigentumswohnung gefahren, ohne eine Erklärung. »Wem gehört die?«, hatte Maryn gefragt, als sie darin standen und er den Reißverschluss ihres Rockes öffnete.

»Mir«, hatte er erwidert und seinen Mund auf ihren gepresst. Es gab keine weiteren Fragen. Er wusste, dass sie nur eine Stunde Mittag hatte.

Maryn hatte sich nicht darüber gewundert, eigentlich hatte sie nicht mal damit gerechnet, dass er so lange warten würde. Don Shackleford war es gewöhnt, sich zu nehmen, was er wollte, und Maryn hatte seit ihrer ersten Begegnung gewusst, dass er sie wollte.

Wenn sie ehrlich zu sich gewesen wäre, hätte Maryn zugegeben, dass sie sich ebenfalls zu Don hingezogen fühlte, gerade weil er ihr so starrköpfig nachstieg. Es war auf groteske Weise schmeichelnd, so begehrt und angehimmelt zu werden. Niemand hatte sich je so um sie gekümmert wie Don. Erst viele Monate später wurde Maryn klar, dass er sich nicht einfach nur um sie kümmern wollte. Er wollte sie besitzen.

Zwei Monate nach ihrem ersten Treffen lebte sie bereits in Dons Eigentumswohnung. Wenig überraschend erklärte Adam ihr, dass er nichts von Don hielt.

»Er nutzt dich aus«, sagte er oft, wenn sie von der Mittagspause zurückkam und ihr Haar noch feucht vom Duschen war.

»Woher willst du wissen, dass ich ihn nicht genauso ausnutze?«, hatte Maryn leichthin erwidert. Ihr war egal, wenn jemand mitbekam, dass sie mit Don ins Bett ging. Sie machte schließlich ihre Arbeit, oder? Also hatte es niemanden zu interessieren.

Adam war in Maryns Alter. Er hatte zwei Jahre vor ihr bei R. G. Prescott angefangen, direkt nachdem er das örtliche Community College abgeschlossen hatte. Im Büro waren noch fünf andere Frauen, die mit Ausnahme dieser Zicke Tara Powers jedoch sämtlich älter und verheiratet waren. Keine von ihnen, schon gar nicht Tara, mochte oder schätzte Maryn, und Adam war ebenso unbeliebt.

Also blieben Adam und Maryn für sich, trafen sich als Freunde, auch wenn klar war, dass Adam mehr wollte. Maryn bestand immer darauf, selbst zu zahlen, wenn sie mit Adam unterwegs war. Sie lernte viele Männer kennen, aber es war niemand Besonderes dabei. Bis Don ihr vor die Füße lief.

»Er ist viel zu alt für dich«, sagte Adam. »Ich meine, jetzt mal wirklich, Maryn, wie alt ist er, vierzig?«

»Zweiundvierzig«, verbesserte sie. »Meine Mutter hat jedenfalls oft gesagt, ich hätte eine alte Seele. Ich war immer mit älteren Männern zusammen. Du bist doch nur eifersüchtig auf Don, mehr nicht.«

»Du schläfst nur mit ihm, weil er Geld hat«, sagte Adam vorwurfsvoll.

»Und er ist super im Bett«, hatte Maryn ihn geneckt. Als Adam rot anlief, bereute sie ihren Satz, denn sie wusste, dass sie ihn damit verletzte.

»Ich mag ihn halt nicht«, hatte Adam abschließend gesagt.

Und Don mochte Adam genauso wenig. Das gab er ihr sehr deutlich zu verstehen, als Maryn ein- oder zweimal vorschlug, Adam könne sie doch auf einen Feierabenddrink begleiten. »Dieser Loser?«, hatte Don höhnisch erwidert. Schließlich hatte Maryn nicht mehr davon gesprochen.

Bei dem Gedanken an Adam bekam sie Magenschmerzen. Sie musste wirklich unbedingt mit ihm reden.

19

Regentropfen klopften auf das Dach des alten Hauses, und die dünnen Baumwollvorhänge bauschten sich vor dem geöffneten Fenster von Ellis' Zimmer. Gähnend streckte sie sich und ließ sich selig wieder aufs Kopfkissen sinken. Sie konnte sich nicht erinnern, wann sie zum letzten Mal so tief und fest geschlafen hatte. Der Wind und der Regen hatten eine beruhigende Wirkung auf sie, vermutete Ellis.

Dann musste sie wieder an die vergangene Nacht denken. An den Kuss. Bei der Erinnerung daran verzog sie verträumt das Gesicht. Wann war sie das letzte Mal so geküsst worden? Moment. War sie überhaupt schon mal so geküsst worden wie von Ty Bazemore in der Nacht am Strand?

Mit Sicherheit nicht.

Sie fragte sich, was das zu bedeuten hatte. Ty hatte sie auserwählt. Von seinem Aussichtspunkt oben auf der Plattform hatte er die Palette schöner Frauen begutachtet, die sich unten am Strand sonnten. Und so wie dieser Kerl aussah, würde selbst die vernünftigste

Frau den Mond anheulen. Julia und Dorie hatten ihn auf jeden Fall zu ihrem Sommerschwarm erklärt. Wahrscheinlich konnte er jede Frau haben, die er wollte. Aber er wollte Ellis. Das hatte er am Vorabend selbst gesagt.

Ja, und? Die vernünftige Ellis lachte sich aus. Sie hatte im Mondlicht vor ihm gestanden, halbnackt in diesem kindischen Schlafanzug. Leichte Beute. Es hatte nichts zu bedeuten. Für ihn jedenfalls nicht.

Sie setzte sich auf und schwang die Beine aus dem Bett. Der Regen lief innen an den Scheiben herab und bildete eine Lache auf dem zerkratzten Holzboden. Ellis ging zum Fenster und schaute nach draußen in den Himmel. Schwere graue Wolken hingen am Horizont. Heute würde es nichts geben am Strand. Auch kein zufälliges Treffen mit Ty Bazemore. Widerstrebend schloss Ellis das Fenster und ging duschen.

Maryn schlief schlecht. Sie hatte die Furcht in ihrem Unterbewusstsein nicht abschütteln können und sich den Rest der Nacht herumgewälzt. Nicht einmal der sanft auf das Dach trommelnde Regen konnte sie wieder in den Schlaf wiegen.

Um sechs Uhr hatte sie schließlich angefangen, in dem Buch zu lesen, das sie bei einer ihrer Fahrradtouren auf der Insel gekauft hatte, doch die Handlung –

seichtes, nichtssagendes Geschwurbel über wahre Liebe und ewige Anbetung – langweilte sie zu Tode.

Immer wieder kehrten ihre Gedanken zurück an jene furchterregende Szene zu Hause, als Don, kalkweiß vor Wut, sie am Arm packte, seine Finger in ihr Fleisch bohrte und ihr tief in die Augen sah.

Nach dem Treffen mit Adam hatte Maryn die Wahrheit wissen wollen. War sie mit einem Betrüger verheiratet? Woher stammte Dons Reichtum? Sie hatte bis zum Ende der Woche gewartet, bis zu einem Vormittag, an dem er, wie sie wusste, einen feststehenden Golftermin mit einem Kunden hatte, der immer sechsunddreißig Loch spielen wollte. Maryn hatte den zweiten Büroschlüssel von einem Tablett auf Dons Kommode genommen und war in die kleine Firma in einem nichtssagenden Einkaufszentrum gefahren.

Es nahm fast den ganzen Tag in Anspruch, in seinem Computer herumzusuchen, bis sie schließlich zufällig auf eine Datei mit ewig langen Zahlenreihen stieß. Maryn war zwar kein Steuerberater, doch sie hatte am College genug Kurse über Buchhaltung belegt, um die Bedeutung zu verstehen. Während sie las, wurde ihr schlecht.

Alles, was Adam gesagt hatte, traf zu. Soweit sie sehen konnte, hatte Don sich mindestens zwei Millionen Dollar verschafft, indem er von fünf verschiedenen Prescott-Konten Überweisungen für von ihm kontrollierte Scheinfirmen getätigt hatte. Krank vor Angst schloss Maryn das Büro ab und fuhr nach Hause. Sie war so aufgeregt, dass sie Dons Escalade nicht bemerkte, der ihr die ganze Zeit folgte.

Kurz nach ihr war er ins Haus gestürmt.

»Was zum Teufel führst du im Schilde?«, schrie er sie an, packte sie bei den Schultern und warf sie gegen die Wand. »Ich hab gesehen, dass du in meinem Büro warst!«

»N-n-nichts«, stotterte Maryn. »Ich war nur shoppen und dachte, ich geh mal kurz vorbei und gucke, ob du schon vom Golfen zurück bist.«

»Ich hab gesehen, wie du aus dem Büro kamst«, sagte er leise. »Dass du abgeschlossen hast. Was hast du in meinem Büro zu suchen, Maryn?«

Sie hatte ihn noch nie so wütend gesehen. Sollte sie ihm sagen, was sie wusste? Ihn mit der Wahrheit konfrontieren?

»Antworte!«, forderte er sie auf, umklammerte ihren Oberarm und drückte so fest zu, dass sie meinte, ihre Knochen würden brechen.

»Don, verdammt nochmal, hör auf! Du tust mir weh!« Sie war nicht einmal sicher, ob er wusste, was er da tat. Doch das wusste er genau. Don wusste immer ganz genau, was er tat.

»Ich habe dir eine Frage gestellt, Maryn.« Er packte noch fester zu, und sie glaubte, sie würde vor Schmerzen ohnmächtig werden.

»Ich weiß Bescheid«, schrie sie beinahe. »Ich weiß, dass du Prescott bestohlen hast. Adam weiß es auch. Er hat es mir gesagt.«

Don ließ ihren Arm los, und sie sackte leise weinend zu Boden.

»Adam weiß was?«, fragte er. Mit der Spitze seines Golfschuhs stupste er sie an. »Ich habe dich was gefragt, Maryn.«

»Er weiß, dass irgendwas nicht stimmt mit dem, was du mit Prescotts Finanzen machst. Die Firma hat Rechnungsprüfer von außen bestellt! Die wissen Bescheid, dass du Geld unterschlagen hast.«

»Einen Scheiß weiß Adam«, sagte Don ruhig. »Einen Scheiß wissen die Rechnungsprüfer.« Er zerrte Maryn am Arm hoch, bis sie wieder vor ihm stand. »Und du weißt auch nichts. Hast du das kapiert?«

Maryn heftete ihren Blick auf ihn. Vielleicht hatte sie sich vertan. Vielleicht hatte sie irgendetwas falsch verstanden. »Ich hab die Dateien in deinem Büro gesehen. Das sieht nicht in Ordnung aus.«

»Halt die Schnauze«, sagte Don. »Und hör mir gut zu! Du hast gar nichts in meinen Dateien gesehen. Du weißt überhaupt nichts.«

»Verstehe«, murmelte Maryn.

»Hör mir gut zu, Maryn«, wiederholte Don, und ein sonderbares Flackern erschien in seinen blassblauen Augen. »Wenn du irgendjemandem auch nur ein Sterbenswörtchen verrätst, verscharre ich dich.

Irgendwo, wo du niemals gefunden wirst. Niemand wird wissen, dass du verschwunden bist, erst wenn es zu spät ist. Weder Adam noch deine Mutter, niemand, den du kennst, wird wissen, was passiert ist und wo Maryn geblieben ist.« Bei der Vorstellung lächelte Don. Kurz darauf ließ er ihren Arm los, beugte sich jedoch noch einmal kurz vor und küsste zärtlich die roten Streifen, die er auf Maryns Unterarm hinterlassen hatte.

Er warf einen kurzen Blick auf die Uhr. »Ich treffe mich mit Robby und ein paar anderen im Club, wir wollen was trinken, und ich bin schon zu spät dran. Die anderen Frauen kommen zum frühen Abendessen dazu, und Robby hat ausdrücklich drauf hingewiesen, dass er dich auch dort erwartet.«

Sprachlos starrte Maryn ihn an. Zwei Minuten zuvor hatte er ihr gedroht, sie umzubringen. Jetzt lud er sie beiläufig zum Abendessen ein – mit seinem Mandanten Robby Prescott, der gleichzeitig ihr ehemaliger Chef bei der Versicherung war und dem Don, davon war Maryn jetzt überzeugt, zwei Millionen Dollar unterschlagen hatte.

»Ich … ich werd's versuchen«, stotterte sie. »Meine Mutter hat angerufen, sie will unbedingt, dass ich sie besuchen komme …«

»Nein.« Don schüttelte den Kopf. »Sag deiner Mutter, du hättest zu tun. Wenn Robby will, dass du mit uns essen gehst, dann tust du das auch. Und du wirst genauso entspannt und charmant sein wie immer. Verstanden?«

»Hm«, machte Maryn mit trockenem Mund.

»Dann sehen wir uns um sechs«, sagte Don und steuerte auf die Haustür zu. Die Stollen seiner Golfschuhe klackerten über den Marmor im Eingangsbereich. »Und bring dich verdammt nochmal wieder auf Vordermann«, fügte er hinzu, als er ihr zerzaustes Haar und das tränenüberströmte Gesicht sah, »bevor du heute Abend im Club auftauchst.« Er griff in seine Tasche, holte seinen Geldclip heraus und ließ ein Bündel Fünfziger fallen.

Als Don fort war, stand Biggie mit großen braunen Augen in der Schlafzimmertür. Er wusste, ein Koffer bedeutete, dass sie verreisen würden, und normalerweise kam Biggie immer mit, wenn sie an den Strand von Jersey fuhren oder am Wochenende einen Kurztrip machten. Maryn kniete sich neben den Hund und nahm seine ergrauende Schnauze in die Hände. »Diesmal nicht, Junge«, sagte sie sanft und streichelte sein weiches Fell.

Für mehr war keine Zeit. Sie war fürs Einkaufen gekleidet, ihre Ausrede für den Fall, dass Don vorzeitig nach Hause gekommen wäre: eine ärmellose beige Wickelbluse aus Seide, Hose in Schwarz, dazu ihre Lieblingsschuhe, die schwarzen Slingbacks aus Lackleder. Aber es hatte nichts genützt. Er hatte sie ertappt. Maryn nahm sich nur kurz Zeit, ein anderes

Oberteil anzuziehen, damit man die roten Striemen auf ihrem Arm nicht sah. Sie warf Kleidungsstücke in eine Reisetasche, die sie auf dem Boden im Kleiderschrank fand, da sie nicht erst ihren großen Koffer aus dem Schrank im Gästezimmer holen wollte. Sie warf einige Toilettenartikel, ihr Schminktäschchen und verschiedene Schuhe hinein, weil sie nicht genau wusste, was sie brauchen würde. Sie hatte kein Ziel im Sinn. Einfach nur weg. Weit weg. Sie nahm das Bargeld aus ihren Stiefeln, griff nach ihrer Rolex Oyster und steckte sie in ihre beigefarbene Prada-Tasche. In der letzten Minute dachte sie noch an ihren Laptop. Sie warf sich den Riemen der schwarzen Ledertasche über die Schulter und hastete zur Eingangstür.

Und da saß Biggie, die Ohren gespitzt, die rote Lederleine in der Schnauze. »Ach, Big«, sagte Maryn und trauerte schon dort um den Hund. Sie ging nach draußen und zog die Tür schnell hinter sich zu, trotzdem konnte sie hören, wie er daran kratzte.

Maryn eilte zum Volvo und warf Reisetasche und Laptop auf den Beifahrersitz. Ohne Ziel fuhr sie los, wollte nur so viele Meilen wie möglich zwischen sich und den Mann bringen, den sie geheiratet hatte.

Und jetzt war schon fast eine Woche vergangen. Dieses Haus war still. Zu still. Sie musste wissen, was daheim vor sich ging. Hatten die Rechnungsprüfer entdeckt, in welchem Umfang Don Geld unterschlagen hatte? Und was war mit Don selbst? Er hatte ihr

Nachrichten am Telefon hinterlassen. Maryn hatte zu große Angst, sie abzuhören, und löschte sie, sobald sie eintrafen.

Sie wollte Genaueres erfahren. Maryn griff zu ihrem Handy und wollte sich bei Adam melden oder zumindest prüfen, ob sie noch mehr Anrufe in Abwesenheit hatte. Aber verdammt. Der Akku war leer. Durch ihre übereilte Flucht hatte Maryn das Ladekabel zu Hause vergessen und das Handy bisher nur am Anschluss im Auto aufgeladen. Und das stand draußen in der Garage.

Aber sie hatte ja noch den Laptop. Maryn hatte ihn noch nicht angemacht, seit sie in Ebbtide eingezogen war, weil sie nicht wusste, ob das Haus WLAN hatte.

Es gab nur eine Möglichkeit, das herauszufinden. Maryn nahm den schwarzen Lederkoffer und hob ihn aufs Bett. Zum ersten Mal wunderte sie sich, wie schwer er war. Don war verrückt nach technischen Spielereien, im Frühjahr hatte er für sie beide die neusten ultradünnen MacBooks gekauft. Maryn nutzte ihres fast nur für Onlinespiele oder zum Einkaufen. Mit gerunzelter Stirn zog sie den Reißverschluss auf und wollte den Computer herausziehen. Stattdessen schloss sich ihre Hand um ein dickes Bündel Papier, das von einem grünen Gummiband zusammengehalten wurde.

Doch es war nicht nur Papier. Es war Geld. Maryn hielt ein mehrere Zentimeter dickes Bündel Banknoten in der Hand. Mit zitternden Fingern ging sie es durch. Alles Hundert-Dollar-Scheine. Sie nahm den Koffer und leerte den Inhalt auf ihrem Bett aus. Das MacBook rutschte heraus, dazu neun weitere identische Geldbündel.

Maryn starrte das Geld an, dann den Laptop. Ihrer war leuchtend rosa. Dieser hier war weiß. In ihrer Hast hatte sie Dons Laptoptasche mitgenommen. Und seinen Computer. Und sein Geld.

So viel Geld. Tausende Dollar. Wahrscheinlich Hunderttausende. Mit zitternden Händen griff Maryn zu einem Bündel. Woher stammte das ganze Geld? Es war zu viel für einen Gewinn in Las Vegas. Was machte Don mit so viel Bargeld? Und was würde er tun, wenn er herausfand, dass es – genau wie Maryn – fort war?

Plötzlich klopfte es vorsichtig an der Zimmertür. Maryn hatte das Gefühl, das Herz würde ihr aus dem Leib springen.

»Madison?«

Das war Dorie, die rotblonde Frau, die sich mit ihr im Restaurant angefreundet hatte.

»Ja?«, brachte sie heraus.

»Ich will dich nicht stören, aber heute ist Sonntag, und draußen regnet es Bindfäden, deshalb haben wir überlegt, einen richtig altmodischen Brunch zu veranstalten. Julia macht Waffeln und Speck, ich habe einen Obstsalat vorbereitet, dazu gibt's Mimosas.

Komm doch dazu! Seit du hier wohnst, haben wir dich so gut wie gar nicht gesehen.«

Der Geruch von Frühstücksspeck und Kaffee zog hoch bis in den zweiten Stock. Maryns Magen knurrte. Seit dem Mittagessen am Vortag hatte sie nichts mehr zu sich genommen. Sie blickte auf den Stapel Geld auf ihrem Bett, dann hinüber zur Tür. Die ganze Woche war es ihr gelungen, den Frauen aus dem Weg zu gehen, abgesehen von wenigen kurzen, verlegenen Begegnungen, wenn sie mit dem Fahrrad losfuhr oder zurückkam. Jetzt regnete es draußen, mit dem Fahrrad konnte Maryn sich heute also kaum verdrücken. Wieder knurrte ihr Magen. Sie hatte lange genug wie ein Einsiedler gelebt. Ein gemeinsames Essen wäre schon in Ordnung. Hastig begann sie, das Geld zurück in den Koffer zu stopfen. Sie wollte sich später überlegen, was sie damit machen würde.

»Hört sich gut an«, sagte sie schließlich. »Ich muss mir nur noch was anziehen, dann komme ich runter.«

»Sie kommt runter«, richtete Dorie den beiden anderen aus. »Seht ihr, ich hab ja gesagt, wir sollen sie fragen.«

»Yippie yeah«, sagte Julia sarkastisch. Sie verbeugte sich und bewegte den Pfannenheber so vornehm, als sei er ein Zepter. »Wir bekommen doch noch eine Audienz bei der Königin.« Sie machte einen Hofknicks. »Guten Tag, Ihre Majestät.«

»Leise, sonst hört sie dich noch«, sagte Dorie. »Wartet's ab. Sie ist gar nicht arrogant. Sie ist nur … introvertiert, glaube ich.«

Julia trommelte mit den Fingerspitzen auf den Holztisch. »Ich kaufe ihr nicht ab, dass sie in einer Übergangsphase ist nach der Trennung von irgendeinem Typen. Was tut sie hier wirklich? Geld ist ja offensichtlich kein Thema, warum hängt sie dann in so einem winzigen Küstenort rum? Warum ist sie nicht in irgendeiner schicken Stadt? Warum hat sie keine Freunde oder Verwandten? Sie schließt ihre Zimmertür ab, sobald sie rausgeht. Das weiß ich, weil ich nachgeguckt habe. Und sie hat ihren Wagen nicht mehr benutzt, seit sie ihn in die Garage gestellt hat. Ich sage euch, sie versteckt sich vor irgendwas oder irgendwem, und ich habe vor, das herauszufinden.«

»Sie ist schon geheimnisvoll«, stimmte Ellis zu. Sie ließ den Korken der Sektflasche herausploppen und schenkte das Getränk in die Plastikgläser, die sie inzwischen gekauft hatten. Dorie legte die Hand über ihr Glas. »Ich bitte nicht, ja?«

»Klar«, sagte Ellis. »Aber Orangensaft ist gut für dich. Kaffee allerdings nicht, oder?«

»Nee«, sagte Dorie kopfschüttelnd. »Koffein ist

nicht gut fürs Baby, leider. Der Kaffee fehlt mir deutlich mehr als der Alkohol. Und ich hab jetzt schon keine Lust mehr, immer nur Milch zu trinken.«

Julia sah sich über die Schulter zu Dorie um. »Hast du überhaupt schon zugenommen?«

»Nein, ich hab sogar ein bisschen abgenommen«, erklärte Dorie. »Aber nur weil ich in den ersten drei Monaten ganz schlimm unter morgendlicher Übelkeit gelitten habe. Die Hebamme bei meinem Frauenarzt meinte, es wäre alles in Ordnung. Sie sagt, manche Frauen nehmen erst ab der Mitte des zweiten Drittels zu.«

Julia schüttelte den Kopf. »Nur du, Dorie Dunaway, kannst schwanger werden und dabei auch noch abnehmen.«

»Ist hier jemand schwanger?«

Madison stand in der Tür, sie wirkte elegant, selbst in einer weißen Caprihose und einem übergroßen rosa-weiß gestreiften Shirt. Ihr blondes Haar war zu einem Pferdeschwanz zurückgebunden. Sie trug rosa Ballerinas von Ferragamo.

Dorie errötete, und Julia machte ein verdrossenes Gesicht.

»Ich bin schwanger«, sagte Dorie schließlich und grinste breit dabei. Sie setzte sich an den Küchentisch und hielt Madison ein Sektglas hin. »Setzt dich dazu, und hör dir meine traurige Geschichte an.«

Vorsichtig nippte Madison an ihrem Mimosa-

Cocktail, während Dorie die Geschichte wiederholte, die sie ihren Freundinnen am Vorabend erzählt hatte.

»Wow«, machte Madison, als Dorie fertig war. »Das heißt … dein Mann weiß es noch gar nicht?«

»Nein«, erwiderte Dorie und nagte an einem Stück Frühstücksspeck. »Ich bin dermaßen feige, ich war noch nicht mal in der Lage, überhaupt mit ihm zu sprechen.«

»Hm«, Madison tupfte sich die Lippen mit einer Papierserviette ab. »Ich bewundere deinen Mut. Ich weiß nicht, wie ich mich als alleinerziehende Mutter fühlen würde. Meine Eltern haben sich getrennt, als ich dreizehn war. Das war hart. Ich meine, ein Kind allein großzuziehen, das ist keine einfache Aufgabe.«

Julia ließ eine Waffel auf Madisons Teller gleiten. »Und?«, sagte sie betont beiläufig. »Wie sieht's bei dir so aus, Madison? Kinder? Mann?«

»Weder noch«, erwiderte die Angesprochene, ohne aufzuschauen. »Ich war wohl zu sehr mit meiner Arbeit beschäftigt, um sesshaft zu werden und eine Familie zu gründen.«

Vielsagend huschte Julias Blick zu Maryns Ringfinger – der mit dem Diamanten von Don.

»Ach, der?«, sagte Maryn und wackelte mit dem betreffenden Finger. »Das ist ein altes Familienerbstück.«

»Keine schlechte Familie«, bemerkte Julia.

»Julia und ich haben uns schon zu den Patentanten von Dories Kind erklärt«, verkündete Ellis.

»Wir werden die guten Feen«, fügte Julia hinzu. »Natürlich wird es das hübscheste Mädchen der Welt werden. Mit Dories Haaren und Augen.«

Madison warf Dorie einen Blick zu. »Ach, du weißt schon, dass es ein Mädchen wird?«

»Nein«, sagte Dorie. »Ich will nicht vorher wissen, was es wird.«

»Julia meint, sie könnte hellsehen«, erklärte Ellis. »Sie glaubt, sie könnte mit reiner Willenskraft dafür sorgen, dass Dorie ein kleines Mädchen bekommt, damit wir es dann verwöhnen können.«

»Logisch«, stimmte Julia zu. »Ein kleiner Engel. Mit rotgoldenen Locken und grünen Augen. Tante Julia wird der Kleinen zeigen, wie man sich anzieht und schön macht, eine Fähigkeit, die ihre Mami leider nie erlernt hat.«

»He!«, sagte Dorie gutmütig und glättete die Falten in ihrem alten Shirt. »Dagegen protestiere ich.«

»Dafür bringt ihr Tante Ellis das Rechnen und das Schwimmen bei«, ergänzte Ellis, »und natürlich werden wir massenweise Bücher mit ihr lesen. Ich werde sie mitnehmen in den Zoo, an den Strand …«

»Und ich nach New York zum Shoppen«, sagte Julia.

»Und wenn es ein Junge wird?«, fragte Dorie und legte die Hände auf den Bauch.

»Dann setzen wir ihn in einen Weidenkorb und schubsen ihn hinaus aufs weite Meer«, erklärte Julia.

»Julia!«, schimpften Ellis und Dorie.

»War nur 'n Witz«, gab Julia zurück. »Jedenfalls fast.«

20

Es war schon fast drei Uhr nachmittags, als es Maryn endlich gelang, sich von den Frauen loszueisen. Der Brunch war, ehrlich gesagt, angenehm gewesen. Sie war überrascht, wie sehr sie die Gesellschaft der anderen genossen hatte. Die drei hatten ihr überhaupt nicht das Gefühl gegeben, eine Außenseiterin zu sein. Es war schön, zu lachen, sich zu entspannen, mal nicht auf der Hut zu sein. Und zwar mit Frauen ihres Alters. Das war die große Überraschung. Doch Maryn hatte sich nur ein wenig Entspannung gegönnt. Ellis und Dorie schienen lieb und nett zu sein, mit Julia war es jedoch etwas anderes. Sie achtete genauestens auf die kleinste Information, die Maryn widerstrebend über sich herausrückte.

Über ihren Familienstand zu lügen war ein Fehler gewesen. Maryn fragte sich, wann sie so eine vollendete Lügnerin geworden war. Sie hätte einfach zugeben sollen, dass sie ihren Mann verlassen hatte. Die Mädels hätten es verstanden. Stattdessen war Julia jetzt noch argwöhnischer. Sie war nicht offen feindselig, aber Maryn wusste durch langjährige Erfahrung, wann eine andere Frau sie abschätzte. Schließlich war sie es selbst gewohnt, jede Frau, die sie kennenlernte, von Anfang an abzuchecken. Nun, das war in Ordnung. Julia beobachtete sie. Und sie beobachtete Julia.

Maryn kniete sich neben das Bett und griff nach dem Laptopkoffer. Sie legte die Geldbündel aufs Bett und zählte die Scheine. Ihr Herz klopfte immer schneller, je höher der Betrag wurde. Zehntausend Dollar in jedem Bündel, hunderttausend insgesamt. Die Päckchen wurden von grünen Gummibändern zusammengehalten, nicht von ordentlichen Banderolen, wie es in der Bank gemacht wurde. Und die Scheine waren nicht neu, sie waren nicht durchnummeriert.

Maryns Mund war trocken. Was machte Don mit so viel Bargeld? Skeptisch betrachtete sie den Laptop. Waren die Antworten irgendwo in Dons Computer versteckt?

Maryn nahm das Stromkabel und schob es in die Steckdose. Das MacBook fuhr sofort hoch. Sie kannte Dons Passwort nicht. Zwanzig Minuten lang versuchte sie verschiedene Kombinationen von Buchstaben, Wörtern und Zahlen. Seinen Geburtstag, ihren Geburtstag, ihren Hochzeitstag. Eigentlich ein Witz!

Sie hatte sich selbst genauso überzeugend belogen,

wie Don sie angelogen hatte, direkt von Beginn ihrer Beziehung an. Wie sich herausstellte, hatte er schon eine Familie. Natürlich hatte Maryn erst von seiner Frau und den jugendlichen Kindern erfahren, als sie praktisch schon drei Monate mit Don zusammenlebte.

Adam hatte ihr die Nachricht überbracht. Nur ungern, wie er behauptet hatte. Es war ein furchtbarer Schlag für Maryn gewesen. Sie hatte nie vorgegeben, ein Engel zu sein. Sie hatte mit so einigen Männern geschlafen und das eine oder andere Herz gebrochen. Aber sie hatte einen Grundsatz: keine verheirateten Männer. Niemals. Nie wollte sie einer anderen Frau das antun, was ihre Mutter durchgemacht hatte. Maryn mochte so manches sein, aber sie zerstörte keine Ehen. Dachte sie wenigstens.

Noch eine Lüge. Es waren so viele, dass sie vergessen hatte, wie man ehrlich war.

Sie hatte Don mit seinen Lügen konfrontiert, und er hatte sie lachend abgetan. »Wir leben seit Jahren getrennt«, erklärte er Maryn. »Abby ist völlig egal, was ich mache und mit wem ich schlafe, solange das Geld regelmäßig kommt. Sie hält mich für ihren persönlichen Bankautomaten. Also, warum stört es dich?«

»Was ist mit den Kindern?«, hatte Maryn wissen wollen. »Bedeuten sie dir nichts?«

»Ich sehe sie ja hin und wieder«, hatte er leichthin

gesagt. »Ist ja nicht mehr so, als wären sie in der ersten Klasse. Ashley ist wie alt, vierzehn? Cash ist sechzehn. Sie haben ihr eigenes Leben, ihre eigenen Interessen. Sie haben keine Lust mehr, mit ihrem Daddy nach Disneyworld zu fahren, Maryn.«

Er hatte eine Kopie der Scheidungsurkunde auf die Kommode gelegt, damit Maryn sie sehen konnte. Und drei Monate später war er an einem Freitag Anfang Februar nach Hause gekommen und hatte ihr einen Heiratsantrag gemacht. Wenn Maryn total ehrlich zu sich selbst war, musste sie zugeben, dass sie sich von dem funkelnden Diamanten in dem schwarzen Samtkästchen hatte blenden lassen. Er hatte sie blind für alles gemacht. Maryn hatte eine richtige Hochzeit gewollt, bei der zumindest ihre Mutter und Tante Patsy – und Adam – anwesend waren, aber Don hatte sich schlichtweg geweigert. Am Ende hatten sie vor einem Friedensrichter geheiratet, den Don kannte, und anschließend fünf Tage Urlaub auf Aruba gemacht.

Diese fünf Tage waren die glücklichsten in ihrem Leben gewesen. Don war entspannt, zärtlich und aufmerksam gewesen, so wie Maryn sich einen Ehemann immer vorgestellt hatte. Er hatte über ihre gemeinsame Zukunft gesprochen. Er hatte sogar schon ein Grundstück gekauft, wo sie ihr Traumhaus bauen wollten: tausend Quadratmeter, fünf Schlafzimmer, fünf Bäder, eine Garage für drei Autos. Es lag an einem See. Maryn sollte ein Bad mit Kamin und Whirlpool bekommen, alles aus Marmor. Und eine Küche, um die sie die besten Restaurants der Stadt beneiden würden.

»Und Kinder«, hatte Maryn verträumt hinzugefügt. »Ich weiß zwar, dass du schon welche hast, aber ich möchte eigene, Don. Ich bin zweiunddreißig. Meine biologische Uhr tickt.«

»Wie auch immer«, hatte er gesagt, ohne näher darauf einzugehen.

Maryn tippte weiter auf die Tastatur des Computers, probierte verschiedene Passwörter aus. Dons Firmennamen, die Namen seiner Kinder – Ash und Cash nannte er sie –, den Spitznamen, den sie ihm im Golfclub verpasst hatten: Shack. Kein einziger funktionierte.

Madison holte ihre Reisetasche aus dem Schrank. Sie legte das Geld hinein und breitete ein schmutziges T-Shirt über die Scheine, dann schob sie die Tasche ganz nach hinten in ihren Schrank. Ihre Gedanken kehrten zu Adam zurück. Sie musste mit ihm reden, musste ihm sagen, wohin sie gefahren war.

Als sie nach draußen auf die verrostete Treppe trat, prasselte der Regen auf sie nieder. Maryn versperrte die Tür hinter sich, umklammerte das Geländer mit beiden Händen und tastete sich langsam die Stufen hinab. Die Treppe wackelte bei jedem Schritt. Als Maryn unten angelangt war, lief sie zur Garage und öffnete ihren Wagen. Sie drehte den Schlüssel im Zündschloss, stöpselte ihr Telefon ein und wartete, während der Akku wieder aufgeladen wurde.

Als das Display des Handys aufleuchtete, sah sie, dass sie elf Anrufe in Abwesenheit hatte. Alle von Don. Er hatte ihr auch auf die Mailbox gesprochen. Sie zwang sich, seine Nachrichten anzuhören.

Er sprach mit leiser Stimme: »Maryn, wo bist du, verdammt nochmal? Wir müssen reden. Hör mal, ich gebe zu, dass ich die Fassung verloren habe. Aber du weißt, dass ich dir nie wehtun wollte. Ich liebe dich, Baby. Ruf mich doch an, ja? Damit ich weiß, dass es dir gutgeht. Langsam machst du mir Sorgen.«

Maryn schnaubte verächtlich. Ja, klar machte der sich Sorgen. Vielleicht ein bisschen auch um sie. Nämlich um das, was sie gesehen hatte und wem sie es erzählen könnte. Doch am meisten machte er sich Sorgen um die Tasche voller Geld, davon war Maryn überzeugt. Er machte sich Sorgen um seinen Laptop und die Geheimnisse, die es enthalten mochte. Maryn öffnete die Anrufliste und löschte jede einzelne Nachricht von Don, ohne sie sich vorher anzuhören. Sie würde Don Shackleford nicht mehr zuhören.

Dann rief sie Adam auf dem Handy an, doch sofort sprang seine Mailbox an.

»Adam, ich bin's«, sagte sie hastig. »Ich … ich habe Don verlassen. Ich bin unten im Süden. Hör zu, es ist viel passiert. Du hattest recht. Mit allem. Ich muss wirklich mit dir sprechen, ja? Ruf mich an, sobald du das hier abhörst, egal zu welcher Uhrzeit.«

Madison überlegte, ob sie sich auch bei ihrer Mutter melden sollte, verwarf die Idee jedoch sofort wieder. Sie hatten seit Monaten nicht miteinander gesprochen, warum also jetzt? Sie ging nicht davon aus, dass Don sich an ihre Mutter wenden würde. Er interessierte sich nicht für ihre Familie, Maryn war sogar ziemlich sicher, dass er nicht mal die Nummer ihrer Mutter hatte. Gedankenverloren spielte sie auf dem Telefon herum. Verdammt, warum meldete er sich nicht?

21

Ellis stellte fest, dass sie von dem Fenster in ihrem Zimmer magisch angezogen wurde. Sie redete sich ein, es läge am Ausblick, an den dunklen, blaugrünen Wellen, die an den Strand rauschten, am Regen und am Wind, der durch das Strandgras unten in den Dünen fegte. Sie zog einen Holzstuhl ans Fenster und lehnte die Stirn gegen die mit Feuchtigkeit überzogene Scheibe. Wenn sie genau den richtigen Winkel fand, konnte sie die verwitterten Planken der Garage, die Wohnung darüber und das schwache Glühen einer Lampe darin sehen.

Er war zu Hause. Sein Bronco parkte neben der Auffahrt. Was er an diesem verregneten Sonntagnachmittag wohl machte? Bestimmt arbeitete er, recherchierte, wo er als Nächstes investieren würde. Ellis war überzeugt, dass er sicherlich nicht dasselbe machte wie sie. Ty durchlebte ganz bestimmt nicht die Momente des Vorabends am Strand immer wieder. Ganz bestimmt analysierte er nicht den Kuss, diesen wunderbaren, lange nachwirkenden Kuss, noch dieses schwindelnde Hitzegefühl, als sie sich umarmt hatten. Ganz bestimmt sagte sich Ty Bazemore nicht, er solle darüber hinwegkommen. Denn genau das tat Ellis.

Sie versuchte zu lesen. Sie hatte einen Stapel Bücher aus dem Buchclub dabei, für die sie im vergangenen Jahr keine Zeit gefunden hatte. Es waren ausnahmslos von Kritikern empfohlene Bücher, literarische Meisterwerke, Futter fürs Gehirn. Die Buchrücken auf dem Nachttisch schienen sie lautlos zu tadeln. Doch momentan gelüstete es Ellie nach etwas anderem, nämlich nach Futter für die Seele – nach einer zuckersüßen Liebesgeschichte mit einer Heldin, die wie Ellis Sulliavan aussah, und einem Helden mit sonnengebleichtem Haar, wie es nur Ty Bazemore hatte.

Um fünf Uhr sah sie, wie Ty die Holztreppe von seiner Wohnung hinunterstieg. Er trug eine khakifarbene Shorts, Bootsschuhe und ein schwarzes T-Shirt mit der pinkfarbenen Aufschrift *Cadillac Jack's* auf dem Rücken. Er sprang in den Bronco und fuhr davon. Ellis sah ihm nach, und eine Idee nahm Gestalt an.

Um sieben schlenderte Ellis in die Küche, wo sie Julia in einer weiten Yogahose und einem verblichenen schwarzen Top vorfand, zusammen mit Dorie, die noch immer ihre Schlafanzughose und ein riesengroßes T-Shirt der Braves trug. Die beiden studierten die Angebote verschiedener Lieferservices.

»Pizza oder Chinesisch?«, fragte Julia und schaute auf.

»Weder noch«, erwiderte Ellis. »Wir haben den ganzen Tag im Haus gehockt, das reicht. Ich schlage vor, wir ziehen uns um und machen einen drauf, in der Stadt. Wir könnten einen Mädchenabend machen, so wie damals.«

»Welche Stadt?«, fragte Julia. »Willst du etwa behaupten, in Nag's Head gäb's Nachtclubs?«

»Keine richtigen Nachtclubs«, sagte Ellis zögernd. »Aber ich hab von einem Laden gehört, ›Cadillac Jack's‹ heißt der. Angeblich bekommt man dort was halbwegs Anständiges zu essen, außerdem gibt's was zu trinken und Musik. Sonntagsabends ist es der Ort, wo man hingeht, um zu sehen und gesehen zu werden.«

Julia hob eine Augenbraue. »Woher weißt du das?«

»Von wem sie das erfahren hat, möchtest du wissen«, verbesserte Dorie sie gähnend. »Geht bitte ohne mich. Ich darf ja nichts trinken, also kann ich genauso gut zu Hause bleiben und Reste essen. Ich geh heute eh früh ins Bett.«

»Bleiben nur wir zwei«, sagte Ellis zu Julia. »Es sei denn, wir nehmen Madison mit.«

Dorie holte eine Schüssel mit einem Rest Hühnersalat aus dem Kühlschrank. »Die ist nicht da. Ist vor ungefähr einer halben Stunde weggefahren.«

»Ach, ja?« Julia kniff die Augen zusammen. »Wo sie wohl hin ist?«

»Wen interessiert das?«, sagte Ellis ungeduldig. »Was ist jetzt: Kommst du mit?«

»Warum nicht?« Julia steuerte auf den Flur zu. »Ich zieh mich nur schnell um.«

Zwanzig Minuten später saß Julia im Wohnzimmer und blätterte in einer Zeitschrift. Sie trug eine ausgewaschene Jeanscaprihose und ein enges schwarzes T-Shirt, das ihren gebräunten Bauch kaum bedeckte. Dazu hatte sie braune Ledersandalen im Römerstil angezogen und das Haar zu einem lockeren Zopf geflochten, der ihr über die Schulter hing. Große goldene Reifohrringe schimmerten in ihren Ohren.

»Ellis!«, brüllte sie die Treppe hoch. »Beeil dich und komm runter, bevor ich es mir anders überlege und doch mit Dorie zu Hause bleibe.«

»Reg dich ab«, gab Ellis zurück und nahm vorsichtig eine Stufe nach der anderen.

Julia drehte sich zu ihrer Freundin um.

»Hey!«, sagte sie argwöhnisch. »Du hast nicht gesagt, dass man sich da schick anziehen muss.«

»Das hier ist nicht schick«, sagte Ellis und trat ins Wohnzimmer.

»Du trägst immerhin ein Kleid«, stellte Julia fest.

Es war tatsächlich ein Kleid, das Ellis bisher noch nicht angezogen hatte, ein kurzes Baumwollstrandkleid mit einem Muster aus stilisierten pinken und gelben Gänseblümchen. Die Spaghettiträger waren im Kontrast dazu grasgrün, und das eng anliegende Oberteil ließ ein bisschen von Ellis' sommersprossigem Dekolleté erkennen. Dazu trug sie grasgrüne Ballerinas und zwei baumelnde pinkfarbene Perlenohrringe, die beinahe ihre Schultern streiften. Das Haar hatte Ellis hochgesteckt und sich den Pony fedrig in die Stirn gekämmt.

»Ungerecht«, sagte Julia und trat näher, um ihre Freundin zu begutachten. »Du siehst aus wie die Ballkönigin beim Sommerfest des Country Clubs!«

»Und du siehst aus wie ein wunderschönes Model aus dem Hochglanzmagazin, das zufällig in Nag's Head rumhängt«, gab Ellis zurück. »Wenn ich mit dir irgendwohin gehe, muss ich schon etwas mehr auffahren.«

Julia musterte Ellis sorgfältig. »Du hast dich sogar geschminkt.«

»Zum ersten Mal, seit wir hier sind«, stimmte Ellis zu. »Willst du hier noch länger stehen und mich anglotzen, oder können wir jetzt endlich los?«

»Ich hab nur auf dich gewartet«, sagte Julia.

Cadillac Jack's befand sich tatsächlich in Kitty Hawk, acht Meilen die Straße runter, und zwar in einem ehemaligen Piggly-Wiggly-Supermarkt. Die alte Neonreklame mit dem kess zwinkernden Schweinchen stand immer noch am Straßenrand, doch das verputzte Gebäude aus den Vierzigern war anthrazitgrau gestrichen, und die großen Schaufenster wurden von rosa-schwarz gestreiften Segeltuchmarkisen überschattet. Ellis ordnete sich in die Schlange der Wagen ein, die auf den Parkplatz wollten, wo ein kräftiger Polizist in Jeans und blauem T-Shirt mit dem Aufdruck *Sicherheitsdienst* auf dem Rücken sie zu einer der wenigen freien Lücken am hinteren Ende lotste.

»Hier ist ja was los«, stellte Julia fest, als sie zum Eingang des Lokals gingen. »Wie hast du davon erfahren?«

»Ich glaube, ich hab was in einer Zeitschrift gelesen«, erwiderte Ellis ausweichend.

»Echt cool hier«, sagte Julia, als sich ihre Augen an die Dunkelheit gewöhnt hatten. Die Wände des ehemaligen Supermarkts waren mit Plakaten übersät, die, nachgedunkelt von der Zeit, Sonderangebote anpriesen – Griesbrei, Blattkohl und Schweinshaxen mit Preisen aus der Eisenhower-Ära –, darunter standen schwarze Ledersitzecken. In der Mitte waren viele runde Tische aufgestellt, dazwischen befand sich eine postkartengroße Tanzfläche mit Holzboden, leicht erhöht. Aus Lautsprechern unter der Decke dröhnte Musik. Ellis glaubte, Lady Gagas jüngsten Hit zu erkennen, doch es tanzte niemand dazu. Das Publikum war bunt gemischt, Pärchen und Singles im Alter der Freundinnen, aber auch viele Collegestudenten: die Mädels in schulterfreien Oberteilen und kurzen Röcken, die Jungs in schicken Polos.

Die Theke zog sich über die Rückwand des Raumes, dahinter blinkte ein altmodisches Neonschild *Fleischtheke*, und sein Widerschein spiegelte sich in den Reihen der Flaschen und Gläser.

»Sind wir die Ältesten hier?«, fragte Ellis besorgt und starrte auf die hüpfenden Köpfe der Mädchen, die eine Generation jünger zu sein schienen. Auf einmal fühlte sie sich furchtbar fehl am Platz in ihrem kindischen rosa-grünen Outfit.

»Quatsch!«, sagte Julia und nahm Ellis' Hand. »Komm, holen wir uns was zu trinken und sichern uns einen Tisch.«

»Warte«, flehte Ellis sie an. »Es ist so voll. Ich hätte nicht gedacht, dass hier so viele Leute sind. Vielleicht sollten wir uns einfach ein ruhiges Restaurant suchen …«

»Zu spät«, erklärte Julia und stürzte sich in die Menge. Ellis zog sie an der Hand hinter sich her, auf die Theke zu.

In drei Reihen drängten sich die Gäste am Tresen, doch Julia gelang es geschickt, sich in eine Lücke zwischen zwei Männern mittleren Alters zu zwängen, die ihr Bier tranken und die anderen Gäste musterten.

»Willst du was trinken, Süße?« Der Größere von beiden trug eine Hornbrille und eine blassblaue

Baseballkappe. Er grinste Julia an und schien selbst Ellis in seinen bewundernden Blick einzuschließen.

»Nein, danke«, sagte Julia und schenkte ihm ein Lächeln, mit dem sie ihn abblitzen ließ, ohne ihn abzuschießen. Es war eine einzigartige Begabung von Julia, um die Ellis sie immer beneidete.

Julia beugte sich nach vorn über den Tresen, ihr langer brauner Arm wedelte durch die Luft. »Entschuldigung!«, rief sie. Der Barkeeper, der mit dem Rücken zu ihr stand, drehte sich um, und als er sah, wer ihn rief, stellte er das Glas ab, das er gerade poliert hatte.

»Ach, hallo!«, rief Ty Bazemore und kam zu ihnen herüber. »Ellis! Das ist ja eine schöne Überraschung.« Er wandte sich an Julia: »Und du bist …?«

»Ich bin Julia, hallo!«

Ty lächelte beide Frauen an, doch Ellis meinte, vielleicht ein ganz klein wenig mehr Wärme bei sich zu spüren.

»Das ist wirklich eine Überraschung. Ich wusste gar nicht, dass du hier arbeitest. Du, Ellis?«, fragte Julia.

Ellis wurde so rosarot wie ihr Kleid. »Ähm, äh, also, kann schon sein, dass ich es wusste.«

»Hm«, machte Julia und genoss kurz das Unbehagen ihrer Freundin.

»Kann ich euch was bringen?«, fragte Ty.

»Was hast du denn anzubieten?«, gab Julia zurück.

»Also, die nächsten zehn Minuten ist noch Happy Hour«, erklärte er. »Aber den Fusel wollt ihr bestimmt nicht trinken. Ich habe einen ganz netten Pinot und einen Cabernet, ich kann euch aber auch was anderes machen …«

»Ich nehme ein Gin Tonic«, sagte Julia entschlossen.

»Hm«, zögerte Ellis.

»Mach ihr einen Cosmo. Ihr habt nicht zufällig irgendwas zu essen da, oder? Wir haben nämlich heute Abend noch nichts in den Magen bekommen.«

Ty runzelte die Stirn. »Die Küche macht sonntags schon früh zu, aber ich seh mal, was ich tun kann.« Er drehte sich um, bereitete ihre Getränke zu und war kurz darauf wieder da. »Mögt ihr Quesadillas? Sucht euch erst mal einen Tisch, dann lasse ich welche zu euch rüberbringen.«

»Das wäre super!«, freute sich Julia und schob einen Zwanziger über die Theke. »Ich glaube, du hast uns gerade das Leben gerettet.«

Sie fanden eine Sitzecke am anderen Ende und setzten sich mit ihren Happy-Hour-Drinks. »Na«, sagte Julia. »Das war ja ein Zufall, was? Dass wir den Garagenmann ausgerechnet hier treffen?«

»Hm«, machte Ellis nur und trank schnell einen Schluck.

Eine junge Bedienung brachte einen riesigen Teller Hühnchen-Quesadillas.

»Ich finde ihn total heiß«, sagte Julia und sah an Ellis vorbei zu Ty, der hinter der Theke stand, Getränke einschenkte und locker mit den Gästen plauderte. »Du nicht?«

Ellis zuckte lässig mit den Achseln. »Ich schätze, mit der Zeit kann man ihn mögen. Es war nett von ihm, uns noch Essen zu besorgen, obwohl die Küche schon geschlossen ist.«

»Ich glaube, er mag dich«, sagte Julia mit leicht neckendem Unterton. »Hab eben auf die Uhr geguckt. Die Happy Hour war schon vor einer halben Stunde vorbei, und er hat uns trotzdem den Sonderpreis gemacht.«

»Ach, Quatsch«, sagte Ellis und beschäftigte sich damit, Crème fraîche auf eine Quesadilla zu häufen. »Er wollte nur nett sein. Wie kommst du darauf, dass er mich mag?«

»Ich kann hellsehen, vergessen?«, sagte Julia und widerstand der Verlockung, zu erzählen, dass sie Ellis und Ty in der vergangenen Nacht im Mondschein beobachtet hatte. »Ich kann in die Zukunft schauen. Und ich sehe deutlich einen Mann in Ihrer Zukunft, Miss Ellis Sullivan.«

»Na, hoffentlich«, entgegnete Ellis mit Nachdruck.

»Seit wann suchst du denn einen Mann?«, wollte Julia wissen.

»Meinst du etwa, ich interessiere mich nicht für Männer?«

Julia zuckte mit den Schultern. »Etwa doch?«

»Na … warum denn nicht? Also, ich weiß, dass wir uns versprochen haben, Männer hätten in diesem Urlaub nichts zu suchen. Aber um ehrlich zu sein, bin ich schon länger mit keinem Mann mehr ausgegangen.«

»Wie lange nicht?«

Ellis wusste genau, wie lange es her war. Fünf Jahre und einen Monat. Sie hatte einen kurzen, katastrophalen Versuch übers Internet unternommen: neun Treffen mit vier verschiedenen Typen. Ihr wurde schummrig, wenn sie nur daran dachte.

Sie spielte mit einem Salatblatt auf ihrem Teller. »Bitte, ich will nicht darüber reden«, sagte sie leise.

»Wie schlimm kann das schon sein?«, fragte Julia.

»Grässlich«, erwiderte Ellis und trank einen großen Schluck von ihrem Cosmopolitan. »Vernichtend.«

»Und genau aus dem Grund *solltest* du darüber sprechen«, redete Julia auf sie ein. »Dorie und ich sind deine besten, ältesten Freundinnen. *Mich* kannst du mit gar nichts schockieren!«

Das stimmte. Wenn es um Wahrheit oder Pflicht ging, hatte Julias Geständnis am Vorabend die Latte für alle sehr hoch gelegt.

»Wenn ich es dir erzähle, schwörst du dann, es niemals einer Menschenseele zu verraten?«

Julia beugte sich vor, bis ihre Stirn Ellis fast berührte. »Selbstverständlich. Aber willst du es noch nicht mal Dorie erzählen?«

»Nein. Dorie würde es nicht verstehen. Sie ist so hübsch, sie musste sich noch nie Gedanken machen, ob sie einen Mann kennenlernt. Nicht dass du je dieses Problem gehabt hättest.«

Julia legte den Kopf schräg. »Hey, weißt du nicht mehr, wie ich auf der Highschool aussah? Mit dieser üblen Dauerwelle, die meine Mutter mir damals machte? Mit der Klammer im Mund und der flachen Brust? Und dann meine Pickel! Ich hatte doch total das Pizzagesicht. Außerdem wog ich nur vierzig Kilo und sah aus wie ein Storch im Salat.«

Ellis seufzte. »Ja, aber als wir siebzehn waren, trugst du keine Klammer mehr, die Pickel waren weg, und du hattest Kurven bekommen. Das war die Rache des hässlichen Entleins.«

»Meine Mutter hatte eben doch recht«, stimmte Julia zu. »Ich war wirklich ein Spätentwickler.«

»Aber nicht so spät wie ich«, sagte Ellis leise. »Ich bin vierunddreißig, Julia. Und mit einem Mann war ich nicht mehr zusammen, seit …« Sie unterbrach sich und zwang sich dann doch, weiterzusprechen. »Seit ich mich von Ben getrennt habe.«

Julia bekam große Augen. »Wirklich?«

Ellis trank noch einen Schluck und zwang sich zu lächeln. »Ja, ich bin ein Freak, oder? Elf Jahre ohne Sex. Nah dran an der vierzigjährigen Jungfrau.«

»Du bist doch kein Freak, Ellis Sullivan!«, sagte Julia empört. Sie zeigte auf ein Pärchen auf der Tanzfläche. Eine Frau, ungefähr im Alter der Freundinnen, drückte die Hüften gegen ihren Tanzpartner, hatte die Arme um seinen Hals geschlungen, die Augen geschlossen, die Lippen geöffnet. »Freaks sind die Weiber, die den nächstbesten Kerl, den sie im Urlaub in einer Kneipe kennenlernen, antanzen oder direkt mit ihm ins Bett gehen.«

»Das sagst du nur so«, sagte Ellis. »Aber ich weiß es zu schätzen.«

»Na, gut. Ich werde dich nicht zwingen, mir mehr zu erzählen.« Sie hob eine Augenbraue, so als wolle sie Ellis dennoch herausfordern.

Ellis leerte ihren Cocktail und biss an. »Na, gut. Wird schon nicht wehtun. Ich meine, das machen schließlich viele Leute …«

»Ich wusste es«, Julia triumphierte. »Du hast jemanden im Internet gesucht, stimmt's? Los, raus mit der Sprache! Bei E-Harmony oder bei Partner.com?«

Ellis schlug die Hände vors Gesicht. »Partner.com. Und zwar in dem Jahr, als ich dreißig wurde. Für das neue Jahr hatte ich diesen dämlichen Vorsatz gefasst, dass ich wieder richtig dabei sein wollte, also, auf dem Markt. Nie wieder! Ich sterbe lieber einsam und allein in einem Doppelbett mit fünfzig Katzen um mich herum und einem Vorrat an Konserven und Klopapier, als das noch mal zu versuchen.«

Julia rieb sich erwartungsvoll die Hände. »Erzähl mir alles! Lass bloß nichts aus, nicht das kleinste Detail!«

»Es waren nur drei Monate«, sagte Ellis. »Zwei Frauen bei mir in der Bank lernten ihre Männer auf diese Weise kennen, das waren total normale, durchschnittlich bis überdurchschnittlich nette Kerle. Ich glaube, die beiden Kolleginnen erwischten die letzten zwei Normalen auf dem Planeten. Oder aber ich ziehe die Spinner magisch an.«

»Raus mit der Geschichte!«, drängte Julia.

Ellis stöhnte. »Ich habe Jahre gebraucht, um diesen ganzen Scheiß zu vergessen. Und jetzt willst du, dass ich den Dreck wieder aufwirbele. Reicht es nicht, wenn ich zugebe, dass ich einen Riesenfehler gemacht habe?«

»Nein! Jetzt red endlich!«

»Na, gut«, sagte Ellis und schüttelte sich bei der Erinnerung. »Der erste Typ, Guy, machte anfangs einen ganz netten Eindruck. Wir mailten ein paar Wochen hin und her, bis ich zu der Überzeugung kam, dass er kein irrer Massenmörder war. Wir trafen uns an einem Samstagvormittag in einem Café. Er trug eine Jeans, ein Polohemd, sah gepflegt aus. Alles völlig normal. Bis er bestellte.«

»Was? Was hat er denn bestellt?«

»Es war nicht, was er bestellte, sondern wie er es tat. Also, er ließ die Kellnerin die Bestellung zweimal wiederholen, und als sie dann den Kaffee und sein Plunderteilchen brachte, machte er einen großen Aufstand, dass sie etwas verwechselt hätte. Er behauptete, er hätte einen koffeinfreien Kaffee bestellt, aber das stimmt nicht. Ich hatte es ja gehört. Dann meinte er, sein Plunderteilchen wäre trocken, dabei schmeckte es ganz normal. Fünf Minuten lang quälte er das arme Mädchen, bis sie anfing zu weinen, und anschließend gab er ihr einen Penny Trinkgeld.«

Julia verdrehte die Augen. »Das ist echt peinlich. Ich nehme an, du hast Guy nie wieder gesehen.«

»Nie mehr«, stimmte Ellis ihr zu. »Aber der letzte Typ war am schlimmsten … Den Namen habe ich verdrängt.«

»Hast du nicht.«

»Na, gut, er hieß Brad. Ich habe ihn hinterher für mich immer Brech genannt.«

»Was stimmte denn nicht mit Brad?«

»Er war vielleicht der bestaussehende Typ, mit dem ich je ausgegangen bin. Also, echt superhübsch. Braungebrannt, Muskeln, elegantes Auftreten. Er lud mich in ein wirklich nettes italienisches Restaurant ein. Und natürlich bestellte er auf Italienisch, was ein klein bisschen abtörnte, ich meine, wer bestellt schon komplett alles auf Italienisch?«

»Du kannst nichts gegen einen Typ haben, nur weil er Italienisch spricht.«

»Jaja, du hast recht. Aber es war nicht nur das Italienisch, das so abtörnte, sondern dass er bei unserem ersten Treffen … nichts drunter anhatte!«

Julia lachte schallend los. »Im Ernst? Woher willst du das wissen? Vielleicht hatte er ja, keine Ahnung, irgendwas tief Geschnittenes an.«

Ellis wurde puterrot und kicherte. »Ich weiß es einfach, ja? Der war total blank unten rum.«

»Das glaube ich nicht.« Julia trank einen langen Schluck aus ihrem Glas.

»Wirklich, Julia«, beteuerte Ellis und beugte sich vor. »Seine Hose war so geschnitten, ziemlich weit, verstehst du, und man konnte sehen, dass, na ja …« Sie senkte die Stimme zu einem Flüstern. »Alles baumelte frei herum. Baylor hat das früher auch immer gemacht, aber nur am Strand. Nicht beim ersten Date bei einem guten Italiener!«

Julia verlor die Kontrolle über ihre Gesichtszüge und drückte sich eine Papierserviette vor den Mund. »Hör auf! Mir kommt der Gin schon aus der Nase! Was hast du gemacht, als du merktest, dass er nichts drunter trug?«

»Was sollte ich schon tun?«, erwiderte Ellis. »Es fiel mir erst auf, als er zur Toilette ging und quer durch den Raum zum Tisch zurückkam, ja? Da hüpfte ihm alles ungehindert in der Hose rum.«

»O nein!«, lachte Julia mit Tränen in den Augen. »Igitt! Arme Ellis.«

»Damals fand ich das gar nicht komisch«, sagte Ellis und musste lachen. »Ich wollte einfach nur noch raus, aber ich hatte schon das Essen bestellt. Also hab ich die Vorspeise runtergewürgt, eine Migräne vorgetäuscht und ihm gesagt, mir wäre so schlecht, ich müsste sofort gehen. Ich rannte buchstäblich nach draußen, winkte ein Taxi heran und haute ab. Das war für mich das Ende mit den Internetbekanntschaften.«

»Du liebe Güte«, kicherte Julia. »Ich bin schon so lange mit Booker zusammen, ich wusste gar nicht, dass es da draußen so furchtbar zugeht.«

»Du hast ja keine Ahnung«, versicherte ihr Ellis.

»Und, was hat sich geändert, dass du jetzt wieder auf Männersuche bist?«, fragte Julia.

»Nichts«, sagte Ellis. »Oder alles. Dass ich meine Arbeit verloren habe … das klingt abgedroschen, aber ich glaube, es ist an der Zeit, Bilanz zu ziehen. Ich habe beschlossen: jetzt oder nie. Wenn ich einen netten Typen kennenlerne, wer weiß? Außerdem ist Ty ja eigentlich kein Barkeeper. Er ist Daytrader. Er verdient hier bloß Geld dazu, weil die Börse momentan so wenig hergibt.«

»So was ist mir egal«, meinte Julia. »Würde mich auch nicht stören, wenn er wirklich Kellner wäre. Er macht einen netten Eindruck. Ich finde, du solltest es versuchen, Ellis. Komm, ein kleiner Urlaubsflirt könnte dir richtig guttun.«

Ellis spielte mit ihrem zweiten Glas. »Meinst du?«

Die Kellnerin brachte noch eine Runde Getränke, machte dabei aber ein unglückliches Gesicht. »Ty bittet mich, euch auszurichten, dass er in einer halben Stunde freihat«, sagte sie. »Er fragt, ob ihr vielleicht noch so lange bleiben könnt.«

»Oh«, machte Ellis. »Ja, sicher. Ich meine, ist das in Ordnung für dich, Julia?«

Julia trank ihr Glas leer. »Bleib du ruhig, Ellis«, sagte sie. »Wenn es dich nicht stört, nehme ich den Wagen und fahre nach Hause. Ich glaube, ich bekomme Migräne. Vielleicht bringt Ty dich ja zurück.«

»Nein!«, rief Ellis fast panisch. »Du kannst noch nicht gehen, Julia!«

»Das schaffst du schon«, sagte Julia und tätschelte die Hand ihrer Freundin. »Du bist ein großes Mädchen. Du kannst das.«

Die Kellnerin räusperte sich, damit die beiden merkten, dass sie wartete.

Ellis schluckte. Ihr Herz raste. Sie schaute zu der Kellnerin auf. »Sagen Sie ihm, dass ich warte.«

Julia erhob sich und legte ein paar Dollarscheine auf den Tisch. »Das ist Trinkgeld«, sagte sie und wies mit dem Kinn auf den Schein. Dann gab sie Ellis einen Kuss auf den Scheitel. »Viel Spaß«, flüsterte sie. »Und mach dir keine Sorgen. Ich habe Ty beobachtet. Er bückt und streckt sich die ganze Zeit, holt Bier aus dem Kühlschrank und so. Ich bin mir hundert Prozent sicher, dass er eine Unterhose trägt.«

22

»Die, die wie eine Geburtstagstorte angezogen ist, will noch bleiben, ihre Freundin fährt nach Hause«, sagte die Kellnerin zu Ty.

»Nella!«, tadelte er sie. »Sei nicht so gehässig, das steht dir nicht.«

»Kann nicht anders«, gab Nella Maxwell zurück und stellte ein Tablett mit schmutzigen Gläsern in die Spüle. »Das liegt in meiner Natur. Wer ist das überhaupt?«

»Sie heißt Ellis«, sagte Ty und gab Wodka und Eiswürfel in einen Shaker. »Ist eine Freundin von mir.«

»Die sieht mir nicht wie deine üblichen Freundinnen aus«, bemerkte Nella. »Eigentlich stehst du doch eher auf so heiße Feger wie die, die gegangen ist.«

»Julia?« Ty runzelte die Stirn. »Irgendwie nicht so. Egal, ich mag Ellis halt. Sie ist … anders.« Er schaute zu Ellis hinüber, die allein am Tisch saß, das Kinn auf die Hand gestützt, und das Gewimmel der Menschen um sich herum betrachtete. Sie trug ein mädchenhaftes, rosa-grünes Strandkleid. Das Haar hatte sie hochgesteckt, so dass eine Handvoll Sommersprossen auf ihren gebräunten Schultern und in ihrem Ausschnitt zu erkennen war, ein erstaunlich tiefer Ausschnitt für eine Frau, deren Badeanzug aussah, als wollte sie damit zum Schwimmtraining. Doch in einer Sache hatte Nella recht, dachte Ty. Ellis sah wirklich aus wie ein süßes rosa Cremetörtchen. Völlig fehl am Platz in einer Kneipe wie *Cadillac Jack's*, wo sich Collegeschüler und in Schwarz gekleidete Szenetypen drängten und herumbaggerten. Am liebsten hätte er Ellis an die Hand genommen und hinausgebracht, vielleicht an den Strand, an einen ruhigen Ort ohne hämmernde Musik und schrille Stimmen.

Ty war ziemlich erfreut gewesen, als er vor einer Stunde hochgeschaut und gesehen hatte, wie Julia mit Ellis im Schlepptau auf die Bar zusteuerte. Niemals hätte er damit gerechnet, dass sie seine Einladung annehmen würde, im Club vorbeizukommen. Sie kam ihm nicht wie der Typ Frau vor, der von einem Laden zum nächsten zog, aber vielleicht war das ja auch Julias Idee gewesen. Doch das interessierte ihn letztlich nicht. Er war froh, dass Ellis gekommen war, und noch glücklicher, dass sich Julia verdrückt hatte.

Ty schaute auf die Uhr und runzelte die Stirn. »Ist schon nach neun, eigentlich hab ich jetzt frei. Angie meinte, Patricia würde jetzt kommen und den Rest der Schicht übernehmen. Hast du sie schon gesehen?«

»Nee«, sagte Nella. »Aber ich bekomme zwei Frozen Margaritas und ein Natty Lite für den Tisch da hinten, und zwar dalli, dalli.«

»Patricia bewegt mal besser ihren Hintern hinüber«, sagte Ty düster und gab Eiswürfel und die übrigen Zutaten für einen Margarita in den Shaker. »Ich hab's satt, für sie einzuspringen. Hast du ihre Handynummer?«

»Patricias?«, höhnte Nella. »Na, hör mal! Selbst wenn ich die hätte, weißt du genau, dass sie nicht drangehen würde. Sie hat sich gestern Abend heftig mit Jason gestritten, er hat sie auf die Straße gesetzt. Und du weißt, dass ihre alte Karre vor einer Woche den Geist aufgegeben hat. Da Jason also aus dem Spiel ist, muss sie entweder das Fahrrad nehmen oder den Daumen ausstrecken, wenn sie herkommen will.«

»Na, toll«, murmelte Ty und sah sich um. Es war ein typischer Sonntagabend im *Cadillac Jack's.* Es war schon proppenvoll, und immer noch strömten neue Gäste herein. Patricia Altizer war ein liebes Mädchen, Mitte zwanzig, aber sie hatte einen miserablen Männergeschmack und noch weniger Glück, wenn es darum ging, ihr Leben auf die Reihe zu bekommen. Wenn es ihr gelang, rechtzeitig zur Schicht anzutreten, arbeitete sie wirklich hart, doch Ty hatte schon öfter für sie einspringen müssen und das deprimierende Gefühl, dass es an diesem Abend nicht anders laufen würde.

Wie vermutet, schlüpfte Angela um halb zehn mit einem verdrießlichen Gesicht hinter die Theke. »Patricia ist nicht da, wie du bestimmt schon gemerkt hast«, begann sie. »Ty, mein Lieber, ich frag wirklich nicht gerne, aber kannst du vielleicht bis zum Ende bleiben?«

»Hast du denn niemand anders?«, fragte er. »Ich hab heute Abend noch was vor. Und du hast mir versprochen, du würdest mich nicht ständig bitten, bis zum Ende durchzuarbeiten.«

Angela drehte sich um und schaute zu dem Tisch hinüber, den Ty im Blick gehabt hatte, als sie auf die Theke zugesteuert war. Es war der Tisch von Ellis. Sie hatte ihr Glas leergetrunken und spielte mit ihrem Handy herum. Ty war so beschäftigt gewesen, dass er nicht mal Zeit gehabt hatte, ihr einen neuen Drink zu schicken – oder sich zu entschuldigen, dass er sie warten ließ.

»Ja, Nella hat mir schon erzählt, dass du eine neue Freundin hast«, sagte Angela mit leicht sarkastischer Stimme.

»Nella soll sich um ihren eigenen Kram kümmern«, gab Ty zurück.

»Hör mal, Ty«, begann Angie. »Ich weiß mir keinen Rat. Patricia kommt auf keinen Fall, und ich hab schon überall angerufen und versucht, jemanden zu finden, der einspringt, aber es ist keiner da. Wenn du bis zum Schluss bleibst, bin ich dir was schuldig. Was du willst – du brauchst es nur zu sagen. Bleib nur bitte hier, und lass mich nicht ohne Barkeeper stehen!«

Ty dachte nach. Angie steckte wirklich in der Klemme. Wenn er jetzt ging, so dass nur Nella und ein anderes Mädchen im Service waren, würde es womöglich Probleme geben. Andererseits steckte er selbst in der Klemme. Es war Mitte August, und der September rückte immer näher. Er musste dringend Geld verdienen, und zwar schnell. Ty schaute zu Ellis hinüber, die seinen Blick erwiderte. Sie lächelte, hob die Augenbrauen und winkte ihm schüchtern zu.

Er seufzte. »Eine halbe Stunde wirst du mich entbehren müssen. Dann bin ich wieder da und bleibe bis zum Ende. Aber das ist das letzte Mal heute. Und es wird dich was kosten.«

»Egal«, sagte Angie eindringlich. »Was immer du willst.«

»Du zahlst mir heute Abend zwanzig pro Stunde«, sagte Ty. »Plus Tip. Und du zweigst nichts davon für dich ab. Nella und ich wissen, wie viel wir ungefähr gemacht haben, und wenn du versuchst, uns zu bescheißen, ist das das letzte Mal, dass ich einen Fuß in diesen Laden gesetzt habe, verstanden?«

»Das ist Erpressung.«

»Genau«, sagte Ty. »Aber du kannst dich ja weigern zu zahlen, dann mache ich einen schönen Spaziergang.«

»Hi«, sagte Ty und setzte sich neben Ellis.

»Selber hi«, sagte Ellis. »Ganz schön viel los heute, was?«

»Allerdings. Und ich hab eine schlechte Nachricht. Das Mädel, das um neun kommen sollte, um mich abzulösen, ist nicht aufgetaucht. Das bedeutet, dass ich bleiben und bis zum Schluss durcharbeiten muss – vor eins bin ich auf keinen Fall hier raus.«

»Oh«, machte Ellis und versuchte, ihre Enttäuschung zu verbergen. »Das ist aber schade.«

»Das ist total beschissen«, sagte Ty. »Aber auf die Schnelle bekommen sie niemand, also muss ich ran. Pass auf, ich hab jetzt ungefähr eine Viertelstunde Pause. Ich fahr dich nach Hause, und wenn du Lust hast, unsere Verabredung zu verschieben, können wir vielleicht an einem anderen Abend zusammen ausgehen.«

»Klar«, Ellis versuchte, unverbindlich zu klingen. »Aber mach dir keine Sorgen um mich. Ich kann mir auch ein Taxi nehmen oder so …«

»Auf gar keinen Fall.« Ty hielt ihr die Hand hin.

»Komm! Je schneller wir hier raus sind, desto mehr Zeit kann ich mit dir verbringen.«

»Höchstens fünfzehn Minuten.«

Zehn Minuten später bogen sie in die Auffahrt von Ebbtide ein. Das Licht auf der Veranda brannte, auch Madisons Zimmer im obersten Stock war erleuchtet, der Rest des Hauses lag im Dunkeln.

Ty ließ den Motor des Bronco laufen. »Das ist echt ätzend«, sagte er genervt.

»Ist schon gut«, gab Ellis zurück. »Wir waren ja nicht verabredet oder so.«

»Nein, verabredet waren wir nicht, aber trotzdem finde ich das nicht gut«, sagte Ty. »Wie wär's mit einem anderen Abend diese Woche? Die meisten guten Restaurants sind montags geschlossen. Vielleicht Dienstagabend?«

»Hm«, machte Ellis. Ihr Hirn war wie erstarrt. Ty lud sie ein! Er wollte sich mit ihr verabreden. Auf einmal war sie wieder fünfzehn, wie gelähmt vor Angst und bekam die Zähne kaum auseinander.

»Besser Mittwochabend?«, fragte Ty.

»Nein, ich meine, ja, Dienstagabend wäre schön«, brachte Ellis schließlich hervor.

»Super«, Ty klang erleichtert.

Dankbar, dass der unbehagliche Moment verstrichen war, tastete Ellis nach dem Türgriff. Doch bevor sie ihn fand, sprang Ty aus dem Wagen, lief herum und öffnete ihr die Tür.

Er nahm ihre Hand und half ihr aussteigen, dann zog er sie in einer fließenden Bewegung an sich, so ungezwungen, wie er es in tausend anderen sternenerfüllten Sommernächten getan haben mochte. Und zu Ellis' Erstaunen fanden ihre Arme den Weg um seinen Hals, so als hätte sie ihr ganzes Leben lang nichts anderes getan. Eine Locke ihres schwarzen Haares lag auf ihrem Schulterblatt, Ty schob sie Ellis hinters Ohr, küsste zuerst ihr Schulterblatt und dann das Ohr. Schließlich fanden sich ihre Lippen. Er betastete sie mit seiner Zunge. Da summte es plötzlich in der Tasche seiner Jeans, kurz darauf klingelte es.

»Verflucht«, sagte er und ließ Ellis nur widerstrebend los. »Das ist Angela, die drängelt schon, dass ich zurückkommen soll. Muss leider los.«

Er küsste Ellis' Nasenspitze. »Fortsetzung folgt, ja?«

»Gern«, stimmte Ellis zu. »Auf jeden Fall.«

Sie bemühte sich, forsch die Stufen von Ebbtide hinaufzusteigen, drehte sich an der Tür um und sah Tys Wagen nach, der rückwärts aus der Auffahrt fuhr. Vor sich hin summend tanzte sie durchs Erdgeschoss, überprüfte die Türen, verkorkte eine Flasche Wein, die jemand auf dem Küchenschrank hatte stehen lassen, und machte das Licht aus.

Ellis war schon auf der Hälfte der Treppe, als sie erkannte, welche Melodie sie gesummt hatte: »Dancing in the Dark«. In ihrem Zimmer hängte sie das rosa

Strandkleid auf, schlüpfte in ihren Schlafanzug und stieg ins Bett. Zufrieden reckte sie sich und gähnte, dann knipste sie die Lampe auf ihrem Nachttisch aus. Ein Urlaubsflirt. Ellis Sullivan leistete sich einen Urlaubsflirt. Wie Julia gesagt hatte: »Ist auch verdammt nochmal Zeit.«

23

Am Dienstagmorgen rollte Dorie das Gummiband ihrer Schlafanzughose so weit herunter, dass sie knapp auf ihrer Hüfte saß. Sie legte sich auf die fadenscheinige Chenille-Tagesdecke, hob den Kopf und schaute hinunter auf die blasse sanfte Rundung ihres Bauches. Während sie sich in den vergangenen zehn Tagen um ihre Zukunft gesorgt hatte, hatte die Gegenwart sie eingeholt.

Sie schloss die Augen und legte die Hände vorsichtig auf den Bauch. Ihr Bauch. Ihr Baby. Dies geschah wirklich. Sie knickte ein Eselsohr in die gerade gelesene Seite ihres Schwangerschaftsratgebers. Sie war in der vierzehnten Woche und – so wie das Kind – genau im Zeitplan. Ihre Brüste waren um mindestens eine Körbchengröße gewachsen, quollen aus dem BH und dem letzten Badeanzug, der noch passte. Die Übelkeit war verschwunden, langsam fand Dorie zur alten Energie zurück, und das Zucken, das sie in der letzten Nacht gespürt hatte, da war sie sich absolut sicher, musste das Baby gewesen sein, das sich bewegte. Wenn doch nur der Rest ihres Lebens entsprechend schön verlaufen würde!

Es war zehn Uhr. Dorie schaute ständig nach der Uhr, seit sie um kurz nach sieben aufgewacht war. Zu jeder vollen Stunde dachte sie an Stephen. Er war ein Frühaufsteher. Ob sie ihn bei Tagesanbruch anrufen sollte? Dorie ertrug es kaum, daran zu denken, wie ihr Mann im Bett aufwachte – in Matts Bett? Oder war er allein? Um acht zwang sie sich zu überlegen, was sie sagen würde, wenn sie ihn ans Telefon bekäme.

»Stephen? Ich muss dir was erzählen. Tut mir leid, dass ich das am Telefon mache, aber vorher habe ich es einfach nicht geschafft. Ich wusste nicht, wie ich es dir sagen soll. Aber jetzt schon. Die Sache ist die … ich bin schwanger.«

Sie hatte sich bereits ein Dutzend verschiedener Reaktionen von ihm vorgestellt: Erschütterung, Zorn, Verwirrung. Freude? Konnte das eine Nachricht sein, die ihn freute? Konnte er überhaupt das fühlen, was sie inzwischen empfand? Tiefe, ungetrübte Freude?

Auch Dorie hatte diese Freude überrascht. Nicht dass sie sich keine Sorgen um die Zukunft machte – das tat sie durchaus. Aber der Gedanke an das Kind vermittelte ihr ein Gefühl von Frieden, von Vollkommenheit, von solch absoluter Richtigkeit, dass sie fast Angst hatte, ihren Fuß in so einen Quell des Glücks zu tauchen. In den Ratgebern stand, das liege an den Hormonen, doch das war Dorie egal. Wie auch immer es weiterging, an diesem Baby war nichts mehr zu ändern.

Um neun Uhr sagte sie sich, sie müsse noch warten. Müsse Stephen Zeit geben, den Tag in Ruhe zu beginnen. Er müsste jetzt in der Schule sein, dachte sie, und an den Stundenplänen für das nächste Jahr arbeiten. Vielleicht hatte er auch Termine mit den anderen Trainern, um die kommende Saison der Fußballmannschaften zu besprechen.

Die Gedanken an die Schule und die Kollegen machten Dorie ein mulmiges Gefühl, und das nicht zum ersten Mal. Ihre Schule Our Lady of Angels war eine übersichtliche Gemeinschaft. Sechshundert Schülerinnen, dreißig Lehrer. Es war eine katholische Schule mit konservativen Werten, geleitet von der sechsundsechzigjährigen Schwester Mary Thomasine, die die Schule noch vor Dories eigener Schulzeit mit eisernem Willen und samtener Stimme regiert hatte. Was würde Schwester Thomasine von Dories und Stephens Situation halten: dass Stephen seine Frau verließ, und zwar wegen eines Mannes? Und was würde sie zu Dorie und ihrer Schwangerschaft sagen?

Stephen war ein sehr introvertierter Mensch; er hatte zwar Freunde im Kollegenkreis, doch Dorie konnte sich nicht vorstellen, dass er jemandem seine Eheprobleme anvertraut hatte.

Um zehn Uhr hielt sie es nicht länger aus. Auf ihrem Handy wählte sie Stephens Nummer und hielt die Luft an, halb fürchtend, er würde sich melden, halb das Gegenteil hoffend.

Nach dem dritten Klingeln ging er dran.

»Dorie?« Er war außer Atem.

»Hi Stephen«, sagte sie leise.

»Hi«, erwiderte er und holte tief Luft. Dorie tat es ihm nach. »Schön, deine Stimme zu hören.«

»Deine auch«, sagte sie stirnrunzelnd. Er hätte sie ja anrufen können. Er hatte es nicht mal versucht.

»Und?«, fragte er. »Bist du noch in Nag's Head? Mit den anderen?«

»Ja.« Dämliche Frage! Er wusste doch ganz genau, wo sie war.

»Und, wie läuft es?«, wollte er wissen. »Ist es da so heiß wie hier bei uns?«

»Vielleicht ein bisschen kühler«, antwortete sie. »Am Sonntag hat es heftig geregnet, das hat die Luft abgekühlt. Wie ist es unten bei dir?«

Das war ja albern, dachte Dorie. Wenn sie einen Wetterbericht wollte, könnte sie einfach im Internet nachsehen. Schluss jetzt mit der Verzögerungstaktik!

»Wie immer«, sagte Stephen träge. »Savannah im August halt: heiß und stickig, schwül. Fast unerträglich.«

»Wie geht es deinem Vater?«, fragte Dorie. »Etwas besser?«

»Oh.« Stephen verstummte. »Ach je, Dorie, ich … weißt du es denn gar nicht?«

»Was weiß ich?«

»Dorie, ich hab dir eine Nachricht hinterlassen. Zu Hause auf dem Telefon. Ich dachte, du wüsstest Bescheid. Mein Vater … ach, du meine Güte … Dorie, wir haben Dad verloren. Wann war das? Vor einer Woche? Ich dachte, du wüsstest Bescheid.«

»Was?«, rief sie. »Woher sollte ich das denn wissen? Ich hab doch noch nie eine Fernabfrage von unserem Anrufbeantworter zu Hause gemacht, Stephen, das weißt du genau. Warum hast du mich nicht auf dem Handy angerufen?«

»Es ging alles so schnell«, erwiderte er, und seine Stimme klang abwehrend. »Am Donnerstag kam er ins Hospiz, und meine Mutter dachte, wir hätten noch ein bisschen Zeit mit ihm. Aber am nächsten Morgen, kaum dass sie ihn dort besuchte, war er einfach … sein Herz hatte aufgehört zu schlagen.«

»Stephen!« Dorie weinte. »Das tut mir unglaublich leid.« Es tat ihr leid, weil Henry so ein netter Mensch gewesen war. Es tat ihr leid um Stephens Mutter, eine stille, reservierte Frau aus dem Mittleren Westen, die mit »Mom« anzusprechen Dorie immer schwer gefallen war. Und ja, sie weinte auch um Stephen, um sich selbst und um das Kind, das sie in sich trug und das niemals seinen Opa Henry kennenlernen würde.

»Wie kommt deine Mutter damit klar?«

»Nun ja«, sagte er. »Sie ist traurig, er fehlt ihr, aber sie gehört ja nicht zu denen, die viele Worte um so was machen. Stoisch ist wohl der richtige Ausdruck dafür.«

»Wurde er denn schon beerdigt?«, fragte Dorie und setzte sich auf. Mit dem Ende der Bettdecke tupfte sie sich die Augen trocken.

»Ähm, ja«, sagte Stephen. »Die Beerdigung war Ende letzter Woche.«

»Und du bist nicht auf die Idee gekommen, mich mal anzurufen? Um mir Bescheid zu sagen?« Dories Stimme wurde lauter und ihr Gesicht heiß. »Das finde ich unmöglich.«

»Ich hab … ich weiß es nicht«, seine Stimme wurde immer leiser. »Es tut mir leid, Dorie. Nach allem, was mit uns passiert ist, wusste ich nicht, ob es dich, na ja, interessieren würde.«

»So ist das also?«, rief sie. »Du schläfst mit jemand anderem, ziehst aus und meinst, das wär's gewesen? Unsere gemeinsame Vergangenheit, was wir zusammen erlebt haben, das ist alles vorbei, weil du beschlossen hast, dass du mich nicht mehr liebst?«

»Dorie!« Stephens Stimme brach. »Hör auf. Du weißt genau, dass es nicht so ist.«

»Nein, Stephen«, sagte sie. »Ich weiß nicht, wie es ist. Woher auch? Wir haben den ganzen Sommer nicht miteinander geredet.«

»Ich hab versucht, dich zu erreichen. Ich bin bei dir vorbeigefahren. Du hast mich gesehen. Das weiß ich genau. Es tut mir leid, dass ich dir das mit Dad nicht erzählt habe. Wirklich. Er hatte dich sehr lieb, Dorie.«

»Ich ihn auch«, sagte sie. »Weshalb es auch so wehtut, dass du mir nichts erzählt hast.« Sie war unglaublich zickig, gefühllos, ja grausam. Sie hörte sich genauso an wie ihre Mutter, wenn sie ihren Vater angekeift hatte. Aber Dorie konnte einfach nicht aufhören. »Ich will dich mal was fragen, Stephen.«

»Was denn?«

»Hast du Matt vom Tod deines Vaters erzählt?«

»Hör auf, Dorie!«, mahnte er.

»Sag einfach! Hast du?«

»Ja, sicher. Er stand ja direkt neben mir, als der Anruf kam.«

»Und war Matt auf der Beerdigung deines Vaters?«

»Liebe Güte. Nein. Hör auf, Dorie! Ich meine, was soll das alles?«

»Ist er mit dir nach Omaha gefahren, ja?«

»Darüber rede ich nicht mit dir.«

»Ist er, oder nicht?«

»Hör auf damit!«

»Nein. Ich höre nicht auf. Ich habe ein Recht zu wissen, wer meinen Platz einnimmt. So, ich denke, es steht fest, dass Matt mit dir in Omaha war. Wie hast du ihn denn deiner Mutter vorgestellt? Hast du gesagt: ›Hi, Mama, ich komme jetzt nicht mehr mit Dorie, sondern mit diesem netten Herrn hier‹? Deshalb will ich genau wissen: Habt ihr in deinem ehemaligen Kinderzimmer geschlafen? Wo die Star-Wars-Tagesdecke auf dem Bett liegt und die ganzen Fußballpokale herumstehen? In demselben Bett, in dem *wir* geschlafen haben?«

»Leck mich, Dorie«, sagte Stephen. »Ich lege jetzt auf.«

So hatte er noch nie mit ihr gesprochen. Andererseits hatte Dorie auch noch nie so mit Stephen geredet. »Wag es nicht aufzulegen!«, ihre Stimme bebte. »Du wartest noch. Es gibt einen Grund, warum ich dich heute angerufen habe. Ich bin froh, dass ich es getan habe, denn anscheinend haben wir beide so unsere Geheimnisse voreinander.«

»Was? Ich muss jetzt los, Dorie. Ich habe keine Zeit für deinen Scheiß.«

Sie zögerte, spürte, wie die Galle in ihr hochstieg. So hatte sie diese Nachricht nicht überbringen wollen. Nicht auf diese Weise. Die Neuigkeit vom Baby sollte nicht den Höhepunkt eines bedauerlichen Wutausbruchs darstellen. Doch jetzt war die Zahnpaste schon aus der Tube, wie ihre Großmutter gesagt hätte. Es gab kein Zurück.

»Herzlichen Glückwunsch, Stephen«, sagte sie daher. »Du wirst Vater. Ich bin schwanger.«

»Was? Was hast du gerade gesagt?«

Unvermittelte Taubheit. Nicht gerade die Reaktion, die Dorie bei ihm erwartet hatte.

Sie holte tief Luft und betonte sorgfältig jede einzelne Silbe. Sie wollte sich nicht noch ein drittes Mal wiederholen: »Ich habe gesagt: Ich bin schwanger.«

Es gab eine lange Pause. Dorie konnte Stephen atmen hören, schnell und heftig. Vielleicht war er gerade vom Joggen zurück. Oder er bekam einen Herzinfarkt von der Nachricht.

»Stephen?«

»Ich bin noch dran … Du liebe Güte, Dorie! Ein Baby? Wann denn?«

»Im Februar. Ich bin jetzt fast im vierten Monat.«

»Wow! Mann. Ich weiß einfach nicht, was ich sagen soll, Dorie. Ich meine, du rufst mich an und schreist herum, weil ich dir das mit meinem Vater nicht erzählt habe, und dann teilst du mir ganz nebenbei mit, dass du schwanger bist?«

Dorie wollte lachen, doch es war nicht komisch. »Nicht ganz nebenbei. Seit Wochen überlege ich, wie ich es dir beibringen soll. Ich habe mir sogar zurechtgelegt, was ich sage. Hat irgendwie nicht ganz so geklappt, wie ich es mir vorgenommen habe. Tut mir leid, dass ich rumgeschrien habe. Und das mit Henry tut mir wirklich unglaublich leid. Dieser liebe, freundliche Mann … Es wäre schön gewesen, wenn er das mit dem Kind noch erfahren hätte.«

»Ein Kind«, wiederholte Stephen. »Und du bist

schon im vierten Monat? Hättest du das nicht eher sagen können?«

»Nein«, entgegnete Dorie schlicht. »Ich habe es ungefähr zum selben Zeitpunkt erfahren, als wir hörten, dass dein Vater Krebs hat. Ich hatte Schuldgefühle, wollte nicht, dass du dir noch mehr Sorgen machst. Deshalb habe ich auf den richtigen Zeitpunkt gewartet, wenn du nicht so durcheinander wegen Henry sein würdest. Dann benahmst du dich plötzlich so sonderbar und warst so reserviert, und dann, na ja, dann kam der vierte Juli.«

»Aha.«

Dories Handflächen waren verschwitzt. Sie nahm das Handy in die zitternde rechte Hand. »Und, was sagst du dazu?«

»Zum Baby? Keine Ahnung. Das muss ich erst mal sacken lassen. Wie siehst du das denn? Ich meine, über so was hatten wir schließlich nie gesprochen. Und auf einmal …«

»Ich bin glücklich«, sagte Dorie. »Trotz allem, was passiert ist, bin ich total glücklich und aufgeregt. Ich muss mich um so einiges kümmern, aber fürs Erste konzentriere ich mich auf das Kind in meinem Bauch. Und ich werde eine gute Mutter sein. Ich schwöre, ich werde nicht so werden wie Phyllis.«

»Du hast nichts mit deiner Mutter gemein. Aber werde ich auch ein Wörtchen mitreden dürfen?«, fragte Stephen.

»Wenn du willst«, erwiderte Dorie vorsichtig. »Aber ich denke, wir wissen beide, dass die Ehe kaputt ist.«

»Wirklich?«

Dorie schüttelte den Kopf. War er wirklich dermaßen begriffsstutzig?

»Natürlich«, sagte sie. »Da kannst du einen Haken dran machen. Wir sind durch.«

Stephens Atem wurde langsamer, Dorie fragte sich, ob er jetzt einen Schlaganfall bekam statt eines Herzinfarkts. »Ich liebe dich immer noch, weißt du.«

Sie legte die rechte Hand auf den Bauch und fragte sich, ob das Kind hören konnte, was er gerade gesagt hatte. »Wirklich?«

»Ja«, sagte er traurig. »Irgendwie scheiße, oder?«

»Und was ist mit Matt?«

Stephen seufzte. »Was soll ich dir sagen? Soll ich lügen und behaupten, da wäre nichts? Es wäre alles nur ein Riesenfehler gewesen? Das kann ich nicht, Dorie. Schluss mit den Lügen. Als mein Vater krank wurde und ich hinflog, um ihn ein letztes Mal zu sehen, wusste ich, dass ich ihn wohl nie wiedersehen würde. Da wurde mir klar, dass es an der Zeit war. An der Zeit, mir nicht länger vorzumachen, wer ich bin und was ich will.«

»Es wäre schön gewesen, wenn du *mir* erzählt hättest, wer du bist und was du willst«, bemerkte Dorie leise.

»Ich wusste nicht wie. Ich hatte Angst. Und ich schämte mich!«

»Ach, Stephen«, sagte Dorie, setzte sich aufrecht hin und griff nach der Bettdecke, um sich die Augen trockenzutupfen. »Was machen wir jetzt?«

»Das müssen wir uns in Ruhe überlegen«, sagte er. »Was ist mit der Schule? Weiß Schwester Thomasine schon Bescheid? Das mit uns? Oder das mit dem Kind?«

»Nein«, erwiderte Dorie. »Ich habe es noch niemandem erzählt außer dir und den Mädels. Aber ich habe einen Vertrag, und ich habe vor, so lange wie möglich zu arbeiten. Was ist mit dir? Hast du es jemandem erzählt … dass wir uns getrennt haben, meine ich?«

»Nein«, sagte Stephen. »Ich dachte, wir unterhalten uns erst darüber. Überlegen uns, wie wir weiter vorgehen.«

Dorie verdrehte die Augen. So also sollte es laufen. Stephen war einfach nicht der Typ, der den ersten Schritt machte. Er würde die Realität so lange wie möglich verdrängen.

»Ellis' Bruder Baylor hat einen Freund, der ist Scheidungsanwalt«, sagte Dorie forsch. »Ich werde mit ihm reden, damit er die Unterlagen so schnell wie möglich fertig macht. Ich denke, dass wir das Haus verkaufen müssen.«

»Warum?«, fragte Stephen. »Du liebst es doch.«

»Aber ich kann es mir mit meinem Gehalt nicht leisten, dort zu wohnen. Du genauso wenig.« Mit Absicht fragte Dorie nicht, wo Stephen nun zu leben beabsichtigte.

»Mein Vater hat mir ein bisschen Geld hinterlassen«, begann er.

»Genug, um die Hypothek abzuzahlen?«

»Nein, bei weitem nicht«, beeilte er sich zu sagen.

»Keine weiteren Fragen«, sagte Dorie. »Hör zu, ich werde mit Baylors Freund sprechen. Du suchst dir besser ebenfalls einen Anwalt. Und einen Immobilienmakler, damit wir das Haus auf den Markt bringen können. Ich rufe dich an, wenn ich weiß, wie wir das mit dem Anwalt machen müssen und so.«

»Ich will keinen Anwalt«, sagte Stephen trübsinnig. »Du kannst alles haben, Dorie. Ich möchte, dass unser Kind ein Heim hat. Es ist ja alles meine Schuld. Ich habe dir das angetan. Ich möchte nicht mit dir streiten. Und ich möchte mich nicht scheiden lassen.«

»Ich auch nicht. Aber du willst auch nicht mehr mit mir verheiratet sein. Es sieht so aus, als würdest du lieber mit Matt zusammen sein«, erinnerte Dorie ihn. »Du kannst nicht beides haben, Stephen. Ich will mich nicht mit dir streiten, und ich habe auch nicht die Absicht, dich bis auf die Unterhose auszuziehen. Ich will nur die Hälfte des Erlöses, wenn wir das Haus verkaufen. Und natürlich Unterhalt für das Kind.«

»Dorie?« Stephens Stimme war eindringlich. »Das Kind, was glaubst du, wann das passiert ist? Ich meine, ich dachte immer, wir würden Vorkehrungen treffen.«

»Im Mai«, sagte sie, schloss die Augen und versuchte, die Gefühle jener Nacht auszublenden. »Die Nacht vor der Abschlussfeier. Auf der Party bei Kristin und Bruce. Wir hatten beide zu viel getrunken, weißt du noch? Deshalb sind wir nicht nach Hause gefahren, sondern haben in ihrem Gästezimmer geschlafen. Und … du warst vorher so distanziert gewesen, aber in der Nacht, da warst du so lieb und albern. Es war wie damals, als wir uns kennenlernten. Und so … haben wir schließlich das Kind gemacht.«

»Tja«, sagte er leise. »Dann war es wohl so. Und … ich glaube, ich freu mich darüber, auch wenn der Zeitpunkt scheiße ist. Geht es dir denn gut? Passt du auf dich auf?«

»Am Anfang lief es nicht so glatt, aber die Übelkeit ist jetzt endlich weg, und mir geht es super«, antwortete Dorie und lächelte zum ersten Mal. »Die Mädels verwöhnen mich total.«

»Gut«, sagte Stephen. »Hör zu, ich muss jetzt wirklich los. Rufst du mich an, sobald du wieder in der Stadt bist? Ich muss dich dringend sehen.«

»Mach ich«, versprach Dorie. »Aber ich warne dich: Bis dahin bin ich kugelrund. Bis dann!«

24

Es war der erste heiße Sonnentag seit fast einer Woche. Direkt nach dem Frühstück hatte Julia das Lager an ihrem bevorzugten Strandabschnitt aufgeschlagen, komplett mit Strandlaken, Stühlen und Kühltasche. Dann war sie Joggen gegangen. Eigentlich hasste Julia das Joggen, doch seit ihrer Ankunft in Nag's Head hatte sie dermaßen viel gegessen und getrunken, dass sie ihren inneren Schweinehund schließlich doch überwunden hatte. Auch wenn sie Booker etwas anderes erzählt hatte: Wenn der Monat vorbei war, würde sie wieder arbeiten müssen. Und niemand würde sie als Model buchen, wenn sie zurückkam und wie eine Dampfnudel aussah. Sie hatte sogar auf ihre alte Gewohnheit zurückgegriffen: schwarzer Kaffee und ein hartgekochtes Ei ohne Eigelb zum Frühstück.

Jetzt lief sie prustend über den Virginia Dare Trail und entdeckte plötzlich eine bekannte Gestalt, die gemächlich auf einem silbernen Fahrrad in die Pedalen trat. Julia lief schneller, bis sie die Radfahrerin einholte.

»Hi, Madison!«, rief sie.

Madison sah sich um und erschrak. Das Fahrrad scherte seitlich aus, die kühle Blondine flog übers Lenkrad. Sie landete rücklings in einem Büschel Strandgras.

»Ach, du liebe Güte!«, rief Julia. Sie hockte sich neben die gefallene Frau. »Hast du dir weh getan?«

Sand klebte an Madisons nackten Armen und Beinen und auf ihrer rechten Wange. Aus einem Kratzer am Ellenbogen sickerte Blut.

»Schon gut«, sagte sie und sah Julia finster an. »Du hast mich erschreckt.«

»Tut mir leid«, sagte Julia und bot ihr die Hand, damit Madison sich hochziehen konnte. Sie wandte den Blick vom Blut ab, da ihr bei dem Anblick schnell schummrig wurde.

Widerwillig ergriff Madison Julias Hand und zog sich hoch. Sie schaute auf das Rad, das mit Wucht auf dem Boden gelandet war. Im Vorderrad war eine Acht. »Mist«, murmelte sie.

Sie griff nach dem Reifen, verzog das Gesicht und versuchte vergeblich, ihn geradezubiegen. Dann stellte sie das Rad hin und wollte es schieben, doch es eierte zu stark.

»Tja, das ist im Eimer«, sagte Madison und ließ das Fahrrad wieder auf den Bürgersteig fallen.

»Das tut mir wirklich leid«, Julia war betroffen von Madisons Wutausbruch. »Hör mal, ich hole

Dories Wagen. Wir können das Rad einladen und zur Reparatur bringen. Ich habe einen Laden etwas weiter unten gesehen, bin eben dran vorbeigelaufen.«

»Mir egal«, sagte Madison mit versteinertem Gesicht.

Vorsichtig berührte Julia ihren Ellenbogen und schaute schnell wieder beiseite. »Du blutest. Komm, unser Haus ist nur eine Querstraße entfernt. Ellis hat einen Erste-Hilfe-Koffer. Wir machen dich sauber, danach holen wir das Fahrrad ab. So wie das aussieht, wird es schon keiner klauen.«

Madison sah sich noch einmal nach dem Fahrrad um und seufzte. »Na, gut.«

Julia war schweißgebadet. Ihre orangefarbene Nylonshorts und das weiße Tanktop klebten an ihrem gebräunten Körper. Das Haar wurde von einer weißen Kappe zurückgehalten. Sie schaute zu Madison hinüber, die in einer billigen schwarzen Caprihose, einem blassblauen T-Shirt und No-Name-Sneakers neben ihr humpelte.

»Hast du dir den Knöchel verletzt?«, erkundigte sie sich voller Mitgefühl.

»Kann sein, dass ich ihn mir verrenkt habe.« Madison verzog das Gesicht.

»Das tut mir wirklich leid«, wiederholte Julia. »Ich bezahle die Reparatur vom Fahrrad.«

»Brauchst du nicht«, fuhr Madison sie an. »Das ist

doch eh Schrott. Keine große Sache.« Trotz ihres verletzten Knöchels humpelte sie schneller.

Julia beschleunigte ebenfalls, bis sie die andere wieder eingeholt hatte. »Hab ich dir eigentlich irgendwas getan?«, fragte sie. »Haben die anderen, Dorie und Ellis, dich irgendwie geärgert?«

»Nein«, sagte Madison. »Wie kommst du darauf?«

Julia zuckte mit den Schultern. »Immer wenn wir dich sehen, immer wenn wir dich fragen, ob du nach unten kommen und mit uns essen willst oder ob du mit an den Strand kommen willst, tust du so, als würden wir dich vergiften wollen oder so. Dorie meint, du wärst bloß zurückhaltend, aber ich glaube, da steckt mehr dahinter. Vielleicht magst du uns schlicht und einfach nicht?«

Madison ging weiter. »Ich habe nichts gegen euch, gegen keine. Ihr macht alle einen wirklich netten Eindruck. Es ist einfach … ich gehöre nicht dazu. Okay? Für mich ist das in Ordnung. Ich möchte mich nicht in eure kleine Gemeinschaft drängen oder eure beste Freundin werden. Ich will einfach nur für mein Zimmer zahlen, etwas essen und in Ruhe Fahrrad fahren, ja?«

»Aha.« Julia war getroffen von Madisons Wutausbruch. »Schon gut. Ich werd's den anderen sagen. Wir werden uns von dir fernhalten, wenn du das so willst.«

Schweigend gingen sie weiter. Als sie Ebbtide erreichten, stand Ellis auf der Veranda und fegte Sand beiseite.

»Was ist passiert?«, fragte sie, als sie die humpelnde, blutende Madison erblickte.

»Ich bin gefallen«, erklärte Madison.

»Komm rein, ich hole den Erste-Hilfe-Koffer«, sagte Ellis.

Dorie saß am Tisch und beendete gerade ihr Frühstück, als die beiden anderen Frauen eintraten. »Du lieber Himmel!«, rief sie.

»Ich bin vom Fahrrad gefallen«, wiederholte Madison. »Ist nicht so schlimm.«

Ellis befahl ihr, sich an den Tisch zu setzen, während sie vorsichtig den Sand aus der Wunde am Ellenbogen wusch, sie mit desinfizierender Salbe betupfte und schließlich verband. »Und dein Knöchel?«, fragte sie und berührte vorsichtig Madisons Fuß, der bereits angeschwollen war. »Meinst du, er ist verstaucht?«

Madison zuckte zusammen. »Der ist nur verrenkt«, sagte sie, entschlossen, keinen weiteren Kontakt zuzulassen. »Das geht schon.«

Dorie sprang auf, ging zum Kühlschrank und holte eine Handvoll Eiswürfel heraus. »Die kommen in einen Gefrierbeutel, und dann wird gekühlt, damit die Schwellung zurückgeht.« Sie schaute zu Ellis hinüber. »Hast du vielleicht auch Aspirin oder Ibuprofen in deinem Koffer?«

Ellis holte zwei Tabletten aus einem Fläschchen und reichte sie Madison, die zwar die Augen verdrehte, sie aber dann doch ohne Wasser schluckte.

Julia kam in die Küche. »Ich fahre mit dem Van zu deinem Fahrrad, lade es auf und bringe es in die Reparatur«, verkündete sie, Madisons Einwände übergehend. »Wahrscheinlich kannst du mit dem Fuß eh nicht groß laufen.«

»Kann sie nicht«, bestätigte Ellis.

»Ich hab nichts«, wiederholte Madison. »Ich geh jetzt hoch zu meinem Zimmer und wasche mir den ganzen Sand hier ab.«

»Mit dem Knöchel solltest du besser nicht nach oben steigen«, riet ihr Ellis, doch Madison griff zum Eisbeutel, tat so, als würde sie nichts hören, und ging aus dem Zimmer, die Treppe hoch.

»Herrje!«, rief Ellis und sah ihr nach. »Was hast du ihr bloß getan, Julia?«

»Nichts! Ich war auf dem Rückweg nach Hause, und sie saß vor mir auf dem Fahrrad, da bin ich zu ihr gelaufen und hab ›Hi!‹ gesagt, und sie flippte aus und fiel hin«, erklärte Julia. »Ich hab mich entschuldigt, ich hab ihr angeboten, die Reparatur zu bezahlen, ich war total zerknirscht, aber sie tut so, als hätte ich es mit Absicht getan.«

»Sie ist dermaßen empfindlich«, sagte Ellis kopfschüttelnd. »Ich begreife es einfach nicht.«

»Ich hab sie sogar gefragt, was wir ihr getan hätten.«

»Und, was meinte sie?«, wollte Dorie wissen.

»Im Grunde genommen hat sie gesagt, dass sie nicht in unserem Sandkasten spielen will«, erklärte Julia und lachte unbehaglich. »Ich sag dir, Ellis, mit der Frau stimmt etwas nicht. Und ich werde herauszufinden, was es ist.«

»Julia«, sagte Ellis mit leicht warnendem Unterton. »Lass sie in Ruhe! Du bist nicht Miss Marple.«

»Meinst du«, entgegnete Julia. »Dorie, ich nehme jetzt deinen Van, hole ihr kostbares Fahrrad ab und bringe es zur Reparatur. Bin gleich wieder da!«

Julia fuhr mit dem Minivan auf den Seitenstreifen, direkt neben Madisons kaputtes Rad. Es war jetzt fast Mittag, und die Sonne brannte sengendheiß vom Himmel. Julias Laufschuhe versanken in dem weichen Sand, ein Schweißtropfen rann ihr über die Wange. Genervt zog sie ihr Top über den Kopf und warf es in den Wagen. Lediglich bekleidet mit ihren orangen Laufshorts und einem grellrosa Sport-BH, beugte sie sich vor und packte den Lenker des Fahrrades mit einer Hand und das Hinterrad mit der anderen. Als sie es in den Van laden wollte, hörte sie einen sanften Plumps. Ein Handy war aus dem violett-schwarzen Becherhalter gefallen, der am Lenkrad befestigt war.

Julia wusste sofort, wem das Handy gehörte. Die wenigen Male, als Madison sich dazu herabgelassen hatte, die anderen mit ihrer Gegenwart zu beehren, hatte sie das Mobiltelefon nicht aus der Hand gelegt. Julia hatte sie noch nie ohne das Ding gesehen.

Sie hob es auf, und in dem Moment erscholl eine Autohupe, begleitet von bewundernden Pfiffen. Ein verbeulter alter Landcruiser hielt neben Julia, darin quetschten sich sonnengebräunte Collegestudenten mit nacktem Oberkörper. »Hey, Süße!«, rief der Fahrer. »Brauchst du Hilfe?«

Sie warf ihnen ein Lächeln zu, das Booker immer ihr ›Dollarlächeln‹ nannte. Sie hatte es am Anfang ihrer Karriere perfektioniert, indem sie Farah Fawcetts Gesicht auf dem Poster studierte, auf dem sie den legendären roten Badeanzug trug. Julia hob das Kinn, neigte den Kopf leicht zur Seite und warf das lange Haar nach hinten. »Verpisst euch«, sagte sie freundlich. Sie schob das Handy in die Tasche ihrer Laufhose, knallte den Kofferraum des Wagens zu und setzte sich hinters Steuer.

Der Fahrer des Landcruisers gönnte ihr noch eine Fanfare, dann stob er von dannen, hinterließ nur eine Wolke ölig schwarzer Auspuffgase. »Arschlöcher«, murmelte Julia vor sich hin. Insgeheim fühlte sie sich jedoch geschmeichelt, dass sie mit fünfunddreißig immer noch gut genug aussah, dass ein Wagen voll ausgeflippter Studenten wegen ihr anhielt.

Der Fahrradladen war das letzte Geschäft einer kleinen Einkaufszeile am Croatan Highway. Jede Lücke auf dem Parkplatz war besetzt, Julia parkte in zweiter Reihe und eilte hinein. Eine Frau mittleren Alters mit hüftlangem, schwarz gefärbtem Haar saß auf einem Hocker an der Theke und blätterte in einem Katalog für Ersatzteile. »Hallo«, sagte die Frau und schaute auf.

»Ich habe ein Fahrrad im Auto, bei dem ist ein Rad verbogen«, sagte Julia. »Können Sie so was reparieren?«

»Klar«, sagte die Frau. Sie rutschte vom Hocker und folgte Julia nach draußen zum Van. Mühelos hob sie das Fahrrad heraus. Im Geschäft reichte sie Julia eine Karteikarte zum Ausfüllen mit Name, Adresse und Handynummer. »Mein Mann macht den Kostenvoranschlag und die Reparatur, er ist gerade unterwegs, liefert Strandstühle aus. Ich sag ihm, dass er Sie anrufen soll, sobald er einen Blick drauf geworfen hat«, erklärte die Frau.

»Wie lange dauert das?«, fragte Julia, die an Madisons Verärgerung angesichts der Aussicht dachte, ohne ihr Fahrrad auskommen zu müssen.

Die Frau zuckte mit den Schultern. »Wenn wir ein Ersatzrad haben, könnte es noch heute Nachmittag fertig sein. Wenn er sich eins vom Großhändler schicken lassen muss, könnte es ein paar Tage dauern.«

»Na toll«, sagte Julia, nicht gerade begeistert.

»Wir haben jede Menge Mieträder«, erklärte die Frau und zeigte nach draußen vors Geschäft, wo mindestens zwei Dutzend Räder jeglicher Machart standen.

»Werde ich ausrichten«, bemerkte Julia.

Als sie wieder ins Auto steigen wollte, hörte sie ein ungewöhnliches Geräusch. Es klang wie das eindringliche Bellen eines Hundes, kam jedoch aus ihrer Jogginghose. Julia griff in die Tasche und holte das Handy heraus. Madisons Telefon. Das Display leuchtete: *Unbekannter Teilnehmer.*

Julia zögerte, dann war die Neugier doch stärker. »Hallo«, sagte sie. »Dies ist der Anschluss von Madison.«

»Maryn?«, fragte eine Männerstimme, die nicht gerade glücklich klang. »Lass den Blödsinn! Ich weiß, dass du es bist.«

Julia runzelte die Stirn. »Wer ist da?«

»Wer ist denn da, verdammt nochmal?«, herrschte der Mann sie an.

»Hier ist Julia Capelli«, gab sie zurück.

»Gib mir Maryn!«

Schnell legte Julia auf. »Maryn?«, sagte sie leise. »Wer zum Teufel ist Maryn?«

Fast auf der Stelle klingelte das Telefon erneut, wieder kündigte das Display einen unbekannten Teilnehmer an. Diesmal ließ Julia es klingeln. Kurz darauf gab das Handy ein läutendes Geräusch von sich, und Julia sah, dass der Anrufer eine Nachricht auf der Mailbox hinterlassen hatte.

Sie vergewisserte sich, dass sie nicht beobachtet wurde. Die Einkaufszeile war fast eine Meile von Ebbtide entfernt. Madison mit ihrem verstauchten Knöchel war ganz bestimmt nicht heimlich hergeschlichen, schon gar nicht bei dieser Hitze. Dennoch beschloss Julia, kein Risiko einzugehen.

Sie fuhr mit dem Van um das Einkaufszentrum herum und parkte hinter einem Müllcontainer. Sie berührte das Symbol für die Mailbox, und das Display kündigte ihr acht neue Nachrichten an. Vier waren von einem Mann namens Don. Julia wählte sie an und lauschte dem Anruf, der kurz zuvor eingegangen war.

»Maryn, verdammt nochmal, ruf mich an!« Es war dieselbe Stimme, mit der sie kurz zuvor gesprochen hatte. »Tu mir das nicht an! Ich drehe hier fast durch. Ich weiß, dass du sauer bist, aber ich kann es dir erklären. Ruf mich an, ja? Sag mir bitte nur, wo du bist und dass alles in Ordnung ist. Es tut mir leid, wirklich. Ich wollte dir nicht wehtun. Ich würde dir niemals mit Absicht wehtun.«

Es waren mit Sicherheit über dreißig Grad im Van, doch trotz der Hitze zitterte Julia. Sie klickte die nächste Nachricht an, dann hörte sie auch die anderen Sprüche dieses Don ab. Jedes Mal sprach er sein Gegenüber mit Maryn an und flehte sie an, sich bei ihm zu melden. Jedes Mal wurde seine Stimme lauter. Für Julia stand schnell fest, dass Don der unbekannte Teilnehmer war, mit dem sie kurz zuvor gesprochen hatte.

Wer zum Teufel ist Maryn?, fragte sie sich. Ein Anrufer hätte sich bei Madisons Telefon ja noch verwählt haben können. Aber dieser Don hatte mehrmals jemanden angerufen, den er unter dem Namen Maryn kannte.

Mit dem Zeigefinger tippte Julia auf das Symbol, das die aufgenommene Ansage der Mailbox abspielte. »Hier ist Maryn«, hörte sie eine vertraute Frauenstimme freundlich sagen. »Wer mir eine Nachricht hinterlässt, bei dem melde ich mich so schnell, wie ich Lust habe.« Es war unbestreitbar Madison.

»Ich wusste es«, sagte Julia. »Ich wusste, diese Frau ist ein Aufschneider.«

Mit frischem Interesse beäugte sie das Handy. Innerhalb kürzester Zeit könnte sie das Protokoll der Anrufe prüfen, auch Madisons E-Mails könnte sie sich ansehen. Als sie gerade damit beginnen wollte, gab das Telefon erneut das bellende Geräusch von sich und erschreckte Julia so sehr, das sie es fallen ließ. Sie hob es vom Boden auf und schaute argwöhnisch aufs Display. Zu ihrer Überraschung war es Madison, die anrief.

»Hallo?«, meldete sie sich zögernd.

»Julia, bist du das?« Madisons Stimme war brüchig vor Nervosität. »Hast du mein Telefon gefunden? Gott sei Dank! War es bei dem Fahrrad?«

»Äh, ja«, sagte Julia schuldbewusst. »Es ist aus dem Becherhalter gefallen. Ich wollte es gerade mit nach Hause nehmen.«

»Super«, sagte Madison. »Bis gleich.«

Julia hielt den Apparat in der rechten Hand und dachte daran, was sie gerade vorgehabt hatte. Madison oder Maryn, oder wie auch immer sie hieß, war in Ebbtide und wusste, dass Julia ihr Handy hatte. Julia ließ sich nicht so schnell beeindrucken. Aber Madison mit ihrem eiskalten Blick und ihrer arroganten Art war ein sehr eindrucksvoller Mensch. Genauso wie dieser unbekannte Don, der ihr wehgetan hatte und sie nun anflehte, zu ihm zurückzukommen.

Vorsichtig legte Julia das Telefon auf den Beifahrersitz und ließ den Wagen an. Die Klimaanlage blies mit voller Wucht los, Julia erschauderte, und sie wusste nicht, ob es an der kühlen Luft oder an der Erkenntnis lag, in was sie da gerade hineingeraten war.

Kaum war sie in die Auffahrt von Ebbtide eingebogen, kam Madison aus dem Haus geschossen, humpelte zum Van und streckte die Hand nach ihrem Telefon aus.

»Bitte sehr«, sagte Julia und reichte es ihr. »Ähm, die Frau im Fahrradladen meinte, sie würde mich anrufen, wenn das Fahrrad repariert ist.«

»Danke«, sagte Madison. Sie musterte erst ihr Handy und dann Julia, die vor Scham puterrot anlief.

»Du hattest mehrere Anrufe in Abwesenheit«, begann sie.

»Aha«, sagte Madison nur, drehte sich ohne ein weiteres Wort um und ging zurück ins Haus.

Julia folgte ihr und steuerte auf die Stimmen aus der Küche zu, wo Ellis und Dorie Sandwiches mit Schinken, Salat und Tomaten zubereiteten.

»Auch eins?«, fragte Dorie und wies auf den Teller mit den Scheiben.

»Hm«, sagte Julia. »Lieber nur den Schinken, den Salat und die Tomaten. Ohne Brot.« Sie ging zur Treppe und schaute nach oben, dann kehrte sie in die Küche zurück.

»Ist sie auf ihr Zimmer gegangen?«, fragte sie leise.

»Wer, Madison?«, fragte Dorie. »Ja. Sie meinte, sie hätte keinen Hunger. Ich weiß wirklich nicht, warum sie so zurückhaltend ist.«

»Sie heißt nicht Madison«, flüsterte Julia. »Und sie ist auch nicht zurückhaltend. Sie ist ein Betrügerin.«

»Was!?«, sagte Dorie und legte ihr Buttermesser mit einem Stirnrunzeln beiseite. »Was redest du da?«

»Warum flüstern wir eigentlich?«, fragte Ellis.

»Weil ich nicht will, dass sie uns hört«, erklärte Julia eindringlich. »Leute, ihr richtiger Name ist Maryn. Oder so ähnlich.«

»Und woher willst du das wissen?«, fragte Dorie.

»Als ich ihr Fahrrad abholte, unten an der Straße, klingelte ihr Handy, und ich bin drangegangen. Also, ohne so richtig nachzudenken.«

»Nix da«, sagte Ellis. »Das hast du mit Absicht getan. Versuch uns bloß nichts vorzumachen. Du redest hier mit deinen langjährigen Freundinnen, Julia Capelli.«

»Na gut. Ich bin drangegangen, weil ich wissen wollte, von wem sie angerufen wird«, gab Julia zu. »Es war ein Mann dran, und als ich mich meldete, sagte ich irgendwas wie ›Madisons Apparat‹ oder so, und der Typ meinte: ›Maryn, hör auf mit dem Scheiß!‹ Als er merkte, dass ich gar nicht Madison war – oder wie auch immer sie richtig heißt –, wollte er wissen, wer ich bin. Ohne nachzudenken, habe ich meinen Namen gesagt. Dann hab ich Schiss gekriegt und aufgelegt.«

»*Du* hattest Angst?«, sagte Dorie und schaute ungläubig drein. »Seit wann hast du Angst vor einem Mann?«

»Dieser Typ war echt angepisst«, erklärte Julia. »Also hab ich angefangen, auf ihrem Handy rumzudrücken, und entdeckt, dass sie jede Menge Anrufe in Abwesenheit hatte. Ich hab sie abgehört, und sie waren alle von diesem Typ. Don irgendwas. Jedes Mal nannte er sie Maryn. Er flehte sie an, ihn zurückzurufen, nach Hause zu kommen, er hätte ihr nicht mit Absicht wehgetan. Leute, das war echt gruselig.«

»Vielleicht hatte er sich mit der Nummer vertan?«, schlug Ellis vor.

»Nix da«, sagte Julia. »Das dachte ich erst auch. Aber dann hab ich mir die Ansage von der Mailbox angehört. Das ist Madisons Stimme, nur nennt sie sich Maryn.«

»Vielleicht hat sie Ärger«, sagte Dorie mit gerunzelter Stirn. »Sie hat uns doch erzählt, dass sie sich von einem Mann getrennt hat. Wenn er gewalttätig geworden ist und sie sucht, benimmt sie sich ja vielleicht deswegen so zurückhaltend.«

»Oder sie ist eine Verbrecherin auf der Flucht«, schlug Julia vor.

»Ach, Julia«, sagte Ellis. »Es gibt bestimmt eine völlig einleuchtende Erklärung. Mach doch nicht so ein Drama daraus.«

»Mach ich ja gar nicht«, protestierte Julia. Dann hatte sie eine Idee.

»Dorie«, sagte sie und streckte die Hand aus. »Gib mir mal dein Handy!«

»Was willst du damit?«, fragte Dorie und reichte es ihr.

Julia zog eine Schublade in der Küche auf und holte einen Stift und einen Block heraus. Sie klappte Dories Handy auf und scrollte zur Anrufliste.

»Was um Himmels willen hast du da vor?«, fragte Ellis.

»Nur ein bisschen Detektivarbeit«, sagte Julia

selbstgefällig und klappte das Handy wieder zu. Sie hielt einen Zettel in die Höhe. »Das ist die Handynummer unserer Freundin.«

»Und?«, sagte Ellis.

»Da ich die nun habe, werde ich sehen, wie ich herausfinden kann, auf wen ihr Telefon registriert ist.«

»Mein Gott noch mal«, sagte Dorie. »Hast du eigentlich nichts Besseres zu tun?«

»Eigentlich nicht«, gab Julia zu und schob die Telefonnummer in ihre Tasche. »Egal, gehen wir an den Strand, solange die Sonne noch scheint. Das hier kann ich auch später erledigen.«

25

Eine Stunde später lagen Julia, Ellis und Dorie auf ihren Liegen am Strand.

»Dorie«, Ellis tippte auf den Knöchel ihrer Freundin. »Dreh dich um! Dein Rücken schlägt schon Blasen!«

»Ich weiß«, sagte Dorie und stützte sich auf den Ellenbogen. »Das liegt bestimmt an den ganzen Hormonen.« Sie stand auf, drehte den Sonnenschirm und kippte ihn leicht nach vorn, so dass die obere Hälfte ihres Körpers wieder im Schatten war. Dann setzte Dorie sich hin, cremte sie die Beine nochmals ein und schraubte eine Flasche Wasser aus der Kühlbox auf.

»Schon besser«, sagte sie, nachdem sie die Hälfte der Flasche in einem langen Zug geleert hatte. Sie lehnte sich zurück und griff wieder zu ihrer Zeitschrift.

»Dorie?«, fragte Ellis. »Ich will ja nicht neugierig sein, aber habe ich dich heute Morgen telefonieren hören?«

»Jawohl«, sagte Dorie. »Ihr werdet stolz auf mich sein. Ich habe Stephen angerufen und ihm von dem Kind erzählt.«

»Wirklich?«, quietschte Ellis.

»Was?«, fragte Julia und zog sich die Stöpsel ihres iPods aus den Ohren. »Was hat sie gerade gesagt?«

»Sie hat Stephen angerufen und ihm von dem Baby erzählt!«, verkündete Ellis aufgeregt.

»Wirklich?«, fragte Julia. »Gut gemacht. Was hat er dazu gesagt?«

»Er war … sprachlos«, erwiderte Dorie. »Und erst recht, als ich sagte, wir würden uns scheiden lassen.«

»Das hat ihn schockiert?«, fragte Julia überrascht. »Auf welchem Planeten lebt der eigentlich?«

»Auf dem Planet Verdrängung«, entgegnete Dorie. »Er behauptet, er würde mich immer noch lieben. Aber er ist nicht bereit, auf Matt zu verzichten.«

»Das hat er dir gesagt?«, fragte Ellis.

»Nicht mit denselben Worten«, gab Dorie zu. »Herrgott! Er ist so durcheinander, er weiß nicht, in welche Richtung er gehen soll.«

»Nicht mehr dein Problem«, sagte Julia trocken. »Du musst jetzt an dich und das Baby denken. Stephen wird einfach damit fertigwerden und sich wie ein Erwachsener benehmen müssen.«

»Der Arme«, seufzte Dorie. »Ich weiß, es ist nicht richtig, aber er tut mir so leid. Sein Vater ist gestorben. Ungefähr vor einer Woche! Und er hat mich nicht mal angerufen, um es mir zu sagen. Ich hab ihn angeschrien, und er meinte nur, er hätte gedacht, es wäre mir egal. Könnt ihr das fassen? Henry war mein Schwiegervater! Ich hab Stephen richtig fertiggemacht, und er hat dann zugegeben, dass er mit Matt zur Beerdigung nach Omaha gefahren ist. Ich war so mies zu ihm! Schließlich sagte er ›Leck mich‹ zu mir, was er, glaub ich, noch nie zu mir gesagt hat. Meine Güte! Ihr hättet mich mal hören sollen. Ich war genau wie meine Mutter. Es war deprimierend.«

»Das sind die Hormone!«, sagte Julia mitfühlend. »Außerdem: Egal, was du ihm an den Kopf geworfen hast, er hat es verdient.«

»Du hast es eben doch selbst gesagt«, warf Ellis ein. »Er ist total durcheinander. Wie geht's also weiter?«

»Tja, ich werde wohl den Großteil erledigen müssen, wenn's um die Scheidung geht. Er behauptet, er will sich nicht scheiden lassen. Es wäre alles sein Fehler, ich könnte alles haben, auch das Haus.«

»Dann nimm es doch!«, riet ihr Julia. »Schließlich ist er derjenige, der dich betrogen hast. Du hast es verdient.«

»Nein«, Dorie schüttelte den Kopf. »Wir haben das Haus gemeinsam gekauft. Ich habe ihm gesagt, wir verkaufen es und teilen uns den Erlös. Keiner von uns beiden kann es sich nach der Scheidung noch leisten. Auch wenn Stephen das nicht bewusst ist. Ich habe mich immer um alle Geldangelegenheiten gekümmert. Er hat keinen blassen Schimmer von solchen Sachen.«

»Wenn du das Haus verkaufst, wo willst du dann wohnen?«, fragte Ellis.

»Ich dachte, ich könnte zu meiner Mutter ziehen …«, sagte Dorie kleinlaut.

»Zu Phyllis?«, unterbrach Julia sie. »Bist du verrückt? Warum willst du dich freiwillig so einer Folter unterwerfen?«

»Sie ist meine Mutter«, erwiderte Dorie. »Und ihr Haus ist nur fünf Minuten von der Schule entfernt. Es liegt in einer viel besseren Gegend, als ich mir allein leisten könnte. Ich glaube, dass sie mir Nashs altes Apartment über der Garage überlassen würde, da er ja im Grunde genommen in Omas Haus auf der East 48th wohnt. Da ist eine kleine Küchenzeile drin und auch ein Badezimmer. Ist nichts Besonderes, aber dann wären wir zumindest nicht unter einem Dach mit Phyllis. Sie ist ja letztes Jahr in den Ruhestand gegangen, also wäre sie vielleicht bereit, mir mit dem Kind zu helfen, zumindest am Anfang, bis ich mich um eine Betreuung gekümmert habe.«

»Ach, Dorie«, sagte Ellis voller Mitleid. »Und das willst du wirklich tun?«

»Nein«, gab sie zu. »Aber ich glaube, ich habe keine andere Wahl. Zumindest kurzfristig. Ich weiß, dass Phyllis ganz schön schwierig sein kann, und ich habe echt Schiss davor, ihr das alles zu erzählen, aber sie würde mich niemals im Stich lassen. Und ihr Enkelkind auch nicht. Sie ist völlig vernarrt in Willas Kinder.«

»Es muss eine bessere Lösung geben.« Julia ließ sich wieder auf die Liege fallen.

»Ich bin für alle Vorschläge offen«, sagte Dorie. »Aber bis dahin hab ich nichts Besseres.«

»Das ist ätzend«, meinte Julia.

»Allerdings«, stimmte Ellis zu. »Aber wir werden uns was überlegen. Bis dahin hört auf meinen Rat und kauft Lottoscheine.«

Ellis atmete tief durch. Schon den ganzen Morgen zerbrach sie sich den Kopf, wie sie Dorie und Julia von ihrer Verabredung mit Ty erzählen sollte, ohne dass es sich anhörte, als sei es etwas Besonderes. Obwohl es etwas Besonderes für sie war. Etwas ganz Besonderes.

»Hört mal her«, sagte sie beiläufig. »Wir haben ja gesagt, wir bleiben unter uns, wenn wir hier sind. Aber ich muss euch etwas beichten.«

»Du musst was beichten?«, fragte Dorie träge. »Was hast du denn gemacht? Geld aus unserer Essenskasse genommen?«

»Ich weiß es schon! Ellis ist verli-hiebt, Ellis ist verli-hiebt«, sang Julia.

Ellis' gebräuntes Gesicht lief rot an.

»Echt?« Dorie hob ihre Sonnenblende an. »Hast du hier jemanden kennengelernt?«

»Genau hier«, sagte Julia selbstfällig. »Genau an diesem Strand.«

»Du hast einen Typ am Strand kennengelernt? Wo war ich denn da?«, fragte Dorie.

Julia hielt es nicht länger aus: »Es ist der Garagenmann!«, platzte es aus ihr heraus. »Ty Bazemore. Sag die Wahrheit, Ellis: Du hast dich mit Ty verabredet, stimmt's?«

»Wirklich?« Dorie seufzte glücklich. »Das ist ja super, Elly-Belly.«

»Nenn mich bitte nicht so«, sagte Ellis. »Schon gar nicht in Gegenwart von Ty.«

»Mach ich nicht«, versicherte Dorie ihr. »Auch wenn keiner weiß, ob Julia sich dran halten wird.«

»Ich würde niemals irgendwas tun, was einer Affäre im Weg stehen könnte«, erklärte Julia. »Solange sie uns an den ganzen schmutzigen Details teilhaben lässt.«

Wieder verdrehte Ellis die Augen. »Wir gehen doch nur essen. Ich schwöre euch, wir haben nicht vor durchzubrennen. Er ist … netter, als ich dachte. Ein echt lieber Kerl.«

Dorie hob die rechte Hand und schlug ein Kreuz in die Luft. »Dann hast du unseren Segen. Außerdem war das mit dem reinen Mädelsurlaub auch gar nicht meine Idee. Die stammte von Julia.«

»Ja ja, du hast ja recht«, sagte Julia bereitwillig. »So, jetzt lasst uns losgehen und unser kleines Mädchen fertigmachen für ihren großen Abend. Hat jemand Kondome dabei?«

Dorie kicherte. »Guck mich nicht an! In der Stunde habe ich offensichtlich nicht aufgepasst.«

»Ebenfalls«, sagte Julia und verdrehte die Augen.

26

Ellis war gerade aus der Dusche gekommen und spähte in den kleinen umwölkten Spiegel über ihrer Kommode, als Julia in ihr Zimmer platzte.

»Was willst du heute Abend anziehen?«, fragte sie und warf sich aufs Bett.

Ellis wies auf ein gelbe Sommerkleid mit Blumenmuster, das sie an ihren Kleiderschrank gehängt hatte. »Das da.«

»Wirklich?« Julia stand auf und ging zum Schrank. Sie betastete den Baumwollstoff, rieb ihn zwischen den Fingern und warf einen Blick auf das in das Kleid genähte Etikett. »Hm.«

»Was ist denn?«, fragte Ellis unsicher. »Zu tief ausgeschnitten? Zu nuttig?«

»Nuttig?«, wiederholte Julia lachend. »Mein Erstkommunionskleid zeigte mehr Haut als dieses Teil hier. Hast du denn nichts … Aufreizenderes?«

Wieder öffnete sich Ellis' Schlafzimmertür, und Dorie kam im Pyjama herein, in der Hand ein Eis am Stiel. »Was macht ihr da?«, fragte sie.

»Wir suchen was Schickes zum Anziehen für Ellis' Date – in dem sie nicht wie eine Oma aussieht«, erklärte Julia. Sie fuchtelte mit dem gelben Kleid herum. »Sie will das hier anziehen.«

»Nee«, sagte Dorie. Und fügte schnell hinzu: »Obwohl Ellis immer nett aussieht, wenn sie was Gelbes trägt.«

»Nett will man aber bei einer Verabredung mit einem Typ wie Ty Bazemore nicht aussehen«, gab Julia zu bedenken.

»Hm, stimmt«, sagte Dorie.

Ellis verdrehte die Augen. »Wie soll ich denn aussehen, wenn nicht nett?«

»Heiß«, sagte Julia ohne Zögern. »Atemberaubend heiß. Überwältigend. Hab ich recht, Eudora?«

»Auf jeden Fall.« Dorie nickte nachdrücklich.

»Ihr beiden habt gut reden«, gab Ellis zurück. »Ihr wacht morgens auf und seht super aus, und dann wird's nur noch besser. Wenn ich aufwache, sehe ich aus wie … na, wie ich. In einer Stunde holt Ty mich ab, und da wir keine Zeit haben für eine komplette Überarbeitung, begnüge ich mich mit ›nett‹, wenn es euch nicht stört. Jetzt lasst mich in Ruhe und sucht euch eine andere Beschäftigung.«

»Na, gut«, sagte Julia und schnippte das Kleid mit einer abwertenden Geste beiseite. »Wie du willst. Dann wünsche ich dir einen *netten* Abend. Vielleicht teilt ihr euch ja ein Bananen-Split.«

Dorie stand ebenfalls auf. »Viel Spaß, Süße«, sagte sie und blies Ellis einen Kuss zu.

Als die beiden Freundinnen zur Tür hinausgehen wollten, gab Ellis nach.

»Na, gut. Überredet. Wahrscheinlich werde ich es anschließend bereuen, aber was stellt ihr euch denn vor?«

Julia und Dorie klatschten sich ab. Mit einer übertriebenen Verbeugung öffnete Julia die Tür. »Mir nach!«, sagte sie.

Dorie schraubte einen gekühlten Tiegel Feuchtigkeitscreme auf und verteilte sie mit leichten, geübten Bewegungen auf Ellis' Gesicht.

»Hm«, machte Ellis mit geschlossenen Augen. »Was ist das?«

»Fluide d'Agneau«, sagte Julia und warf einen Armvoll Kleidung auf ihr Bett. »Wird angeblich aus dem Fruchtwasser von Schafen gemacht, die von Mönchen auf den schattigen Hängen der Schweizer Alpen großgezogen werden. Zehn Gramm für siebzig Dollar. Ist das zu glauben?«

Ellis riss die Augen auf. »Du lieber Himmel!«

»Entspann dich«, sagte Julia. »Der Beauty-Redakteur einer Modezeitschrift hat mich mit Proben überhäuft, als ich das letzte Mal zum Shooting da war.« Sie hielt einen kurzen Rock mit Zebramuster hoch. »Wie wär's hiermit?«

»Keine Tierprints«, erwiderte Ellis bestimmt.

Julia nickte und warf den Mini beiseite. Sie wählte ein tief ausgeschnittenes Schlauchkleid in Orange aus, das wie ein Gummiband mit Trägern aussah. »Zu kurz?«

»Ellis ist zwölf Zentimeter kleiner als du«, erinnerte Dorie sie. »Das ist wohl eher zu eng. Wenn sie das Kleid anhat, wird er sie anspringen, sobald sie im Auto sitzt.«

Julia nahm ein Kleidungsstück nach dem anderen in die Hand und verwarf es wieder. Schließlich hielt sie einen Rock aus schwarzem Chiffon mit Blumenmuster hoch. Der schräge Saum war rüschig gehalten. »Zu mädchenhaft?«, fragte sie und hielt den Rock auf Armeslänge von sich.

Ellis hielt den Atem an. Eigentlich gefiel ihr der Rock. Unheimlich. Aber wenn sie sich jetzt zu sehr dafür begeisterte, wären Dorie und Julia automatisch dagegen.

»Nicht schlecht«, sagte Dorie. Sie nahm den Rock und hielt ihn Ellis an. »Bei ihr hat er normale Länge. Versteh mich nicht falsch, Julia, aber du musst wirklich obernuttig aussehen, wenn du ihn anhast.«

»Meine Beine sind das Beste an mir«, sagte Julia. »Und Booker hat es gerne, wenn ich kurze Röcke trage.«

»Hm«, machte Dorie und schielte in den Bund des Rocks. »Da ist gar kein Etikett drin. Ist das auch so ein Vorführteil von einer Modezeitschrift oder so?«

»Nein«, sagte Julia. »Der ist von mir.«

»Soll das heißen, den hast du von deinem eigenen Geld gekauft?«, fragte Ellis.

»Nein, den habe ich selbst entworfen und mit meinen eigenen Händen genäht«, erklärte Julia.

»Nie im Leben!«, rief Dorie. »Im Ernst? Ich wusste gar nicht, dass du nähen kannst.«

»Ich versuch's immer mal wieder«, sagte Julia leichthin. »Wisst ihr nicht mehr, in der achten Klasse, als ihr Französisch hattet? Ich habe damals stattdessen Handarbeit gewählt? Schwester Marguerite zwang mich mindestens zweihundertmal, den Reißverschluss neu einzunähen …«

»Wir hatten zwar Französisch, aber ich kann gerade mal eine Bouillabaisse bestellen«, sagte Ellis. »Und du schneiderst inzwischen deine eigene Kleidung?«

»Nur ab und zu. Wenn ich Langeweile oder eine gute Idee habe. Ehrlich gesagt, macht mir das Entwerfen mehr Spaß als das Nähen, weil ich das auch im Flugzeug oder im Hotelzimmer machen kann.«

»Wow«, Ellis drehte sich zu Dorie um. »Wusstest du, dass sie nähen kann?«

»Sie ist echt gut, was Geheimnisse angeht«, gab Dorie zurück. »Hat bestimmt was mit dem Hellsehen zu tun.«

»Und was für ein Oberteil dazu?«, fragte Dorie, nun wieder beim Rock.

»Ich habe eine süße weiße Bluse«, hob Ellis an, wusste aber sofort, dass es ein Fehler war.

Dorie verzog die Nase. »Nichts Weißes! Was ziehst du dazu an, Julia?«

Julias Augen leuchteten auf. »Wartet! Das hier ist genial!« Sie ging zu ihrer Kommode und zog etwas heraus, das wie ein Hauch schwarzer Spitze aussah. »Ta-da!«

»Aha«, machte Ellis und beäugte das Kleidungsstück argwöhnisch. »Und was trage ich über diesem BH?«

»Das ist kein BH«, erklärte Julia. »Das ist ein Korsett. Total angesagt dieses Jahr. Nachgemacht von Gaultier. Hab ich im Winter bei einem Shooting auf den Bahamas angehabt.« Sie hielt das Top über den Rock. »Oho!«, rief Dorie begeistert.

»Nee!«, sagte Ellis und verschränkte trotzig die Arme. »Ich trage beim ersten Date nicht nur einen BH. Nie-mals. Auf gar keinen Fall.«

»Du hörst nicht richtig zu, Ellis«, Julia versuchte, ruhig zu bleiben. »Das ist kein BH.«

Sie ging wieder zur Kommode und holte einen Push-up-BH aus rosa Spitze heraus. »Das ist der BH.« Sie hielt ihn vor ihr schwarzes Top und dann das Korsett davor. »Siehst du? Zwei verschiedene Träger. Sehr verführerisch.«

»Oh, ja!« Dorie war begeistert. »Heiß! Das musst du anziehen, Ellis.«

»Ich weiß nicht«, Ellis klang nicht überzeugt. »Ich bin jetzt schon total nervös. Ihr versteht das nicht. Ich hab mich seit Ewigkeiten mit keinem Mann mehr getroffen. Ich muss irgendwas tragen, in dem ich mich wohl fühle. Wenn die Sache mit Ty funktioniert, dann kann ich das ja vielleicht beim nächsten Mal anziehen.«

»Nix da.« Julia war nicht bereit nachzugeben. »Wir haben gesehen, in was du dich wohl fühlst. Omahosen und weite Shirts. Los, komm, Ellis, zieh's wenigstens mal an, ja?«

»Genau, Ellis«, sagte Dorie. »Wenn du es richtig furchtbar findest, musst du es ja nicht anbehalten. Probier's nur mal für mich an, bitte, bitte!«

»Na gut«, gab Ellis nach. Sie warf ihren Bademantel aufs Bett, griff nach dem BH und warf einen Blick auf das rosa Satinetikett: »75C?« Sie sah Julia an. »Seit wann hast du C-Körbchen?«

Julia grinste beschämt. Sie legte die Hände unter ihre Brüste. »Seit letztem Jahr«, sagte sie. »Implantate. Die beiden ließen sich langsam ein bisschen hängen, da hab ich sie ein bisschen aufmöbeln und vergrößern lassen.«

»Wirklich?« Dories Augen wurden groß wie Untertassen. »Ist mir gar nicht aufgefallen. Wie war das so?«

»Nichts Besonderes. Ich konnte zwei Wochen lang nicht arbeiten, bis die Schwellungen weg waren und die Drainagen entfernt wurden.«

»Drainagen?« Ellis verzog das Gesicht. »Das hört sich aber nicht witzig an.«

»Das soll auch nicht witzig sein«, sagte Julia. »Das ist Business, mehr nicht. Aber die Brust-OP war nicht halb so schlimm wie damals, als ich mir die Nase machen ließ. Das hat echt tierisch weh getan. Ihr hättet mal den Bluterguss sehen müssen. Ich sah aus, als hätte ich beim Boxen mehrere Schläge abbekommen.«

»Julia!«, rief Ellis empört. »Ich hatte keine Ahnung, dass du dir die Nase hast machen lassen. Dabei kenne ich dich schon dein ganzes Leben.« Sie stand auf, stellte sich wenige Zentimeter vor Julias Gesicht und berührte vorsichtig deren Nase. »Man sieht nichts davon.«

»Das liegt daran, dass ich den besten Schönheitschirurgen hatte, den man für Geld bekommen kann«, entgegnete Julia.

»Was stimmte denn nicht mit deiner alten Nase?«, fragte Dorie. »Ich meine, so schlimm kann die ja nicht gewesen sein, schließlich modelst du schon, seit du neunzehn bist.«

»Die war zu italienisch«, sagte Julia. »Ein Capelli-Zinken. Und ich muss sagen, als mein Vater mich nach dem Eingriff zum ersten Mal sah und begriff, was ich getan hatte, war er total entsetzt. Es hat ihn wirklich verletzt. Ich hab ihm gesagt, das wäre reines Geschäft. In dieser Branche ist das eigene Aussehen das Kapital. Und das muss man immer auf Vordermann halten.«

Dorie setzte sich wieder aufs Bett und lehnte sich gegen einen Berg Kopfkissen. »Julia, du redest immer darüber, dass du zu alt wärst und deine Karriere vorbei. Aber ich begreife das nicht. Du siehst besser aus als je zuvor. Deine Haut ist super, dein Körper ist der Hammer. Dich will doch jeder buchen!«

Julia lächelte Dorie dankbar an. »Du bist süß, Eudora. Aber du weißt nicht, wie das in meiner Welt ist. Ich bin fünfunddreißig. Das Mädel auf dem Titelblatt der *Elle* in diesem Monat ist siebzehn. Sie trägt Größe dreißig. Und kommt mir nicht mit Heidi Klum. Denn die ist nicht die Norm. Ich war auch nie eine Heidi Klum. Ich bin Julia Capelli, die eine Menge Glück hatte, durch Europa gegondelt ist und Jobs für Editorials und auf dem Laufsteg hatte, und jetzt, na ja, wird das alles ein bisschen weniger. Für euch sehe ich gut aus, weil ihr mich gern habt, und ihr wisst es nicht besser. Das ist schon in Ordnung. Macht euch keine Sorgen um mich. Ich komme schon zurecht!«

Ellis hatte sich darauf konzentriert, die schwarzen Satinbänder des Korsetts über Kreuz zu schnüren. Sie hielt die Luft an und machte einen doppelten Knoten in das Band.

»Du hast doch viel mehr zu bieten als dein Aussehen, Julia. Du bist klug. Wirklich klug. Und komm mir nicht mit dem Blödsinn, dass du nie zum College gegangen bist. Ich rede nicht von Abschlüssen. Du bist total weltgewandt. Du warst schon überall, du kennst dich aus mit Kunst, Literatur und Musik. Du hast so viele Menschen kennengelernt! Guck mich an, ich habe einen Abschluss in Finanzwesen, aber habe fast fünfzehn Jahre eingesperrt in einer Bank verbracht – und was habe ich jetzt davon? Fünfzehn Jahre, vergeudet mit Erbsenzählern und Bürohengsten. Und jetzt hab ich nicht mal mehr einen Job!«

»Und was ist mit mir?«, schaltete sich Dorie ein. »Ich verbringe meine Zeit damit, Satzstrukturen in die Köpfe von vierzehnjährigen Mädchen zu pauken, denen das scheißegal ist. Versteht mich nicht falsch, ich liebe meinen Beruf, und ich liebe die Mädchen, aber ein Müllmann in Savannah verdient mehr Geld als ich.«

»Aber ihr beide habt wenigstens einen richtigen Beruf«, entgegnete Julia. »Ihr habt ein Blatt Papier, das euch bescheinigt, dass ihr schlau seid. Ich nicht. Ich sag euch mal was: Wenn das Geld nicht wäre, das wirklich sehr, sehr angenehm ist, wäre es mir schnurzegal, wenn ich nie wieder als Model gebucht würde. Das habe ich sogar letztens Booker gesagt. Ich bin so was von durch damit. Aber ich kann nichts anderes als modeln.«

»Nein, das stimmt nicht«, widersprach Ellis. »Du kennst dich mit vielen Sachen aus.« Sie nahm den schwarzen Chiffonrock und streifte ihn über, dann wandte sie Julia den Rücken zu, damit sie den Reißverschluss zuziehen konnte. »Das hier zum Beispiel«, sagte sie, drehte sich und wackelte mit den Hüften, so dass der Stoff sich leicht bauschte. »Dieser Rock ist umwerfend. Ich würde so was sofort kaufen, du auch, Dorie?«

»Wenn's den auch für Schwangere gäbe«, bemerkte die Freundin. »Wie wär's denn damit, Julia? Hast du schon mal überlegt, Klamotten zu entwerfen, statt dich darin fotografieren zu lassen?«

Julia zuckte mit den Schultern und winkte ab. »Das mach ich nur so zum Zeitvertreib. Ihr wisst ja nicht, wie es in der Branche abläuft. Man kauft sich nicht einfach eine Handvoll Nähmaschinen und nennt sich Designer.«

»Aber du weißt doch, wie es läuft«, sagte Ellis. »Du warst schon in der Branche tätig, als du noch keine zwanzig warst. Komm, Julia! Sag die Wahrheit! Wenn du dir aussuchen könntest, womit du dein Geld verdienst, was wäre das?«

»Du meinst, wenn ich mal groß bin?« Julia schnaubte verächtlich.

»Ja«, sagte Dorie leise. »Nächste Woche. Nächstes Jahr. Was würdest du dann tun?«

»Wartet mal kurz«, unterbrach Ellis und spähte in

den Spiegel in der Tür von Julias Wandschrank. Sie streckte die Arme aus. »Das kann ich nicht anziehen. Tut mir leid. Aber darin fühle ich mich total nackt.«

»Hier«, sagte Julia und warf ihr einen hauchdünnen schwarzen Blazer zu. »Zieh den drüber. Und jetzt stell dich nicht so an.«

Ellis schob die Arme in die Jacke. Es war ein fast durchsichtiger Stoff, mit engen Ärmeln, die an den Handgelenken leicht ausgestellt waren. Zumindest bedeckte der Blazer ihre Schultern. Sie drehte eine kleine Pirouette. »Was meint ihr?«

»Super!«, sagte Dorie und klatschte. »Perfekt. Du siehst umwerfend aus.« Sie wandte sich an Julia. »Und du, mein Schatz, bist ein Genie. Und wie schaffen wir es nun, dieses große Talent an die Arbeit zu bekommen?«

Julia holte tief Luft. »Hm … ehrlich gesagt, möchte ich nicht mehr vor der Kamera arbeiten, sondern dahinter.«

»Du willst fotografieren?«, fragte Ellis. »Ich habe dich noch nie mit einem Fotoapparat gesehen.«

»Nicht als Fotografin – als Stylistin«, erklärte Julia. »Also Fotostylistin.«

»Wirklich?«, fragte Dorie und begann Ellis zu schminken. »Was genau würdest du dann tun?«

»Der Stylist ist derjenige, der für den Look des Bildes verantwortlich ist«, erklärte Julia. »Als Stylist kauft man die ganzen Requisiten und Accessoires zusammen, stylt das Setting und richet es her, egal ob bei einem Modeshooting oder wenn Lebensmittel oder Möbel fotografiert werden. Mit so was hab ich mich schon immer gern beschäftigt.«

Ellis hob das Kinn, damit Dorie ihr Wimperntusche auftragen konnte. »Dann mach es doch!«

»Würde ich ja gerne«, sagte Julia. »Aber es ist fast unmöglich, da Fuß zu fassen. Es ist ein hart umkämpfter Markt. Und da eine Zeitschrift nach der anderen Pleite macht, sieht es leider nicht besonders rosig aus mit Aufträgen.«

»Könnte Booker dir nicht helfen, einen Auftrag als Fotostylistin zu bekommen?«, fragte Dorie. Sie stäubte losen Puder auf Ellis' Wangen.

»Vielleicht.«

Julia beugte sich vor, um Dories Werk zu begutachten. Sie griff zu einem flachen Döschen Rouge und einer langstieligen Quaste und reichte ihr beides. »Perfekt. Jetzt mach ihr ein bisschen Rouge auf die Wangen.«

Dorie machte sich an die Arbeit. »Hast du Booker schon gesagt, dass du Fotostylistin werden willst?«

Julia schüttelte den Kopf, nahm einen Kamm und begann, Ellis' Haare zu bearbeiten. »Hab bisher nur drüber nachgedacht. Wahrscheinlich bräuchte ich erst mal eine Stelle als Assistentin.«

»Was macht denn so eine Assistentin?«, fragte Ellis.

»Aushilfsarbeiten«, erklärte Julia. »Cappuccino holen, Requisiten und Ausrüstung ein- und auspacken, Requisiten auflisten und in die Läden zurückbringen, wo man sie gekauft oder geliehen hat. Nichts besonders Aufregendes. Und die Bezahlung ist schlecht.«

»Du hast eben gerade gesagt, du würdest dir nicht mehr viel aus Geld machen«, erinnerte Dorie sie.

»Und mir hast du erzählt, Booker möchte, dass du zurück nach Amerika ziehst und ihn heiratest«, fügte Ellis hinzu. »Also sag mir bitte eins, Julia Capelli: Was ist dein Problem?«

»Ich weiß es nicht«, gab Julia frustriert zu. »Wüsste ich auch gerne.«

Sie nahm Ellis' schweres Haar in eine Hand und griff mit der anderen nach einer Schere. »Herrschaften noch mal, Ellis«, stöhnte sie. »Du trägst jetzt seit der sechsten Klasse einen Mittelscheitel und schulterlanges Haar. Das ist vielleicht mal langweilig.«

Alarmiert schaute Ellis auf. »Lass mich bloß in Ruhe mit meinem Haar. Es bleibt, wie es ist. Daran wird nichts verändert!«

Dorie und Julia tauschten einen Blick aus.

»Elly-Belly«, sagte Dorie flehend. »Vertraust du uns nicht?«

»Nein«, erwiderte Ellis fest und nahm Julia die Schere aus der Hand. »Ich trage dieses Korsett-Teil. Ich ziehe auch den Rock an. Ich ziehe sogar diesen furchtbaren rosa Push-up an, der auch noch kneift. Aber das Haar lasse ich mir nicht von ihr schneiden. Auf gar keinen Fall.«

»Schon gut«, sagte Julia, doch ihr Gesichtsausdruck ließ deutlich erkennen, dass es alles andere als gut war. »Ich tue, was ich kann. Aber lass es mich wenigstens hochstecken, ja?«

»Es wird nichts geschnitten«, quetschte Ellis zwischen zusammengebissenen Zähnen hervor.

»Weichei«, murmelte Julia.

»Zicke«, entgegnete Ellis. Aber sie grinste. Und als Julia ihr das Haar im Nacken zusammenfasste, zu einem Strang drehte und ihn dann gekonnt feststeckte, blinzelte sie. Mit dieser Frisur und der Schminke sah sie völlig anders aus. Wie sie selbst, nur hübscher.

Vorsichtig klopfte es an Julias Zimmertür. Die drei drehten sich um, und Madison schaute herein. Ihr Gesicht unter dem Pflaster auf ihrer Wange war blass, und auf ihrem Ellenbogen prangte bereits ein hässlicher Bluterguss.

»Wow«, sagte sie. »Ellis, du siehst toll aus.«

»Siehst du?«, riefen Julia und Dorie im Chor.

»Hey, Dorie«, sagte Madison. »Ich will dich nicht stören, ich wollte nur fragen, ob ich mir noch ein bisschen Ibuprofen von dir leihen kann. Mein Knöchel fängt an zu pochen.«

»Du Arme!« Dorie erhob sich vom Bett. »Das ist in meinem Zimmer. Ich hol es eben.« Als sie in der Tür an Madison vorbeiging, bückte sie sich, um ihren Knöchel genauer zu inspizieren. »Der ist jetzt richtig geschwollen«, erklärte sie. »Ich habe einen Stretchverband in meinem Erste-Hilfe-Koffer. Den bring ich auch mit.« Dorie wies auf Julias Bett. »Setz dich hin!«, befahl sie.

»Ach nein«, zögerte Madison.

»Setz dich!«, wiederholte Ellis.

Auf der Kante von Julias Bett fühlte sich Madison sichtlich unwohl. Sie sah sich um, dann schaute sie Ellis an. »Besonderer Anlass?«, fragte sie.

Ellis errötete. »Nur eine Verabredung zum Essen. Aber Julia und Dorie meinten, ich müsste mich total aufbrezeln.«

Zögernd nickte Madison Julia zu. »Super gemacht.«

»Danke.« Julia nahm das Kompliment nur widerwillig an.

Ellis warf einen Blick auf die Uhr von Julias Nachttisch. »Also, sind wir fertig? Denn er holt mich in gut zehn Minuten ab.«

»Was ist mit deinen Schuhen?«, fragte Julia.

»Ich hab nicht so viele Paare dabei«, sagte Ellis. »Hauptsächlich Flipflops und Tennisschuhe. Die einzigen, die überhaupt hierzu passen, sind meine schwarzen Ballerinas.«

»Auf gar keinen Fall«, sagte Julia schnell. Sie wollte wieder an ihren Wandschrank, hielt aber inne und runzelte die Stirn. »Nützt nichts. Ich hab riesengroße Füße. Schuhgröße 42, und du hast noch mal was? 38?«

»39«, sagte Ellis. »Die Ballerinas gehen schon.«

»Ballerinas?«, wiederholte Dorie, die mit einem Pillenfläschchen und dem Erste-Hilfe-Koffer zurückkam. »Zu dem Rock brauchst du Riemchensandalen mit Absatz. Ich hab welche dabei. Kannst du dich in meine 37 quetschen?«

»Nicht, wenn ich damit noch laufen will«, sagte Ellis trocken. »Leute, es ist schon gut. Ist doch nur ein Paar Schuhe.«

»Es ist nie *nur* ein Paar Schuhe.«

Alle drei drehten sich zu Madison um. Sie stand auf und humpelte aus dem Zimmer. »Wartet! Bin gleich wieder da.«

»Wo willst du hin?«, rief Dorie. »Es wäre besser, wenn du so lange wartest, bis ich dir den Verband angelegt …«

Aber Madison eilte bereits durch den Flur zur Treppe.

Zwei Minuten später war sie wieder da, in der Hand ein Paar ultramoderner High Heels: Mehrere grob gerippte schwarze Riemchen, dazu sieben Zentimeter hohe Absätze. Die Sohlen waren in einem kühnen Rot.

»Perfekt!«, sagte Dorie und klatschte vor Freude in die Hände.

»Christian Laboutin?«, fragte Julia und hob eine Augenbraue. »Du hast Schuhe von Laboutin mit an den Strand genommen?«

Madison reichte Ellis die High Heels und ließ sich wieder aufs Bett fallen. »Ja, und? Ich hab eine Schwäche für schöne Schuhe. Die hab ich übrigens letztes Jahr im Sommerschlussverkauf gefunden.« Sie nickte zu Ellis hinüber. »Ich hab Schuhgröße 38,5 vielleicht geht das ja. Los, probier sie mal an!«

Ellis musterte die Schuhe gründlich. »Aber die sind kaum getragen«, sagte sie und tippte auf die leuchtend rote, tadellose Sohle. »Ich kann nicht deine brandneuen Schuhe anziehen.«

»Klar kannst du«, ermunterte Madison sie. »In meinem früheren Leben hatte ich mehr von dieser Sorte. Das gibt es jetzt alles nicht mehr. Ich weiß nicht mal, warum ich sie mitgenommen habe. Bitte, Ellis! Ich würde mich freuen, wenn du sie heute Abend trägst.«

»Ich weiß nicht«, sagte Ellis, schob jedoch ihre Füße in die Sandalen und schloß die Riemchen. Unsicher erhob sie sich und vollführte eine kleine Pirouette.

Dorie und Julia jubelten und pfiffen. Selbst Madison klatschte höflich.

»Warte mal kurz«, sagte Julia. Sie wühlte in einem Satinkästchen auf ihrer Kommode herum, dann hielt sie triumphierend zwei Chandelier-Ohrringe aus Kristallen und schwarzen Steinen in die Höhe.

Ellis steckte sie an. »Fertig«, sagte sie. Sie blies ihren Freundinnen Küsse zu und stakste zur Tür. »Muss los. Danke euch! Ehrlich, ihr seid die Besten!«

»Lauf schon«, sagte Dorie. »Viel Spaß, ja? Du weißt doch noch, wie man Spaß hat, oder?«

»Tu nichts, was ich nicht auch tun würde«, riet ihr Julia.

»Ich kann mir nichts vorstellen, was du nicht tun würdest«, sagte Ellis.

Julia nickte zustimmend. »Genau das meine ich.«

27

Die Frau, die die Tür von Ebbtide öffnete, hatte nur entfernt Ähnlichkeit mit der Ellis Sullivan, die Ty am Strand und am Sonntagabend bei *Cadillac Jack's* gesehen hatte.

Er war kein Spezialist, aber es kam ihm vor, als sei Ellis verwandelt worden. Sie hatte ein tief ausgeschnittenes schwarzes Spitzenoberteil an, das wie Unterwäsche aussah, darüber ein fast durchsichtiges Jäckchen. Der Saum ihres Rocks streifte kaum ihre Knie, dazu trug sie unglaublich hohe Absätze. Ihr Haar war auch irgendwie anders, eine schicke Hochsteckfrisur, und ihre Ohrringe streiften fast ihre kaum bedeckten Schultern.

Sie öffnete die Fliegentür, trat auf die Veranda und warf ihm ein scheues Lächeln zu. »Hi«, sagte sie.

Ty wusste, dass er sie anstarrte, aber er konnte nicht anders. »Du siehst umwerfend aus«, sprudelte es aus ihm heraus. Am liebsten hätte er sich geohrfeigt. Natürlich sah sie umwerfend aus. Ellis Sullivan sah auch in ihrer albernen Schlafanzughose und mit einem schiefen Pferdeschwanz umwerfend aus. Doch an diesem Abend war es anders. Er hätte gesagt, sie sehe »atemberaubend« aus, wenn er zu den Männern gehört hätte, die dieses Wort benutzen.

Ellis errötete. »Julia und Dorie haben mich in die Mangel genommen«, erklärte sie. »Ich komme mir vor wie Aschenputtel. Alles, was ich anhabe, ist geliehen. Das Einzige, was mir selbst gehört, ist meine Unterhose.«

Sie hielt sich die Hand vor den Mund und errötete noch stärker. »Entschuldigung. Zu viel Information. Immer dasselbe Problem, wenn ich dich sehe.«

»Egal, was du da anhast, es funktioniert jedenfalls«, sagte Ty. Er wies auf seine khakifarbene Freizeithose, die er so gründlich gebügelt hatte, und auf das gestärkte weiße Button-Down-Hemd, das er hinten in seinem Kleiderschrank in der Tüte von der Reinigung gefunden hatte, zusammen mit seinem dunkelblauen Sakko, das er nicht mehr getragen hatte, seit Kendra ihn in einem letzten verzweifelten Versuch, ihn in den Schoß der Familie zu integrieren, zu einer Cocktailparty im Country Club ihres Vaters geschleppt hatte. Ty hatte sogar seine besten Slipper geputzt, bis sie glänzten wie an dem Tag, als er sie gekauft hatte. Nur auf Socken hatte er verzichtet. Irgendwo musste auch mal Schluss ein.

»Tut mir leid, aber das sind alles meine eigenen Sachen«, scherzte er. »Gut, dass Julia und Dorie mich nicht sehen können.«

Er nahm Ellis' Hand und führte sie die Verandastufen hinunter zu seinem Bronco, den er vorher gewaschen und gesaugt hatte. Er hatte sogar alle Bierflaschen und Einwickelpapiere weggeworfen.

»Oh, die können dich schon sehen«, sagte Ellis und wies mit dem Kinn nach oben. »Sie beobachten uns von Julias Zimmer aus.«

Ty schaute hoch, doch er sah lediglich ein leichtes Zucken des Vorhangs. »Komm, damit es sich auch lohnt für die beiden«, sagte er, führte Ellis' Hand an seine Lippen und drückte einen Kuss darauf, dann öffnete er die Wagentür und half ihr hinein. Er drehte sich um, winkte zum Haus hinüber, und der Vorhang zuckte erneut. Als Ty den Bronco die Auffahrt hinunterlenkte, merkte er, dass Ellis nervös in den Rückspiegel schaute.

Er hatte ein Fischrestaurant in Duck ausgesucht, zwanzig Minuten nördlich von Nag's Head. Am Ende einer Schotterstraße lag das unauffällige Lokal und bot einen Ausblick über die ganze Bucht. Es hatte verwitterte Wände aus Zedernholz, ein verrostetes Zinkdach und ein summendes Neonschild vor der Tür, auf dem *Fish Food* stand.

»Lass dich von der Einrichtung nicht abschrecken«, sagte Ty, als er den Wagen parkte. »Hier gibt's den besten Fisch auf den Outer Banks.«

»Sieht nett aus«, sagte Ellis mit einem gewissen Staunen, als man sie an einen Tisch am Fenster führte, von dem aus man auf eine lange Reihe von Booten blickte. »Vor dem Urlaub habe ich das Informationspaket der Tourismuszentrale angefordert und sogar einen Reiseführer für die Outer Banks gekauft, aber in keinem habe ich einen Hinweis auf diesen Laden gefunden.«

»Du hast ein Informationspaket angefordert?«, lachte Ty. »Wer macht denn so was?«

»Ich«, sagte Ellis. »Ich mag keine Überraschungen. Außerdem sind da meistens Gutscheine drin. Weißt du, dann bekommt man eine Vorspeise oder ein Dessert umsonst.«

»Ich dachte, alle Frauen mögen Überraschungen«, sagte Ty. »Na ja, *Fish Food* wirst du in keinem Führer finden. Und ich bin mir ziemlich sicher, dass sie keine Gutscheine ausgeben. Dies ist ein Laden für die Einheimischen. Eddie, der Koch, hat früher in einem Restaurant gekellnert, wo ich während der Highschool gejobbt habe. Er hat einen etwas ausgefallenen Humor, aber in der Küche kennt er sich aus.«

Die Kellnerin kam, und Ty fragte Ellis, ob sie etwas trinken wolle. »Ich nehme ein Bier vom Fass. Und sie nimmt …« Er schaute Ellis an und versuchte sich zu erinnern, was sie am Sonntagabend im *Cadillac Jack's* bestellt hatte. »Einen Cosmopolitan, nicht?«

Sie unterhielten sich zwanglos, bis die Kellnerin mit ihren Getränken und den Speisekarten zurückkehrte.

»Was kannst du empfehlen?«, fragte Ellis mit Blick auf das fettbespritzte kopierte Blatt.

Sie saß aufrecht auf ihrem Stuhl und fummelte an dem Band herum, das ihr Korsett vorn zusammenhielt. Wenn sie nicht gerade das Top hochzog, damit ihre Brüste nicht noch weiter herausrutschten, zupfte sie am Saum des kurzen Rockes, der jedoch ein hoffnungsloser Fall war – er bedeckte kaum ihre mit blassen Sommersprossen übersäten Oberschenkel. Auch auf Ellis' Nase konnte Ty unter der Schicht Glitzerpuder Sommersprossen erahnen. Es juckte ihm in den Fingern, über den Tisch zu greifen und an den schwarzen Bändchen zu ziehen, nur um zu sehen, was dann passieren würde. War der rosa Spitzen-BH mit dem Miederteil verbunden, das sie drüber trug? Ty fand, dass das näher untersucht werden musste.

»Ty? Du liebe Güte, bist du's wirklich?«

Er schaute auf. Kendra und Ryan standen im Restaurant und warteten darauf, an den Nachbartisch geführt zu werden. Ty spürte, wie alle Farbe aus seinem Gesicht wich. Jetzt kam Kendra sogar zu seinem Tisch herüber. Ryan, das Arschgesicht, zockelte hinter ihr her.

Ty wäre am liebsten im Boden versunken.

»Du bist es!«, sagte Kendra mit schriller Stimme. »Und richtig aufgedonnert im Sonntagsstaat.«

Ty Bazemore hatte eine ordentliche Erziehung genossen, seine Mutter und seine Großmutter hatten darauf bestanden. Zwei Jahre Square Dance und Anstandsregeln hatte er über sich ergehen lassen. Man sprach ältere Menschen mit »Sir« und »Ma'am« an. Man erhob sich, wenn eine Dame den Raum betrat, und wenn man einen Herrn begrüßte, sah man ihm in die Augen, lächelte und drückte ihm fest die Hand. Widerwillig erhob sich Ty. »Hallo, Kendra«, sagte er mit ausdrucksloser Miene. Er nickte in Richtung des Arschgesichts. »Ryan.« Diesem Kerl würde er nicht die Hand geben. Wenn seine Mutter noch leben würde, hätte selbst sie das verstanden. Wenn seine Großmutter noch am Leben wäre, hätte sie sogar applaudiert oder dem Arschgesicht mit ihrer allzeit gegenwärtigen Fliegenklatsche möglicherweise in die Visage geschlagen.

»Hey, Kumpel!« Der ahnungslose Ryan streckte die Hand aus, ließ sie aber sinken, als Kendra ihm einen vernichtenden Blick zuwarf.

»Und, wie geht es dir?« Kendra stellte sich auf die Zehenspitzen, um Ty zu umarmen, und hüllte ihn dabei in eine Giftwolke ihres Parfüms, das nach überreifen Ananas roch.

»Ganz gut«, sagte Ty und erwiderte die Umarmung hölzern mit einem Arm. Als sie ihn endlich losließ, machte er einen Schritt nach hinten, nur für den Fall, dass das Arschgesicht auf ähnliche Ideen kam. Zu Hause würde er das Sakko und das Hemd wegwerfen. Falls er hier jemals lebend rauskam.

»Wirklich?«, fragte Kendra mit gerunzelter Stirn. »Ganz bestimmt? Ich habe in letzter Zeit viel an dich gedacht. Seit wir zurückgekommen sind. Wusstest du das? Mein Vater hat mich jetzt doch überredet, bei ihm einzusteigen. Ich glaube, er hat es nur getan, weil er wusste, dass Ryan mit dabei sein würde. Er möchte uns im ›Doppelpack‹, wie er das nennt.«

»Super«, sagte Ty. »Glückwunsch.« Wenn es auf den Outer Banks ein größeres, aufgeblaseneres Arschloch als Boomer Wilcox gab, so hatte Ty es noch nicht kennengelernt. Er war der Meinung, Ryan und Boomer hätten sich gegenseitig verdient.

»Wir haben gehört, dass du als Daytrader arbeitest«, sagte Kendra, und ihre Stimme triefte vor Besorgnis. »Das ist bestimmt hart bei der momentanen Wirtschaftslage, oder?«

»Geht schon«, presste Ty heraus. »Mal läuft's gut, mal nicht so.« Verzweifelt sah er sich im Raum um, hoffte, irgendetwas würde geschehen, das dieser schrecklichen Horrorshow ein Ende setzte. Ein Blitzeinschlag vielleicht. Er wäre auch schon mit einem kleineren Fettbrand zufrieden gewesen.

Sein Blick fiel auf Ellis, die zu ihm aufschaute und

erwartungsvoll lächelte. Vor seinem inneren Auge sah er die Fliegenklatsche seiner Großmutter, die drohend in seinem Nacken schwebte und nur darauf wartete zuzuschlagen, sollte er seine gute Erziehung vergessen.

»Kendra, Ryan: Das ist Ellis, eine … ähm … Freundin.«

»Oh, hallo«, sagte Kendra, und ihre Stimme stieg um ein Dezibel. »Alice?«

»Nein, ich heiße Ellis«, erklärte Ellis. »Mit einem E.«

»Hi Ellis«, sagte Ryan und hielt ihr automatisch die Hand hin. Da sie offenbar eine ebenso strenge Erziehung genossen hatte und die beiden ja nicht kennen konnte, stand sie auf, strahlte die beiden an und gab ihnen die Hand.

»Das ist aber ein ungewöhnlicher Name«, sagte Kendra. »Ich glaube, ich habe noch keine Frau kennengelernt, die so heißt. Sind Sie hier aus der Gegend?«

»Nein«, erwiderte Ellis. »Gebürtig bin ich aus Savannah. Meine Freundinnen und ich machen hier einen Monat Urlaub.«

»Wieso haben Sie sich ausgerechnet die Outer Banks ausgesucht?«, fragte Kendra.

»Das war eine Art Kompromiss«, erklärte Ellis. »Eine meiner Freundinnen wohnt in London, die andere noch in Savannah, und ich lebe in Philadelphia.«

»Herrlich!«, zwitscherte Kendra. »Wo sind Sie denn untergekommen? Hier in Duck?«

»Nein, unten in Nag's Head«, sagte Ellis.

Ty spürte ein Kribbeln auf der Kopfhaut, als Nag's Head erwähnt wurde. Langsam arbeitete sich die Angst nach unten vor. Er wusste, was als Nächstes kommen würde, und er konnte nichts dagegen tun.

»Oh!«, machte Kendra. »In Nag's Head. Hach, das ist mein alter Tummelplatz. Meinen Eltern gehört Cedar Haven. Kennen Sie das Haus? Das ist ein riesiger Haufen Sperrholz direkt an der Beach Road.«

Besitzergreifend legte Ryan einen Arm um Kendras Taille. »Sie spricht von einem Haufen Sperrholz«, sagte er schmunzelnd. »Dabei verschweigt sie, dass Cedar Haven zu den Originalhäusern von Nag's Head gehört. Es gibt nur noch ein gutes Dutzend davon. Sie werden der ›ungestrichene Adel‹ genannt. Lässt sich echt sehen. Vierhundertfünfzig Quadratmeter, direkt am Meer, Doppelgrundstück. Kendras Großvater hatte den ersten Swimmingpool in Nag's Head.«

»Ich glaube, das Haus kenne ich«, sagte Ellis aufgeregt. »Es ist ungefähr eine Meile von unserem entfernt. Am Virginia Dare Trail, nicht?«

Sag es bitte nicht, flehte Ty stumm. Hör bitte auf.

»Und wo wohnen Sie?«, fragte Kendra.

»Das Haus, das wir gemietet haben, ist eine ziemliche Absteige«, verriet Ellis. »Ich meine, es könnte toll sein, aber es ist schon länger nichts dran gemacht worden.«

Panisch sah sich Ty im Raum um. Die Kellnerin näherte sich mit einem Korb Brot und einem Fläschchen Olivenöl. Das war seine Rettung! Am liebsten hätte er sie auf die Lippen geküsst.

»Hey, guck mal!«, sagte er zu Ellis. »Unser Brot kommt. Wir wollen doch nicht, dass es kalt wird. Hier gibt es wirklich tolle Hefebrötchen. Eddie macht sie selbst.« Er zog Ellis' Stuhl zurück und drückte sie praktisch darauf. »Es war schön, euch zu sehen«, sagte er und entließ Kendra und Ryan mit einem Nicken.

Kendra warf ihm einen fragenden Blick zu, ließ sich aber zurück an ihren Tisch führen.

»Die machen einen netten Eindruck«, sagte Ellis und nahm sich ein Brötchen.

Wenn du wüsstest, dachte Ty.

Das Essen war die reine Qual. Er bestellte für beide und bemühte sich, normal zu sein. Doch immer, wenn er Ellis ansah, fiel sein Blick auf den Tisch hinter ihr. Dort saßen Kendra und das Arschgesicht, lachten, plauderten und steckten ihre goldenen Köpfe zusammen. Hin und wieder fing Kendra Tys Blick auf, dann beugte sie sich noch weiter vor, hielt die Hand vor den Mund und flüsterte ihrem Mann etwas ins Ohr. Sie redeten über ihn, das wusste er. Spotteten über sein vergilbtes weißes Oberhemd und das zerschlissene Sakko vom College, dessen Ärmel einen Zentimeter zu kurz waren. Sein Magen grummelte.

Es dauerte ewig, bis die Vorspeisen kamen. Ty wusste schon nicht mehr, was er bestellt hatte. Es war heiß und sah vage nach Meeresfrüchten aus. Irgendwie würgte er es hinunter. Ellis pickte an ihrem gegrillten Schwertfisch herum, probierte den gedämpften Broccoli und das Couscous auf ihrem Teller.

Irgendwann erschien die Kellnerin mit einer Flasche gekühltem Wein. Es war ein Nectar Imperial Rosé von Moët & Chandon, Ty kannte ihn nur zu gut. Sechzig Dollar die Flasche, aber nur wenn man sie im Fachhandel kaufte. »Die haben wir nicht bestellt«, sagte er und schob den Weinkühler beiseite.

»Der kommt von der Dame und dem Herrn am Nebentisch. Mit besten Empfehlungen«, sagte die Kellnerin.

Ty schaute auf, und Kendra winkte ihm zu. Der Imperial Rosé war ihr Lieblingswein. Er hatte für so manchen Streit gesorgt, als sie im ersten Jahr in Carolina Jura studierten und so gut wie kein Geld hatten. Ihre Freunde saßen alle im selben Boot, ernährten sich von Nudeln und Dosensuppen. Auf den Partys schluckten sie jeden Fusel, der billig zu kaufen war, aber Kendra war der Ansicht, das Leben sei zu kurz, um schlechten Wein zu trinken, und erschien wunderbarerweise mit einer Flasche ihres Moët &

Chandon, bezahlt von dem Geld, das Boomer jeden Monat auf ihr Girokonto schaufelte.

»Wie lieb«, murmelte Ellis. Ty konnte die Flasche nicht zurückgehen lassen, das hätte einen Eklat gegeben. Er gestattete der Kellnerin, Ellis ein Glas einzuschenken, doch hätte er um nichts in der Welt selbst den Wein angerührt. Stattdessen bestellte er noch ein Bier vom Fass.

Er leerte es in wenigen großen Zügen. Ellis nippte vorsichtig am Wein.

Ein unbehagliches Schweigen legte sich über den Tisch. Ty glaubte, das Unglück abgewendet zu haben, doch er hatte sich geirrt.

Die Kellnerin kam an ihren Tisch. Sie war aus der Gegend, hatte blondes Haar mit violetten Strähnen, ihre Augen waren zu schwarz geschminkt. Eine Krake mit langen Armen war auf ihre Brust tätowiert; das Tattoo hatte wahrscheinlich mehr gekostet, als das Mädchen in einer Woche bei Eddie verdiente. Die Kellnerin schaute auf ihre halb geleerten Teller und zuckte mit den Achseln, machte sich aber nicht die Mühe, sie abzuräumen. »Nachtisch?«, fragte sie und stellte eine schwarze Schiefertafel auf den Tisch. »Eddie hat frischen Pfirsichauflauf mit selbstgemachtem Limonen-Basilikum-Eis, und als Käsekuchen gibt's heute einen Turtle Track, das heißt, es sind geröstete Pekannüsse drin und oben drüber ein Toffeeüberzug …«

Ty warf Ellis einen fragenden Blick zu. »Ich weiß nicht«, sagte sie.

»Nur die Rechnung, bitte«, sagte Ty brüsk.

Natürlich brauchte das Mädchen ewig für die Rechnung. Ellis nippte weiterhin an ihrem Wein, Ty trommelte mit den Fingern auf den Tisch, fest entschlossen, nicht zu Kendra hinüberzusehen.

Schließlich kam die Kellnerin mit der Rechnung zurück. Ty schob die Scheine in das in Leder gebundene Büchlein und wollte flüchten, als er aus dem Augenwinkel sah, wie Ryan aufstand und sich ihnen näherte.

Er versuchte, sich unter Kontrolle zu halten. Selbst das Arschgesicht hatte das Recht, zur Toilette zu gehen, und wenn er dahin wollte, musste er an dem Tisch vorbei, an dem Ty mit Ellis saß.

Aber nein. Ryan blieb direkt neben ihnen stehen. Ty erhob sich und zog Ellis' Stuhl nach hinten, den Rücken Ryan zugewandt, fest entschlossen, unbeschädigt den Laden zu verlassen, selbst wenn das bedeutete, das Arschgesicht zu ignorieren.

»Hey, Ty, Kumpel«, sagte Ryan und legte Ty die Hand auf den Arm. Er beugte sich vor und sprach mit leiser Stimme, vertraulich, so als wären sie alte Freunde. »Hör mal, Kendra und ich haben gerade drüber geredet. Wir haben die Nachricht wegen Ebbtide in den amtlichen Bekanntmachungen gesehen. Kendra hat gesagt, Ebbtide gehört eurer Familie schon so lange wie Cedar Haven ihrer. Ganz schön heftig, das Haus nach so vielen Jahren zu verlieren. Die Sache ist die, wir sind selbst auf der Suche nach einem Haus. Vielleicht könnten wir uns also gegenseitig helfen.«

Ty erstarrte. Hatte der Typ das gerade wirklich gesagt?

Ryan griff in die Innentasche seines Sakkos und holte ein Visitenkartenkästchen aus Sterlingsilber mit Monogramm hervor. In irgendeinem Karton, den Ty seit dem Umzug nach Nag's Head nicht mehr ausgepackt hatte, lag ein identisches Visitenkartenkästchen, nur waren darin seine Initialen eingraviert. Es war ein Hochzeitsgeschenk von Kendras Mutter, die noch nie für ihren Einfallsreichtum bekannt gewesen war.

Ryan hielt eine Visitenkarte beiläufig zwischen Daumen und Zeigefinger. »Ruf mich doch an, ja? Ist ja nicht nötig, dass sich die Bank Ebbtide schnappt.«

Ty ließ die Karte auf Ellis' Teller mit dem nur zur Hälfte gegessenen Schwertfisch fallen. Er nahm ihre Hand und zog sie nicht gerade sanft vom Tisch weg. Nur raus aus diesem Lokal. Fort von Kendra und ihrem neuen Gatten, dem Arschgesicht, mit ihrer Flasche Rosé für sechzig Dollar.

28

Ellis ließ sich aus dem Restaurant ziehen und praktisch in Tys Bronco schieben. Es gelang ihr ungefähr fünf Minuten, ihren Wutausbruch zurückzuhalten. Dann explodierte sie.

»*Dir* gehört Ebbtide?«

Ty zuckte zusammen, dann nickte er. »Ja. Zumindest *noch.*«

»Und Mr Culpepper? Unser mürrischer, aber netter Vermieter?«

Ty seufzte. »Der sitzt neben dir.«

»Die ganze Zeit habe ich *dir* E-Mails geschrieben? Und mich bei Mr Culpepper nach *dir* erkundigt? Mich über *dich* beschwert?«

»Tut mir leid.«

»Intelligent«, sagte Ellis und presste die Lippen aufeinander. »Du hältst dich wahrscheinlich für unglaublich intelligent, mich so hinter's Licht geführt zu haben. Mit Sicherheit hast du dir vor Lachen in die Hose gemacht da drüben in deiner Garage.«

»Hör zu, dabei ging's nicht um dich«, versuchte Ty

zu erklären. »Ich verrate meinen Mietern nie, wer Mr Culpepper ist. Wenn sie wüssten, dass ihr Vermieter direkt über der Garage wohnt, hätte ich niemals meine Ruhe. Die würden auch mitten in der Nacht an meine Tür klopfen und über den Durchlauferhitzer, die Ameisen oder sonst was meckern. Oder sie haben den Schlüssel verloren. Und ich soll alles an Ort und Stelle fallen lassen, weil sie nicht in der Lage sind, auf ihren Hausschlüssel aufzupassen? Du würdest nicht glauben, wie nervig die Leute sein können. Wenn ich nichts verrate, bin ich nur der nichtssagende Faulenzer von nebenan. Wenn einer was von Mr Culpepper will, muss er ihm eine E-Mail schreiben, dann kümmert er sich darum. Früher oder später.«

»Und ich bin die größte Nervensäge von allen, stimmt's?«, fragte Ellis. »Meckere Tag und Nacht herum.«

»Ähm, am Anfang schon«, sagte Ty aufrichtig. »Ich meine, zuerst dachte ich, du wärst eine Nervensäge, aber als ich dich dann kennengelernt hatte, war es was anderes. Hey, ich hab euch einen neuen Herd besorgt, oder? Und die Teller mit den rosa Blumen, das ist das Porzellan von meiner Großmutter! Ich wollte dir das mit Culpepper sagen, ehrlich.«

»Hast du aber nicht«, gab Ellis zurück und verschränkte die Arme vor der Brust. Julias Bügel-BH schnitt ihr ins Fleisch, und das Korsett war so eng geschnürt, dass sie kaum Luft bekam, doch sie traute sich nicht, an den Bändchen zu ziehen, aus Angst, es würde noch mehr Brust zeigen. Wieso hatte sie sich von den anderen bloß überreden lassen, so was anzuziehen? Was machte sie eigentlich mit diesem Loser, diesem Lügner?

»Wollte ich aber«, sagte Ty. »Heute Abend wollte ich es dir sagen. Aber ich hatte keine Chance.«

»Unglaublich«, Ellis drehte sich weg und starrte aus dem Fenster.

Schließlich bogen sie in die Zufahrt von Ebbtide ein. Ty stellte den Bronco neben die Garage, doch bevor er aussteigen und Ellis die Tür öffnen konnte, hatte sie sie selbst aufgestoßen und sprang wie ein geölter Blitz aus dem Wagen.

»Ellis«, begann Ty.

»Vielen Dank fürs Essen … Mr Culpepper«, brachte sie heraus. Sie konnte sich gerade noch zusammenreißen, um nicht ins Haus zu stürzen. Mit diesen verfluchten hohen Absätzen, die Maryn ihr geliehen hatte, hätte sie eh nicht laufen können. Erhobenen Hauptes und mit durchgedrücktem Rücken ging sie, so schnell sie konnte, zur Veranda, ohne auch noch einen Blick zurückzuwerfen zu Ty Bazemore beziehungsweise Mr Culpepper. Und als sie die Fliegengittertür des Hauses hinter sich zuschlug, hallte es durch die stille, heiße Sommernacht.

Von der Küche aus, wo Dorie und Julia halbherzig Karten gespielt hatten, hörten sie, wie die Fliegengittertür zugeschlagen wurde.

»Was war das denn?«, fragte Julia mit Blick auf die Küchenuhr. Es war gerade mal neun.

Sie hörten das wütende Stapfen der Stiletto-Absätze über den ausgetretenen Dielenboden, dann ging es die Treppe hoch, und eine Schlafzimmertür fiel laut ins Schloss.

»O-oh«, machte Dorie. »Das hört sich nicht gut an.«

»Scheiße.« Julia nickte zustimmend. »Und ich hatte so große Hoffnungen.« Sie hob eine Augenbraue. »Meinst du, wir sollen hochgehen und mit ihr reden?«

»Auf gar keinen Fall«, sagte Dorie und gähnte. »Wenn sie darüber sprechen wollte, wäre sie zu uns gekommen. Du weißt doch, wie Ellis ist.«

»Stimmt«, Julia seufzte inbrünstig. »Ich dachte wirklich, dieser Typ könnte es sein, weißt du? Er sieht total gut aus und ist heiß auf sie, und ich dachte, sie wäre auch ein bisschen heiß auf ihn.«

»Weißt du mehr als ich?«, fragte Dorie misstrauisch.

»Ich hab letztens gesehen, wie sie geknutscht haben«, gab Julia kleinlaut zu.

»Was?!« Dorie knallte ihre Karten auf den Tisch. »Und das hast du mir vorenthalten? In meinem Zustand?«

»Das war totaler Zufall«, sagte Julia. »Ich hab ihnen ja nicht nachgestellt oder so. Es war schon spät, Booker rief an, und ich bin beim Telefonieren im Zimmer rumgelaufen, dabei hab ich irgendwann aus dem Fenster geguckt und sah draußen ein Pärchen, richtig eng umschlungen, drüben auf dem Holzsteg, der über die Dünen führt. Es sah so süß aus, ja? Wie ein richtiger Urlaubsflirt. Erst als die beiden sich voneinander lösten – und zwar widerwillig, wenn ich das hinzufügen darf – und die Frau in Richtung Haus ging, merkte ich, dass es unsere Elly-Belly war. Mit dem Garagenmann.«

»Ellis gegenüber würde ich das nie sagen, aber Ty scheint mir nicht recht ihr Typ zu sein«, überlegte Dorie. »Ich meine, versteh mich nicht falsch, ich finde ihn wirklich super, aber er ist nicht so wie die Kerle, auf die sie sonst immer abfährt.«

»Sie findet ihn aber toll«, sagte Julia. »Sonntagabend, als wir im Cadillac Jack's waren, ja? Diese ganze Nummer mit dem Lagerkoller, wir müssen mal zusammen rausgehen und so, das war alles nur Vorwand. Sie wusste, dass er an dem Abend dort arbeiten würde. Sie hat mich nur mitgenommen, damit es nicht so aussieht, als würde sie ihm hinterherlaufen. Du hättest mal sein Gesicht sehen müssen, als er sie erblickte, Dorie! Die ganze Kneipe war voll mit halbnackten Weibern und hübschen jungen Dingern, die auf einen Blick von Ty lauerten, aber als er Ellis sah, war es so, als hätte man ihm gerade den größten Lutscher im ganzen Laden geschenkt.« Sie seufzte. »Das war sooo süß. Und Ellis war total aufgedreht und nervös. Dorie, wusstest du, dass sie seit Mister X mit keinem Mann mehr zusammen war?«

»Wundert mich nicht. Nach Mister X dachte ich, sie würde sich nie im Leben wieder in einen Mann verlieben.«

»Sie hat es versucht«, sagte Julia. »Sie hat sogar im Internet gesucht! Kannst du das glauben?«

»Ich kenne viele Mädels, die ihren Mann übers Internet kennengelernt haben. Aber ich staune schon ein bisschen, dass unsere Ellis sich das getraut hat. Und dass sie dir das auch noch erzählt hat.«

»Ich hab ihr versprochen, es nicht weiterzusagen«, gestand Julia. »Aber ihr war klar, dass ich es dir erzähle.«

Dorie tätschtelte Julias Hand. »Schon gut. Du bist nur gut darin, deine eigenen Geheimnisse zu hüten. Die von anderen nimmst du nicht so ernst.« Sie gähnte wieder. »Gott, ich habe das Gefühl, nie genug Schlaf zu bekommen. Ich gehe jetzt ins Bett. Vielleicht sieht es morgen für Ellis schon ganz anders aus. Vielleicht war es nur ein kleines Missverständnis oder so. Wünsche ich mir für sie.«

Julia legte den Kopf schräg und musterte Dorie. Sie trug das rotblonde Haar in zwei Zöpfen, ihr Gesicht war gerötet von der Sonne und ein bisschen voller als sonst. Es war schwer zu glauben, dass ihre alte Freundin, die immer noch wie Anfang zwanzig aussah, in nur wenigen Monaten Mutter werden würde.

»Was wünscht du dir für Ellis?«, fragte Julia. »Eine gute Nummer? Dafür ist es weiß Gott Zeit. Ist um die zwölf Jahre her bei ihr. Vielleicht weiß sie gar nicht mehr, wie das geht.«

Dorie verdrehte die Augen. »Nein, nicht nur eine gute Nummer. Hör auf, so zynisch zu sein, Julia! Ellis hat alles verdient. Die wahre Liebe, einen Mann, Kinder, alles. Egal, was du sagst, Julia Capelli, ich bin überzeugt, dass wir das in Wirklichkeit alle wollen. Du findest es bloß uncool, das auch zuzugeben.«

»Ach, ja?«

»Allerdings. Du hattest eine super Karriere, jetzt behauptest du zwar, die wäre vorbei, doch für mich sieht sie immer noch ziemlich prächtig aus. Und du hast einen tollen Freund, der dich liebt und heiraten will und dir alles gibt, was du dir wünschst. Und du bist einfach nur zu verflucht cool, um Ja zu sagen.«

Julia schob ihren Stuhl nach hinten. »Danke für diese Gratisanalyse, Eudora. Jetzt will ich dich mal was fragen. Willst du mir wirklich erzählen, dass du immer noch an diesen Scheiß mit dem Märchenprinzen glaubst, nach allem, was du mit Stephen durchgemacht hast, der dich im Grunde genommen für einen anderen Mann sitzenlassen hat, während du mit seinem Kind schwanger bist? Willst du mir mit deiner eigenen kaputten Vergangenheit wirklich weismachen, dass du diesen Quatsch noch glaubst?«

Dorie beugte sich vor, bis ihr Gesicht nur noch Zentimeter von Julias entfernt war. Ihre grünen Augen blitzten vor Leidenschaft.

»Sieh mich an, Julia! Ich sage dir: ja, das glaube ich. Ja, aus voller Überzeugung, trotz Stephen, trotz der beschissenen Ehe meiner Eltern und wie oft mir auch das Gegenteil bewiesen wird, sage ich: Ja, ich glaube immer noch an diesen Quatsch, wie du es nennst. Ich muss glauben, dass Stephen mich wirklich geliebt hat und dass wir das Kind in meinem Bauch lieben. Ich bin sauer und traurig über das, was mit uns passiert ist, aber deswegen zweifele ich nicht an dem, was wir gehabt haben. Und ich zweifele deswegen auch nicht daran, dass ich so etwas noch mal finden kann. Möglich, dass ich in Zukunft eine alleinerziehende Mutter bin und wieder bei meiner Mutter einziehen muss, dass ich mir für Peanuts in der Schule den Arsch abarbeite, aber leid tust eigentlich nur du mir, Julia. Weil du alles hast, aber an nichts glaubst und es nicht zu schätzen weißt. Und das ist das Traurigste überhaupt.«

Ellis schleuderte die hochhackigen Schuhe von sich und schälte sich aus Julias Klamotten. Sie zog sich ihren Pyjama an und ging ins Badezimmer, wo sie sich wütend die Zähne putzte. Dann schrubbte sie sich gründlich das Gesicht, das Dorie ihr nur wenige Stunden zuvor so aufwendig geschminkt hatte.

»Du dumme Kuh!«, schimpfte sie im Spiegel die Ellis Sullivan an, die unter dem Make-up zum Vorschein kam.

In ihrem Schlafzimmer holte sie ihr Handy heraus und löschte jede einzelne E-Mail, die sie an Culpepper@Ebbtide.com geschrieben oder von ihm erhalten hatte.

Als sie fertig war, lief sie in ihrem Zimmer auf und ab und blieb zwischendurch stehen, um böse aus dem Fenster in Richtung der Garagenwohnung zu starren. Dort brannten alle Lichter, aber Ty konnte sie nirgends entdecken. Moment … Er ging die Außentreppe herunter und zum Bronco. Kurz darauf leuchteten die Scheinwerfer auf, er fuhr rückwärts aus der Einfahrt. Nun ja, es war schließlich erst halb zehn. Vielleicht hatte er noch eine andere Verabredung. Vielleicht fuhr er rüber zu *Cadillac Jack's*, um eine von den willigen Frauen abzuschleppen, die sich dort um ihn scharten. Es war ihr egal, redete sich Ellis ein.

Scheiß auf ihn.

In Wahrheit aber war es ihr nicht egal. Sie hatte sich aus ihrer Deckung gewagt, hatte sich verführen lassen zu glauben, dass jemand wie Ty Bazemore sich etwas aus ihr machte, dass sie mit jemandem wie ihm zusammen sein könnte. Was für ein Witz! Und sie war die Pointe.

Irgendwann hörte sie Schritte auf der Treppe, leichte Schritte – das musste Dorie sein, die früh zu Bett ging. Ungefähr eine halbe Stunde später hörte sie das weiche Schlappen von Ledersohlen, das war bestimmt Julia. Die Zimmertüren wurden geschlossen, und Ellis war dankbar, dass keine ihrer Freundinnen bei ihr angeklopft hatte, um sich nach ihrem großen Abend zu erkundigen.

Was für ein Witz.

Sie versuchte zu lesen, gab aber auf, als sie merkte, dass sie ein Kapitel dreimal nacheinander gelesen und trotzdem nichts verstanden hatte. Sie lehnte sich in die Kissen und blickte hoch zum Ventilator, der unter der Decke surrte. Ellis studierte die Risse im Deckenputz, die Wasserflecken auf der verblichenen Blümchentapete. Auf dem Holzboden waren weitere Wasserflecke. Die ins Fenster neben dem Bett eingebaute Klimaanlage quietschte und brachte die Scheibe zum Klirren. Ellis war so glücklich gewesen, endlich mit ihren Freundinnen hier zu sein, hatte sich so auf diesen Monat gefreut, dass sie den erbärmlichen Zustand von Ebbtide durch eine rosarote Brille gesehen hatte.

Früher einmal war es ein prachtvolles Haus gewesen, das merkte man. Die hohen Räume, die großzügigen Fensterflächen mit dem eindrucksvollen Blick auf Meer und Dünen. Ryan, dieser Typ im Restaurant, hatte behauptet, das Haus habe Tys Familie gehört. Und dass es bald zwangsversteigert würde.

Geschah ihm ganz recht, redete Ellis sich ein.

Doch sie nahm es sich selbst nicht ab. Ty hatte ihr erzählt, er sei Daytrader und versuche, seine Verluste an der Börse wiedergutzumachen. In Wirklichkeit versuchte er verzweifelt, den Besitz seiner Familie nicht zu verlieren. Was erklärte, warum er das große Haus vermietete und selbst in dem Apartment über der Garage wohnte. Aber es erklärte noch nicht, warum er ihr nach ihrem ersten Treffen am Strand nicht einfach erzählt hatte, dass er Mr Culpepper war.

Jetzt war es eh egal. Er war ihr nichts schuldig. Sie war nicht mehr als eine nervige Mieterin.

Die noch zwei Wochen hier verbringen musste.

Scheiß drauf, dachte Ellis.

Sie sprang aus dem Bett und tapste barfuß die Treppe hinunter in die Küche. Sie fürchtete nicht, Ty erneut draußen zu treffen wie beim letzten Mal. Er streifte gerade mit Sicherheit durch Nag's Head.

Ellis fand das Kartenspiel, das die anderen beiden auf dem Küchentisch liegengelassen hatten. Sie legte sich eine Patience, gab aber nach einer Viertelstunde auf und warf die Karten entnervt hin. Sie konnte nicht gegen sich selbst spielen. Außerdem war es heiß in der Küche, wirklich stickig.

Ein Spaziergang am Strand, entschied sie, wäre vielleicht das Einzige, was sie abkühlte und ein wenig entspannen könnte. In ihrem Zimmer zog sie eine Shorts und ein T-Shirt an. Sie nahm die Schuhe, die Maryn ihr einige Stunden zuvor geliehen hatte, und stieg nach oben. Vor Maryns Tür blieb sie stehen. Das Licht brannte, aber sie hörte keine Geräusche aus dem Zimmer. Wahrscheinlich las Maryn. Ellis überlegte, ob sie anklopfen und die Wahrheit über ihren furchtbaren Abend erzählen sollte, entschied sich aber dagegen. Maryn war nicht der Typ Frau, der sich das Drama einer anderen anhören wollte. Vorsichtig stellte Ellis die Schuhe vor der Tür ab und ging wieder nach unten.

Sie schlüpfte durch die Küchentür nach draußen und huschte über den Holzsteg hinunter an den Strand. Eine leichte Brise fuhr durch das Strandgras, sonst war es ruhig. Ellis ließ ihre Flipflops im weichen Sand am Fuß der Treppe liegen und eilte ans Ufer. Sie hielt erst inne, als kleine Wellen ihre Zehen umspülten. Der Mond war fast voll, hell schien er auf den silbern leuchtenden Strand.

Schon besser. Ellis atmete tief durch und marschierte los, über den festgedrückten, feuchten Sand. Sie lief immer weiter, wich der einlaufenden Flut aus, wobei sie hin und wieder von einer Welle erwischt wurde und ihr das Wasser dann bis hoch an die Oberschenkel spritzte. Sie kam voran. Je weiter sie nach Süden gelangte, desto enger standen die Häuser. In einigen brannte Licht, manchmal hörte sie Musik oder Lachen herüberwehen, ansonsten war der Strand jedoch einsam und verlassen.

Hin und wieder blieb Ellis stehen, bückte sich und hob eine Muschel auf, ließ sie jedoch bald wieder fallen.

Irgendwann frischte der Wind auf, und die Wellen brachen sich heftiger. Die Flut stieg immer weiter. Ellis blieb stehen, drehte sich um und blickte auf eine Ansammlung fremder Häuser am Rand der Dünen. Zitternd verschränkte sie die Arme vor der Brust. Wie weit war sie nur gegangen?

Zeit zum Umkehren. Die einlaufende Flut zwang sie näher an die Dünen. Ellis versuchte, schneller zu gehen, doch es war schwierig; ihre Füße versanken im weichen, pulvrigen Sand. Jedes Mal wenn sie an eine Treppe kam, die über die Dünen führte, schaute sie hoch und versuchte auszumachen, ob es die Stufen waren, die zu Ebbtide hinaufführten.

Im Dunkeln sahen alle Dünen und Treppen gleich aus. Ellis' Herz begann zu rasen, aber sie redete sich ein, sich nicht verrückt zu machen. Sie hatte sich nicht verirrt. Das war gar nicht möglich. Nach zwei Wochen hätte sie ihren Strandabschnitt auch mit geschlossenen Augen erkannt. Unterhalb von Ebbtide stand ein verblichener blassgelber Katamaran inmitten von Rosmarin und Strandgras. Auf die zerbeulte rote Metallmülltonne, die an einen Pfahl genietet war, waren Sprüche geschrieben. Darauf stand *Detroit Tigers Forever* und *René liebt Buster.*

Und ihre Schuhe lagen am Fuß der Treppe. Ihre grellgrünen Flipflops. Die hatte Ellis dort abgelegt. Sie musste nur ihre Flipflops finden. Ellis stapfte weiter, hielt mit zusammengekniffenen Augen im Dunkeln Ausschau nach dem Katamaran und der roten Mülltonne. Nach einer weiteren halben Stunde brannten ihre Waden, sie bekam immer schwerer Luft. Die Flut rückte näher, leckte fast schon am Fuß der Dünen, und immer noch hatte Ellis nichts Vertrautes entdeckt.

Schließlich blieb sie erschöpft stehen und setzte sich auf eine abgetretene Holzstufe. Das Wasser umspülte ihre Füße, und ihr wurde klar, dass es ihre Schuhe weggetragen haben konnte. Was sollte sie jetzt tun? Sie ging ein Stück ins Wasser und reckte den Hals, um über die Dünen zu sehen. Diese Stufen führten zu einem Holzsteg ähnlich dem von Ebbtide, nur das Haus oben sah ganz anders aus. Sollte sie hochgehen und sich oben auf der Straße zurechtfinden?

Und dann? Wollte sie wer weiß wie lange barfuß über den Asphalt laufen, während die Autos an ihr vorbeisausten und jeder Blödmann sie in ihrer durchnässten Shorts und mit windzerzaustem Haar sehen konnte? Ganz zu schweigen davon, dass sie keine Schuhe und keinen BH trug?

Nein. Sie würde am Strand bleiben. Ellis richtete sich auf und trottete weiter. Zehn Minuten später stieß sie einen Seufzer der Erleichterung aus, als sie den gelben Katamaran erblickte. Gott sei Dank! Am liebsten hätte sie die schmutzige rote Mülltonne geküsst. Tat sie aber doch nicht. Stattdessen umklammerte sie den Handlauf der Treppe und zog sich die erste Stufe hoch.

Erst als sie die oberste Stufe erreicht hatte, roch sie den Zigarrenrauch. In der Dunkelheit sah sie zuerst die glühende rote Spitze, dann den Umriss des Liegestuhls. Und Ty Bazemore mit einem Bier in der Hand.

29

Seit mindestens einer Stunde saß er auf der Aussichtsplattform, hatte eine Zigarre geraucht, ein Heineken getrunken. Nach dem katastrophalen Ausgang ihres Treffens war Ty hochgegangen in seine Wohnung, hatte Jacke und Hose ausgezogen und versucht, den Abend zu vergessen und ein bisschen zu arbeiten. Er hatte von einem kleinen landwirtschaftlichen Betrieb in Kentucky gelesen, der vor kurzem ein Patent auf einen neuen Grassamen mit vielversprechender Dürreresistenz angemeldet hatte. Ty hatte schon ganz glasige Augen von der Lektüre der wissenschaftlichen Berichte, ganz zu schweigen von den Gewinn-und-Verlustrechungen.

Irgendwie war er nicht recht mit dem Herzen dabei. Er hatte versucht, die Melancholie abzuschütteln, die sich wie eine schwere Wolldecke über ihn legte, doch es wollte ihm nicht gelingen. Außerdem hatte er einen Riesenhunger. Deshalb war er in den Bronco gestiegen und zum Drive-in gefahren.

Manchmal war ein richtig fettiger Cheeseburger

mit Pommes das einzige Mittel gegen Trübsal. Ty hatte einen Burger und die Hälfte der Pommes gegessen und die letzte seiner guten Zigarren geraucht, fühlte sich aber immer noch nicht besser. Stattdessen bekam er heftiges Sodbrennen.

Der Wind war aufgefrischt, die Brandung rauschte unten an den Strand. Als Ty aufsah, stand Ellis plötzlich vor ihm.

Aschenputtel war verschwunden, an ihrer Stelle schien die alte Ellis Sullivan an Land gespült worden zu sein. Die sorgfältig frisierten Haare waren vom Wind zerzaust. Sie war barfuß, ihre rosa Shorts war durchnässt, das feuchte T-Shirt klebte an ihrem Körper. Die Wimperntusche war unter den Augen verschmiert, und selbst von der Stelle, wo Ty im Dunkeln saß, konnte er sehen, dass sie geweint hatte.

»Oh«, machte sie, als sie ihn entdeckte. »Du bist das.«

»Ich wohne hier«, sagte Ty. Er drückte seine letzte Zigarre auf dem Deckel der Bierdose aus. »Alles in Ordnung?«

Ellis schaute hinunter auf ihre sandbedeckten Beine, wischte sich mit dem Ärmel ihres T-Shirts über die Nase und nickte. »Ich glaube, die Flut hat sich meine Schuhe geholt. Sonst ist alles gut. Ich dachte, du wärst unterwegs.«

»War ich auch«, bestätigte er und wies auf die Papiertüte mit den restlichen Pommes. »Ich hab mir einen Mitternachtssnack besorgt. Aber jetzt bin ich wieder da. Was hast du denn da unten gemacht? Warst du schwimmen? Ich will dir ja keine Angst einjagen oder so, aber da draußen sind Haie.«

»Ich war spazieren«, sagte Ellis und lehnte sich gegen das Geländer. »Wie spät ist es denn?«

Ty sah auf die Uhr. »Fast zwölf. Muss ja ein Riesenspaziergang gewesen sein. Ich sitze schon seit über einer Stunde hier.«

Ellis ließ sich auf den Boden sinken, ihre Beine waren plötzlich wacklig vor Erschöpfung. »Ich hab gar nicht gemerkt, wie weit ich gegangen bin. Mein Gott, ich muss mehrere Meilen am Strand entlanggelaufen sein. Und dann kam die Flut, und ich bekam irgendwie Schiss. Nachts, in der Dunkelheit, sehen alle Treppen gleich aus.«

»Ich geb dir einen Tipp«, sagte Ty. »Wenn du morgen an den Strand runtergehst, sieh dir die Treppe genau an. An den meisten sind kleine Metallschilder mit der Hausnummer angebracht. Auf unserem steht sogar *Ebbtide*, auch wenn man wirklich sehr nah rangehen muss, um es zu lesen.«

Ellis lehnte den Kopf gegen das Geländer und streckte die Beine auf den Holzbohlen aus, die noch die Wärme des Tages gespeichert hatten. Am liebsten wäre sie aufgesprungen und zurück zum Haus gelaufen, in ihr Zimmer, bloß fort von Ty Bazemore. Aber sie war zu erschöpft. Körperlich und emotional.

Ty lehnte sich zurück und sah sie erwartungsvoll an.

»Vielleicht«, meinte Ellis nach einigen Minuten unbehaglichen Schweigens. »Vielleicht können wir ja so tun, als wäre dieser Abend heute nicht passiert. Du gehst zurück zu deiner Garage und dem Computer und ich zu … was auch immer.«

Ty rückte näher an Ellis heran. Er war so nah, dass sich ihre Schultern berührten.

»Warum sollen wir das tun?«, fragte er. »Ich meine, gab es heute Abend nichts, was dir gefallen hat?«

»Im Ernst?«, fragte sie und schüttelte ungläubig den Kopf. »Willst du mir erzählen, dass du heute Abend Spaß hattest?«

»Du denn nicht?«

»Ich hab zuerst gefragt«, sagte sie.

»Aber ich habe gezahlt.«

»Na, gut«, gab Ellis nach. »Willst du wirklich, dass ich noch mal loslege?«

»Warum nicht? Machen doch alle.«

»Im Vergleich zu anderen ersten Treffen«, sagte Ellis und wischte sich Sand von den Beinen, »war unseres ziemlich furchtbar. Eine Katastrophe, könnte man sagen.«

Ty neigte den Kopf und sah sie an. »Was würdest du sagen, ab wann ging alles schief? Als du mein Sakko sahst? Ich glaube, die Ärmel sind ein bisschen geschrumpft.«

»An dem Sakko ist nichts auszusetzen«, erwiderte Ellis. »Außer vielleicht das Schild der Reinigung am rechten Ärmel.«

»Du hättest was sagen können.«

»Du hättest mir sagen können, dass dir Ebbtide gehört«, gab Ellis zurück. »Also sind wir quitt. Außerdem war das unsere erste Verabredung. Da sagt man so was nicht.«

»Aha.«

Ty ging den Abend noch einmal in Gedanken durch. »Mir ist aufgefallen, dass du nicht viel gegessen hast. Hat dir das Restaurant nicht gefallen? Zuerst hatte ich an ein Steakhaus gedacht oder an einen Italiener, aber dann dachte ich, Fisch ist besser. Wer mag keinen Fisch, wenn er am Meer ist?«

»Das Restaurant fand ich schön«, sagte Ellis zögernd.

»Aber?«

Sie rümpfte die Nase. »Schwertfisch. Urgs. Ich kann Schwertfisch nicht ausstehen.«

»Das hättest du auch sagen können.«

»Ich wollte höflich sein«, sagte Ellis.

»Beim nächsten Mal sagst du einfach, was du essen willst«, gab Ty gereizt zurück.

»Beim nächsten Mal könntest du mich einfach fragen, was ich essen will. Moment mal«, sagte sie. »Gibt es ein nächstes Mal?«

»Ich habe nur deshalb Schwertfisch bestellt, weil er

das teuerste Gericht auf der Speisekarte war«, fuhr er fort. »Ich wollte Eindruck bei dir machen, falls du das nicht gemerkt hast.«

»Wirklich?« Ellis neigte den Kopf und betrachtete Ty. »Wie süß.«

»Gut, also abgesehen vom Schwertfisch, dem Schild von der Reinigung und der Sache mit Mr Culpepper: Was war sonst noch schlimm?«, fragte Ty. »Ich mein nur, damit ich meine Technik verbessern kann.«

Ellis verdrehte die Augen. »Es war ja nicht deine Schuld, aber es ist trotzdem ganz schön unangenehm, deine alte Freundin mit ihrem Mann zu treffen, wenn wir zusammen ausgehen.«

Ty gab ein ersticktes Geräusch von sich. »Das war keine alte Freundin.«

»Nein? Kam mir so vor. Es hatte auf jeden Fall den Anschein, als hättet ihr eine gemeinsame Vergangenheit. Und ich hab Feindseligkeit gespürt. Nicht sonderlich gut überspielt, wenn ich das hinzufügen darf.«

»Oh, Kendra und ich haben durchaus eine gemeinsame Vergangenheit«, sagte Ty reuevoll. »Wenn du zwei Jahre Ehe für eine Vergangenheit hältst.«

»Ehe? Du warst verheiratet? Mit ihr? Zwei Jahre lang?«

»Damals kam es mir sehr viel länger vor«, bemerkte Ty.

»Wow. Seit wann bist du denn geschieden? Falls ich das fragen darf.«

»Ist schon lange her.«

Ellis zog die Knie an die Brust, um sich ein wenig zu wärmen. »Sie sieht super aus.«

»Davon ist sie überzeugt«, stimmte Ty ihr zu. »Und die meisten Leute würden dir wohl recht geben.«

»Du musst sie irgendwann auch schön gefunden haben«, sagte Ellis. »Schließlich hast du sie geheiratet.«

»Wir waren schon auf der Highschool zusammen und haben dann nach dem College geheiratet«, erklärte Ty. »Alle meinten, wir würden perfekt zusammenpassen.«

»Und dann?«

»Kendra gehört zu der Sorte Frau, die immer einen Plan hat«, sagte Ty. »Hat sie wahrscheinlich von ihrem Vater. Boomer war früher in der Politik, saß im Parlament von North Carolina und so weiter. Jetzt konzentriert er sich auf seine Anwaltskanzlei. Und auf das Leben seiner Tochter. Und Kendra ist das nur recht, es passt genau in ihre Pläne.«

»Aber nicht in deine?«

»Anfangs schon«, gab Ty zu. »Das Jurastudium hörte sich erst mal super an. Auf der Highschool und anschließend am College hatte ich ganz ordentliche Noten. Wir schlossen das College ab, jobbten ein paar Jahre, hauptsächlich damit ich Geld sparen konnte, um weiterzumachen, aber dann kam Kendra auf die glorreiche Idee, dass wir gemeinsam Jura studieren könnten. Ich dachte, warum nicht? Wir bewarben uns in verschiedenen Städten. Kendra bekam mehrere Zusagen. Und ich? Heute würde ich sagen, Boomer zog wahrscheinlich ein paar Fäden, damit ich in Chapel Hill angenommen wurde. Er saß im Hochschulrat.«

»Und dann? Wenn dich die Frage nicht stört.«

»Liegt alles weit zurück«, sagte Ty achselzuckend. »Es war einfach nicht mein Ding. Kendra und ich kamen ganz gut zurecht. Wir wohnten in einem schäbigen kleinen Apartment auf der Franklin Street und waren mittellose Jurastudenten, so wie all unsere Freunde. Zumindest ich war mittelos. Kendra hatte ein eigenes Konto, und ihr Vater sorgte dafür, dass es immer gut gefüllt war. Darüber stritten wir uns. Und über zig andere Sachen. Als ich das zweite Jahr zur Hälfte hinter mir hatte, wusste ich ganz genau, dass Jura nicht das Richtige für mich war. Ich riss mich zusammen und zog das Jahr bis zum Ende durch, und als ich Kendra anschließend sagte, ich würde es an den Nagel hängen, teilte sie mir mit, dass sie die Sache mit uns ebenfalls an den Nagel hängen würde.«

»Ach«, machte Ellis. »Wegen Ryan?«

»Ich bevorzuge die Bezeichnung Arschgesicht«, sagte Ty. »Sie haben zusammen bei der Unizeitschrift gearbeitet. Kendra behauptet, es sei einfach so … passiert.«

»Wo habe ich das bloß schon mal gehört?«, sagte Ellis.

»Sie behauptete, sie wären nur ›befreundet‹«, fuhr Ty fort. »Als sie aus unserem Rattenloch auszog, zog sie natürlich direkt bei ihm ein. War bestimmt auch nur ein Zufall.«

»Wie übel! Wie ging es mit dir weiter?«

»Ich habe einen Job als Bürohilfe bei einem Börsenmakler in Chapel Hill gefunden. Hielt Augen und Ohren offen, probierte selbst ein paar Geschäfte aus und merkte, dass es mir Spaß machte. Stellte sich heraus, dass ich ein Info-Junkie bin. Der Typ, für den ich arbeitete, brachte mir eine Menge bei, ich hatte mehrere Glückstreffer. Einige Jahre blieb ich bei dieser Firma, dann zog ich nach Charlotte, wo ich wieder ein paar Jahre arbeitete. Aber das Meer hat mir immer gefehlt. Ich hab mir nicht viel gegönnt, mein Geld gespart und bin schließlich zurück nach Nag's Head gezogen.«

»Nach Ebbtide«, ergänzte Ellis.

»Nee, ich zog zu meinem Vater«, verbesserte Ty. »Ebbtide gehörte der Familie meiner Mutter. Als meine Oma starb, hinterließ sie es dem Bruder meiner Mutter, meinem Onkel Ralph. Er lebt im Westen und hatte eigentlich kein großes Interesse an dem Haus. Letztes Jahr wollte er es verkaufen. Zu dem

Zeitpunkt waren die Immobilienpreise im Keller, und es war mir gelungen, ein bisschen Geld auf die Seite zu legen, deshalb kam ich auf die tolle Idee, das Haus zu kaufen, damit es in der Familie bleibt.«

»Das finde ich schön«, sagte Ellis. »Gehörte es immer schon deiner Familie?«

»Ja. Nur leider ist nie etwas daran gemacht worden«, erklärte Ty. »Das Haus entpuppte sich als Geldgrab. Es braucht ein neues Dach, neue Wasserleitungen, eine neue Elektrik. Und du weißt ja, in welchem Zustand Küche und Badezimmer sind. Als ich es kaufte, zog ich direkt ein und begann mit den Reparaturen, aber dann rutschte die Börse in den Keller, und mir ging das Geld aus.«

»Die Wirtschaft ist ätzend«, sagte Ellis verständnisvoll. »Ich weiß das, denn genauso erging es mir bei der Bank, für die ich in Philly garbeitet habe. Wir wurden von einer anderen Bank geschluckt, und meine gesamte Abteilung wurde entlassen.«

»Und, hast du schon eine neue Stelle in Aussicht?«

»Noch nicht«, gab Ellis zu. »Ich hab Bewerbungen verschickt, aber …«

»Tja«, sagte Ty. »Kann ich gut verstehen. Als ich wieder hergezogen bin, habe ich versucht, Arbeit zu finden, aber jetzt mal ehrlich: Nag's Head ist halt nicht Charlotte. Hier dreht sich alles um den Tourismus. Ich bin's leid, für andere zu arbeiten. Ich schlage mich lieber allein durch, selbst wenn ich von so gut wie nichts leben muss. Deshalb bin ich rübergezogen in das Apartment über der Garage und vermiete jetzt das große Haus. Aber es war nicht genug, und es kam zu spät.«

Ellis zog die Knie enger an den Körper.

»Dir ist kalt«, sagte Ty. Er legte ihr einen Arm um die Schulter und zog sie an sich. »Wir könnten reingehen«, schlug er vor.

»Schon in Ordnung.« Ellis sah ihn an. »Was Ryan heute Abend meinte, das mit Ebbtide: Soll es wirklich zwangsversteigert werden?«

»Dieses Arschloch«, murmelte Ty. »Ja, das stimmt. Ich sehe schlicht und einfach kein Land mehr. Ich will nichts dramatisieren, aber wenn ich keine Möglichkeit finde, bis zum fünfzehnten September Geld aufzutreiben, und zwar schnell, dann verliere ich Ebbtide. Deshalb arbeite ich nachts immer im Caddie's.«

»Es wäre schade, Ebbtide zu verlieren«, sagte Ellis. »Kannst du denn gar nichts tun? Hast du schon mal mit der Bank gesprochen? Ich meine, mit Hypotheken und so hatte ich nie was zu tun, aber ich könnte mir vorstellen, dass eine weitere Zwangsversteigerung das Letzte ist, was eine Bank momentan an der Backe haben will. Vielleicht kann man da gemeinsam eine Lösung finden?«

»Ich versuche es. Aber ich habe keine örtliche Bank. Die Bank, bei der ich die Hypothek aufgenommen habe, wurde von einer anderen aus Virginia geschluckt. Ich habe angerufen und Briefe geschrieben, aber es kommt mir vor, als bekäme ich nie einen richtigen Menschen an die Strippe. Und derweil tickt die Uhr. Die amtlichen Bekanntmachungen sind schon draußen. Und die Geier kreisen bereits.«

»Zum Beispiel Ryan und Kendra«, erkannte Ellis.

Tys Miene verdüsterte sich. »Ich fackel das ganze Ding ab, bevor ich zulasse, dass die es in die Hände bekommen.«

Ellis riss die Augen auf angesichts seiner heftigen Reaktion.

»Nicht wörtlich«, sagte Ty. »Aber ich lass mir was einfallen. Können wir vielleicht das Thema wechseln?«

»Was schwebt dir da vor?«, fragte sie.

Er zog Ellis an sich, vergrub seine Nase in ihrem Haar. »Ich hatte gehofft, wir könnten vielleicht überlegen, ob du mir heute Abend noch eine zweite Chance gibst.«

Ellis griff nach der Papiertüte, die neben seinem Stuhl lag. »Nur wenn ich was von dem hier haben darf. Ich hatte nicht viel zum Abendessen, schon vergessen?«

»Gleich«, sagte Ty. Er drehte ihr Gesicht zu sich und fand im Dunkeln ihre Lippen.

30

Es klopfte an der Zimmertür. Als Julia öffnete, stand Madison davor, ihr Mobiltelefon in der Hand. »Wir müssen reden«, sagte sie mit ernstem Blick. Ihr ungewaschenes Haar hing vom Mittelscheitel herunter, und das billige braune T-Shirt war zerknittert. Sie humpelte ins Zimmer, ohne dass Julia sie dazu aufgefordert hatte, und setzte sich auf den Rand eines klapprigen, orange gestrichenen Holzstuhls.

Den Stuhl hatte Julia am Wochenende in einem Secondhandladen auf dem Croatan Highway entdeckt und ihn in einem Anfall von Langeweile bunt angemalt. »Was soll denn das …?«, legte sie los, doch Madison hob die Hand und unterbrach sie, bevor sie sich aufregen konnte.

Julia ließ sich auf ihr Bett sinken, über das sie gerade eine einfache Tagesdecke mit bunten Streifen gebreitet hatte. Sie hatte sie auf dem Rückweg vom Farbenladen in einem Textilgeschäft gekauft.

»Was ist, Madison?«, fragte Julia und glättete eine nicht vorhandene Falte in der Tagesdecke.

»Was hast du ihm gesagt?«, fragte Madison zurück.

»Wem?«

»Na, ihm!« Madison hielt Julia ihr Telefon entgegen. »Ich weiß, dass du dich für gerissen hältst, du hantierst an meinem Handy rum, hörst meine Nachrichten ab. Aber du hast keine Ahnung, mit wem du dich da anlegst. Also hör auf, und erzähl mir ganz genau, was er gesagt hat! Und was du ihm gesagt hast.« Sie schlug die Beine übereinander und fügte hinzu: »Bitte!«

Julia seufzte. »Heißt du in Wirklichkeit Maryn?«

»Das geht dich überhaupt nichts an.«

Julia beugte sich vor. »Und wie mich das was angeht! Du wohnst mit mir unter einem Dach. Ich habe ein Recht zu wissen, wer du bist und was du hier machst.«

»Ja, okay, du hast mich ertappt. Ich habe gelogen. Jetzt sag mir, was du ihm erzählt hast.«

»Meinst du Don? Dem hab ich gar nichts erzählt. Wer ist das überhaupt?«

Madisons Gesicht war angespannt. »Hat er dir seinen Namen genannt?«

Julia überlegte. »Nein, er fragte nach Maryn, und ich sagte, du wärst nicht da. Er wollte wissen, wer ich bin, dann legte er auf.«

»Bist du dir sicher, dass er nicht mehr gesagt hat? Julia, es ist wirklich wichtig! Was hast du gesagt, als er fragte, wer du bist?«

Sie zuckte mit den Schultern. »Ich habe gesagt, ich bin Julia Capelli. Wer sind Sie überhaupt? Als das Telefon klingelte, stand im Display *Unbekannter Teilnehmer*. Als er aufgelegt hatte, hörte ich mir die anderen Nachrichten vom Band an. Es war dieselbe Stimme.«

Madison schlug die Beine übereinander. Sie nagte an einem angerissenen Stück Nagelhaut. Zum ersten Mal fiel Julia auf, dass sie den großen Diamantring nicht mehr trug.

»Hast du ihm wirklich deinen Namen genannt?«

»Warum denn nicht?«, gab Julia zurück. »Madison, warum erzählst du mir nicht einfach, was hier los ist, und hörst auf, mir tausend Fragen zu stellen? Wer ist dieser Don? Und warum läufst du vor ihm weg? Was macht dir solche Angst?«

Heftig schüttelte Madison den Kopf. »Das würdest du nicht verstehen. Egal, ist auch nicht dein Problem.«

»Und ob es das ist! Ich hab ihm meinen Namen genannt!«

Madison betrachtete ihr Handy. »Der Typ heißt Don Shackleford. Ich bin mit ihm verheiratet. Ich habe herausgefunden, dass er in etwas Schlimmes verwickelt ist. Deshalb bin ich abgehauen. Ende der Geschichte.«

»Nichts da«, entgegnete Julia. »Du bist nicht einfach abgehauen. Du reist unter falschem Namen durch die Welt. Ich denke, du bist uns eine Erklärung schuldig.«

»Das Einzige, was ich euch schuldig bin, ist die Miete für das schäbige Zimmer unterm Dach«, sagte Madison. »Die ich bereits zur Hälfte bezahlt habe. Und wenn du nicht so verdammt neugierig wärst, wenn du nicht an meinem Telefon herumgespielt und in meinem Privatleben herumgeschnüffelt hättest, wäre das Thema auch erledigt.«

»In was ist dein Mann denn verwickelt?«, fragte Julia, und ihre Augen funkelten vor Erregung. »Drogen? Waffenhandel?«

»Du guckst zu viel Fernsehen«, sagte Madison. »Ist nichts so Aufregendes. Er ist … unehrlich, mehr nicht. Ich hätte es besser wissen müssen. Ich wusste es auch mal besser.« Abrupt erhob sie sich. »Hör zu, ich habe meine Miete bezahlt. Ich ziehe aus, sobald ich weiß, wie es weitergeht. Wahrscheinlich schon vor dem nächsten Wochenende. Könntest du das alles bis dahin bitte für dich behalten? Je weniger Menschen meinen richtigen Namen wissen, desto besser. Don hat keinen Grund zur Annahme, dass ich an einem Ort wie Nag's Head sein könnte. Ich wusste ja selbst nicht, dass ich hier landen würde, bis ich das Schild an der Interstate gesehen hab und rausfuhr.«

Julia folgte ihr zur Tür. »Ich habe den anderen beiden schon gesagt, dass Madison nicht dein richtiger Name ist.«

Madison verdrehte die Augen. »Das ist ja eine Überraschung!«

»Du brauchst nicht abhauen«, sagte Julia. »Vielleicht können wir dir ja helfen. Dich irgendwie unterstützen, egal wie.«

»Nein«, entgegnete Madison schnell. »Ich will keine Hilfe. Bis zum Wochenende bin ich hier raus. Tu bitte, um was ich dich gebeten habe – erzähl nichts über mich, und halte dich raus aus meinen Angelegenheiten.«

Sie verließ das Zimmer so schnell, wie sie gekommen war, und Julia blieb mit mehr Fragen als Antworten zurück.

31

Maryn schlug ihre Zimmertür zu und schloss ab. An den Tatsachen war nicht zu rütteln: Sie musste Ebbtide und Nag's Head verlassen. Was war, wenn Julia gelogen hatte, was ihr Gespräch mit Don betraf? Wer wusste schon, was sie ihm erzählt hatte?

Bei der Vorstellung wurde Maryns Mund trocken. Doch nein, entschied sie schnell. Julia war vielleicht eine neugierige Schnüfflerin, aber sie war wohlmeinend, und außerdem hatte sie keinen Grund zu lügen, als Maryn sie zur Rede stellte. Auch wenn das jetzt egal war. So ungefährlich Julias Antwort auf Dons Frage auch gewesen sein mochte, Maryn konnte es nicht riskieren hierzubleiben.

Sie holte die Reisetasche unter dem Bett hervor, stellte sie auf den Holzstuhl neben der Tür und begann zu packen. Sie wunderte sich, wie traurig es sie machte, dieses Haus zu verlassen. Dieses lächerliche kleine Zimmer in dem großen, verfallenen, alten Haus war ihre Zuflucht geworden, ein Heim, wie es die protzige, neureiche Villa nie gewesen war, in der sie mit Don gewohnt hatte. Und dann die Frauen: Ellis, Dorie und sogar Julia. Sie waren nicht ihre Freundinnen, nicht richtig. Aber es waren anständige, großzügige Frauen, die ihre Freundinnen hätten werden können, wenn Maryn sich aus der Deckung gewagt hätte. Doch das konnte sie nicht. Und jetzt war es zu spät.

Sie hatte keine Ahnung, wohin sie gehen sollte, doch gehen musste sie. Vielleicht nach Westen? Mexiko wäre zu offensichtlich, außerdem sprach sie kein Wort Spanisch. Und was war mit dem ganzen Geld? Die dicken Bündel machten ihr Angst. Sie war überzeugt, dass Don nicht auf legale Weise an dieses Geld gekommen war. Bisher hatte Maryn so gut wie nichts davon ausgegeben, abgesehen von der Miete. Sie würde Geld brauchen, um so weit wie möglich fort zu gelangen.

Der Ring. Ihr Verlobungsring. Sie holte das schwarze Samtkästchen aus der Kommodenschublade und klappte es auf. Der große Solitär schien ihr schelmisch zuzuzwinkern. Don war ein Schwindler. Ihre Ehe war ein Schwindel. Maryn konnte nur hoffen, dass der Diamant echt war, denn er war das Ticket, mit dem sie Don und ihre Ehe hinter sich lassen konnte.

Im Kopf erstellte sie eine Liste, was sie vor ihrer Abreise noch erledigen musste: den Wagen volltanken, einen anständigen Straßenatlas besorgen, einen Juwelier suchen, der den Ring vielleicht kaufte, zumindest aber seinen Wert schätzte. Plötzlich summte ihr Handy, das sie aufs Bett geworfen hatte.

Im ersten Moment war Maryn wie gelähmt. Dann griff sie zum Apparat, und als sie den Namen des Anrufers im Display sah, hätte sie vor Erleichterung weinen können.

»Adam!«, rief sie und kämpfte gegen ihre Tränen. »Wo bist du? Ist alles in Ordnung?«

»Mir geht's gut«, sagte er. »Ich bin in Philly. Aber wo bist du, um alles in der Welt? Ich hab mir solche Sorgen um dich gemacht.«

»Don … hat er dir nichts getan?«

»Nein. Warum sollte er?«

»Er hat mich erwischt, als ich sein Büro verließ. Ach, du hattest völlig recht in Bezug auf ihn. Ich hab seinen Schlüssel genommen und bin zu ihm gefahren, hab Akten von Prescott gefunden, er hat die Firma um sehr viel Geld betrogen!« Die Sätze sprudelten nur so aus Maryn heraus. »Don bekam einen Wutanfall. Er … hat mir wehgetan. Ich konnte nicht anders, deshalb erzählte ich ihm, was ich von dir erfahren hatte, von den Rechnungsprüfern und so. Er stritt natürlich alles ab. Er wollte sogar, dass ich anschließend mit ihm und Robby Prescott essen gehe. Als ob nichts passiert wäre. Aber er sagte, wenn ich nicht genau das tun würde, was er mir sagte, würde er mich umbringen und meine Leiche vergraben, wo sie niemals jemand finden würde.«

»Und deshalb bist du abgehauen?«, fragte Adam. »Warum hast du mich nicht angerufen?«

»Hab ich ja versucht«, sagte Maryn vorwurfsvoll. »Ich hab dir Nachrichten hinterlassen, sind die nicht bei dir angekommen? Ich war halb verrückt vor Sorge und Angst, dass er dir was antun würde. Wo bist du denn die ganze Zeit gewesen?«

»Ach, Maryn, das tut mir total leid. Ich war im Urlaub. Weißt du nicht mehr? Ich hatte dir doch erzählt, dass ich mit meinem Bruder und ein paar Freunden wandern gehen wollte. Ich bin jetzt erst zurückgekommen und hab all die Anrufe in Abwesenheit gesehen.«

Maryn konnte sich nicht daran erinnern. Adam war wandern gewesen? Aber egal.

»Hör mal«, sagte sie. »Hat sich Don bei dir gemeldet und nach mir gefragt?«

»Ja«, sagte Adam, und seine Stimme triefte vor Verachtung. »Er denkt anscheinend, dass ich dich irgendwo verstecke oder so. Dieser Wichser.«

»Er ist mehr als ein Wichser«, sagte Maryn. »Er ist gemeingefährlich. Ein gefährlicher Irrer. Schlimmer ist nur noch, dass ich ihn geheiratet habe.«

»Und … was hast du jetzt vor?«, fragte Adam. »Dir einen Anwalt besorgen und dich von dem Arsch scheiden lassen?«

»Irgendwann schon. Aber im Moment muss ich so weit weg von ihm wie möglich.«

»Übertreibst du nicht vielleicht ein bisschen?«, meinte Adam.

»Du hast seinen Blick nicht gesehen, als er mir drohte«, entgegnete Maryn.

»Na, gut«, lenkte Adam ein. »Ich verstehe. Wie kann ich dir helfen? Wo bist du überhaupt? Hast du mir immer noch nicht verraten.«

Maryn zögerte. Adam war ihr bester Freund. Er hatte sie vor Don gewarnt, aber sie hatte nicht auf ihn hören wollen. Und das war daraus geworden.

»Ich bin auf den Outer Banks«, verriet sie. »In Nag's Head.«

»In North Carolina?«, fragte Adam. »Wie hat es dich denn dahin verschlagen?«

»Einfach so«, erwiderte sie. »Ich bin losgefahren und war die ganze Nacht unterwegs und total fertig. Da hab ich ein Werbeplakat gesehen und beschlossen, nach Osten zu fahren, und schließlich bin ich hier gelandet.«

»Wo denn genau?«, wollte Adam wissen. »Bist du in einem Hotel oder was?«

Maryn sah sich in dem kahlen kleinen Raum um und lachte kläglich. »Nicht so ganz. Ich habe ein Zimmer in einem alten Haus gemietet, direkt am Strand. Hier wohnen noch drei andere Frauen. Die Geschichte ist zu lang, als dass ich sie jetzt erzählen könnte. Ist eh egal, weil ich hier abhaue, sobald ich kann.«

»Warum?«

»Es ist nicht mehr sicher«, erklärte Maryn. »Eine der Frauen hat mein Handy gefunden und ist drangegangen, als Don anrief. Sie schwört, dass sie ihm nichts verraten hat, aber ich kann nicht riskieren, noch länger zu bleiben.«

»Warum genau hast du eigentlich so große Angst vor ihm?«, wollte Adam wissen. »Ich mein ja nicht, dass du keine Angst zu haben brauchst, aber du hörst dich so … so verstört an. Warum kommst du nicht einfach nach Hause, besorgst dir einen guten Anwalt und nimmst ihn bis auf den letzten Cent aus?«

»Du verstehst es einfach nicht«, sagte Maryn mit schriller Stimme. »Don ist ein Verbrecher. Und nein, ich übertreibe nicht. Adam, als ich zu Hause aufbrach, hatte ich Panik. Ich hab irgendwelche Klamotten in einen Koffer geworfen, mir mein Laptop gepackt und zugesehen, dass ich wegkam. Hier wollte ich dann mein Laptop aus der Tasche holen, und da hab ich entdeckt, dass ich aus Versehen Dons Computer mitgenommen hatte.«

»Und, hast du da irgendwelche Geheimdokumente gefunden, eindeutige Beweise?«, fragte Adam.

»Nicht so ganz«, sagte Maryn. »Für so was ist Don viel zu vorsichtig. Im Computer hab ich gar nichts gefunden. Was ich in der Laptoptasche gefunden habe, hat mich allerdings nervös gemacht.«

»Was war das denn?«

»Hunderttausend Dollar«, erwiderte Maryn. »In ordentlichen kleinen Bündeln aus Hundert-Dollar-Noten.«

»Ach, du Scheiße!«, stieß Adam hervor.

»Begreifst du jetzt, warum ich nicht zurückkommen kann?«, sagte Maryn. »Das Geld ist nicht sauber. Kann es gar nicht sein. Und Don weiß, dass ich es habe. Und seinen Computer.«

»Na … dann gib ihm doch das Geld zurück«, schlug Adam vor. »Sag ihm, dass du es nicht willst und ihn auch nicht mehr.«

»Bei dir klingt das so einfach, so logisch«, sagte Maryn. »Aber Don ist nicht logisch. Und ich glaube nicht, dass er mich einfach davonkommen lassen würde – weder mit dem Geld noch mit der Scheidung. Ich weiß nicht, wo ich hinfahre, ich weiß nur, dass ich nicht zurückkomme, sondern irgendwo sein werde, wo Don mich nicht finden kann.«

»Wo willst du denn hin? Und was hast du vor?«, fragte Adam.

»Ich weiß es nicht«, wiederholte Maryn. »So weit habe ich noch nicht gedacht. Irgendwohin. Ich besorge mir eine neue Arbeit. Verdiene wieder mein eigenes Geld. Das habe ich vorher auch gemacht.«

Adam lachte. »Willst du mir erzählen, dass du wieder einen zehn Jahre alten Honda fahren und reduzierte Klamotten kaufen willst? Dass du in irgendeinem schäbigen Apartment wohnen willst, so wie die Absteige damals, als du ihn kennenlerntest? Und das nur, um zu beweisen, dass du keinen reichen Mann brauchst?«

Maryns Blick blieb auf ihren Schuhen von Laboutin hängen, die vor ihrem Zimmer gestanden hatten, als sie mitten in der Nacht zur Toilette gegangen war. Sie hatten achthundert Dollar gekostet, und Maryn hatte sie ohne nachzudenken gekauft, als Don ihr die Karte von American Express geschenkt hatte. Jetzt wünschte sie sich, sie hätte Ellis gesagt, sie könne die Schuhe behalten.

»Ich brauche ganz bestimmt keinen Typen wie Don!«, rief Maryn. »Ich verstehe nicht, warum du solche Sachen sagst, Adam. Du bist derjenige, der mir immer vorgeworfen hat, ich würde nur mit Don gehen, weil er Geld hätte. Ich dachte, du bist mein Freund.«

»Ich bin ja auch dein Freund«, versicherte Adam ihr. »Ich will nur, dass du alles richtig durchdenkst, bevor du irgendwas überstürzt. Warum willst du dein Leben lang auf der Flucht sein, wenn es gar nicht sein muss?«

»Ich sehe keine andere Möglichkeit«, sagte Maryn und rieb sich die Augen. Plötzlich war sie erschöpft, körperlich und geistig, und jetzt weinte sie auch noch, verdammt nochmal. Dabei war sie nie eine Heulsuse gewesen.

»Hör mal. Ich habe noch ein paar Tage Urlaub,

muss erst am Montag wieder im Büro sein. Ich könnte dich doch besuchen! Wir gehen was trinken, gehen am Strand spazieren und reden. Suchen zusammen nach einer Lösung. Was meinst du? Wär das was?«

»Ich weiß nicht.« Maryn spürte, wie ihre Entschlossenheit schwand. »Was ist, wenn Don herausbekommt, wo ich bin? Er hat mit Julia gesprochen. Sie schwört ja, dass sie ihm nichts verraten hat, aber sie kennt jetzt meinen richtigen Namen. Ich fühle mich hier einfach nicht mehr sicher.«

»Du traust Don zu viel zu«, sagte Adam beruhigend. »So schlau ist er auch wieder nicht, Maryn. Du hast doch gesagt, du wohnst nicht im Hotel, also bist du auch nirgends registriert, oder? Wie soll er dich finden?«

»Er ist wohl so schlau«, gab Maryn zurück. »Du kennst ihn bloß nicht so gut wie ich.«

»Egal«, sagte Adam. »Willst du das für mich tun? Noch einen Tag länger bleiben? Ich kann morgen runterkommen. Wir könnten was zusammen unternehmen und alles durchsprechen. Und wenn du dann immer noch meinst, dass du fliehen musst, gut, dann kann ich dir dabei helfen. Ich kenne dich doch, Maryn. Du spielst immer die Unnahbare, aber irgendwann musst du auch mal jemanden an dich ranlassen. Du musst irgendwem vertrauen, oder?«

»Kann sein.« Vielleicht hatte Adam ja recht. Vielleicht war es Zeit, sich auf jemanden zu stützen. Zumindest vorübergehend.

»Na gut«, sagte sie und schniefte. »Ich warte noch. Du fährst morgen los?«

»Gleich morgen früh«, versicherte er ihr. »Aber du musst mir deine Anschrift sagen.«

»Oh, die weiß ich nicht mal«, sagte Maryn. »Nur den Namen der Straße: South Virginia Dare. Ach ja, und den Namen des Hauses. Alle Strandhäuser hier unten haben Namen. Unsers heißt Ebbtide.«

»Ebbtide«, wiederholte Adam. »Ich fahr direkt morgen früh los und rufe dich an, wenn ich noch ungefähr eine Stunde entfernt bin. Schlaf ein bisschen, ja?«

»Ich versuch's«, versprach Maryn. »Bis morgen.«

32

Als Julia um kurz nach neun vom morgendlichen Joggen zurückkam, ging sie atemlos und schweißgebadet in die Küche, wo sie Dorie und Ellis vorfand, die bereits für den Strand gekleidet waren und Eiswürfel und Getränke in die Kühltasche packten.

Julia nahm sich eine Flasche Wasser und trank hastig. Sie ließ sich auf einen Küchenstuhl sinken und rollte die eiskalte Flasche über Stirn und Hals. »Süßes Teil«, sagte sie mit Blick auf Ellis' korallroten Tankini, der den Blick auf ihren Bauch frei gab. »Ist der neu?«

»Quasi.« Ellis cremte sich Brust und Arme mit Sonnenmilch ein. »Hab ich letzten Sommer in Rehoboth Beach gekauft, aber nie getragen, weil ich nicht wusste, ob er mir auch wirklich gefällt.«

»Du meinst, du hattest zu viel Schiss, ihn in der Öffentlichkeit zu tragen«, sagte Julia geradeheraus. »Ellis, der Tankini ist perfekt für deine Figur. Das Oberteil ist nicht zu tief ausgeschnitten, er betont deinen flachen Bauch und deinen süßen kleinen Hintern.

Jetzt versprich mir, dass du den grässlichen schwarzen Badeanzug wegwirfst, den du die ganze Zeit anhattest. Echt, so ein Ding hatte meine Oma an.«

»Das ist kein Oma-Badeanzug«, protestierte Ellis. »Oder, Dorie?«

Dorie zog die Nase kraus und drückte eine lange, schmale Wurst aus der Sonnenmilchtube auf Arme und Beine.

»Echt?« Ellis seufzte. »Dorie, ich dachte, du wärst auf meiner Seite.«

»Ich bin auf gar keiner Seite«, widersprach die Freundin. »Ich bin neutral. Wie die Schweiz. Ich würde aber schon behaupten, dass mir dieser Badeanzug deutlich besser gefällt als der schwarze.«

»Eben«, sagte Julia. »Der schwarze sieht aus, als wäre er von der Wahl zur Miss Sowjetunion 1968.«

»Na, super.« Ellis zog eine Tunika über den korallroten Tankini. »Na, macht schon: Verbündet euch gegen mich. Ich bin ein großes Mädchen, ich kann damit umgehen.«

Sie griff zu ihrem Strandlaken und einer Strohtasche, umfasste den Griff der Kühltasche auf Rollen und steuerte auf die Hintertür zu. »Kommst du mit an den Strand, Julia?«

»Wenn ich geduscht habe«, gab Julia zurück. »Habt ihr Madison heute schon gesehen?«

»Nee«, sagte Dorie. »Obwohl ich schon seit sieben Uhr auf den Beinen bin. Um acht war ich Cornflakes und O-Saft einkaufen, aber da war ihr Fahrrad schon weg.«

»Ihr Wagen steht aber in der Garage«, bemerkte Julia. »Das ist gut.« Sie ging ins Wohnzimmer und spähte durchs Fenster, dann eilte sie in die Küche zurück.

»Hört zu«, sagte sie mit gesenkter Stimme. »Ich gehe hoch in Madisons Zimmer und sehe mich da mal um. Einer von euch bleibt vorn und hält Ausschau nach ihr. Wenn ihr sie kommen seht, warnt ihr mich, ja?«

»Nein, Julia!«, sagte Dorie streng. »Du hast kein Recht …«

»Madison hat mir gegenüber gestern Abend zugegeben, dass sie uns angelogen hat«, erklärte Julia. »In Wirklichkeit heißt sie Maryn. Und der Typ, der auf ihrem Handy angerufen hat, dieser Don, das ist ihr Mann. Sie hat Angst vor ihm. Sie hat mir gestern erzählt, sie hätte herausgefunden, dass er in was Schlimmes verwickelt ist, deshalb wäre sie abgehauen. Deshalb ist sie hier gelandet, auf Nag's Head.«

»Was?«, rief Ellis. »Auf einmal erzählt sie dir alles? Wann war das denn?«

»Gestern Abend, als du deine heiße Verabredung mit dem Garagenmann hattest«, sagte Julia süffisant. »Aber bild dir ja nicht ein, dass wir auf einen umfassenden Bericht über den gestrigen Abend verzichten, Ellis Sullivan. Wir möchten wissen, warum du so früh nach Hause gekommen bist. Und warum du dann wieder weg warst und erst nach Mitternacht heimkamst.«

»Wer bist du eigentlich, Miss Marple?«, fragte Ellis, lief aber trotzdem rot an. »Ich war verabredet, mehr nicht. Da gibt's nichts zu erzählen.«

»Hm«, machte Julia. »Dazu kommen wir später noch. Also: Ja, Madison oder besser Maryn hat mir wirklich was erzählt. Kurz nachdem du weg warst, kam sie in mein Zimmer und wollte mich fertigmachen, weil sie herausgefunden hatte, dass ich in ihrem Handy herumgeschnüffelt hatte.«

»Womit sie völlig im Recht war«, meinte Dorie. »Wir sind deine besten Freundinnen, wir rechnen ja mit einer gewissen Neugier, aber bei ihr ist das was anderes.«

»Sie war wirklich stinksauer«, gab Julia zu. »Doch vor allem wollte sie wissen, was ich zu ihrem Mann gesagt hatte, als er anrief. Sie nahm mich richtig in die Mangel. Hab ich dann auch mit ihr versucht. Aber sie rückte so gut wie nichts raus. Deshalb werde ich die Sache jetzt selbst in die Hand nehmen. Behaltet die Tür im Auge, ja?«

Julia zog ihr Handy aus der Plastikhülle, die sie am Bund ihrer Joggingshorts befestigt hatte. »Wenn Madison kommt, ruft mich an und versucht sie aufzuhalten, bis ich draußen bin.«

»Ganz bestimmt nicht«, sagte Dorie. »Du kannst

nicht einfach in ihren Sachen rumwühlen. Dazu hast du kein Recht.«

»Du brauchst dich gar nicht aufzuregen, Dorie«, meinte Ellis. »Julia kann eh nicht in das Zimmer. Madison schließt jedes Mal ab, wenn sie geht.«

Julia grinste die beiden verschwörerisch an. »Das stimmt. Aber ich brauche nicht unbedingt einen Schlüssel. Madison schläft mit offenem Fenster. Das habe ich letztens gesehen, als ich am Strand war. Vom Speicher im zweiten Stock führt eine Tür auf eine Galerie. Darüber gehe ich zu Maryns Zimmer und klettere durch ihr Fenster hinein. Ihr Zimmer ist winzig, ich brauche nur ein paar Minuten, um es zu durchsuchen.«

Dorie verschränkte die Arme vor der Brust. »Ich kann es dir nicht verbieten, aber ich werde dir nicht dabei helfen, so viel steht fest. Wenn Madison Ärger hat, sollten wir ihr helfen, anstatt sie auszuspionieren.«

»Ich habe ihr meine Hilfe angeboten«, sagte Julia. »Sie meinte, ich soll mich um meinen eigenen Kram kümmern. Sie würde am Wochenende verschwinden, vielleicht sogar noch früher. Also entweder jetzt oder nie.«

Julia wandte sich an Ellis. »Was ist mit dir? Machst du mit oder nicht?«

Ellis seufzte. »Ach, verdammt. Es gefällt mir nicht, aber es gefällt mir auch nicht, dass sie uns belügt.

Woher sollen wir wissen, dass sie nicht auf der Flucht ist, weil sie was Verbotenes getan hat?«

»Genau das meine ich«, Julia triumphierte. »Gut. Gib mir Rückendeckung, Elly-Belly. Ich gehe jetzt hoch.«

Dorie schnaubte verächtlich. »Ihr beide seid total bescheuert. Wenn Madison nach Hause kommt und merkt, dass du in ihren Sachen rumgewühlt hast, möchte ich nicht dabei sein.«

Julia machte sich nicht mal mehr die Mühe, darauf zu antworten. Sie lief die Treppen in den ersten und dann in den zweiten Stock hinauf. Als sie oben ankam, drehte sie am Knauf zu Madisons Zimmer, nur um auf Nummer Sicher zu gehen. Wie Ellis behauptet hatte, war die Tür verschlossen.

Julia ging zum Ende des Flurs und zog an der Speichertür. Die sommerliche Hitze und die Feuchtigkeit hatten das Holz aufquellen lassen. Julia musste sich anstrengen, einen Fuß gegen den Rahmen stemmen und mit aller Kraft an der Tür reißen. Plötzlich schwang sie auf, Julia flog nach hinten und landete unsanft auf dem Hintern.

»Scheiße«, murmelte sie und rappelte sich auf. Als sie den niedrigen Speicher betrat, schlug ihr heiße Luft entgegen. Sie hatte Schwierigkeiten zu atmen. Die Tür lehnte sie nur an, um schnell entkommen zu können, wenn sie mit der Durchsuchung von Madisons Zimmer fertig war.

Durch ein einziges Fenster in der Dachspitze fiel Licht in den Raum. Julia schob sich an Bergen von Pappkartons und verstaubten Möbeln vorbei. Sie musste niesen. Es waren bestimmt an die vierzig Grad auf dem Speicher. Schweiß rann ihr übers Gesicht, über Rücken und Arme.

An der Tür nach draußen hingen ein altmodischer Schieberiegel und ein Türriegel. Julias Hände waren nass vor Schweiß, sie rutschten am Metall ab. Genervt zog sie ihr Oberteil aus, wickelte es um den Griff und zog daran. Sie machte einen Schritt zurück und trat so heftig wie möglich mit ihrem Laufschuh gegen die Tür. Das morsche alte Holz knarrte, und die Tür öffnete sich.

Nach Luft schnappend, trat Julia auf die Galerie, ihr Top hatte sie in den Hosenbund gestopft. Draußen waren bereits um die dreißig Grad, doch verglichen mit dem Hochofen auf dem Speicher war die Luft erfrischend kühl. Und die Aussicht war phänomenal. Doch jetzt war keine Zeit zum Genießen. Sie hatte etwas zu erledigen.

Die hölzerne Galerie war schmaler, als sie von unten wirkte, nur etwa einen Meter zwanzig breit. Das Geländer reichte ihr nicht einmal bis zur Hüfte. An einigen Stellen war das Holz verrottet, so wie die Planken unter ihren Füßen. Julia sah nach unten und schluckte. Wenn sie ausrutschte, fiel sie mindestens zehn Meter tief.

Aber sie würde nicht fallen. Sie tastete sich vor, bis sie das Fenster von Madisons Zimmer erreichte. Es war halb geöffnet. Julia umklammerte die Fensterbank und schob den Rahmen hoch. Er klemmte. Sie biss die Zähne aufeinander und drückte fester. Langsam gab das sture Ding nach. Als sie das Fenster einen knappen halben Meter aufgeschoben hatte, konnte sie sich mit den Füßen voran ins Zimmer schlängeln.

»Aua«, stöhnte sie, als sie auf dem Boden landete.

Sofort fiel ihr die klinische Sauberkeit von Madisons Zimmer auf. Im Gegensatz zu ihrem eigenen Zimmer mit dem ungemachten Bett, den herumfliegenden Zeitschriften, leeren Wasserflaschen und nicht weggeräumten Klamotten erinnerte sie dieser Raum an die Zelle einer Nonne. Oder an eine Kaserne.

Das fadenscheinige Baumwolllaken war straff über das schmale Eisenbett gespannt, zwei Kopfkissen lagen übereinander, eine verblichene Chenille-Tagesdecke war am Fußende zu einem korrekten Rechteck gefaltet. Auf dem Nachttisch stand eine Lampe, daneben lag ein Buch mit Eselsohren. Die Kommode war leer, nur ein Kulturbeutel aus schwarzem Vinyl mit Reißverschluss lag darauf.

Auf einem Holzstuhl neben der Tür war ein Koffer aufgeklappt, in dem säuberlich Kleidungsstücke gestapelt waren. In der Hinsicht hatte Madison also nicht gelogen, dachte Julia. Sie wollte wirklich weg. Und zwar bald.

Julia öffnete die Tür des Kleiderschranks. Dort hingen noch ein paar billige Strandkleider und Blusen. Auf dem Boden standen aufgereiht ein Paar schwarze Espadrilles, zwei rosa Flipflops und die High Heels von Laboutin. Im Regal lag eine Laptoptasche aus schwarzem Leder. Julia holte sie heraus. Sie zog den Reißverschluss auf und nahm den Laptop heraus.

Sie starrte auf das Gerät. Im Film gelang es der Heldin immer, den Computer hochzufahren, das Passwort zu knacken und innerhalb von Sekunden alle verdächtigen Dateien zu finden. Doch Julias Computerwissen beschränkte sich im Großen und Ganzen auf ihre E-Mails und das Internet. Sie hatte jetzt weder die Zeit noch das nötige Wissen, um Madisons Geheimnisse zu lüften. Mit Bedauern legte sie den Laptop in die Tasche zurück und hievte sie wieder hoch ins Fach, wollte sie ganz nach hinten schieben, doch da lag irgendwas.

Julia zog den Stuhl zum Wandschrank hinüber, stieg darauf und spähte in das Fach. Der Schrank war schmal, aber viel tiefer als der in ihrem eigenen Zimmer. Julia streckte die Hand aus, um den Gegenstand, der dort hinten lag, beiseitezuschieben. Ihre Finger schlossen sich um ein Bündel Papier.

Als sie sah, was sie in der Hand hielt, fiel sie beinahe vom Stuhl. Es war ein Geldbündel. Hundert-Dollar-Scheine, zusammengehalten von einem grünen Gummiband. Julia stellte den Laptop auf den Boden, griff mit beiden Händen in das Fach und schaufelte einen ganzen Arm voll ähnlicher Bündel hervor. Tausende von Dollar.

»Wow!«, stieß sie aus. »Was führst du verdammt nochmal im Schilde, Madison?« Es juckte sie in den Fingern, alle Bündel herauszuholen, zu zählen und zu prüfen, aber dafür war keine Zeit. Hastig schob sie das Geld wieder zurück ins Fach und stellte den Laptop davor.

Sie schloss die Schranktür und eilte zur Kommode. Die Schubladen waren halb leer, die Kleidung darin ordentlich zusammengelegt und gestapelt. Während Julia die Klamotten durchsuchte, kam ihr der Gedanke, dass die Sachen für einen Menschen mit so viel Bargeld entsetzlich billig waren, die meisten stammten entweder aus Secondhandläden oder vom Discounter. Wie passte das zu der Handtasche von Prada, den Schuhen von Laboutin und dem fetten Diamantring?

Leicht enttäuscht, dass in der Kommode nicht noch mehr Geld versteckt war, suchte Julia in der einzelnen Schublade des Nachttisches nach weiteren Anhaltspunkten zur Lösung des Rätsels Madison, doch fand sie nur ein Plastikfläschchen mit Aspirin.

Sie sah sich um. Viel blieb nicht mehr zu untersuchen. Julia legte sich auf den Bauch und spähte unters Bett, rechnete fast damit, dort noch einen Koffer voll Geld zu finden. Doch sie entdeckte nur die leere Reisetasche, mit der Madison angekommen war.

Schließlich hockte sie sich auf die Knie und hatte noch eine letzte Idee, nämlich das zu tun, was sie im Kino immer machten. Sie hob die dünne, durchgelegene Matratze an und fuhr mit der Hand über den Rahmen. Ihre Fingerspitzen streiften einen kühlen, glatten Metallgegenstand, und Julias Mund wurde trocken.

Sie zog das Objekt hervor und starrte es an. Eine Waffe! Julia kannte sich ein wenig damit aus. Aber sie sah, dass es sich um einen Revolver, einen Smith & Wesson handelte. Julias Hände zitterten stark, als sie den Lauf betastete.

Rrring! Rrring! Erschrocken ließ sie den Revolver fallen. Ihr Handy vibrierte in der Plastikhülle an ihrer Hüfte.

Mit nervösen Fingern versuchte sie, es herauszuholen. Das Display verriet ihr, dass Ellis sie anrief.

Julia klappte das Telefon auf.

»Sie ist da!«, flüsterte Ellis. »Madison ist gerade auf dem Fahrrad zurückgekommen. Ich hab dafür gesorgt, dass Dorie rausgeht und sie aufhält, aber du weißt, dass Madison nicht dämlich ist. Also raus da oben, aber dalli!«

»Scheiße!«, sagte Julia. »Tut irgendwas, egal! Haltet

sie da unten fest. Ellis, Madison hat eine geladene Waffe unter der Matratze. Und massenweise Geld im Schrank versteckt.«

»Ach du meine Güte!«, stieß Ellis hervor. »Scheiße, Scheiße, Scheiße! Sie kommt rein. Ich glaub, ich krieg einen Herzinfarkt. Oder mach mir in die Hose.«

»Wag es nicht!« Julia klappte ihr Handy zu. Sie wollte die Waffe wieder unter die Matratze schieben, überlegte es sich dann aber anders und steckte sie in den Hosenbund. Sie glättete das zerknitterte Bettlaken, lief zum Fenster, hievte sich hinaus und zog es wieder so weit zu, wie es vorher gewesen war.

Auch diesmal hielt sie sich nicht lange auf der Galerie auf, um die Aussicht zu genießen oder über die Möglichkeit nachzusinnen, in den Tod zu stürzen. Sie huschte zurück auf den Speicher, zog die Tür hinter sich und nahm kurz darauf zwei Stufen auf einmal hinunter.

33

Es war Dorie, die sie rettete. Weil Mittwoch war, wurde der Müll abgeholt, und obwohl sie Ellis' Dienstplan eigentlich verworfen hatten, war Dorie an der Reihe, den Müll nach draußen zu bringen. Sie rollte die überquellende Plastiktonne hinunter an den Bordstein und murmelte etwas vor sich hin über *gewisse Leute*, die sich nicht die Mühe machten, den Müll von den recycelbaren Sachen zu trennen, als Madison die Straße entlanggeradelt kam.

Trotz ihrer gegensätzlichen Beteuerungen fand sich Dorie plötzlich in der Rolle der Mitverschwörerin wieder.

»Madison!«, rief sie, und ihr Mund wurde trocken vor Angst. »Hi! Du bist aber heute früh unterwegs. Wie war die Fahrradtour?«

Madison ließ das Rad ausrollen und bremste neben Dorie. »Schön«, erwiderte sie knapp. »Ich bin gern draußen, bevor die ganzen Touristen auf den Beinen sind und die Straßen verstopfen.«

»Wie geht's deinem Knöchel?«, fragte Dorie mit

Blick auf Madisons Bein. Es war ordentlich verbunden.

»Gut«, sagte Madison und wischte sich einen Schweißtropfen von der Stirn. »Dank dir, der Kühlung und dem Ibuprofen.«

Sie wollte weiterfahren.

Dorie schluckte und überlegte krampfhaft, was sie sagen konnte, um Madison aufzuhalten, damit sie nicht ins Haus ging, wo Julia gerade in ihren Sachen herumwühlte.

»Gefällt dir das Rad?«, erkundigte sich Dorie. Eine dämliche Frage. Wirklich bescheuert, aber was Besseres fiel ihr nicht ein. Konnte sich eine Schwangerschaft dermaßen stark auswirken? Konnte das in ihr wachsende Baby tatsächlich ihre Intelligenz vereinnahmen? Dorie musste an zwei Lehrerinnen von ihrer Schule denken, die einmal über die Dummheiten gelacht hatten, die sie während ihrer Schwangerschaft angestellt hatten. »Schwangerschaftsdemenz« hatten sie es genannt, und Dorie hatte immer gedacht, sie würden übertreiben, doch jetzt wusste sie es besser. Sie war beschränkt, und sie war schwanger, und zwar von einem schwulen Ehemann, was sie quasi als zu dämlich zum Leben auswies.

»Ist schon in Ordnung«, sagte Madison. »Es war zwar billig, aber es fährt sich ganz gut.«

»Ich hab überlegt, ob ich mir auch eins kaufen soll«, plapperte Dorie weiter. »Bewegung soll ja gut sein, sagen alle. Aber ich glaube, ich bin seit dem College nicht mehr Fahrrad gefahren. Ich wette, ich weiß nicht mal mehr, wie das geht.«

»Aber sicher«, gab Madison zurück. »Es gibt doch diesen Spruch übers Radfahren.«

»Was für einen Spruch?«, fragte Dorie. Sie hatte keinen blassen Schimmer, wirklich nicht. Sie konnte diesem Kind nur raten, ein großer Wissenschaftler zu werden, denn es hatte bereits jede Hirnzelle von Dorie in Beschlag genommen, die sie je gehabt hatte.

Ungeduldig trat Madison von einem Fuß auf den anderen. »Man sagt doch immer, dies oder das sei so einfach wie Radfahren, weil man das angeblich nie verlernt.« Sie beugte sich vor und musterte Dories Gesichtsausdruck mit gewisser Besorgnis.

»Dorie, ist alles in Ordnung? Du kommst mir heute irgendwie ein bisschen benebelt vor.«

»Die Kolleginnen von der Schule sagen, es hätte etwas mit dem erhöhlten Hormonspiegel zu tun«, erklärte Dorie. »Sharon zum Beispiel. Sie unterrichtet Englisch in den unteren Klassen und war letzten Herbst schwanger. Sharon ließ sich nicht einmal, nicht zweimal, sondern dreimal nach der Schule von mir nach Hause bringen, bloß um dann festzustellen, dass sie selbst mit dem Wagen zur Schule gekommen war. Ich konnte wieder umdrehen und sie zur Schule zurückfahren, damit sie ihr Auto holen konnte.«

»Echt verrückt. Na, egal, ist ja nur vorübergehend, oder?«

»Das will ich doch hoffen«, sagte Dorie eindringlich. Madison machte Anstalten, das Fahrrad über die Auffahrt aus Muschelsplitt zu schieben. Dorie lief ihr nach. »Wir machen uns gerade fertig für den Strand. Soll heute ein schöner Tag werden. Nicht zu schwül. Jedenfalls nicht so schwül, wie es immer in Savannah ist, da liegt die Luftfeuchtigkeit nämlich bei ungefähr tausend Prozent. Vielleicht hast du Lust, dich heute mit uns an den Strand zu legen?«

»Später vielleicht.« Madison blieb stehen und sah Dorie an. »Hör zu, ich weiß, dass Julia euch von mir erzählt hat. Es tut mir leid, dass ich gelogen habe. Aber ich hatte meine Gründe. Ist sowieso egal, weil ich morgen abreise, aber ich wollte nur, na ja, mich bei euch bedanken. Dass ich hier wohnen durfte. Und so.«

Impulsiv nahm Dorie Madison in die Arme. »Danke«, sagte sie. »An dem Vormittag, als wir uns in diesem Restaurant trafen, ging es mir ziemlich schlecht. Meine Schwester hatte uns im Stich gelassen, ich war total fertig und machte mir Sorgen ums Geld. Wahrscheinlich dachtest du, ich wäre nicht ganz richtig im Kopf, als ich dir ein Zimmer vermieten wollte.«

»Du warst freundlich«, sagte Madison zurückhaltend. »Und ich bin mir sicher, dass Ellis und Julia –

besonders Julia – dir ganz schön eingeheizt haben, weil du sie vorher nicht gefragt hast.«

»Sie waren einverstanden, nachdem sie den ersten Schock überwunden hatten«, versicherte Dorie. »Sie sind wirklich in Ordnung, wenn man sie erst mal kennt. Ich glaube, sie würden dich genauso mögen wie ich, wenn du ihnen die Chance geben würdest, Madison. Oder soll ich dich lieber Maryn nennen?«

»Ist jetzt auch egal, aber irgendwie habe ich mich an Madison gewöhnt.«

»Wie bist du eigentlich auf den Namen gekommen?«, fragte Dorie in dem verzweifelten Versuch, Madison noch länger aufzuhalten.

»Kannst du dich an diesen Film erinnern, ›Eine Jungfrau am Haken‹? Wo Daryl Hannah als Meerjungfrau Tom Hanks vor dem Ertrinken rettet und sich in ihn verliebt? Sie hat ja keinen Namen, und als sie danach gefragt wird, nennt sie sich Madison, weil sie gerade das Straßenschild der Madison Avenue gesehen hat. Als Kind war das mein Lieblingsfilm«, erklärte Maryn. »Alle meine Puppen hießen Madison. Sogar meine kleine Katze hieß so.« Sie lächelte schief. »Ich hatte anscheinend nicht sehr viel Phantasie.«

»Meine Katze hieß Kätzchen«, sagte Dorie. »Was sagt dir das über mich?«

»Das sagt mir, dass du es bei deinem Kind hoffentlich besser machst«, entgegnete Maryn, und beide lachten.

Maryn steuerte auf das Haus zu, ging einen Schritt schneller, und Julia … Dorie konnte nur hoffen, dass Julia gekniffen hatte. Was allerdings unwahrscheinlich war.

»Ich fänd's gut, wenn du noch nicht abreisen würdest«, sagte Dorie und meinte es ehrlicher, als Madison wissen konnte. »Ich würde mich freuen, wenn du bleibst und wir dir bei deinen Problemen helfen könnten.«

»Könnt ihr nicht«, rief Madison ihr über die Schulter zu.

Raus jetzt, Julia!, dachte Dorie. *Sieh zu, dass du Land gewinnst!* Sie machte kehrt, ging zum Bordstein, und rollte die sperrige Mülltonne zurück zum Haus, bis ihr auffiel, dass sie noch gar nicht geleert worden war. »Meine Güte, typisch Schwangerschaftsdemenz«, brummte sie und schob die Tonne zurück an die Straße. Plötzlich musste sie dringend zur Toilette. Schon wieder.

Ellis machte ein großes Spektakel daraus, es sich am Strand bequem einzurichten. Sie stellte den Liegestuhl so auf, dass sie sich, vom Haus aus gesehen, besonders vorteilhaft in Szene setzen konnte, schlüpfte aus ihrer hauchdünnen Tunika und legte sich mit Blick aufs Wasser hin. Sie erlaubte sich nicht, in Richtung der Garagenwohnung zu schauen. Das wäre zu auffällig. Stattdessen beschäftigte sie sich mit ihrem Buch und der Kühltasche mit den kalten Getränken.

Dorie ließ sich auf ihre eigene Liege sinken und nahm die Flasche Wasser an, die Ellis ihr reichte. »Alles in Ordnung?«, fragte sie. »Kommt Julia runter?«

»Gleich«, erwiderte Ellis. »Und wenn sie hier ist, werde ich ihr die Leviten lesen. Du hattest recht, Dorie. Es war völlig daneben von ihr, bei Madison einzubrechen. Ich schwöre dir, als ich sah, wie sie das Fahrrad die Einfahrt hochschob, hatte ich fast einen Herzinfarkt. Solche Angst hab ich das letzte Mal gehabt, als deine Mutter damals an der Highschool zu früh von der Arbeit kam und dich fast beim Sex mit Kevin Boylan im Fernsehsessel deines Vaters erwischte.«

Dorie trank einen Schluck Wasser. »Das war nicht Kevin Boylan. Das war Kieran, sein älterer Bruder. Und wir hatten keinen richtigen Sex. Wir haben ›rumgebusselt‹, wie Kieran das nannte.«

»Na, egal, ich hatte nicht vor, deiner Mutter die Unterschiede darzulegen«, sagte Ellis. »Es war schon schlimm genug, dass wir die Schule geschwänzt hatten und ich eine halbe Flasche Schnaps getrunken und hinten in Willas Auto gekotzt hatte. Und plötzlich tauchte Phyllis auf, und ich riss mich zusammen und erzählte ihr, du hättest Bauchschmerzen gehabt, deshalb hätte Miss Deal mir erlaubt, dich früher nach

Hause zu bringen. Und die ganze Zeit betete ich zum Jesuskind, dass Kevin schnell genug die Hose hochzog und aus eurem Fernsehzimmer rauskam, bevor Phyllis mich fragen konnte, wo du bist.«

»Das war Kieran, nicht Kevin, oder?«

Ellis und Dorie schauten hoch.

Julia schlug ein Strandlaken auf und breitete es neben ihnen im Sand aus.

»Das wollte ich Ellis gerade erklären«, sagte Dorie. »Kevin Boylan hatte ganz viele Schuppen. Kevin Boylan hätte ich nie so weit rangelassen. Ich hatte schon gewisse Grundsätze, ja?«

»O bitte«, Julia ließ sich auf das Laken fallen. »Erzähl uns nichts von Grundsätzen. Wir waren ja wohl dabei, oder? Du hast Kieran nur deswegen rangelassen, weil er ein cooles Auto fuhr und du glaubtest, er würde dich zu seinen Unipartys nach Georgia einladen.«

»Und ihr habt bei der ganzen Sache mitgespielt, weil ihr dachtet, ihr würdet dadurch an seine Kollegen aus der Studentenverbindung drankommen«, gab Dorie fröhlich zurück. »Und wenn ich mich recht erinnere, Julia Capelli, warst du diejenige, die den Schnaps in Johnny Ganems Spirituosenladen geklaut hat.«

»Der Auftakt zu einem Leben jenseits des Gesetzes«, sagte Ellis düster. Sie warf ihr Handtuch nach Julia. »Und du, du dumme Kuh, ziehst nie wieder so was ab wie eben, verstanden?« Ellis fächelte sich Luft zu. »Das halten meine Nerven nicht aus.«

»Deine Nerven!«, höhnte Julia. »Und was ist mit meinen? Was meinst du, wie es mir ging, als ich die ganze Knete hinten in Madisons Schrank fand? Ganz zu schweigen von der Knarre unter der Matratze.«

»Was?« Dorie richtete sich kerzengerade auf. »Das denkst du dir doch gerade aus!« Sie wandte sich an Ellis. »In einem Punkt hatte meine Mutter allerdings recht. Julia Capelli hatte und hat bis heute einen schlechten Einfluss.«

Julia schlug ein flüchtiges Kreuzzeichen. »Beim Grab meines Vaters: Ich sage die Wahrheit. Madison muss, keine Ahnung, an die zwanzigtausend Dollar in bar rumliegen haben. Ganz hinten im Fach des Kleiderschranks. Aber das ist noch nicht das Schlimmste.« Sie schob die Hand in ihren Strandbeutel und zog den bedrohlich wirkenden Revolver heraus.

»Das«, sagte sie triumphierend, »lag unter ihrer Matratze. Jetzt erzählt mir bitte noch mal, wie unschuldig und unglücklich die arme Madison-Schrägstrich-Maryn ist.«

Mit großen Augen starrten Ellis und Dorie auf den Revolver, bis Julia ihn wieder in ihren Beutel stopfte.

»Ist der echt?«, fragte Dorie.

»Ist er geladen?«, wollte Ellis wissen.

»Nicht mehr«, sagte Julia.

»Hast du den Revolver echt gestohlen?« Dorie stöhnte und schüttelte den Kopf.

»Hab ich für euch gemacht«, sagte Julia. »Wer weiß, was sie damit vorhat?« Sie streckte eine Hand aus. »Eine Diätcola, bitte. Diese ganze Detektivarbeit hat mich total ausgetrocknet.«

»Ach du meine Güte«, Dorie konnte den Blick nicht von Julias Tasche lösen. »Madison muss furchtbaren Ärger haben. Leute, wir müssen ihr irgendwie helfen.«

Als Julia ihre Coladose ausgetrunken hatte und den anderen beiden nicht nur einmal, sondern zweimal die Durchsuchung von Madisons Zimmer geschildert hatte, kamen die drei Frauen überein, dass es an der Zeit war, etwas zu unternehmen.

»Sie hat mir heute Morgen erzählt, dass sie morgen abreisen würde«, erklärte Dorie. »Es wäre reine Zeitverschwendung, sie rauszuwerfen. Außerdem will ich das auch gar nicht. Ich will wissen, wie ich ihr helfen kann.«

»Dorie«, sagte Ellis und klang dabei ruhiger, als ihr zumute war. »Man hilft keiner Frau, die einen Schrank voller Bargeld und eine geladene Waffe hat. Man geht ihr höchstens aus dem Weg.«

»Nicht möglich.« Julia wies mit dem Kinn in Richtung der Treppe in den Dünen.

Madison beziehungweise Maryn kam die Stufen heruntergestampft, ihre Augen funkelten blutrünstig.

Am Fuße der Treppe schleuderte sie ihre Schuhe von sich und steuerte auf die drei Frauen zu, bis sie am Rand ihres kleinen Lagers stand, ein feuchtes Top in der rechten Hand.

»Hallo, Madison«, versuchte es Dorie.

»Ihr Schweine!«, fuhr Madison sie an. »Ich wusste, dass es ein Fehler war, hier einzuziehen. Dass ihr mir niemals vertrauen würdet und dass ich keiner von euch vertrauen kann.«

Die Hände in die Hüften gestützt, starrte sie Julia an. »Du hast vielleicht mal Nerven, dich in mein Zimmer zu schleichen«, sagte sie. »Dachtest du, ich würde das nicht merken?«

Julias Gesichtsfarbe verblasste unter ihrer Bräune. Sie stützte sich auf die Ellenbogen. »Wovon redest du da? Ich? Was sollte ich in deinem Zimmer wollen?«

»Weiß ich doch nicht«, fuhr Madison sie an. »Vielleicht bist du eine armselige kleine Leuchte, die kein eigenes Leben hat?«

»Das weise ich zurück«, sagte Julia.

»Leck mich!«, rief Madison. Sie schaute zu Dorie hinüber und warf ihr einen vernichtenden Blick zu. »Und du! Du mit deinem gespielten Mitleid und Verständnis erzählst mir, ich soll noch bleiben! In Wirklichkeit hast du mich nur aufgehalten, damit ich deine Freundin nicht dabei erwische, wie sie mein Zimmer ausräumt.«

»Das war nicht gespielt!«, protestierte Dorie. »Ich

meine, ja, ich wollte dich aufhalten, weil ich nicht wollte, dass du Julia erwischst. Aber was ich gesagt habe, meinte ich ehrlich. Und jetzt erst recht. Julia hat uns von dem Geld erzählt.«

»Ja, und? Jetzt seid ihr zu dem Schluss gekommen, dass ich eine Bank ausgeraubt habe? Oder vielleicht jemanden erpresst? Oder dass ich auch nur ein Callgirl von irgendeinem Edelpuff bin? Ich wundere mich schon, dass kein Streifenwagen vorm Haus steht. Ihr habt die Bullen gerufen, stimmt's?«

»Es ist eine Menge Geld«, bemerkte Julia.

»Ich muss niemandem was erklären«, sagte Madison und schüttelte empört den Kopf.

»Eine kurze Frage«, meldete sich Julia. »Wie hast du herausgefunden, dass ich in deinem Zimmer war? Ich meine, ich war total vorsichtig. Ich hab das Geld wieder genau da hingelegt, wo ich es gefunden habe, und hab das Fenster auch wieder so weit runtergezogen wie vorher. Hast du irgendeine Falle aufgestellt oder so, nur für den Fall, dass einer bei dir rumschnüffelt?«

»Toller Einbrecher!«, höhnte Madison. Sie hielt das Oberteil in ihrer Hand hoch: ein noch feuchtes weißes Laufshirt, das sie Julia ins Gesicht warf. »Du hast das hier vergessen!«

34

Die drei Frauen sahen zu, wie Madison beziehungsweise Maryn sich bemühte, im feuchten Sand möglichst effektvoll davonzustapfen. Als sie fort war, schauten Dorie und Ellis Julia an, die sich auf ihr Strandlaken hatte sinken lassen und die Hände vor die Augen hielt, um sich vor der Sonne und den fragenden Blicken ihrer Freundinnen zu schützen.

»Dein Top?«, sagte Ellis schließlich. »Julia, also echt! Du hast nicht gemerkt, dass du es vergessen hast?«

»Tut mir leid«, rief Julia so laut, dass eine Möwe als Antwort krächzte. »Guckt mich nicht so an! Herrgott! Ihr habt doch gesehen, was ich anhatte. Ich war gerade vom Laufen zurück. Und auf dem Speicher, da waren es bestimmt um die fünfzig Grad. Ich bekam den Türriegel einfach nicht auf, ich war total am Schwitzen, meine Hände waren ganz rutschig, deshalb hab ich das Top ausgezogen und damit den Riegel aufbekommen. Ich bin durchs Fenster geklettert und hab mich im Zimmer umgesehen. Sie hatte nicht mal die Klimaanlage an da oben. Warum erkläre ich euch das eigentlich alles? Sie ist doch diejenige mit dem Geld und der Knarre unter der Matratze.«

»Es war einfach eine sehr, sehr schlechte Idee«, sagte Ellis mit leiser Stimme. »Unverzeihlich. Ich hätte niemals mitmachen dürfen. Ich wusste, dass es falsch war, und hab trotzdem nichts gesagt. Ich fühle mich furchtbar.«

»Ich mich auch«, sagte Dorie. »Ich bin nicht besser als ihr. Ich hätte Julia aufhalten können, wenn ich mich angestrengt hätte.«

Aber Julia blieb stur. »Na gut, vielleicht hätte ich ihr Zimmer nicht durchsuchen dürfen. Tut mir leid. In Ordnung? Es war alles meine Idee, ihr beiden seid aus dem Schneider. Können wir uns jetzt vielleicht wieder um Wichtiges kümmern – nämlich was wir nun mit Madison und ihrer Waffe und dem riesigen Berg Geld machen?«

Dorie schaute Ellis voller Unbehagen an. »Ich finde, du solltest mit ihr reden.«

»Ich?« Ellis war entrüstet. »Warum gerade ich? Ich habe sie doch nicht eingeladen, hier zu wohnen. Und ich bin nicht diejenige, die sie vertreibt, weil ich mich in ihre Privatangelegenheiten mische.«

»Wer denn sonst?«, fragte Dorie. »Sie kann Julia nicht ausstehen. Und mir vertraut sie nicht mehr, so viel steht fest. Du bist die Ruhige. Die Kluge. Du kannst mit ihr reden. Du kannst mit jedem reden.«

»Frag sie einfach, woher das Geld kommt«, riet Julia ihr. »Aber sag nichts von dem Revolver, ja? Ich meine, wir wollen sie nicht noch mehr verärgern.«

»Nein!«, entgegnete Ellis und warf das verschwitzte Top nach Julia. »Ich mache das nicht.« Doch trotz ihrer Proteste wusste Ellis, dass es sinnlos war, sich zu wehren und zu argumentieren. Sie waren inzwischen alle Mitte dreißig, doch sie, Ellis Sullivan, war immer noch der Fahrer vom Dienst.

Sie holte tief Luft und klopfte vorsichtig an Madisons Tür.

»Hau ab!«, kam die gedämpfte Antwort.

»Madison!«, rief Ellis. »Lass mich bitte rein! Ich möchte mit dir reden. Ich will mich entschuldigen … für uns alle.«

»Schön. Egal«, gab Madison zurück. »Ich bin morgen früh eh weg, also lass es gut sein. Ich will einfach meine Ruhe.«

»Das geht nicht«, flehte Ellis. »Julia lässt nicht eher locker, bis ich mit dir geredet habe. Unter vier Augen.«

Die Tür wurde aufgerissen. »Beeil dich«, sagte Madison und machte Ellis Zeichen hereinzukommen. »Aber es ist absolute Zeitverschwendung.«

Ellis überquerte die Schwelle und sah sich im Zimmer um. Der dünne weiße Baumwollvorhang bauschte sich schlaff in der schwachen Brise.

»Kann ich mich hinsetzen?«, fragte sie.

»Ist doch euer Haus«, sagte Madison verbittert. »Ich bin hier nur Untermieter. Ohne eigene Rechte.«

»Was das angeht«, sagte Ellis, räusperte sich und hockte sich auf den Rand des schmalen Betts. »Wir müssen uns bei dir entschuldigen. Wir alle. Nur Dorie vielleicht nicht. Sie war absolut gegen das, was Julia vorhatte, aber wir haben sie bedrängt, Ausschau zu halten, und irgendwann ist sie eingeknickt.«

»Schön zu wissen«, sagte Madison. Sie leerte die Schubladen der Kommode, faltete Kleidungsstücke zusammen und legte sie in eine Reisetasche.

»Wir würden dir wirklich gerne helfen«, sagte Ellis. »Wenn du uns nur lassen würdest.«

Madison wirbelte herum und funkelte sie feurig an. »Warum sollte ich eine von euch an mich heranlassen? Warum sollte ich einer von euch vertrauen?«

»Weiß ich nicht«, sagte Ellis aufrichtig. »Vielleicht solltest du uns vertrauen, weil wir dir auch trauen. Wir haben dir ein Zimmer allein auf Grundlage dessen vermietet, was du uns erzählt hast, und das hat sich als Lüge erwiesen. Wir wissen, dass du in irgendwas … Kompliziertes verwickelt bist. Und dass du Angst hast vor deinem … ist er dein Exmann?«

»Noch nicht«, sagte Madison grimmig.

»Was hat er getan?«, fragte Ellis. »Warum bist du geflohen? Du kommst mir nicht gerade wie ein Duckmäuschen vor.«

»Wenn ich es dir sage, lasst ihr mich dann endlich in Ruhe?«, fragte Madison. »Und mischt euch nicht mehr in meine Angelegenheiten ein?«

»Ich versuch's«, sagte Ellis. »Aber für Julia kann ich nicht sprechen – das kann niemand. Sie lässt sich nichts vorschreiben.«

»Mein Mann ...«, begann Madison, »ist Steuerberater in Philly. Er machte die Buchführung für die Versicherung, bei der ich gearbeitet habe. Dort lernten wir uns kennen. Er lud mich zum Essen ein, ich ging mit ihm aus, und es dauerte nicht lange, da wohnten wir zusammen.«

»Und?«, fragte Ellis vorsichtig.

»Don war noch verheiratet, als ich ihn kennenlernte«, gestand Madison. »Das wusste ich natürlich nicht, er hielt es nicht für nötig, mir zu erzählen, dass er eine Frau und zwei Kinder im Jugendalter hatte. Sie lebten getrennt, und er ließ sich wirklich scheiden, aber er war auf jeden Fall noch verheiratet, als wir miteinander gingen.«

»Wärst du mit ihm ausgegangen, wenn du gewusst hättest, dass er verheiratet ist?«, fragte Ellis mit erhobener Augenbraue.

»Nie im Leben!«, sagte Madison. »Aber ich hätte es mir denken können. Es gab eine Menge, das ich mir zu Don Shackleford hätte denken können, bevor wir zusammenzogen.«

»Du hast Julia gesagt, er sei in etwas Schlimmes verwickelt«, fragte Ellis. »Was meintest du damit?«

Madison biss sich auf die Lippe. »Er ist ein Betrüger und Hochstapler. Er hat seine Mandanten bestohlen, mindestens zwei Millionen, das weiß ich genau. Aber wahrscheinlich ist es noch mehr.«

»Woher weißt du das?«, fragte Ellis. »Ich meine, du hattest doch nichts damit zu tun, oder?

»Du meinst wegen des Geldes?« Madison klang verbittert. »Du gehst sofort davon aus, dass ich mit ihm unter einer Decke stecke, ja?«

»Ich weiß nicht, was ich über dich denken soll«, sagte Ellis aufgebracht. »Du machst aus allem so ein Supergeheimnis, was soll ich davon halten?«

»Ich mag so manches sein, aber ein Dieb bin ich nicht«, sagte Madison. »Das schwöre ich bei Gott. Das Geld gehört Don. Oder besser demjenigen, dem er es gestohlen hat.«

»Woher weißt du denn, dass er es gestohlen hat?«

»Adam, das ist ein Freund von der Arbeit, hat mir erzählt, dass Rechnungsprüfer im Büro waren und Akteneinsicht hatten. Sie haben gegen Don ermittelt. Ich wollte Adam nicht glauben. Er war immer ein bisschen eifersüchtig auf Don, weil er auch was von mir wollte. Deshalb hab ich mich in Dons Büro geschlichen und mich dort umgesehen. Adam hatte recht. Don hatte eine Reihe von Scheinfirmen gegründet, denen er Geld von den Prescott-Konten überwies.«

»Wie hast du reagiert?«, fragte Ellis. »Hast du deinen Mann damit konfrontiert? Hat er es geleugnet?«

Maryn lachte freudlos. »Man kann Don Shackleford mit nichts *konfrontieren.* Es war genau andersrum. Er fuhr am Büro vorbei, als ich gerade rauskam, und folgte mir bis nach Hause. Er wusste, dass ich etwas im Schilde führte, und … zwang mich dazu, ihm zu sagen, was ich herausgefunden hatte.«

»Hat er dir weh getan?«

»Nicht so, dass es jemand merken würde. Er packte mich, warf mich gegen die Wand und teilte mir ruhig mit, wenn ich jemandem von meinem Verdacht erzählte, würde er mich umbringen und irgendwo verscharren, wo mich niemals jemand finden würde.«

Ellis studierte Madisons Gesicht. »Meinst du, er wäre zu so was fähig? Zu Mord?«

»Jetzt ja«, sagte Madison sachlich. »Und noch zu viel Schlimmerem.«

»Deshalb bist du geflohen?«

»Ich wusste nicht, was ich sonst tun sollte. Ich hatte Panik. Mir wurde so einiges klar über Don – seine Gefühlskälte, seine Unehrlichkeit, aber ich hätte wirklich nicht gedacht, dass er zu so etwas in der Lage wäre. Erst als ich es mit eigenen Augen sah. Sobald er aus dem Haus war, wusste ich, dass ich verschwinden musste.«

»Konntest du niemanden anrufen? Einen Verwandten vielleicht?«

Madisons Stimme war flach. »Das kannst du nicht verstehen. Ich habe nicht viele Verwandte, nur meine Mutter und meine Tante, und die sind mir nicht gerade sehr nahe. Weder emotional noch geographisch.«

»Hast du keine Freundin? Keine Arbeitskollegin?«

»Als wir heirateten, verlangte Don, dass ich aufhöre zu arbeiten, aber ich war eh nicht besonders eng mit den Frauen in meinem Büro befreundet. Adam war mein einziger Freund dort. Er kommt morgen her. Ihm kann ich vertrauen.«

»Und uns nicht?«

Madison zuckte mit den Schultern. »In mein Zimmer einzubrechen war echt mies von euch. Freunde würden so was nicht tun.«

»Du hast sehr deutlich gemacht, dass du keine Freundinnen willst«, erinnerte Ellis sie. »Aber du hast recht, es war wirklich mies. Irgendwann wird Julia das auch einsehen, wenn sie mal richtig drüber nachdenkt.«

»Ist jetzt ja auch egal«, sagte Madison.

»Du hast das mit dem Geld immer noch nicht erklärt«, hakte Ellis nach. »Du musst doch zugeben, dass es schon fragwürdig wirkt, so viel Geld im Schrank zu verstecken.«

»Das ist eine lange Geschichte«, sagte Madison. »Geh jetzt einfach, ja? Sag den anderen, sie brauchen sich keine Sorgen um mich machen.«

»Ich würde es trotzdem gerne wissen, wenn es dich nicht stört«, beharrte Ellis.

»Na, gut«, gab Madison nach. Sie hatte das Packen unterbrochen und lehnte sich an die Wand gegenüber dem Bett, auf dem Ellis saß.

»Nachdem Don mir gedroht hatte, haute er einfach ab«, sagte Madison. »Er wäre nie auf die Idee gekommen, dass ich ihm nicht gehorchen würde. Oder sogar verschwinden könnte. Doch sobald er aus dem Haus war, wusste ich, dass ich wegmusste. Ich packte ein paar Klamotten ein. Ich hatte keinen Plan. Ich meine, ich hatte nur ein bisschen Geld zur Seite gelegt.« Wieder lachte sie. »Meine Mutter nannte so eine eiserne Reserve immer ›Geld zum Durchbrennen‹ – wie recht sie damit hatte! Es waren etwas mehr als sechstausend Dollar. Ich packte sie ein, und auf dem Weg nach draußen fiel mir mein Computer ein. Mein Laptop. Don hatte uns beiden vor wenigen Monaten neue gekauft. Sie wurden in identischen Taschen geliefert. Ich nahm meinen Laptop, warf ihn hinten in den Wagen und fuhr los.«

»Bis du nach Nag's Head kamst«, sagte Ellis. »Wieso gerade hierher?«

Der Geist eines Lächelns umspielte Madisons Lippen. »Ich hab mir eingeredet, es wäre Zufall. Ich fuhr gen Süden, sah ein Plakat mit Werbung für Nag's Head und schlug die Richtung ein. Doch auf den langen Fahrradtouren hatte ich Zeit, ein wenig über mich nachzudenken. Nag's Head war kein Zufall.«

»Du warst schon mal hier?«

»Als Kind mit meinen Eltern. Es war der einzige Urlaub, den wir je zusammen gemacht haben. Wir wohnten in einem kleinen Motel, spielten im Schwimmbecken, fuhren mit dem Autoscooter, aßen Eis, all das, was eine glückliche normale Familie auch macht. Ich hatte mein Taschengeld gespart und kaufte davon ein kleines Schmuckkästchen mit aufgeklebten Muscheln. Auf dem Deckel stand *Nag's Head*. Es war das Erste, was ich mir von meinem eigenen Geld gekauft habe.«

»Ich glaube, ich hatte auch so eins«, sagte Ellis. »Nur stand auf meinem *Tybee Island*. Das habe ich immer noch.«

»Meins habe ich schon lang verloren«, sagte Madison trübsinnig. »Meine Eltern trennten sich, als ich dreizehn war. Wir lebten damals in Fayetteville, North Carolina. Kaum hatten die Sommerferien begonnen, packte mich meine Mutter ins Auto und fuhr nach Ohio, wo wir bei meiner Tante Patsy wohnten. Wir fuhren einfach los, hatten die Klamotten in ein paar Kartons geworfen. Alles andere blieb im Haus.«

»Ach, du meine Güte«, sagte Ellis. »Und dein Vater?«

»Der hat wieder geheiratet«, erklärte Madison. »Eine Frau, die vorher die beste Freundin meiner Mutter war.«

Ellis schaute auf ihre rechte Hand, auf den schmalen, mit winzigen Diamantsplittern besetzten Goldring, den ihr Vater ihr zum dreißigsten Geburtstag geschenkt hatte. Es war das Letzte von vielen Geschenken, die ihr Vater ihr im Laufe der Jahre gemacht hatte.

»Hast du ihn denn noch mal gesehen?«

»Wen? Meinen Vater? Nicht oft. Er ist nach Daytona gezogen.«

»Das tut mir leid«, sagte Ellis.

»Ist halt so«, gab Madison zurück, geübt in Gleichgültigkeit.

Ellis wollte das Thema wechseln. »Dein Ring. Du hast uns erzählt, es wäre ein Familienerbstück. Mir ist aufgefallen, dass du ihn nicht mehr trägst.«

»Das ist mein Verlobungsring. Don hat ihn mir geschenkt, kurz bevor wir heirateten. Ich überlege, ob ich ihn beleihe. Willst du ein Angebot abgeben?«

Ellis' Blick streifte Madisons nackte Hände. »Warum willst du ihn beleihen? Du hast doch so viel Geld.«

»Das rühre ich nicht an«, erklärte Madison. »Ich wusste ja nicht mal, dass ich es dabeihatte, erst als ich meinen Laptop herausholen wollte und merkte, dass ich aus Versehen den von Don mitgenommen hatte.«

»Und das Geld war in seiner Laptoptasche? Darf ich fragen, wie viel es ist?«

Madison zuckte mit den Schultern. »Knapp hunderttausend Dollar.«

»Wirklich?« Ellis bekam große Augen.

»Es ist Geld, das Don gestohlen hat. Und ich weiß, dass er noch mehr hat. Millionen. Er glaubt wahrscheinlich, dass ich es absichtlich mitgenommen habe. Verstehst du jetzt, warum ich solche Panik bekam, als ich hörte, dass Julia mit ihm gesprochen hat? Was ist, wenn er mich findet?«

»Meinst du, er würde dir was antun? Um an das Geld zu kommen?«

»Vor ein paar Monaten hätte ich noch nein gesagt. Aber heute: ganz bestimmt. Don geht's nicht nur ums Geld. Es geht ihm um Kontrolle. Um Besitz.«

Ellis schaute auf ihre Hände, dann aus dem Fenster und dachte an ihre eigene kurze Ehe mit dem plötzlichen, gefühllosen Ende. Damals war es so schmerzhaft gewesen, aber im Vergleich zu dem, was Madison durchmachte, war Bens Art vielleicht doch vorzuziehen.

»Ähm … hattest du schon vorher Probleme mit Don?«, fragte sie.

»Allerdings«, antwortete Madison säuerlich. »Wenn du damit meinst, dass er mit einer anderen geschlafen hat und ich ins Gästezimmer umgezogen bin.«

»Oh«, machte Ellis.

»Weiß gar nicht, warum ich mich darüber gewundert habe«, Madison schüttelte den Kopf, als wäre es ihr wirklich egal. »Er hat seine Exfrau mit mir betrogen, warum sollte er mich nicht mit einer anderen betrügen?«

»Irgendeine Ahnung, wer es ist?«

Madison griff in eine offene Schublade, knüllte einige Shirts zusammen und warf sie in die Reisetasche. »Sogar eine ganz genaue Ahnung.«

Da sie nun begonnen hatte, mit Ellis zu sprechen, war es so, als hätte sie einen Hahn aufgedreht, den sie nicht wieder schließen konnte. Die Worte sprudelten nur so aus ihr heraus.

»Tara Powers! Wir haben zusammen bei der Versicherung gearbeitet. Wir waren nicht befreundet oder so – aber sie wusste genau, dass Don mit mir verheiratet ist.«

Ellis musste immer wieder an das Geld denken. »Hunderttausend Dollar. Glaubst du, er wollte es ihr geben?«

»Mit Sicherheit nicht«, sagte Madison schnell. »Das ist nicht sein Stil. Don hält die Frauen an kurzer Leine.«

»Was hatte er dann mit so viel Geld vor?«, hakte Ellis nach.

»Interessiert mich nicht mehr«, sagte Madison. »Morgen bin ich hier raus. Ich bin heute nur noch da, weil Adam mich darum gebeten hat. Er meint, er könnte mich noch irgendwie aufhalten.«

»Adam? Ist das der Kollege von der Versicherung?«, fragte Ellis, erneut neugierig geworden. »Kommt er hierher? Nach Nag's Head?«

»Er müsste schon die halbe Strecke hinter sich haben«, sagte Madison. »Er ist ein bisschen komisch, aber auf wirklich liebe Art.«

»Ihr beide habt zusammen gearbeitet?«

»Ja. Er hat seine Stelle immer noch. Er war grad im Urlaub, hat aber noch einen Tag frei. Da hat er mir angeboten vorbeizukommen.«

»Hast du ihm erzählt, was passiert ist?«, fragte Ellis.

»Das meiste«, gab Madison zu. »Er war im Urlaub, als ich abgehauen bin. Ich habe ständig versucht, ihm SMS zu schicken, aber er hat sich erst gestern Abend zurückgemeldet. Es ist unglaublich – er meint tatsächlich, ich soll zurück nach Jersey fahren und in aller Ruhe die Scheidung von Don einreichen. Als ob das so einfach wäre!«

»Darf ich dich was fragen?«, sagte Ellis. »Du sagst, du willst nicht zurück. Was ist mit der Versicherung, für die du gearbeitet hast? Die Firma, die Don betrogen hat. Ist die dir egal?«

»Natürlich nicht!«, entgegnete Madison. »Aber ich habe keine Beweise. Die Akten, die ich in seinem Büro gefunden habe, sind inzwischen mit Sicherheit verschwunden.«

»Was ist mit seinem Laptop? Den hast doch du, oder? Vielleicht ist da belastendes Material drauf.«

»Ich kenne das Passwort nicht.«

»Und du hast keine Ahnung, ob die Rechnungsprüfer die Unterschlagung bemerkt haben und die Versicherung deinen Mann angezeigt hat oder nicht?«

»Nein«, sagte Madison. »Ich bin mit dem Fahrrad zur Bücherei gefahren, weil ich dachte, ich könnte da vielleicht ins Internet und nachsehen, ob irgendwas in der Zeitung steht, aber man darf nur ins Internet, wenn man einen Mitgliedsausweis hat. Und ich hatte nicht vor, einen zu beantragen, weil ich dafür persönliche Daten rausgeben muss.«

»Hm.« Ellis schaute aus dem Fenster. Man konnte so gerade die Terrasse von Tys Garagenwohnung sehen.

»Ich kenne jemanden mit Internetzugang«, sagte sie. »Und ich glaube, er wäre bereit, dich seinen Computer benutzen zu lassen. Das heißt, wenn du unsere Hilfe willst.«

Madison zögerte. »Nein danke, ist schon okay.«

»Wie du willst«, sagte Ellis und schüttelte den Kopf. »Ich hab's versucht, aber du lässt wirklich niemanden an dich ran, nicht?«

Sie erhob sich vom Bett und ging zur Tür. »Ich sag den Mädels … ja, was? Dass du morgen oder übermorgen fährst, wenn dein Freund hier ist? Dorie wird traurig sein. Sie dachte wirklich, sie würde an dich rankommen.«

Als Ellis schon im Flur war, rief Madison nach ihr. »Ellis?«

Sie machte kehrt und schob den Kopf in Madisons Zimmer.

»Was soll's«, sagte Madison. »Hab mich eh schon gefragt, wie die Garagenwohnung von innen aussieht.«

»Ich auch«, Ellis lachte.

35

Ellis hastete die Treppe hinunter, Madison folgte ihr. Julia und Dorie saßen im Esszimmer und taten, als spielten sie Karten.

»Wir gehen rüber zu Ty und gucken was im Internet nach«, erklärte Ellis.

»Wissen wir«, gab Julia zurück.

»Was?«, rief Madison, blieb stehen und kniff die Augen zusammen. »Hast du mein Zimmer auch noch verwanzt, als du da oben rumgewühlt hast?«

»Tut uns leid«, sagte Dorie kleinlaut. »Wir wollten wirklich nicht lauschen. Wir waren in meinem Zimmer, und da stellte sich raus, dass der Luftschacht von Madisons Zimmer direkt durch meinen Wandschrank geht. Wir haben so gut wie jedes Wort gehört, das ihr oben gewechselt habt.«

Jetzt mussten alle vier lachen.

Ty öffnete die Tür, noch bevor sie klopfen konnten. Sein Haar war nass vom Duschen, er trug eine kurze khakifarbene Cargohose und das schwarze T-Shirt von *Cadillac Jack's*.

»Hi!«, sagte er. Sein Gesicht leuchtete auf, als er Ellis sah. Er beugte sich vor und gab ihr einen flüchtigen Kuss auf die Wange, so als hätten sie das schon immer so gemacht.

»Du bist Madison, nicht?«, sagte er und hielt ihr die Hand hin. »Die Neue. Freut mich.«

»Mich auch«, sagte sie etwas steif.

Benommen vom Geruch von Tys Seife und Shampoo, errötete Ellis glücklich. »Willst du gerade los?«

»Ja. Denen fehlt wieder ein Barkeeper, und ich kann das Geld weiß Gott gebrauchen, deshalb habe ich gesagt, ich komm rüber, mach den Mittag und bleib bis zum Schluss. Hey, vielleicht habt ihr Mädels ja Lust, später vorbeizukommen. Heute läuft irgendeine Aktion für einen neuen Zitruswodka. Schmeckt wahrscheinlich scheiße, aber kostet dafür so gut wie nichts.«

»Vielleicht«, sagte Ellis. »Wir haben nur überlegt, ob wir vielleicht deinen Computer benutzen dürfen. Zur Recherche.«

»Klar«, Ty machte ein fragendes Gesicht. »Kommt rein.«

Das Apartment war noch kleiner, als es von außen wirkte. Die Wände waren aus Kiefernholz, der Lack war stark nachgedunkelt. Abgenutztes, grün-weiß kariertes Linoleum bedeckte den Boden des Raumes, der im Grunde genommen Wohnzimmer, Esszimmer und Küche in einem war. Die Kochecke bestand aus einem alten, weißgestrichenen Küchenbüfett, in dem eine bunte Sammlung von Plastikgeschirr stand, dazu ein Herd mit zwei Platten und ein kleiner Kühlschrank voller Rostflecken.

»Willkommen in meinem Büro«, sagte Ty und wies auf einen Küchentisch aus stabiler Eiche. Ein Computer stand darauf, davor war ein Bürostuhl mit Rollen und rissigem Kunstlederpolster. Neben dem provisorischen Arbeitsplatz stand ein klappriges, blaugestrichenes Bücherregal mit einer Sammlung von kaufmännischer Literatur, Zeitschriften und gestapelten Mappen.

Ty drückte auf einen Knopf am Monitor, und der Bildschirm leuchtete auf. »Der Drucker ist hier«, sagte er und wies auf einen kleinen Tisch, der gleichzeitig als Beistelltisch und Druckeruntersatz diente. »Wenn ihr noch was braucht, bedient euch einfach.«

»Danke«, sagte Madison, zog den Schreibtischstuhl hervor und setzte sich darauf.

Ellis ging mit Ty auf die Terrasse.

»Warte!« Er flitzte noch einmal hinein. Als er zurückkam, hatte er einen Schlüssel in der Hand.

»Schließ einfach zu, wenn ihr geht. Und behalt ihn, wenn du willst.«

Ellis hob eine Augenbraue.

»Ich hab ja auch einen Schlüssel für dein Haus«, sagte er mit seinem typischen Grinsen. »Aber den würde ich nicht ohne dein Einverständnis benutzen.« Er wies mit dem Kinn in Richtung seiner Wohnung. »Was ist mit euch los? Ich dachte, du hättest gesagt, Madison wäre so abweisend?«

»War sie auch«, erwiderte Ellis. »Aber Madison hat großen Ärger. Ihr Mann in Jersey ist ein Verbrecher und … ach, das ist zu kompliziert, um es jetzt zu erzählen. Sie will etwas herausbekommen, und ich versuche, ihr dabei zu helfen.«

»Das ist nett«, sagte Ty geistesabwesend. »Hör mal zu! Wann kann ich dich wiedersehen? Heute Nacht? Hast du vielleicht Lust, auf mich zu warten, bis ich von der Arbeit zurück bin?«

»Vielleicht ja.« Ellis freute sich. »Schreib mir eine SMS, wenn du losfährst. Und vielleicht sehen wir uns im *Caddie's*, je nachdem wie Madisons Lage aussieht.«

»Mit uns ist alles gut, oder?«, fragte er und griff nach ihrer Hand.

»Sehr gut«, gab Ellis zurück. »Bis später!«

Als sie sich wieder zu Madison gesellte, starrte die ratlos auf den Computermonitor. »Ich hab es geschafft, den Internetbrowser zu öffnen, und jetzt?«, fragte sie.

Ellis sah sie verwundert an.

»Ich kann nicht gut mit Computern umgehen. Ich meine, auf der Arbeit hatte ich natürlich einen, aber da gab es ganz viele Vorschriften, dass man ihn nicht für private Zwecke benutzen darf. Und mein Laptop zu Hause, den brauche ich eigentlich nur, um im Internet Blackjack zu spielen.«

»Na gut. Gehen wir mal zur Website des *Philadelphia Inquirer*«, schlug Ellis vor. Sie beugte sich über Madisons Schulter und tippte Buchstaben in die Browserzeile.

Madison erhob sich und überließ Ellis den Stuhl. Gespannt beugte sie sich über Ellis' Schulter und sah zu, wie die über die Website der Zeitung surfte. »Wie schreibt man den Nachnamen deines Mannes?«

»A-R-S-C-H«, buchstabierte Madison und kicherte, dann verriet sie schnell die korrekte Schreibweise. Ellis tippte den Namen in die Suchmaske der Zeitung und wartete.

»Da ist er«, sagte sie und tippte auf den Bildschirm.

Die Überschrift lautete:

GESCHÄFTSMANN AUS CHERRY HILL GESUCHT – VERDACHT AUF UNTERSCHLAGUNG.

»Ach, du meine Güte!«, flüsterte Madison, als sie es las. Die Meldung war über eine Woche alt.

Aus nicht näher genannten Quellen der örtlichen Polizei wurde bekannt, dass der Investmentberater Donald Shackleford aus Cherry Hill bei verschiedenen Mandanten Gelder unterschlagen haben soll. Möglicherweise handelt es sich um mehrere Millionen Dollar. Eines der Opfer ist die Versicherungsfirma R. G. Prescott, ebenfalls ansässig in Cherry Hill.

»Du hattest also recht«, sagte Ellis. »Die Versicherung war nicht die einzige Firma, die er abgezockt hat.«

Es war nicht möglich, einen Kommentar von Shackleford zu erhalten. Nachbarn der exklusiven Stadtvilla, in der Shackleford mit seiner zweiten Ehefrau Maryn lebt, behaupten, sie hätten in den letzten Tagen keinen der beiden gesehen. Laut Shacklefords Homepage wickelt seine Firma Buchhaltung und Investmentdienstleistungen für eine Vielzahl von Unternehmen im gesamten Bundesstaat ab. Die Ermittler sprechen nun auch andere

Firmen aus dem Mandantenstamm von Shackleford an, um festzustellen, inwiefern sie von dem mutmaßlichen Betrug ebenfalls betroffen sind.

Der Rest des Zeitungsartikels widmete sich Don Shacklefords gesellschaftlichen Verbindungen und endete mit einer Stellungnahme seines Anwalts, der sich zuversichtlich zeigte, dass die Ermittlungen beweisen würden, wie haltlos und unwürdig die Anschuldigungen gegen seinen Mandanten seien.

Madison fuhr sich mit den Händen durch die Haare und starrte auf den Bildschirm. »Kannst du auch rausfinden, ob es noch jüngere Artikel gibt?«

Ellis tippte erneut etwas in die Suchmaske der Zeitung, und kurz darauf erschienen zwei Links zu weiteren Berichten.

Sie klickte darauf und begann zu lesen. »Hier ist etwas vom letzten Sonntag«, sagte sie.

VERDÄCHTIGER STEUERBERATER HAT VERBINDUNG ZU GESCHÄDIGTER VERSICHERUNG

lautete die Überschrift.

Während Rechnungsprüfer nachzuvollziehen versuchen, in welchem Umfang die Unterschlagungsvorwürfe gegen den Investmentberater Donald

Shackleford aus Cherry Hill zutreffen, gaben die örtlichen Ermittler bekannt, dass sie nun auch die Möglichkeit in Betracht ziehen, dass Shacklefords Ehefrau Maryn Vance Shackleford, 32, und ihr enger Vertrauter Adam Kuykendall, 33, aus Camden ebenfalls in Shacklefords mutmaßliche Machenschaften verwickelt sein könnten. Die ortsansässige Versicherungsfirma R. G. Prescott wurde um Millionen von Dollar geschädigt. Mrs Shackleford und Kuykendall hatten in den letzten zwei Jahren ›verantwortungsvolle‹ Posten bei Prescott inne. Die Ermittler halten es für möglich, dass sie Shackleford bei seinen kriminellen Handlungen unterstützten.

»Was?!«, rief Madison. »Die glauben, ich hätte was mit dieser Scheiße zu tun? Verantwortungsvolle Posten? Ich war in der Schadensregulierung, verdammt nochmal! Adam war zwar in der Buchhaltung, aber er hat auf gar keinen Fall etwas mit diesem Mist zu tun. Enger Vertrauter? Sind diese Leute bescheuert? Wir sind nicht die Diebe, Don ist es.«

»Beruhige dich«, sagte Ellis mit kurzem Blick auf Madison. »Ist doch bloß ein Zeitungsartikel. Du hast doch gesehen, dass keine der angeblichen Quellen namentlich genannt wird. Nicht näher genannte Quellen? Mit Sicherheit sind die Reporter einfach nur auf der Jagd nach einer packenden Story, ohne irgendwas Näheres zu wissen.«

»Guck mal hier!«, rief Madison und zeigte auf den Bildschirm. »Kannst du das fassen?«

Eine Angestellte von R. G. Prescott, Tara Powers, 28, beschäftigt in der Buchhaltung der Versicherung, beschreibt ihre ehemaligen Kollegen Maryn Shackleford und Adam Kuykendall als ›zwielichtig‹; sie hätten sich nur selten mit anderen unterhalten. Ms Powers wies darauf hin, dass Maryn Shackleford ihren späteren Ehemann kennenlernte, als sie persönliche Assistentin des Geschäftsführers R. G. »Robby« Prescott III. war, eine Stellung, die ihr unbegrenzten Zugang zu allen finanzbezogenen Unterlagen der Firma eröffnete.

»Diese alte Hexe!«, rief Madison. »Zwielichtig? Persönliche Assistentin? Einen einzigen Tag habe ich Robbys Sekretärin vertreten! Mehr nicht! Einen einzigen Tag! Und zufällig war es der Tag, an dem ich Don kennenlernte, aber was hat das mit dem Rest zu tun? Ich hatte zu gar nichts irgendeinen Zugang – nur zu Robbys Telefon und zu einer alten Ausgabe von *People*, die seine eigentliche Assistentin auf dem Schreibtisch hatte liegen lassen. Und Tara soll in der Buchhaltung arbeiten? Dass ich nicht lache! Sie arbeitet im Archiv. Wenn ich diese kleine Schlampe in die Finger kriege …«

»Was ist hiermit?«, fragte Ellis und zeigte auf den nächsten Absatz des Artikels.

Quellen behaupten, Mrs Shackleford habe die Firma schon vor mehreren Monaten verlassen, Adam Kuykendall habe am Vortag unvermutet gekündigt. Angeblich wurde Kuykendall am selben Tag von den Ermittlern befragt, als er bei R. G. Prescott kündigte. Hingegen konnte kein Kontakt zu Mrs Shackleford hergestellt werden, die die Gegend innerhalb der letzten zehn Tage Hals über Kopf verlassen hat. Die Versicherung hat eine Belohnung in Höhe von 10 000 Dollar für jeden Hinweis über den Verbleib von Maryn Shackleford ausgesetzt.

Madison schlug auf den Schreibtisch. »Wahnsinn! Die haben mich zur Fahndung ausgeschrieben! Zehntausend Dollar Belohnung! Und weshalb? Ich habe nichts getan. Ich weiß überhaupt nichts.«

»Aber hier geht es um deinen Freund Adam, oder? Der dir den Tipp gab, dass die Rechnungsprüfer wegen Don im Haus waren, nicht?«, fragte Ellis.

»Ja«, bestätigte Madison, ohne zu verstehen. »Aber als wir gestern telefonierten, hat er nichts davon gesagt, dass er gekündigt hätte. Er meinte, er habe Urlaub.«

»Warum sollte die Polizei Adam wegen Dons Unterschlagung befragen?«, sagte Ellis.

»Weil er in der Buchhaltung arbeitet?«, gab Madison zurück. »Ich werde ihn fragen, wenn er morgen auftaucht.«

Ellis' Magen zog sich zusammen. »Madison, ähm, hast du ihm von dem Geld erzählt, das du in Dons Laptoptasche gefunden hast?«

»Ja«, sagte die andere leise. »Klar. Warum auch nicht?«

»Du glaubst nicht, dass er irgendwas damit zu tun hat, oder?«

»Nein!«, rief Madison. »Adam ist quasi mein bester Freund. Er war der einzige Freund, den ich auf der Arbeit hatte. Diese ganzen hinterhältigen Ziegen haben mich wie eine Aussätzige behandelt. Als ich aufhörte, haben sie mir nicht mal ein Abschiedsessen ausgegeben. Adam ist anders. Ich vertraue ihm. An meinem letzten Arbeitstag hat er mich zum Essen eingeladen, wir haben einen Tequila nach dem anderen gekippt. Bin anschließend gar nicht mehr ins Büro gegangen. Ich meine, wozu auch?«

»Hast du ihm gesagt, wo du wohnst?«, fragte Ellis.

»Er weiß, dass ich in Nag's Head bin. Die genaue Anschrift habe ich ihm nicht genannt, die weiß ich nämlich selbst nicht, um ehrlich zu sein.«

»Ist vielleicht ganz gut so«, sagte Ellis. »Ich meine, ich will nichts gegen ihn sagen, aber vielleicht, nur um auf Nummer Sicher zu gehen … ich meine, zum einen ist auf dich eine Belohnung von zehntausend

Dollar ausgesetzt. Und Adam weiß, was für ein Auto du fährst, oder?«

»Klar«, sagte Madison und wurde langsam ungeduldig. »Er weiß auch so ungefähr, wo ich wohne. Ich hab ihm gesagt, dass das Haus am South Virginia Dare liegt. Und den Namen habe ich ihm auch genannt. Ebbtide. Aber ich sage dir doch, ich kenne Adam. Er würde keiner Fliege was zuleide tun.«

Sie griff zu ihrem Handy. »Ich rufe ihn jetzt sofort an und kläre das.«

Madison scrollte durch die letzten Anrufe, gab eine Nummer ein und wartete.

»Adam? Ich bin's. Hör mal, ich muss mit dir reden. Ruf mich zurück, so schnell es geht, ja? Es ist wirklich wichtig.«

Sie klappte das Handy zu und sah Ellis an. »Ich kenne diesen Mann, ja? Er ist nicht wie Don. Er will mir helfen.«

Ellis war nicht vollends überzeugt. Aber sie wollte Madison nicht noch mehr Angst machen, als sie eh schon hatte. »Gut«, sagte sie schließlich. »Wir warten einfach ab, was passiert …«

36

»Was habt ihr herausbekommen?«, wollte Julia wissen, sobald Ellis und Madison nach Ebbtide zurückgekehrt waren. »Ist Maryn zur Fahndung ausgeschrieben?«

»Madison«, korrigierte Dorie sie vorsichtig. »Das gefällt ihr doch besser.«

»Egal«, sagte Julia und schlug mit der Hand auf den Esszimmertisch. »Los, raus mit der Sprache!«

Ellis warf Madison einen Blick zu, die daraufhin nickte.

»Tja …«, sagte Ellis. »Wir haben vielleicht ein kleines Problem.«

Sie teilte Dorie und Julia mit, was sie in der Zeitung gelesen hatten.

»Sie bieten zehntausend Dollar Belohnung für mich!«, empörte sich Madison. »Als wäre ich ein Verbrecher! Als hätte ich irgendwas mit diesem Geld zu tun!«

Ellis holte tief Luft. »Es gibt auch ein paar Unsicherheiten, was ihren Freund Adam betrifft. Er hat

Madison erzählt, er sei im Urlaub, aber in der Zeitung steht, er habe gekündigt.«

Madison schüttelte den Kopf und runzelte die Stirn. »Das kann er sich gar nicht leisten. Er hat sich gerade noch im Frühjahr einen nigelnagelneuen Camaro gekauft, und ich weiß ganz genau, dass seine Kreditkarten immer bis zum Anschlag belastet sind. Es kamen ständig Geldeintreiber im Büro vorbei und wollten ihn sprechen.«

Dorie sah sie erschrocken an. »Glaubst du, er würde dich für zehntausend Dollar verraten?«

»Nein!«, rief Madison. »Er ist mein Freund. So etwas würde er niemals tun. Es muss eine Erklärung für das alles geben. Wahrscheinlich hat die Zeitung das mit seiner Kündigung falsch verstanden. In der Firma arbeitet eine Frau, Tara heißt sie. Ich bin mir ziemlich sicher, dass sie Dons Geliebte ist. Sie erzählt der Zeitung die ganzen Lügen über Adam und mich.«

Dorie und Julia tauschten einen Blick.

»Ich denke«, sagte Ellis, »wir sollten vielleicht die Polizei benachrichtigen. Nur für den Fall.«

»Und was wollt ihr der sagen?«, fragte Madison hitzig. »Hier ist die Frau, die oben in Jersey gesucht wird? Die ihrem Mann möglicherweise geholfen hat, ein paar Millionen Dollar zu stehlen?

»Wenn ich Bulle wäre, würde ich dich einsperren, ohne mit der Wimper zu zucken«, sagte Julia sachlich. »Und zwar schon bevor ich wüsste, dass du hundert Riesen in deinem Kleiderschrank versteckt hast.«

»Vielleicht rufen wir doch nicht sofort die Polizei«, murmelte Dorie.

»Was tun wir denn jetzt?«, rief Ellis. »Was können wir tun, damit Madison in Sicherheit ist, bis sie nach Hause fahren und alle Vorwürfe bereinigen kann?«

»Hört zu«, sagte Madison und klang mutiger, als sie aussah. »Adam Kuykendall ist nicht gerade Al Capone. Er ist keine eins achtzig groß, wiegt keine siebzig Kilo. Er hat eine Brille mit Glasbausteinen, und ich weiß zufällig, dass er die Abschlussprüfung am Community College nicht bestanden hat. Zweimal durchgerasselt. Er ist nicht besonders eindrucksvoll und wirklich nicht sehr schlau.«

»Aber nach dem, was du sagst, steckt er bis über beide Ohren in Schulden, er hat also auf jeden Fall ein Motiv«, rief Ellis ihr in Erinnerung. »Für mich klingt das schon ziemlich eindrucksvoll. Außerdem weiß er, wo du wohnst.«

»Ich kann ja wegfahren«, gab Maryn aufgebracht zurück. »Und das werde ich auch tun. Sobald ich Adam Bescheid gesagt habe, was hier los ist, bin ich weg.«

»Das musst du nicht«, entgegnete Dorie. »Wenn du sagst, wir können deinem Freund vertrauen, dann glauben wir dir das. Wir möchten, dass du bleibst. Oder?«, fragte sie und sah erst Julia, dann Ellis an.

»Doch«, murmelte Ellis.

»Ich hab nie gesagt, dass sie gehen soll«, brummte Julia.

37

Essenszeit. Julia schaute in den Kühlschrank und musterte den Inhalt mit einer Mischung aus Verachtung und regelrechtem Ekel. »Nur Reste und Hühnerkeulen. Da ich heute Abend mit dem Kochen dran bin, schlage ich vor, dass wir essen gehen. Ich lade euch ein. Einverstanden?«

Madisons Hand schoss in die Höhe. Dorie warf Ellis einen entschuldigenden Blick zu und hob dann ebenfalls die Hand.

»Na, gut«, brummte Ellis und brachte den Teller zurück in die Küche. »Ich kann auch kein Hähnchen mehr sehen. Was hattest du dir vorgestellt? Haben wir noch Rabattmarken?«

»Pizza!«, krähte Dorie. »Ich hab schon den ganzen Tag Hunger auf Pizza. Fette, klebrige Pizza mit dreifach Käse.«

»Pizza? Hier?«, sagte Madison. »Was wissen die hier im Süden schon von Pizza? Habt ihr überhaupt schon mal eine richtige Pizza gegessen? Bei uns zu Hause gibt es einen Laden, *Carmine* heißt der. Der

Inhaber ist ein echter Italiener. Der Teig ist total dünn, wie Papier. Als Käse nehmen sie frisch geriebenen Parmigiano Reggiano, und die Tomatensoße ist selbstgemacht, die Salami pökeln sie auch selbst, und die Pizzen werden in einem echten Holzofen gebacken.«

»Ach du meine Güte!«, stöhnte Julia. »Ein Pizzapurist! Bitte erspart mir das. Mir ist ganz egal, wo wir hingehen, ich will heute Abend nur raus aus diesem Haus.«

»Ich weiß«, sagte Ellis verständnisvoll. »Es war ein langer Tag.«

»Ich hab eine bessere Idee als Pizza«, verkündete Julia. »Was ist mit dem Laden oben an der Straße, *Tortuga* irgendwas? Du hast die Speisekarte in deinem Rabattheft, Ellis, die sah ganz gut aus. Aber was wichtiger ist: Wusstet ihr, dass die ein Beachvolleyballfeld dabeihaben?«

»Seit wann spielst du Beachvolleyball?«, fragte Ellis.

»Ich nicht, aber viele Männer«, entgegnete Julia und wackelte mit den Augenbrauen. »Heiße, verschwitzte, braungebrannte, muskulöse Männer. Mit nacktem Oberkörper. Wie hört sich das an?«

»Ich bin dabei«, stieß Dorie aus.

»Dorie!«, mahnte Ellis.

»Was ist? Ich bin zwar schwanger, aber nicht tot. Immer nur Frauen und nichts anderes, das ist zwar gut und schön, aber meine Hormone kochen gerade über. Ich möchte nur ein kleines bisschen gucken. Ist das denn so schlimm?«

»Ich hätte auch nichts dagegen, mir ein paar männliche Leckerbissen anzusehen«, gab Madison zu. »Bringt mich auf andere Gedanken.«

Ellis blätterte in ihrem Büchlein. »Hier ist es!«, rief sie triumphierend. »*Tortuga Lies*! An Wochentagen zwei Vorspeisen zum Preis von einer. Aber wir müssen vor sieben Uhr da sein.«

»Es ist zwanzig vor«, verkündete Julia und stand auf. »Los geht's!«

Sie bestellten gedünstete Shrimps und Krabben, frittierte Muscheln und Fisch-Tacos und aßen alles von Papptellern auf der Holztribüne vor dem restauranteigenen Beachvolleyballfeld, wo, wie angekündigt, zwei Dutzend Männer mit nacktem Oberkörper hechteten, schmetterten, sprangen, lachten und johlten.

»Ah«, machte Julia und schnüffelte zufrieden die Luft. »Der süße Duft von Testosteron.« Sie trank einen langen Schluck von ihrem Corona mit Limette und schob die Krempe ihres Cowboyhuts hoch.

»Leute, ich muss euch was beichten.«

»Jetzt wird's spannend«, flüsterte Ellis Madison zu.

»Ich bin eingeknickt. Heute Morgen habe ich Booker angerufen und ihn eingeladen, am Wochenende vorbeizukommen.«

»Yeah!« Dorie klatschte in die Hände. »Wann kommt er denn?«

»Er fährt morgen nach der Arbeit los. Ich hoffe, es stört keine von euch.«

»Mich nicht«, sagte Ellis. »Soll das heißen, du denkst über sein Angebot nach?«

»Welches Angebot?«, fragte Madison.

»Seit einem Jahr will Booker Julia heiraten. Er hat extra eine Stelle als Art Director bei einer Zeitschrift in Washington angenommen«, erklärte Dorie. »Er will ein Haus kaufen und sie heiraten.«

»Und mich schwängern«, ergänzte Julia trocken. »Und nein, das bedeutet nicht, dass ihr anfangen könnt, nach Brautjungfernkleidern zu suchen. Es bedeutet nur, dass wir uns seit über einem Monat nicht gesehen haben. Und ein Mädchen hat so seine Bedürfnisse … und außerdem«, fügte sie hinzu, »interessiert er sich mindestens genauso sehr für das Haus wie für mich.«

»Welches Haus?«, fragte Madison.

»Unseres. In dem wir wohnen. Ebbtide. Ich habe ihm viele Fotos geschickt, die ich mit meinem Handy gemacht habe, und er ist ganz fasziniert von dem Haus. Ich hatte ihm vorgeschlagen, wir könnten uns ein Hotelzimmer nehmen, nur übers Wochenende, meine ich, aber Booker sagt, er könne es nicht abwarten, das Haus zu sehen. Wenn ihr nichts dagegen habt, dass er bei uns wohnt.«

»Ich glaube, wir fühlen uns vielleicht alle etwas sicherer, wenn ein Mann in der Nähe ist«, sagte Dorie, und Madison nickte zustimmend.

»Er sieht sich besser gründlich im Haus um, solange er da ist«, sagte Ellis düster. »Ebbtide wird nämlich zwangsversteigert. Wenn Ty bis zum fünfzehnten September seine Raten nicht bezahlt hat, wird die Bank das Haus versteigern.«

»Was hat Ty denn mit Ebbtide zu tun?«, fragte Julia.

Ellis lächelte rätselhaft. »Ich habe erfahren, dass Ty Bazemore Mr Culpepper ist. Ihm gehört das Haus! Seine Urgroßmutter hat es in den dreißiger Jahren gebaut, und Ty hat es letztes Jahr seinem Onkel abgekauft, der es geerbt hatte. Er wohnt in der Garage und vermietet das große Haus, damit er genug Geld einnimmt, um es zu reparieren und instand zu halten, aber dann ging die Wirtschaft den Bach runter, und jetzt wird er es verlieren, wenn ihm nicht noch irgendwas einfällt.«

»Der Garagenmann ist Mr Culpepper?«, hakte Dorie nach. »Warum hat er dir das nicht von Anfang an gesagt?«

Ellis zuckte mit den Schultern. »Angeblich erzählt er den Mietern nie, dass er auf dem Grundstück wohnt, weil sie ihn dann Tag und Nacht nerven. Er wickelt die ganzen Vermietungen und alle Nachfragen per E-Mail ab, so wie mit mir. So kann er sich auf seine Marktrecherche und die Börse konzentrieren.«

»He«, sagte Julia. »Du hat uns gar nicht erzählt, wie dein Date gestern Abend gelaufen ist. Na los, raus damit! Und wag es nicht, die heißen Stellen auszulassen!«

Als schließlich die Sonne unterging, zogen sich die verschwitzten, sandüberzogenen Volleyballspieler zurück an die Theke, wo sie von ihren Freundinnen und durstigen Collegestudenten umringt wurden.

»Wohin jetzt?«, rief Julia laut, um bei dem Getöse verstanden zu werden.

Ellis zögerte. »Ty hat erzählt, dass heute Abend im *Cadillac Jack's* eine Werbeveranstaltung für einen neuen Wodka mit Zitronengeschmack stattfindet. Billige Getränke und Karaoke. Ich meine nur, falls es einen interessiert.«

»Karaoke? Hm«, machte Julia. »Abgeschmackt.«

»Lustig!«, widersprach Dorie. »Los, Leute! Da gehen wir hin! Endlich kommt meine Energie zurück. Ich liebe Karaoke. Ihr könnt feiern und braucht euch keine Sorgen zu machen. Ich fahre.«

Zwanzig Minuten später bogen sie auf den Parkplatz von *Caddie's* ein. Vor dem Gebäude flatterte ein riesiges grellrosa Banner mit der Aufschrift »*Zitrolette-Nacht! Zitrolette-Cocktails 2 $*«.

»Bin ganz gespannt, was in so einen Zitrolette-Cocktail reinkommt«, sagte Julia, während sie sich zur überfüllten Theke vorkämpften.

»Da ist Ty.« Dorie wies auf die Bar. »Kommt, wir sichern uns einen Tisch.« Sie schob Ellis vorsichtig in die entsprechende Richtung. »Sag ihm Bescheid, dass wir da sind, und bestell uns was zu trinken, ja? Vielleicht können sie mir was ohne Alkohol machen.«

»Hallo!«, rief Ty, als es Ellis endlich gelungen war, sich durch die Frauen zu schieben, die in Dreierreihen vor dem Tresen standen. »Wie wär's mit einem Zitrolette? Schmeckt scheiße, wenn du mich fragst, aber die Frauen hier sind ganz verrückt danach.«

Das stimmte. Anscheinend hielt jeder weibliche Gast im Laden eine gelbe Plastikkugel in Zitronenform in der Hand, aus der ein Strohhalm ragte.

»Na gut«, sagte Ellis. »Drei Zitrolettes und was Nichtalkoholisches für Dorie.«

Ty reichte ihr die erste Zitronenkugel, und Ellis trank einen langen Schluck, plötzlich überwältigt von Schüchternheit. Dann setzte sie erneut an.

»Gar nicht so übel«, verkündete sie.

»Die anderen sind auch mitgekommen?«, fragte Ty, offensichtlich erfreut. »Sogar Madison?«

»Sogar Madison«, bestätigte Ellis. »Hey, danke,

dass wir deinen Computer benutzen durften. Sieht aus, als hätte Madison noch mehr Ärger, als wir dachten. So wie die Zeitung aus Philly schreibt, will die Polizei in Jersey mit ihr über das Geld reden, das ihr Mann bei der Versicherung unterschlagen hat, wo sie arbeitete. Es ist sogar eine Belohnung auf sie ausgesetzt.«

»Meinst du wirklich, es sucht jemand nach ihr? Ist sie in Sicherheit?«

»Ich weiß nicht genau«, gab Ellis zu. »Irgendwie ist ein Kollege von Madison, ein Typ namens Adam, in die ganze Sache verwickelt, der ist angeblich auf dem Weg zu ihr. Ich mache mir ein bisschen Sorgen, weil er weiß, dass sie in Ebbtide wohnt. Die genaue Adresse kennt er zwar nicht, aber er weiß den Straßennamen und den Namen des Hauses. Also, ich will zwar keine Panik verbreiten, aber ein bisschen Sorgen mach ich mir schon.«

Ty runzelte die Stirn. »Ich habe einen Freund, Connor Terry, der ist stellvertretender Sheriff. Er arbeitet hier heute Abend als Türsteher. Ich könnte ihn fragen, ob er öfter mal am Haus vorbeifahren und die Augen offen halten kann.«

»Wirklich?« Ellis war dankbar. »Da würde ich mich gleich viel besser fühlen.«

»Klar, kein Problem«, sagte Ty. »Wo sitzt ihr? Ich schicke Nella mit den Getränken rüber, sobald sie wieder hier ist.«

Ellis griff nach ihrer Handtasche, um zu bezahlen, doch Ty schüttelte den Kopf. »Geht aufs Haus!«

Vorsichtig probierte Julia ihren Drink. »Nicht schlecht«, gab sie zu.

Madison nippte ebenfalls daran, verzog aber das Gesicht und schob die Zitronenkugel von sich. »Schmeckt wie Möbelpolitur, wenn ihr mich fragt.«

»Ich find's in Ordnung«, sagte Ellis, die bereits bei ihrer zweiten Zitronenkugel war. »Auf jeden Fall stimmt der Preis.«

»Alles umsonst«, freute sich Julia. »Ganz schön geschickt, mit dem Barkeeper zu vögeln.«

»Ich hab nicht …«, setzte Ellis an, brach dann aber in alkoholisiertes Kichern aus.

»Noch nicht«, ergänzte Dorie hoffnungsvoll.

»Noch nicht«, lachte Madison, der plötzlich klarwurde, wie sehr sie die Gesellschaft dieser Frauen genoss, wie viel Spaß es machte, Ellis aufzuziehen und, ja, sogar Julia zu hänseln.

Eine Stunde später drängten sich ungezählte gelbe Plastikkugeln auf dem Tisch. Das Karaoke-Singen hatte begonnen, und auf der postkartengroßen Bühne standen drei sonnenverbrannte Mädels in T-Shirts der Universität Greensboro, die sich die Arme über die Schultern gelegt hatten und schwankend und kreischend eine schiefe Version von »Lady Marmalade« zum Besten gaben.

»Hört sich an, als würde man einer Katze das Fell abziehen«, beschwerte sich Madison. »Könnten die mal bitte die Schnauze halten?«

»Glaubst du, du kannst es besser?«, gab Julia zurück.

»Ganz bestimmt nicht«, sagte Madison. »Nach mir wird gefahndet, schon vergessen?«

»Ellis!«, rief Dorie. »Du musst auch mitmachen, bitte!«

»Wer, ich?« Ellis lachte. »Du kennst mich doch wohl besser. Ich schau nur zu!«

»Guck mich nicht so an!«, warnte Julia. »Das war deine Idee, nicht meine.«

»Spielverderber«, sagte Dorie und tat, als würde sie schmollen. »Ihr macht alle keinen Spaß mehr mit.«

Sie tranken und tanzten zusammen, konnten sogar Madison einmal überreden, und Ty schickte immer neue Runden zu ihnen herüber. Ellis schaute sich über die Schulter nach ihm um, sah ihm zu, wie er hinter der Theke in Aktion war. Er war wirklich attraktiv.

Schließlich war es nicht die allgemeine Erschöpfung, sondern Dories Blase, die allem ein Ende machte. »Leute«, beschwerte sie sich und hüpfte von einem Fuß auf den anderen, »vor der Damentoilette stehen ungefähr zwanzig Frauen Schlange.«

»Dann geh doch einfach zu den Männern«, brummte Julia. »Heute sind so gut wie keine Männer hier. Zumindest keine normalen.«

»Vor dem Männerklo stehen doppelt so viele Frauen«, gab Dorie zurück. »Los, Leute, wenn ich nicht sofort hier raus komme, platze ich.«

»Von mir aus«, sagte Ellis und kam ein wenig unsicher auf die Beine. »Um zwei Uhr ist Schluss. Komm, Julia, bringen wir unsere kleine Mami nach Hause.«

Als sie den Laden verließen, versuchte Ellis, Ty auf sich aufmerksam zu machen, doch die Gäste ballten sich noch immer vor der Theke, und Dorie drängte zur Eile.

Zu Hause fuhr Dorie ihren roten Van fast bis an die Veranda, stellte die Schaltung auf P, sprang hinaus und hastete, nach ihren Schlüsseln suchend, zur Eingangstür.

Madison zögerte, dann stieg sie hinten aus. Sie schaute zu dem stillen Haus hinauf, blickte hinüber zum schwachen gelblichen Schein des Verandalichts, das sie hatten brennen lassen, dann wieder zur Auffahrt, die in das blasse Licht der Straßenlaterne getaucht war. Es fuhren keine Autos vorbei. Es war unheimlich ruhig, abgesehen vom Zirpen der Heuschrecken.

Zum zehnten Mal holte sie ihr Handy aus der

Handtasche, um nachzusehen, ob jemand angerufen hatte. Nichts. Madison runzelte die Stirn.

Ellis stieg aus und sah gerade noch, wie Madison ihr Telefon verstaute.

»Vielleicht hat Adam es sich anders überlegt«, schlug sie vor.

»Er müsste inzwischen längst da sein«, sagte Madison. »Irgendwas stimmt nicht. Ich weiß es einfach. Wenn Don herausbekommt, dass ich hier bin …«

»Tut er nicht«, versicherte Ellis ihr. »Außerdem ist Ty mit einem stellvertretenden Sheriff befreundet. Der stand heute Abend an der Tür vorm *Caddie's*. Ty hat versprochen, dass er ihn bittet, heute Nacht und morgen in seinem Streifenwagen am Haus vorbeizufahren. Nur für den Fall.«

»Ein stellvertretender Sheriff?« Madison zuckte mit den Schultern. »Kann nicht schaden, denke ich.«

»Hat einer Hunger?«, fragte Dorie in der Küchentür und blickte hoffnungsvoll in die Runde.

»Nach allem, was wir heute Abend schon gegessen haben?« Madison schüttelte den Kopf. »Du isst wohl wirklich für zwei.«

»Das war bei ihr schon immer so«, sagte Julia. »Schon als Kind. Futtert wie ein Scheunendrescher und nimmt nicht ein Gramm zu.«

»Worauf hast du denn Lust?«, fragte Ellis. »Haben wir noch Nachtisch?«

»Schokoladeneis, Kuchen und Erdbeeren«, verkündete Dorie.

»Okay, ihr habt mich überredet«, sagte Julia. »Beim Tanzen haben wir bestimmt massenweise Kalorien verbrannt. Den Rest laufe ich morgen früh runter.«

»Ich bin auch dabei«, sagte Ellis. »Du, Madison?«

»Ich nicht«, sagte sie. »Ich gehe ins Bett.« Sie steuerte auf die Treppe zu, hielt dann inne und kehrte in die Küche zurück.

»Hey, Mädels«, sagte sie verlegen. »Danke. Hat Spaß gemacht heute Abend. Deshalb danke … für alles. Wirklich. Falls ich das morgen vergesse zu sagen.«

Julia gelang ein schiefes Lächeln. »Ähm, Madison? Tut mir übrigens wirklich leid, das mit dem … ähm … du weißt schon.«

»Einbruch?« Madison zuckte mit den Schultern. »Was für ein Einbruch?«

Stöhnend schob Julia die halbvolle Schale Kuchen mit Erdbeeren von sich. »Boah! Warum habe ich mich von euch überreden lassen, diesen Mist zu essen? Ich geh ins Bett. Morgen kommt Booker, da brauche ich meinen Schönheitsschlaf.«

»Ich gehe auch«, sagte Dorie und stapelte die Schalen in der Spüle. »Und du, Ellis?«

»Gleich«, sagte sie beiläufig. »Ich räum hier bloß noch ein bisschen auf.« Es war nach zwei Uhr, und sie hatte Ty versprochen, auf ihn zu warten. Ihr Handy lag auf dem Küchenschrank. Immer wieder schielte sie hinüber, um zu prüfen, ob eine Nachricht von ihm gekommen war.

»Du machst mir nichts vor, Ellis Sullivan«, sagte Julia und gähnte erneut. »Du wartest auf einen Anruf vom Garagenmann.«

»Genau genommen will er mir simsen, wenn er losfährt«, gab Ellis zu.

Julia zwinkerte Dorie demonstrativ zu. »Sie muss sich ja noch für die ganzen Drinks erkenntlich zeigen.«

»Du bist ja so romantisch, Julia«, sagte Dorie, nahm Julia bei der Hand und zog sie hinter sich her.

38

Allein in der Küche, wusch Ellis das Geschirr, trocknete es ab und verstaute es. Lächelnd fuhr sie mit den Fingern über das verblasste Muster aus grünen Blättern und Rosenknospen auf dem zarten Porzellan mit dem Goldrand. So eine liebe Geste von Ty, dachte sie. Ihnen das Geschirr seiner Großmutter zu geben.

Es war fast halb drei Uhr nachts. Um Zeit totzuschlagen, holte Ellis sich ein Reinigungsmittel und sprühte alle Arbeitsflächen ein. Dann fegte sie den Boden und ging mit dem feuchten Geschirrhandtuch auf die hintere Veranda, um es zum Trocknen auf die provisorische Wäscheleine zu hängen, die die Frauen zwischen den verwitterten grauen Verandapfosten gespannt hatten.

Draußen war es immer noch unglaublich warm und schwül. Ellis warf einen Blick auf das verrostete Thermometer neben der Küchentür. Noch dreißig Grad! Sie schaute hoch zum großen samtenen Himmel, die Sterne waren so zahlreich und hell zu dieser Zeit der Nacht. Vielleicht würde sie noch einen

Strandspaziergang machen, während sie auf Ty wartete. Ellis hatte in einem Zeitschriftenartikel gelesen, dass im Sommer Meeresschildkröten entlang der gesamten Ostküste an Land krochen, um ihre Eier abzulegen. Sie hatte sogar Schilder am Strand gesehen, auf denen die Gäste angehalten wurden, die Nester in Ruhe zu lassen. Wäre es nicht toll, wenn sie ein Gelege mit Schildkröteneiern finden würde? Ellis huschte zurück ins Haus, holte ihr Handy und schlenderte über den Holzsteg in die Dünen.

Am Ende des Holzstegs stellte sie ihre Schuhe ab und ließ die Füße in den kühlen, feuchten Sand sinken. Es war Ebbe. Ellis ging ans Ufer, das Wasser umspülte ihre Knöchel. Sie atmete tief durch, sog den Geruch von Salz und sonnendurchwärmtem Sand ein und ging in nördliche Richtung, zuversichtlich, sich diesmal nicht zu verirren und in Panik zu geraten.

Sie war eine Viertelstunde im Zickzack zwischen Ufer und Dünen marschiert, als sie plötzlich zwei parallele wellenartige Spuren entdeckte, die sich kreuzten und zu einer Art Krater im weichen Sand am Dünenrand führten.

Ellis spähte in die Vertiefung: Der Sand war aufgewühlt. Ob sie ein Nest mit Schildkröteneiern gefunden hatte? Ellis schaute zurück zum Wasser und wunderte sich über die sonderbaren gekreuzten Linien, bis ihr der Gedanke kam, eine Spur könne von der Schildkröte stammen, die zu den Dünen gekrochen war, und die zweite vom Tier, als es ins Meer zurückkehrte.

Ellis kniete sich in den weichen Sand und untersuchte die Spuren genauer, ohne dabei Luft zu holen, so als könne das leiseste Geräusch das stören, was sich möglicherweise unter dem Sand befand. Wenn es ein Gelege war, durfte Ellis es dann berühren? Oder würde das die Mutterschildkröte abschrecken, so dass sie nicht mehr zu ihren Eiern zurückkäme und sich nicht um sie kümmerte? Ellis runzelte die Stirn. Sie hätte gerne mehr gewusst. Am liebsten hätte sie den Sand zur Seite geschoben, um zu sehen, ob dort tatsächlich Eier abgelegt waren. Stattdessen richtete sie sich auf und sah sich um, doch der Strand war verlassen. Als sie zum Himmel hochschaute, spürte sie einen Wassertropfen im Nacken.

Es begann zu regnen. Widerstrebend stand Ellis auf und wischte sich den Sand von den Knien. Suchend sah sie sich nach einem Gegenstand um, mit dem sie das Nest markieren konnte, damit sie es am Morgen wiederfinden würde. Sie entdeckte ein abgerissenes Stück von einem Windschutz, von dem sie ein verwittertes Stück Holz abbrach. Wenige Zentimeter vom Nest entfernt bohrte sie es in den Boden. Der Regen wurde heftiger.

»So, ihr Schildkrötenbabys«, flüsterte sie. »Ich gucke morgen wieder nach euch, okay?«

Als Ellis durch den Regen zurück zum Haus lief,

hörte sie das Signal ihres Handys und las die Textnachricht.

Ich bin da. Wo bist du?

Sie lächelte, schob das Telefon wieder in die Tasche, damit es nicht nass wurde, und lief schneller.

Sie war völlig durchnässt und außer Atem, als sie die letzte Stufe hoch zur Dachterrasse stieg. In der Wohnung brannte Licht, Ellis klopfte an die Tür. Ty öffnete und musste lachen, als er sie in ihrem pudelnassen Zustand sah.

»Schon wieder verirrt?«, fragte er und zog sie aus dem Regen ins Haus.

»Nein«, erwiderte sie aufgeregt. »Ich bin am Strand entlanggegangen und hab plötzlich Spuren im Sand entdeckt. Ty, ich glaube, ich hab ein Nest mit Schildkröteneiern gefunden!«

»Echt? Cool! Stimmt, momentan legen sie ihre Eier. Hast du sie wirklich gesehen?« Er verschwand in einem Zimmer und kam mit einem Handtuch zurück.

»Danke.« Ellis begann, Arme und Haare abzutrocknen. »Nein, ich hatte Angst, sie zu stören. Ich meine, ich weiß schließlich, dass Meeresschildkröten zu den bedrohten Tierarten gehören, und ich wusste nicht, ob es verboten ist, ans Nest zu gehen, deshalb hab ich mir ein Stück Holz gesucht und es in den Sand gesteckt, damit ich die Stelle wiederfinde. Wenn es wirklich ein Gelege ist, kann ich vielleicht morgen früh hingehen und nachsehen.«

»Du hast genau das Richtige getan«, sagte Ty anerkennend. »Hast du dir gemerkt, bei welchem Meilenschild es war?«

»Bei Nummer siebzehn«, verkündete Ellis stolz.

»Vorbildliches Verhalten«, sagte Ty. »Ich rufe die Hotline vom Schildkrötenschutz an und sage Bescheid, dass du ein Nest gefunden hast, dann sperren sie es ab und bewachen es. Wenn es in einer stark besuchten Gegend liegt, bringen sie es manchmal sogar an einen sichereren Ort, wo es nicht so oft gestört wird.«

Ellis' Gesicht glühte vor Aufregung. »Wir könnten doch jetzt noch mal hin, oder? Einfach nur ein bisschen den Sand wegschieben, um zu sehen, ob Eier drin liegen?«

Ty wies nach oben. »Bei diesem Regen?«

Ellis sah aus dem Fenster; es war ein regelrechter Wolkenbruch geworden.

»Oh«, sagte sie ernüchtert. »Wohl eher nicht.«

Sie blickte zu Boden, wo sich eine kleine Pfütze Regenwasser gebildet hatte, sie zitterte.

»Dir ist kalt.« Ty eilte ins Nebenzimmer. Als er zurückkam, hielt er einen ausgewaschenen dunkelblauen Frotteebademantel in der Hand.

»Hier«, sagte er und reichte ihn Ellis. »Du bist pitschnass. Zieh deine Sachen aus! Ich stelle den Wasserkessel an. Und sieh mich nicht so an«, fügte er streng hinzu. »Ich überfall dich schon nicht, Herrgott noch mal. Von der Sorte bin ich nicht.«

Ellis lachte unwillkürlich. »Woher willst du wissen, dass ich nicht von der Sorte bin?«

»Manches weiß man einfach«, erwiderte Ty.

Ellis ging ins Nebenzimmer, sein Schlafzimmer, und schloss die Tür hinter sich. Neugierig sah sie sich um. Die Wände waren mit demselben verblichenen Zedernholz verkleidet wie die Außenwände der Wohnung. Die Holzdielen waren in Grau gestrichen, darauf lag ein verblasster rot-weiß gestreifter Flickenteppich. Das Bett bestand aus einer durchgelegenen Doppelmatratze, aber es war ordentlich gemacht, ein Quilt aus blauen und roten Patchworksternen war darübergebreitet. Ein Stehventilator in der Ecke verquirlte halbherzig die Luft.

Ellis zog ihre nassen Sachen aus. Sie ging ins angeschlossene Badezimmer, fand ein zweites Handtuch und trocknete sich gründlich ab, bevor sie sich in den zu großen Bademantel wickelte und an Tys Aftershave schnupperte. Das Bad war winzig, der Boden war mit zerkratztem Linoleum ausgelegt, neben einer Kommode hing ein Miniwaschbecken. Ellis blickte in den umwölkten Spiegel und schob sich das nasse Haar aus dem Gesicht. Sie drückte einen Klecks von

Tys Zahnpaste auf ihren Zeigefinger und putzte sich die Zähne, so gut es ging.

Heute ist es so weit, dachte sie voller Vorfreude. Sie legte ihre nassen Sachen auf den Handtuchhalter, knotete den Bademantel zu und tapste barfuß ins Wohnzimmer zurück.

»Hier«, sagte Ty und reichte ihr einen schweren Porzellanbecher. »Ich habe keine Milch oder Ähnliches da. Möchtest du vielleicht Honig?«

»Honig wär schön«, sagte Ellis. Sie beobachtete, wie Ty eine bärenförmige Plastikflasche aus dem Regal des Küchenbüfetts holte und Honig in den Becher laufen ließ. Bevor sie ihn aufhalten konnte, gab er einen ordentlichen Schuss Jack Daniels von einer Flasche hinzu, die auf der Arbeitsfläche stand.

»Ein Grog«, sagte er und reichte Ellis den Becher zurück. Er nahm seinen eigenen und schob Ellis in Richtung Sofa.

Sie setzte sich, trank einen Schluck vom dampfenden Tee und genoss das süße Brennen des Whiskeys. Ty hockte sich neben sie, und Ellis legte die nackten Füße auf den Couchtisch, der aus einer alten Schiffsluke gefertigt war. Sie kuschelte sich in seine Arme. Der Bademantel öffnete sich am Saum, doch Ellis kümmerte sich nicht darum. Heute Nacht nicht.

Sie gähnte.

»Langer Abend«, meinte Ty.

»Langer Tag. Die ganze Aufregung um Julia, die in Madisons Zimmer geschlichen ist. Ich hatte wirklich Angst, Madison würde sie in Stücke reißen«, sagte Ellis. »Aber jetzt ist, glaub ich, alles in Ordnung.«

»Gut«, sagte Ty und musste selbst gähnen. »Ich hab gesehen, wie ihr zusammen getanzt habt. Sah aus, als hättet ihr Spaß gehabt.«

Ellis lief rot an. »Das lag an all den Zitrolettes, die du uns geschickt hast.«

»Hab nur versucht, die Damen bei Laune zu halten«, gab Ty zurück.

Ellis sah ihm ins Gesicht. »Hast du geschafft.«

Sie schwieg eine Weile. Dann wollte sie etwas sagen: »Ty?«

»Hm?«

»Es ist wirklich schön hier bei dir.« Er küsste sie auf den Scheitel, und beide mussten gähnen. Seine Hand tastete sich zum Halsausschnitt des Bademantels vor und streichelte ihr Schlüsselbein. Ellis schloss die Augen, genoss die Wärme seiner Haut. Dies, genau dies hatte ihr so viele Jahre gefehlt. Sie fühlte sich warm, sicher und umsorgt.

»Ellis?«, fragte Ty nach einer Weile.

»Ja?«

»Meinst du, das könnte unser Wiedergutmachungsdate sein?«

»Irgendwie komische Vorstellung, meinst du nicht?«

»Schon, aber dieser Abend ist schöner als unser erster.«

»Das stimmt.« Ellis lehnte den Kopf an seine Schulter und gähnte.

»Dann wäre das heute sozusagen unser drittes Date, wenn man die erste Wiedergutmachung mitrechnet.«

»Egal.«

Die Augen fielen ihr zu. Vorsichtig nahm ihr Ty den Becher aus der Hand.

Ewigkeiten später rührte sie sich und drehte den Kopf zur Seite, weil ihr die Sonne in die Augen schien. Sie räkelte sich wohlig und setzte sich erstaunt auf. Ellis lag auf dem Sofa, der blau-rote Patchworkquilt war über sie gebreitet, Sonnenlicht strömte durch die Schlitze in der Holzjalousie.

Ellis ging ins Badezimmer, wusch sich das Gesicht und drückte noch einmal Zahnpaste auf ihren Finger, mit der sie sich die Zähne putzte. Ihre nasse Kleidung der letzten Nacht lag ausgebreitet auf einer Holzbank am Fuße des Bettes, immer noch feucht. Ellis zuckte mit den Schultern. So viel zu ihren großen Plänen für die vergangene Nacht. Was war sie nur für ein Blindgänger! Den Gürtel des Bademantels enger ziehend, ging sie ins andere Zimmer und suchte Ty. Der Computer lief, daneben stapelten sich Papiere und Bücher, aber von ihrem Vermieter war nichts zu sehen.

Ellis öffnete die Fliegenschutztür zur Dachterrasse. Da stand er, den Rücken ihr zugewandt, und schaute aufs Meer. Der Wind spielte in seinem sonnengebleichten blonden Haar. Die weite weiße Boxershorts saß tief auf seinen schlanken gebräunten Hüften, und seine nackten Schultern glänzten in der Morgensonne. Unter seiner Haut bewegten sich Muskeln, als er träge die Arme reckte und sich genüsslich streckte. Mein Gott, dieser Mann war umwerfend! Ellis erkannte den Umriss seines Pos unter dem dünnen weißen Baumwollstoff der Boxershorts und war plötzlich so erregt, dass es ihr die Sprache verschlug. Da drehte er sich um, bemerkte Ellis, und seine Lippen verzogen sich zu seinem speziellen trägen Lächeln. Nur für sie.

»Mr Culpepper?«, fragte Ellis.

»Das bin ich«, sagte Ty und streckte die Arme aus. »Was kann ich für Sie tun?«

»Tut mir leid mit gestern Nacht.« Sie schmiegte sich an seine nackte Brust. »Nimm es bitte nicht persönlich. Das kam von all dem Alkohol. Ich kann es gar nicht glauben, dass ich einfach so eingeschlafen bin.«

»Ganz allein meine Schuld«, erwiderte Ty. »Aber ich glaube, ich weiß, wie du es wiedergutmachen kannst.«

Er bereitete eine Tasse Tee für Ellis, nahm sie bei der Hand und führte sie ins Schlafzimmer. »Ich brauche den Bademantel zurück«, sagte er und legte sich aufs Bett.

»Jetzt?«

Ty nickte feierlich. »Leider ja.«

Mit zitternden Fingern versuchte Ellis, den Gürtel zu lösen. Verdammt nochmal! Sie wollte es doch. Letzte Nacht war sie doch schon so weit gewesen. Warum war sie jetzt so nervös, bei Tageslicht? Sie hatte so was schließlich schon mal gemacht. Ty zupfte am Gürtel und zog Ellis neben sich aufs Bett. »Darf ich?«, sagte er. »Ich habe Erfahrung mit so was.«

»Das kann ich mir vorstellen.«

Er besaß den Anstand, rot anzulaufen. »Ich wollte sagen, das ist schließlich mein Bademantel, sonst nichts. War ein Geschenk zum bestandenen Highschoolabschluss.«

»Von Kendra?« Ellis bereute die Worte, kaum dass sie ihr über die Lippen gekommen waren.

Ty wirkte unbeeindruckt. »Nein, von meiner Oma, Mrs Culpepper.«

»Oh«, machte Ellis.

Ty knotete den Gürtel auf und schob den Bademantel über Ellis' Schultern nach hinten, fuhr mit den Händen über ihren Rücken bis zu ihren nackten Hüften und zog sie an sich. Er wölbte die Hand um ihre Brust, senkte den Kopf und küsste sie zärtlich. Ellis erschauderte, und Ty liebkoste die andere Seite ebenso. War es jetzt wirklich so weit?

Er schaute sie an und lächelte. »Du bist wunderschön, Ellis Sullivan, weißt du das?«

Ihr lief ein Schauer über den Rücken, und sie schämte sich. »Das sagst du nur so.«

»Nein.« Er schüttelte den Kopf. »Das hab ich schon an dem Tag gedacht, als du hier eingezogen bist. Du bist so hübsch. Besonders jetzt. Wenn du nackt bist. Nackt bist du eine Göttin.«

Ellis lachte, doch dann wurde sein Gesicht ernst, und seine Lippen fanden ihre. Er schob die Hand weiter nach unten, berührte sie zwischen den Beinen, streichelte sie mit federleichten Bewegungen, und Ellis wurde schwindelig. Ihr Körper erinnerte sich an längst vergessene Wonnen. Ty wagte sich weiter vor, und Ellis schob sich ihm entgegen. Ihr Körper pochte, wie er es noch nie getan hatte.

Mit der Zunge umspielte Ty ihre Brustwarze, Ellis keuchte leise. Sie fuhr mit den Fingern über seine Brust, sanft und leicht, hielt am Bund der Boxershorts inne. Ellis spürte, wie er zitterte, dann schob sie die Hose über seine Hüften nach unten zu den Knöcheln. Ty warf die Boxershorts aus dem Bett, drehte sich auf die Seite und tastete im Nachttisch herum.

Er hielt das in Folie geschweißte Päckchen so, dass Ellis es sehen konnte. »Ellis Sullivan, gehörst du zu den Mädchen, die so was beim vierten Treffen machen?«, fragte er, und seine graublauen Augen zwinkerten.

»Eigentlich nicht«, erwiderte sie wahrheitsgemäß, nahm ihm das Kondom ab und riss die Folie auf. »Aber in deinem Fall bin ich bereit, eine Ausnahme zu machen.«

39

Ellis war erleichtert zu sehen, dass der rote Van nicht vor dem Haus stand. Sie öffnete die Haustür und schlich auf Zehenspitzen hinein. Fast hatte sie ihr Zimmer erreicht, als Julias Tür aufging und ihre Freundin den Kopf rausstreckte.

Julia registrierte sofort Ellis' zerzaustes Haar, den geliehenen Bademantel und die feuchte Kleidung, die sie überm Arm trug. »Aha«, grinste sie anerkennend. »Endlich ist es so weit. Ellis Sullivan geht den Weg der Schande. Wenn doch Dorie hier wäre, um sich mit mir zu freuen.«

»Sei leise!«, sagte Ellis lachend. »Wo ist Dorie denn?«

»Du wirst es nicht glauben«, erwiderte Julia. »Erinnerst du dich an den Türsteher im *Caddie's* gestern Abend? Tys Freund Connor?«

»Ty hat von ihm gesprochen, aber ich habe ihn nicht kennengelernt«, meinte Ellis.

»Tja, aber Dorie hat ihn scheinbar irgendwann gestern Abend getroffen und einen positiven Eindruck hinterlassen«, bemerkte Julia. »Er kam eben ›einfach mal so vorbei‹, angeblich um zu checken, ob wir alle in Sicherheit sind, aber in Wirklichkeit hat er Dorie abgecheckt. Du müsstest den Kerl mal sehen! Eins neunzig und kahl wie eine Billardkugel.«

»Wieso ›angeblich‹?«

Julia presste die Lippen mit kaum unterdrückter Heiterkeit aufeinander. »Ich merke, dass du heute, ähem, ein bisschen *geistesabwesend* bist, aber wenn du gesehen hättest, wie der Typ Dorie anstarrt, wüsstest du, dass er sich auf jeden Fall für sie interessiert.«

»Ach, komm, Julia«, sagte Ellis und lehnte sich gegen den Türrahmen des Badezimmers. »Muss bei dir immer alles mit Männern zu tun haben?«

»Bei mir!?«, fragte Julia mit höhnischem Kichern. »Ich bin ja wohl nicht diejenige, die erst am Mittag nach Hause kommt und nichts anderes am Leib trägt als ein Lächeln und den Bademantel ihres Freundes.«

»Ty ist nicht mein …« Ellis unterbrach sich. Wenn Ty nicht ihr Freund war, was war er dann? Und zu was machte das sie, da sie gerade den ganzen herrlichen Morgen in seinem Bett verbracht hatte?

»Du hast mir immer noch nicht erzählt, wo Dorie ist«, versuchte sie, das Thema zu wechseln.

Julia verdrehte die Augen. »Du hast nicht zugehört. Sie ist mit Connor Terry unterwegs. Er kam im

Streifenwagen, obwohl er heute frei hat, und es gibt irgendeine Vorschrift, dass Bürger nicht im Streifenwagen mitfahren dürfen. Nur wenn sie verhaftet wurden. Deshalb ist sie ihm im Van hinterhergefahren. Sie sind schon vor drei Stunden aufgebrochen, also keine Ahnung, wo sie jetzt sind. Oder was sie gerade treiben«, fügte sie hoffnungsfroh hinzu.

»Du denkst wirklich nur an eins, Julia Capelli«, sagte Ellis. »Nichts als Schweinskram im Kopf. Und was mich angeht, ich gehe duschen.«

»Wie?«, neckte Julia sie. »Du hast nicht mit Ty geduscht?«

Tatsächlich hatte Ty das eindringlich vorgeschlagen. Aber die Dusche der Garagenwohnung befand sich hinter einer kleinen Holzabtrennung auf der Dachterrasse. Dort war man nur durch eine Tür mit weit gesetzten Holzstäben vor den Blicken vom Strand geschützt, und besagter Strand wimmelte bereits nur so vor Sonnenanbetern – da hatte Ellis Ty glaubhaft versichert, dass sie genauso gerne in Ebbtide duschen würde, vielen Dank auch.

»Nächstes Mal«, hatte Ty widerstrebend gesagt, und seine Hand hatte ihre Brust leicht gestreift, als er ihr seinen Bademantel reichte.

Ellis seufzte vor Wonne beim Gedanken an das nächste Mal. Und das übernächste. Wie hatte sie es nur so lange ohne Sex aushalten können? Und wie hatte sie das, was sie mit Ben erlebt hatte, für das halten können, was Ty ihr bot? Wann war es endlich wieder so weit?

Ellis zog sich ein sauberes T-Shirt über den Kopf, als ihr Telefon klingelte.

»Hallo«, meldete sie sich, unerklärlich befangen.

»Ich bin's«, sagte Ty. »Hör mal, ich hab total vergessen, dass wir eigentlich nach dem Schildkrötennest gucken wollten, das du gestern Nacht gefunden hast.«

»Ach ja, stimmt!«, erinnerte sich Ellis. »Wahrscheinlich haben wir's irgendwie …« Sie schaute in den Spiegel über ihrer Kommode und merkte, dass ihr Gesicht in Flammen stand.

»Ja, man kann wohl sagen, dass etwas dazwischengekommen ist«, lachte Ty. »Und jetzt muss ich leider rüber ins *Caddie's*. Kann mir im Moment nicht leisten, eine Schicht abzusagen. Wenn ich dir die Nummer vom Schildkrötenschutz gebe, kannst du dann anrufen und erklären, wo das Nest ist?«

»Na, klar«, sagte Ellis und suchte in der Schublade ihres Nachttisches einen Stift und Papier.

»Super«, sagte Ty. »Ich melde mich dann später, ja?«

»Gut«, sagte Ellis.

»Hast du heute Abend schon was vor?«, fragte er.

»Nur wenn du willst.«

»Ich will.«

Julia und Ellis saßen auf der Veranda, als Madison die Auffahrt zu Ebbtide hinaufgeradelt kam.

»Wir holen uns was zu essen«, sagte Julia beiläufig. »Willst du mitkommen?«

»Nein, danke«, entgegnete Madison, fast aus Gewohnheit. Dann fiel es ihr selbst auf. »Ach, Quatsch, wem mache ich hier was vor? Ich hab einen Riesenhunger. Wo wollt ihr denn hin?«

»Warum fahren wir nicht einfach die Hauptstraße runter und gucken, was uns gefällt?«, schlug Ellis vor.

»Das da!«, rief Madison kurze Zeit später, als sie auf dem Croatan Highway ein paar Meilen nach Norden gefahren waren. Sie wies auf einen Imbiss am Straßenrand. *Bob's Grill* stand in großen Lettern auf einem Schild und noch größer darunter: *Essen, und dann nichts wie weg.*

»Seit zwei Wochen fahre ich jetzt mit dem Fahrrad an dem Laden vorbei und lache mich jedes Mal kaputt«, sagte Madison. »Frühstück ganztägig. Lasst uns mal reingucken.«

Als sie Cola bestellt hatten und die Speisekarte durchgegangen waren, entschied sich Ellis für ein Omelett mit saurer Sahne, extra Salsa und Speck,

Madison bestellte ein Clubsandwich, und Julia begnügte sich widerstrebend mit Rührei, einer trockenen Scheibe Vollkorntoast und einer Schale mit Melonenstücken. »Ich habe eine E-Mail von meinem Agenten bekommen, er hat mich für ein Katalogshooting in der ersten Septemberwoche gebucht«, sagte sie bedrückt. »Mittelteure Mode für den Urlaub und die Ferienanlage. Übernächste Woche.«

Ellis spürte einen panischen Stich. Nur noch eine Woche im August. Nur noch eine Woche Ebbtide. Eine Woche mit Ty.

»Du klingst ja nicht gerade begeistert«, bemerkte Madison.

Julia zuckte mit den Schultern und nippte an ihrer Diätcola. »Ist halt Arbeit. Mit irgendwas muss ich ja mein Geld verdienen. So einfach ist das.«

»Nicht ganz«, widersprach Ellis. »Du hast keine Lust mehr aufs Modeln. Hast du selbst gesagt. Booker will dich heiraten. Er verdient gut, und er würde dich unterstützen, egal was du machen willst.«

Julia schaute Madison an, die ihre Papierserviette in kleine Stücke riss. »Kannst du Ellis bitte mal was erklären? Nämlich was passiert, wenn man jemanden heiratet, nur um ein Dach über dem Kopf zu haben? Was passiert, wenn man sich verkauft?«

»Julia!«, sagte Ellis in scharfem Ton, und ihr Gesicht brannte vor Scham.

Doch Madison wirkte weder verärgert noch beschämt. »Meinst du, das hätte ich getan?«, fragte sie und rieb sich geistesabwesend über die nackten Arme.

»Etwa nicht? Diesen Eindruck hast du vermittelt, als du von Don Shackleford erzählt hast«, sagte Julia.

»Mein Fehler war nicht, Don zu heiraten«, erklärte Madison, »sondern mich in ihn zu verlieben. Mein Fehler war es, mich selbst in Bezug auf ihn zu belügen, und als mir schließlich schmerzhaft klarwurde, wie er war, hab ich mir auch noch eingeredet, ich könnte ihn ändern. Mein Timing war wirklich mies«, sagte Madison und lachte kläglich. »In dem Augenblick, als er beschloss, dass er mich niemals gehen lassen würde, war mir klar, dass ich ihn verlassen musste.«

Julia lehnte sich in der Sitzecke zurück und schaute die Frau ihr gegenüber staunend an. Die Frau, die nun seit drei Wochen im Zimmer unterm Dach wohnte, das Rätsel in Person, gewährte ihnen plötzlich Einblick in ihre innerste Seele, so als hätte sie gerade etwas zum Essen bestellt.

»Tief in mir wusste ich, was Don für einer war«, fuhr Madison fort. »Und wenn ich total ehrlich bin, hatte ich wohl auch den Verdacht, dass er verheiratet war, als wir uns kennenlernten. Auch wenn ich immer erzählt habe, ich würde nicht mit verheirateten Männern ausgehen. Die Zeichen waren da. Ich habe sie nur zu gerne übersehen.«

»Das macht dich noch lange nicht zu einem

schlechten Menschen«, sagte Ellis, die sich Madison plötzlich nahe fühlte.

»Nein, nur zu einem unglaublich dummen«, stimmte Madison ihr zu. »Amy Shackleford war bestimmt selig vor Glück, als ich ihr Don abnahm. Sie bekam das Geld und musste nicht mehr mit ihm leben. Kluge Frau.«

Madison legte ihre Papierserviette beiseite. Sie beugte sich über den Tisch vor und sah Julia in die Augen. »Du bist auch eine kluge Frau, Julia. Wenn du diesen Mann liebst, wenn du mit ihm zusammen sein willst, mit ihm leben willst, dann tu das! Hör auf, dir Gedanken über die Ehe deiner Mutter, über meine Ehe oder die von irgendwem anders zu machen. Das Leben ist viel zu kurz, um …«

»Ich bin erst fünfunddreißig«, widersprach Julia. »Ich habe noch jede Menge Zeit.«

Madison hob eine Augenbraue. »Und wie alt ist Booker?«

Die Kellnerin kam mit ihren Speisen. Sie setzte die Teller vor den drei Frauen ab. Julia warf einen Blick auf ihr Rührei und den trockenen Toast und reichte der Kellnerin beides zurück.

»Tut mir leid, aber ich hab's mir gerade anders überlegt«, sagte sie. »Ich nehme ein Frühstücksburrito mit Frischkäse und Krebsfleisch, dazu ein Würstchen. Und ein Brötchen. Ein altmodisches, großes Brötchen. Mit Butter und Gelee.«

Sie sah Ellis und Madison an.

»Ihr zwei habt vielleicht recht«, sagte sie schlicht. »Das Leben ist zu kurz, um trockenen Toast zu essen. An den anderen Sachen arbeite ich noch.«

Ellis wollte warten, bis alle ihr Essen vor sich hatten. Doch irgendwann hielt sie es nicht mehr aus und aß den ersten Bissen von ihrem Omelett. »Tut mir leid«, sagte sie. »Das ist gemein. Aber ich kann nicht mehr. Ich kippe gleich um vor Hunger.«

»Na, mach schon«, sagte Madison und winkte lässig ab. »Mir knurrt selbst der Magen.« Sie hob den Rand des oberen Toasts an und salzte die dunkelrote Tomate.

»Nicht so sehr wie Ellis«, sagte Julia verschmitzt. »Ich nehme an, sie hat das Frühstück ausgelassen, aber genau weiß ich es nicht, denn sie ist gestern gar nicht nach Hause gekommen.«

»Das ist doch super, Ellis!«, freute sich Madison. »Meinen Glückwunsch!«

40

»Da bist du ja!«, rief Ellis, stützte sich auf die Ellenbogen und schirmte die Augen vor der tiefstehenden Sonne ab. »Wo warst du denn den ganzen Tag?«

Kichernd breitete Dorie neben ihrer Freundin eine Decke im Sand aus. »Ich war … überall.« Sie holte eine *People*, eine Tube Sonnencreme und eine Wasserflasche aus ihrem Stoffbeutel.

»Allein?«

»Nee«, sagte Dorie. »Ich war mit Connor unterwegs. Den ganzen Tag.«

Ellis schob die Sonnenbrille nach unten auf die Nase und spähte Dorie über den Rand hinweg an. Dories Haar war vom Wind zerzaust, auf der Nase und den Wangen hatte sie einen Sonnenbrand. Über ihrem Badeanzug trug sie ein weites T-Shirt, auf dem vorne das Abzeichen des Sheriffs von Dare County prangte, auf dem Kopf saß eine schwarze Baseballkappe.

»Ist das so?«

»Ja, das ist so.« Dorie rollte ein Strandlaken zusammen, legte es sich unter den Kopf, schlug ihre Zeitschrift auf und begann zu summen.

»Ist das …?« Ellis versuchte, die Melodie zu erkennen.

»Gib dir keine Mühe«, sagte Dorie leichthin. »Ich garantiere dir, du kennst es nicht.«

»Summ mal weiter«, forderte Ellis sie auf. Es war ein Spiel, das sie als Kind immer mit Baylor auf langen Autofahrten gespielt hatte.

Dorie summte den nächsten Takt. »Gibst du auf?«

»Na, gut«, sagte Ellis. »Was war das denn?«

»›My Crazy Ex-Girlfriend‹ von Gretchen Wilson.«

»Countrymusik?«, fragte Ellis mit gespieltem Entsetzen. »Seit wann denn das?«

»Seit heute«, entgegnete Dorie. »Connor liebt Countrymusik. Nach dem Essen sind wir mit einem Boot gefahren und haben einen Countrysender gehört. Aber nicht dieses alte Zeug. Wir haben Gretchen Wilson gehört, Lady Antebellum und Big und Rich …«

»Hm«, machte Ellis.

Dorie sah von ihrer Zeitschrift auf. »Was soll das heißen?«

»Nichts. Nur hm. Ich meine, du hast diesen Typen erst heute Morgen kennengelernt, als er in seinem Streifenwagen vorbeikam, hast direkt den ganzen Tag mit ihm verbracht und bist jetzt auf einmal Fachfrau für Countrymusik. Als Nächstes suchst du neues Porzellan aus.«

»Nicht sehr witzig«, sagte Dorie und blätterte geräuschvoll die Seiten ihrer Zeitschrift um. »Er ist ein netter Kerl, mehr nicht. Und nur zu deiner Information: Ich hab ihn schon vorher kennengelernt.«

»Was heißt: vorher?«

»Im *Caddie's*«, erklärte Dorie. »Ty hat uns bekanntgemacht, als ich zum neunten oder zehnten Mal von der Toilette kam. Connor meinte, ich würde toll tanzen, und fragte, ob er mir was ausgeben dürfte.«

»Und du sagtest …«

»Ich sagte: ›Hi, ich heiße Dorie. Ich trinke momentan keinen Alkohol, weil ich von meinem schwulen Ehemann im vierten Monat schwanger bin. Bist du Sternzeichen Jungfrau?‹«

»Was?!«

»Das war ein Witz!«, sagte Dorie. »Ich hab ihm noch nicht mal meine Handynummer gegeben. Du warst doch diejenige, die Ty gebeten hat, dafür zu sorgen, dass sein Türsteher-Bullen-Freund bei uns vorbeifährt, also hast in Wirklichkeit du das Ganze in die Wege geleitet.«

»Hab ich nichts mit zu tun.«

»Hör zu«, sagte Dorie und legte die Zeitschrift geräuschvoll auf die Decke. »Ich bin nicht so wie du oder Julia. Okay? Ich mag Männer. Mochte ich immer schon. Ich red gern mit ihnen, häng gern mit ihnen rum. Und ich mag Sex. Immer schon. Deshalb bin ich noch lange keine Schlampe, ja?«

»Nein, nein«, beeilte sich Ellis zu sagen. »Das habe ich auch nicht behauptet …«

»Gut«, sagte Dorie. »Connor ist nämlich ein anständiger Kerl. Er bringt mich zum Lachen. Er ist ganz anders als Stephen. Unkompliziert. Er sagt, was er denkt. Er mag Countrymusik und sein Boot. Er hat auch eine Harley. Er mag seine Arbeit. Liebt sie sogar richtig. Ich hab ihm erzählt, dass ich allein leben werde, wenn ich nach Hause komme, und er hat mir angeboten, mit mir zum Schießstand zu fahren und mir zu zeigen, wie man eine Waffe bedient. Und das werde ich auch machen, auf jeden Fall.«

»Bist du dir sicher, dass du dich nicht einfach nur an Stephen rächen willst?«, fragte Ellis.

»Kann sein, aber glaube ich nicht. Pass auf, das hört sich vielleicht überheblich an, aber ihr kennt mich schon mein ganzes Leben lang. Die Männer kommen auf mich zu. Ständig. Das ist einfach so. Und ihr wisst genau, dass ich sie nicht dazu ermutige. Seit ich hier bin, hat mich der Leiter der Meeresfrüchteabteilung im Food Lion angesprochen, dann der eklige fette Typ in dem Pizzaladen und sogar der Apotheker bei Walgreen's, Himmel nochmal, als ich meine Schwangerschaftsvitamine gekauft habe.«

Ellis seufzte. »Hiermit ist es amtlich: Du bist ein Männermagnet.«

»Und ich habe jedem einzelnen eine Absage erteilt«, sagte Dorie. »Kein Interesse. Bis Connor kam.

Er ist wirklich anders. Ich sage ja nicht, dass ich ihn heiraten will, aber ich würde gerne Zeit mit ihm verbringen und mal sehen, was sich daraus ergibt.«

»Hast du ihm gesagt …?«

»Ja«, erwiderte Dorie genervt. Sie zog ihr Top hoch und streckte den Bauch aus. »Im Badeanzug kann ich diese Kugel nicht mehr verbergen. Will ich auch gar nicht. Ich hab ihm die Kurzfassung erzählt. Dass ich schwanger bin und mich scheiden lasse, sobald ich zu Hause bin.«

»Wie hat er darauf reagiert?«

»Total süß«, rief Dorie. »Er hat eine Schwester, die genauso weit ist wie ich. Es schien ihm überhaupt nichts auszumachen, Ellis. Er ist ein bisschen jünger als wir, aber ich schwöre, er ist deutlich reifer, als Stephen jemals werden wird.«

»Wollt ihr euch wiedersehen?«

»Wir haben vor, morgen Abend zusammen essen zu gehen«, sagte Dorie. »Ich weiß, das hat den Anschein, als würde es ziemlich schnell gehen, aber ich bin schließlich nur noch eine Woche hier. Ich will wissen, ob es funktioniert. Und er auch. Und es gibt noch eins, worüber ich nachgedacht habe.«

»Nämlich?«, fragte Ellis misstrauisch.

»Tja«, machte Dorie und zwinkerte ihr demonstrativ zu. »Ich kann ja jetzt eigentlich tun und lassen, was ich will. Also, männermäßig, meine ich.«

»Was soll das heißen?«, fragte Ellis.

»Na, ich bin ja schon schwanger!«

»Unglaublich!«, lachte Ellis. »Eudora, die Unverbesserliche. Egal, ich hoffe jedenfalls inbrünstig, dass es mit Connor klappt.«

»Weil?« Dorie warf ihr einen fragenden Blick zu.

»Weil ich dann zu gerne dabei wäre und Phyllis' Gesicht sehen würde, wenn du ihr deinen schießwütigen, Harley fahrenden, Countrymusik liebenden kahlköpfigen Bullenfreund vorstellst. Ich wette, sie dreht durch.«

»Mit Sicherheit«, stimmte Dorie zu. »Außerdem hab ich vergessen zu erwähnen, dass er nur zwei Jahre auf dem Community College war. Und«, fügte sie hinzu, »die Krönung: Connor ist Baptist.«

»Oh«, machte Ellis. »Das bringt sie ins Grab. Mit Sicherheit.«

Irgendwann schlummerte Ellis ein. Als sie wieder erwachte, war es fast sechs Uhr, und auch Dorie hatte anscheinend gerade ein Nickerchen gehalten. Die Flut kam, und die trägen Wellen rollten gefährlich nah ans Lager der Freundinnen.

Ellis stand auf und begann, ihre Sachen zusammenzupacken.

»Wo willst du hin?«, fragte Dorie.

»Hoch zum Haus«, antwortete Ellis. »Ich hatte genug Strand für heute.«

Dorie griff nach ihrem Handy und prüfte die Uhrzeit. »Ich bleib noch ein bisschen.«

»Warum das?«, fragte Ellis und verstaute ihr Buch und ihr Handtuch in der Tasche.

»Ich war gegen vier Uhr oben auf Toilette, da war Booker gerade angekommen«, sagte Dorie. »Ich schätze, Julia braucht ein bisschen Zeit für sich.«

»Verstanden. Dann bleibe ich auch noch. Ich habe Booker seit Ewigkeiten nicht gesehen. Wie findest du ihn?«

»Booker? Ganz in Ordnung. Nicht das, was ich bei Julia erwartet habe. Aber nett. Eher ruhig. Ich wusste ja, dass er älter ist, aber vielleicht hatte ich es verdrängt. Er hat jetzt total graues Haar, was ich persönlich ja echt sexy finde. Julia tut zwar immer so abgehoben, aber sie war wirklich aufgeregt, als er kam. Als ihr vom Mittagessen zurück wart, ging sie sogar zu diesem Salon an der Straße und ließ sich die Fingernägel und einen Brazilian machen.«

»Autsch«, machte Ellis.

»Allerdings. Bin ich froh, dass ich von Natur aus rot bin.« Sie sah Ellis an. »Hast du schon mal so was gemacht?«

»Im Leben nicht!«, sagte Ellis mit Nachdruck. »Ich geh noch nicht mal gerne Augenbrauenzupfen. Da lasse ich mir bestimmt nicht von irgend so einer

Tussi kochendes Wachs auf meine Intimzone gießen. Außerdem«, fügte sie hinzu, »hab ich mir bis vor kurzem keine Sorgen um die Pflege dieses Gebiets machen müssen, wenn du verstehst, was ich meine.«

Dorie grinste. »Bis vor sehr kurzer Zeit, wie ich gehört habe.«

»Kein Kommentar«, sagte Ellis. »Ich nehme an, Julia hat bereits geplaudert, ja?«

»Und wie. Was hast du erwartet? Aber wie auch immer«, sagte Dorie. »Ich bilde mir kein Urteil.«

»Ha!«

Doch als Ellis und Dorie den Holzsteg zum Haus hochstiegen, entdeckten sie Booker oben auf der Aussichtsplattform. Bäuchlings lag er auf dem Boden und machte mit einer Kamera mit langem Objektiv Fotos vom Haus, während Julia mit einem anderen Objektiv in der Hand daneben stand.

»Hi, Booker«, sagte Ellis.

»Hallo!«, grüßte Booker, nahm die Kamera herunter, warf Ellis ein kurzes Lächeln zu und fotografierte dann weiter.

»Er will das Haus fotografieren, bevor das Licht weg ist«, erklärte Julia.

»Aha«, machte Ellis. »Wir wollen zum Haus, stört das?«

»Überhaupt nicht«, sagte Booker. »Es wäre sogar ganz gut, wenn auf ein paar Bildern auch Menschen zu sehen wären. Wenn ihr auf die Veranda kommt, stellt euch ans Geländer und schaut zu mir herüber bitte, wenn's geht. Aber nicht direkt in die Kamera gucken, ja?«

Dorie und Ellis gingen hinüber, traten auf die Veranda und blieben stehen, im ersten Augenblick befangen. Sie schauten über die Dünen in die Dämmerung. Eine leichte Brise drückte das Strandgras nach unten, und große Libellen streiften knapp über die Wedel hinweg.

»Diese Tageszeit ist so schön«, sagte Dorie und schob sich eine Haarsträhne aus dem Gesicht. »Das wird mir echt fehlen.«

»Ja, mir auch.« Ellis spürte wieder das inzwischen vertraute Stechen in der Brust.

»Wenn ich nach Hause fahre, werdet ihr mir noch viel mehr fehlen«, meinte Dorie. »Ich hatte vergessen, wie viel Spaß wir immer zusammen hatten. Zu Hause habe ich auch Freundinnen, aber mit euch ist das was anderes.«

»Bei mir auch«, sagte Ellis. »Ich hab echt keine Lust auf das Ende des Monats.«

»Du könntest zurück nach Savannah ziehen«, schlug Dorie ihr vor. »In Savannah gibt es massenweise Banken. Und Willas Mann kennt jeden in der Stadt.«

Ellis lächelte und schaute hinüber zur Garagenwohnung. Tys Bronco war fort, doch er hatte ihr eine SMS geschickt, dass er am Abend wieder im *Caddie's* arbeiten müsse.

»Ich glaube, ich bin durch mit den Banken, Dorie.«

»Wirklich? Wo willst du dann arbeiten?«

»Keine Ahnung«, sagte Ellis. Und zum ersten Mal seit langer Zeit merkte sie, dass einige Tage vergangen waren, ohne dass sie sich Sorgen über ihre Zukunft gemacht hatte.

Der Geruch von Holzkohle wehte um das Haus. Ellis hatte noch nasse Haare vom Duschen. Sie lief durch die Zimmer und fand Booker und Julia in der Küche. Julia schälte Maiskolben vom Bauernlädchen an der Küstenstraße, und Booker machte Bilder von Julia in der ungewohnten Rolle der Chefin des Haushalts.

Ellis stibitzte ein Stück Tomate von der Platte neben Julias Ellenbogen. »Wird hier eine Art Dokumentarfilm gedreht?«

»Viel besser«, sagte Julia, und ihre Augen leuchteten vor Aufregung. »Booker, die geniale Liebe meines Lebens, hat eine geniale Idee.«

Booker schmunzelte. »Das hast du gerade gehört, oder? Ich bin die Liebe ihres Lebens? Und dazu noch genial?«

»Ich kann es bezeugen«, sagte Ellis und setzte sich an den Küchentisch. »Was denn für eine Idee?«

»Was für eine Idee?«, fragte auch Dorie, die ebenfalls in die Küche kam. Sie trug ein jadegrünes Top, und ihr feuchtes Haar war auf dem Rücken zu einem Zopf geflochten. Mit den Sommersprossen im Ausschnitt ihres Tops sah sie fast wie eine Meerjungfrau aus.

Julia machte den Mais fertig und wischte sich die Hände an einem Geschirrtuch ab. »Erzähl's ihnen, Booker.«

»So genial nun auch wieder nicht«, sagte er bescheiden. »Ihr wisst ja, dass Julia von allem hier Fotos gemacht hat, vom Haus, von euch dreien am Strand, eigentlich von allem, was sie gesehen hat, seit ihr hier seid. Und die hat sie mir gemailt.«

»Okay«, sagte Ellis.

»Sie ist eine ziemlich gute Amateurfotografin«, erklärte Booker. »Leuchtet ein, schließlich hat sie ja bei einem Meister gelernt. Sie hatte schon immer ein sehr gutes Auge, aber die Bilder, die sie mir schickte, waren außerordentlich stimmungsvoll.«

»Dabei hab ich nur mit dem Handy geknipst«, warf Julia ein. »Ich meine, ich hab nur rumgespielt, wollte Booker bloß zeigen, wo wir wohnen.«

»Egal, ich hab einige von ihren Bildern an einen Freund von mir geschickt, der in Kalifornien arbeitet.«

»Er ist Location-Scout für Filme!«, rief Julia. »Booker hatte mir nur noch nie von ihm erzählt.«

»Ich hab den Typ seit ein paar Jahren nicht mehr gesehen«, sagte Booker entschuldigend. »Wir haben öfter zusammen gearbeitet, als ich noch Mode fotografiert habe. Auf jeden Fall war er begeistert von Julias Aufnahmen.«

»Besonders von denen von Ebbtide«, ergänzte Julia. »Er meinte, das Haus wäre perfekt für den Film, an dem er gerade arbeitet. Ist ein Frauenfilm, und ich darf nicht verraten, wer alles mitspielt, aber ich sage nur ›Natürlich blond‹, ›Pretty Woman‹, ›Miss Undercover‹.«

»Julia!« Booker ließ die Kamera sinken und schaute seine Freundin tadelnd an. »Es haben noch nicht alle unterschrieben, denk dran!«

»Ich habe keine Namen genannt«, sagte Julia kokett.

»Also, mein Freund Simon, der Location-Scout, hat mich tatsächlich beauftragt, Probefotos vom Haus und vom Strand zu machen, auch von den Nachbarhäusern, den Geschäften und so«, erklärte Booker. »Ich hab schon die Bilder verschickt, die ich heute Nachmittag geschossen habe, weil er sich morgen mit den Produzenten trifft. Der Produktionsplan ist zeitlich sehr eng gesetzt, weil all diese … ähm … namenlosen Schauspielerinnen nur sehr kurze Zeitfenster zur Verfügung haben. Ursprünglich wollten sie in einem Strandhaus an der Westküste drehen, aber dem Art Director gefallen die Häuser dort nicht. Zu modern, zu schick.«

»Er findet es toll, wie schäbig und verwohnt Ebbtide ist«, warf Julia ein. »Er hat natürlich die Bäder noch nicht gesehen.«

»Der Film soll in Cape Cod spielen, im Sommer«, erklärte Booker. »Aber alle Häuser, die sie da besichtigt haben, sahen ihnen zu elegant aus, nach altem Geldadel. Was uns zu Nag's Head und Ebbtide führt. Wenn die Bilder dem Produzenten gefallen, wird Simon mit deinem Freund sprechen wollen, Ellis, ob es möglich ist, das Haus drei oder vier Monate lang zu mieten.«

»Wirklich?«, sagte Ellis. »Ab wann wäre das?«

»Ab sofort, denke ich. Die Produktion soll am fünfzehnten September beginnen. Sie wollen bis zum Labor Day warten, wenn die Hochsaison vorbei ist, dann ist es nicht mehr so aufwendig, die Dreharbeiten vor Zuschauern abzuschirmen.«

»Ist das nicht unglaublich?«, rief Julia. »Wird Ty nicht ausflippen, wenn er das hört?«

»Unglaublich«, bestätigte Ellis. »Wenn er das Haus noch so lange halten kann.«

41

Das Essgeschirr war abgeräumt, der Wein ausgetrunken. Huldvoll hatte Booker das Lob der Frauen für das Abendessen entgegengenommen, das er vorbereitet hatte: gegrillte Thunfischsteaks, scharfe Maiskolben vom Grill und Risotto mit Erbsen, Minispargel, Schalotten und Basilikum. Dorie und Ellis stellten ein fünfhundertteiliges Puzzle vom Leuchtturm von Cape Hatteras auf den Esstisch und verkündeten, es bis Mitternacht fertigstellen zu wollen. Madison hatte den Bitten der Freundinnen irgendwann nachgegeben und sich zum Essen zu ihnen gesellt, erklärte aber, sie sei ein hoffnungsloser Fall beim Puzzeln. Zum ersten Mal seit ihrem Einzug wirkte sie unbefangen und entspannt.

»Komm, Book«, sagte Julia zu ihrem Freund. »Ich kann diese Aufregung nicht ertragen. Machen wir einen Spaziergang am Strand.«

Sie führte ihn die Holztreppe hinunter. Im weichen Sand am Fußende der Stufen ließen sie ihre Schuhe liegen und gingen Hand in Hand ans Ufer.

»Welche Richtung?«, fragte Booker.

»Hm, nach Norden, würde ich sagen«, meinte Julia. »Cottage Row ist da vorne.«

»Was ist das?«

»Der Rest der alten Häuser, die zur Jahrhundertwende in Nag's Head gebaut wurden«, erklärte Julia. »Ursprünglich waren es ein ganzes Dutzend oder so. Alle aus Holz, so wie Ebbtide. Man nennt sie hier den ungestrichenen Adel. Ebbtide gehört nicht dazu; Ty hat uns erzählt, dass seine Urgroßmutter es in den dreißiger Jahren bauen ließ.«

Sie schlenderten am Ufer entlang, blieben zwischendurch stehen, um sich die Sterne anzusehen oder im Mondlicht zu den Häusern hinüberzuschauen, wo die Sommergäste wohnten. Stimmen und die Geräusche eines Radios wehten von den Häusern hinter den Dünen herüber.

»Das sind die ältesten«, erklärte Julia, als sie ein Stück weitergegangen waren. Hier standen die Häuser weiter auseinander, großzügige Holzbauten mit nach außen abgeschrägten Veranden. Die Holzwände glänzten mattsilbern im Mondlicht.

»Nicht so aufgemotzt«, sagte Booker anerkennend.

»Nee«, stimmte Julia ihm zu. »So wie Ty uns erzählt hat, hielten es die ursprünglichen Bewohner von Nag's Head für unschicklich, ihr Geld zur Schau zu stellen, indem sie ihr Haus prächtiger machten oder einen Flügel anbauten. Seit Jahrzehnten war an Ebbtide nichts gemacht worden, bis Ty es seinem Onkel abgekauft und mit den Renovierungsarbeiten begonnen hat.«

»Dir gefällt es hier«, sagte Booker. Er klang überrascht.

»Es hat einen gewissen Charme, der einem ans Herz wächst«, gab Julia zu. »Zuerst war ich ganz schön entsetzt über den Zustand. Ich meine, ich wollte Ellis nicht verletzen, sie hatte schließlich die ganze Arbeit gehabt, das Haus zu suchen und zu finden, es vorzubereiten und so, aber es war wirklich schmuddelig, als wir hier einzogen.«

»Nicht gerade die Art von Strandhaus, die du gewöhnt bist.« Booker lachte und stieß sie sachte an.

»Am Anfang lief es nicht ganz so reibungslos zwischen uns«, sagte Julia. »Ellis war so … so rechthaberisch. Sie hat in der Küche sogar einen Dienstplan aufgestellt, kannst du das glauben?«

»Und wir wissen ja alle, wie Julia Capelli auf Vorschriften reagiert, nicht?«, sagte Booker.

»Wir haben das unter uns geklärt«, gab Julia zurück. »Im Großen und Ganzen. Es war auf jeden Fall ein interessanter Monat.«

»Und was ist mit dir?«, fragte Booker. »Was ist mit dir los? Abgesehen von den Fotos und zwei Anrufen habe ich im letzten Monat überraschend wenig von dir gehört, Julia.«

»Ich weiß«, sagte sie und drückte seine Hand. »Du hast mir viele Gründe zum Nachdenken gegeben.«

»Bist du zu einem Schluss gekommen?«

»Schon.«

»Und der wäre?«

Julia schob sich das lange Haar aus dem Gesicht. »Ich hör auf mit dem Modeln.«

Booker nickte. »Hast du das schon deiner Agentur gesagt?«

»Noch nicht. Ich bin für ein Katalogshooting gebucht, wenn der Urlaub vorbei ist. Ich schätze mal, das muss ich noch durchziehen, schließlich will ich Jessica nicht im Stich lassen. Aber das war's dann. Schluss.«

»Hört sich vernünftig an«, sagte Booker.

»Die Mädels meinen«, setzte sie an und korrigierte sich dann: »Nein, ich meine, ich würde es ganz gerne mal mit Fotostyling versuchen.«

»Da bist du ein Naturtalent«, sagte Booker. »Das machst du schließlich schon seit Jahren, wenn auch nur privat für dich. Ich hab immer schon gesagt, dass du ein sehr gutes Auge hast, Julia.«

»Du müsstest mir helfen«, Julia warf ihm einen Seitenblick zu. »Du kennst alle und jeden. Die Zeitschriften, die Fotografen, die Art Direktoren.«

»Ich kenne nicht jeden«, erwiderte Booker, »aber ich habe so meine Verbindungen.«

»Ich weiß, dass ich als Assistentin anfangen müsste«, fuhr Julia fort. »Die niederen Arbeiten erledigen: Requisitenlisten erstellen, Kaffee holen, Hemden und Bettwäsche bügeln.«

»Nicht gerade ein Job mit Glamour«, bemerkte Booker.

»Ich hab schon überlegt, dass ich Annette Joseph fragen könnte, ob sie mich nehmen würde«, sagte Julia.

»Kennst du sie denn?«

»Ich hab sie letztes Jahr bei Katalogaufnahmen in Miami kennengelernt«, erklärte Julia. »Sie lebt in Atlanta, aber sie arbeitet viel für Designzeitschriften, deshalb bekommt sie Aufträge an der ganzen Ostküste.«

»Atlanta«, sagte Booker mit unbeweglicher Miene.

»Ist doch logisch, wegen des Flughafens«, sagte Julia.

»In Washington gibt's zwei Flughäfen, nicht?«

»Hör mir richtig zu«, sagte Julia und atmete tief durch. »Wir könnten die Wohnung in London verkaufen.«

Booker blieb stehen. »Damit wärst du einverstanden?«

Julia schluckte. »Wenn ich nicht mehr in Europa arbeite, ist es sinnlos, sie zu behalten. Ich weiß, dass der Immobilienmarkt momentan im Keller ist, aber Mayfair ist dermaßen gefragt, dass wir selbst bei schlechter Marktlage noch einen großen Gewinn machen, wenn wir die Wohnung verkaufen.«

»Oder sie vermieten«, sagte Booker. »Falls du es dir noch mal anders überlegst.«

»Tu ich nicht«, versprach Julia. »Ich habe viel zu lange in der Warteschleife gehangen, wollte das Unausweichliche nicht sehen. London war herrlich, die Arbeit war aufregend, aber jetzt nicht mehr. Schon lange nicht mehr. Du bist hier in Amerika. Ich will bei dir sein. So einfach ist das. Du hast mir gefehlt, Booker.«

»Wirklich?« Er legte seine Arme um Julias Taille und zog sie an sich.

Sie schlang die Arme um seinen Hals und küsste ihn leidenschaftlich. »Ich liebe dich wirklich, hörst du?«, sagte sie und lehnte die Stirn an seine Brust. »Dieser Monat hier am Meer mit den Mädels und allem, was wir erlebt haben, hat mich quasi gezwungen, innezuhalten und Bilanz zu ziehen. Dorie hat mir letztens sozusagen noch mal den Marsch geblasen.«

»Dorie? Die süße kleine Dorie?«

»So süß ist sie gar nicht, wenn man sie richtig kennenlernt«, sagte Julia. »Und dann hat Madison, die mich so gut wie gar nicht kennt, heute beim Mittagessen etwas gesagt, das irgendwie den Ausschlag gegeben hat.«

»Und was war das?«, wollte Booker wissen. Er

fuhr mit den Händen über den Rücken des dünnen Baumwolloberteils, das Julia trug, und küsste ihren Hals.

»Sie hat mir sozusagen den Kopf gewaschen. Sie meinte, ich könnte mir auf Grundlage der Fehler anderer nicht ständig zweifelhafte Meinungen über die Ehe bilden.«

»Kluges Köpfchen«, sagte Booker und zog Julia noch enger an sich.

»Ich denke …« Sie unterbrach sich und wollte sich von Booker lösen, doch er ließ sie nicht los.

»Was denkst du?«

Sie drehte sich um, so dass sie mit dem Rücken zu ihm stand. »Ich denke wohl, dass ich jemanden wie dich nicht verdient habe. Jemand, der so gut ist. Vielleicht versuche ich deswegen immer, dich nicht an mich ranzulassen.«

»Was?« Er legte die Hände auf ihre Schultern und drehte sie zu sich um. »Was ist denn das für ein Schwachsinn?«

Julia zuckte mit den Achseln und schluckte. Sie holte tief Luft. »Es gibt Dinge, die du nicht weißt. Dinge über mich.«

Booker gluckste. »Wir leben jetzt seit fast zehn Jahren zusammen. Sag mir etwas über dich, was ich nicht weiß. Na los, raus mit der Sprache! Schaffst du nicht.«

Sie biss sich auf die Lippe. »Es ist so, also … mit

achtzehn wurde ich schwanger. Es war eine Eileiterschwangerschaft, Book. Deshalb habe ich nur noch einen funktionierenden Eileiter. Ich weiß nicht, ob ich Kinder bekommen kann.« Eine Träne rollte ihr über die Wange. »Es tut mir leid. Das hätte ich dir schon vor Jahren sagen sollen.«

Er zog die Spur der Träne mit der Daumenspitze nach. »Und du glaubst, das würde für mich einen Unterschied machen? Ach, Julia. Und das hat die ganze Zeit an dir genagt?«

Sie nickte traurig, jetzt flossen die Tränen ungehemmt. »Alle meinen immer, ich wäre perfekt, weil ich Model bin. Aber das bin ich nicht. Das ist doch alles Plastik! Ich hab meine Nase machen lassen, meine Brüste, und soweit ich weiß, bin ich auch noch unfruchtbar.«

»Schluss damit!«, sagte Booker streng. »Und hör mir zu. Der einzige Mensch, der dich für unecht hält, bist du. Du bist die warmherzigste, echteste Frau, die ich je kennengelernt habe. Deine Nase, dein Eileiter und was auch immer sind mir total egal! Ich habe mich in dich verliebt, Julia Capelli. In das Gesamtpaket. Und was mich betrifft, bist du perfekt. Hey, guck mich doch an! Ich gehe auf die fünfzig zu. Vielleicht bin ich auch unfruchtbar. Ja, ich möchte Kinder. Aber nur, wenn du auch welche willst. Vielleicht können wir es ja auf ganz moderne Art machen. Reagenzgläser, Petrischalen, Adoption, ist mir egal. Ich will einfach nur dich. Hast du das verstanden?«

Julia schniefte und nickte langsam. Sie legte den Kopf an Bookers Schulter und rieb verstohlen ihre laufende Nase an seinem Hemd ab. Er streichelte ihr aufmunternd über den Rücken.

»Madison meint, ich soll einfach aufhören, mir Sorgen um das Leben anderer Menschen zu machen, und mich um mein eigenes kümmern.«

»Ich glaube, die Frau gefällt mir«, sagte Booker und schob die Daumen unter ihr Shirt.

»Und sie hat mich daran erinnert, dass das Leben kurz ist und nichts sicher. Carpe diem, weißt du?«

»Latein?«, fragte Booker und stöhnte übertrieben. »Du weißt doch, wie mich das anmacht, wenn du eine andere Sprache sprichst.«

»Werd erwachsen!«, lachte Julia. Doch sie hatte die Hände hinter den Bund seiner Shorts geschoben und spürte deutlich, wie sehr es ihn anmachte.

»Ich glaube, wir gehen besser zurück nach Ebbtide, damit du mich testen kannst. Ich meine, wie sollen wir herausbekommen, ob wir Kinder kriegen können, wenn wir es nicht versuchen?«

»Hm«, machte Julia. »Wahrscheinlich hast du recht. Im Haus wäre es weitaus zivilisierter als am Strand. Wir wollen die Möwen ja nicht erschrecken.«

Sie stapften zurück bis zur Treppe von Ebbtide,

setzten sich auf die unterste Stufe und wischten den Sand von ihren Füßen.

»Ich möchte diesen herrlichen Moment ja nicht zerstören«, sagte Booker schließlich. »Aber ich frage mich die ganze Zeit, wie du bei mir in Washington sein und gleichzeitig in Atlanta arbeiten willst.«

Julia küsste ihn auf die Nase. »Mit dem Geld vom Verkauf der Wohnung in London kann ich mir irgendwas Praktisches, Kleines in Atlanta mieten. Eine Zweitwohnung, wenn du so willst. Die übrige Zeit wohne ich in dem umwerfenden Haus, das du in Arlington gefunden hast, und reise zu Shootings, wenn ich gebraucht werde. Natürlich hängt das von mehreren Faktoren ab. Zunächst mal muss ich Annette überzeugen, dass sie mir die Chance gibt, den Beruf bei ihr zu lernen.«

»Kein Problem. Du bist ein sehr überzeugendes Mädchen, meiner Erfahrung nach.«

»Und dann«, Julia setzte sich auf Bookers Schoß, »muss ich mir überlegen, wie ich eine Hochzeit plane, bevor Dorie so dick wie ein Elefant ist und Ellis eine neue Stelle wer weiß wo antritt, und da du auch gerade neu angefangen hast: Wann kannst du dir ein paar Tage Urlaub nehmen?«

»Eine Hochzeit?«, überlegte Booker. »Wer heiratet denn?«

»Wir, wenn du mich nimmst«, flüsterte Julia. »Sag einfach nur, wann.«

»Natürlich nehme ich dich, meine Süße«, sagte Booker. »Ich muss bloß einen Blick in meinen Kalender werfen. Der ist oben. In deinem Zimmer.«

42

Am Samstagmorgen hastete Ellis hinüber zur Garagenwohnung, um Ty die Neuigkeiten zu berichten, doch der Bronco war schon fort.

Sie überlegte, ob sie ihn auf dem Handy anrufen sollte, entschied sich aber dagegen. Er konnte überall sein, und sie wollte gerne sein Gesicht sehen, wenn sie es ihm erzählte. Sie fischte den Schlüssel, den er ihr gegeben hatte, aus der Tasche ihrer Shorts und stieg die Stufen zu seinem Apartment hinauf.

Ty war offenbar spät in der Nacht nach Hause gekommen. Auf dem Tisch, den er als Schreibtisch benutzte, tummelten sich eine Plastikverpackung vom Lieferdienst, eine leere Flasche Corona-Bier und eine zerknitterte Zeitung. Eine Cornflakesschale mit Milchlache, ein Löffel und ein leeres Glas standen in der Spüle; auf der Arbeitsfläche drängten sich eine leere Orangensaftpackung und eine Zuckerschüssel mit einem Löffel darin. Eine Fliege summte träge herum, flog gegen das Gitter vor dem Fenster.

Ellis ging ins Schlafzimmer. Der Quilt und die

Bettdecke lagen zusammengeknüllt am Fußende, Tys T-Shirt und seine Shorts auf dem Boden, zusammen mit einem noch feuchten Handtuch.

Sie seufzte glücklich und begann, die kleine Wohnung aufzuräumen. Sie wusch das Geschirr ab, stellte es wieder in das Küchenbüfett und wischte über die klebrige Arbeitsfläche. Sie öffnete die Tür zur Dachterrasse und fegte, wie es ihr vorkam, einen Eimer voll Sand nach draußen und durch die Schlitze zwischen den Holzplanken. So hatte es auch ihre Mutter früher gemacht, wenn sie in den Sommern ihrer Kindheit ein Haus am Meer in Tybee gemietet hatten.

Zufrieden lächelnd zog Ellis Tys Bett ab, knüllte die Decken und die benutzte Kleidung zu einem Bündel zusammen. Sie beschloss, alles in Ebbtide zu waschen und Ty zu überraschen, wenn er von seinen Besorgungen nach Hause kam.

Als sie aus der Wohnung auf die Terrasse trat, kam ein Wagen die Auffahrt von Ebbtide heraufgeruckelt. Es war ein schnittiger dunkelgrauer Mercedes Cabrio mit einem Mann am Steuer. Eine Frau mit langem blonden Haar saß auf dem Beifahrersitz, die Augen von einem blassblauen Sonnenschutz überschirmt. Der Fahrer hielt direkt vor der Garage, so als wüsste er genau, wohin er wollte.

Waren das potentielle Mieter von Ebbtide? Ty hatte nichts davon gesagt, dass er einen Besichtigungstermin vereinbart hatte, während Ellis mit den anderen dort wohnte, aber sie nahm an, dass er das Haus so schnell wie möglich wieder vermieten wollte, wenn sie es am kommenden Samstag räumten.

Wieder hatte sie diesen stechenden Schmerz in der Brust. Das Ende des Urlaubs. Bis Samstag war es nur noch eine Woche.

Die Frau stieg aus dem Cabrio und schaute neugierig zu Ellis hinauf.

Jetzt erkannte sie sie: Es war Kendra, Tys Exfrau. Und ihr Begleiter war Ryan, oder wie Ty ihn nannte: das Arschgesicht.

»Hallo!«, rief Kendra und winkte. »Ist Ty da?«

»Nein«, sagte Ellis. »Hab ihn heute noch nicht gesehen.« Sie drehte sich um und ging zurück in die Wohnung. Was sollte sie tun? Ty anrufen?

Bevor sie sich entscheiden konnte, hörte sie Schritte auf der Holztreppe, dann ein forsches Klopfen an der Tür.

Sie öffnete, und Kendra strahlte sie fröhlich an. »Ah, du bist das!« Sie runzelte die Stirn, versuchte sich an den Namen zu erinnern. »Ellen, oder?«

»Ellis.«

»Oh, ach ja. Also, ich bin Kendra. Neulich Abend war's etwas unangenehm, oder? So auf die Ex zu treffen?«

Ellis zuckte mit den Schultern. »Ty ist nicht da«, wiederholte sie. »Ich weiß nicht, wann er zurückkommt.«

Kendra verzog ihre vollen roten Lippen zu einem Schmollmund. »Ich habe schon hundertmal angerufen und Nachrichten hinterlassen. Er ruft nie zurück. Deshalb haben wir beschlossen, heute Morgen persönlich vorbeizufahren, um zu sehen, ob wir mit ihm über Ebbtide sprechen können. Früh genug, bevor es nächsten Monat so weit ist.«

»Ich weiß nicht, was ich dazu sagen soll«, erwiderte Ellis. »Er hat ziemlich viel zu tun. Aber ich sag ihm gerne Bescheid, dass ihr hier wart.« Sie raffte die Wäsche zusammen, trat auf die Terrasse und verschloss die Tür hinter sich.

Dann hastete sie an Kendra vorbei die Treppe hinunter. Ryan war aus dem Mercedes gestiegen, ging an der Garage entlang, bückte sich, prüfte die Holzverschalung, lief in der Garage selbst herum, schaute hoch unters Dach, an dessen alten Balken alle möglichen Sachen hingen: verrostete Liegestühle, Seile und ein altes Segel.

»Kann ich dir helfen?«, rief Ellis streng. Das Arschgesicht hatte vielleicht mal Nerven, sich hier aufzuführen, als gehörte ihm das alles.

»Nein«, sagte Ryan, immun für ihren Ton. »Sag mal, hast du eine Ahnung, wie viel Quadratmeter das Apartment da oben hat?«

»Nein«, entgegnete Ellis kurz angebunden.

»Aber es hat eine Küche, ja? So eine Kochzeile wie in einer Junggesellenwohnung? Und ein Badezimmer? Mit oder ohne Badewanne und Dusche? Wir würden gerne wissen, ob man das Apartment als Renditeobjekt nutzen könnte. Ist total schwierig, ein neues Badezimmer genehmigt zu bekommen, deshalb frag ich. Wenn schon ein richtiges Badezimmer drin ist, wäre das super.«

»Schatzi, ich meine mich zu erinnern, dass das Bad nur ein Waschbecken und eine Toilette hat, die Dusche ist draußen auf der Terrasse«, rief Kendra herunter.

Ellis drehte sich um. Kendra war oben auf der Terrasse und spähte durch die Glasfenster der Tür, die Hände seitlich ans Gesicht gelegt, um nicht von der grellen Sonne geblendet zu werden. »Die Küche ist klein, aber es ist alles drin, was man braucht. Wir würden die Geräte natürlich erneuern, und das Linoleum müsste auch raus. Selbstverständlich neue Schränke und Arbeitsflächen.«

»He!«, rief Ellis. »Ich glaube nicht, dass Ty begeistert ist, wenn er hört, dass ihr in seiner Abwesenheit in seiner Wohnung herumschnüffelt.«

»Schon gut«, sagte Kendra. Sie kam die Treppe heruntergehüpft und gesellte sich zu ihrem Mann, der die Inspektion der Garage abgeschlossen hatte. Ellis fiel auf, dass der Sonnenschutz von Kendra genau denselben Blauton hatte wie ihr schnittiges ärmelloses Top und ihre Laufshorts. Und ihre blauen Laufschuhe passten natürlich ebenfalls zum Outfit, so auch das Band, das ihr langes blondes Haar zu einem Pferdeschwanz zusammenhielt.

»Sag mal, Alice«, begann Kendra.

»Ich heiße Ellis. E-L-L-I-S.«

»Gut, sorry. Hör mal, du weißt nicht zufällig, wer Ebbtide gerade mietet, oder?«

»Nein«, log Ellis.

»Hm.« Kendra sah sich nach dem Haus um. Drei nasse Badeanzüge hingen an der Wäscheleine zwischen den Verandapfeilern und flatterten im Wind.

»Ich muss wirklich unbedingt einen Blick in das Haus werfen, mein Schatz«, sagte Kendra zu ihrem Mann. »Tys Oma war lieb, aber sie hat wirklich nicht viel Wert auf die Instandhaltung gelegt, und Ty hat sich weiß Gott nie groß um so was gekümmert. Solange die Fische anbissen und die Wellen gut waren, war ihm egal, wie das Haus aussah.«

Sie schürzte die Lippen und schaute sinnend am Haus hinauf. »Klimaanlagen in den Fenstern. Und es ist mit Sicherheit nicht isoliert und hat keine Heizung. Wundert mich eigentlich nicht. Ich glaube, die Culpeppers waren nie über Winter hier.« Sie lächelte Ellis traurig an. »Tys Großeltern waren wirklich liebe, ehrliche Leute, aber es war nie viel Geld vorhanden.«

»Das Dach macht auch keinen guten Eindruck, Süße«, fügte Ryan hinzu. »Wir müssten das ganze Ding entkernen.«

Bei dem Wort »entkernen« zog sich Ellis' Magen zusammen. Am liebsten hätten sie sich den Besen zurückgeholt und diese beiden Konjunkturritter vom Grundstück gejagt. Es gehörte natürlich nicht ihr, aber sie hatte das Gefühl, dass Ty so eine Maßnahme gutheißen würde.

Bevor Ellis jedoch Kendra und dem Arschgesicht vorschlagen konnte, das Grundstück zu verlassen, wurde sie von Kendras fröhlich zwitscherndem Handy gerettet.

»Hiii«, meldete sich Kendra, und ihr Gesicht erhellte sich. »Nein, nee. Der ist nicht hier. Seine *Freundin* sagt, sie weiß nicht, wo er ist und wann er zurückkommt. Auch nichts Neues, was? Ist wahrscheinlich mit seinen nichtsnutzigen Kumpels surfen.«

Kendras Anrufer redete länger, sie lauschte aufmerksam. »Nein, wir geben nicht auf. Ich hinterlasse ihm noch eine Nachricht, und wenn das nicht klappt, gucken wir einfach später noch mal vorbei. Ich verspreche dir, Daddy, wenn wir ihm einen Scheck geben, wird er den nur zu gerne nehmen. Alles klar? Wir sehen uns zum Essen!«

Sie legte auf und ließ das Telefon in der Tasche verschwinden. »So«, sagte sie heiter. »Richtest du Ty auch bestimmt aus, dass wir hier waren?«

»Sobald ich ihn sehe«, versprach Ellis.

Kendra wandte sich an ihren Mann: »Daddy möchte, dass wir zum Mittagessen in den Club kommen. Bis dahin haben wir noch ein paar Stunden Zeit. Wir könnten in der Zwischenzeit nach Duck fahren. Bailey und Ferris liegen mir schon ewig in den Ohren, dass wir vorbeikommen und uns ansehen sollen, was sie mit ihrem Haus gemacht haben. Dann hätten wir auch eine Ausrede, um wieder zu fahren.«

Ryan nickte begeistert, und ohne ein weiteres Wort zu Ellis setzten sich die beiden in den Mercedes und brausten davon.

Ellis sah ihnen nach, die Fäuste vor Zorn geballt, den sie sich nicht recht erklären konnte. Sie stapfte zurück nach Ebbtide, stopfte die Wäsche in die Waschmaschine, stellte das Programm ein und drückte auf den Startknopf.

Am Nachmittag war das Haus verlassen. Booker hatte alle zu einem späten Mittagessen im Beach Grill eingeladen, Madison eingeschlossen, die erfolglos versucht hatte, sich zu drücken.

Als sie an dem Restauranttisch saßen und über die Dünen schauten, zwinkerte Booker Julia kaum verhohlen zu. Sie holte eine Flasche Champagner aus ihrer Strandtasche, und Booker erhob sich und klopfte mit einem Löffel an sein Wasserglas.

Die anderen Gäste im Restaurant sahen sich neugierig um, dann wandten sie sich wieder dem Baseballspiel auf dem großen Fernseher über der Theke zu.

Booker zog Julia hoch, und zum ersten Mal in ihrem Leben, soweit die Freundinnen wussten, lief Julia rot an.

»Ich habe etwas zu verkünden«, sagte Booker und legte einen Arm um Julias Taille. Er bemühte sich, ernst dreinzuschauen.

»Yippie!«, quietschten Ellis und Dorie. »Jaaa!«

»Ruhe!«, schimpfte Julia. »Habt ihr keinen Anstand?«

Die Kellnerin kam an ihren Tisch, ein Tablett mit Champagnerkelchen und einen Korb mit Crackern in der Hand. »Danke«, sagte Booker und entließ sie mit einem Nicken.

»Was ich sagen wollte«, fuhr er fort. »Wie ihr vielleicht wisst, stelle ich Julia Elizabeth Capelli, dieser Blume des Südens, seit über einem Jahrzehnt nach. Und wie ihr ebenfalls wisst, hat sich eure Freundin Julia bisher geweigert, nein, hat mein Flehen sogar verschmäht, aus ihr eine ehrenwerte Frau machen zu dürfen.«

»Buuh!«, rief Dorie.

Ellis rief: »Jetzt komm endlich zum guten Teil, ja?«

Julia verdrehte die Augen. »Jetzt seht ihr, womit ich mich die ganzen Jahre herumgeschlagen habe.«

»Sei es, wie es sei«, fuhr Booker fort und machte

eine ausholende Handbewegung. »Gestern Abend erwies mir eure Freundin und die von mir Angebetete unter dem Einfluss des Vollmonds, ganz zu schweigen von fast zwei Flaschen sehr gutem französischen Pinot Grigio, die große Ehre und erklärte sich einverstanden, mich zu einem noch näher zu bestimmenden Datum zum glücklichsten Mann der Welt zu machen. Darf ich euch allen meine Verlobte vorstellen, die zukünftige Mrs Julia Capelli-Bindestrich-Westerman!«

Mit diesen Worten griff Booker zur Champagnerflasche, entkorkte sie, nahm Julia in den Arm und drückte ihr einen dicken, schmatzenden Kuss auf den lachenden Mund, während ihm der Champagner über die Hände lief. Dorie, Ellis und Madison jubelten ausgelassen.

Das nun folgende Mittagessen war die glücklichste, verrückteste, lauteste Mahlzeit, an die sich Ellis erinnern konnte.

Nach langem Flehen und Betteln hatte Julia endlich zugestimmt, dass die Hochzeit im Herbst stattfinden würde. »Bevor du zu dick wirst«, sagte sie zu Dorie und drehte sich zu Booker um, »und bevor er Zeit hat, seine Meinung zu ändern und sich ein anderes Mädchen zu suchen.«

Doch Booker hatte noch eine Überraschung parat. Als die Vorspeise serviert wurde, starrte Julia auf ihren Teller mit Calamari und zog mit der Gabel einen

Ring aus der Vinaigrette. Er war aus Platin, und eine Reihe kleiner Diamantsplitter umgab einen riesigen funkelnden Diamanten.

»Booker!«, stieß Julia aus. »Was soll das denn?«

Booker nahm den Ring von den Zinken der Gabel und schob ihn mitsamt dem Dressing auf Julias linken Ringfinger. Er küsste den Ring, dann Julias ausgestreckte Hand und schließlich ihre Lippen.

Als Julia sich von dem Schock erholt hatte, hielt sie die Hand hoch, drehte sie im Licht und bewunderte das Glitzern der Sonne auf den Diamanten. »Wunderschön«, erklärte sie. »Wenn ich ihn selbst entworfen hätte, hätte er nicht schöner sein können. Er sieht fast genauso aus wie der Verlobungsring meiner Großmutter. Woher wusstest du das? Wie hast du das bloß hinbekommen?«

Anstatt ihr zu antworten, griff Booker zur Kamera, die er über die Rückenlehne seines Stuhls gehängt hatte, und begann, Fotos von der Gruppe rund um den Tisch zu machen.

»Das *ist* der Ring deiner Großmutter«, sagte er.

»Aber …«, stotterte Julia. »Mama hat ihn meinem Bruder Joe vererbt.«

»Und deine Schwägerin fand ihn total altmodisch«, erklärte Booker und gab Julia noch einen Kuss auf die Wange. »Ich hatte Joe gemailt, ob es ein Familienschmuckstück gebe, von dem er gewillt wäre, sich zu trennen – für den unwahrscheinlichen Fall, dass du dich jemals einverstanden erklären würdest, zu heiraten. Er war nur zu glücklich, mir diesen Ring abzutreten.«

»Du!«, quietschte Julia. Sie stand auf, drückte ihren Verlobten in den Stuhl, setzte sich auf seinen Schoß und küsste ihn.

»Nehmt euch ein Zimmer!«, rief Dorie.

Als die Gruppe das Restaurant verließ, nahm Booker Ellis beiseite.

»Es gibt super Neuigkeiten«, sagte er. »Als wir in Ebbtide losfuhren, bekam ich eine SMS von Simon. Die Produzenten sind begeistert von den Aufnahmen vom Haus. Simon fliegt mit ihnen direkt Montagmorgen rüber, um die übrigen Locations zu suchen. Hast du es Ty schon erzählt?«

»Wahnsinn!«, rief Ellis. Sie musste sich zusammenreißen, um nicht in Jubel auszubrechen. »Ich hab noch nicht mit Ty geredet, er ist schon den ganzen Tag unterwegs. Aber ich ruf ihn sofort an und sag ihm, dass du mit ihm sprechen musst.«

»Gut, weil Simon nämlich gesagt hat, der ganze Produktionsplan wäre gestrafft worden. Eigentlich ist es *top secret*, aber eine der weiblichen Hauptfiguren hat gerade bekanntgegeben, dass sie schwanger ist.«

»Welche wohl?«, überlegte Ellis und beobachtete,

wie Dorie auf den Fahrersitz des roten Van kletterte. »Ähm, Booker, hast du eine Ahnung, wie viel die Leute vom Film für die Nutzung des Hauses zahlen?«

»Nee«, sagte er. »Das wird Ty selbst aushandeln müssen.«

Es war kurz vor sechs, als Ellis sah, wie der Bronco in die Garage fuhr. Kurz darauf piepte ihr Handy – eine SMS.

Cocktail auf meiner Veranda? Mr Culpepper.

Ellis grinste und schrieb zurück: *Bin sofort da.*

Sie zog eine weiße Shorts und ein limettengrünes Oberteil mit Wasserfallausschnitt an, das ihre Bräune golden schimmern ließ. Nachdem sie Lipgloss und ein bisschen Parfüm aufgetragen hatte, ging sie hinüber zur Garagenwohnung.

Ty trat gerade aus der Dusche, ein Strandtuch um die Hüfte geschlungen, als Ellis oben auf der Treppe ankam.

»Oh«, sagte sie und wurde rot. »Ähm, ich bin wohl zu früh.«

Er lachte über ihr Schamgefühl und zog sie an sich. Er war noch nass vom Duschen, aber das war Ellis völlig egal.

»Im Kühlschrank ist Bier und eine Flasche Weißwein«, sagte er. »Ich habe, glaub ich, auch ein paar

Chips mit scharfer Soße, falls du Hunger hast. Ich zieh mich nur an, dann bin ich bei dir.«

Ellis holte die Chips mit der Soße, schenkte sich ein Glas Wein ein und nahm es mit nach draußen auf die Terrasse. Sie stellte sich ans Geländer und schaute auf den Strand, der jetzt fast verlassen war.

Plötzlich war Ty hinter ihr, schlang die Arme um ihre Taille und küsste sie in den Nacken. »Du riechst gut«, stellte er fest und sog ihren Duft ein. »Ist das für mich?«

»Ist alles für dich«, sagte sie und drehte sich um, um seinen Kuss zu erwidern.

Sie machten es sich auf den Teakliegestühlen gemütlich, die ehemalige Gäste von Ty zurückgelassen hatten, und Ellis erzählte von Julias Verlobung.

Danach fragte Ty: »Ich weiß, dass du Schwertfisch nicht magst, aber was hältst du von Zackenbarsch? Heute Morgen rief mich ein Kumpel an und fragte mich, ob ich auf seinem Charterboot mitfahren will. Da bin ich den ganzen Tag gewesen. Wir haben jede Menge Zackenbarsch und Red Snapper gefangen.«

»Ich liebe Zackenbarsch«, sagte Ellis. »Wollen wir zusammen essen?«

»Ich dachte, ich versuche mal, dich mit meinen kulinarischen Fertigkeiten zu beeindrucken – aber nur wenn du den Salat machst.«

»Kein Problem«, lacht Ellis und folgte ihm in die Küche. »Aber zuerst habe ich noch Neuigkeiten.«

43

»Mit dem Film könntest du Ebbtide retten«, schloss Ellis, nachdem sie Ty alles erklärt hatte. »Ein großer Hollywood-Film! Wenn die in deinem Haus drehen, zahlen sie wahrscheinlich genug Miete, um dir aus der Patsche zu helfen.«

Ty schaute aus dem Küchenfenster auf das große Haus. »Aber Ebbtide ist abbruchreif. Hast du selbst gesagt. Wer will da schon einen Film drehen?«

»Offenbar gefällt denen, was sie gesehen haben«, beharrte Ellis. »Schon auf den einfachen Fotos, die Julia mit ihrem Handy gemacht hat, und die professionellen Aufnahmen, die Booker in den letzten zwei Tagen gemacht hat, haben sie erst recht überzeugt. Vielleicht geht's ja in dem Film um ein altes Haus. Solche Streifen werden doch ständig gedreht, und manchmal ist es vielleicht billiger, die Kulissen nicht selbst zu bauen.«

»Kann schon sein.« Ty legte die in Mehl gewälzten Zackenbarschstücke in die gusseiserne Pfanne, in der das Öl zischte. »Ich gehe nie ins Kino. Der letzte

Film, den ich gesehen habe, war wahrscheinlich *Stirb langsam 2.*«

Ellis strich Butter auf die Hamburgerbrötchen und legte sie zum Rösten in den kleinen Ofen. »Also, ich guck mir oft Frauenfilme an, und ich kann dir sagen, dass ich total gerne Filme mag, in denen die Häuser genauso wichtig für die Handlung sind wie die Figuren. Außerdem«, fügte sie hinzu, »wenn man hört, welche Schauspielerinnen angeblich schon für den Film unterschrieben haben, scheint der Film ein riesiges Budget zu haben.«

Mit einer langen Gabel drehte Ty die Fischstücke um. »Willst du dazu meine spezielle Geheimsoße probieren?«

»Woraus besteht denn deine spezielle Geheimsoße?«

»Wenn ich dir das verrate, ist es ja keine Geheimsoße mehr, oder?«

»Und wenn ich schwöre, es keinem weiterzuerzählen?«, gab Ellis zurück. »Mit großem Indianerehrenwort?«

»Ich hab eine bessere Idee«, sagte Ty, schlang die Arme um Ellis' Taille und küsste sie.

»Und das Geheimnis?«, fragte sie, als sie sich wieder von ihm löste.

»Chilisoße, Zitronensaft, Meerrettich und Majo von Duke«, sagte Ty.

Er legte die Fischstücke zum Entfetten auf eine

braune Lebensmitteltüte und mischte geschickt die Zutaten für die Soße. Dann räumten sie den kleinen Tisch frei, um Platz für die Teller zu haben.

»Hm.« Ellis biss in ihr Sandwich. »Ich bin echt beeindruckt. Das ist möglicherweise das beste Zackenbarschsandwich, das ich je gegessen habe. Und da ich aus Savannah komme, will das was heißen.«

Ty häufte Salat auf seine Gabel und hielt sie hoch. »Der Salat ist auch nicht von schlechten Eltern. Wie hast du das Dressing gemacht? Ist ohne Mayonnaise, das finde ich gut.«

»Das Rezept ist von meiner Mutter, mein Vater hat es ihr gezeigt«, gestand Ellis. »Das nächste Mal zeig ich dir, wie man das Dressing macht.«

»Wir sind ein gutes Team«, sagte Ty und stützte die Ellenbogen auf den Tisch. Er sah sich um. »Heute ist hier anscheinend jemand eingebrochen und hat alles sauber gemacht. Sogar meine Wäsche. Hast du schon mal gehört, dass ein Einbrecher so was tut?«

»Das war ich«, gab Ellis zu. »Weiß auch nicht, was über mich gekommen ist. Ich war so aufgeregt wegen des Films, dass ich heute Morgen zu dir rübergelaufen bin, um es dir zu erzählen. Ich hab mich selbst reingelassen und wurde dann irgendwie mitgerissen.« Sie grinste ihn entschuldigend an. »Tut mir leid, soll nicht wieder vorkommen.«

»Warum nicht? Ich meine, wer bin ich, gegen deine hausfraulichen Bedürfnisse anzukämpfen?«

»Ach Mist!«, rief Ellis und legte die Gabel beiseite. »Das habe ich ja völlig vergessen! Du hattest Besuch, während ich hier war und aufgeräumt habe. Heute ist so viel passiert, Julias und Bookers Verlobung und die Sache mit dem Film, dass ich das total vergessen habe.«

»Wer war denn hier?«, fragte Ty, den Mund sardonisch verzogen. »Jemand, der Geld wollte?«

»Deine Ex«, sagte Ellis. »Mit Ehemann.«

»Ich hoffe, du hast sie mit der Mistgabel vertrieben«, sagte Ty. »Was wollten die denn?«

»Sich deine Wohnung und das Haus genauer ansehen«, erklärte Ellis. »Sie wollten tatsächlich, dass ich sie reinlasse, damit sie sehen konnten, ob diese Wohnung ein gutes Renditeobjekt wäre.«

»Typisch Kendra«, sagte Ty verbittert. »Wenn sie sich was in den Kopf gesetzt hat, lässt sie nicht nach, bis sie ihren Willen hat.«

»Sie meinte, sie hätte dich mehrmals angerufen und Nachrichten hinterlassen, aber du würdest dich nicht bei ihr melden.«

»Hm«, machte Ty. »Hab ich wahrscheinlich vergessen.«

»Es war unfassbar, wie aufdringlich die beiden waren«, sagte Ellis. »Kendra war hier oben und glotzte durch die Fenster, spähte in die Küche, während er unten in der Garage war, und zwar mit einem Zollstock! Und dann hatte sie auch noch die Unverfrorenheit, mich zu fragen, ob die Mieter von Ebbtide ihnen wohl mal einen Blick ins Haus gestatten würden.«

»Unglaublich«, sagte Ty und schüttelte empört den Kopf. »Was hast du ihr geantwortet?«

»Dass ich keine Ahnung hätte, wer da wohnt«, sagte Ellis.

»Gut«, sagte Ty mit Nachdruck. Er stand auf und begann, die Teller abzuräumen. »Können wir jetzt vielleicht über etwas anderes sprechen? Egal was.«

Unmerklich hatte sich die Stimmung im Raum verändert. Zuvor hatten sie herumgealbert, geflirtet, gelacht, sich miteinander wohl gefühlt. Jetzt, spürte Ellis, war Ty launisch und zurückgezogen. Es tat ihr leid, Kendra erwähnt zu haben. Diesen Fehler würde sie nicht noch einmal machen.

Sie half Ty, die Teller abzuwaschen, und während er sie abtrocknete und verstaute, holte Ellis den Besen und fegte den Küchenboden, um ihre nervöse Energie irgendwie loszuwerden.

»Das musst du nicht machen«, sagte Ty und nahm ihr den Besen aus den Händen. Er sah sich nach Ablenkung um. »Fernsehen geht leider nicht.«

»Vielleicht solltest du mal die Kabelgesellschaft anrufen«, schlug Ellis vor.

»Und die anlügen, ich würde bestimmt nächsten Monat zahlen?«

»Sorry.« Wieder war Ellis ins Fettnäpfchen getreten, indem sie Ty an seine finanzielle Situation erinnert hatte.

»Nein, mir tut's leid«, sagte Ty und nahm ihre Hand in seine. »Ist ja alles nicht deine Schuld. Es ist nur … Manchmal denke ich, ich kann mich von selbst aus dem Loch befreien, in dem ich sitze, und im nächsten Moment klopfen Kendra und das Arschgesicht an die Tür und wollen mir das Haus unterm Hintern wegkaufen.«

»Das verstehe ich«, sagte Ellis leise. Und das meinte sie ehrlich. »Hör zu. Es war ein schöner Abend. Das Essen war super. Aber ich glaube, heute lasse ich dich lieber allein.«

»Nein«, widersprach Ty. »Bleib hier! Es ist doch noch früh. Ich dachte, wir könnten am Strand spazieren gehen …«

»Ein andermal«, versprach Ellis. »Ich will zurück ins Haus und nachsehen, ob alles sauber ist. Denk dran, morgen kommen die Leute vom Film.«

»Nie im Leben werden die Ebbtide nehmen«, sagte Ty. »Das ist ein hässlicher, maroder alter Kasten. Sieh dich doch um! Heutzutage gibt es Häuser wie Ebbtide im Dutzend billiger.«

»Nein, die werden begeistert sein«, beharrte Ellis. »Rede bitte nicht so, Ty. Ich weiß, dass es entmutigend ist, aber ich bin wirklich überzeugt, dass es klappen und dass es für dich der Durchbruch sein kann, auf den du die ganze Zeit gewartet hast.«

»Durchbruch?« Ty schaute zweifelnd. »Menschen wie ich haben keinen Durchbruch. Ich muss mir einfach etwas anderes überlegen. Mein Vater hat angeboten, mir Geld zu leihen, aber das will ich nicht, er hat selber nicht viel.« Er wies auf den Computer, über den Ellis während des Essens zum Spaß ein Küchenhandtuch gebreitet hatte. »Es gibt da eine bestimmte Aktie, die ich beobachte. Ich habe die Berichte über diese Firma gelesen und glaube, dass sie enorm unterbewertet ist. Die Firma arbeitet an einer neuen Software, und wenn sie die zum Patent anmeldet, bevor es jemand anders tut, dann könnte *das* der Durchbruch sein, den ich brauche.«

»Na dann.« Ellis fühlte sich entlassen, sprachlich wie emotional. »Danke für das Essen, Ty. Ich werde Booker deine Handynummer geben, dann kann er sie an Simon weiterreichen, und du kannst mit ihm direkt sprechen. Dann ist es nicht nötig, dass ich zwischen euch vermittle.«

»Was ist? Bist du jetzt sauer auf mich? Streiten wir uns gerade?«

»Nein«, sagte Ellis und versuchte, ihre Stimme unbeschwerter klingen zu lassen, als ihr zumute war. »Ich bin nur einfach nicht deiner Meinung. Das ist kein Streit. Wir reden morgen.«

Als sie die Stufen zur Veranda von Ebbtide hinaufging, bekam sie eine SMS. Die Nachricht war von Ty.

Ich bin so doof, so doof, so doof.

»Da hast du sicherlich recht«, murmelte Ellis vor sich hin. Sie schob das Handy zurück in ihre Tasche und ging in das inzwischen dunkle Haus.

Madison lag auf dem Sofa im Wohnzimmer und las einen alten Krimi.

»Wo sind die anderen?«, fragte Ellis.

»Dorie ist mit ihrem neuen Freund zum Essen verabredet, und Julia und Booker wollten ins Kino gehen, glaub ich«, sagte Madison.

Ellis ließ sich in einen Sessel gegenüber dem Sofa fallen und schwang die Beine über die Armlehnen. »Was liest du da?«, fragte sie und kniff die Augen zusammen, um das altmodisch reißerische Titelbild erkennen zu können.

»John D. McDonald, ›Mord in Türkis‹«, erwiderte Madison. »Hier ist ein ganzes Regal voll davon. Mein Großvater las früher immer John D. McDonald und redete von Travis McGee, als wäre er ein echter Mensch.«

»Noch nie davon gehört«, sagte Ellis. Sie stand auf und schlenderte ziellos durchs Zimmer, blätterte in Büchern und stellte sie wieder weg, nahm Zeitschriften in die Hand, nur um sie wieder beiseitezulegen.

Ihr Handy kündigte wieder eine SMS an; Ellis schaute aufs Display.

Komm bitte zurück!

Sie schnaubte verächtlich und löschte die SMS mit

einem Tastendruck. »Männer sind Idioten, weißt du das?«

Madison sah von ihrem Buch auf. »Wer, ich? Redest du mit mir?«

»Ja, klar«, sagte Ellis.

Madison legte das Buch aufgeklappt auf ihre Brust und seufzte. »Männerprobleme, ja?«

»Es geht um Ty«, kam es aus Ellis heraus. »Er will sich einfach nicht helfen lassen. Ich habe ihm von Bookers Freund erzählt, dem Filmscout, und egal was ich sage, für ihn scheint das nur eine hirnrissige Spinnerei zu sein. Außerdem macht er sich in die Hose, weil ich ihm erzählt habe, dass seine Exfrau heute mit ihrem neuen Mann vorbeigekommen ist, während er unterwegs war. Sie wollte sich das Haus ansehen, um es vor der Zwangsversteigerung zu kaufen. Als ob das alles meine Schuld wäre.«

»Du hast es ja selbst gesagt«, erwiderte Madison. »Männer sind Idioten. Und mir kannst du glauben, auf dem Feld bin ich Fachfrau. Das Problem ist, es gibt nicht viele Alternativen. Man muss sich einfach entscheiden, ob man sich mit einem Geschlecht abgeben will, das von Grund auf unzureichend ist.«

»Ich bin jahrelang ohne Männer ausgekommen. Ein Jahrzehnt, genau gesagt«, meinte Ellis düster und ließ sich wieder in den Sessel fallen. »Ich dachte, ich hätte nun endlich einen Typen gefunden, der anders ist, klug und lustig …«

»Und supersexy«, fügte Madison vielsagend hinzu. »Das trifft alles auf Ty Bazemore zu.«

»Aber er hat einen riesengroßen Komplex«, ergänzte Ellis. »So was brauche ich nicht.«

»Natürlich nicht«, sagte Madison. »Du kannst einfach zurück nach Philly gehen, dein altes Leben weiterleben und ihn mit seiner Zwangsversteigerung hier in Nag's Head zurücklassen. Soll er doch allein sehen, wie er sein Haus rettet.«

»Genau das werde ich auch tun«, sagte Ellis.

»Schön für dich.« Madison griff wieder zum Buch.

»Hast du was von Adam gehört?«, fragte Ellis, entschlossen, ihre eigenen Probleme zu vergessen.

»Nicht ein Wort«, sagte Madison. »Er hat immer noch nicht zurückgerufen. So langsam bekomme ich wirklich ein schlechtes Gefühl.«

Wieder klingelte Ellis' Handy. Madison hob eine Augenbraue, blieb aber ansonsten reglos.

Ellis stand auf und ging in die Küche. Im Fenster der Wohnung über der Garage sah sie ein gelbes Licht brennen.

Du fehlst mir, stand in der SMS.

Sie schaute hoch und konnte Ty sehen, er stand im Fenster und schaute direkt zu Ellis hinüber, die sich als Silhouette vor dem schwachen Küchenlicht abhob. Wieder klingelte das Handy.

Liebe Ellis Sullivan. Ich kann nicht ohne dich. Bitte gib mir noch eine Chance! Mr Culpepper.

»Madison«, rief sie und ging zur Küchentür. »Ich bin noch mal weg.«

»Sag Ty, er soll es diesmal nicht vergeigen«, rief Madison ihr nach.

In der Morgendämmerung saßen sie in den Liegestühlen, tranken Kaffee aus der zerdellten Aluminiumkanne von Tys Großmutter und genossen den Sonnenaufgang. Zwei einsame Fischer standen in knöcheltiefem Wasser beim Brandungsangeln, sonst war der Strand verlassen.

»Ein schöner Morgen«, sagte Ellis gähnend. Sie war vollkommen in Frieden mit sich und der Welt.

»Die Nacht war noch schöner«, sagte Ty und stellte seine Kaffeetasse ab.

»Hm«, machte Ellis.

»Weißt du, was wirklich richtig schön wäre?«, sagte Ty und half Ellis aufstehen.

»Du willst noch mal?« Ellis zog den blauen Frottierbademantel enger um sich.

»Oh, na ja, vielleicht später. Im Moment dachte ich, dass ich wirklich mal dringend duschen müsste«, sagte Ty. »Und wenn ich jemanden hätte, der mir dabei Gesellschaft leistet …« Fast hatte er den Gürtel des Bademantels gelöst. Er hatte wirklich flinke Finger, fand Ellis.

»Ich weiß nicht«, erwiderte sie zögernd. »Die Angler da draußen …« Sie wies mit dem Kinn auf die beiden Fischer.

»Die haben gerade zwei Blaufische reingezogen, während wir hier draußen sitzen«, erklärte Ty. »Die Jungs sind jenseits von Gut und Böse. Die kriegen nichts mehr mit.«

Er versuchte, Ellis in Richtung der Holzabtrennung zu bugsieren und zog sich dabei das T-Shirt über den Kopf. Er drehte den Wasserhahn an, öffnete die Tür und stieg aus seinen Boxershorts. »Komm«, sagte er grinsend und zog noch mal an Ellis' Gürtel. »Es wird dir gefallen.«

»Ach, was soll's«, sagte sie. Sie ließ den Bademantel von ihren Schultern gleiten und trat in die Dusche.

Warmes Wasser lief ihr über den Körper. Ty nahm etwas Shampoo, rieb es in Ellis' Haar und massierte ihre Kopfhaut gekonnt mit seinen langen, schlanken Fingern. Ellis nahm die Flasche und revanchierte sich, indem sie Ty mit den Fingern durch das schwere, sonnengebleichte Haar fuhr.

Sie standen unter der Dusche, blinzelnd und kichernd. Ty nahm noch mehr Shampoo und schäumte es zu einer dichten weißen Wolke auf, liebkoste ihre Brüste, seifte ihren Bauch ein, malte einen Strich in den Schaum, tiefer und tiefer, bis er schließlich mit den Fingern in sie eindrang.

Sie pressten sich aneinander, und Ellis verlor alle

Hemmungen, vergaß ihre Scham, vergaß alle Regeln. »Splitter«, flüsterte sie irgendwann, als ihr eingeseifter Po über die groben Zedernholzplanken rieb, doch schon bald war sie in Gedanken wieder woanders.

Das Wasser wurde bereits merklich kälter, als Ellis Schritte auf der Holztreppe hörte.

»Ty!«, flüsterte sie.

»Hm?« Er stand hinter ihr, schäumte ihren Rücken ein.

»Da ist jemand.«

»Hm?« Ty drehte sie um und küsste ihren Hals.

»Hallo!«

Ellis erstarrte. Sie kannte diese Stimme.

»Scheiße«, flüsterte Ty. Er kannte sie auch. Nur zu gut.

»Verdammt«, stieß Ellis aus. »Versteck mich irgendwo!«

»Warum?«, flüsterte er zurück. »Was kümmert es dich?«

»Ty?«

Die Stimme kam näher. Die beiden wussten, dass Kendra jetzt auf der obersten Treppenstufe war.

»Tu irgendwas!«, flehte Ellis. »Ich sterbe vor Scham, wenn sie mich so sieht.«

»Bleib hier«, flüsterte Ty. »Ich seh zu, dass sie abhaut, dann bin ich sofort wieder da.«

Ellis schaute zu Boden und erkannte, dass Kendra vier Beine hinter der hölzernen Duschabtrennung sehen würde, wenn sie noch etwas näher kam. Ellis setzte sich auf die kleine Holzbank, die an einer der Wände befestigt war, und zog die Knie an.

Ty stellte das Wasser ab, schnappte sich seine Boxershorts und zog sie an. Dann schlang er den Bademantel um sich, trat nach draußen und drückte die Tür fest hinter sich zu.

»Kendra!«, hörte Ellis ihn sagen. »Was willst du hier, verdammt nochmal?«

Ellis schaute an sich herab, sie hatte Gänsehaut am ganzen Körper. »Beeil dich«, dachte sie, »beeil dich!«

44

»Tyyy!«, rief Kendra mit ihrer schrillen Stimme. »Hab ich einen schlechten Zeitpunkt erwischt?«

»Du erwischt mich immer zu einem schlechten Zeitpunkt«, fuhr Ty sie an. »Es ist noch nicht mal sieben Uhr. Was willst du hier, verdammt nochmal?«

»Wenn du mich zurückrufen würdest, wüsstest du, was ich will«, sagte Kendra, völlig unbeeindruckt von Tys Grobheit. »Ryan und ich möchten mit dir über Ebbtide sprechen.«

»Redet mit der Bank, nicht mit mir«, gab Ty zurück. »Ich habe das Ganze nicht mehr in der Hand, wie du sehr gut weißt.«

»Wir könnten uns gegenseitig helfen«, sagte Kendra mit zuckersüßer Stimme. »Du willst deine Schulden loswerden, und Ryan und ich sind auf der Suche nach einem Haus am Meer. Ein Haus mit Vergangenheit und Charakter, genau wie Ebbtide. Aber wir würden uns gerne einmal umsehen, bevor wir ein Angebot abgeben. Ich vermute, es muss entsetzlich viel dran getan werden, und wir würden gerne einen Überblick haben, bevor wir uns entscheiden.«

»Das läuft nicht«, sagte Ty ausdruckslos. »Hau ab.«

»Du brauchst mir gar nicht so zu kommen«, entgegnete Kendra. »Ich bin hier nicht die Böse, ja?«

Ellis drückte die Knie an die Brust. Die Sonne war noch nicht aufgegangen, die Morgenluft eisig. So eisig wie Tys Stimme.

»Aber sicher bist du das«, sagte er. »Du und dein Arschloch von Mann, ihr seid zwei Geier, die über meinem Haus kreisen, um es mir aus den Händen zu reißen. Und wenn du glaubst, dass ich dir auch noch dabei helfe, bist du dümmer, als ich gedacht habe.«

»Ich bin dumm? Ich bin doch nicht diejenige, die das Jurastudium geschmissen und auf eine vielversprechende Karriere als Anwalt gepfiffen hat. Ich bin nicht diejenige, die von der Ehe nichts mehr wissen wollte, kaum dass es mal ein kleines Problem gab, weil mein zerbrechliches kleines Ego nicht mit der Wirklichkeit zurechtkam. Und ich bin auch sicher nicht diejenige, die ihr Haus und alles andere dazu verliert, weil ich mich weigere, den Tatsachen ins Auge zu sehen und ein Geschäft mit jemandem einzugehen, der mir den Hintern retten könnte.«

»Du hast eine interessante Auffassung der Vergangenheit, Kendra«, sagte Ty. »Ich frage mich, ob das Arschgesicht weiß, dass er für dich nur ›ein kleines Problem‹ ist.«

»Hör auf, ihn so zu nennen«, fuhr Kendra ihn an.

»Hör auf, hier aufzutauchen, uneingeladen und unangekündigt. Hör auf, mich anzurufen und mir Nachrichten zu hinterlassen«, sagte Ty. »Und jetzt verschwinde von meinem Grundstück, sonst rufe ich die Polizei.«

»Ich gehe«, sagte Kendra, und Ellis hörte ihre Schritte auf dem Holzboden. Sie stieß einen Seufzer der Erleichterung aus.

»Aber mich rauszuwerfen ändert überhaupt nichts«, rief Kendra noch. »Ryan und ich werden trotzdem am fünfzehnten auf der Treppe des Gerichts von Dare County stehen und für das Haus bieten. Davon kannst du uns leider nicht abhalten. Wir werden Ebbtide kaufen, Ty, und wenn es so weit ist, werden wir als Erstes dafür sorgen, dass dein weißer Arsch auf der Straße landet.«

»Verpiss dich!«, rief Ty. »Sofort!«

Rasch entfernten sich die Schritte. Ty sah wohl ebenso bedrohlich aus wie er klang. Ellis hörte einen Motor anspringen, dann das enorm befriedigende Geräusch von Kendras Reifen, die im Muschelsplitt der Auffahrt durchdrehten.

Ty schmunzelte. Er ging hinüber zur Duschabtrennung und steckte den Kopf hinein.

Ellis hatte sich auf der Bank zu einer Kugel zusammengerollt. Mit blauen Lippen lächelte sie zu Ty auf. »Könnte ich bitte ein H-h-handtuch haben?«

45

Ellis hörte das Brummen des Staubsaugers, kaum dass sie die Haustür öffnete. Dorie bearbeitete damit den abgetretenen Teppich im Wohnzimmer. Ellis winkte ihr zu und ging in die Küche, wo Madison den Boden bohnerte. Oben huschte Julia zwischen den Schlafzimmern umher, die Arme voll neuer Bettwäsche, Kopfkissen, Quilts und Überwürfen.

»Was ist hier los?«, fragte Ellis, als Julia aus ihrem eigenen Zimmer kam. »Was soll das ganze Zeug?«

Julia schob sich eine Strähne hinters Ohr. »Wir hübschen das Haus auf für seinen großen Moment. Und damit«, sagte sie und wies mit dem Kinn auf den Stapel Wäsche in ihren Armen, »mache ich die Schlafzimmer weiblicher. Booker und ich waren gestern Abend noch ein bisschen bei *HomeGoods* shoppen. Beziehungsweise ein bisschen mehr.«

»Aber wer soll das alles zahlen?«, fragte Ellis. »Ty ist pleite.«

»Keine Sorge«, versicherte Julia ihr. »Die Preisschilder sind noch überall dran. Sobald die Leute weg sind, schicke ich die Sachen zurück und lasse mir das Geld wiedergeben.«

»Das kann man machen? Ist das erlaubt?«

»Ist ja nicht so, als hätte jemand darin geschlafen, Ellis«, sagte Julia und verdrehte die Augen.

»Wo ist Booker?«, wollte Ellis wissen.

»Wenn du bei Ty warst, bist du wahrscheinlich direkt an ihm vorbeigegangen«, sagte Julia und huschte ins Badezimmer. Sie faltete einen Stapel flauschiger weißer Handtücher und platzierte ihn dekorativ. »Er ist draußen in der Garage und versucht, den Rasenmäher zum Laufen zu bekommen. Ich kann den Anblick gar nicht erwarten: Booker mit Rasenmäher.«

»Und das macht ihr alles für die Leute vom Film?«, fragte Ellis. »Ich hätte nur dafür gesorgt, dass alle Betten gemacht sind, Julia. Dieser Aufwand sprengt doch absolut den Rahmen!«

»Das ist schon in Ordnung«, sagte Julia. Sie holte ein Apothekerglas aus einer Einkaufstüte und füllte es mit sonnengebleichten Muscheln aus einer anderen Tüte, dann stellte sie das Glas auf die Toilettenspülung, trat einen Schritt zurück und betrachtete das Ergebnis.

»Was meinst du?«, fragte sie. »Zu übertrieben?«

»Nein, sehr schön«, sagte Ellis. »Aber ist das denn alles nötig?«

Julia zuckte mit den Schultern. »Schadet ja nicht, oder? Außerdem macht es irgendwie Spaß. Das ist so, als würde man sich auf eine riesige, wichtige Party vorbereiten. Im Übrigen ist das ja nicht völlig selbstlos. Wenn Simons Leute den Film hier wirklich drehen, bekommt Booker eine hübsche Provision für die Vermittlung. Und ich kann vielleicht einen Job bei der Innenrequisite ergattern. Wäre das nicht super?«

»Wenn, falls und vielleicht«, sagte Ellis besorgt. »Das ist mir alles zu unsicher.«

»Das Haus wird umwerfend aussehen«, versicherte Julia und steuerte auf Ellis' Zimmer zu. Als Ellis die Tür öffnete, hätte sie den Raum fast nicht wiedererkannt, in dem sie nun fast einen Monat lang gewohnt hatte. Die vergilbten durchsichtigen Gardinen vor den Fenstern waren durch schlichte weiße Baumwollvorhänge mit Bömmelchen am Rand ersetzt worden, die an den Seiten mit einer Kordel zurückgehalten wurden. Die verschlissene Tagesdecke aus Chenille war ebenfalls verschwunden, an ihrer Stelle lag ein Quilt in weichen, blau-grünen Farbtönen. Drei dicke Kopfkissen thronten am oberen Ende des Bettes. Die kitschigen Drucke von verschwommenen Leuchttürmen und Enten waren großen, stimmungsvollen Schwarzweißfotos von Ebbtide, den Dünen und dem Strand direkt hinter dem Haus gewichen.

»Booker?«, fragte Ellis und strich über einen Rahmen.

»Ja. Wir haben einige seiner Fotos ausdrucken lassen und sie in Billigrahmen gesteckt«, erklärte Julia. »Sind gut geworden, oder?«

»Die sind wunderschön«, stimmte Ellis zu. »Meinst du, er würde mir Abzüge davon verkaufen? Die wären eine tolle Erinnerung an Nag's Head und Ebbtide.«

Julia sah sie fragend an. »Brauchst du eine Erinnerung?«

»Ist noch zu früh, um das zu sagen«, erwiderte Ellis. »So, sag mir, was ich tun soll!«

»Da gibt es was. Booker meint, das wahnsinnige Licht hier wird die Produzenten wohl am ehesten vom Haus überzeugen, und natürlich die Lage. Deshalb müssen wir alle Fenster putzen, was scheinbar seit Reagans Regierungszeit nicht mehr passiert ist.«

»Ich kümmere mich um die Fenster von innen, aber ich muss Ty Bescheid sagen, damit er die Arbeit von außen auf der Leiter erledigt«, sagte Ellis.

Sie ging hinunter in die Küche und füllte einen Eimer mit Wasser und Salmiakgeist, dann fand sie einen Stapel alter Zeitungen zum Fensterputzen. Während sie Ty eine SMS schrieb, kam Dorie in die Küche und setzte sich mit dem Handy in der Hand an den Tisch, im Gesicht einen perplexen Ausdruck.

»Stimmt was nicht?«, fragte Ellis, und ihr Herz begann zu rasen. »Mit dem Baby ist doch alles in Ordnung, oder?«

»Hm? Ja, doch. Dem Baby geht's gut. Ich bin einfach nur … verstört, schätze ich. Stephen hat gerade angerufen.«

Ellis setzte sich Dorie gegenüber auf einen Stuhl. »Und? Was wollte er?«

Dorie legte beide Hände auf ihr Bäuchlein. »Er sagte, er wollte nur mal hören, wie es mir geht. Er hat sich nach dem Baby erkundigt, wollte wissen, ob man schon was sehen kann, ob es sich bewegt und so weiter.«

»Das ist doch irgendwie süß«, sagte Ellis und wartete auf die Hiobsbotschaft.

»Er hat sich einen Scheidungsanwalt genommen«, erklärte Dorie mit zitternder Unterlippe. »Und … er will mir meinen Anteil am Haus abkaufen.«

»Wirklich? Das ist doch gut, oder? Hattest du das nicht gehofft?«

Dories Augen füllten sich mit Tränen. »Eigentlich schon. Es geht nur so schnell, weißt du? Ich dachte, ich würde diejenige sein müssen, die die Sache ins Rollen bringt, weil Stephen immer alles verschleppt, aber plötzlich hat er es total eilig, die Papiere zu unterschreiben und mich loszuwerden.«

»Du warst diejenige, die auf der Scheidung bestanden hat, Dorie«, erinnerte Ellis sie. »Und noch gestern hast du mir gesagt, dass es Zeit ist, dein eigenes Leben zu beginnen. Du gehst sogar mit einem anderen Mann aus. Quasi.«

»Connor und ich gehen nicht richtig miteinander«, widersprach Dorie. »Ich hab gestern Abend nicht mal zugelassen, dass er mein Essen übernimmt. Ich habe selbst bezahlt.«

»Hast du ihn geküsst?«

Dorie errötete.

»Vielleicht will Stephen auch mit seinem eigenen Leben beginnen«, meinte Ellis.

»Na klar, der bekommt sein Leben perfekt und sauber vorgesetzt«, sagte Dorie. Sie schaute Ellis ins Gesicht. »Er will die Schule verlassen. Ihm wurde eine Stelle am Savannah College of Art and Design angeboten, und zwar in der Berufsberatung. Er sagt, dort bekäme er deutlich mehr Geld, außerdem hätte er sich schon immer dafür interessiert. Deshalb kann er es sich wahrscheinlich leisten, mich auszuzahlen.«

»Und weil er einen reichen Freund hat«, erinnerte Ellis sie. »Egal, eine Gehaltserhöhung bedeutet auch, dass er nicht mehr so wenig verdient wie du. Wenn er am Design-College ist, kann er es sich leisten, einen ordentlichen Betrag für dich und das Kind abzudrücken.«

»Es kommt mir alles so ungerecht vor«, sagte Dorie bitter. »Er ist derjenige, der unser Leben verbockt hat. Er hat mich geschwängert und betrogen, und dann hat er mich sitzenlassen. Jetzt bekommt er das Haus, hat einen super neuen Job … und was bekomme ich?«

»Du wirst Mutter«, sagte Ellis leise. »Das ist viel wichtiger als ein Haus oder ein Job oder Geld. Stimmt's? Du bekommst das, was du immer gewollt hast: ein Kind. Alles andere ist eigentlich egal. Du wirst eine umwerfende Mutter sein, und Stephen wird immer damit leben müssen, dass er nicht mit dir und seinem Kind zusammen sein wollte.«

»Bei dir klingt es so einfach«, sagte Dorie schniefend. »Was ist, wenn ich es verbocke? Ich weiß, ich habe überall herumerzählt, wie sehr ich mir dieses Kind wünsche, Ellis, aber ich habe eine Riesenangst davor. Ich weiß nicht, ob ich das alles allein schaffe.«

»Du verbockst das nicht«, beruhigte Ellis sie. »Und du bist nicht allein. Was auch passiert, du musst Stephen zugestehen, dass er seinem Kind ein Vater sein kann. Und du hast Willa und Nash und den Rest deiner verrückten, verbockten Familie. Und offensichtlich auch Connor, wie es aussieht. Und uns. Du hast uns, Dorie. Das weißt du doch, oder? Wir stehen hinter dir. Haben wir immer und werden wir immer.«

»Willa!«, rief Dorie aus. »Das hab ich fast vergessen. Willa weiß jetzt Bescheid, dass ich schwanger bin. Stephen hat sie heute Morgen getroffen. Er ging davon aus, dass ich es ihr längst erzählt hätte, deshalb meinte er irgendwas zu ihr von wegen sie würde ja bald Tante, und Willa fiel aus allen Wolken, sie kippte fast um.«

»Schön wär's«, sagte Ellis.

»Jetzt muss ich sie anrufen und ihr die elende Geschichte erklären«, Dorie sackte auf ihrem Stuhl zusammen. »Und dann wird sie es Phyllis sagen, und dann ist die Kacke so richtig am Dampfen.«

»Du könntest das Ganze umgehen und selbst deine Mutter anrufen«, schlug Ellis vor. »Als eine Art Präventivschlag.«

»Nee«, sagte Dorie düster. »Ich kümmere mich um Phyllis, wenn ich wieder zu Hause bin. Vorher nicht.«

Sie stützte die Ellenbogen auf den Tisch und das Kinn auf die Fäuste. »Ich freue mich nicht darauf, dieses Gespräch mit meiner Schwester zu führen.«

»Es wundert mich, dass sie noch nicht angerufen hat«, sagte Ellis.

»Sicher hat sie das«, erwiderte Dorie. »Sogar mehrmals. Ich hatte nur noch keine Lust, sie zurückzurufen.«

»Feigling«, sagte Ellis.

»Mein zweiter Vorname.«

»Er ist da!«, rief Julia um sechs Uhr abends in die Frauenrunde, die sich in der Küche versammelt hatte. Dorie machte eine Guacamole, Ellis drückte Limetten für Margaritas aus, und Madison versah die neu gekauften Gläser mit einem Rand aus Limettensaft und Salz. »Booker ist mit Simon draußen unterwegs und unterhält sich.«

»Guckt mal«, Ellis ließ eine halbierte Limette auf die Arbeitsfläche fallen, »wie meine Hände zittern. Unglaublich, wie nervös ich bin.«

»Entspann dich«, sagte Julia und warf ihr Haar nach hinten. »Es wird ihm hier gefallen. Ach, er wird begeistert sein, so wie wir alles herausgeputzt haben.«

»Das hast du wirklich super gemacht, Julia«, lobte Dorie sie und wälzte die gewürfelten Avocados in Ellis' Limettensaft. »Ich hätte nie gedacht, dass dieses Haus so gut aussehen kann.«

»Ich würde hier einen Film drehen«, ließ sich Madison vernehmen. »Quatsch, ich würde hier wohnen bleiben, jetzt, wo du es auf Vordermann gebracht hast.«

»War nichts Besonderes«, sagte Julia leichthin. »Das hätte jeder gekonnt. Fenster putzen, Boden wienern, Geranien und Farn auf der Veranda pflanzen …«

»Die Möbel umstellen, neue Vorhänge für alle Fenster besorgen, neue Teppiche, neue Bilder, Blumen in jedem Zimmer, die Veranda gedampfstrahlt, den gesamten Garten gemacht, das Verandageländer repariert«, zählte Ellis an den Fingern ab. »Ich bin schon sprachlos, wenn ich es nur aufliste. Ty ist, glaub ich, total überwältigt von dieser Veränderung. So langsam glaubt er wohl doch daran, dass das mit dem Film was werden könnte.«

»Das wird auch was«, schwor Julia. »Wartet's ab. Booker sagt, Simon wäre nicht leicht zu beeindrucken. Wenn er schon mal hier ist, kommt es ziemlich sicher zu einem Abschluss. Wo ist Ty überhaupt?«

»Duschen«, sagte Ellis. »Wahrscheinlich steht er schlafend unterm Wasserstrahl nach der ganzen Arbeit, die du ihm heute aufgebrummt hast.«

»Das wird sich alles auszahlen«, sagte Julia. »Das garantiere ich.«

»Ich glaube dir ja«, erwiderte Ellis. »Die Sache ist nur, dass Ty es auch glauben muss.«

Der Esszimmertisch stand voller Gläser und leerer Corona-Flaschen und war übersät mit Chipskrümeln und Flecken von Salsa und Guacamole. Es war zehn Uhr. Booker war noch am Abend zurück nach Washington geflogen, er hatte einen dringenden Termin. Die vier Frauen waren in ihren Zimmern verschwunden, erschöpft von der Anstrengung, einen guten Eindruck zu machen. Simon, dem Filmscout, waren Speisen und Wein vorgesetzt worden, er wurde mit Shrimps, Nachos und gebratenen grünen Tomaten versorgt, aufgetischt von Julia, Ellis, Madison und Dorie, allesamt in tief ausgeschnittenen Sommerkleidern, die ihre leuchtende Sommerbräune und ihr gastfreundliches Lächeln zur Geltung brachten.

Simon war Ende vierzig, hatte schütteres Haar und den Rest seiner weißblonden Strähnen im Nacken zu einem geflochtenen kleinen Zopf zusammengefasst. Er trug ein eng anliegendes schwarzes T-Shirt, dazu eine schwarze Dreiviertelhose aus Leinen und schwarze hohe Sneaker ohne Senkel.

Zwei Stunden lang hatte er das Haus besichtigt, in jeden Winkel und jede Ecke geschaut, aber nicht viel gesagt. Anschließend war er von Ty und Booker den Croatan Highway hinauf und hinunter gefahren worden. Er hatte auf den Dünen gestanden und mit geschultem Auge den Sonnenuntergang beobachtet, dann einen flüchtigen Blick auf zwei andere alte Häuser geworfen, die eventuell weitere Schauplätze des Films darstellen könnten. Jetzt lehnte er sich auf seinem Stuhl zurück und schaute Ty über den Tisch hinweg an, der immer noch am ersten und einzigen Bier des Abends nippte.

»Es würde klappen«, sagte er lapidar. »Nicht perfekt, aber wir bekämen das schon hin. Wann kannst du raus sein?«

»Raus?«, wiederholte Ty ahnungslos.

»Aus dem Haus«, erklärte Simon. »Wir brauchen sofortigen Zugang. Hat Booker dir das nicht erzählt?«

Ty rieb sich die Augen und gähnte. »Er hat gesagt, die Aufnahmen fangen im September an.«

»Die Aufnahmen schon«, sagte Simon ungeduldig. »Aber wir müssen mit unseren Leute sofort hier rein. Wenn ich das sagen darf: Hier muss eine Menge gemacht werden.«

»Ich dachte, ihr wollt ein altes Haus«, warf Ty ein. »Booker meinte …«

»Wir müssen es sogar noch älter aussehen lassen, als es ist«, sagte Simon. »Der Art Director will, dass es verwitterte blaue Schindeln hat. Wie auf Cape Cod.«

»Aber dieses Haus hat keine Schindeln«, sagte Ty.

»Noch nicht, aber bald«, sagte Simon. »Außerdem will Joe Markisen. Gestreifte Markisen, nicht zu fassen. Wir brauchen einen Pavillon auf dieser Aussichtsplattform. Und aus der schrottreifen Garage machen wir eine Scheune. Eine verblichene rote Scheune.«

»Das ist eine Garage«, betonte Ty. »Die sieht doch kein bisschen wie eine Scheune aus.«

»Wird sie aber«, sagte Simon. »Wenn wir fertig sind, wirst du dich fragen, wo die Kühe sind.«

»A-ha«, sagte Ty langsam.

»Du kannst also sofort ausziehen?«

Ty blinzelte. »Warum kann ich nicht in der Garagenwohnung bleiben?«

»Weil daraus eine Scheune wird«, wiederholte Simon langsam, als hätte er jemand mit ausgeprägter

Lernschwäche vor sich. »Wir wollen da einen Film drehen, schon vergessen?«

»Gehen wir das noch mal durch«, schlug Ty vor. »Zuerst meine Mieterinnen, die hast du doch nicht vergessen, oder? Julia, Ellis, Dorie, Madison? Die haben noch eine Woche Miete für dieses Haus gezahlt. Die kann ich nicht einfach rauswerfen.«

»Fünfzigtausend Dollar«, sagte Simon liebenswürdig. »Für drei Monate. Wir legen sogar einen Mietzuschuss drauf, solange du nicht versuchst, uns über den Tisch zu ziehen. Wie hört sich das an?«

Ty schluckte und bemühte sich, gleichgültig dreinzuschauen, doch sein Puls raste, und sein Hals war trocken. Um das Gespräch zu verzögern, trank er einen Schluck von seinem warmen Bier.

»Die Mädels bleiben bis Ende nächster Woche, wie vereinbart«, sagte er schließlich. »Sie haben einen Mietvertrag, den werde ich nicht brechen. Ihr könnt doch wohl um sie herumarbeiten, oder?«

Simon schüttelte den Kopf. »Gehen die uns aus dem Weg?«

»Na, klar«, sagte Ty. »Wer wird die Arbeiten am Haus erledigen? Die Baumaßnahmen, Malerarbeiten und so weiter?«

»Eine Mannschaft«, sagte Simon. »Vielleicht kannst du uns helfen, ein paar tüchtige Männer hier vor Ort aufzutreiben?«

»Vielleicht kann ich ja als Bauunternehmer einsteigen«, schlug Ty vor. »Bis jetzt habe ich alle Arbeiten am Haus selbst erledigt, aber ich habe Kumpel, die sind Tischler, Maler, Elektriker.«

Ihm fiel etwas ein. »Was das Geld angeht«, sagte er. »Da werde ich einen ordentlichen Vorschuss brauchen.«

»Wie viel?«

Ty spürte, wie eine Ader an seinem Hals pochte, ignorierte sie aber. »Die Hälfte.«

Simon schüttelte entschieden den Kopf. »Nichts da.«

»Gut«, sagte Ty und trank noch einen Schluck Bier. »Nimm es mir nicht übel, aber dann findest du besser ein anderes Haus am Meer und jemanden, der bereit ist, daraus in gerade mal einer Woche eine Scheune machen zu lassen.«

Simon beäugte ihn. »Willst du mich verarschen?«

»Nein«, sagte Ty. »Aber ich brauche fünfundzwanzig im Voraus, außerdem eine unterzeichnete Vereinbarung und den ganzen anderen Kram, den ihr bestimmt immer mit Versicherungen und Bürgschaften und so macht. Sonst läuft es nicht.«

Simon schob den Stuhl vom Tisch zurück und stand auf. »Ich melde mich morgen früh bei dir. Bringst du mich zu meinem Motel, oder willst du dafür auch noch extra Geld haben?«

»Das mache ich umsonst«, sagte Ty freundlich. »Und zwar mit Vergnügen.«

»Eins noch«, sagte Simon. »Was weißt du über das Grundstück nebenan? Das mit dem abgebrannten Haus? Das könnten wir vielleicht auch gut gebrauchen.«

»Ich kümmere mich darum. Sobald ich was weiß, gebe ich dir Bescheid«, entgegnete Ty.

46

Um zwei Uhr am Dienstag rumpelten die Lkws die Auffahrt von Ebbtide hinauf. Ellis war gerade vom Strand zurück und stand auf der vorderen Veranda, in der Hand einen roten Plastikbecher mit Eistee, als sie die Prozession näher kommen sah. Als Erstes erschien der Sattelschlepper eines Sägewerks, schwer beladen mit Paletten voller Holzschindeln, Sperrholz, Dachpappen und Holz jeglicher Sorte. Direkt dahinter kam ein großer Lieferwagen, auf dessen Türen *Klimatechnik* geschrieben stand. Ihm folgten zwei altersschwache Transporter und ein roter Pickup, seinerseits gefolgt von Ty in seinem mitgenommenen Bronco, allerdings ohne Surfbrett.

Er parkte seinen Wagen an der Straße und lief zum Haus, um die Fahrer anzuweisen, wo sie zu parken hatten. Schließlich kam er zur Veranda und grüßte Ellis mit einem flüchtigen Kuss.

»Was ist das?«, fragte sie. »Sieht aus wie die Invasion der Hausbesetzer.«

»So ähnlich«, sagte Ty. »Die wollen nur ein bisschen rumwerkeln, wie Simon sich ausdrückt. Aber sie mussten mir versprechen, dass ihr nicht zu sehr gestört werdet. Sie wollen mit der Garage anfangen.«

Ellis wies auf den Lieferwagen mit der Klimatechnik. »Und was ist das?«

Ty grinste. »Nur eine nigelnagelneue Wärmepumpe und zwei zweieinhalb Tonnen schwere Klimageräte. Hollywood vermittelt zwar gern die Illusion alter Drehorte, aber die teuren Schauspielerinnen, die sie angeheuert haben, können keinen Film drehen, ohne dass ihnen frische Luft zugepustet wird.«

»Echt? Darfst du die Klimaanlage behalten, wenn der Film fertig ist?«

»Aber sicher. Alle Umbaumaßnahmen bleiben im Haus. Auch das neue Dach aus Zedernschindeln, der Pavillon und die Scheune. Obwohl ich immer noch nicht glauben kann, dass diese Garage bald wie eine Scheune in Neuengland aussehen soll.«

»Yippie!«, rief Ellis und klatschte in die Hände. »Frische Luft! Wie lange dauert es, bis sie die Anlage eingebaut haben? Ich meine, ich will mich ja nicht beschweren, aber die Anlage in Dories Zimmer ist kaputt, und meine ist auch kurz davor, den Geist aufzugeben. Madison hat ihre sofort abgeschaltet, als sie eingezogen ist.«

Ty runzelte die Stirn. »Vielleicht solltet ihr überlegen, ob ihr nicht doch besser in ein Hotel zieht. Ich hab Simon gesagt, ich hätte euch mein Wort gegeben, dass er euch nicht vertreibt, aber wenn eure Klimaanlagen nicht laufen, ist das nicht gut. Ich sorge dafür, dass sie euch die Zimmer bezahlen. Ich hab wirklich nicht gedacht, dass alles so schnell in Bewegung gesetzt würde. Verrückt, oder?«

»Macht mich ganz schwindelig«, gab Ellis zu. »Du hast mir gar nicht erzählt, ob du dich mit der Bank einigen konntest. Ist es gut gelaufen?«

»Zum Glück, ja. Ich hatte endlich ein Vier-Augen-Gespräch mit einem echten Menschen. Ich habe ihm meinen Vertrag von den Filmleuten gezeigt und einen Scheck über zwanzigtausend Dollar ausgestellt, außerdem habe ich zugesichert, dass ich die nächste Zahlung leiste, sobald die Aufnahmen abgeschlossen sind und ich den Rest des Geldes bekommen habe. Fürs Erste ist die Zwangsversteigerung abgewendet.«

»Das ist ja super«, sagte Ellis. »Du hast nur zwanzigtausend eingezahlt? Aber du hast doch gesagt, Simon hätte dir fünfundzwanzig gegeben.«

»Stimmt«, bestätigte Ty. »Mit den anderen fünftausend habe ich mir das Vorkaufsrecht für ein Grundstück gesichert.«

»Verstehe ich nicht«, sagte Ellis. »Ich will dir ja keine Ratschläge erteilen, Ty, aber musst du nicht jeden Penny in die Rettung von Ebbtide investieren?«

»Nicht jeden Penny«, sagte Ty. »Das Grundstück, für das ich das Vorkaufsrecht habe, ist direkt da drüben.« Er wies auf den sandigen Boden neben Ebbtide, auf dem die abgebrannten Grundmauern standen.

Ellis war noch immer verwirrt. »Du willst ein Haus direkt neben dem bauen, das du schon besitzt?«

»Nein«, sagte Ty. »Jedenfalls nicht sofort. Ich werde Simon und seinen Leuten das Grundstück für den Film vermieten. Sie brauchen nämlich einen altmodischen Tante-Emma-Laden, weil eine der Figuren im Film so einen hat. Sie haben sich auf den gesamten Outer Banks umgesehen, aber es ist alles zu neu und zu schick. Deshalb werden Gabe und seine Leute einen Tante-Emma-Laden nachbauen.« Ty wies mit dem Kinn hinüber. »Direkt da drüben.«

»Woher wusstest du das?«

»Simon hat mich in den Verhandlungen Sonntagabend ganz nebenbei nach dem Grundstück gefragt. Ich hab mir gedacht, dass sie es haben wollen, und ihm gesagt, ich würde mich darum kümmern.«

»Wusstest du denn, wem es gehört?«

»Na klar. Es gehört Ruthann Sargent. Ihre Mutter war die beste Freundin meiner Großmutter. Ruthann war nicht mehr in Nag's Head, seit Miss Penny vor vier oder fünf Jahren starb. Nicht lange nach Miss Pennys Tod schlug ein Blitz in das Haus ein, und es brannte bis auf die Grundmauern ab.«

»Wie schrecklich«, sagte Ellis.

»So schrecklich auch wieder nicht«, entgegnete Ty

fröhlich. »Schon vor dem Brand war das Haus baufällig. Ruthann war mehr als froh, mir ein sechsmonatiges Vorkaufsrecht darauf zu gewähren. Wenn die Filmleute es mieten, gebe ich ihr die Hälfte von dem, was ich dafür bekomme. Ruthann ist ein liebes altes Mädchen, sie hat sich um meine Großmutter gekümmert, nachdem sie den Herzinfarkt hatte.«

»Ich bin beeindruckt«, sagte Ellis. »Du siehst wirklich nicht einfach nur gut aus.«

»Das sagst du nur, weil du mir an die Wäsche willst«, konterte Ty. »Was ist nun mit dem Hotel? Wollt ihr rüberziehen?«

»Es sind nur noch fünf Tage«, sagte Ellis und bemühte sich, locker zu klingen. »Eigentlich nur noch vier, weil in unserem Mietvertrag steht, dass wir Samstag um zehn Uhr Ebbtide geräumt haben müssen.«

»Tja, ähm, ich kenne zufällig den Besitzer. Culpepper ist ein bärbeißiger alter Kauz, aber ich denke schon, dass er sich in dem Punkt ein bisschen großzügig zeigen wird. Wollt ihr denn wirklich während der ganzen Umbauarbeiten hier wohnen?«

»Ich weiß nicht, was die anderen denken, aber mich stört es nicht. Es ist sogar ziemlich aufregend. Ich habe noch nie gesehen, wie ein Film gemacht wird.«

»Aufregend ist vielleicht das falsche Wort«, gab Ty zu bedenken. »Es wird laut und eng werden, kann ich euch versichern, sobald die ganzen Handwerker hier auftauchen.«

»Vielleicht sind wir euch ja im Weg«, sagte Ellis.

»Nein«, erwiderte Ty. Er berührte sie mit der Fingerspitze am Kinn. »Ernsthaft, Ellis. Es ist zwar egoistisch, aber ich hätte dich gerne bei mir. Hör zu, ich muss mit dir darüber sprechen. Also, ich will nämlich nicht, dass du gehst. Nicht nur aus dem Haus. Ich will nicht, dass du Nag's Head verlässt …«

Ein glänzend schwarzer Land Cruiser kam die Auffahrt hinaufgeprescht, Sand und Muschelsplitt schleuderten unter den Reifen hervor, er hupte hektisch. Ein Mann winkte aus dem Fahrerfenster.

»Ach, du Scheiße«, sagte Ty. »Das wird Joe sein, der Art Director. Der hat mich heute schon gut zwanzigmal angerufen. Ich geh mal besser hin. Können wir später darüber reden? Heute Abend vielleicht?«

»Sicher. Ich gehe ja nirgends hin. Noch nicht.«

Wie angekündigt, wimmelte es im ganzen Haus nur so vor Schreinern, Elektrikern und Filmleuten. Als Joe, der Art Director, sein Büro am Küchentisch einrichtete, beschlossen die Frauen, es sei Zeit, essen zu gehen.

Ihre Vorspeisen wurden serviert. »Ich glaube«, verkündete Julia und spießte einen Shrimp mit der

Gabel auf, »ich habe mir einen Job bei den Filmfuzzis gesichert.«

»Echt?«, rief Dorie. »Das ist ja super. Was musst du denn tun? Wann fängst du an?«

»Ich bin das Mädchen für alles«, erklärte Julia und tauchte den Shrimp in eine Plastikschale mit Cocktailsoße. »Die Arbeit fängt auch erst in ein, zwei Wochen an, was mir genügend Zeit gibt, nach Washington zu fliegen und einen Blick auf dieses Haus zu werfen, das Booker unbedingt kaufen will.«

»Besteht denn die Möglichkeit, dass sie dich etwas mehr machen lassen als nur Besorgungen?«, fragte Madison.

»Kann sein«, sagte Julia. »Sie können natürlich nichts versprechen, aber ich denke, ich werde einfach hier sein und mich bei denen einschmeicheln. Das ist nämlich meine Spezialität.«

»Stimmt«, sagte Dorie zu Madison. »Wenn Julia nicht gerade die zickige Diva spielt, kann sie total charmant sein.«

»Schwer zu glauben«, meinte Madison, und alle brachen in Lachen aus.

»Ich habe auch Neuigkeiten«, verkündete Madison. »Ich werde morgen früh abreisen.«

»Ach nein, Madison!«, rief Dorie. »Warum denn das? Wir haben das Haus doch noch bis Samstag, es wird gerade erst interessant. Ich hoffe, dass Cameron Diaz oder Reese Witherspoon gegen Ende der Woche mal auftauchen. Willst du nicht auch mal erzählen können, du hättest sie kennengelernt?«

»Nicht unbedingt«, sagte Madison. »Es ist einfach … Zeit zu gehen. Ihr wart super, und ich bin euch ehrlich dankbar für alles, was ihr getan habt, aber … ich habe kein gutes Gefühl wegen Adam. Ich habe immer noch nichts von ihm gehört. Und Don ruft auch nicht mehr an. Es ist … unheimlich.«

»Wo willst du denn hin?«, fragte Ellis.

Madison verzog das Gesicht. »Ob ihr's glaubt oder nicht, aber ich habe beschlossen, nach New Jersey zurückzugehen. Ich nehme mir einen Anwalt, wende mich an die Behörden und werde alles erzählen, was ich über Dons Unterschlagungen weiß. Ich habe das Geld, den größten Teil davon jedenfalls, da dürften sie mir schon zuhören. Hoffe ich.«

»Mutige Entscheidung«, nickte Julia anerkennend.

»Ich habe es satt davonzulaufen«, sagte Madison. »Es ist an der Zeit, dass ich mir überlege, was ich mit dem Rest meines Lebens anfange. Morgen ist so gut wie jeder andere Tag, um damit zu beginnen.«

»Nein, das stimmt nicht«, sagte Julia. »Du musst bis Freitagabend bleiben, bitte!«

»Was ist denn so wichtig an Freitagabend?«, fragte Madison argwöhnisch.

»Mein Geburtstag«, sagte Julia.

Dorie schlug die Hand vor den Mund. »Ach, du meine Güte, Julia, das hab ich vergessen.«

»Ich auch«, sagte Ellis schuldbewusst. »Das passiert mir sonst nie.«

»Ich werde sechsunddreißig«, erklärte Julia. »Ich hätte nie gedacht, dass ich so alt werde. Aber jetzt kommt mir sechsunddreißig gar nicht mehr so alt vor.«

»Feiern wir denn?«, fragte Ellis. »Hast du denn was geplant?«

»Nichts Großartiges. Nur ein bisschen Feiern im *Cadillac Jack's*. Am Freitag. Unserem letzten Abend. Wer ist dabei?«

»Ich«, sagte Dorie.

»Ich auch«, fügte Ellis hinzu.

Alle schauten erwartungsvoll auf Madison.

»Na, gut«, knickte sie ein. »Zwei Tage mehr werden wohl keinen großen Unterschied machen. Ich kann genauso gut Samstag abfahren.«

Ellis stieg gerade in Dories Van, um nach Ebbtide zurückzufahren, als ihr Handy piepte. Sie wühlte in ihrer Handtasche herum, weil sie unbedingt sehen wollte, ob Ty ihr eine SMS geschrieben hatte.

»Herrje, Leute«, verkündete Julia. »Ellis ist total männerfixiert. Sie schreibt Tag und Nacht SMS mit Ty. Wahrscheinlich will er wissen, wann sie wieder in sein Liebesnest kommt.«

»Halt den Mund, Julia!«, sagte Ellis lachend. »So schlimm sind wir gar nicht.«

»Seid ihr wohl!«, sagte Dorie und drehte sich auf dem Fahrersitz nach hinten. »Aber ich finde das süß.«

Endlich fand Ellis ihr Handy und tippte auf das Nachrichtensymbol. Im schwachen Licht musste sie mit zusammengekniffenen Augen lesen.

»Was will er?«, fragte Julia und spähte ihr über die Schulter. »Uh, schreibt er unanständige Sachen?«

»Neee«, sagte Ellis, blinzelte und las die Nachricht erneut, um sicherzugehen, dass sie sie richtig verstanden hatte. »Die ist nicht von Ty. Die ist von einer Frau, mit der ich bei der Bank gearbeitet habe.« Ellis schaute auf. »Sie hat einen Job für mich!«

47

»Dies ist meine letzte Nacht im Apartment«, sagte Ty zu Ellis, als sie vom Essen mit ihren Freundinnen zurückkam. »Morgen fangen sie mit dem Abriss an und ziehen dann die Scheune hoch.«

»Irgendwie traurig, oder?«, sagte Ellis.

Er zuckte mit den Schultern. »Ist ja nur eine schäbige Garagenwohnung. Mein Großvater hat sie aus dem Holz eines alten Hauses gebaut, das bei einem heftigen Sturm zerlegt worden war. Später wohnte hier die Haushälterin meiner Großmutter mit ihren Kindern. Und die Garage ist buchstäblich von Termiten zerfressen, sie könnte glatt einstürzen, noch bevor sie abgerissen wird. Aber ich hab mich irgendwie daran gewöhnt, hier zu wohnen.«

Sie saßen auf den Liegestühlen auf der Dachterrasse und blickten hinauf zu den Sternen. Die Bauarbeiter hatten Feierabend gemacht und waren in ihre Motels gefahren, doch man hörte noch das Brummen des benzinbetriebenen Generators, der die Beleuchtung aufrechterhielt.

»Ich finde deine Wohnung wunderbar«, sagte Ellis. »Ich mag alles daran, außer vielleicht die Außendusche, und selbst die würde mich nicht so stören, wenn sie nicht so … ähm … so einsehbar wäre.«

Beide mussten lachen.

»Ich hätte gerne Kendras Gesicht gesehen, als sie erfuhr, dass sie nicht die Möglichkeit hat, deinen weißen Arsch auf die Straße zu setzen«, sagte Ellis.

»Sie versucht immer noch herauszufinden, woher ich das Geld hatte, um die Zwangsversteigerung abzuwenden. In den letzten zwei Tagen ist sie bestimmt ein halbes Dutzend Mal hier vorbeigefahren, machte einen langen Hals und wollte sehen, was hier los ist.«

»Ty?«, fragte Ellis nach einer Weile. »Wie geht es weiter, wenn die Filmleute weg sind und das Geld aufgebraucht ist? Meinst du, dass du Ebbtide dann immer noch halten kannst?«

»Gute Frage«, sagte Ty und schlug die Beine übereinander. »Das Geld vom Film gibt mir ein bisschen Zeit. Und da die Bank jetzt zufrieden ist, gucke ich mal, ob ich die Hypothek refinanzieren kann. Seit mein Onkel mir das Haus verkauft hat, sind die Zinsen um fast drei Prozent gefallen, da könnte ich also eine Menge Geld sparen. Wie es danach weitergeht, weiß ich wirklich nicht.«

Ellis schwieg. Plötzlich verstummten die Generatoren. Jetzt hörte man die Wellen, die unten ans Ufer rollten. Glühwürmchen flimmerten in den hohen

Wedeln des Strandgrases, und weiter unten hockte eine Gruppe von Collegestudenten um ein Lagerfeuer. Musik wehte herüber, und zwei von ihnen entfernten sich von den anderen und gingen Hand in Hand in die Dünen.

»Die Schule fängt bald an.« Ellis sah den beiden nach. »Wahrscheinlich ist dies ihr letzter schöner Abend, bevor alle wieder zurück in ihr richtiges Leben müssen.«

Tys Fingerspitzen streiften die von Ellis.

»Ich möchte nicht, dass du gehst«, sagte er und starrte vor sich hin.

Sie lächelte in sich hinein. »Ich hab gehofft, dass du die Nacht mit mir verbringen willst. Die letzte Nacht im alten Zuhause. Vielleicht duschen wir noch ein letztes Mal hier draußen, der guten alten Zeiten wegen, solange die Sonne noch nicht aufgegangen ist.«

»Nicht nur heute Abend«, sagte Ty. »Ich möchte nicht, dass du überhaupt gehst. Punkt. Ich möchte hier nicht am Samstag stehen und dich wegfahren sehen.«

»Ach Ty.«

Er nahm ihre Hand in seine. »Bitte bleib!«

Ellis seufzte. »Ich würde ja gerne. Ich habe die ganze Woche darüber nachgedacht. Wer würde nicht gerne das ganze Jahr am Strand wohnen und heile Welt spielen, mit dir?«

Ty drückte einen Kuss auf ihren Handrücken. »Gut. Also abgemacht.«

»Ty, mir wurde ein Job angeboten«, kam es aus Ellis heraus.

Er ließ ihre Hand sinken. »Was? Wann war das denn?«

»Heute Abend erst. Es kam völlig unvermutet. Dana, eine Frau, mit der ich bei der Bank gearbeitet habe, hat mir vor ungefähr einer Viertelstunde ein Angebot geschickt. Die Sache ist, es ist mein Traumjob. Dana wurde bei Pacific Trust eingestellt, um ein neues Projekt zu leiten, und sie möchte mich gerne dabeihaben. Die Bezahlung ist erstklassig, dazu super Zusatzleistungen, und die Bank würde sogar für mich mein Haus in Philly verkaufen. Das macht heute keiner mehr!«

»Bei der Pacific Bank? Was? Wärst du dann in der Zweigstelle an der Ostküste?«

»Nein. Die Stelle ist in Seattle.«

Ty sah ihr ins Gesicht. »Du denkst doch nicht ernsthaft darüber nach, oder?«

»Ich wäre bescheuert, wenn ich es nicht täte. Bei dieser wirtschaftlichen Lage? Nirgendwo wird eingestellt. Ich habe keine einzige Antwort auf die Bewerbungen erhalten, die ich letzten Monat verschickt habe. Keine einzige! Aber das hier, das ist Wahnsinn. Es wäre eine ungeheure Beförderung für mich.«

Ty beugte sich vor, den Kopf in den Händen.

»Sag doch bitte etwas«, flüsterte Ellis.

»Was denn? Glückwunsch?«

»Das wäre schon mal ein Anfang.«

Er starrte Ellis ins Gesicht. »Hast du überhaupt mitbekommen, was ich dir eben gesagt habe? Ich möchte, dass du bleibst. Hier, bei mir. In Nag's Head.«

»Und was mache ich hier?«, fragte Ellis. »Wovon würde ich leben?«

»Von Luft und Liebe«, sagte Ty in dem Versuch, witzig zu klingen, aber sie merkte, dass er es ernst meinte.

»Und was tun wir, wenn es Zeit ist, die Rechnungen zu bezahlen?«, fragte Ellis. Sie drückte die Knie gegen die von Ty. »Dein Leben hier ist ein herrlicher Traum. Du schaffst es auch, so zu leben, dass es funktioniert. Du lebst vom Daytraden, du arbeitest nebenbei als Barkeeper, vermietest das Haus in der Saison. Das funktioniert auch super für dich. Aber ich bin das nicht, Ty. Ich hab immer von acht bis fünf gearbeitet. Nicht gerade ein besonders aufregendes oder glanzvolles Leben, aber ich komme damit zurecht. Ich brauche Listen und Vorschriften.«

»Du könntest dir hier einen Job suchen«, sagte Ty, aber er wusste, kaum dass die Worte seinen Mund verlassen hatten, dass es nicht klappen würde. »Vielleicht würdest du nicht ganz so viel Geld verdienen, aber du könntest bestimmt was finden.«

»Du könntest auch mit mir nach Seattle ziehen

und dir da Arbeit suchen.« Ellis grinste ihn schief an. »Ist zwar ein anderer Ozean, aber eine Küste gibt's da auch. Quasi.«

»Ich könnte es versuchen – wenn du es willst.«

»Was hast du mir noch mal bei unserem ersten furchtbaren Abendessen erzählt? Dass du nie wieder in einem Büro arbeiten willst?«

»Ähm, ja, aber das habe ich nur so gesagt. Ich könnte das wirklich, Ellis, wenn ich müsste.«

»Darum geht es ja, Ty. Ich will nicht, dass du meinst, du müsstest das tun. Mit einem Bürojob würde es dir furchtbar gehen. Und dann würde ich mich auch furchtbar fühlen. Hast du früher mal diese alten Tarzanfilme gesehen, als Kind?«

»Hm? Wie viel habt ihr heute Abend getrunken?«

»Nein, ehrlich. Als mein Bruder und ich klein waren, schwärmte Baylor total für Tarzan. Er las alle Bücher von Edgar Rice Burroughs und überredete meinen Vater, ihm die Videos der Filme zu kaufen, diese alten Schwarzweißstreifen von Anfang der Vierziger. Die sahen wir uns freitagsabends immer an, wenn meine Eltern ausgingen. Baylors Lieblingstarzan war Buster Crabbe, das war ein Stummfilmstar. Ich war ganz vernarrt in Johnny Weissmuller. Der hatte einen Körper, wenn er in seinem Lendenschurz rumlief! Ich glaube, er hat mal als Schwimmer an den Olympischen Spielen teilgenommen. Und Jane wurde von Maureen O'Sullivan gespielt, die war umwerfend. Am liebsten von allen Filmen habe ich mir ›Tarzan in New York‹ angesehen. Ich kann mich nicht mehr an jede Kleinigkeit erinnern, aber Boy wurde entführt und nach New York gebracht, und Tarzan und Jane stiegen ins Flugzeug, um ihn zurückzuholen. Jane muss Tarzan zivilisieren, verstehst du, ihn auf die Großstadt vorbereiten. Sie gehen zu einem Schneider und lassen ihm einen Anzug anfertigen, er muss in einem Taxi fahren und so weiter, und Tarzan, dieser große Held, ist so traurig und so fehl am Platz in der Stadt …«

»Und du meinst, wenn ich mit dir nach Seattle ziehen würde, um bei dir zu sein, dann wäre ich wie Tarzan – verloren in New York? Ellis, wir sind hier in Nag's Head, North Carolina, nicht im tiefsten, dunkelsten Dschungel. Und ich bin kein Wilder. Ich habe einen Collegeabschluss, habe zwei Jahre Jura studiert. Ich trage zwar nicht Sakko und Krawatte, aber ich ziehe schon regelmäßig Schuhe an …«

Ellis schob sich eine Haarsträhne aus der Stirn. »Du weißt genau, dass ich das nicht meine. Ich meine nur, dass du für dich einen Weg gefunden hast, wie du leben willst, und das ziehst du durch. Und wenn ich dich mit mir nach Seattle nehmen würde und du eine Krawatte tragen müsstest …«

»Statt eines Lendenschurzes?«

Ungewollt musste Ellis lachen. »Ich hätte nichts dagegen, dich im Lendenschurz zu sehen. Aber ich sehe einfach nicht, wie das funktionieren soll. Ich habe es schon mal mit einem Mann versucht, der völlig anders war. Es war eine Katastrophe. Wir beide hatten ganz unterschiedliche Ziele.«

»Woher willst du wissen, dass es wieder eine Katastrophe würde?«, fragte Ty. »Woher weißt du, was ich will? Oder was du wirklich willst? Willst du mir erzählen, dass du wirklich wieder eine Stelle bei einer Bank haben willst, so wie vorher?«

»Nein«, sagte Ellis. »Eigentlich nicht.«

»Und Seattle? Ist das die Stadt deiner Träume?«

»Nein!«, rief Ellis. »Ich war noch nie da. Aber ich muss das sachlich sehen. Dieses Stellenangebot bedeutet mir etwas, Ty. Es bedeutet, dass ich die letzten fünfzehn Jahre meines Lebens nicht vergeudet habe. Es bedeutet, dass jemand meine Arbeit zu schätzen weiß. Ich hätte einen Beruf. Und ja, ich bekäme Gehaltsschecks, Zusatzleistungen und diese ganzen Trophäen der Mittelklasse, die du so verachtest. Ja, ich gebe zu, ich muss eventuell Kompromisse eingehen, in eine andere Stadt ziehen, zurück zur Bank.«

»Du machst Kompromisse für einen miesen Job, den du gar nicht haben willst, aber du willst nicht versuchen, es mit mir gemeinsam zu schaffen?« Ty schob seinen Stuhl zurück.

»Ich kenne dich noch keinen Monat«, sagte Ellis mit flehender Stimme. Ty stellte sich ans Geländer und schaute hinaus aufs Meer.

»Ein Monat reicht mir, um zu wissen, was ich für dich empfinde«, sagte er mit dem Rücken zu ihr. »Mir hat schon eine Woche gereicht. Du hast mich dermaßen genervt mit deinen E-Mails, wolltest unbedingt früher ins Haus rein. Und dann sah ich dich die Auffahrt hochkommen in deiner rosa Caprihose. Von da an war ich verloren.«

Ellis stand auf und stellte sich neben ihn. Der Wind hatte aufgefrischt, schlug ihr die Haare ins Gesicht. »Ich könnte ja wiederkommen, an den Wochenenden, Feiertagen und wenn ich Urlaub habe. Du könntest mich da oben besuchen. Eine Fernbeziehung ist zwar nicht ideal, aber die gibt es bei vielen Menschen. Schau dir Booker und Julia an.«

»Booker und Julia wollen heiraten. Sie zieht nach Washington, um bei ihm zu sein, hast du mir das nicht erzählt?«

Ellis biss sich auf die Lippe und ärgerte sich, das Thema angeschnitten zu haben. »Die beiden sind schon seit vielen Jahren zusammen. Das ist anders als bei uns, Ty. Das weißt du auch.«

Er sah sie lange an, betrachtete ihr im Wind wehendes braunes Haar. Sie wollte es immer wieder aus dem Gesicht schieben, es unter Kontrolle haben. Vielleicht hatte sie recht. Vielleicht hatte er kein Recht, sie zu bitten, an ihn zu glauben, an ihre Beziehung zu glauben. Aber sollte sie andererseits nicht auch Hoffnung haben?

»Das hat nichts mit den Jahren zu tun«, sagte er schließlich. »Kendra und ich zum Beispiel. Wir kannten uns seit der Schule. Gingen seit der achten Klasse miteinander. Ich dachte, ich würde alles über sie wissen. Und sie über mich, glaubte ich wenigstens.«

Der Wind wurde heftiger. Ty lehnte sich mit dem Rücken gegen das Geländer und schaute nun auf das Apartment, dachte darüber nach, wie er sich seine letzte Nacht dort vorgestellt hatte. Durchs Küchenfenster sah er die Flasche Wein, die er extra gekauft hatte, auf dem Schrank stehen. Er dachte daran, was er sich für diesen Abend vorgenommen hatte, als Joe ihm mitteilte, dass sie die Garage am nächsten Morgen abreißen würden. Es lief nicht nach Plan.

»Kendra und ich waren ewig lange zusammen; es fing an, als wir ungefähr vierzehn waren, und dauerte bis zum Studium«, sagte Ty. »Und diese Garagenwohnung? Das sollte ich dir vielleicht nicht erzählen, aber irgendwie habe ich das Gefühl, es ist besser. Auf der Highschool schlichen wir uns immer herüber, weißt du, spätabends. Sie war nie abgeschlossen.«

Ty sah die Bestürzung in Ellis' Gesicht. »Wir waren noch Kinder, auf der Highschool. Kendra tat gerne Dinge, die verboten waren, es machte ihr Spaß, ihren Vater auf die Palme zu bringen. Er hätte mich einsperren lassen, wenn er gewusst hätte, was wir hier oben so trieben.«

»Ich will das nicht hören«, sagte Ellis mit versteinerter Miene. »Mir ist klar, dass das lange her ist, aber ich will nichts davon hören, wie du mit deiner Freundin in demselben Bett geschlafen hast wie wir.«

»Es war nicht dasselbe Bett«, warf Ty schnell ein. »Natürlich nicht. Damals war hier noch gar kein Bett. Nur eine Luftmatratze.«

»Warum erzählst du mir das?«, wollte Ellis wissen. »Willst du mir wehtun, nur weil ich realistisch bin? Weil ich mein Leben nicht einfach aufgebe und zu dir ziehe? Wo sollte ich überhaupt hinziehen? Morgen hast du nicht mal mehr ein Haus, in dem du wohnst.«

»Ich habe ein kleines Cottage weniger als eine halbe Meile die Beach Road runter gemietet«, sagte Ty. »Pelican Cottage. Steht direkt in den Dünen. Es ist schlicht, aber es würde dir gefallen. Und wenn die Leute vom Film weg sind, könnten wir wieder zurück nach Ebbtide.«

»Darum geht es nicht«, sagte Ellis.

»Ich erzähle dir das alles, weil ich auf etwas hinauswill. Und zwar, dass es völlig egal ist, wie lange man jemanden kennt. Menschen ändern sich. Oder man kennt sie doch nicht so gut, wie man denkt. Du hast mir erzählt, du hättest einen großen Fehler gemacht, als du einen Mann geheiratet hast, den du nur kurze Zeit kanntest. Tja, ich habe auch einen Riesenfehler gemacht. Nur kannte ich Kendra schon mein Leben lang. Das änderte aber nichts, denn am Ende ging es uns genauso mies wie euch. Damals waren wir noch Kinder, jung und dumm. Anders als heute.«

Ellis blickte jetzt ebenfalls zur Wohnung. Sie war winzig, eng, kaum zwei Zimmer groß. Sie hatte sich ausgemalt, wie sie hier mit Ty leben würde, wie sie mit ihm aufwachen, bei Mondlicht duschen und zu Sonnenaufgang am Strand entlanggehen würde, doch erst in diesem Moment wurde ihr klar, dass all ihre Phantasien den einen sonnigen, idyllischen Sommermonat zur Grundlage hatten, den sie hier verbracht hatte.

Der September war nur noch wenige Tage entfernt. Dann wäre der Sommer vorbei.

»Du hast recht«, sagte sie zu Ty. »Wir sind keine Kinder mehr. Wir sind alt genug, um zu erkennen, dass manches nur … für den Moment gedacht ist. Vergänglich. Wie die Muscheln, die man am Strand sammelt. Sie sind so glänzend und perfekt, wenn man sie aufhebt, aber wenn man dann wieder zu Hause ist, sind sie ganz ausgebleicht und stumpf. Ich habe Angst, dass es mit uns genauso ist. Dass wir in drei Monaten oder in sechs Monaten dastehen und uns fragen, was wir im anderen gesehen haben …«

Tys Blick wurde dunkel. »Wirklich, Ellis? Das bin ich für dich? Einfach nur ein toller Typ, den du am Strand aufgegabelt hast? Ein Urlaubsflirt?«

»Nein!«, rief Ellis. »Du weißt, dass ich das nicht so gemeint habe.«

»Klar hast du das«, sagte Ty ruhig.

»Du machst es uns schwerer, als es sein müsste«, sagte Ellis flehend.

Er sah sie ruhig an. »Liebst du mich?«

»Ja! Aber darum geht's nicht.«

»Willst du mit mir zusammen sein?«

»Das weißt du doch. Aber so einfach ist das eben nicht.«

»Es ist nicht so schwer«, sagte Ty. »Für mich jedenfalls nicht. Ich möchte mit dir zusammen sein, deswegen tue ich alles dafür, dass wir das auch können. Anscheinend empfindest du nicht dasselbe.«

Ellis machte einen Schritt zurück. Tys Gesicht war kalt, teilnahmslos. Wenn er so abgeklärt sein wollte, konnte sie es auch. Sie holte tief Luft, zweimal, und zwang sich, nicht zu weinen, zu schluchzen oder, Gott bewahre, ihn anzubetteln. »Was heißt das für uns?«, fragte sie schließlich.

»Ich denke, das heißt, dass ich hierbleibe und du nach Seattle ziehst. Allein.«

48

Ellis blickte trübsinnig in ihre Kaffeetasse. Auch darin war die Wahrheit nicht zu finden. Nur lauwarme, bittere Schwärze.

Sie war froh, die Küche ganz für sich zu haben. Wenn sie ehrlich war, musste sie zugeben, dass ihr die anderen nach einem Monat des Zusammenlebens doch so langsam auf die Nerven gingen, sosehr sie sie auch mochte.

Madison hatte die richtige Entscheidung getroffen. Es war Zeit, dachte Ellis, den Heimweg anzutreten. Sie entwarf bereits einen Schlachtplan für die Abreise: Betten abziehen, eine letzte Maschine Wäsche anstellen, den Kühlschrank leeren, alles ins Auto packen. An was sie nicht denken wollte, unter gar keinen Umständen, war das, was sie zurückließ.

Sie hörte das dumpfe Brummen eines Dieselmotors vor dem Haus und lief nach draußen, um nach dem Rechten zu sehen. Ein Tieflader stand in der Auffahrt, und eine Handvoll Männer war lachend darum gruppiert und machte Handzeichen, während eine leuchtend gelbe Planierraupe zentimeterweise die Laderampe hinunterkroch.

Als der Fahrer die Raupe von der Rampe manövriert hatte, sprang ein Mann in orangefarbener Sicherheitsweste und Sicherheitshelm hinzu, setzte sich ins Führerhaus und sprach mit dem Fahrer. Kurz darauf stand der Typ mit dem Sicherheitshelm wieder in der Einfahrt und wies auf die Garage – und Tys Apartment. Von Ty selbst war nichts zu sehen. Sein Bronco war fort, die Garage leer.

Ellis sah, dass neben der Garage ein riesiger Berg Sperrmüll lag, der bisher darin aufbewahrt worden war, unter anderem eine Tischtennisplatte mit nur drei Beinen, ein Stapel abgefahrener Reifen, ein verrosteter Grill, die Skelette von Liegestühlen aus Aluminium, sogar ein kleines Holzruderboot mit verrottetem Rumpf. Und ein Surfbrett. Ein verblichenes gelbes Surfbrett.

Während Ellis zuschaute, rumpelte die Planierraupe zielstrebig auf die Garage zu und nahm den Stützpfeiler in Angriff, der die beiden Parkplätze innen voneinander trennte. Ellis schloss die Augen, und kurz darauf hörte sie das markerschütternde Geräusch von berstendem Holz und brechenden Balken, und die Garage glitt donnernd zu Boden, was man rundherum sowohl hören als auch fühlen konnte.

Es gab Pfiffe und Applaus, und als Ellis die Augen

wieder öffnete, schwebte eine Wolke aus Staub und Sand über der abgerissenen Garage.

Sie spürte eine Hand auf der Schulter, drehte sich um und sah Madison hinter sich stehen.

»Ich habe die Lkws von meinem Fenster aus kommen sehen«, sagte sie. »Ich bin runtergegangen, weil ich irgendwie Angst hatte, dass du noch da drin sein könntest.« Sie wies mit dem Kopf in die Richtung, wo das Apartment gewesen war. »Mit Ty.«

Hinter ihnen wurde die Fliegengittertür geöffnet und zugeschlagen. Julia und Dorie gesellten sich zu ihnen auf die Veranda, barfuß und im Schlafanzug.

»Du meine Güte!«, rief Julia und bestaunte die Überreste der Garage. »Ich habe ein lautes Krachen gehört und dachte, jemand hätte eine Bombe auf die Garage geworfen.«

»Wow«, sagte Dorie. »Das ging aber schnell.«

»Wo ist Ty?«, fragte Julia. »Wie war eure letzte gemeinsame Nacht im Liebesnest?«

Ellis schob die Hände in die Hosentasche. »Ich weiß nicht, wo Ty ist. Ich habe nicht bei ihm geschlafen. Wir … wir haben uns gestritten. Na ja, nicht richtig gestritten, aber …«

»O nein!«, stöhnte Julia. »Erzähl mir nicht, dass ihr euch getrennt habt. Erzähl mir nicht, dass du tatsächlich dieses dämliche Angebot bei dieser dämlichen Bank in Seattle annehmen willst.«

»Ich habe Dana gesagt, dass ich mich am Montag

bei ihr melde«, entgegnete Ellis. »Du kannst das nicht verstehen, aber das Angebot ist einfach zu gut, als dass man es ausschlagen könnte. Ty versteht es auch nicht. Wahrscheinlich sollte es einfach nicht sein mit uns.«

Dorie nahm sie in die Arme. »Ach, Elly-Belly. Das tut mir so leid. Was ist denn passiert?«

»Nichts«, sagte Ellis. »Er möchte, dass ich hierbleibe, dass wir von Luft und Liebe leben. Das ist ja süß, aber es funktioniert nicht. Einer von uns beiden muss arbeiten … und der gesunde Menschenverstand …«

»Lass mich raten«, höhnte Julia. »Du bist diejenige, die arbeiten muss.«

»Hör auf!«, warnte Ellis sie. »Ich bin nicht in Stimmung für Ratschläge in Liebesdingen.«

Bis zum Mittag waren die Überreste der alten Garage zusammengeschoben und auf einen Kipplaster geladen, der sie zur Deponie brachte. Es trafen weitere Holzlieferungen und Pick-ups ein, und selbst am Strand hörten die Frauen das Heulen der Kreissägen und die scharfen Geräusche von Nagelpistolen.

»Noch einen Tag«, murmelte Julia und warf Ellis einen Seitenblick zu, die ihren Liegestuhl samt Sonnenschirm demonstrativ abseits von Dorie, Julia und

Madison aufgestellt hatte. »Unser letzter vollständiger Tag am Strand, und sie schafft es, ihn uns allen zu verderben.«

»Ich kann es nicht fassen, dass sie einfach wegwill und Ty verlässt«, sagte Dorie mit leiser Stimme. »Er ist das Beste, was ihr je passiert ist, und morgen will sie einfach in ihr Auto steigen, zurückfahren nach Philly und dann ihre Sachen packen und ans andere Ende des Landes ziehen?«

Madison saß im Schneidersitz auf ihrer Decke. »Vielleicht ist sie einfach noch nicht bereit für eine richtige Beziehung. Für eine enge Bindung.«

»Ha!«, gluckste Julia. »Du kennst Ellis nicht. Niemand war je bindungsbereiter als sie. Vor Ty war sie seit Jahren mit keinem Mann mehr zusammen.«

»Ellis hat direkt nach dem College einen Typen geheiratet, der überhaupt nicht zu ihr passte«, unterrichtete Dorie Madison.

»Die Ehe war schon vorbei, ehe sie ihr Hochzeitskleid aus der Reinigung zurückholte«, ergänzte Julia. »Buchstäblich. Stimmt doch, Dorie, nicht?«

»Sie war total fertig«, fügte Dorie hinzu. »Sie zog sich emotional zurück. Jahrelang.«

»Sie vergrub sich in Arbeit bei dieser verfluchten Bank, machte keinen einzigen Urlaub, bis es dann vor kurzem krachte. Sie wurde einfach rausgeworfen. Da wachte sie auf und merkte, dass sie fünfunddreißig ist und allein, ohne Perspektiven. Und dann kommt der Garagenmann daher und haut sie dermaßen aus ihren ach so praktischen Schuhen. Aber da Ty keine Rentenversicherung hat und sich nicht in ihr Konzept einbauen lässt, will sie nicht darüber nachdenken, wie gut sie zueinander passen«, sagte Julia leise und warf Ellis einen verstohlenen Blick zu, um sich zu vergewissern, dass die Freundin nicht hörte, wie ihr Leben seziert wurde.

»Guck sie dir doch an, die Arme«, flüsterte Dorie und nickte in Ellis' Richtung. Sie war eingenickt. »Wahrscheinlich hat sie nach ihrem großen Streit die ganze Nacht geweint.«

»Es ist traurig«, bemerkte Madison.

»Ellis spricht nie darüber, aber ich weiß, dass sie sich immer eine Familie gewünscht hat«, sagte Dorie. »Das ist ja gerade so herzzerreißend. Mit Ty könnte sie das haben. Ich meine, er passt perfekt zu ihr.«

»Und er ist wirklich heiß«, ergänzte Julia.

»Sie sahen wirklich nett aus zusammen«, sagte Madison. »Aber sie ist erwachsen, oder? Und sie weiß, was sie kann und was nicht.«

»Diesmal nicht«, sagte Dorie und schaute Julia an. »Wir müssen irgendwas unternehmen. Und zwar schnell.«

Julia sprang auf die Füße, schlich zur schlafenden Ellis hinüber, griff nach ihrer Strandtasche und schleppte sie zu ihrem eigenen Stuhl hinüber. Sie wühlte darin herum, holte Sunblocker, Lippenpflegestift, ein Taschenbuch und ein Notizheft mit Ellis' Aufgabenliste heraus. Schließlich hielt sie jubelnd Ellis' Handy in die Höhe. »Keine Sorge«, sagte sie zu den anderen. »Ich bin dran an der Sache.«

Die kleine Schrift auf dem Bildschirm verschwamm vor Tys Augen. Das landwirtschaftliche Start-up-Unternehmen, über das er sich schlau gemacht hatte, kündigte seinen Börsengang an. Ty warf einen kurzen Blick auf seine Notizen. Seine Recherche war mehr als vielversprechend. Der Ausgabekurs der Aktie war lächerlich niedrig: vier Dollar pro Papier. Vor zwei Monaten hätte er voll zugelangt und alles auf eine Karte gesetzt. Jetzt hatte er durch das Geld von den Filmleuten ein kleines Polster, warum also konnte er sich nicht überwinden, den Aktienkauf in Auftrag zu geben?

Ty schüttelte den Kopf und erhob sich von dem Tisch, den er in sein neues Cottage gebracht hatte. Er ging auf die Veranda. Der Himmel war kristallblau und wolkenlos, eine leichte Brise wehte vom Strand herüber. Er reckte sich und kreiste mit den Schultern. Fast den ganzen Vormittag hatte er am Computer gesessen, war Ebbtide absichtlich aus dem Weg gegangen.

Eigentlich hatte er vorgehabt, erst später am Tag in

Pelican Cottage einzuziehen, doch nach dem Bruch mit Ellis hatte er keinen Sinn mehr darin gesehen, noch eine Nacht in dem Apartment zu verbringen. Er hatte am Küchentisch gesessen, eine halbe Flasche Wein getrunken und den Rest in die Spüle gekippt. Dann hatte er seine Sachen in den Bronco geladen und war irgendwann nach zwölf ins Pelican Cottage umgezogen.

Anstatt ihn schläfrig zu machen, hatte der Wein ihn ungewollt aufgeputscht. So hatte Ty die frühen Morgenstunden damit verbracht, sich tiefer in das Thema Landwirtschaft einzuarbeiten.

Jetzt was es fast elf Uhr, und er wusste, dass die Garage fort war. Joe hatte ihm nämlich schon ein Foto gemailt, das in genau dem Moment gemacht worden war, als der marode Holzbau in sich zusammenfiel. Ty hatte einen kurzen Blick auf das Bild geworfen und es dann gelöscht. Kein Moment, den er feiern wollte.

Inzwischen hätte er in Ebbtide sein müssen. Er hatte Tischler bestellt, und die Arbeiter mussten mit dem Bau der Scheune beginnen, doch irgendwie konnte er sich nicht überwinden, die halbe Meile die Straße hinunterzufahren. Er fragte sich, ob Ellis zugesehen hatte, wie die Garage abgerissen wurde. Wahrscheinlich hatte sie sich über ihr Ende gefreut. Warum nur hatte er ihr von seinen dämlichen Schäferstündchen mit Kendra erzählt?

Sein Handy klingelte und kündigte eine SMS an.

Lieber Mr Culpepper, wir müssen reden. Wir treffen uns heute Nacht um 12 am Strand. Ihre Ellis Sullivan.

Er starrte auf die Mitteilung. Sie wollte mit ihm sprechen? Worüber? Was Ty betraf, hatte sie alles Nötige bereits in der vergangenen Nacht gesagt.

Zum Teufel mit ihr, sagte er zu sich und tippte schnell eine Antwort.

Es gibt nichts mehr zu reden.

»Scheiße!«, rief Julia, als sie Tys Antwort las. »Er ist genauso stur wie sie.«

»Und jetzt?«, fragte Dorie, mit einem Auge auf der schlummernden Ellis.

Julia schaute ratlos zum Himmel empor, entdeckte aber nur einen Schwarm Möwen, der hoch oben kreiste.

»Wir müssen nicht mehr tun, als die beiden zusammenzubringen«, murmelte sie. »Er ist verrückt nach ihr. Sie ist verrückt nach ihm. Was ist so kompliziert daran?«

»Apropos verrückt: Ihr beiden seid wahnsinnig, wenn ihr glaubt, dass das klappt«, sagte Madison. »Wir reden hier von zwei Erwachsenen, nicht von Comicfiguren.«

»Lasst uns mal überlegen«, sagte Dorie. »Was trennt die beiden voneinander?«

»Geld«, sagte Madison schnell. »Beziehungsweise Geldmangel.«

»Nicht ganz«, meinte Dorie.

»Ich kenne niemanden, der weniger am Geld hängt als Ellis«, stimmte Julia zu. »Aber sie ist so verdammt bodenständig.«

»Und unflexibel«, warf Dorie ein. »Wenn Ellis keine Liste, kein Diagramm oder eine Grafik von etwas machen kann, versteht sie es nicht. Sie sehnt sich nach Sicherheit.«

»Sicherheit«, schnaubte Madison verächtlich. »Die glaubte ich auch zu haben, als ich Don heiratete, und ihr seht ja, was es mir gebracht hat.«

»Wenn sie wüsste, dass Ty eine Stelle hätte, und wenn sie selbst Arbeit hätte, die ihr erlauben würde, hier mit ihm zu leben, dann würde sie bestimmt bleiben«, sagte Julia.

»Na, dann besorgen wir den beiden halt Arbeit«, sagte Dorie, als wäre es das Einfachste der Welt.

»Und als was?«, fragte Madison und ließ sich rückwärts in den Sand fallen. »Das ist doch sinnlos.«

Julia sah sie böse an. »Wir schaffen das. Das weiß ich. Wir müssen nur unkonventionell denken.«

»Du hast gesagt, sie hätte bei einer Bank gearbeitet«, sagte Madison in dem Versuch, die beiden wieder günstig zu stimmen. »Was genau hat sie da gemacht?«

»Marketing«, erwiderte Julia.

»Könnte sie das hier nicht auch tun?«

»Wenn es hier richtig große Banken gäbe, ja, denn Ellis war im Corporate Marketing«, erklärte Dorie. »Und das gibt es nur in den Großstädten wie Philly oder Charlotte, wo sie früher war, oder in Seattle, wo sie hinziehen will, wenn wir sie nicht aufhalten.«

»Könnte sie denn nicht pendeln?«, fragte Madison. »Ich meine, wenn man heutzutage einen Computer hat, einen Blackberry und ein Headset, kann man so gut wie alles überall machen.«

»Nein«, sagte Julia genervt. »So funktioniert das nicht.«

Dorie schaute Julia fragend an. »Warum kann das nicht so gehen? Der Mann von einer unserer Mathelehrerinnen an der Schule arbeitet als IT-Experte für eine Firma in Boston. Eine Woche im Monat fliegt er hin, den Rest der Zeit arbeitet er von zu Hause aus, direkt in Savannah.«

»Siehst du.« Madison fühlte sich bestätigt.

»Es wäre eine Möglichkeit«, sagte Julia langsam. »Aber Ellis hat ein Stellenangebot. Ihr habt sie gehört. Das ist ein Komplettpaket mit Gehalt, Beförderung, Zusatzleistungen. Ihr wisst ja, wie die Wirtschaft aussieht. So viele gute Jobs sind nicht zu haben.«

»Weil sie sich eigentlich nur für Stellen im Bankenmarketing an der Ostküste beworben hat«, erinnerte Dorie sie. »Wenn sie sich vielleicht etwas breiter aufstellen würde, also wenn sie ihren Einsatzbereich ausweiten würde, mit der Telearbeit im Hinterkopf, dann hätte sie vielleicht größere Chancen.«

»Kann sein«, sagte Julia. »Müsste man mal drüber nachdenken. Ellis ist super in dem, was sie macht, niemand arbeitet härter, keiner ist kreativer oder begabter als sie, das steht fest.«

»Und was ist mit Ty?«, fragte Dorie. »Das ist schon schwieriger. Ellis hat uns erzählt, dass Ty zu ihr gesagt hat, er würde nie mehr in einem Büro arbeiten wollen. Er will nie wieder eine Krawatte anziehen oder sich in Großraumbüros quetschen müssen.«

»Ich weiß es nicht, ich weiß es nicht«, stöhnte Julia.

Dorie hatte Ellis im Blick, die sich ein wenig rührte und einen Arm über die Augen legte, um nicht von der Sonne geblendet zu werden. »Zurück zum Thema«, flüsterte sie. »Bevor Ellis aufwacht und uns mit ihrem Handy erwischt. Was sollen wir Ty schreiben, damit er sich um zwölf mit ihr am Strand trifft?«

»Selbst wenn ihr es schafft, dass er hingeht, wie wollt ihr Ellis dorthin befördern?«, fragte Madison.

»Eins nach dem anderen«, sagte Julia und tippte die nächste Mitteilung.

Ty las die SMS einmal, dann erneut, um sicher zu sein, dass er sich nicht verlesen hatte:

Wenn du mich liebst, kommst du.

Ohne nachzudenken, tippte er seine Antwort:

Wir sehen uns um 12.

Kaum leuchtete das Symbol für »Gesendet« auf, klappte er sein Handy zu und schob es in die Tasche seiner Shorts. Er machte den Computer an, fuhr ihn hoch und ging auf sein Konto. Der Börsengang des Landwirtschaftsunternehmens schien gut zu laufen. Der Preis der Aktie war auf 4,25 Dollar gestiegen. Ty klickte auf »Kaufen«, nickte und stellte den Computer wieder aus.

Er ging nach draußen und lief die Straße hinunter zu Ebbtide. Es würde in jedem Fall ein interessanter Tag werden.

»Super!«, quietschte Dorie, als Julia ihr Ellis' Handy reichte. »Es hat geklappt! Es läuft! Er kommt.« Sie drückte eine Hand aufs Herz und seufzte tief. »Das ist alles so romantisch, ich könnte sterben.«

»Du wirst bald sterben, denn Ellis bringt euch beide wahrscheinlich um, wenn sie herausfindet, was ihr hinter ihrem Rücken veranstaltet habt«, sagte Madison. »Und jetzt erklärt mir mal, ihr Intelligenzbestien, wie ihr Ellis dazu bringen wollte, um Mitternacht hier unten am Strand zu sein?«

»Das schaffen wir schon«, sagte Julia leichthin.

»Wir machen das, was wir am besten können: lügen und betrügen. Jetzt müssen wir nicht mehr tun, als Ellis bis zu dem Treffen um Mitternacht von Ty fernzuhalten. Nur für den Fall, dass er diese SMS erwähnen sollte.«

»Das wird nicht schwer sein«, sagte Dorie voraus. »Ellis geht Konfrontationen aus dem Weg. Wenn sie Ty schon von weitem sieht, wird sie umkehren und abhauen.«

»Trotzdem möchte ich kein Risiko eingehen«, meinte Julia. Sie nahm Dorie das Handy wieder ab und löschte sorgfältig die SMS an Ty aus dem Speicher. Dann steckte sie das Telefon zurück in die Strandtasche, stand auf und schlich zu Ellis hinüber, die sich gerade zu recken begann.

Julia ließ sich neben ihr in den Sand fallen und stellte dabei die Tasche beiläufig neben dem Liegestuhl ab.

»Hi«, sagte Ellis und schirmte die Augen vor der grellen Sonne ab. »Was führst du im Schilde?«

»Nichts«, antwortete Julia unschuldig. »Wollte dir nur sagen, dass du dich umdrehen musst. Dein Gesicht bekommt zu viel Sonne ab.«

»Danke«, sagte Ellis und gähnte. »Du bist ein Schatz.«

»Immer gern«, gab Julia zurück und reichte Ellis eine Tube Sonnenblocker. »Hör mal, Booker ist heute Morgen gefahren, und ich muss noch die ganzen Sachen zurückbringen, die ich bei HomeGoods gekauft habe. Dorie hat ein Abschiedsessen mit Connor, und Madison … na, du kennst ja Madison. Jedenfalls wollte ich dich fragen, ob du mir hilfst, die ganzen Sachen ein- und wieder auszuladen. Dorie hat schon gesagt, wir können ihren Van nehmen.«

Ellis runzelte die Stirn. »Ich hatte eigentlich vor, heute Nachmittag den Kühlschrank auszuräumen und meine Sachen zu packen.«

»Madison hat sich freiwillig bereit erklärt, den Kühlschrank zu putzen«, log Julia. »Und zum Packen hast du heute Nachmittag noch genug Zeit, bevor wir zur Bar fahren.«

»Ach, hör mal«, sagte Ellis langsam. »Wegen heute Abend. Ich weiß ja, dass du Geburtstag hast und so, aber ich glaube wirklich nicht, dass ich heute Abend groß zum Feiern aufgelegt bin. Ich komme mit zum Essen, aber danach möchte ich einfach nur einen letzten ruhigen Abend im Haus verbringen. Ich möchte morgen früh aufstehen.«

»Nichts da«, sagte Julia. »Du wirst dich nicht drücken. Es ist unser letzter gemeinsamer Abend, von meinem Geburtstag ganz zu schweigen. Bring mich nicht so weit, dass ich dir Schuldgefühle machen muss, Ellis. Entweder gehen wir alle oder keine.« Sie verschränkte die Arme vor der Brust und schaute ihre Freundin trotzig an.

»Muss es denn unbedingt im *Caddie's* sein?«

»Ja, muss es«, sagte Julia. »Außerdem ist Freitag. Selbst wenn Ty heute Abend dort arbeitet, wird er viel zu beschäftigt sein, um zu sehen, was du da treibst.«

»Es geht mir nicht um Ty«, wandte Ellis ein.

»Na klar«, entgegnete Julia. Sie stand auf und hielt Ellis die Hand hin. »Und jetzt los. Ich bin mir ziemlich sicher, dass du einen neuen Dienstplan im Haus aufgestellt hast, der jedem von uns sagt, was wir tun müssen, bevor wir morgen ausziehen.«

49

»Ty«, sagte Angela am Telefon. »Ich bin mit meiner Weisheit am Ende. Patricia ist wieder nicht aufgetaucht. Heute ist die letzte Collegenacht in diesem Sommer, und der Laden ist jetzt schon zum Bersten gefüllt. Ich flehe dich an, hilf uns wenigstens bis zwölf Uhr aus. Ich sorge dafür, dass Nella zumacht, aber wenn ich nicht direkt jemanden hinter die Theke bekomme, muss ich mich umbringen.«

Ty schob den Stuhl vom Computer zurück. Er trat aus dem Cottage und blickte in den Himmel. Es war nach acht, und die letzten orangefarbenen Streifen des Sonnenuntergangs waren noch über den Dünen zu sehen, die Pelican Cottage vom Strand trennten. Die Aussicht war nicht so gut wie die von der Garagenwohnung von Ebbtide. Ihm würde dieser Blick fehlen, aber Sonnenuntergänge würde es noch viele geben, und in rund neunzig Tagen wäre er wieder zurück in seinem alten Haus, dann für immer.

»Tut mir leid, Angie, aber ich kann nicht«, sagte Ty. »Ich hab heute Abend schon was anderes vor.«

»Was denn?«, wollte sie wissen. »Hör zu, ich sag doch, ich weiß mir keinen Ausweg mehr. Verrat mir einfach, wie ich dich überzeugen kann herzukommen, jetzt auf der Stelle, und ich zahle es.«

Ty ließ sich Angies Angebot durch den Kopf geben. Er hatte sie in der Hand.

»Hundert Dollar die Stunde«, sagte er, wie aus der Pistole geschossen. »Bar auf die Hand. Plus Trinkgeld.«

»Wahnsinn!«, stöhnte Angie. »Davon kann ich fünf Barkeeper zahlen.«

»Dann tu's doch!«

»Verdammt! Ich brauche dich, und das weißt du genau. Komm sofort her!«

»Alles klar«, sagte Ty. »Aber eine Sache ist da noch. Ich kann nicht bis zwölf Uhr bleiben. Um halb zwölf muss ich weg. Pünktlich.«

»Ja, ist okay.«

»Ich meine es ernst, Angie. Ist mir scheißegal, ob jeder verfluchte Collegestudent von den Outer Banks heute Abend im Laden rumsteht. Ich haue um Punkt halb zwölf ab. Egal, was los ist. Verstanden?«

»Komm einfach her!«, rief Angie nur noch.

Julia kam in Ellis' Zimmer, als Ellis gerade den Reißverschluss ihres rosafarbenen Kleides zuzog.

»Sag nichts!«, warnte Ellis, als sie Julias missbilligendes Stirnrunzeln sah. »Ich habe schon alles eingepackt außer den Sachen, die ich morgen früh anziehe. Und ich leihe mir keine Klamotten mehr von dir aus. So wie ich jetzt aussehe, so bin ich. Ich bin nicht Julia Capelli. Ich laufe nicht mit Pfennigabsätzen oder schwarzen Spitzen-BHs als Oberteil rum. Ich bin Ellis Sullivan. Die langweilige, vorhersagbare Sicherheitsfanatikerin Ellis Sullivan. Find dich damit ab!«

»Ich wollte eigentlich nur fragen, ob ich mir deine silbernen Kreolen leihen kann«, sagte Julia und setzte sich auf die Bettkante. »Aber wenn du mich lieber anmotzen möchtest, auch gut.«

»Ohrringe? Mehr willst du nicht?«

»Nein. Was hast du denn gedacht?«

Ellis griff in ihr Schmucktäschen, das auf der Kommode lag, und nahm die silbernen Kreolen heraus. »Du bist nicht hergekommen, um mich wieder herauszuputzen, bevor wir heute Abend ins *Caddie's* fahren?«

»Nee«, sagte Julia.

»Und du versuchst auch nicht, mir auszureden, dass ich morgen fahre? Und redest mir nicht ein, dass ich hierbleiben soll, bei Ty?«

»Nee«, wiederholte Julia. Sie streckte die Hand aus. »Nur die Ohrringe. Mehr brauche ich nicht. Ach ja. Ich soll dir von Dorie ausrichten, dass sie dich unten in der Wäschekammer braucht. Sie weiß nicht, welche Handtücher dir gehören und welche hier im Haus bleiben.«

»Die hässlichen grauen und braunen bleiben hier«, sagte Ellis und schaute in den Spiegel.

»Ja, aber sie meint, da wäre noch mehr Wäsche, und sie weiß nicht, wem sie gehört, Bett- und Kopfkissenbezüge. Du kennst doch Dorie, sie verliert schon bei den einfachsten Dingen die Fassung.«

»O Mann.« Ellis fuhr sich mit einer Bürste durch ihr dunkles Haar. »Ich geh schon.«

»Super.«

Julia folgte Ellis bis zur Treppe. Sie wartete, bis Ellis die Hälfte der Stufen zurückgelegt hatte, dann hastete sie in deren Zimmer zurück. Sie griff zu der Handtasche, holte Ellis' Handy und ihre Wagenschlüssel heraus und verstaute sie schnell in ihrer eigenen Tasche, dann verschwand sie in ihrem Zimmer.

Er stand mit dem Rücken zur Theke und goss Tequila in den Mixer, doch Ellis kannte diesen Rücken. Sie kannte diese breiten sonnengebräunten Schultern, die Muskeln, die schmalen Hüften. Ellis hielt die Luft an und machte einen Schritt zurück, doch Dorie hielt sie am Arm fest.

»Komm, Ellis. Du musst doch nicht mit ihm reden. Wir suchen uns einen Tisch ganz weit hinten.«

»Mädels«, flehte Ellis. »Zwingt mich nicht dazu.«

»Wozu?«, fragte Madison und hakte sich bei ihr ein. »Komm, Ellis! Es ist Lady's Night. Unser letzter Abend. Du willst Julia doch nicht ihren Geburtstag verderben, oder?

»Hier ist es sowieso total voll«, sagte Julia, während sie sich ihren Weg durch die Menge bahnten. »Der bekommt gar nicht mit, dass du hier bist.«

»Es reicht, dass ich es weiß«, sagte Ellis düster, ließ jedoch zu, zu einem Tisch in der hinteren Ecke geschleppt zu werden, dann ließ sie sich widerwillig zu einem Lemontini einladen. Und zum nächsten. Irgendwann sah Ty zu ihnen herüber. Für den Bruchteil einer Sekunde trafen sich ihre Blicke. Er nickte, grinste, so als wäre nichts passiert. Ellis spürte, dass sie rot anlief, und sah zur Seite.

Zwei Lieder später stand Dorie auf und verkündete: »Ich mache jetzt eine Pinkelpause. Soll ich irgendwem was mitbringen?«

»Pinkelpause oder Connor-Pause?«, neckte Julia sie. »Meinst du, wir haben nicht gemerkt, dass du die ganze Zeit zur Tür guckst, weil du wissen willst, ob er heute Abend arbeitet?«

»Ich muss alle halbe Stunde pinkeln«, sagte Dorie. »Ich kann auch nichts dafür, wenn die Damentoilette direkt neben der Ecke der Security ist.«

Zwanzig Minuten später war sie mit einem Tablett Gläser zurück.

»Das hier ist von Ty«, verkündete sie und teilte die Gläser aus. »Er hat gesehen, wie ich mit Connor geredet habe, und bestand darauf, uns eine Runde auszugeben, da wir ja morgen abreisen. Er meint, wir wären die besten Mieter, die er je gehabt hätte. Ist das nicht total süß?«

»Entzückend!«, rief Julia und sah Ellis an, die stumm nickte und ihr Glas in einem langen Zug leerte.

Dorie und Julia tauschten einen besorgten Blick aus.

»He, nicht so schnell«, sagte Julia. »Du willst doch morgen nicht mit einem dicken Kopf nach Hause fahren, oder?«

Ellis warf ihr Haar nach hinten. »Ich weiß schon, was ich tue.«

»Los, lasst uns tanzen!«, rief Julia schnell und zog Ellis auf die Tanzfläche.

Dank des verblichenen Schildes mit der Aufschrift *Ebbtide* neben dem Briefkasten hatte er keine großen Schwierigkeiten, das Haus zu finden. Tagsüber war er fünf-, sechsmal daran vorbeigefahren. Es war erstaunlich viel los, irgendeine Baumaßnahme lief dort, Wagen und Laster kamen und fuhren wieder ab. Irgendwann hatte er sich sogar bis zur Auffahrt vorgewagt, war einer Karawane von Pick-ups gefolgt. Er hatte Maryns Volvo entdeckt, der neben dem Haus stand, und in sich hineingegrinst. Sie war also noch da.

Als die Arbeiter um sechs Uhr Feierabend machten, war es keine Schwierigkeit, auf das Nachbargrundstück zu fahren und den Wagen hinter den Grundmauern eines ausgebrannten Hauses zu verstecken.

Es war unmenschlich heiß gewesen, als er wartete, doch als es schließlich dunkel wurde, konnte er die Umrisse der Frauen im Haus herumlaufen sehen. Bisher hatte er Maryn noch nicht entdeckt, doch das war nicht wichtig. Er wusste, dass sie da war. Und er konnte es sich leisten, Geduld zu haben.

Gegen neun Uhr wurde schließlich das Licht gelöscht, eine Lampe nach der anderen. Er stieg aus seinem Fahrzeug, schlich sich zu einem Holzstapel, der nur wenige Stunden zuvor abgeladen worden war, und beobachtete, wie die Frauen das baufällige alte Haus verließen und sich in einen roten Van quetschten. Die drei Fremden waren schick gekleidet, so als wollten sie ausgehen, nur Maryn nicht. Er lächelte, als er sie erblickte, unauffällig mit einer billigen Jeans und einem weiten T-Shirt, das Haar hochgesteckt unter einer Baseballkappe. Als ob sie das unkenntlich machen würde für jemanden, der die wahre Maryn Vance kannte.

Ebbtide war eine marode Ruine mit dicken Balken, Wänden aus Zedernplanken und schweren Holztüren. Die Schlösser jedoch waren alles andere als schwer. Ohne Probleme hatte er das verrostete Schloss der Küchentür hinterm Haus geknackt. Drinnen hatte er sich schnell alle Schlafzimmer angesehen, um sich zu vergewissern, welches Maryn gehörte. Als er entdeckte, dass sie als Einzige von allen Frauen ihre Zimmertür verriegelt hatte, fluchte er vor sich hin. Nicht dass ihn das groß aufgehalten hätte. Von draußen hatte er das offene Fenster zum Strand und die altmodische Galerie gesehen, die im zweiten Stock am Haus entlanglief. Es war nicht schwer gewesen, die Tür zum Speicher und das entsprechende Fenster zu finden. Nach den frischen Splittern an der Speichertür zu urteilen, hatte vor kurzem schon einmal jemand diesen Weg in Maryns Zimmer gewählt.

Und wie praktisch es war, freute er sich, dass sich ihm so eine problemlose Fluchtmöglichkeit bot: die Treppe führte direkt von Maryns Zimmer nach unten. Von dort war es ein Katzensprung zum ausgebrannten Nachbarhaus, wo sein Auto auf ihn wartete.

Wie es aussah, war das Timing einwandfrei. Die Abreise der Frauen stand kurz bevor. Marnys Reisetasche war bereits gepackt. Schnell hatte er die Laptoptasche gefunden, tief in ein Fach im Schrank geschoben. Er setzte sich auf den einzigen Stuhl im Zimmer und wartete. Er hatte alle Zeit der Welt.

Während Ellis mit Julia tanzte, warf sie immer mal wieder einen Blick zur Theke. Sie war überzeugt, dass Ty extra wegsah. Tja, wenn das so war … Sie nahm Julia an der Hand, zog sie wieder zu den beiden anderen und bestellte noch einen Drink.

»Ist sie betrunken?«, fragte Madison leise und blickte von Dorie zu Julia.

»Betrunken oder verliebt, das ist auf jeden Fall nicht die Ellis, die wir kennen«, sagte Julia düster, und Dorie nickte zustimmend.

Julia schaute beiläufig zur Theke hinüber. Zu ihrer Genugtuung sah sie, dass Ty mit einer älteren blonden Frau ins Gespräch vertieft war. Hektisch wies er auf seine Uhr. Die Blondine schüttelte den Kopf, doch kurz darauf steuerte er auf den Ausgang zu. Es war halb zwölf.

Ellis hatte sich die ganze Zeit gefragt, ob Ty wohl doch noch an den Tisch kommen würde, um vielleicht ihre Aufmerksamkeit zu gewinnen oder sie sogar zum Reden nach draußen zu holen. Jetzt sah sie jedoch, dass er zum Ausgang eilte, und ihr Mut sank.

Den ganzen Tag war er nicht mal in die Nähe des Hauses gekommen. Was Ty anging, dachte sie verbittert, hatten sie sich bereits voneinander verabschiedet.

Sie griff zu ihrem vernachlässigten Glas, schluckte die Hälfte seines wässrigen Inhalts und rief: »Mädels, jetzt noch mal ab auf die Tanzfläche!«

Dorie sah Madison an und zuckte mit den Schultern. »Komm!«, sagte sie. »Es ist unser letzter Abend. Bringen wir es einfach hinter uns.«

Ellis trieb alle auf die Tanzfläche, und dann hörten sie die unverwechselbaren ersten Takte. Im nächsten Moment tanzten die vier ausgelassen und sangen lauthals mit bei »Summer Nights« aus dem Musical *Grease*. Und als sie an die Stelle kamen, wo es hieß, Urlaubsflirts würden nichts bedeuten, sang Ellis Sullivan die Worte mit neu gewonnener Weisheit.

50

»Das war der Hammer!«, rief Dorie am Ende des Lieds und umarmte ihre Freundinnen.

»Jawohl, wir haben alle umgehauen«, stimmte Julia ihr zu und führte die Freundinnen in Richtung ihres Tisches. »Aber ich glaube, das Geburtstagskind muss jetzt nach Hause, bevor es an Ort und Stelle einnickt.«

»Hört sich gut an«, sagte Madison sofort.

Sie quetschten sich in den roten Van, Dorie hinters Lenkrad, und waren fast zu Hause angekommen, als Julia ganz beiläufig ihr Handy hervorholte und stöhnte.

»O nein, mein Akku ist leer! Dabei hab ich Booker versprochen, ihn noch vor zwölf anzurufen. Scheiße!«

»Ich würde dir ja meins geben«, sagte Dorie, »aber ich habe schon alle Freiminuten für diesen Monat verbraucht.«

»Moment«, sagte Ellis und tastete in ihrer Tasche herum. »Ruf ihn schnell mit meinem an.«

»Na, gut«, sagte Julia und streckte die Hand aus.

»Ähm, komisch«, sagte Ellis verwirrt. »Ich hab es nicht dabei.« Sie leerte den Inhalt ihrer Tasche auf dem Schoß aus und wühlte durch Lippenstifte, Kugelschreiber, Geldscheine, Taschentücher und einen Notizblock.

Julia auf dem Beifahrersitz drehte sich um. »Ist es wirklich nicht da?«

»Nein«, erwiderte Ellis. »Und meine Schlüssel sind auch weg. Dorie!«, rief sie. »Kannst du bitte drehen? Wir müssen zurück ins *Caddie's*. Ich glaube, mein Handy und die Schlüssel sind mir aus der Tasche gefallen.«

»Was?«, sagte Julia erschrocken. Es war zehn Minuten vor zwölf. »Ich hab dein Handy und deine Schlüssel da aber nicht gesehen. Und ich saß den ganzen Abend neben dir.«

»Die müssen aber im *Caddie's* sein«, beharrte Ellis. »Dorie, dreh bitte um. Ihr könnt ja im Auto sitzen bleiben. Ich lauf nur schnell rein und sehe an unserem Tisch nach.«

»Das kann da nicht sein«, entgegnete Julia. »Stimmt's, Dorie?«

»Wann hast du dein Handy denn zum letzten Mal gesehen?«, fragte Dorie. »Denk nach!«

»Weiß ich nicht«, sagte Ellis. »Ich bin den ganzen Tag zwischen Haus und Strand rumgelaufen, habe gepackt, saubergemacht und schon Sachen ins Auto geladen.«

»Der Strand!«, rief Dorie. »Na klar, Ellis! Das hatte ich total vergessen. Als ich heute Nachmittag meinen Stuhl und mein Handtuch mitnahm, lagen dein Handy und die Schlüssel auf deinem Liegestuhl. Ich wollte noch was sagen, aber ich dachte, du würdest später noch mal runtergehen.«

»Dorie!« Ellis war empört. »Warum hast du nicht schon längst was gesagt? Und warum hast du die Sachen nicht mitgenommen und mir gegeben?«

»Ich bin bescheuert«, klagte Dorie. »Aber es war heute so heiß draußen, dann hat auch noch Willa angerufen und mich fertiggemacht, da hab ich es einfach vergessen.«

»Herrgott nochmal«, schimpfte Ellis. »Das heißt, dass Handy und Schlüssel seit Stunden draußen am Strand liegen. Wahrscheinlich hat sie längst jemand mitgenommen.«

»Vielleicht ja auch nicht«, warf Madison ein.

»Pass auf!«, sagte Julia. »Wir sind sofort zu Hause. Sobald wir in Ebbtide sind, springst du aus dem Wagen und siehst am Strand nach. Die sind ganz bestimmt noch da.«

»Ganz bestimmt«, sagte Ellis düster.

Tys Haar war noch nass, doch es war ihm gelungen, in genau zehn Minuten zu duschen, sich wieder anzuziehen und von seinem neuen Cottage den Strand bis zu Ebbtide hinunterzugehen. Jetzt, genau fünf Minuten vor zwölf, stand er dort und fragte sich, ob es ein Fehler gewesen war herzukommen.

Er sah hoch zu der Stelle, wo noch vor vierundzwanzig Stunden seine Garage und seine Wohnung gewesen waren. Schnell wandte er den Blick wieder ab. Er hatte getan, was getan werden musste, aber das alte Rattenloch würde ihm trotzdem fehlen.

Ein Klappliegestuhl stand dort, wo die Frauen von Ebbtide im letzten Monat immer ihr Lager aufgeschlagen hatten. Über der Rückenlehne hing ein rosa-orange gestreiftes Strandlaken, und als Ty genauer hinsah, entdeckte er ein Handy und einen Schlüsselbund darunter. Er nahm das Telefon in die Hand, stellte es an und erkannte, dass es Ellis gehörte.

Ty setzte sich auf den Stuhl und wartete.

Er wartete still im Dunkeln auf dem Stuhl am Fenster, dasselbe Fenster, durch das Madison schon unzählige Male geblickt hatte, jeden Morgen und Abend, wenn sie sich vergewisserte, dass ihr kein Unheil drohte. Eine Schweißperle lief ihm den Rücken hinunter. Er hatte überlegt, ob er die verrostete Klimaanlage im Fenster des klitzekleinen, stickigen Raums einschalten sollte, war dann aber zu dem

Schluss gekommen, dass ihn das Geräusch verraten könnte.

Er warf einen Blick auf die LED-Anzeige seiner Armanduhr. Gleich zwölf. Ob sie einen anderen Mann kennengelernt hatte? Sein Auge zuckte bei dem Gedanken, dass Maryn mit jemand anderem zusammen war. Dann schüttelte er den Kopf. Unmöglich. Vor Stunden hatte er gesehen, wie der rote Van mit vier Frauen fortfuhr. Ein Mädchenabend. Völlig harmlos.

Nicht dass es einen Unterschied gemacht hätte. Er klopfte auf die Laptoptasche auf dem Boden, die sich vor Bargeld wölbte. Er hatte sie ohne langes Suchen im obersten Fach des Kleiderschranks gefunden. Sein Geld. Er hatte es verdient, es war für ihn bestimmt, und er würde es bekommen, sobald er mit Maryn fertig war. Er hatte genug Zeit gehabt, das Geld zu zählen, hatte die Scheine auf Stapel verteilt, die das ganze Bett bedeckten. Es war noch alles da, bis auf hundert Dollar. Er wunderte sich, dass Maryn nichts ausgegeben hatte, dass sie nicht außer Landes geflohen war, als sie erkannte, was sie mitgenommen hatte. Maryn war ihm nie besonders edelmütig erschienen. Sie war schonungslos realistisch, genauso wie er. Weshalb er sich zu ihr hingezogen gefühlt hatte.

Er beobachtete das Spiel der Lichter an der gegenüberliegenden Wand des dunklen Zimmers und stand auf, um aus dem Fenster zu schauen. In flottem

Tempo kam der rote Van die Auffahrt hinaufgefahren. Erst kurz vor der Veranda blieb er stehen. Der Motor wurde ausgestellt, und eine kleine Rothaarige sprang vom Fahrersitz auf die Veranda zu. Kurz darauf öffneten sich die hinteren Türen, und er sah mit schneller werdendem Puls, wie Maryn ausstieg, sich streckte und etwas zu der schlanken Blondine sagte, die den Wagen auf der anderen Seite verließ. Die beiden anderen stiegen auch aus, schauten hoch zum Haus, und er machte schnell einen Schritt zurück, obwohl er wusste, dass sie ihn auf keinen Fall hier oben im Dunkeln sehen konnte. Trotzdem …

Er tappte leise zur Tür und öffnete sie gerade so weit, dass er hören konnte, wie die Eingangstür unten aufgeschlossen wurde. Licht ging an, Stimmen ertönten. Diesmal war er sicher, Maryn und eine andere Frau verschwörerisch kichern zu hören. Er drückte die Tür wieder zu und ging direkt daneben in Position.

Minuten vergingen. Schritte kamen die Treppe hinauf. »Nacht, Mädels«, rief eine unbekannte Frauenstimme fröhlich. Im ersten Stock verstummten die Schritte, und er hörte, wie eine Tür geschlossen wurde, wie das Wasser lief und dann die Toilettenspülung betätigt wurde. Schließlich ging die Badezimmertür wieder auf und kurz darauf eine andere Tür zu.

Er wartete weiter, gegen die Wand gelehnt, lauschte

seinem eigenen, gleichmäßigen Atem. Er hörte neue Schritte auf der Treppe und erstarrte. Seine Hände waren nass vor Schweiß. Er trocknete sie an der Jeans ab, stand auf, bewegte sich auf die Tür zu, die Hand an der Pistole in seinem Hosenbund. Die Schritte hielten auf dem Treppenabsatz im ersten Stock inne. Vielleicht war es eine der anderen Frauen, eine Mitbewohnerin von Maryn? Doch dann stieg sie weiter die Treppe hoch in die zweite Etage.

Es musste Vorsehung sein, dass sie sich dieses Zimmer ausgesucht hatte, abgelegen im obersten Stockwerk des Hauses. Aber eigentlich keine Überraschung. Maryn vertraute niemandem, schon gar nicht anderen Frauen. Überraschend war, dass sie überhaupt bei diesen Fremden eingezogen war. Egal aus welchem Grund; wichtig war nur, dass das Zimmer seine Erfordernisse perfekt erfüllte.

Die Schritte kamen näher. Sie summte. Was war das? Er hatte sie noch nie summen gehört, schon gar nicht singen. War sie betrunken oder bekifft? Vor der Tür blieb sie stehen. Er hielt den Atem an, als sie den Schlüssel ins Schloss schob.

Langsam öffnete sich die Tür. Sie summte immer noch. Sie trat ein, die Hand tastete nach dem Lichtschalter.

Er wartete, bis das Licht anging, dann sprang er auf sie zu, legte ihr den Unterarm über die Kehle, zog sie ins Zimmer und schloss die Tür leise hinter sich.

Sie riss die Augen vor Entsetzen weit auf, und bevor sie schreien konnte, hielt er ihr den Mund zu. »Willkommen daheim«, flüsterte er ihr ins Ohr.

Ellis holte eine Taschenlampe unter der Küchenspüle hervor und eilte zum Holzsteg über die Dünen. Wie um alles in der Welt, fragte sie sich, hatte sie es geschafft, Telefon und Schlüssel am Strand zu vergessen? Sie hätte schwören können, dass beide in ihrer Strandtasche gelegen hatten, als sie wieder im Haus war, doch an diesem Tag war so viel los gewesen, dass sie es sich auch eingebildet haben konnte.

Auf der Plattform oben in den Dünen zog sie ihre Sandalen aus und stieg vorsichtig nach unten, die Hand fest am Geländer, die Taschenlampe auf die Stufen gerichtet. Heute schien es besonders dunkel zu sein. Ellis schaute hoch zum Mond. Er wurde von schweren violetten Wolken verdunkelt. Die Temperatur war gefallen, der Wind hatte aufgefrischt, und in der Ferne war tiefes Donnergrollen zu hören. Ellis hoffte, dass es erst regnen würde, wenn sie ihr Handy gefunden hätte.

Am Strand angekommen, schwenkte sie ihre Taschenlampe hin und her, bis sie den vergessenen Liegestuhl entdeckte, über dem noch ihr Strandlaken hing. Und darin saß Ty Bazemore. Tief sog Ellis die

Luft ein und umklammerte das Geländer. Ihr Gefühl sagte ihr, sie solle umkehren und zurück zum Haus laufen. Doch bevor sie reagieren konnte, stand Ty auf und sah sie erwartungsvoll an. Lächelte er etwa? Lächelte er ihr zu? Jetzt war es zu spät zum Weglaufen.

Ellis zwang sich, auf ihn zuzugehen, als wäre es das Normalste der Welt. Doch ihr Kopf konnte keinen Satz bilden, der nicht bescheuert klang. Am Ende entschied sie sich für: »Ich glaube, ich habe mein Handy und meine Schlüssel hier heute Nachmittag vergessen.«

Ty hielt das Telefon und die Schlüssel hoch. »Stimmt«, sagte er. »Die lagen hier auf dem Stuhl.« Doch er machte keine Anstalten, sie ihr zu geben.

»Ich war mir nicht sicher, ob du wirklich kommen würdest«, sagte er. »Ich wusste nicht mal, ob ich kommen würde. Aber ich bin froh, dass du mich gefragt hast. Ich will nicht, dass es so aufhört, Ellis.«

»Wovon redest du da?«, fragte sie und blieb kurz vor dem Stuhl stehen. »Was habe ich dich gefragt?«

»Ach komm, Ellis«, sagte Ty und spürte, dass er rot anlief. »Es war schließlich deine Idee, nicht meine. Hör auf damit!«

»Ty«, sagte Ellis. »Ich habe wirklich keine Ahnung, wovon du redest? Was machst du hier? Warum bist du hergekommen?«

Er streckte die Hand aus und schob ihr eine Haarsträhne hinters Ohr. »Ich bin gekommen, weil du mir eine SMS geschrieben und mich darum gebeten hast. Ich bin gekommen, weil du geschrieben hast, wenn ich dich liebte, würde ich kommen. Und ich liebe dich. Ich bin hier. Ich komme dir mehr als entgegen, wenn du mir nur eine Chance gibst.«

»Ich hab dir gesimst?«

Ty runzelte die Stirn. »Was soll das? Ist das irgendein gemeiner Scherz?«

Sie nahm ihm ihr Handy ab und prüfte die Liste der gesendeten Mitteilungen. Sie war leer. Zum Beweis hielt sie ihm das Display hin. »Ich habe dir heute nicht gesimst. Das schwöre ich.«

»Hast du wohl«, entgegnete Ty. Er holte sein Handy aus den Cargoshorts, klappte es auf und zeigte ihr die SMS. »Siehst du? Warum sollte ich mir so was ausdenken?«

Ellis las die Mitteilung und schaute hoch zu Tys versteinertem Gesicht. Sie selbst war puterrot.

Auf einmal war ihr alles klar. »Julia!«, rief sie. »Und Dorie! Die waren das! Sie haben mir mein Handy geklaut, als ich heute Nachmittag hier am Strand geschlafen habe, und dir dann diese SMS geschickt. Als ich aufgewacht bin, hat Julia gerade an meiner Strandtasche herumgefummelt. Ich dachte, sie wollte meine Sonnencreme rausholen, aber wahrscheinlich hat sie nur das Handy zurückgesteckt. Und hinterher muss sie es mir noch mal geklaut und hier draußen deponiert haben.«

»Und warum sollten sie so eine lächerliche Nummer abziehen?«, wollte Ty wissen. »Das sind doch deine Freundinnen. Warum sollten sie dich anlügen?«

Ellis wäre am liebsten im Sand versunken. Sie wäre am liebsten gestorben, um dieser Demütigung zu entgehen.

»Weil«, sagte sie und verbiss sich die Tränen, »weil meine bescheuerten, aufdringlichen Freundinnen diese dämliche Idee haben, dass wir zusammengehören. Sie haben Mitleid mit mir, weil sie wissen, dass ich ein Loser bin, dass ich außer meinem Job nichts im Leben habe. Sie wissen, dass du seit elf Jahren der erste Mann für mich bist, und wahrscheinlich bilden sie sich ein, dass wir verliebt sind …«

»He«, sagte Ty leise und nahm Ellis' Hand. »Das ist doch nicht bescheuert.«

Sie sah zu ihm auf, Tränen liefen ihr übers Gesicht. »Es ist nicht bescheuert von denen, dir falsche SMS von meinem Handy zu schicken, um dich herzulocken?«

Er schmunzelte. »Das schon. Aber es hat ja funktioniert, oder? Hier bin ich. Und du bist auch da.«

Ellis schniefte laut. »Weil sie mein Handy und meine Autoschlüssel geklaut haben. Ich dachte, ich hätte sie im *Caddie's* liegenlassen, aber Julia hat Dorie so gut wie verboten zurückzufahren, damit ich nachsehen konnte. Dorie kam daraufhin mit so einer abstrusen Geschichte an, dass sie die Sachen hier gesehen hätte, als sie heute Nachmittag vom Strand nach Hause ging. Ich hätte es wissen müssen. Ich kenne keinen, der so schlecht lügt wie sie.«

»Sie wollten, dass du um zwölf Uhr hier bist«, erklärte Ty. »Weil sie wussten, dass ich auf jeden Fall hier sein würde, besonders nach deiner letzten Mitteilung.«

Ellis hielt ihre Tränen blinzelnd zurück. »Welche war das?«

Er legte ihr den Arm um die Taille und zog sie an sich. »Die Nachricht, in der stand: *Wenn du mich liebst, kommst du*. Ich liebe dich. Also bin ich gekommen. Was machen wir nun?«

Es begann zu regnen. Schwere, warme Tropfen voller Augusthitze. Ellis legte die Wange an Tys Brust. Hier war sie nun, sicher in den Armen eines Mannes, der alles tun würde, um sie glücklich zu machen. Ihr wurde klar, dass sie nichts weiter tun musste, als es geschehen zu lassen. Loslassen und die Liebe genießen. Sie spürte den Sand um ihre Knöchel, den an ihrem Kleid zerrenden Wind, den jetzt stärker werdenden Regen und über allem das Krachen der Brandung.

Ellis lehnte den Kopf zurück und sah zu Ty auf, dem das Haar am Kopf klebte. »Ich glaube, wir laufen lieber los«, sagte sie.

Ty nahm ihre Hand, und zusammen liefen sie die

Treppe hoch über die Dünen. Ellis blieb oben stehen, um Luft zu holen. Ihr Blick schweifte über den Steg bis zu Ebbtide. Im obersten Stock brannte noch Licht, in Madisons Zimmer. Man sah die Umrisse von zwei Gestalten. Die eine war ein Mann.

»Ty«, sagte Ellis und zeigte hinüber. »Da oben im Haus, das ist Madisons Zimmer. Da ist ein Mann bei ihr.«

»Schön für sie«, sagte Ty und zog an Ellis' Hand in Richtung Haus.

»Nein«, sagte sie und blieb stehen. »Das muss Adam sein. Der Kollege, mit dem sie in New Jersey gearbeitet hat. Sie hat ihn vor ein paar Tagen erwartet, aber er kam nicht. Es kam uns allen etwas verdächtig vor, aber Madison meinte, er sei harmlos.«

»Verstehe ich immer noch nicht«, sagte Ty. »Können wir das nicht drinnen besprechen?«

»Wie ist er reingekommen? Wir schließen jedes Mal ab, wenn wir das Haus verlassen. Madison schließt ihr Zimmer noch zusätzlich ab, selbst wenn sie nur ins Bad geht. Ty, der Typ weiß, dass sie das ganze Geld hat. Hunderttausend Dollar. Sie hat es ihm selbst gesagt. Wir müssen nachsehen, ob bei ihr alles in Ordnung ist.«

51

»Du hast noch immer nicht gefragt, warum ich hier bin«, sagte Don und lehnte sich auf dem Stuhl zurück. Er genoss den Anblick der sonst so unnahbaren und gefassten Maryn, die jetzt sichtlich gegen ihre Panik kämpfte. Ihr Gesicht war blass und mit einem Schweißfilm überzogen.

»Ich weiß, was du willst«, sagte sie und wies mit dem Kinn auf die Laptoptasche. »Du bist hier, weil du dein Geld zurückwillst. Ist alles da drin. Also nimm es dir und verschwinde, ja?«

»Was?«, erwiderte er mit aufgesetzter Ungläubigkeit. »Meine wundervolle Frau will keine Zeit mit ihrem wundervollen Ehemann verbringen?«

»Wundervoll?«, höhnte Maryn. »Du fandest mich nie wundervoll. Du fandest es toll, mich zu besitzen, mich herumzukommandieren, bei deinen Freunden mit mir anzugeben. Aber ich war immer nur eine Trophäe für dich, nicht mehr, nicht weniger.«

»Und fandest du es etwa nicht wundervoll, mein Geld auszugeben, in dem Haus zu wohnen, das ich dir geschenkt habe, den großen Verlobungsring mit den Diamanten herumzuzeigen und Flitterwochen auf den Bermudas zu machen?«

»Ob du's mir glaubst oder nicht, Don«, sagte Maryn und verzog das Gesicht. »Ich war in dich verliebt. All diese schönen Sachen waren … schön, und eine Zeitlang habe ich dich wirklich geliebt, bis ich erkannte, wer du bist und zu was du mich gemacht hast.«

»Apropos Ring«, sagte Don. Er griff in seine Gesäßtasche.

Maryn zuckte zusammen. Er hat eine Pistole, dachte sie. Er hat eine Pistole, und er wird mich erschießen.

Doch stattdessen holte Don das samtene schwarze Schmuckkästchen hervor. Er öffnete es und hielt es Maryn entgegen.

Mist. Warum bloß hatte sie den Ring noch nicht verkauft?

»Es tut mir weh, dass du deinen Verlobungsring nicht trägst«, sagte er. »Warum steckst du ihn nicht an? Als Zeichen deiner Zuneigung.«

»Leck mich«, sagte Maryn und schlug gegen seine Hand mit dem Schmuckkästchen. »Es tut *mir* weh, dass du mit Tara Powers herumgemacht hast. Hast du gedacht, ich würde es nicht merken? Gehst mit ihr in dieselben Restaurants, wo du vorher mit mir gewesen bist? Und anschließend in dieselben miesen

Motels? Behalt deinen Ring. Schenk ihn deiner kleinen Hure Tara. Soll sie ihn tragen.«

Ty und Ellis standen wie festgenagelt auf dem Holzsteg und beobachteten, wie der Mann im obersten Stock ausholte und die Frau schlug. »Wir müssen was unternehmen«, sagte Ellis.

»Zuerst müssen wir raus aus dem Regen«, entgegnete Ty und griff nach ihrer Hand. Sie liefen den Holzsteg hinauf zur hinteren Veranda. Als sie sicher unter dem schützenden Dach standen, erinnerte sich Ellis an ihr Handy, das sie kurz zuvor in die Tasche ihres Kleides geschoben hatte.

»Ich rufe die Polizei«, sagte sie. »Dorie und Julia sind im Haus. Was ist, wenn er ihnen auch was antut?«

»Neun-eins-eins«, sagte eine Frauenstimme vom Band. »Sie haben den Notruf von Dare County gewählt. Diese Nummer ist ausschließlich für lebensbedrohende Situationen bestimmt. Wenn Sie sich über die Leistungen der Behörden informieren wollen, legen Sie bitte auf und wählen Sie die Nummer, die in Ihrem Telefonbuch angegeben ist. Wenn es sich tatsächlich um einen Notfall handelt, bleiben Sie bitte in der Leitung, bis jemand für Sie frei ist.«

Es ertönte ein schwaches Summen.

»Ich bin in der Warteschleife!«, rief Ellis. Sie hörte mehrere Piepser. »Verdammt nochmal, dies ist ein echter Notfall. Los, macht schon!«

Ty zog sein eigenes Handy aus der Tasche und gab eine Nummer ein. »Ich rufe Connor an«, sagte er. »Er ist noch in der Bar, aber wenn er drangeht, kann er in zehn Minuten hier sein.« Er wartete, lauschte und runzelte die Stirn. »Bin weitergeleitet worden zur Mailbox«, erklärte er. »Wahrscheinlich hört er das Klingeln nicht.« Ty wartete kurz. »Hey, Connor, hier ist Ty. Hör mal, wir haben einen Eindringling in Ebbtide, ich glaube, er hat eine der Frauen in seiner Gewalt im obersten Stock. Wir haben schon 911 angerufen, hängen aber in der Warteschleife. Wenn du diese Nachricht hörst, dann beweg deinen Arsch rüber, so schnell es geht.«

»Wir können nicht länger warten«, sagte Ellis. »Die Mädels sind allein im Haus. Sie müssen da raus.« Sie ging zur Küchentür. »Ich schleiche mich nach oben, sag ihnen, was los ist, und komm so leise wie möglich mit ihnen raus.«

»Okay. Aber sei vorsichtig! Ich bleib hier und beobachte die Hintertreppe, falls er versucht, Madison wegzubringen. Bleib in der Leitung!«

»Gut.« Ellis zog die Küchentür nur so weit auf, dass sie hineinschlüpfen konnte.

Auf Zehenspitzen ging sie die Treppen hinauf, hoffte, mit den nackten Füßen den knarrenden Bohlen ausweichen zu können und unbemerkt bis in den ersten Stock zu gelangen.

Im Badezimmer hörte sie Wasser laufen, unter Julias Zimmertür sah sie einen Lichtstreifen. Ohne anzuklopfen, platzte sie hinein. Julia zog sich gerade ein rosa Hemdchen über den Kopf.

»Julia!«, flüsterte Ellis. »Habt ihr Adam reingelassen?«

»Wen?«, fragte Julia und schlüpfte in ihre Yogahose.

»Adam, der Freund von Madison. Er ist oben in ihrem Zimmer. Ty ist unten und beobachtet die Hintertreppe.«

»Wie kommst du darauf? Wir haben niemanden hereingelassen!« Julia klang beunruhigt.

»Es fing an zu regnen, deshalb sind wir weg vom Strand. Ich hab zufällig hochgeguckt zu Madisons Fenster. In ihrem Zimmer sind zwei Personen, und eine davon ist ein Mann. Er hat sie geschlagen!«

»Wie zum Teufel …?«, rief Julia. »Wie ist er hier reingekommen?«

»Keine Ahnung, ist er jedenfalls«, gab Ellis zurück. »Wir müssen was unternehmen.«

»Was denn?«

»Weiß ich nicht«, sagte Ellis. »Ich bin in der Warteschleife beim Notruf, und Ty hat Connor eine Nachricht hinterlassen, damit er sofort herkommt, aber so lange ist der Typ da oben bei Madison!«

»Wo ist Dorie?«, fragte Julia. »Es sähe ihr total ähnlich, einfach nach oben zu gehen und noch ein letztes Mal mit Madison zu quatschen.«

Am anderen Ende des Flurs hörten sie Wasser laufen. Beide schlichen zum Badezimmer. Julia klopfte vorsichtig an, doch es antwortete niemand.

»Dorie«, flüsterte sie. »Mach auf!«

»Ich bin noch nicht fertig!«, rief Dorie, und ihre Stimme hallte von den Kacheln. »Mensch nochmal, wenn du es so eilig hast, dann geh doch unten auf die Toilette!«

»Lass mich rein, verdammt nochmal!«, flüsterte Julia heiser. »Und halt den Mund!«

Verärgert öffnete Dorie die Tür. Sie hatte das Haar mit einem violetten Gummi auf dem Kopf zusammengefasst und war in ein feuchtes Handtuch gewickelt. »Was willst du?«

»Sei leise!«, fuhr Julia sie an. »Du bringst uns noch alle um.« Sie packte Dorie am Arm, zog sie aus dem Badezimmer und bugsierte sie durch den Flur in Dories Zimmer. Als sie die Tür hinter sich abgeschlossen hatten, zeigte Ellis nach oben.

»Er ist da«, erklärte sie. »Adam! In Madisons Zimmer. Er muss eingebrochen sein, als wir in der Bar waren. Ty und ich haben ihn gesehen, als wir vom Strand zurückkamen.«

»Ruf die Polizei an, um Himmels willen!«, flüsterte Dorie.

»Hab ich schon«, entgegnete Ellis. »Ich bin schon ewig in der Warteschleife.«

»Wirklich?«, fragte Julia. »Geht so was, beim Notruf in der Warteschleife hängen?«

»Scheint so. Ich verstehe das auch nicht. Was sollen wir jetzt tun?«

»Ich weiß jedenfalls, was ich tue«, sagte Dorie und steuerte auf die Tür zu. »Ich ziehe mir wieder Unterwäsche an. Nackt kann ich nicht auf einen Notfall reagieren.«

»Wir warten auf dich«, sagte Julia. »Wir müssen zusammenbleiben.«

Don Shackleford schlug die Beine übereinander, lehnte sich auf dem Stuhl zurück und betrachtete Maryn mit einem bösen Lächeln.

»Siehst du«, sagte er kopfschüttelnd. »Wenn man die Nase in anderer Leute Angelegenheiten steckt, findet man vielleicht etwas heraus, das man später bereut. Mach dir keine Gedanken wegen Tara. Sie war einfach nur … praktisch.«

»So wie ich praktisch war, als du mich kennengelernt hast?«, fragte Maryn. Sie legte den rechten Arm beiläufig neben das Bett und bewegte ihn zentimeterweise voran, bis ihre rechte Hand auf dem Rand des Sprungrahmens lag.

»Das war was ganz anderes«, sagte Don. »Dich habe ich doch geheiratet, oder?«

»Am Ende schon«, bestätigte Maryn. »Auch wenn du vorher praktischerweise vergaßest zu erwähnen, dass du bereits verheiratet warst.«

»Genaugenommen lebte ich in Trennung«, sagte Don. »Aber du hast auch nie gefragt, ob ich verheiratet bin …«

Maryn schob die Fingerspitzen vorsichtig zwischen Matratze und Rahmen und betete darum, jeden Moment den tröstlichen kalten Stahl zu spüren.

»Hör zu, Don!«, sagte sie. »Du hast dein Geld. Deswegen bist du doch gekommen, oder? Nimm es und geh. Ich komme nicht zurück nach Jersey. Sobald ich irgendwo eine Arbeit gefunden habe, beauftrage ich einen Anwalt, dann lassen wir uns leise und unauffällig scheiden. Und du kannst mit Tara glücklich in den Sonnenuntergang segeln. Lass mich bloß in Ruhe.«

»Eine Scheidung?« Don schüttelte den Kopf und legte mit gespielter Empörung eine Hand auf die Brust seines frischgebügelten blassgelben Hemdes. »Warum sollte ich mich scheiden lassen? Wieso können wir nicht glücklich leben bis ans Ende unserer Tage?«

»Ich bin fertig mit dir«, sagte Maryn, und ihre Finger tasteten zwischen den Schaumstoff- und Polsterschichten herum. Sie spürte einen Krümel, oder war das eine tote Fliege? Wo war, verdammt nochmal, der Revolver? »Ich komme nicht zurück. Mir ist egal, was du getan hast. Das Geld und was mit den Prescotts war, das geht mich nichts an. Ich will es gar nicht wissen. Ich will gar nichts wissen. Wirklich nicht.«

Don seufzte. »Ach, Maryn. Ich bin wirklich enttäuscht von dir. Versuch nie, schlauer zu sein als ich, ja?«

Stimmen drangen aus dem Wandschrank nach draußen.

»Der Luftschacht!«, flüsterte Dorie und wies auf die Tür. Sie schlich auf Zehenspitzen hinüber und öffnete sie.

Sie hörten Madisons Stimme.

»Was ist mit Adam passiert?«, fragte sie. »Er kommt her, hörst du? Er weiß, dass ich hier bin. Und er weiß, dass du mich bedroht hast. Wenn mir irgendwas passiert, geht er zur Polizei.«

»Don?«, flüsterte Julia. »Spricht sie da oben mit Don? Ihrem Mann?« Sie schaute Ellis fragend an. »Du hast doch gesagt, Adam wäre oben bei ihr.«

»Es war ein Mann, mehr konnte ich nicht erkennen«, gab Ellis zurück und hielt die Hand über ihr Mobiltelefon. »Wie um alles in der Welt hat ihr Mann herausgefunden, wo sie wohnt?«

»Oh, schlechte Nachrichten«, hörten sie Don sagen. »Adam wird leider nicht kommen. Aber er lässt ausrichten, dass es ihm leidtut.«

Maryn spürte, wie sich ihre Nackenhaare aufstellten. »Ich habe doch mit ihm telefoniert. Was hast du mit ihm gemacht?«

»Ich? Was ist denn mit dem, was er mit mir gemacht hat? Erpressung ist ein Verbrechen. Wusstest du, dass dein Geliebter ein dreckiger kleiner Erpresser ist?«

»Adam ist nicht mein Geliebter«, stieß Maryn durch die zusammengebissenen Zähne hervor. »Klar, jemand, der so leichtfertig wie du mit jeder ins Bett steigt, glaubt das vielleicht nicht, aber ich habe dich nie betrogen. Weder mit Adam noch mit sonst wem.«

»Das sagst du. Aber ich hatte den Eindruck, dass du vorhattest, mich zu betrügen. Und dass du mit ihm durchbrennen wolltest, sobald er dieses Geld hier in der Hand hielt.« Don klopfte auf die Laptoptasche.

»Adam wusste nichts von dem Geld«, log Maryn. »Ich habe ihm absichtlich nichts davon erzählt.«

»Er wusste es ganz genau«, widersprach ihr Don. »Es war ja für ihn bestimmt. Soll das heißen, das wusstest du nicht?«

»Ich glaube dir nicht«, gab Maryn zurück, doch die plötzliche Übelkeit in ihrer Magengrube verriet ihr, dass Don die Wahrheit sagte.

»Am Anfang sollten es nur fünfundzwanzigtausend Dollar sein«, erklärte Don. »Adam ist nicht annähernd so schlau, wie er denkt, aber er war gerade schlau genug, seine Nase in Dinge zu stecken, die ihn nichts angehen. Er sprach mich auf seinen Verdacht an, und obwohl ich nichts zugab, erklärte ich mich einverstanden, ihn abzufinden. Von fünfundzwanzigtausend war die Rede. Dann wollte er den Mund halten, aber der geldgierige kleine Hund bekam den Hals einfach nicht voll. Er setzte mich weiter unter Druck. Dann … na, du weißt ja, was dann geschah.«

»Adam hat die Rechnungsprüfer geholt?«, fragte Maryn verwirrt. »Warum hätte er das tun sollen?«

Don zuckte mit den Achseln. »Er wollte noch mehr Geld aus mir rausholen, aber ich hab seine Drohungen nicht wirklich ernst genommen. Ich denke, er wollte mir zeigen, dass er am längeren Hebel sitzt. Anfängerfehler.«

»Aber warum hat er es mir erzählt?«, fragte Maryn.

»Wahrscheinlich dachte er, du würdest mich verlassen und mit ihm durchbrennen«, schmunzelte Don. »Auch wenn das jetzt egal ist. Ich habe fünf Millionen Dollar auf die Seite gelegt. Und Adam? Na, der arme Adam wird keine leeren Drohungen mehr ausstoßen.«

Mit großen Augen starrte Dorie Ellis an, die unentwegt das Handy an ihr Ohr drückte. »Bist du immer noch in der Warteschleife?«

Ellis nickte.

»Wir müssen was unternehmen«, sagte Dorie. Sie griff zu einer Shorts und einem T-Shirt und zog sich an. »Dieser Typ ist irre. Hört ihr, wie ruhig er ist? Wie er über Erpressung und Unterschlagung redet? Und Mord? Der bringt Madison um, das sage ich euch! Was sollen wir nur tun?«

»Was redest du da?«, fragte Maryn entsetzt. »Was hast du mit Adam gemacht?«

Immer noch tastete sie unter der Matratze herum und versuchte dabei, einen ruhigen, unbeteiligten Eindruck zu machen. Hatte Don den Revolver gefunden und eingesteckt? Er wusste bestimmt noch, dass er ihn ihr gegeben hatte, dass er ihr sogar gezeigt hatte, wie man die Waffe benutzte.

»Adam wollte noch mal hunderttausend, nachdem er die Rechnungsprüfer geholt hatte. Und dich. Er meinte, wenn ich nicht mit dem Geld rausrückte, würde er anonym Anzeige bei der Staatsanwaltschaft erstatten. Die waren schon am Rumschnüffeln, deshalb erkärte ich mich einverstanden, auf die Forderungen des kleinen Schweins einzugehen. Und so«, schloss Don und klopfte auf die Laptoptasche, »gerieten die hunderttausend Dollar in diese Tasche hier.«

»Adam hat dich erpresst? Das glaube ich nicht«, sagte Maryn mit gespieltem Staunen. Sie wollte Zeit gewinnen, denn inzwischen konnte sie sich durchaus vorstellen, dass Adam zu einer Erpressung fähig war.

»Geht mir am Arsch vorbei, was du glaubst oder nicht«, sagte Don. »Aber da wir schon miteinander plaudern, solltest du wissen, dass ich an jenem Vormittag eigentlich *Adam* treffen wollte, als du auf die unglückliche Idee kamst, in meinem Büro herumzuschnüffeln.«

»Warum? Warum sollte er so was tun?« Maryns Hand war jetzt ganz unter der Matratze verschwunden, aber der Revolver war definitiv nicht dort, wo sie ihn versteckt hatte. Hatte Don ihn? Nein, der hätte ihr als Erstes die Waffe gezeigt und sie damit verhöhnt. Langsam dämmerte es ihr. Julia! Sie war die einzige Person, die allein in diesem Zimmer gewesen war. Das Geld hatte sie ja auch entdeckt. Hatte sie den Revolver gefunden und mitgenommen? Verflucht!

»Du kannst dir bestimmt vorstellen, wie verzweifelt Adam war, als er merkte, dass sein Plan nach hinten losging«, sagte Don. »Und dass du dich mit seinem Geld verdrückt hattest. Nicht dass ich jemals die Absicht hatte, ihm auch nur einen Cent zu geben«, fügte er hinzu.

Neugierig betrachtete er Maryn. »Was fummelst du da eigentlich die ganze Zeit rum?« Abrupt stand er auf und riss ihre Hand unter dem Bett hervor.

Ihr Kopf schlug gegen die Kante des Nachttisches, vor Schmerz schrie sie auf, die Lampe fiel zu Boden, der Glasfuß zersprang in tausend Scherben.

Maryn schluchzte auf.

Ein Stockwerk tiefer standen Dorie, Ellis und Julia wie festgenagelt da.

»Er tut ihr weh!«, rief Dorie. »Ellis, bist du noch in der Warteschleife? Leg auf und ruf noch mal an, Herrgott nochmal!«

»Was?«, hörten sie Don sagen und dann leise lachen. »Suchst du etwa den Revolver, den ich dir geschenkt habe? Ich hab schon nachgesehen. Der ist nicht da.«

»Der Revolver«, flüsterte Julia. »Mein Gott, ich hab vergessen, ihn wieder unter die Matratze zu legen.« Sie lief aus dem Zimmer, kam mit ihrer Strandtasche zurück und nahm die Waffe mit einer Mischung aus Schrecken und Faszination in die Hand.

»Was sollen wir tun?«, fragte Dorie erneut. »Wir können nicht noch länger auf die Polizei warten.«

Ellis unterbrach die Verbindung zur Notruf-Warteschleife. »Ich sage Ty Bescheid«, flüsterte sie. »Er ist draußen. Er muss wissen, dass es hier drinnen langsam brenzlig wird.«

»Wo hast du die Waffe hingetan, Maryn?«, hörten sie Don fragen. Als Maryn nicht antwortete, hörten sie einen weiteren Schlag, und Maryn schrie auf.

»Mach irgendwas!«, flehte Dorie. »Er bringt sie noch um.«

Mit zitternden Fingern gab Ellis Tys Namen in ihr Handy ein. Es klingelte zwei-, dreimal, ohne dass er sich meldete. »Los, Ty«, stieß sie hervor. »Nimm ab, bitte, bitte, nimm ab!« Kurz darauf sprang die Mailbox an. »Hi, hier ist Ty«, sagte seine Stimme. »Hinterlasst eure Nummer, dann rufe ich zurück.«

»Ty, ich bin's«, sagte Ellis, die Hand um den Mund gewölbt, die Lippen nah am Apparat. »Der Typ in Madisons Zimmer ist ihr Mann. Er verprügelt sie da oben. Ich komme immer noch nicht bei 911 durch. Hol irgendjemanden her! Und beeil dich!«

»Maryn?« Dons Stimme klang bedrohlich.

»Ich hab den Revolver nicht mehr«, rief sie. »Er wurde aus meinem Auto gestohlen, in der ersten Woche, als ich hier war. Ich hatte noch keine Zeit, mir einen neuen zu besorgen. Deshalb habe ich Schlösser einbauen lassen.«

»Ist er auch ganz bestimmt nicht in deiner Handtasche?«, fragte Don, und die Frauen hörten das Klirren von Münzen und Metall auf dem Holzboden.

»Ich hab doch gesagt, dass er gestohlen wurde«, wimmerte Maryn. »Warum sollte ich lügen?«

»Na, gut«, lenkte Don ein. »Vielleicht sagst du ja die Wahrheit. Ist eh egal, oder? Los, steh auf! Und sei leise.«

Maryn weinte wieder.

»Ich hab gesagt, du sollst aufstehen, verdammt nochmal!« schrie Don.

Maryn stieß noch einen Schmerzensschrei aus, dann hörten sie Schritte auf dem Holzboden.

»Wo willst du mit mir hin?«, fragte sie mit bebender Stimme.

»Wenn du Adam Kuykendall sehen willst, bringe ich dich zu ihm«, sagte Don. »Los jetzt!«

»Ich bin nicht allein im Haus, Don«, sagte Maryn. »Meine Freundinnen wissen bestimmt schon längst, dass du hier bist. Sie rufen die Polizei. Die lassen dich nicht …«

Er schlug ihr so heftig ins Gesicht, dass es in ihren Ohren summte.

»Freundinnen?«, höhnte er. »Du hast keine Freundinnen, Maryn. Diese Frauen lassen dich hier wohnen – und warum? Weil du dafür bezahlst! Niemand kommt dich retten, Maryn! Du bist ganz allein mit mir. So war es schon immer. So wird es immer sein. Jetzt beweg deinen Hintern, verdammt nochmal!«

Als sie hörten, wie die schwere Tür geöffnet und der Riegel beiseitegeschoben wurde, wussten alle drei, was als Nächstes kommen würde.

»Los!«, rief Ellis und spurtete zu Dories Tür. »Er bringt sie über die Hintertreppe runter. Ty ist irgendwo da draußen. Julia, ist das Ding geladen? Woher weißt du, wie man damit schießt?«

»Jetzt ist er geladen«, sagte Julia grimmig. »Ich habe nicht mehr geschossen, seit mein Vater mir das beigebracht hat, da war ich vierzehn, aber es wird schon klappen.«

»Wartet!«, sagte Dorie und schlüpfte in ein Paar Flipflops.

»Bleib hier!«, befahl Julia.

»Einen Teufel werde ich tun«, sagte Dorie entrüstet, und die drei hasteten die Treppe hinunter.

Als sie im Wohnzimmer waren, lief Ellis schnell zum Kamin.

»Was machst du da?«, flüsterte Julia.

Ellis nahm den schweren gusseisernen Schürhaken in die Hand, und Julia nickte anerkennend.

»Wartet mal kurz«, sagte Dorie und bog in die Küche ab. Als sie zurückkam, schwang sie ein Messer. »Jetzt sind wir gerüstet«, sagte sie.

Ty hockte unter der Hintertreppe und hörte, wie die rostigen Türangeln quietschten und die schwere alte Tür aufschwang. Verdammt! Er spürte das Vibrieren der Schritte auf der alten Stahltreppe.

Madison weinte. »Don, hör auf! Bitte nicht! Ich werde es keinem erzählen, bitte …!«

»Halt's Maul!« Die Stimme des Mannes war rau. Ty hörte das widerliche Geräusch eines Schlags, und Madison schrie auf. »Los, beweg dich!«, befahl der Mann. »Beweg deinen Arsch, oder ich schmeiß dich hier runter!«

Ty sah sich um, suchte etwas, das er als Waffe benutzen konnte, doch er entdeckte nur eine kleine Holzlatte, die die Bauarbeiter hatten liegenlassen. Sehnsuchtsvoll schaute er zu den Schaufeln bei der Baustelle hinüber, aber sie waren dreißig Meter entfernt, und es war jetzt zu spät, um einen Spurt über offenes Gelände zu riskieren. Wenn er es jetzt versuchte, würde er mit Sicherheit gesehen werden. Die Treppe zitterte unter dem Gewicht der Schritte.

»Beweg deinen verdammten Arsch!«, hörte er den Mann heiser flüstern.

52

Die drei Frauen schlichen auf die vordere Veranda und steckten die Köpfe zusammen. »Wo ist bloß Ty?«, sorgte sich Ellis. Sie spähte zur Auffahrt hinüber. Der Regen war stärker geworden, Nebel stieg von der Baustelle und dem Schutt auf, der sich im Garten von Ebbtide sammelte. »Wie ist Don überhaupt hergekommen?«, flüsterte sie. »Da steht doch kein Wagen in der Auffahrt.«

»Vielleicht hat er irgendwo weiter vorn geparkt«, schlug Dorie vor.

»Nichts da, dann müsste er Madison ja bis zu seinem Wagen schleifen oder tragen«, sagte Julia.

»Moment mal«, sagte Ellis. Sie lief quer über die Einfahrt, schlug einen Bogen um die Überreste der alten Garage und betrat das Nachbargrundstück, wo sie vor, wie es ihr jetzt erschien, Monaten geparkt hatte, um den ersten verstohlenen Blick auf Ebbtide zu werfen. Kurz darauf war sie wieder zurück, keuchend und atemlos.

»Da hinten steht ein schwarzer Escalade, hinter

den abgebrannten Grundmauern«, berichtete sie den anderen. »Der muss Don gehören. Dorie, meinst du, du kannst schnell rüberlaufen?«

»Na, sicher!« Dorie schnaubte entrüstet. »Ich bin doch nicht behindert, Herrgott nochmal!«

»Schon gut«, sagte Ellis und zeigte auf das Messer, das Dorie in den Händen hielt. »Lauf rüber und schlitz die Reifen auf! Wenn es ihm doch noch gelingen sollte, Madison an uns allen vorbeizulotsen, wird ihn das ein bisschen aufhalten. Und dann sieh zu, dass du Land gewinnst!«

»Bin sofort wieder da«, versprach Dorie. »Tut nichts ohne mich.«

Als sie fort war, gingen Ellis und Julia in die Hocke und schlichen auf allen vieren an den Rand der Veranda.

»Was hast du vor?«, fragte Julia mit ungewöhnlich zittriger Stimme. »Ellis, selbst wenn ich abdrücken könnte, ich hab immer nur auf Bierdosen geschossen, die auf Heuballen standen, bei hellem Tageslicht, und Daddy war direkt neben mir. Ich habe keine Ahnung, ob ich tatsächlich jemanden treffen könnte, schon gar nicht in dieser Dunkelheit.«

Ty hörte, dass die Schritte näher kamen. Er zog die Schultern hoch, wäre am liebsten unsichtbar geworden. Regentropfen liefen an seinem Kopf hinunter und rannen ihm in die Ohren, tropften von seiner Nasenspitze. Er blinzelte und schüttelte vorsichtig den Kopf.

»Beweg endlich deinen verdammten Arsch!«, keuchte der Mann wieder. »Sonst bringe ich dich an Ort und Stelle um.«

»Mein Knöchel!«, stöhnte Madison. »Ich glaub, ich bin umgeknickt.«

Ty schaute nach oben und sah, wie der Mann Madison die letzten Stufen der Treppe hinunterschubste. Mit einem Schmerzensschrei landete sie auf einem Stück Gras. Der Mann trat zu ihr und riss sie hoch.

»Da entlang!«, knurrte er und schob Madison in Richtung Auffahrt.

Jetzt oder nie, dachte Ty grimmig. Er schoss hoch und katapultierte sich nach vorn, getrieben von Testosteron. Im Ohr hatte er das Mantra seines Footballtrainers von der Highschool: »Augen zu und durch, Junge!« Er warf sich von hinten in Shacklefords Beine, so dass der mit dem Kopf voran hinfiel.

Bumm!

Der Schuss war so laut und nah, dass Ty sich kurz fragte, ob auf ihn angelegt worden war. Madison fiel hin, und die drei wälzten sich im Schlamm, Arme und Beine hoffnungslos ineinander verschlungen.

»Was zum …?« Der Mann drehte sich auf den Rücken. Unbeholfen schlug Ty nach der Waffe in seiner

Hand, doch er streifte sie nur. Der Kerl revanchierte sich mit einem Tritt in Tys Eingeweide. Er richtete seine Pistole auf Ty, der im Schlamm rückwärts kroch, um aus dem Schussfeld zu gelangen.

Madison gelang es irgendwie, auf die Füße zu kommen. »Nein!«, schrie sie. »Nein!« Sie stürzte nach vorn und versetzte ihrem Mann einen ordentlichen Tritt in die Rippen, der jedoch nach ihrem Fuß packte. Sie verlor das Gleichgewicht. Vor Schmerz und Angst schrie sie auf, sie schrie, bis sie glaubte, ihre Lunge würde Feuer fangen. Besinnungslos vor Wut trat sie nach Shackleford.

Ty nutzte den Moment, griff nach der kleinen Holzplanke, die er zuvor schon entdeckt hatte, und näherte sich dem Mann. Der sah ihn kommen, stützte sich auf die Ellenbogen, legte auf Ty an und drückte ab.

Bumm!

Diesmal musste Ty sich nicht fragen, auf wen geschossen worden war. Er spürte einen reißenden Schmerz im Oberschenkel.

Ellis und Julia fuhren zusammen, als sie die Schreie hinter dem Haus hörten. »Er bringt sie um«, flüsterte Julia, als sie um die Ecke spähte. »Wir müssen irgendwas tun.«

»Warte!«, sagte Ellis und hielt Julia am Saum ihres T-Shirts fest. Dann ertönte ein Schuss. Die beiden Frauen vergaßen alle Vorsicht.

»Mein Gott!«, keuchte Ellis. »Der hat eine Pistole. Und Ty ist da hinten. Er bringt noch alle beide um!«

Ehe Julia sie aufhalten oder für ein vernünftiges Vorgehen plädieren konnte, hastete Ellis zur Rückseite des Hauses. Julia folgte ihr auf den Fersen. Ellis' Beine fühlten sich an, als wären sie aus Beton. Ihre Lunge, ihre Waden und Oberschenkel brannten, als hätten sie Feuer gefangen. Aber Ty war dort hinten, und dieses Schwein Shackleford hatte eine Waffe. Zum ersten Mal in ihrem Leben hatte Ellis keinen Plan. Sie hatte nichts als Adrenalin im Blut.

Als sie um die Ecke bog, sah Ellis im schwachgelben Licht der einzigen Verandalampe Madison mit blutverschmiertem Gesicht auf dem Boden liegen und um sich schlagen. Kreischend trat sie nach dem Kerl, der ihr Ehemann sein musste.

Über Don Shackleford stand breitbeinig Ty Bazemore mit einem irren Blick in den Augen und hob drohend eine Holzlatte.

Im Mondlicht konnten die Frauen die Waffe in Shacklefords Hand sehen, die auf Tys Brust gerichtet war. Langsam stand Don auf. Für den Bruchteil einer Sekunde schien die Zeit stillzustehen. Dann hörte Ellis ihre eigene Stimme in einer Lautstärke, zu der fähig zu sein sie gar nicht geahnt hatte. Sie stürzte aus der Dunkelheit, gefolgt von Julia, und die beiden schrien wie von Sinnen.

Instinktiv trennten sie sich; Julia lief von der einen Seite auf den Eindringling zu, Ellis von der anderen.

Fünf Meter vor ihm blieb Julia stehen, drückte die Ellenbogen durch und umklammerte den Revolver mit beiden Händen, wie sie es bei Clint Eastwood in den Dirty-Harry-Filmen gesehen hatte. »Aufhören oder ich schieße!« Anders als bei Clint Eastword brach ihre Stimme, und die Worte kamen eher gequetscht als gebrüllt heraus.

Shacklefords Gesichtsausdruck verriet eher Belustigung als Entsetzen. Er schob Madison beiseite und stand lässig da.

»Ich schieß dir den Arsch weg!«, rief Julia, nahm mit gespreizten Beinen Aufstellung und legte wieder auf den Fremden an.

»Na klar!«, sagte Shackleford lachend. Er hob ebenfalls die Waffe und richtete sie auf Julia, doch in genau dem Moment erscholl das ohrenbetäubende Heulen einer Sirene. Erschrocken sah Shackleford zur Seite.

Die Sirene wurde lauter.

Das war die Ablenkung, auf die Ty gewartet hatte. Er ließ die Holzlatte in dem Moment auf Don Shacklefords Schädel niedergehen, als Ellis sich von hinten an Shackleford heranschlich, einen Bogen schlug, mit dem Schürhaken ausholte und ihn in Shackletons Unterleib rammte. Dabei stieß sie ein schauerliches Geheul aus, das Julia später als »halb Karate-Kid, halb Wolf« beschrieb.

Daraufhin klappte der Kerl, wie Julia die Ereignisse später wiedergab, »wie eine Gartenliege von K-Mart zusammen«.

53

Ty ließ die Holzlatte fallen und humpelte zu Ellis hinüber, nahm sie ihn die Arme und verstellte ihr den Blick auf Don Shackleford, der mit einer klaffenden Platzwunde am Kopf zusammengekrümmt dalag.

Julia sah auf den reglosen Fremden hinab. Wortlos ließ sie den Revolver fallen und ging hinüber zu Madison, um sie zu trösten. Madison weinte leise, klammerte sich an den Handlauf der Eisentreppe.

»Jetzt ist alles gut«, sagte Julia und nahm Madison in den Arm. »Du bist in Sicherheit. Er kann dir nichts mehr tun. Nie mehr. Nie wieder.« Ihre Stimme war ein beruhigender Singsang. Madison schluchzte auf, und Julia streichelte sie. »Ich schwöre, der rührt dich nie wieder an.«

»Hey!«, rief eine Stimme. Ellis und Julia schauten Dorie entgegen, die durch den Nebel auf sie zugelaufen kam. »Ich hab Schüsse gehört. Ist alles in Ordnung?«

»Dorie!«, rief Ellis. »Uns geht's gut. Uns allen geht's gut. Ty …« Ihre Stimme war auf einmal so zittrig wie ihre Beine, die sich anfühlten, als würden sie jeden Moment unter ihrem Gewicht nachgeben. »Ty hat uns gerettet.«

»Ihr habt euch selbst gerettet«, gab Ty zurück und zuckte zusammen. Ellis entdeckte, dass aus seinem linken Oberschenkel Blut sickerte. »Du bist ja verletzt!«, stieß sie hervor. »Er hat dich erwischt!« Hektisch sah sie sich um. »Ty ist verletzt! Wir müssen einen Rettungswagen rufen!«

»Mir geht's gut«, sagte Ty matt und drückte die Hand auf seinen Oberschenkel. »Ist nur oberflächlich.«

Ellis wollte ihr Handy aus der Hosentasche holen, doch in dem Moment ertönten erneut laute Sirenen. Endlich. Alle schauten hoch und erblickten eine Reihe blau und rot blinkender Lichter: drei Streifenwagen des Dare County und ein Krankenwagen.

»Gott sei Dank«, murmelte Ellis.

Dann geschah alles auf einmal. Polizisten mit gezogenen Waffen schwärmten aus den Wagen. Kurz darauf kam Connor Terry in seinem Jeep heran und eilte an Dories Seite. Die Sanitäter schnallten Shackleford auf eine Transportliege und schoben ihn in den Krankenwagen.

»Komm, Junge«, sagte ein anderer und versuchte, Ty zum selben Krankenwagen zu bugsieren.

»Nichts da«, sagte Ty mit zusammengebissenen Zähnen. »Ich steige nicht in denselben Wagen wie dieses Arschloch, das uns gerade alle umbringen wollte.«

Trotz heftiger Proteste musste Madison einsehen, dass ihre Kopfverletzung und ihre wahrscheinlich ausgekugelte Schulter einen Direktfahrschein in die Notaufnahme bedeuteten. Mit blitzendem Rotlicht fuhr der Krankenwagen davon und brachte Madison und ihren bewusstlosen Mann in die Klinik.

Ty diskutierte noch immer mit den Sanitätern, als die sympathische Rettungsärztin auf ihn zukam. »Ach, Bazemore, jetzt sei doch nicht so stur!«, rief sie.

»Kalilah, kennst du diesen Typen?«, fragte ein Sanitäter.

»Klar«, erwiderte sie. »Und du kennst ihn auch. Er arbeitet hinter der Theke im *Caddie's*.«

»Hi Kalilah«, sagte Ty. »Ich hab deinem Freund hier nur gerade erklärt, dass es keine große Sache ist.«

»Lass mal sehen.« Kalilah drückte Ty sanft gegen die Stoßstange des nächsten Streifenwagens. Sie zog sich ein neues Paar Latexhandschuhe über und untersuchte die Schussverletzung vorsichtig im Scheinwerferlicht eines anderen Polizeiwagens. »Du bist ein verfluchter Glückspilz«, sagte sie und betupfte die Wunde mit Desinfektionsmittel. »Sieht aus, als hätte die Kugel dich nur gestreift. Ein paar Zentimeter weiter rechts, und sie hätte die Hauptschlagader getroffen. Du wärst verblutet, noch bevor wir hier gewesen wären.«

»Genau«, fügte der Sanitäter hinzu. »Und noch zwei Zentimeter weiter rechts, und du könntest jetzt Sopran singen.«

»Mein Glückstag«, sagte Ty und zuckte zusammen. Kalilah arbeitete schnell und gründlich, kurz darauf hatte sie den Oberschenkel gesäubert und die Wunde versorgt. »So«, sagte sie grinsend, »jetzt musst du die Hose runterlassen, damit ich dir ein Antibiotikum spritzen kann. Welche Backe ist die schönere?«

Ty zuckte mit den Schultern und ließ, ohne mit der Wimper zu zucken, seine durchnässte Shorts herunter. Er bot der Ärztin seine linke Pobacke dar. Bevor er die Notärztin aufhalten konnte, hatte sie ihm schon eine zweite Spritze verpasst. »Etwas gegen die Schmerzen«, sagte sie. »Du wirst heute Nacht gut schlafen, mein Freund.«

In der Ferne donnerte es, und ein Blitz zerriss die Nacht. Der Regen war inzwischen zu einem schwachen Nieseln verkümmert. Nach einer Zeit, die ihnen ewig lang erschien, nachdem alle Zeugen verhört und Aussagen aufgenommen worden waren, rumpelten die Streifenwagen endlich die Auffahrt von Ebbtide hinunter. Die Freundinnen und Ty standen unter einem grün-weiß gestreiften Schirm und sahen ihnen nach.

»Hey«, sagte Ellis plötzlich. »Mir ist gerade was eingefallen. Die erste Sirene, die wir hörten, als Don

Shackleford gerade nochmal auf Ty schießen wollte. Wo um alles in der Welt kam die her?«

Dorie lachte. »Meine Schuld.« Sie griff in die Tasche der von Connor Terry geliehenen quietschgelben Regenjacke und fuchtelte mit ihrem Messer herum. »Habt ihr schon mal versucht, einen Stahlgürtelreifen mit so was wie einem Buttermesser aufzuschlitzen?« Sie sah Ty mit vorwurfsvollem Kopfschütteln. »Junge, du musst mal brauchbare Ausrüstung für deine Küche besorgen. Ich hab noch am ersten Reifen rumgesägt, als die Alarmanlage vom Escalade ansprang. Ich war mir sicher, er würde euch alle umbringen.«

»Ich glaube, die Alarmanlage hat mir sogar das Leben gerettet«, sagte Ty. »Shackleford hatte mich schon im Visier. Er hätte hundertprozentig abgedrückt. Sieht also aus, als wärst du unser wahrer Retter.«

»Hat sie super gemacht«, sagte Ellis und betrachtete die verstörten, dreckigen Gesichter um sich herum. »Aber ich finde, wir haben das alle ziemlich gut gemacht. Wir sind ein super Team!«

»Wahnsinn«, sagte Julia. »Aber ich könnte genauso gut darauf verzichten, so was noch mal zu erleben.«

Ty nickte zustimmend, doch seine Augenlider wurden schwer, und man sah, dass er Schmerzen hatte. »Komm«, sagte Ellis schließlich und legte Tys Arm um ihre Schulter. »Ich bringe dich nach Hause.«

Er blickte auf die Stelle, wo seine Garage und seine Wohnung gestanden hatten, und gähnte. »Hab kein Zuhause mehr«, sagte er schläfrig.

»Sicher hast du das«, gab Ellis zurück und schob ihn vorsichtig auf das verwitterte graue Haus zu. »Ebbtide ist immer noch da. Das läuft nicht weg. Und ich auch nicht.«

54

Julia platzte durch die Küchentür herein. »Ellis!«, rief sie. »Ich bin gerade vom Joggen zurückgekommen und hab gesehen, dass Madisons Auto weg ist! Ich hab im Krankenhaus angerufen, und da sagte man mir, sie wäre ganz früh heute Morgen auf eigene Verantwortung gegangen, und zwar gegen ärztlichen Rat.«

Ellis wickelte den letzten rosa-grün geblümten Teller in eine Zeitungsseite ein und verstaute ihn vorsichtig in einer Kiste, in der sich auch das restliche Geschirr aus dem jetzt leeren Schrank befand. »Madison ist weg«, sagte sie ruhig.

Julia öffnete den Kühlschrank und stellte sich davor, um ihren verschwitzten Körper zu kühlen. »Das klingt nicht gerade erstaunt.«

Ellis wies auf den Küchentisch, wo die hochhackigen Sandalen von Christian Laboutin auf einem Blatt Papier standen. »Zuerst hab ich mich schon gewundert. Aber ich denke, dass es nicht gerade unverständlich ist, wenn sie einfach verschwindet. Nicht, wenn man mal drüber nachdenkt.«

»Kann ich das lesen?«, fragte Julia und reckte den Hals, um einen Blick auf den Zettel zu werfen.

»Ja, klar«, sagte Ellis. »Der ist an uns alle gerichtet.«

In dem Moment kam Dorie in die Küche, sie war barfuß und trug ein dunkelblaues T-Shirt der Polizeiakademie Dare County über ihrer kurzen Schlafanzughose. Gähnend fuhr sie sich mit den Fingern durch ihre zerzausten rotblonden Locken. »Was ist an uns alle gerichtet?«

»Das hier«, sagte Julia und hielt ihr den Zettel hin. »Der ist von Madison.«

»Madison?« Verwirrt verzog Dorie das Gesicht. »Ist die nicht im Krankenhaus?«

»Jetzt nicht mehr«, sagte Ellis. »Lies mal vor, Julia!«

Und Julia las:

Liebe Ellis, Dorie und Julia! Ich bin nicht gut im Abschiednehmen, deshalb mache ich es auf diese Weise. Die Ärzte in der Notaufnahme sagen, ich habe keine Gehirnerschütterung. Sie konnten die Kopfwunde nähen und meine Schulter wieder einrenken, so dass ich bis auf ein paar Schrammen und blaue Flecke wieder so gut wie neu bin. Und das heißt, es ist Zeit, auf die Reise zu gehen. Ich möchte Euch dreien danken, weil Ihr mir etwas geschenkt habt, das ich noch nie hatte: Freundinnen. Richtige, echte Freundin-

nen. Ich weiß, dass ich nicht schnell mit anderen warm werde – ha! Riesenuntertreibung, Julia, was? Ihr drei und Ty habt mir in diesem Sommer das Leben gerettet, von gestern Abend ganz zu schweigen. Jetzt ist es für mich an der Zeit, von vorn zu beginnen. Ich weiß nicht, wo ich irgendwann lande oder was ich tun werde, aber ich weiß, dass ich mich diesmal anstrengen werde, es nicht zu vermasseln. Passt auf Euch auf! Eure Freundin Madison. P. S.: Die Krankenschwestern in der Klinik haben erzählt, Don hätte einen Schädelbruch und an den Hoden eine sogenannte ›stumpfe Gewalteinwirkung‹. Bravo, Ellis! P. P. S.: Dorie, Dein Freund Connor ist ein netter Kerl. Er hat die Polizei in Jersey angerufen und in Erfahrung gebracht, dass seine Kollegen am Freitagmorgen in Camden Adams Leiche entdeckt haben. Sie lag im Kofferraum seines Wagens, der in einem Einkaufszentrum geparkt war. Ich hätte auch in diesem Kofferraum gelegen, wenn ich Euch nicht gehabt hätte. Also noch einmal danke. M.

»Ooh«, machte Dorie, schniefte und tupfte sich die Augen mit dem Saum ihres T-Shirts trocken. »Wo hast du den Brief gefunden, Ellis?«

»Auf der vorderen Veranda«, erwiderte sie. »Ich bin so gegen halb sieben aufgewacht, weil ich dachte, ich hätte eine Wagentür gehört. Nach allem, was gestern Abend geschehen war, war ich wohl noch ein bisschen nervös. Ich bin nach unten gelaufen und hab gerade noch rechtzeitig aus dem Wohnzimmerfenster geguckt, um ein Taxi wegfahren zu sehen. Madisons Volvo war direkt dahinter. Die Nachricht und die Schuhe hatte sie hier liegenlassen.«

»Wow«, sagte Dorie und ließ sich auf einen Stuhl sinken. »Die arme Madison! Zuerst erfährt sie, dass sie von dem einzigen Menschen verraten wurde, dem sie vertraut hat, und dann hört sie, dass er tot ist. Damit muss man erst mal klarkommen.«

Julia nahm einen Pfirsich aus der Schale auf dem Küchenschrank und biss hinein. Eine Weile kaute sie eifrig, der Saft lief ihr am Kinn hinunter. »Ich weiß, es ist gemein, aber ich werde keine Zeit damit verschwenden, diesen Typen zu bedauern. Ich nehme mal an, dass Adam derjenige war, der Don verraten hat, wo er Madison finden kann. Er hat sie ausgeliefert!«

»Das werden wir wohl nie ganz genau erfahren«, sagte Ellis. »Ich nehme an, dass es einen Prozess geben wird, entweder hier oder oben in New Jersey. Ob Madison wohl auftaucht und aussagt? Oder wird sie wieder von der Bildfläche verschwinden?«

»Ich wette, sie sagt aus«, antwortete Dorie zuversichtlich. »Adam war ihr wichtig, selbst dann noch, als sie ziemlich sicher war, dass er sie verraten hatte. Tief im Innern ist sie ein guter Mensch. Ich meine, sie hätte ja mit dem ganzen Geld verschwinden können, wenn sie richtig schlecht gewesen wäre. Ist sie aber nicht, oder?«

»Was das Geld angeht«, sagte Julia langsam. »Was passiert damit? Ist ja nicht gerade wenig.«

»Ich hab gesehen, wie einer der Polizisten die Laptoptasche hinten in den Streifenwagen gelegt hat«, erklärte Dorie. »Vielleicht bekommt es die Firma zurück, der Shackleford es gestohlen hat? Ich werde Connor mal fragen.«

»Und wann triffst du dich wieder mit deinem neuen Freund?«, neckte Julia sie.

»Er kommt heute Vormittag vorbei, um die Regenjacke abzuholen, die er mir gestern Abend geliehen hat, und um mir beim Einladen zu helfen«, gestand Dorie. »Aber er ist nicht mein Freund. Er ist nur ein guter Freund …«

»Der zufällig total verknallt in dich ist«, ergänzte Ellis. »Was hält er denn davon, dass du heute nach Savannah zurückfährst?«

Dorie seufzte. »Er wollte mich begleiten, da Julia ja nicht mitfährt, aber ich habe ihm gesagt, das würde ich für keine gute Idee halten. Ich habe so viel zu tun, wenn ich nach Hause komme, ich muss das Haus auf den Verkauf vorbereiten, habe Besprechungen in der Schule, und nächste Woche geht der Unterricht wieder los. Ganz zu schweigen von dem langen Gespräch mit meiner Mutter und Willa, das mir noch bevorsteht. Und, ach ja, das Treffen mit dem Scheidungsanwalt! Connor hat im Oktober zwei Wochen Urlaub, dann kommt er mich besuchen.«

»Weißt du schon, wo du wohnen willst?«, fragte Ellis.

Dories Gesicht hellte sich auf. »Willa – die sich zum Glück immer einmischen muss – hat das für mich geklärt. Ich glaube, sie hat bei Phyllis den Knopf mit den Schuldgefühlen gedrückt. Könnt ihr das glauben? Meine Mutter hat heute Morgen angerufen und gesagt, ich könnte in das Haus meiner Oma in Ardsley Park ziehen! Mietfrei! Mein Bruder wäre damit einverstanden.«

»Natürlich ist Nash damit einverstanden«, sagte Julia. »Wahrscheinlich freut er sich schon darauf, dass du da wohnst und für ihn kochst und bügelst.«

Dorie schüttelte den Kopf. »Nix da. Nash kann sich auf was gefasst machen, wenn er glaubt, ich wäre seine Haushälterin. Ich bin nicht länger Dorie, der nützliche Fußabtreter«, verkündete sie.

»Hast du was von Stephen gehört?«, fragte Julia.

»Er möchte mich gerne sehen, sobald ich zu Hause bin«, erwiderte Dorie. »Und er hat gefragt, ob er beim nächsten Termin zum Frauenarzt mitkommen darf. Er möchte gerne dabei sein, wenn ein Ultraschall gemacht wird.«

»Na, gib ihm doch das ausgedruckte Bild«, bemerkte Julia.

»Ich hab ihm gesagt, dass er von mir aus gerne

mitkommen kann«, sagte Dorie. »Schließlich ist er der Vater des Kindes. Ich habe gesehen, wie schwer es für Phyllis war, uns Kinder allein großzuziehen. Und ich war das Mädchen, dessen Vater beim Schulfest immer gefehlt hat. Das soll bei meinem Kind anders sein. Was auch immer ich von der Entscheidung halte, die Stephen getroffen hat, er ist kein Ungeheuer. Er ist ein guter Kerl. Und ich will, dass er am Leben meines Kindes teilnimmt.«

»Du bist ja so erwachsen«, sagte Julia und schüttelte staunend den Kopf. »Wirklich, Dorie, ich bewundere dich.«

Dorie machte einen Knicks. »Danke. Manchmal bewundere ich mich selbst. Mal sehen. Was ist mit dir, Julia? Wann hat sich Booker angesagt?«

»Bei Booker weiß man nie«, lachte Julia. »Er kommt mit dem neuen Wagen her, den er für mich gekauft hat. Ich hab seit Jahren kein eigenes Auto mehr, aber Booker meint, ich bräuchte eins, wenn ich hier arbeite und auch noch in Atlanta wohne. Zum Glück habe ich meinen Führerschein aus Georgia behalten.«

Sie warf einen Blick auf die Uhr. »Was mich daran erinnert … In einer Viertelstunde habe ich ein Produktionsmeeting in Joes Hotel. Ellis, ich weiß, dass du alles in den Wagen packen musst, aber glaubst du, dass es Ty was ausmacht, mir seinen Bronco zu leihen? Nur für eine Stunde oder so?«

»Was ist mit meinem Auto?«

Die drei Frauen drehten sich zu Ty um, der mit steifen Schritten in die Küche kam. Er war unrasiert und trug seinen verschlissenen blauen Frottierbademantel, doch ansonsten sah er bemerkenswert fit aus für einen Mann, auf den nur Stunden zuvor geschossen worden war.

»Also«, begann Julia. »Ich muss nur schnell nach Kitty Hawk, in das Hotel, wo Joe wohnt, da ist nämlich ein Produktionsmeeting, und Ellis will wahrscheinlich schnell los, deshalb dachte ich, dass du vielleicht …«

Ellis und Ty sahen sich in die Augen. Er hob eine Braue, und sie nickte kaum merklich. »Ellis«, sagte er mit Nachdruck, »will nirgendwohin.« Er legte einen Arm um ihre Taille und drückte ihr einen Kuss auf die Wange. »Stimmt's?«

Ellis rieb das Gesicht an Tys Bartstoppeln, genoss die zwanglose Intimität.

»Das stimmt so nicht ganz«, widersprach sie. Sie wandte sich an Julia und sagte entschuldigend: »Ich muss wirklich heute Morgen den Wagen packen. Aber ich bin mir sicher, dass du dir Tys Bronco leihen kannst.«

»Was?«, rief Ty überrascht. »Wir waren uns doch einig! Gestern Nacht hast du gesagt …«

Ellis zuckte mit den Schultern. »Ich hab's mir anders überlegt.«

Tys Augen wurden dunkel. »Ellis, lass das bitte …«

Sie griff nach dem Gürtel seines Bademantels und zog Ty an sich, als würde sie einen besonders willigen Fisch an Land ziehen. »Du«, sagte sie, »hast gestern Abend eine Kugel in den Oberschenkel bekommen. Du kannst kaum gehen. Du musst nicht den ganzen Tag die Treppe hoch- und runterlaufen. Ich kann meine Sachen durchaus selbst einpacken und ins Pelican Cottage rüberfahren. Ich hab sie hier selbst reingebracht, da kann ich sie auch selbst wieder rausbringen.«

»Jetzt mal langsam!«, sagte Ty.

»Meinst du das ernst?«, kreischte Dorie. »Du willst gar nicht mehr zurück nach Philly oder nach Seattle? Du bleibst hier? Bei Ty?«

»Also, ich bleibe nicht in Ebbtide«, sagte Ellis und musste sich anstrengen, um ein Lächeln zu unterdrücken. »Wir werden in der kleinen Hütte etwas weiter den Strand runter wohnen, die er gemietet hat. Zumindest in den nächsten drei Monaten. Plus-minus.«

»Plus-minus?«, rief Julia. »Wer bist du, Ellis Sullivan? Was ist denn mit dem schicken Job in Seattle? Ich dachte, du kannst ohne Arbeit, Altersvorsorge und Parkausweis nicht leben! Und ohne Weißwandtafel. Was hast du vor, Ellis?«

»Gar nichts«, sagte Ellis glücklich. »Das habe ich wohl endgültig erst gestern Abend erkannt. Es gibt nichts, was ich in Seattle brauche oder will.« Ihr Blick streifte Ty, dessen Arm um ihre Schulter lag. »Ich hab alles, was ich will. Genau hier.«

»Glücklich bis ans Lebensende, das haben wir vor«, sagte Ty. »Ich werde ihr das Surfen beibringen.«

»Und ich werde ihm beibringen, wie man eine Tabellenkalkulation liest.«

»Wenn ihr uns braucht, wir sind im Pelican Cottage«, ergänzte Ty. »Das ist übrigens keine kleine Hütte. Es liegt direkt am Meer, es ist malerisch …«

»Das ist ein alter Kasten«, unterbrach ihn Ellis. »Genau wie Ebbtide. Wie Ebbtide war. Aber das können wir ja ändern. Zu Ihrem Glück, Mister Culpepper, verfüge ich zufällig über eine seltsame Vorliebe für alte Kästen. Und ihre Besitzer.«

»Ellis Sullivan«, gab Ty zurück, der unbedingt das letzte Wort haben wollte. »Du bist wirklich eine unglaubliche Nervensäge. Versprich mir, dass du immer meine Nervensäge sein wirst, jetzt und für alle Zeit.« Er nahm sie in die Arme.

Ellis nickte und ließ sich küssen, mitten auf die Lippen, direkt vor ihren besten Freundinnen. »Ja«, sagte sie feierlich. »Das verspreche ich.«

Dank

Die Autorin bedankt sich ganz herzlich bei all denen, die ihre Fragen geduldig beantwortet, die ihr Ratschläge und Cola Light angeboten oder die einfach nur ihr Jammern während der Recherche und des Schreibens ausgehalten haben. Alle Fehler oder Verdrehungen von Tatsachen sind meine eigenen und nicht die ihren.

Ein riesiges Dankeschön geht an das Weymouth Center für Kunst und Kultur in Southern Pines, North Carolina, in dem große Teile dieses Romans entworfen wurden, und an meine geschätzten Schreibkameraden: Diane Chamberlain, Margaret Maron, Katy Munger, Sarah Shaber, Alexandra Sokoloff und Bren Witchger, die mich in Scrabble und Balderdash vernichtend geschlagen und mir auf viele Arten und Weisen geholfen haben. Dank an Anne Needham, die mir mit Informationen zu Zwangsvollstreckungen aushalf, an Beth Fleishman, die mir half, Nag's Head auszukundschaften, an Frank Jones, der mir vom Geschäft des Daytradings erzählt hat, an Sascha Springer, meine Quelle für alles zu Location-Scouts, und an Bobbie Murray von den Pelican Cottages in Nag's Head, der mir das bezaubernde Windswept Cottage vermietet hat und der den Kontakt zu den langjährigen Bewohnern von Nag's Head – Jean und Edward Griffin sowie Nancy und Peter Rascoe – vermittelte.

Meiner Lektorin, der bewundernswerten Jennifer Enderlin, danke ich dafür, dass sie mich und die Mädels von Ebbtide während des Schreibens unermüdlich begleitet hat. Vielen Dank auch an das fabelhafte Team von St. Martin's Press, ausdrücklich, aber nicht ausschließlich an Sally Richardson, Matthew Shear, Matthew Baldacci, John Karle, John Murphy und Dori Weintraub. Und an den besten Agenten der Welt, an Stuart Krichevsky, der mich leitete und über mich wachte und der immer, wenn alles durcheinandergeriet, einen wegweisenden Lichtstrahl warf. Ein riesiges Dankeschön ihm und den Mädels von SKLA.

Die Familie steht vielleicht am Ende der Liste, aber sie kommt als Erstes in meinem Herzen: Danke Tom, Andy, Katie, Mark – und, ja, auch Molly. Euch meine ganze Liebe, jetzt und für immer.

Mary Kay Andrews

Sommerprickeln

Roman

Aus dem Amerikanischen von Andrea Fischer

Band 19696

Annajane und Patricia sind beste Freundinnen seit ihrer Kindheit. Nun sind sie zu Gast auf einer Hochzeit – der Hochzeit von Annajanes Exmann Mason und der reizenden Celia. Alles scheint perfekt. Doch ist Annajane wirklich über Jason hinweg? Und welches Geheimnis verbirgt Celia?
Als sich die Ereignisse überschlagen, wird den drei Frauen klar, dass dieser Sommer ihr Leben verändern wird …

Drei Frauen, zwei Familien und ein Sommer voller Geheimnisse: die perfekte Ferienlektüre – Herzklopfen inklusive

Fischer Taschenbuch Verlag

